AF870306

Sarah Lark es el seudónimo de una exitosa autora alemana que reside en Almería. Durante muchos años trabajó como guía turística, gracias a lo cual descubrió su amor por Nueva Zelanda, cuyos paisajes asombrosos han ejercido desde siempre una atracción casi mágica sobre ella. Ha escrito diversas sagas, como la Saga de la Nube Blanca, la Trilogía del Árbol Kauri o la Trilogía del Fuego, de las que ha vendido, en total, más de dos millones de ejemplares solo en lengua española. Sus últimas novelas, *Allí donde nace el día, La estrella de la Isla Norte* y la saga La Veterinaria, han recibido también el favor del público.

Saga de la Nube Blanca

En el país de la nube blanca

La canción de los maoríes

El grito de la tierra

Una promesa en el fin del mundo

Trilogía del Árbol Kauri

Hacia los mares de la libertad

A la sombra del árbol Kauri

Las lágrimas de la diosa maorí

Trilogía del Fuego

La estación de las flores en llamas

El rumor de la caracola

La leyenda de la montaña de fuego

Saga del Caribe

La isla de las mil fuentes

Las olas del destino

Saga La Veterinaria

La veterinaria. Grandes sueños

La veterinaria. Vientos de esperanza

La veterinaria. Tiempo de coraje

Otros títulos

Bajo cielos lejanos

La llamada del crepúsculo

El año de los delfines

Allí donde nace el día

El secreto de la casa del río

Papel certificado por el Forest Stewardship Council®

FSC
www.fsc.org
MIXTO
Papel | Apoyando la silvicultura responsable
FSC® C117695

Penguin Random House Grupo Editorial

Título original: *Die Tierärztin. Grosse Träume*

Primera edición con esta presentación: septiembre de 2024
Tercera reimpresión: diciembre de 2025

Printed in Spain – Impreso en España

ISBN: 978-84-1314-834-2
Depósito legal: B-10.358-2024

Compuesto en Comptex&Ass., S. L.
Impreso en Black Print CPI Ibérica
Sant Andreu de la Barca (Barcelona)

BB 4 8 3 4 2

La veterinaria
Grandes sueños

SARAH LARK

Traducción de Susana Andrés

Prólogo

Bélgica – Ledegem, junto a Cortrique

1906

Nellie dejó la consulta veterinaria y rodeó la casa de los De Groot para dirigirse al cercado donde pastaban los caballos. Llegaba tarde y, de hecho, el poni de Phipps ya no estaba allí. Supuso que el mismo Phipps habría salido con él. En ese momento, sin embargo, oyó el sonido de un violín procedente de la pequeña cuadra que el poni compartía con el caballo de tiro del padre de su amigo.

Sonrió. No se había perdido su paseo a caballo.

—¡Phipps! ¿Por qué has llevado a Cees a la cuadra?

Abrió la puerta y el caballito blanco la saludó con un relincho apagado. El chico de cabellos castaños, que estaba sentado sobre una bala de paja afinando el violín, levantó la vista hacia ella.

—Pues porque tú no estabas —respondió él—. Pero mamá tenía que creerse que yo había salido con el caballo. —Aunque no se habían visto desde el día anterior, tampoco Philipp, dos años mayor que Nellie y al que ella llamaba Phipps desde que sabía hablar, se entretuvo en saludarla. Ambos asistían a escuelas diferentes en Cortrique, la ciudad más grande de los alrededores, y siempre volvían a casa por la tarde. Y tan pronto como se reunían, olvidaban que se habían separado. Nellie y Phipps eran vecinos, pero estaban más unidos que siendo hermanos—. ¿Por qué has llegado tan tarde?

Nellie movió la cabeza.

—Me han entretenido. —Sus ojos, de un color castaño claro, se iluminaron cuando empezó a explicarse. Cogió también una bala de paja de la pila y se sentó frente a Phipps—. He estado con tu padre en la consulta. Le he ayudado. —Señaló casi con orgullo los anchos pantalones de lino blancos, donde se veían unas manchas de sangre—. Ha tenido que amputarle la pata a un perro. Una urgencia. Y no había nadie allí para echarle una mano. He visto que le traían al pobre perrito. Un cazador le había disparado y le había destrozado la pata posterior izquierda, por la tibia y el peroné. Pero *mevrouw* De Boer no quería que lo sacrificaran. Así que tu padre decidió amputarle la pata. Y necesitaba asistencia... Ha echado pestes porque no estabas. Al final me ha dejado ayudarlo. Y Phipps, ¡me ha elogiado! Ha dicho que si yo fuera chico sería un buen veterinario.

Nellie volvió a levantarse, cogió un cepillo, le quitó el cabestro al poni y empezó a cepillarlo. A sus catorce años, era una muchacha espigada y larguirucha, y rebosaba energía. Phipps, por el contrario, era un joven más bien tranquilo. Tocar el violín era su única pasión. Por desgracia, sus padres no veían con buenos ojos que se aislase con el instrumento en lugar de montar a caballo, jugar con el balón o dar vueltas por ahí como un «auténtico muchacho».

Antes había disfrutado con estas actividades..., por regla general con Nellie. Habían jugado juntos desde que eran niños y por ella había atrapado a veces renacuajos o robado cerezas del jardín de un vecino. Pero todo eso se terminó cuando descubrió la música. Esta había desplegado ante sus ojos un mundo totalmente nuevo.

En Ledegem, el pueblecito belga donde vivían Phipps y Nellie, no eran muy aficionados a la música. Como mucho cuando eran las fiestas del pueblo y tocaba una orquesta de instrumentos de viento. Quien quería asistir a un concierto tenía que viajar a Cortrique, a quince kilómetros de distancia, o todavía un poco más lejos, en la otra dirección, a Iprés. Los padres de Nellie así lo hacían de vez en cuando. Theo y Greta de Groot, en cambio, no tenían el menor interés por eso y se limitaban a ir en alguna que otra ocasión al teatro. Por eso Phipps nunca había oído un violín hasta hacía dos años, cuando unos artistas ambulantes actuaron en los alrededores. El padre de Phipps había atendido uno de sus caballos y Phipps se había sumergido totalmente en las apasionadas melodías que interpretaban por las noches alrededor de la hoguera. Nellie todavía se deleitaba recordando la aventura, cuando por la noche se deslizaban fuera de casa para ir a escuchar a los gitanos. Una aventura que, excepcionalmente, había iniciado Phipps. En general era ella quien proponía las escapadas prohibidas.

A partir de entonces, Phipps no había dejado de insistir en que le regalasen un violín: para el cumpleaños, para Navidades o para lo que fuera. No hacía falta que le comprasen nada más, le había suplicado a su padre. Por un violín estaba dispuesto a renunciar a cualquier regalo durante años.

Al final había obtenido el instrumento, una baratija que al principio solo emitía unos sonidos chirriantes. Nadie había pensado que Phipps pudiera sacar algún día una sola nota de él, pero el milagro ocurrió. El chico demostró estar excepcionalmente dotado para la música y sus padres tuvieron que frenarlo para que no se pasara todo el día practicando. Nellie lo llevaba con calma y siempre estaba dispuesta a encubrirlo cuando necesitaba campo libre, así que solía montar el poni de Phipps, por ejemplo, mientras él tocaba a escondidas en la cuadra.

Entretanto había ensillado el caballito blanco y se había metido la larga trenza de un rubio cobrizo con que se había peinado debajo de una gorra. Nadie debía reconocer que era una chica quien galopaba por prados y bosques a lomos del brioso poni.

—Me encantaría ser veterinaria —reflexionó en voz alta al sacar a Cees del box—. Y no entiendo por qué hay que ser un chico para estudiar.

Phipps levantó la vista un instante.

—No aceptan chicas en la universidad —señaló lacónico.

Nellie arrugó la frente. Esta, como todo su rostro, estaba llena de pecas.

—Entonces me iré a otro país —decidió—. Seguro que en algún sitio podré estudiar.

Él negó con la cabeza.

—En ningún sitio —replicó—. Lo sé porque mi padre acaba de leer algo sobre las mujeres y la carrera de medicina. Se les permite estudiarla en algunos países; pero no la de veterinaria, y mi padre está conforme con ello.

Nellie lo fulminó con la mirada.

—¿No estarás tú de acuerdo con él?

Phipps puso los ojos en blanco.

—Claro que no. Nadie podría ser mejor veterinario que tú. Con lo loca que estás por los animales...

Nellie llevaba toda la vida recogiendo pájaros con un ala rota y gatos sarnosos que, sorprendentemente, dejaban que los cogiera y curara con un ungüento de caléndula que ella misma preparaba. A esas alturas, cada tarde aparecían perros y gatos con un solo ojo o con tres patas en la puerta trasera del jardín. Su madre encontraba esos seres horribles y se quejaba, pero la muchacha defendía a sus animales adoptados.

—Entonces tendrás que dejar que estudie contigo cuando vayas a la universidad —propuso—. Tú tomas apuntes durante las clases y yo me leo tus libros. Si hay algo que no entiendo, me lo explicas. Lo harás por mí, ¿verdad?

—Yo no voy a ser veterinario —declaró Phipps—. Seré violinista, y tú lo sabes.

Nellie movió la cabeza indulgente y se dispuso a sacar el poni de la cuadra.

—Ay, Phipps... claro que vas a ser veterinario. Tu padre insistirá en que te hagas cargo de la consulta. —El doctor Theo de Groot tenía una consulta rural que funcionaba bien—. Como mucho, podrías estudiar medicina para humanos. Eso todavía está mejor considerado y tu padre cedería. Pero tendrías que instalarte en otro lugar. Mi hermano será el médico de esta zona.

Nellie era hija del médico de la región. El doctor Pieter van der Heyden atendía a sus pacientes en la casa vecina a la de los De Groot y, contrariamente a lo que sucedía con Phipps, su hijo estaba impaciente por sucederle algún día. Lukas era mayor que los dos amigos y le faltaban dos años para empezar la carrera.

—Yo no voy por ese camino —dijo Phipps—. No soporto ver sangre.

Ella rio. Eso no era cierto en absoluto, porque el doctor De Groot insistía desde hacía años en que Phipps lo asistiera en el trabajo. Al chico no le gustaba, pero tampoco se mareaba mientras lo hacía.

—Ya veremos —opinó ella, y esta vez sí se marchó.

Poco después estaba galopando por los caminos de tierra de los alrededores de Ledegem y soñando con su futura consulta. ¡Pues claro que iba a ser veterinaria! Nellie estaba convencida de ser capaz de lograr todo lo que se propusiera. Pero no veía en Phipps tal determinación. Por mucho que deseara estudiar música, al final haría lo que su padre le exigiera.

Estudios universitarios

Bélgica – Ledegem
Países Bajos – Utrecht

De 1908 a 1912

1

—No lo encuentro nada divertido —oyó protestar Nellie a su madre, ya antes de abrir la puerta de la sala de estar. Sus padres la habían llamado para hablar seriamente con ella—. Claro que es bueno que una chica sepa llevar las cuentas, al fin y al cabo, un día tendrá que administrar una casa, así que deberá aprender a desenvolverse con un presupuesto. Pero ¿para qué necesita la física y la química? ¡Esas monjas me están criando a una marisabidilla! Me niego rotundamente a que Cornelia siga con ellas más tiempo del necesario.

Nellie ya se esperaba algo así, pero cuando abrió la puerta, descubrió que la situación era peor de lo que había temido. Su padre sostenía en la mano su boletín de notas, que estaba estudiando detenidamente, y su madre se encontraba detrás de él, también con la vista fija en ellas. Ese día se habían celebrado exámenes parciales en la escuela y Nellie estaba muy satisfecha consigo misma. En todas las asignaturas de ciencias había sido la mejor de la clase y también había sacado buenas notas en francés y neerlandés. Adjunto al boletín se hallaba la encarecida recomendación de que siguiera asistiendo al liceo después de terminar la escuela para tener así la posibilidad de obtener el título de bachillerato. La escuela de niñas de Cortrique, un severo instituto dirigido por monjas, no solo preparaba a las alumnas para una vida como ama de casa, sino también para estudiar una profesión. El título del liceo, tras el decimosegundo curso escolar, le permitiría matricularse en alguna de las pocas carreras a las que tenían acceso las mujeres o ingresar en el seminario de maestras.

Sin embargo, la mayoría de los padres no permitían que sus hijas estudiaran durante tanto tiempo. Casi todas las muchachas dejaban el instituto a los dieciséis años, acabado el décimo curso, y Nellie se hallaba ahora ante una encrucijada. Ella deseaba ardientemente tener la posibilidad de acceder a la universidad, aunque seguían prohibiéndole emprender el camino hacia su carrera soñada: veterinaria. No obstante, era optimista, las cosas podían cambiar en dos años. Así que, esperanzada, había señalado a su madre la recomendación de su profesora.

—Esta noche hablaremos de esto con tu padre —había comunicado esta a su hija con una expresión que no prometía nada bueno.

En ese momento, justo antes de la cena, tenía lugar la conversación. Una vez cerrada la consulta médica, a su padre, el doctor Theo van der Heyden, le encantaba relajarse delante de la chimenea tomándose un traguito de coñac. La madre de Nellie aprovechaba ese rato de tranquilidad para debatir sobre temas desagradables. Así se evitaba largas discusiones, pues a esa hora su marido tenía la urgente necesidad de resolver rápidamente los problemas para dedicarse de nuevo a su diario y su copita. Así que la mayoría de las veces se limitaba a aceptar las propuestas de su esposa.

La madre empezó inspeccionando el cesto de costura de Nellie. Era probable que quisiera comprobar por qué su hija tenía mala nota en labores. Miró con repulsión un bordado.

—El semestre que viene me esforzaré más —aseguró Nellie, antes de saludar a su padre—. Lo prometo, yo...

—¿Y qué es esto de aquí?

La madre levantó acusadora un trozo de tela en el cual se

habían practicado distintas puntadas. Había reconocido el pespunte y la puntada invisible, el punto de escapulario y el festón, pero había otros dos tipos de puntadas que representaban para ella toda una incógnita.

El padre de Nellie echó un vistazo a la labor.

—Eso es una sutura con punto suelto —observó—. Así se suelen cerrar las heridas corrientes. —No pareció encontrar nada especial en ello, pero su esposa dio una especie de respingo—. Y la otra es una sutura intracutánea. Realizada de forma impecable...

La madre de Nellie lo miró sin dar crédito.

—¿Te refieres a que estas... que estas puntadas se utilizan en cirugía? ¿Pero cómo...? ¿Puedes explicármelo, Cornelia? —*Mevrouw* Van der Heyden puso mucho cuidado en dirigirse a su hija con su nombre completo en lugar de llamarla simplemente Nellie.

La niña asintió.

—Era un... deber —respondió—. Teníamos que hacer las puntadas que sabíamos. Y luego explicarlas delante de la clase.

El doctor Van der Heyden frunció el ceño y se dirigió por fin a su hija.

—¿Y dónde has aprendido estas suturas quirúrgicas? —preguntó más interesado que despectivo.

—Con el padre de Phipps —contestó Nellie—. A veces lo ayudo con los animales.

Le habría encantado poder hacerlo siempre que disfrutaba de un momento libre, pero el doctor De Groot ponía reparos a que estuviera en la consulta. Prefería mucho más que su hijo le echara una mano cuando había que agarrar a un gato o un perro difícil de dominar, aunque de todos modos casi siempre lo ayudaba su esposa.

El doctor Van der Heyden se echó a reír.

—Ya ves, Josefine —le dijo a su esposa—. Se inclina más por la costura que por la confección.

—¡No me hace ninguna gracia, Pieter! —exclamó la madre—. Al contrario, no quiero ni pensar en qué habrá dicho la maestra al respecto…

—La hermana Irene tampoco lo ha encontrado tan mal —se defendió Nellie—. Incluso me ha dejado explicar las diferencias y dónde hay que utilizar una sutura u otra…

—Y con ello volvemos al tema que nos ocupa —señaló acalorada *mevrouw* Van der Heyden—. Animan a las niñas a que se interesen por cosas que no incumben para nada a las mujeres. Como ya he dicho, hacen de ellas unas marisabidillas… y al final resulta que Cornelia quiere seguir estudiando…

—¿Y por qué no? —preguntó Nellie, ahora algo rebelde.

La madre la miró.

—¡No seas ridícula! —dijo a su hija, para volver a dirigirse a su marido—. Ya lo ves. Según mi opinión, Cornelia tiene que dejar esa escuela cuando acabe el décimo curso. Pronto cumplirá dieciséis años y…

—Y definitivamente es demasiado joven para casarse —observó el padre de Nellie—. ¿Tendrá que estar remoloneando por aquí durante los próximos años? ¿O poniendo de los nervios al doctor De Groot? Si no tiene nada que hacer, todavía se obsesionará más con sus animalitos. Me he dado cuenta de que vuelves a curar gatos callejeros y debo prohibírtelo una vez más. O salen del cobertizo esos bichos o se los lleva el desollador. Por muy loable que sea tu amor a los animales… Cuando estés casada, podrás tener tu perrito faldero, pero en la casa de un médico… Ya hace tiempo que sabemos que la higiene es muy importante en una consulta. Esos animaluchos no hacen más que traer gérmenes…

Nellie se mordió el labio inferior. También el doctor De Groot era muy escrupuloso en cuanto a la limpieza de su consulta y ella había aprendido a serlo siguiendo su ejemplo. Seguro que sus protegidos no iban a infectar a nada ni a nadie. Pero en ese punto su padre no daría el brazo a torcer.

—Sí, papá —dijo dócilmente para no irritarlo más. A fin de cuentas, parecía estar de su parte en lo referente a la escuela.

Sin embargo, tal suposición enseguida demostró ser errónea.

—¿Y qué tal una buena escuela de economía doméstica? —preguntó su padre—. Nellie carece precisamente de los conocimientos básicos para administrar una casa. Tampoco cocina bien... al menos hace poco, cuando llegué a casa, olía a marmita de brujas. Y Elfriede me dijo que había cocinado Nellie.

Elfriede era la sirvienta de la casa de los Van der Heyden.

—Había estado preparando ungüento de caléndula —explicó Nellie—. Con grasa de cerdo como base. Claro que no huele bien, pero así se consigue un remedio muy económico para las heridas, y...

—Ya estamos otra vez con esos bicharracos sarnosos —confirmó el doctor Van der Heyden—. Esto tiene que parar, Josefine. Hay que animar a Nellie a que se dedique a actividades más convenientes. ¿Hay alguna escuela de economía doméstica en Cortrique?

A Nellie el mundo se le cayó encima. Todos sus planes, al menos el de acabar el bachillerato, parecían haberse venido abajo. Por otra parte, no sabía de ningún instituto que se ajustara a los deseos de su padre, lo que su madre confirmó al instante.

—Habría de ser un internado —señaló reflexiva *mevrouw* Van der Heyden.

En un principio, no se diría que estuviera rechazando la propuesta de su marido. La misma Josefine van der Heyden había estudiado en una escuela para señoritas orientada a la economía doméstica en los Países Bajos, donde había crecido. Todavía hoy ponía por las nubes la maravillosa época que había pasado en la St. Elisabeth School de Utrecht.

¿Utrecht? En Nellie germinó una idea. Phipps acabaría el bachillerato en primavera y luego estudiaría veterinaria. Él también asistiría a la Universidad de Utrecht, como había hecho su padre.

—¿No puedo ir yo a la St. Elisabeth School? —preguntó Nellie, insuflando entusiasmo a su voz—. ¿A donde tú fuiste, mamá? —Se forzó por dar una expresión ilusionada a su rostro—. Siempre hablas de lo bien que te lo pasaste con las otras chicas. Y allí hasta se puede obtener el título de bachillerato.

—De bachillerato «de pudin» —Se cuidó de precisar el padre de Nellie, utilizando el nombre con que se conocía el título del bachillerato femenino que había obtenido su esposa en el pensionado.

Mevrouw van der Heyden se frotó la frente. Parecía tener sentimientos encontrados.

—No sé, Cornelia... Claro que la St. Elisabeth es una escuela estupenda. Pero está tan lejos... —La ciudad de los Países Bajos estaba a más de doscientos cincuenta kilómetros de distancia—. No podrás venir a casa los fines de semana...

—Mejor —observó el padre de Nellie—. Así tendrá que reunirse con otras alumnas. Durante los fines de semana la animarán a realizar actividades femeninas y seguro que no le permiten montar medio zoo.

—¿Lo que pides no tendrá nada que ver con que Philipp de Groot vaya a estudiar a Utrecht? —inquirió su madre.

Nellie puso cara de inocente.

—¿Phipps? —preguntó—. Pero si no lo veo... —De hecho, últimamente se había encontrado pocas veces con él. Su amigo tenía mucho trabajo en la escuela. Le costaba estudiar más que a ella y si quería obtener una buena nota final de bachillerato tenía que esforzarse. Así que pasaba el poco tiempo libre que tenía con su violín, como era habitual en la cuadra, mientras Nellie salía a pasear con su poni. Los padres de la muchacha lo ignoraban—. ¡Y, de todos modos, cuando él vaya a la universidad, no querrá saber nada de mí! Seguro que ya no querrá tratar con una pobre interna...

Mevrouw van der Heyden la miró escéptica. Tenía sus dudas. A fin de cuentas, ella había conocido a su marido cuando él estudiaba en la Universidad de Utrecht. Pero era mucho mayor que Phipps y solo asistió un semestre como estudiante extranjero en los Países Bajos. Disponía entonces de más tiempo para actividades sociales del que solía tener un estudiante de primer curso y ella ya no iba más a la escuela, sino que trabajaban en una organización benéfica. Los habían presentado en un baile para ayudar a los pobres y luego la relación habían seguido su curso.

Su padre no parecía albergar ningún recelo con respecto al vínculo de Nellie con su amigo.

—Philipp la vigilará durante el viaje—indicó tranquilo.

La madre lo miró desconfiada.

—¿No estarás dando tu visto bueno? —dijo de mala gana—. Esta..., esta amistad...

El doctor Van der Heyden levantó los ojos al cielo.

—Josefine, los dos están juntos desde que eran niños. No puedo ver en un viaje en tren ningún peligro mayor al de que él la ayudara aquí a construir una trampa para ese gato sarnoso y callejero que ahora está en el cobertizo de nuestro jardín. No veo ninguna..., mmm..., complicación romántica. Enfrentémonos a los hechos: al chico le esperan cuatro años de carrera. Durante esos años ni pensar en un casamiento. Para entonces tú ya habrás encontrado otro marido para Cornelia. Si esto no es así, y ambos todavía se sienten atraídos el uno por el otro, ella se convertirá en esposa de veterinario. El doctor De Groot se gana bien la vida y ella siente debilidad por los animaluchos.

Josefine van der Heyden hizo una mueca. Pensaba en otro partido totalmente distinto para su única hija. Pero como siempre, acabó dándole la razón a su marido.

—Entonces, mañana mismo escribiré a Utrecht —dijo, aunque un poco a regañadientes—. Vamos a ver si *mevrouw* Verhoeven tiene una plaza para ella.

Mevrouw Verhoeven era la fundadora y directora de la escuela y, según contaba Josefine, una mujer sumamente severa.

Pese a ello, Nellie era optimista. De algún modo conseguiría reunirse con Phipps y hacer realidad el plan tramado durante años. Phipps tenía que compartir con ella el contenido de sus estudios. Ya estaba un paso más cerca de hacer realidad su sueño de convertirse en veterinaria.

Con un suspiro de alivio, Nellie se retiró al cobertizo y buscó a su último acogido, un perro negro de pelaje hirsuto. Lo había bañado y en ese momento comprobó que seguía temblando de frío.

—Lo siento de verdad —se disculpó, frotándolo de nuevo a fondo. Era un día húmedo y frío y a ella tampoco le habría gustado que la bañaran al aire libre—. Si por mí fuera, te llevaría a casa, así podrías secarte delante de la chimenea. Pero mi padre opina que contagias enfermedades… —Eso podría haber sido cierto antes del prolongado baño. El pelaje del perro, que vagabundeaba por Ledegem desde hacía unos días, estaba lleno de pulgas y también parecía tener sarna. Nellie había tenido que tratarlo contra todo eso antes de dejarlo dormir en el cobertizo del jardín. Lo mejor para ello era un baño con un champú antiparasitario. La muchacha abrigó a su protegido y le dirigió unas animosas palabras—. Enseguida estarás más calentito —le prometió.

Eso no pareció convencer demasiado al perro. Aulló cuando ella se separó de él para acariciar a sus otros dos acogidos. El gato rojo Joppe solo tenía un ojo y de momento también mostraba una herida en la pata, y había encontrado a la esquelética gata callejera en la estación de trenes, sangrando y sin cola. Posiblemente había sido víctima de un maltratador, pues había huido, presa del pánico, de Nellie. A esas alturas ya le permitía que le curase las heridas.

—¿Qué voy a hacer si mi padre insiste en serio en que dejemos el cobertizo? —Nellie suspiró.

Qué complicada era la vida. Pero ella nunca se rendiría.

2

—Todavía no sé cómo irá todo esto —musitó Phipps, malhumorado.

Estaba con Nellie en el tren rumbo a Utrecht y ella le había obligado una vez más a jurarle que la dejaría estudiar con él.

—Para eso tenemos que vernos regularmente al menos una vez a la semana. No puedes asistir a clase, solo leer mis apuntes, y estos se suelen hacer solo con palabras clave.

—Entonces repasas conmigo las palabras clave y así repites otra vez lo que has aprendido —le explicó Nellie por enésima vez—. Eso no te hará ningún daño. Además hay libros...

Estaba nerviosa. Había pasado un periodo agotador y le habría gustado relajarse y descansar un poco antes de enfrentarse a los desafíos de la St. Elisabeth School para señoritas. Ya no quería dar más vueltas a los reparos de Phipps. A fin de cuentas, ya había mantenido suficientes conversaciones que habían exigido el máximo de sus artes de persuasión. No había sido nada sencillo encontrar a personas que estuvieran dispuestas a cuidar de sus adoptados, aunque ahora todos tenían buen aspecto y eran dóciles. ¿Quién quería un gato tuerto y una gata sin cola? El más sencillo de colocar había sido el perro, que ahora ya no tenía el pelaje erizado, sino brillante, e incluso podía servir de perro guardián. Al final les había encontrado un hogar a todos y podría sentirse tranquila si Phipps no estuviera estropeando sus planes.

—No podrás salir fácilmente —siguió diciendo Phipps—. Las monjas vigilan a sus alumnas…

—No son monjas —indicó Nellie—. La St. Elisabeth es una escuela privada seglar. Pero tienes razón. Todavía no sé cómo saldré de allí. Aunque ya se me ocurrirá algo. Seguro. —Phipps asintió afligido. La verdad era que no lo ponía en duda. Desde que la conocía siempre se le había ocurrido alguna idea—. Solo tienes que darme tu dirección. —Nellie buscó un bloc.

—¿Para qué? *Mevrouw* De Winter no permite visitas femeninas.

El padre de Phipps había alquilado a su hijo una habitación en casa de una viuda que alojaba a estudiantes y que seguramente se cuidaba tan rigurosamente de la virtud de los jóvenes como *mevrouw* Verhoeven de la de las chicas del internado.

—Para que te encuentre cuando sepa cómo seguir adelante —le replicó Nellie—. Venga, Phipps, no seas tan corto de entendederas. Ya sé que estás de mal humor y que no tienes ningunas ganas de estudiar y todo eso. Ya sé que te gustaría tocar delante de los profesores del conservatorio y ser violinista. Pero quizá habría sido mejor que se lo hubieses repetido una y otra vez a tu padre en lugar de a mí. Entonces es posible que hubiese cedido y que te hubiera dejado al menos intentarlo. Yo en tu lugar todavía lo intentaría ahora. Una audición no cuesta nada y al menos sabrías qué opinan los demás de tu forma de tocar el violín.

—Seguro que no toco tan bien como podría… —Phipps suspiró.

En eso Nellie no podía contradecirle. Teniendo en cuenta que Phipps lo había aprendido prácticamente todo él solo, tocaba como un virtuoso. Pero otros estudiantes seguramente asistían a clases de música desde niños.

—De todos modos, lo podrías probar —insistió Nellie—. Tanto da: solo porque tus sueños no se hacen realidad, yo no tengo que renunciar a aprender lo que realmente quiero. Así que déjate de tonterías, domínate y ayúdame. A lo mejor yo también puedo echarte una mano en algún momento. Solo tenemos que tratar de sacar lo mejor de Utrecht.

La opinión de Phipps con respecto a la St. Elisabeth School había sido acertada. *Mevrouw* Verhoeven tomaba bajo sus alas a sus pupilas en cuanto llegaban a Utrecht. Ya en el andén de la estación, estaba esperando a Nellie una joven que se presentó como Doortje, una alumna del último curso y, por lo visto, lo suficiente de fiar para confiarle las nuevas alumnas. Doortje tenía dieciocho años y ya estaba prometida, según le comunicó a Nellie en el trayecto a la escuela, que realizaron en el carruaje cerrado del pensionado. La joven de cabello moreno contó maravillas del instituto de enseñanza y de su futuro esposo. Era notario y un día ella se encargaría de administrar una gran casa, le confesó con orgullo a Nellie. Y después de sus estudios en la St. Elisabeth School, se sentía totalmente preparada para ello.

La escuela se encontraba en la periferia de Utrecht, en una gran y elegante mansión. Doortje calificó el edificio de clasicista y también le contó algo de su historia. Nellie se fijó sobre todo en la alta tapia que rodeaba el pequeño jardín. Seguro que habría algún sitio que no se podía controlar desde la casa, pero la tapia provista de puntas seguramente no se lograría superar trepando por ella. Además, echarían en falta a Nellie si desaparecía un par de horas durante el día. Necesitaría un pretexto que le permitiera dejar la escuela de forma totalmente reglamentaria por la puerta principal.

Doortje acompañó a Nellie hasta el despacho de la directora y *mevrouw* Verhoeven dio personalmente la bienvenida a su nueva alumna. La directora de la escuela era una mujer alta y delgada vestida de negro y con unos rasgos faciales duros. Nellie recordó que era viuda. Llevaba el pelo peinado hacia atrás, tirante y recogido en un moño. No obstante, dedicó una sonrisa contenida al saludar a la recién llegada.

—Todavía recuerdo con agrado a tu querida madre —dijo a Nellie tras unas palabras de recibimiento—. Josefine era una de mis alumnas favoritas. Espero que tú la emules. Hasta ahora tus notas... —Echó un vistazo al certificado que la madre de Nellie le había enviado y que ya estaba en una carpeta—, señalan que eres una joven realmente despierta... —Nellie se preguntó en qué sentido lo decía—. No obstante, todavía quedan algunas lagunas en tu formación, como me comunicó tu querida madre. Tú... ¿no tocas ningún instrumento?

Nellie negó con la cabeza. En el salón de los Van der Heyden había un piano, pero su madre solo tocaba muy de vez en cuando... y bastante mal en opinión de Nellie. Nadie en su familia estaba especialmente dotado para la música. En cualquier caso, Phipps se horrorizaba siempre que alguien pulsaba las teclas del instrumento. Según su parecer estaba totalmente desafinado, lo que la madre de Nellie jamás había advertido.

—Es una verdadera lástima, Cornelia. Aquí intentamos fomentar los intereses artísticos de nuestras pupilas. Es bonito que por las tardes una esposa haga las delicias de su marido con una pequeña melodía o deleite a sus invitados con una canción.

Volvió a mirar las notas de Nellie. Junto a la de costura, también la de la asignatura de canto era más bien mediocre.

De repente a Nellie se le ocurrió una idea.

—Me gustaría mucho aprender —dijo—. Bueno, piano... o violín... ¿Lo enseñan aquí?

La directora asintió.

—No sé qué pensará *mevrouw* Van Doorn sobre que comiences con las clases como principiante. La mayoría de las chicas de tu edad ya dominan sus instrumentos bastante bien. Tenemos incluso una pequeña orquesta... Pero ya encontraremos una solución. Ahora te daré el horario de clases y la gobernanta te conducirá a tu habitación. ¿Sabes quién era Anthonis van Dyck?

—Un pintor —respondió Nellie.

Eso al menos lo había oído alguna vez, aunque no habría sabido señalar ninguna obra suya.

Mevrouw Verhoeven asintió complacida.

—Un representante del barroco flamenco, compañero de Peter Paul Rubens. Me alegro de que te intereses por la historia del arte, Cornelia. Ahora puedes marcharte. Seguro que tus compañeras de habitación quieren conocerte. Nore y Elsa están con nosotros desde primero y te ayudarán a familiarizarte con la escuela.

Nellie hizo una reverencia formal, salió de la habitación y justo a continuación la recibió la gobernanta. Ahí no dejaban a las chicas a solas. Nellie siguió a la rolliza y amable mujer a través de pasillos oscuros en cuyas paredes colgaban cuadros igual de lúgubres. *Mevrouw* Bakker la informó mientras tanto de las normas internas: estaban prohibidos los gritos, hablar fuerte y correr por los pasillos, al igual que comer en la habitación. Las comidas eran abundantes, le explicó a Nellie, y además saludables. No estaba bien visto que las alumnas introdujeran golosinas a escondidas. La escuela ponía mucha atención en que las alumnas llevaran una vida sana, así que cada día empezaba con gimnasia para fortalecer el cuerpo, y un paseo por el jardín para moverse al aire libre era parte de la rutina diaria.

—Es muy importante para nosotros que de aquí salgan mujeres mental y físicamente maduras y sanas —declaró *mevrouw* Bakker.

Al recibir tal información, Nellie solo podía pensar en yeguas de cría. Una crianza adecuada en la manada, con un buen forraje y ejercicio regular y ligero que hacían factible una buena absorción de nutrientes y el parto de potros sanos. Aunque la imagen general era frustrante, casi se echó a reír.

La habitación a la que la condujo la gobernanta era, por fortuna, más luminosa que el pasillo. Contaba con unos grandes ventanales y las paredes estaban adornadas con reproducciones de los cuadros más importantes de Van Dyck. Nellie se fijó en el retrato de un joven rubio con el pelo ondulado, así como en el de una mujer vestida de rojo con un niño.

Por lo demás, había tres camas en la habitación, tres escritorios, mesillas de noche y un gran armario ropero. Dos chicas de la edad de Nellie ya estaban allí, ordenando sus cosas, lo que hacían de forma reflexiva y con mucho esmero. Ella hubiese dejado sus pertenencias lo antes posible en cualquier lugar y hubiese esperado a que Elfriede las ordenara, así que encontró la dedicación de sus compañeras digna de admiración. No obstante, se percató de que no le sería fácil emularlas.

La gobernanta presentó a las chicas como Nore y Elsa, pero a Nellie le resultó difícil diferenciarlas. Las dos eran rubias y de ojos azules, y lucían unos peinados muy elaborados en forma de trenzados. Contemplaron con desagrado la cola de caballo de Nellie. Esta se preguntó si peinarse formaba parte del plan de estudios, y echó un vistazo al horario de clases que *mevrouw* Verhoeven le había dado. Era totalmente distinto al de su anterior escuela. Corte y confección, historia del arte, dibujo e incluso un curso de cocina formaban parte de las asignaturas. Francés y neerlandés no podían faltar, por supuesto, y la música ocupaba un gran espacio. Biología, física y química estaban reunidas bajo el nombre de ciencias naturales. Nellie suspiró. Al menos no necesitaría mucho tiempo para estudiar. Podría ocuparse a fondo de su auténtica carrera si encontraba la forma de reunirse con Phipps.

—¿Qué se hace en las tardes libres? —preguntó a Nore, que le había asignado una cama junto a la ventana.

La chica se encogió de hombros.

—Nos dedicamos a nuestras labores o vamos a clase de música… Un par de chicas que provienen de fincas tiene clases de equitación.

—¿Hay caballos aquí? —se sorprendió Nellie.

Nore hizo un gesto negativo con la cabeza.

—No, las chicas se van a una hípica en algún lugar de la ciudad —informó.

—Así que... ¿se puede salir de la escuela? —Nellie albergó una chispa de esperanza.

Nore asintió.

—Solo por una buena razón, claro —precisó después—. No puedes ir a pasear por la ciudad por tu cuenta y riesgo. Pero si la directora te permite tomar clases fuera o visitar a familiares...

Nellie pensó unos instantes. Sus abuelos todavía vivían en Utrecht y ella podía pasar uno de cada dos fines de semana con ellos. ¿Podría poner como pretexto que quería verlos también dos veces a la semana? No sonaba demasiado creíble, sobre todo si no aparecía por su casa.

Pero luego volvió a pensar en el asunto del piano. Se propuso hablar con la directora a la mañana siguiente.

Después de meditarlo, Nellie pospuso su iniciativa para la semana siguiente. Seguro que sería más sensato y creíble si antes observaba cómo funcionaba la escuela y se adaptaba. Así que primero siguió a Nore y Elsa, que eran amigas íntimas desde hacía años y mostraban poco interés por la nueva, al comedor, donde se sirvió una contundente comida casera. Entretanto una alumna leía en voz alta una novela epistolar de Aagje Deken y las otras tenían que escucharla en silencio. En cada una de las largas mesas estaba sentada una profesora que corregía cualquier ausencia de buenos modales durante la comida.

Nellie lo encontró todo bastante tristón, pero se animó después de la cena, cuando dispusieron de un tiempo libre y las chicas se pusieron a hablar alegremente entre sí mientras jugaban a juegos de sociedad o se enfrascaban en sus labores. Algunas se sumieron en la lectura de libros. Para su tranquilidad, Nellie pensó que nadie advertiría que escondía un libro de veterinaria bajo la cubierta de una novela costumbrista.

En los días que siguieron, leyó poemas en francés y se esforzó por conversar sobre la obra de Willem Kloos. Intentó sumergirse como era debido en las obras del artista Caspar David Friedrich y aprendió en la clase de Economía Doméstica cómo hacer caramelo para confeccionar repostería y cómo dar color a las salsas con colorante. Nadie mencionó la base química de tal producto, aunque a Nellie le interesaba más que su empleo. En Música tuvo que hacer una prueba de canto y se le adjudicó la segunda voz en el coro. La profesora encontró lamentable que hasta entonces no hubiese tocado ningún instrumento. Al final, llegó la primera tarde libre, que ella pasó aburrida bordando. Ya se había decidido. En cuanto se le presentara la primera oportunidad iría a ver a la directora y le pediría que le permitiera estudiar piano y violín fuera de la escuela.

Mevrouw Verhoeven frunció el ceño.

—¿Dos instrumentos a la vez, hija mía? ¿No será un propósito demasiado... ambicioso?

Nellie se encogió de hombros.

—Es que no puedo decidirme —afirmó—. Los dos son tan bonitos...

En realidad, cuando Elsa se ejercitaba con el violín sonaba más bien como un gato maltratado y el modo de tocar el piano de Nore tampoco se diría propio de un virtuoso. Pero la directora asintió condescendiente.

—Tienes que ponerte al día —opinó—. Después ya veremos qué se puede hacer. Tus padres tienen que dar el visto bueno, por supuesto.

Nellie asintió. Las clases privadas sin duda se sumarían a la factura de sus padres. Pero no temía que su madre pusiera ninguna objeción. Seguro que Josefine van der Heyden ni se planteaba dar una respuesta negativa a *mevrouw* Verhoeven.

De hecho, la directora llamó a Nellie a los pocos días y le dio la dirección de su futuro maestro. Para su sorpresa, se trataba de un estudiante de música que vivía en una habitación alquilada de la casa de una tal *mevrouw* Smit-Visser.

—*Mevrouw* Smit-Visser trabajaba de profesora en nuestra escuela —explicó la directora—. Ahora mejora la pensión de su jubilación ofreciendo alojamiento a los alumnos del conservatorio y dándoles la posibilidad de enseñar a principiantes en su habitación. Así esos jóvenes se pueden pagar la carrera y están sumamente agradecidos a *mevrouw* Smit-Visser. Por supuesto, siempre se queda en casa cuando se imparten las lecciones. No fuera a ser que a los jóvenes se les ocurriera alguna insensatez...

Nellie asintió diligente, aunque tuvo que reprimir un suspiro. La presencia de la exprofesora le pondría las cosas más difíciles. Sin embargo, cuando se presentó a la primera clase —por primera vez sola—, confirmó que sus temores habían sido injustificados. *Mevrouw* Smit-Visser tenía buen oído y las notas que un principiante emitía, en especial en el violín, literalmente la torturaban. Así que siempre huía a los aposentos más alejados de su preciosa vivienda cuando Frederique Leclerc o Ulrich van Loon recibían a sus alumnos y alumnas. *Mijnheer* Frederique Leclerc fue nombrado responsable de Nellie, pues daba clases tanto de violín como de piano. A Nellie enseguida le cayó bien. Era bastante bajito y tenía el cabello oscuro, procedía de la parte francófona de Bélgica y hablaba neerlandés con un ligero acento. Se hacía llamar *monsieur* Frederique, aunque no era mucho mayor que Phipps, y saludó a Nellie con la sorprendente pregunta de qué era en realidad lo que la llevaba ahí.

—¿De verdad le interesa la música o se trata sobre todo de saltarse las desesperantes tardes del pensionado? —Le guiñó un ojo.

—Ni una cosa ni la otra —respondió Nellie y contó al joven sus intenciones.

—¿Debería entonces dar clases a su amigo en lugar de a usted? —preguntó extrañado—. Mientras usted...

—Mientras yo estudio veterinaria. Exacto —respondió Nellie—. Yo no molestaré. Me sentaré en un rincón y leeré o tomaré apuntes...

—Se ha marcado usted un objetivo ciertamente difícil… —observó el joven pianista poniendo los ojos en blanco—. Imagino que será difícil estudiar la carrera de medicina de segunda mano. ¿Y qué dice el…, hum…, afectado? ¿Se siente él al menos fascinado por la música?

Nellie le sonrió con aire travieso.

—A él no puede sucederle nada mejor —opinó—. Se quedará usted maravillado… Entonces, ¿nos vemos el jueves de la semana que viene?

—Por mí que no quede —contestó Frederique—. Con tal de cobrar, a mí me da igual a quién enseño.

Nellie esperó a pasar el siguiente fin de semana en casa de sus abuelos para escribir una carta a Phipps. No creía que en la St. Elisabeth School censurasen las cartas de las alumnas, pero prefería ir sobre seguro. Además, no tenía gran cosa que hacer en la residencia de los Van de Velde. Abel van de Velde había sido un médico bien considerado, pero hacía unos años que había vendido su consulta y vivía ahora como rentista, totalmente inmerso en unos libros que trataban de viajes a tierras lejanas. Sin embargo él nunca viajaba, los Van de Velde ni siquiera había ido a ver a su hija a Bélgica.

Su esposa Henriette, por el contrario, tenía una activa vida social. Era miembro de la junta directiva de diversas sociedades benéficas, así como de asociaciones para el fomento de las artes. En su agenda siempre había bailes, inauguraciones o conferencias, pero Henriette consideraba que Nellie era todavía demasiado joven para participar en tales eventos. En cambio, la animó a asistir a conciertos, representaciones teatrales y exposiciones de arte: una bien recibida alternativa a la vida en el internado. Su abuela se alegraba por anticipado de su compañía, ya que el abuelo acudía a regañadientes a tales actos. No obstante, Nellie también se entendía muy bien con él, sobre todo porque nunca lo molestaba y además mostraba interés por su biblioteca. Allí encontraba muchas obras sobre medicina que le serían útiles para sus estudios. Si bien en ese caso se trataba de medicina humana, Nellie estaba segura de que las personas y los animales no podían ser tan distintos.

Ahora se trataba de empezar de una vez los estudios universitarios. Escribió a Phipps una carta breve a través de la cual lo citaba en casa de *mevrouw* Smit-Visser el próximo jueves. «Tráete el violín y espera discretamente delante de la casa —le indicaba—. Yo llegaré en carruaje y el conductor seguro que tiene instrucciones de vigilarme hasta que entre. Después puedes llamar. Pregunta por *mijnheer* Frederique Lecrec».

Para su sorpresa, Nellie descubrió el jueves que su nuevo cómplice había planificado minuciosamente la misión clandestina. El mismo *monsieur* Frederique abrió la puerta a Phipps y había preparado un espacio donde Nellie pudiera trabajar escondida.

—Puede estudiar en mi habitación —explicó—. Así tendrá algo más de tranquilidad. Sobre todo, *mevrouw* Smit-Visser no la verá si algún día aparece. Aunque muy de vez en cuando, es algo que puede suceder. ¿Dónde está su futuro director de tesis? —preguntó con una sonrisa irónica.

En ese mismo instante sonó la campanilla de la puerta y, en efecto, Phipps estaba con el estuche de su violín y una cartera delante de la puerta. Frederique lo condujo al salón y Nellie lo miró resplandeciente.

—¿A que ha funcionado de maravilla? —preguntó eufórica—. Cuéntame deprisa cómo te va y cómo han sido las primeras clases. ¿Has tomado apuntes?

Phipps parecía algo abrumado, pero le informó de que su alojamiento estaba en orden, los compañeros eran amables y los estudios exigentes. Tenía que concentrarse para enterarse de todo. Además, al principio no se trataba en absoluto de animales, sino de física y química.

—Algo que en realidad no necesitas —afirmó.

Nellie lo fulminó con la mirada.

—Si no lo necesitara, tampoco tendrías que estudiarlo, ¿verdad? Son conocimientos básicos. Así que déjame ver...

Esperó impaciente a que Phipps sacara de la cartera una libreta en sucio con sus notas, así como los libros de texto correspondientes.

—¿Y qué voy a hacer yo mientras tanto? —preguntó el joven—. ¿Y dónde estamos, por cierto? Este edificio..., la casa...

—Es una escuela de música —intervino Frederique Leclerc—. Y yo soy el profesor. *Mademoiselle* Van der Heyden me comentó que le gustaría estudiar violín y piano.

Nellie sonrió.

—¡Sorpresa! —exclamó complacida—. Tal como te dije: tú me ayudas y yo te ayudo.

Phipps tragó saliva y lentamente empezó a comprender. Al final no cabía en sí de alegría.

—Entonces, desenfunde el instrumento —lo animó Frederique señalando el violín.

Poco después, fue él el sorprendido. Quedó totalmente fascinado por la forma de tocar de Phipps. Nellie se retiró para poder inclinarse con tranquilidad sobre sus libros e intentó reconstruir la primera lección de química tomando notas. Solo a medias, percibió que Phipps y Frederique se ponían a trabajar intensamente. Por lo visto, al joven músico le divertía enormemente pulir el modo de tocar de un talento natural.

Al terminar la hora, los tres estaban muy satisfechos.

—Pero nunca he tocado el piano —señaló Phipps ante de separarse—. En eso soy realmente un novato.

—Seguro que no por mucho tiempo —le dijo Frederique a modo de despedida.

3

A Phipps y a Nellie, el primer semestre en Utrecht les pasó volando. Ambos vivían para las horas que pasaban en la casa de *mevrouw* Smit-Visser. En unas pocas semanas, Phipps tocaba el piano mejor que Nore, la compañera de habitación de Nellie, después de varios años de estudio, y Nellie absorbía como una esponja los contenidos de las asignaturas previas a veterinaria. No tardaron en hacerse amigos de Frederique Leclerc y los tres se alegraron en secreto de ir superando los primeros obstáculos, como la visita de *mevrouw* Smit-Visser en la clase de violín de Phipps. La anciana dama había escuchado la virtuosa interpretación y quería ver quién era el alumno de Frederique que mostraba tal enorme talento. Escuchó pensativa mientras Nellie aguardaba muerta de miedo en la habitación de Frederique. Pero, naturalmente, no había razón para que *mevrouw* Smit-Visser inspeccionase el cuarto de su inquilino. Deshaciéndose en alabanzas, la señora dejó la habitación y Frederique pudo liberar a Nellie.

Sin embargo, el final del semestre se iba acercando y con él los exámenes. Nellie luchaba con la tarea de confeccionarse ella misma un delantal y Phipps con la física y la química. Ácidos, bases y su desarrollo en los tejidos orgánicos no eran lo suyo, simplemente.

—No suspendas —le advirtió Nellie, y canceló sin reparos una de sus preciadas horas de música para preguntarle la lección—. Ya sabes que solo voy a pasar dos años en Utrecht. Si tienes que repetir el seminario de química habremos arrojado la mitad por la ventana.

Sin embargo, la situación era más crítica para Nellie que para Phipps. En St. Elisabeth School se celebraba una fiesta de despedida y se esperaba que las estudiantes de música interpretaran una melodía.

—Al menos al piano —señaló la profesora cuando Nellie intentó convencerla de que ella todavía era incapaz de algo así—. El violín es difícil, lo entiendo. Pero una obra sencilla para piano...

Nellie apareció hecha un manojo de nervios en la clase de Frederique.

—Tienes que enseñarme una canción a toda prisa —le pidió—. La semana que viene tengo que tocar algo.

—Es imposible que lo consigas en una semana —le comunicó el estudiante—. ¡Por Dios, deberías haberlo previsto antes! Al menos habría podido enseñarte los conceptos básicos, pero en solo dos horas...

Nellie suspiró y meditó. Al final encontró la solución.

—Lo entiendo —dijo—. Entonces, cruza los dedos para que no me rompa de verdad algo cuando me caiga de la carroza delante de la escuela.

Nellie fingió de fábula que se había hecho daño en la mano y muy a pesar suyo se propuso que en el futuro tocaría al menos de vez en cuando un poco el piano. Simuló estar compungidísima cuando sus padres llegaron a la fiesta y ella no tuvo nada que exhibir que justificara las caras clases particulares. Pero los Van der Heyden se lo tomaron bien. La madre de Nellie estaba encantada de que la confección se le diera más o menos bien, pues a Nellie le gustaba más coser que bordar o hacer punto, y el padre estuvo satisfecho de que durante las vacaciones mostrara una conducta femenina. Dejó de cocinar ungüentos de caléndula y en su lugar preparó un pudin de caramelo. Y ya no se habló más de sus estudios universitarios.

También el padre de Phipps estaba complacido: su hijo había aprobado los primeros exámenes con suficiente.

—El semestre que viene se orienta más hacia la práctica y te lo pasarás mejor —esperó—. Mañana mismo puedes venir a ayudarme en la consulta, así ya te vas introduciendo en materia.

El doctor De Groot llevó a la práctica su advertencia e insistió en que Phipps estuviera presente en las horas de consulta. Como consecuencia, Phipps odió cada uno de los días de sus vacaciones, mientras que Nellie estaba verde de envidia. Los dos se alegraron cuando volvieron a subir al tren.

—Ahora nos toca estudiar anatomía —informó Phipps con cara de sufrimiento—. Y mi padre ya diseccionó ayer un perro conmigo. Odio andar recortando a esos animales muertos...

—No hay otra manera de hacerlo —señaló Nellie—. A fin de cuentas, no podemos practicar operaciones en animales vivos.

—¿A qué te refieres con eso de «podemos»? —preguntó Phipps—. No voy a llevarte animales muertos a casa de *mevrouw* Smit-Visser.

Nellie se echó a reír.

—El tiempo dirá —respondió con calma—. Yo tampoco es que me alegre mucho de la llegada del nuevo curso. Este trimestre que viene empezamos con bailes de sociedad. Nore y Elsa se mueren de impaciencia por comenzar, ya antes de las vacaciones no hablaban de otro tema. Y encima bailamos unas con otras, solo el último año de escuela se organiza una velada para tomar té y bailar con unos chicos previamente elegidos.

—Yo preferiría bailar que diseccionar bichos —gruñó Phipps

Nellie se encogió de hombros.

—Ya lo superaremos juntos.

Si bien en el siguiente semestre se enseñó anatomía, todavía no se practicaron disecciones, así que Nellie pudo seguir estudiando. El baile le gustó mucho, y además reveló tener cierto talento para el dibujo. Dibujar y pintar sustituían ese semestre la clase de historia del arte y Nellie lograba reproducir muy bien la realidad. Para el concierto de primavera practicó de mala gana un pequeño estudio al piano. Frederique y Phipps escuchaban horrorizados mientras ella se peleaba con el instrumento.

Al final pisó el escenario con el corazón en un puño y golpeó las teclas con obstinación. Los escasos aplausos que recibió a continuación le dieron la oportunidad de oír el comentario de su profesora de música.

—Para el tiempo que lleva con las clases, toca considerablemente mal —susurró *mevrouw* Van Doorn a *mevrouw* Verhoeven.

La directora se encogió de hombres.

—Algunas no tienen la capacidad —musitó—. En cambio, no se le da mal el dibujo, si he entendido bien a *mevrouw* De Haan.

En realidad, la profesora de arte se había quejado de Nellie. En lugar de retratos y flores había encontrado entre sus trabajos dibujos de anatomía. Nellie había copiado las ilustraciones del libro de Phipps y había tenido que justificarse al respecto cuando *mevrouw* De Haan la había descubierto.

En el cuarto semestre las cosas se pusieron realmente serias con la asignatura de anatomía. Los estudiantes pasaban varias horas a la semana en la sala de disecciones y Nellie se moría de envidia. Pese a ello, en el último curso de la St. Elisabeth School se disfrutaba de mayor libertad y las chicas podían salir solas de la escuela para hacer pequeñas compras. En su primera excursión, Nellie se encaminó a una tienda en el distrito universitario. Había estado ahorrando el dinero de bolsillo y adquirió con orgullo instrumental para operar y diseccionar.

—¿Un regalo para su hermano? —preguntó el vendedor—. ¿O tal vez para su futuro esposo?

Nellie se mordió la lengua. El hombre no parecía haber advertido lo estricta que había sido en la selección de los escalpelos y cuchillas y cuánto conocimiento de la materia había mostrado con ello. Para él resultaba inimaginable que una mujer adquiriese tales instrumentos para sí misma.

Por el contrario, el ferretero al que compró un par de trampas para ratas y ratones no se asombró. Al parecer se consideraba que las mujeres eran demasiado delicadas para ver sangre en perros y gatos. Por el contrario, se las creía capaces de aniquilar pequeños roedores.

A Nellie le dio pena la rata que cazó al día siguiente en la despensa de la cocina de la escuela, pero la envolvió con cuidado y se la llevó a la siguiente clase de música. Phipps y Nellie solían alargar últimamente las clases de piano y violín, aprovechaban que ella tenía más libertad para dar un paseo por el parque o estudiar juntos en un café.

De todos modos, para el asunto de la rata tendría que servir la habitación de Frederique en la casa de *mevrouw* Smit-Visser. Nellie se defendió contra sus protestas.

—Te aseguro que no mancharemos nada —aseguró—. Precisamente para eso he comprado una mesa plegable, y además la sangre deja de fluir cuando el corazón ya no palpita.

Frederique estaba a punto de echarse a reír.

—Phipps estará encantado —dijo—. Por cierto, ¿sabes que ha escrito una canción para ti? Pero no acaba de atreverse a interpretarla.

Nellie hizo un gesto de rechazo.

—Hace tiempo que la conozco. Phipps siempre dice que cada persona es para él una melodía. Y la mía ya me la tocó hace años.

—Entretanto la ha estado trabajando. Y no puedo negar que se te reconoce en ella.

Frederique se sentó al piano y tocó un fragmento. Era una

melodía rápida y reivindicativa, vivaz y juguetona, y de ella parecían salir voces de animales y el golpeteo de unos cascos, poseía tanto humor como determinación. El final casi semejaba una marcha triunfal.

Nellie sonrió. Era evidente que Phipps creía en ella. No se interpondría en su camino si su formación avanzaba un paso más.

—El motivo de su muerte es seguro —dijo Nellie cuando desenvolvió la rata—. Traumatismo causado por un golpe en la región occipital. Esta noche ha caído en la trampa. Un cadáver fresco. Apenas huele. Tengo el escalpelo aquí. Así que pongamos manos a la obra...

A Phipps casi se le revolvió el estómago solo de ver la rata muerta. Pero, por supuesto, Nellie tenía razón. También se podían estudiar los órganos internos en un roedor. Indicó de mala gana cómo realizar el primer corte. Ella demostró ser más hábil que él y puso los ojos en blanco cuando él la elogió.

—Me he pasado dos años aprendiendo a cortar telas, además de a trinchar correctamente un asado y hacer graciosos ramilletes de rabanitos para adornar platos fríos. En un pensionado femenino se aprenden muchas cosas útiles. ¡Y espera a verme coser!

Nellie aprobó el «bachillerato de pudin» casi como de paso. Las materias que se enseñaban en la St. Elisabeth School eran limitadas y superó sin esfuerzo y con unas notas estupendas los exámenes de las pocas asignaturas de ciencias. Su obra maestra en corte y confección tuvo una buena recepción y a estas alturas, cuando se concentraba, hasta conseguía elaborar un menú realmente sabroso. Sin embargo, para llegar a ser una buena cocinera le faltaba paciencia, pero en el fondo eso tampoco era demasiado importante para las exalumnas de la escuela. La mayoría de ellas se casarían pronto con hombres ricos y dispondrían de un amplio servicio doméstico, y sobre todo, una cocinera.

Nellie contribuyó a la ceremonia de cierre con una obra al piano que interpretó espantosamente. Le dio una poco de vergüenza, pero su madre estuvo encantada, aunque su abuela puso una expresión contrariada. A diferencia de su hija, Henriette van de Velde sí tenía oído para la música.

—Para ser sincera... prefiero escuchar —confesó Nellie, cuando se reunió con su familia después de la celebración y les enseñó el título de bachillerato—. El concierto de piano al que asistimos hace poco, abuela, era maravilloso. En comparación, yo aporreo las teclas, por supuesto. —Esos días estaba nerviosa y deprimida, se rompía la cabeza pensando en cómo continuar a partir de ese momento. Tenía que quedarse junto a Phipps para poder seguir estudiando. La inspiración le llegó justo en el momento en que intentaba disculparse por su torpeza al tocar el piano—. Lo echaré todo mucho de menos —añadió con tristeza—. Las exposiciones, los conciertos... Me gustaba tanto acompañarte, abuela... Y justo ahora que empieza la temporada de los bailes...

Nellie acababa de cumplir los dieciocho años y Henriette van de Velde había mencionado que ahora ya podía ser presentada en sociedad.

Su madre suspiró.

—Sí, naturalmente, Ledegem no tiene nada que ofrecer en el ámbito cultural. Y Cortrique... Allí hay algo más de animación, pero es todo muy provinciano. No será fácil casar a Cornelia como corresponde a su nivel...

Nellie se esforzó por aparentar preocupación. Henriette van de Velde miró reflexiva a su hija, a su nieta y también a su marido, que parecía estar de nuevo flotando en esferas más elevadas y no advertir a quienes estaban con él. Cuando Nellie se fuese, debería volver a depender de su compañía si no quería asistir sola a los actos culturales.

—A lo mejor Cornelia podría quedarse un par de años más aquí —sugirió—. Para nosotros será un placer. Una muchacha tan agradable y discreta...

Nellie había pasado los fines de semana con los Van de Velde leyendo la mayor parte del tiempo. Textos de medicina escondidos bajo las cubiertas de libros de poemas o novelas costumbristas. Su abuelo nunca controlaba qué libros elegía. Naturalmente, no podía evitar tener que conversar con su abuela y sus frecuentes visitas, pero era algo que ahora dominaba perfectamente.

Josefine van der Heyden miró maravillada a su hija. «Discreta» era el último adjetivo que se le habría ocurrido utilizar para describirla, pero, por supuesto, asistir a la St. Elisabeth School había mejorado su comportamiento.

—Me gustaría asumir la tarea de presentar a Cornelia en sociedad —siguió diciendo Henriette—. De este modo le daríamos, por decirlo de algún modo…, el último retoque. Y si de paso encontramos a un candidato apropiado para pedir su mano…

A Nellie se le aceleró el corazón. Su abuela había reaccionado exactamente como ella quería. Ahora solo cabía esperar que sus padres estuvieran de acuerdo.

Josefine van der Heyden reflexionó.

—¿Tú qué opinas de esto? —preguntó a su marido, que estaba a su lado igual de ausente que su suegro.

El doctor Van der Heyden hizo un gesto de indiferencia.

—A Nellie no la perjudicará —observó. Era probable que pensara en la camada de gatitos que su hija había encontrado en las últimas vacaciones de verano y que había alimentado y cuidado en el cobertizo del jardín. Si bien consideraba que Nellie tenía ahora unos modales más femeninos, su comportamiento no le parecía en absoluto ejemplar—. Aunque, naturalmente, preferiría que se casara en Cortrique. Así los nietos estarían cerca.

Esto asombró a Nellie, que hasta ese momento no había percibido ningún especial interés de su padre hacia los niños.

—¡Volveré seguro! —se apresuró a afirmar—. Pero la temporada de bailes en Utrecht… Hace tanto que soñaba con ella…

—Se esforzó por mostrar una expresión nostálgica, para lo que se limitó en pensar en los gatitos.

Su madre la miró satisfecha.

—En cualquier caso, podemos dejar que pase aquí el invierno —decidió—. Luego ya veremos qué hacemos.

Nellie suspiró aliviada. Al menos el siguiente semestre estaba garantizado.

4

Poco después de la fiesta de fin de curso —Nellie ya estaba instalada en casa de sus abuelos—, surgió una nueva amenaza para la continuación de sus estudios.

Había decidido concluir las clases de piano y violín al finalizar el periodo escolar.

—Esto no puede seguir —explicó a un abatido Phipps—. En el pensionado no notaron que casi nunca practicaba, pero mi abuela lo controlará. También se dará cuenta de que no tengo violín, hasta ahora solo he hablado de clases de piano. En cualquier caso, nos descubrirá, y eso no puede pasar, así de simple. Además, ahora podemos reunirnos en cualquier lugar. Seguro que salgo de casa con frecuencia. Solo para las pruebas de vestidos de la temporada de baile... Mi abuela está encargando montañas de ropa para todo tipo de ocasiones posibles.

Phipps lo entendió, mientras que para Frederique era inaceptable que no volvieran a tocar juntos. Aunque los dos podrían seguir viéndose en su tiempo libre, Phipps no progresaría así.

—Aunque, a decir verdad, ya te he enseñado todo lo que sé —confesó el joven intérprete—. Con el violín... No me gusta admitirlo, pero ahí eres mucho mejor que yo. Es una pena que no puedas estudiar música. Hay muchos veterinarios, pero músicos con tanto talento...

—Mi padre no me pagará clases de música —explicó Phipps por enésima vez, cerrando el estuche de su violín—. Enseguida me quedaría sin dinero. Y no me digas que puedo enseñar como tú. De ese modo nunca podría financiarme la carrera.

Con este último argumento le dio una idea a Frederique. En la última clase de piano de Nellie, comunicó a su amigo y alumno que había programado una audición para él en el conservatorio.

—El profesor Grimaldi te escuchará —explicó entusiasmado—. Y estoy seguro de que luego te concederán una beca. Ya he hablado también con *mevrouw* Smit-Visser. En cuanto quede una habitación libre (y por lo que sé, Ulrich tiene en invierno su primer contrato en Leipzig), puedes mudarte aquí y costear el alquiler con las clases de piano y violín. Si tardas un poco en tener ingresos, te dejará pagar más tarde. Te conoce y quiere fomentar tu talento. ¡Venga, Philipp, no hay peros que valgan! Tienes que hacerlo.

El joven se dejó convencer para intentarlo al menos con la audición mientras Nellie lo esperaba en la cafetería cerca del conservatorio. Cuando por fin salió, tenía unas manchas rojas en las mejillas y parecía emocionado, pero en absoluto contento.

—¿Qué ha pasado? ¿No le ha gustado? —preguntó Nellie asombrada, haciendo una señal al camarero para pedir un chocolate caliente para Phipps. Le encantaba. Además, obraba un efecto consolador.

—Al contrario —murmuró Phipps, sentándose a su lado—. Estaba... totalmente entusiasmado. En especial cuando se enteró de que solo he estudiado dos años. Pese a todo ha señalado un par de cosas sobre el modo de tocar y la posición del arco... Nellie, ¡ese hombre es un genio! Si pudiera seguir estudiando con él... —Sus ojos brillaban.

—Entonces, ¿vas a hacerlo? —preguntó Nellie.

Tenía sentimientos contradictorios. Por una parte, su amigo

se lo merecía. Pero por otra, eso sería el final de sus propios sueños de futuro.

—No sé… —El rostro de Phipps se ensombreció de nuevo—. Es exponerse a un riesgo… tan grande… Significaría romper totalmente con mi familia. Me las tendría que apañar solo.

—Yo todavía estaré en Utrecht —intentó consolarlo Nellie, aunque ella ya no tendría ningún motivo para quedarse ahí si Phipps renunciaba a la carrera de veterinaria—. Y Frederique. Y seguro que harás más amigos.

Phipps tomó un sorbo de chocolate.

—Pero tendría que decírselo. A mi padre. Después de haberme pagado cuatro semestres… y de que en cierto modo me haya confiado… la consulta…

Nellie se encogió de hombros.

—Tú siempre le has dicho lo que de verdad anhelabas —observó—. Si no ha querido escucharte… A lo mejor lo convence el dictamen de ese profesor. Una beca en el conservatorio de Utrecht… es algo importante. Dejará de pensar que ser violinista no es más que una fantasía.

—¿Crees que debería hacerlo? —Phipps jugueteó con la galleta que se servía con el chocolate caliente.

Nellie suspiró.

—Phipps, no puedo aconsejarte. Tú mismo debes saber qué quieres y de qué te sientes capaz. Si yo estuviera en tu lugar… Ya sabes lo mucho que deseo estudiar veterinaria. Lo haría casi todo por lograrlo…

—Entonces, ¿es mejor que no lo haga? —preguntó Phipps—. Porque…, porque entonces tú perderías la oportunidad de estudiar lo que te gusta.

Nellie levantó la vista al cielo.

—Phipps, es tu vida. Tienes que decidir por ti mismo. En cuanto a mí, de todos modos es muy poco probable que logre trabajar de veterinaria algún día, así que no te preocupes.

Phipps mordisqueó la galleta.

—Bueno, pase lo que pase, ahora tengo que ir a casa —dijo. Las vacaciones estaban al caer—. Allí lo reflexionaré.

Nellie pasó todo el verano en vilo. Las numerosas exposiciones, conciertos y meriendas a las que la llevó su abuela no lograban distraer su mente, que no dejaba de pensar en qué decidiría Phipps. Sin embargo, su primera temporada transcurrió con éxito. En los distintos actos de beneficencia, los jóvenes oficiales, pasantes de abogados y asistentes médicos, que solían aparecer con sus padres, se pegaban por invitarla a beber y para conversar con ella de todas las naderías posibles. También le llovían los elogios, lo que a Nellie le parecía sorprendente.

En los últimos años, no se había roto la cabeza pensando en si era guapa o no. La cosmética no entraba en el plan de estudios de la St. Elisabeth School. Las profesoras intentaban inculcar a las chicas la idea de que un hombre valoraría en su futura esposa sobre todo su capacidad para llevar la economía doméstica y, en segundo término, sus facultades artísticas. Por supuesto, las chicas tenían más conocimientos. Pasaban mucho tiempo peinándose las unas a las otras y discutiendo sobre cuál de ellas tenía mejores perspectivas en el mercado matrimonial. Nellie nunca había participado en ello. Tenía cosas mejores en que ocuparse que en hacer trenzas a Nore o Elsa o entablar amistades más íntimas con otras chicas.

En su otra escuela había compartido más aficiones con las compañeras. El hecho de que tampoco en su infancia hubiese encontrado ninguna amiga íntima se debía sobre todo a que vivía tan lejos que era imposible reunirse con otras niñas por las tardes. Además, le bastaba la amistad con Phipps. El atractivo que pudieran tener él o ella para el sexo opuesto nunca había sido un tema de su interés. Para su sorpresa, Nellie debía admitir que los ojos de los hombres se iluminaban cuando ella entraba en el salón de baile con uno de los vestidos que su abuela le había escogido. Los hombres alababan sus cabellos cobrizos y sus bonitos ojos. Hasta entonces, ella siempre los había descrito de color castaño claro, pero ahora escuchaba que aparecían en ellos luces verdes cuando reía. A uno de los jóvenes pasantes, que por lo visto se sentía llamado a ser poeta, esa tonalidad le recordó el color de la terracota de las casas italianas: «Me parece estar viendo brillar el sol de Italia...», había afirmado el chico.

Los acercamientos de los oficiales eran más osados. A veces Nellie tenía que pararlos, discretamente pero con determinación, cuando, al bailar, sus manos descendían demasiado en dirección a la parte inferior de su espalda. Los nuevos vestidos acentuaban su silueta, sus pechos eran más generosos y las caderas más redondas, probablemente los pantalones de montar ya no le servirían. Pero seguía estando delgada y siendo flexible. Y seguro que no se había olvidado de montar a caballo. Esperaba que el doctor De Groot no hubiese vendido al poni Cees.

Por una parte, Henriette van de Velde observaba con satisfacción lo bien que se desenvolvía su nieta con los jóvenes y elogiaba, por otra parte, su discreción femenina. Nellie era amable con sus admiradores sin preferir a ninguno de ellos. Sus padres no tenían que preocuparse de que su hija se enamorase demasiado deprisa y se casara en Utrecht.

Las vacaciones de Phipps por fin terminaron y Nellie esperaba su regreso. Él había escrito un par de veces, pero no había mencionado la decisión que iba a tomar. Frederique Leclerc tampoco había recibido noticias suyas y poco a poco se le iba agotando la paciencia.

—Me arriesgué demasiado al recomendarlo —declaró cuando se encontró a Nellie en un baile, donde lo habían contratado como pianista. Últimamente se financiaba más con pequeñas actuaciones, sus estudios llegaban a su fin—. Y justo al profesor Grimaldi. La carrera de Philipp como violinista no tiene mucho de convencional. Que lograra una beca no era sencillo.

Nellie asintió. Le daba ánimos que Phipps tampoco se hubiese puesto en contacto con Frederique. Si la contestación hubiera sido positiva, se estarían haciendo preparativos.

Una semana antes del comienzo del nuevo semestre, Phipps la esperaba delante de la casa de los abuelos. Tuvo que aguardar con paciencia, pues no se habían citado. Cuando Nellie salió de la casa para ir a comprar y vio a su amigo, corrió alegre hacia él. El joven estaba pálido pese al frescor del verano.

—Phipps, ¿qué sucede?

Como siempre, Nellie no se anduvo con rodeos. Quería saber a qué atenerse, aunque ya sospechaba qué había decidido su amigo.

—¿Qué va a suceder? —preguntó Phipps. Tenía la voz apagada—. Ya estoy de nuevo aquí. Y si quieres, nos encontramos como en tu último día de curso en el Café Reimers. Martes o jueves.

Nellie lo escrutó con la mirada.

—Así que... ¿sigues? ¿Con veterinaria? ¿No lo has hablado con tu padre?

Phipps bajó la vista.

—Claro que lo he hablado con mi padre —dijo—. Cada día. Le... le he ayudado en la consulta. Este semestre trabajaremos en la clínica de animales pequeños. La experiencia me será útil allí...

Era como si estuviese repitiendo las palabras de su padre.

—¡Phipps! —Nellie habría querido zarandear a su amigo—. No me refiero a si has hablado con tu padre sobre cómo combatir las lombrices de los caballos. ¿Qué pasa con el violín? ¿Con tu beca?

Phipps se encogió de hombros.

—Seré veterinario —respondió resignado—. No consigo rebelarme. No..., no tengo tu valor.

Nellie se olvidó de toda decencia y abrazó a su amigo.

—Ay, Phipps.

Este hizo un gesto de rechazo.

—De todos modos, esto se va a poner más difícil —dijo cambiando de tema—. Con tus estudios. Empieza el semestre de prácticas.

Nellie sonrió.

—Entonces tendré que atrapar ratas vivas —dijo—. Y esperar que tengan alguna dolencia que podamos tratar. Después podrás especializarte en hurones.

Phipps intentó reír también.

—Lo conseguirás —murmuró—. Al menos uno de los dos lo conseguirá.

5

—¿Es que aquí solo hay asociaciones benéficas para seres humanos? —preguntó Nellie a su abuela. Henriette van de Velde estaba preparando un bazar para ayudar a los menesterosos a los que protegía una de sus asociaciones femeninas, y Nellie colaboraba arreglando las ropas donadas—. Me refiero a que en Gran Bretaña, por ejemplo, hay asociaciones protectoras de animales...

—Aquí también —contestó automáticamente su abuela, sorprendiéndola—. La Asociación Reina Sofía para la protección de animales. Hace mucho que existe, pero nunca me ha interesado. Por mis alergias, ya sabes.

Henriette afirmaba que tenía mucha alergia a los pelos de los perros y los gatos, algo que Nellie no se creía. Desde que vivía con sus abuelos, había vuelto a ocuparse de gatos y perros callejeros. También en la vivienda de Utrecht había un cobertizo en el jardín en el que hospedar a los animales. El jardín de los Van de Velde era mucho más pequeño que el de sus padres en Ledegem, pero tenía la ventaja de que sus abuelos no lo pisaban prácticamente nunca. Abel siempre había sido un hombre muy casero y Henriette disfrutaba de la vista desde su mirador. Le encantaban las flores de colores y por eso tenían a un jardinero que cada día iba dos horas para arreglar la propiedad. Por fortuna, a *mijnheer* Otto le gustaban los animales y no le molestaban los que Nellie adoptaba. De hecho, incluso parecía sentir simpatía por ellos. Así que Nellie no había de temer que la traicionase. No obstante, eso no evitaba que eventualmente apareciera en la casa con pelos de animal en el vestido. Si su abuela realmente fuera tan sensible a ellos, habría reaccionado con una erupción cutánea o con sofocos.

—Creo que incluso hablaban de un refugio de animales —siguió diciendo—. Deja que piense... Sí, en Abstederdijk.

Nellie la escuchaba esperanzada. Se diría que era una respuesta a sus oraciones. Pero por supuesto necesitaba el visto bueno de su abuela para incorporarse a esa asociación.

—¿Sería adecuado... que pasara por allí? —preguntó Nellie—. Me gustan los animales, sabes...

Henriette le lanzó una severa mirada.

—Ya me han hablado de eso —dijo—. De tu refugio para animales en el cobertizo del jardín... Tu madre estaba horrorizada. Espero que no tengas intención de abrir otro aquí.

—Claro que no, abuela —le aseguró Nellie, sin ni siquiera engañarla, ya que, a fin de cuentas, la apertura de su hogar para animales ya hacía tiempo que se había efectuado—. Pero a lo mejor podría participar de un modo conveniente en la Asociación Reina Sofía.

Henriette van de Velde se encogió de hombros.

—Pruébalo —animó a su nieta—. Pero, por favor, piensa en mi alergia. Nada de contacto directo con los animales...

Al día siguiente, Nellie se dirigió a Absterderdijk y buscó el Stichs Asyl voor Dieren. El refugio de animales se componía de un par de casitas y perreras frente a un bloque de viviendas y cerca del ferrocarril. Nellie oyó ladridos cuando la puerta se abrió. Un sendero llevaba a las perreras y a una casa con el rótulo RECEPCIÓN. No se veía a ninguna apersona, pero en la entidad tenía que haber actividad. El portal parecía asegurarse con un candado que ahora colgaba abierto de la cerca.

Mientras todavía estaba pensando a qué puerta llamar, un grito ensordecedor salió de la casa y un perro aulló como si le estuvieran arrancando la piel en vivo. Nellie no se lo pensó demasiado antes de entrar.

La recepción estaba compuesta por una habitación minúscula con un mostrador, tras el cual no había nadie en ese momento, listo para dar la bienvenida a las visitas. En las paredes colgaban dibujos de perros y gatos y en una estantería se alineaban unos archivadores. Había un paso a una especie de habitación para exámenes médicos de la que seguían saliendo los gritos de desesperación del perro. Cuando Nellie los siguió alarmada, vio al instante a su autor. Un cachorro blanco y negro empapado se quejaba a grito pelado de que una habilidosa rubia lo hubiese metido en una tina con agua y ahora lo estuviese enjabonando. Se defendía con todas sus fuerzas y, resbaladizo como estaba, casi se habría escapado si Nellie no lo hubiese cogido con determinación.

—¡Y ahora estate quieto, pequeñito! —dijo con decisión—. Y no armes tanto alboroto. Por Dios, con este griterío había pensado que te estaban torturando.

La mujer rubia se echó a reír. Tenía un rostro ancho y plano, y ojos azul claro. Protegía su modesto vestido de tarde azul con un delantal, aunque no estaba demasiado limpio. El cachorro ya debía de haberse resistido con vehemencia a que lo metiera en el agua.

—Y eso que solo quiero ayudarlo. Estaba sucio, apestaba y, sobre todo, parecía picarle por todas partes. Seguro que tiene pulgas porque no deja de rascarse. En cualquier caso, pensé que le gustaría bañarse. Es evidente que me equivoqué.

Nellie agarraba al perrito con firmeza mientras la mujer seguía enjabonándolo. Las dos necesitaban plena concentración. Solo cuando lo enjuagaron y dejaron libre, consiguieron volver a conversar.

—Bienvenida a Stichts Asyl voor Dieren —dijo su compañera, cuyo vestido estaba a esas alturas tan mojado como el pelaje del cachorro. Y lo mismo se podía decir del traje y la blusa de Nellie—. Me llamo Veronika Willems y dirijo el grupo local de la Asociación Reina Sofía. Somos una sociedad protectora de animales que...

—Lo sé —la interrumpió Nellie, mirando al perrito que se sacudía indignado el agua e intentaba al mismo tiempo aliviarse del picor que lo atormentaba. Se rascó con las patas y se lanzó al suelo con las extremidades separadas como una rana para restregar el vientre, como ejecutando una danza oriental. Era divertido verlo y las hizo reír a las dos cuando les dirigió una mirada que partía el corazón desde sus redondos ojos castaños. Sin lugar a dudas, el cachorro era una mezcla, pero gran parte de sus antepasados debían de haber sido collies.

—El baño no ha servido para gran cosa —comentó *mevrouw* Willems con un suspiro antes de que Nellie pudiera presentarse.

Esta movió la cabeza.

—No. Era imposible. El cachorro tiene sarna causada por ácaros. Un poco de agua y jabón no los mata, tenemos que recurrir a armas más potentes. ¿Dónde está la farmacia más cercana? —preguntó.

Mevrouw Willems la miró escrutadora.

—¿Sabe algo de perros? —preguntó.

—Un amigo mío estudia veterinaria —respondió Nellie—. Y yo... le pregunto la lección con frecuencia. Además, nuestro vecino tiene una consulta veterinaria...

—¿Sabe usted quizá por qué tiene hipo? Escuche, ahora vuele a tenerlo. —Veronika Willems señaló al cachorro, que empezaba a hipar.

Nellie cogió al perro y le hizo un breve examen.

—A ver, no parece tener muchos gases, pero está muy delgado y tiene el vientre hinchado. Eso indica que hay gusanos, lo que suele provocar hipo. También puede ser que haya comido y bebido demasiado deprisa y que se haya atragantado. En el caso de los cachorros suele ser algo inofensivo. Solo hay que desparasitarlo, cuanto antes mejor. Enseguida traeré un remedio. Solo tiene que indicarme dónde está la farmacia. Ah, y mi nombre es Cornelia van der Heyden, pero puede llamarme simplemente Nellie.

Veronika Willems le sonrió.

—Entonces, llámeme Veronika. ¡Bienvenida, Nellie! ¿Ha venido a ayudar?

Nellie asintió.

—Si es que tal vez me necesita...

Veronika suspiró.

—No se imagina cuánto...

Media hora más tarde, Nellie regresó de la farmacia y las dos aplicaron una loción contra los ácaros al cacharro, que protestó de nuevo. En cambio se tomó de buen grado el medicamento en polvo contra los gusanos con algo de paté de hígado.

—¿Cuál es su nombre? —preguntó Nellie, después de volver a depositar a su paciente en el suelo, donde enseguida empezó a rascarse otra vez.

Veronika movió la cabeza.

—No les ponemos nombre —contestó—. Así no nos resulta tan difícil separarnos de ellos.

—Pero los perros podrían conservar el nombre cuando alguien los adoptara —observó Nellie—. Yo encontraría más bonito llamarlos por su nombre durante su estancia aquí.

Veronika suspiró.

—Ay, Nellie, no se quedan mucho tiempo. Cuando los traen, la mayoría de las veces los perreros o la policía, aunque a este lo han encontrado unos niños en una montaña de basura, tenemos dos semanas exactamente para encontrarles un propietario. En caso contrario los matan...

—¿Cómo? —exclamó Nellie horrorizada.

—Los matan. Acaban en el Departamento de Anatomía de

la universidad. De ese modo tienen alguna utilidad... Lo que a nosotros no nos consuela, por supuesto. A mí me bastan dos semanas para acostumbrarme a un animal y a las otras mujeres les ocurre los mismo. Por eso nunca hay aquí muchas ayudantes. La mayoría de ellas se concentran en colocar a los perros, solo unas pocas quieren sacarlos de paseo o bañarlos y lavarlos. Así que cualquier mujer que quiera trabajar duro con nosotros es más que bien recibida. O cualquier hombre. No tenemos a ningún hombre en la asociación.

Nellie pensó en introducir enseguida algunos cambios. Pero en primer lugar aseguró a Veronika que iría a ayudarla de forma regular. El cachorro brincaba a su alrededor. No parecía ser rencoroso... o tal vez esperaba un poco más de paté.

—¡Flop! —exclamó Nellie riendo cuando el perrito mestizo aterrizó sobre las posaderas después de dar un atrevido salto—. Creo que te llamaré Flipflop.

—Cuando lo vengan a recoger dentro de dos semanas, se le desgarrará el corazón—le dijo Veronika.

Nellie negó con la cabeza.

—A este perro no lo toca nadie —afirmó.

Si bien no tenía ni idea de lo que iba a suceder a la larga con el pequeño, estaba decidida a cuidar de que no acabase en ninguna mesa de disección.

El rostro de Veronika reflejó su alegría.

—Entonces hemos podido colocar a uno —dijo contenta—. Nellie, es usted un regalo caído del cielo.

A partir de ese día, Nellie pasaba cada minuto que tenía libre en la sede de Abstederdijk. Limpiaba las perreras, jugaba con los perros y los gatos y los curaba cuando estaban enfermos. La mayoría de las veces los animales callejeros solían sufrir dolencias leves causadas por la desnutrición y el abandono. Cuando Nellie no sabía cómo avanzar, llamaba a Phipps. Desde que ella se había introducido en la protectora de animales, ya no se encontraban regularmente en el café. En lugar de ello, pedía a su amigo y veterinario en ciernes que la acompañase al albergue de animales y la ayudase en su tratamiento.

Hasta entonces, y para que no mataran al menos a los gatos, las mujeres los habían cuidado durante dos semanas y luego los habían vuelto a soltar. Como era natural, merodeaban luego junto al refugio, donde les daban de comer, pero la policía no tenía acceso a ellos. Nellie insistió en castrarlos antes de volver a dejarlos en la calle. Aprendió la técnica y de ese modo evitaba que los gatos se multiplicasen sin control.

Sin embargo, Veronika y sus compañeras de batalla no podían salvar a muchos perros. Normalmente, solo recogían a aquellos animales que se habían escapado y cuyos propietarios los encontraban en el refugio. Quien quería un perro faldero, uno guardián o uno de caza no iba allí a quedarse con un mestizo, sino que tenía dinero suficiente para adquirir un perro de raza.

Nellie se esforzaba por cambiar esta situación aprovechando los contactos que tenía entre los miembros de la alta sociedad gracias a sus abuelos. En especial cuando había que dar cachorros, hacía una ronda de visitas a las familias con hijos y se llevaba al perrito con ella. Los niños caían presa de sus gracias de inmediato y derramaban lágrimas cuando los padres decían que no estaban de acuerdo con quedárselo. Algunas de las madres cedían entonces; pero con este método Nellie ponía a prueba su popularidad. Para indignación de su abuela, cada vez la invitaban menos y las señoras ya no hablaban de sus encantos, sino de lo fastidiosa que era. A Nellie le daba igual. Prefería implicarse en el asilo para animales que ir a bailes o a reuniones de señoras; de todos modos, no pensaba permanecer por mucho tiempo en Utrecht.

Al invierno siguiente —Nellie pasó la segunda temporada de baile en casa de sus abuelos contrariamente al plan inicial de quedarse solo un par de meses—, Phipps empezó el semestre de exámenes. Nellie repasaba con él toda la materia de estudio cuando se encontraban. Además, había reunido valor y le había contado a Veronika Willems que estudiaba a escondidas. Ella se quedó impresionada y fue muy comprensiva y apartaba la vista cuando, a solas o en compañía de Phipps, Nellie diseccionaba o practicaba métodos quirúrgicos con los cadáveres de perros sacrificados.

A las dos semanas de su llegada al refugio, Flipflop, el pequeño mestizo de collie, se mudó al cobertizo de los Van de Velde. El jardinero encubrió la presencia prohibida del perro y Phipps calificó de loca a su amiga.

—Pero fíjate en lo estupendamente que está creciendo —replicó contenta Nellie cuando le presentó al perro.

Flipflop ya no se rascaba, había eliminado cantidades ingentes de gusanos y su pelaje empezaba a brillar. Era además afable, siempre estaba contento y no parecía llevar mal el hecho de tener que estar mucho tiempo solo en el cobertizo. Henriette van de Velde pensaba que era el perro del jardinero y toleraba de mala gana que retozara alrededor de *mijnheer* Otto cuando este trabajaba.

—¿Y qué vas a hacer con él cuando vuelvas a Ledegem? —preguntó Phipps.

Últimamente cada vez hablaban más del retorno a casa de sus padres. Era evidente que había decepcionado a Henriette van de Velde. Desde que trabajaba en el refugio de animales descuidaba sus obras benéficas, conciertos e inauguraciones en galerías. Solo en los bailes seguía brillando. Pero como no animaba a ninguno de sus admiradores, la vida de Henriette no se volvió más interesante.

—¡Te lo tendrás que quedar tú! —decidió Nellie—. Te lo regalo.

Los padres de Phipps no pondrían objeciones si llegaba con

un perro. En casa del veterinario siempre había habido uno o dos perros.

—Sabía que volvería a caerme a mí el marrón —contestó teatralmente Phipps.

Nellie le sonrió.

—Le quitaré la costumbre de aullar cuando tocas el violín —prometió—. Seguro que no te molestará.

6

—Escucha, ¿vendrías un día conmigo a un baile? —Se diría que Phipps casi sentía timidez cuando le planteó la pregunta a Nellie, a finales de la temporada, en la primavera de 1912—. Yo..., nosotros..., bueno, los estudiantes de final de carrera estamos invitados este año al baile de la Facultad de Veterinaria, en la sala de fiestas de la universidad... Es espléndida. Mi padre quiere que vaya. Dice que allí podría entablar contactos...

—¿Contactos con chicas? —preguntó Nellie en tono burlón.

Phipps se encogió de hombros.

—A lo mejor con otros veterinarios. No todos los licenciados tienen una consulta a su cargo. Y creo que mi padre estaría de acuerdo en que adquiriese algo de experiencia en otro lugar antes de regresar a Ledegem. No sé. En cualquier caso..., me gustaría que me acompañaras. En cierto modo, tú formas parte de esto. Y no sabría con quién bailar si no es contigo.

—O sea, que no puedo examinarme, pero sí bailar —observó Nellie—. Estupendo.

Phipps la miró entristecido.

—Yo no soy quien ha dictado las normas —se justificó—. Si por mí fuera, podrías...

Nellie descansó una mano en el brazo de él.

—Está bien, Phipps. Claro que te acompañaré. Solo necesito que mis abuelos me den permiso. Te presentarás oficialmente en nuestra casa y les preguntarás si me permiten salir contigo. No debería suponer ningún problema. A fin de cuentas, eres un amigo de la infancia y podemos decir que hemos renovado nuestra amistad trabajando juntos en el refugio de animales. Pero tienes que venir un día, traer flores y dar un poco de conversación.

—¡Ah, así que por ahí van los tiros! —Henriette van de Velde parecía molesta, pero también aliviada—. Con que esto es lo que siempre te lleva a ese asilo de animales. ¡Un muchacho!

—Philipp y yo solo somos amigos, abuela —le aseguró Nellie—. Nos conocemos desde hace mucho tiempo...

Henriette frunció el ceño. Estaba claro que no creía ni una sola palabra de lo que le contaba su nieta.

—Tu madre siempre ha sospechado que hay algo más... —añadió—. Pero está bien, de todos modos, dentro de poco esto acabará. Así que invita el domingo a un té a *mijnheer* De Groot y luego ya veremos.

Nellie se preguntó a qué se refería su abuela con que dentro de poco se acabaría eso, pero asintió obediente y escribió una nota a Phipps en la que lo convocaba en casa de sus abuelos.

Como era de esperar, el reposado y bien educado Phipps causó buena impresión a los Van de Velde. Conversó con el abuelo de Nellie sobre expediciones de grandes estudiosos de las ciencias naturales e informó cortésmente sobre sus estudios y la consulta de su padre, de la que acabaría encargándose. Entretanto iba lanzando miradas todo el tiempo al brillante piano de cola que dominaba el salón de los Van de Velde, hasta que la abuela le preguntó si quería tocar. Por supuesto, Phipps no se hizo de rogar y su interpretación se ganó definitivamente todas las simpatías de Henriette.

—¡Esto es virtuosismo, *mijnheer* De Groot! —exclamó fascinada—. Hay muchos pianistas que se atreven a subir a un escenario y que no están a su altura...

—¡Y deberías oír cómo toca el violín! —intervino Nellie, haciendo enrojecer a Phipps.

—¿Cómo es que no ha asistido a ningún conservatorio? —preguntó Henriette—. En lugar de dedicarse a tareas tan repugnantes como diseccionar animales...

—¡La veterinaria no es repugnante! —se apresuró a replicar Nellie, mientras Phipps contestaba solícito que se había sometido a los deseos de su padre.

Henriette van de Velde movió la cabeza apenada.

—Una conducta que lo honra, joven —dijo con reconocimiento—. Por otra parte, seguro que hay muchos veterinarios mediocres, pero solo unos pocos grandes artistas.

—Tan grande no soy —contestó Phipps tímidamente—. Tan solo un metro setenta.

Con el chiste salvó la situación y obtuvo, por descontado, el permiso de llevar a Nellie al baile de los veterinarios. Henriette montó un gran alboroto en torno a la ocasión y quiso intervenir en todas las cuestiones acerca del peinado y el vestido de Nellie. Al final se decidió por un vestido tango verde claro con el cuello en pico y una túnica de encaje color verde bosque. Un cordón de perlas constituía la inevitable diadema que sujetaba el cabello de Nellie, que ella solía llevar suelto. Remataba el tocado un penacho de plumas, también verdes.

—¿Estás nerviosa, pequeña? —preguntó Henriette cuando puso punto final al vestido de gala de Nellie con un collar de perlas. Su nieta negó con la cabeza. No entendía el comportamiento de su abuela. La acompañaba desde hacía dos años a actos de beneficencia, funciones de ópera y bailes en casas particulares. ¿Por qué iba a estar nerviosa en esta ocasión?—. Es la primera vez que vas a un baile con un acompañante, además el... —Henriette bajó la voz y le habló casi como una cómplice—, el que te resulta más querido.

Nellie se negó a dar más explicaciones.

—Por eso mismo —se limitó a decir—. Conozco a Phipps desde siempre. ¿Por qué iba a estar nerviosa?

Nellie sonrió y se extrañó de que los dulces ojos azules de Phipps también se iluminaran al verla, como los de los demás hombres cuando entraba en un salón de baile.

—Estás... ¡estás guapa! —exclamó admirado. Parecía que fuera la primera vez que la veía.

Nellie rio.

—Tú también tienes buen aspecto —le devolvió el cumplido.

En efecto, el padre de Phipps no había escatimado en la vestimenta de su hijo para ese evento. Phipps llevaba un traje de fiesta a la moda y cortado a medida, con la chaqueta cruzada, que acentuaba su esbelta figura. Se acababa de cortar el pelo castaño y ondulado. Nellie se percató en ese momento de que el rostro de Phipps iba perdiendo su redondez infantil. Sus ojos irradiaban amabilidad y sosiego, y tenía unos labios sensuales.

—Gracias —contestó Phipps—. ¿Nos..., nos vamos ya?

Mientras Henriette se entusiasmaba por esa hermosa pareja y le deseaba una feliz velada, Phipps ofreció el brazo a Nellie y ella se asombró de lo prudente y discreto que se mostraba. El chico al que ella tendía la mano con toda naturalidad para que la ayudase a trepar por la tapia de un jardín, el amigo que siempre había estado detrás de ella y había guiado sus manos en una disección, se comportaba ahora como si tocase una valiosa muñeca de porcelana. Nellie apenas daba crédito a lo que podían llegar a hacer una prenda de encaje y unas tenacillas para rizar el cabello, y esperaba que Phipps se comportase con más naturalidad durante la velada. Con un acompañante tan circunspecto se moriría de aburrimiento.

Su amigo había reservado un carruaje y Nellie estaba excitada cuando el vehículo se detuvo delante del noble edificio de la universidad, el lugar en el que sus sueños y esperanzas se habían concentrado en los años pasados.

—¿Tienes tiempo de enseñarme un poco la universidad? —preguntó—. ¿Las aulas? ¿O la sala de disecciones?

—¿Qué? —Phipps la miró como si no estuviera bien de la cabeza, pero luego pareció recordar con quién estaba—. A lo mejor más tarde —contestó, dándole largas—. Primero tenemos que ir al banquete. En algún sitio debo de haber guardado las invitaciones...

La sala de actos tenía una especie de vestíbulo en el que los invitados podían dejar sus abrigos. Ahí los esperaban unos empleados que indicaban a los asistentes los lugares que les correspondían en las grandes mesas redondas. A Nellie y a Phipps se les asignó una en la que ya conversaban animadamente dos veterinarios residentes en Utrecht con sus cónyuges. En ese momento se sumaron un profesor auxiliar de la universidad y su esposa. Educadamente, Phipps se presentó a sí mismo y a Nellie y enseguida los incluyeron en la conversación. Cuando sus futuros compañeros de trabajo le preguntaron, Phipps habló de la consulta de su padre, mientras que Nellie tuvo que conversar con las señoras sobre su asistencia a la St. Elisabeth School y su estancia en casa de sus abuelos. Si bien le habría interesado más participar de la conversación masculina sobre si en el futuro realmente habría consultas especializadas en animales pequeños y cuáles eran las ventajas e inconvenientes de la especialización, se alegraba de poder escuchar al menos lo que decían. Phipps no parecía tener ninguna opinión concreta sobre el tema. Cuando las esposas de los veterinarios y la del profesor empezaron a hablar de conocidos comunes, Nellie aprovechó para lanzar un par de comentarios.

—En el campo seguro que no se podrán separar —observó—. Allí el tema principal son los animales grandes, de importancia en la esfera económica. Los perros y los gatos de granja y establos son secundarios. Pocas veces se acude a un veterinario por ellos ni se está dispuesto a pagar una gran cantidad.

Los caballeros se la quedaron mirando como si de repente oyesen hablar a una muñeca de trapo. Uno de ellos se echó a reír.

—Vaya, vaya, vaya... Acaba de hablar la futura esposa de un veterinario. Váyase con cuidado, *mijnheer* De Groot, esta señorita ya está calculando sus ingresos...

Nellie lo observó distante.

—En realidad me parece lamentable —siguió diciendo sin dejarse intimidar—. Según mi opinión, los animales pequeños también necesitan una atención adecuada. Y más cuando en su caso resultaría más fácil aplicar las innovaciones de la medicina humana, como los rayos X, por ejemplo. Es más fácil colocar a un gato debajo de un aparato así que a un caballo.

Los tres hombres se echaron a reír.

—¿No querrá ahora examinar a gatos con rayos X? —preguntó uno de los veterinarios.

Nellie asintió.

—¿Por qué no? Puedo imaginar perfectamente que en una gran ciudad y con el tiempo se imponga un diagnóstico radiográfico en una consulta especializada de animales pequeños. En realidad, sería interesante que alguien escribiera una tesis sobre...

—¡Ya tiene usted algo que hacer, *mijnheer* De Groot! —se burló el profesor auxiliar—. Cómprese un aparato de rayos X y póngase a investigar...

—¿La artrosis degenerativa en perros de raza? —reflexionó Nellie—. ¿Con perros vagabundos como grupo de comparación? Cuando pienso en la cantidad de perritos falderos que ya cojean en sus primeros años... No habría que comprar un aparato enseguida. La Facultad de Medicina debería tener algunos. Se podría...

—Te estás poniendo en ridículo, Nellie —le susurró Phipps, mientras todos los demás parecían pasárselo en grande.

Nellie lo miró sin entender, pero luego recordó dónde estaba.

—Esto... Bueno..., era solo una idea —murmuró—. Siento haberme entrometido. Yo...

—¡Ha sido encantador! —opinó uno de los veterinarios, condescendiente—. Y asombroso la de ideas que llegan a agolparse en una cabecita tan hermosa. Pero ahora vamos a brindar, *juffrouw* Van der Heyden. Por esta bonita velada y las atractivas damas que nos acompañan.

Alzó la copa de vino espumoso que acababan de servir y con ello incluyó a las otras damas en la conversación. Poco después, Nellie hablaba con ellas sobre la labor que su abuela desarrollaba para asistir a los pobres y sobre el último concierto de Schubert al que había asistido con ella. Las dos esposas de los veterinarios también habían ido. Nellie miró a Phipps con el rabillo del ojo. Seguro que habría preferido participar en esa conversación en lugar de en la de los varones, que en ese momento giraba en torno a cigarros y destilerías de whisky.

El menú de tres platos fue espectacular, y Nellie brilló con sus conocimientos sobre el empleo de colorante y crema de caramelo. Se alegró de que por fin empezara el baile. En realidad, no le importaba hablar en círculos femeninos sobre recetas y telas para vestidos, pero esa noche le costaba. Continuamente llegaban a sus oídos fragmentos de conversaciones de las mesas vecinas acerca de temas muy interesantes, pero incluso si se hubiese atrevido a participar de nuevo en una de ellas, nadie la habría tomado en serio.

Phipps parecía igual de aliviado cuando la condujo a la pista de baile.

—Pero ¿tú sabes bailar? —le preguntó preocupada. Phipps nunca le había dicho que había ido a clase de baile.

Al joven se le subieron los colores.

—Le pedí a Frederique que me enseñara —confesó.

—¿Habéis hecho las paces?

Nellie permitió complacida que Phipps la rodease con un brazo y la guiase en los primeros pasos de un vals. Las diferencias entre él y Frederique, surgidas a raíz del rechazo de la beca, la habían preocupado mucho. Al final, Phipps había perdido al único amigo con el cual podía hablar sobre su pasión por la música.

Él asintió.

—Tocamos juntos. No con frecuencia, porque no tenemos tiempo, pero sí de vez en cuando. A veces lo necesito, simplemente... Prefiero no pensar en lo que sucederá cuando vuelva a Ledegem. Sin conciertos..., sin nadie que quiera escucharme al menos tocar el violín.

En esos últimos años, Phipps había asistido con frecuencia a conciertos y óperas, aunque fuese en los asientos más baratos, ya que no tenía presupuesto para actividades culturales. Lo echaría en falta.

—Yo te escucharé —prometió Nellie—. Incluso podría acompañarte al piano, aunque creo...

Phipps no pudo evitar reírse.

—Prefiero renunciar —dijo—. Y ahora olvidémonos de todo eso. Estamos en un baile, y tú eres la maravillosa princesa y yo soy el príncipe que baila con ella las melodías que se interpretan.

Nellie sonrió.

—¿Quieres decir que hoy ya no somos Phipps y Nellie?

—Sí —contestó Phipps, serio—. Somos personajes de un cuento, bailamos sobre una nube y viviremos felices hasta el fin de nuestros días...

—Solo si me va bien el zapato de cristal. —Nellie rio y miró sus zapatos de tacón de seda, pensando que en cada uno de ellos podrían haber cabido dos pies de Cenicienta. Era una joven con buen pie.

—También podrías bailar descalza —explicó Phipps—. A mí no me importaría y, de todos modos, todo el mundo está deslumbrado por tu belleza.

Nellie se acomodó entre sus brazos. No conseguía ver a su

amigo como un príncipe azul, pero disfrutaba del brillo de sus ojos y de la sonrisa de sus labios. Se alegraba de verlo por fin feliz y se sentía bien y segura mientras él la conducía en el baile. Entretanto se iba sirviendo el champán y Nellie no se reprimió como cuando salía con su abuela. Ahí no necesitaba mantener a distancia a ningún caballero, pues estaba con Phipps, en quien confiaba ciegamente. Así que en el segundo descanso del baile ya estaba un poco achispada y se atrevió a repetirle que le enseñara algo más la universidad. Phipps también estaba más animado después de unas copas y los dos se escabulleron riendo del salón de baile y se internaron en el caos de pasillos del viejo edificio de la universidad. A esas horas estaban, por supuesto, vacíos y Nellie se impregnó de la nobleza del edificio lejos del ruido y del ajetreo.

—¿Habrá fantasmas aquí? —preguntó cuando Phipps la llevó al sótano, donde estaba el Departamento de Anatomía.

Phipps se encogió de hombros.

—Un montón —contestó—. Todos los ratones y ratas que han dejado su vida aquí..., sin olvidarnos de las ranas. Lo primero que tuvimos que hacer fue diseccionar una rana...

—Yo eso todavía no lo he hecho —dijo Nellie, decepcionada.

Phipps rio.

—Entonces no te afectará oírlas croar. En serio, al principio tenía pesadillas. A mí esto no me va demasiado, como bien sabes...

Con un gesto de la mano abarcó la gran sala con la mesa de disección, su fría cerámica, los desagües por los que se eliminaban los fluidos de los cuerpos de los animales... Incluso Nellie se estremeció un poco ante esa visión.

—¡Pero ahora estamos tratando a animales vivos! —se consoló la joven—. Y la sensación de poderlos ayudar... ¡No hay nada que la supere! —Miró a Phipps con entusiasmo.

Él le contestó con una mirada llena de amor.

—Te voy a enseñar las aulas —dijo, cogiéndole la mano.

Ella se dejó llevar confiada, refugiándose en su calidez en medio de esos lúgubres espacios. Y de pronto se encontraron en una impresionante sala con gradas, techos recubiertos de madera, ventanas de arco y adornos de estuco en las paredes. Admiró la tarima para los docentes y creyó oír a unos hombres pronunciando unos notables discursos cuyo contenido podría cambiar el mundo y acrecentar sus propios conocimientos. Le habría encantado formar parte de ese oasis de la erudición...

—¿Dejarán entrar algún día a las mujeres? —preguntó al vacío, mientras Phipps escuchaba animado la música que llegaba del salón de baile.

—¿Habrá bailado alguna vez alguien aquí? —preguntó y la rodeó con los brazos. Nellie ejecutó sin demasiado entusiasmo unos primeros pasos con él, pero luego se soltó.

—Aquí no quiero bailar —dijo airada—. Aquí quiero aprender, abrir nuevos horizontes. Averiguar y hacer cosas que no sé...

Phipps la contempló y vio por una parte a su vieja amiga y por otra a una princesa iracunda. Ese no era un día para la ciencia... Aunó fuerzas y cogió dulcemente su rostro para que levantara la vista. No era mucho más baja que él, no tuvo que inclinarse demasiado para besarla.

Cuando sus labios se tocaron, vio sorpresa en los ojos de ella y más curiosidad que rechazo. Nellie abrió los labios, complaciente, dejó que la lengua de Phipps entrara y respondió con ternura y placer a su beso.

—No... No me refería a esto con lo de abrir nuevos horizontes... —susurró cuando sus labios se separaron.

—Pero ¿te ha gustado? —preguntó en voz baja Phipps—. Para mí ha sido... Todavía no había besado a ninguna chica.

Nellie sonrió.

—Averiguar y hacer cosas que no sé... —repitió—. ¿Lo probamos otra vez?

Durante una hora cautivadora estuvieron explorando el arte

de besar, intercambiaron besos pequeños y tiernos y besos largos y ardientes. Nellie descubrió que no sucedía nada de lo que se describía en las novelas románticas, nada de arcoíris ni de danza entre la luna y las estrellas. No obstante, se producía una agradable sensación de cosquilleo que partía de los labios y se extendía por todo su cuerpo. Era bonito y distinto a todo lo que había experimentado hasta el momento, además de un poco embriagador. Pero por supuesto eso también podía deberse al champán.

En un momento dado se entregó alegremente a las nuevas sensaciones. Phipps ya hacía rato que no pensaba en nada. Parecía hechizado. Cuando cesó la música en el salón de baile, volvió a la realidad.

—Creo que tenemos que irnos —susurró, manifiestamente apenado—. O nos encerrarán aquí... con todos los fantasmas.

—Me dan menos miedo los fantasmas que la reacción de mis abuelos —observó Nellie sin restos de los efectos del champán—. Cielos, qué tarde es. No quiero ni imaginar qué pensarán de nosotros nuestros compañeros de mesa... y sus esposas. —Soltó una risita mientras lo seguía todo lo deprisa que le permitía el estrecho vestido, de vuelta al salón de baile—. ¿Qué estábamos haciendo allí, Phipps?

Phipps se llevó un dedo a los labios.

—No éramos nosotros —le recordó él sonriendo.

Nellie le devolvió una sonrisa cómplice.

—Exacto. Philipp y Cornelia nunca harían algo así —confirmó con seriedad—. ¿Tengo el cabello muy revuelto? —Phipps se sacó un peine del bolsillo y se lo tendió—. Péiname tú —le pidió. A fin de cuentas, no había ningún espejo por ahí cerca.

Phipps le arregló velozmente el cabello. Parecía volver a ser él mismo ahora.

—Creo que queda pasable —dijo—. Solo se resiste esa pluma, que parece a media asta. ¿Para qué se llevan estas cosas?

Nellie frunció el ceño.

—Es la pluma mágica —declaró—. Provoca la transformación de Cenicienta en princesa. Combinada con ciertas manipulaciones en el área del cabello, junto con la acentuación de las formas del cuerpo con una indumentaria que inspira anacronismo, es seguro que obra efecto, en especial sobre los ejemplares masculinos de la especie *Homo sapiens*.

Los dos regresaron entre risas al salón de baile, de donde salían en ese momento los últimos invitados. No volvieron a cruzarse con sus compañeros de mesa, pero sí pillaron el último carruaje.

—¿Nos vemos mañana en el refugio? —preguntó Nellie cuando llegaron a la casa de sus abuelos.

Iba a bajar, pero Phipps se acordó de las normas de comportamiento y abandonó el carruaje para ayudarla a descender y acompañarla a la puerta de la casa. Eso la puso un poco nerviosa. Era una persona sana y podía andar sola. Y seguro que nadie estaría esperándola al acecho en el jardín de sus abuelos. Las mujeres eran como paquetes que era preciso recoger y devolver. Estaba impaciente por desprenderse del vestido de baile y ponerse su modesto atuendo de estar por casa con el delantal de trabajo que llevaba en el refugio.

—Pasado mañana —respondió Phipps—. Mañana tengo reunión. —Tenía que presentarse a un examen y estudiaba siempre que tenía libre.

Nellie suspiró. Aprovechaba cada minuto para reunir experiencia práctica con la dirección de Phipps y a esas alturas había introducido en el refugio una especie de ambulatorio con una hora de consulta. Ahí se trataba gratuitamente a todos los animales que se habían acogido y distribuido después. La idea había tenido una buena recepción entre los dueños de los animales y Nellie examinaba a perros que cojeaban y gatos que vomitaban, cosía heridas y realizaba operaciones menores.

—Hasta pasado mañana, entonces —respondió resignada—. Buenas noches.

Phipps se quedó parado mientras ella tocaba el timbre de la casa.

—Te…, ¿te ha gustado? —preguntó—. Me…, me refiero a si no te he…, bueno…, cogido por sorpresa. No era esa mi intención, ¿sabes?

Nellie hizo un gesto de indiferencia.

—Ha sido bonito —respondió lacónica—. Bueno, hasta el martes. ¡A las cuatro! —Y dicho esto desapareció tras la puerta.

A la mañana siguiente, los dos tenían dolor de cabeza y el martes se encontraron en el refugio. No mencionaron la hora mágica en el aula de la universidad.

7

A mediados de 1912, cuando Phipps concluyó sus estudios, ni los conocimientos teóricos ni los prácticos de Nellie le iban a la zaga. Habría podido aprobar los exámenes de inmediato y es probable que con matrícula de honor. Las notas de Phipps solo fueron mediocres. Sin embargo, ella experimentaba una ligera amargura pese al triunfo obtenido en la ejecución de su disparatado proyecto.

Al igual que habían hecho cuatro años antes, Nellie y Phipps cogieron juntos el tren que los llevaba de vuelta desde Utrecht hasta Cortrique. Poco después del baile de la Facultad de Veterinaria, Nellie había recibido una carta de su madre en la que le pedía que volviera a Ledegem. Le escribía que, tras su larga ausencia, deseaba volver a pasar tiempo con ella y presentarla a la buena sociedad de Cortrique. Citaba un par de actos culturales a los que quería acudir acompañada de Nellie y mencionaba de paso que los Van der Heyden habían conocido hacía poco a un joven médico, un hombre encantador. El doctor Pauwel se había hecho cargo de la consulta de su propio padre en Cortrique y causado una impresión estupenda en la madre de Nellie.

—Parece que es el motivo por el que me llaman para que vuelva —dijo Nellie malhumorada—. Un candidato a esposo que encaja absolutamente con sus ideales. Esperemos que no sufra de alergia a los animales. Me encantaría volver a tener un perro.

Había regalado el perrito mestizo al jardinero después de que este apenas pudiese disimular su pena cuando oyó que ella quería llevárselo. Como sus abuelos pensaban de todos modos que él era el amo del animal, podría seguir trabajando con él.

—¿De verdad quieres casarte? —preguntó Phipps.

Nellie se encogió de hombros.

—No es cuestión de si quiero o no. Pero no puedo estar toda la vida diciendo que no cuando continuamente me estén presentando aspirantes a pedir mi mano. En Utrecht, lo de los caballeros en los bailes y meriendas no era más que un juego. Ahora la cosa va en serio. Mi madre vigilará con qué hombre intercambio aunque solo sea una palabra con el fin de tantear después qué aptitudes tiene para convertirse en esposo. Por fortuna no puede obligarme a que me case. Así que podré opinar al respecto y no tengo ninguna prisa. Seguro que a ti te ocurre lo mismo.

—¿Qué? —preguntó ingenuo Phipps.

—Lo de buscarte novia —respondió Nellie—. ¿Qué te apuestas a que tus padres ya están mirando quién puede ser tu esposa ideal como veterinario? No me extrañaría que en invierno nos encontráramos en los mismos bailes. A no ser que tus padres prefieran a una campesina en lugar de a una niña bien. Entonces insistirán en que te metas en un grupo folklórico y que bailes en mayo al aire libre. En la fiesta de la cosecha de alguna asociación de campesinos o algo parecido. —Nellie miró por la ventana. El tren se acercaba lentamente a Cortrique.

—Hasta ahora nunca he pensado en casarme —admitió Phipps—. Y ese tipo de fiestas no me interesan nada. Acabo de comprarme unas partituras nuevas…

Durante el periodo de exámenes, Phipps había tenido que descuidar a la fuerza el violín y ahora anhelaba volver a tener más tiempo para tocar. Al visitar una tienda de música no había podido resistirse. Un buen montón de partituras llenaba su maleta; Nellie le había cogido los libros de texto para repasarlos otra vez en cuanto se le brindase la oportunidad.

—Cuando eres una joven soltera, cada día te recuerdan que vas a casarte... —Nellie suspiró—. Pero lo dicho, yo no voy a precipitarme. En cambio, sí te ayudaré en la consulta, ¿vale?

—Ni mi padre ni el tuyo estarán entusiasmados —observó Phipps a disgusto—. ¿Cómo te lo imaginas? ¿Vas a venir cada día a mi casa para ser mi asistente?

—De lo contrario no tendré nada que hacer —respondió Nellie—. Con el tiempo se verá. Observemos primero cómo van las cosas. ¿Está pensando tu padre en una segunda sala de curas? No tenéis suficientes pacientes para eso. Ah, sí, ¿y qué sucede con el doctorado? ¿Has pensado ya sobre qué tema vas a escribir?

El padre de Phipps había dejado claro que esperaba que su hijo, además de trabajar en la consulta, no tardara en doctorarse. Phipps se frotó la frente. Al parecer, intentaba pensar en todo eso lo menos posible.

La nueva vida de Nellie en casa de sus padres reveló ser tan aburrida como ella había previsto. En realidad, no tenía nada que hacer, salvo conversar con su madre y planear salidas o comidas. Naturalmente, esto último lo podía hacer Josefine sola, y en cuanto a los planes que tenía con su hija, ya había confeccionado una lista. El siguiente domingo, el maravilloso doctor Pauwel acudiría a tomar el té.

Normalmente, la compra de una vestimenta adecuada para tal ocasión habría necesitado mucho tiempo; pero en Utrecht, la abuela de Nellie ya le había surtido de todo aquello que pudiera necesitar para resplandecer en la provinciana Cortrique. Así que mataba el tiempo charlando con su madre y pasando revista una vez más a cada proyecto en el que había participado en Utrecht. Por lo demás, leía —con el método ya probado— los libros de texto sobre veterinaria escondidos en sobrecubiertas de las novelas costumbristas que tan de moda estaban.

Por supuesto, al cabo de tres días ya no soportaba esa vida y con un «voy a dar un paseo» se despidió para dirigirse a la casa de los De Groot. Esperaba encontrar a Phipps y tuvo suerte. Su amigo estaba en el pajar poniendo los arreos a Cees.

—¿No tenéis consulta ahora? —preguntó, mientras lo ayudaba a colocar al caballito blanco delante del carro.

Phipps asintió con expresión desdichada.

—Mi padre se ocupa —respondió—. Yo tengo que ir a ver a un caballo enfermo. Nos lo hemos repartido. Él se ocupa de los animales pequeños y yo de los grandes. Opina que tengo que adquirir más experiencia. Y conocer a los campesinos.

El rostro de Nellie resplandeció.

—¡Es fantástico! —exclamó alegre—. Puedes llevarme contigo a ver a los animales grandes. Tu padre no tiene por qué enterarse. ¡Por fin me enfrentaré cara a cara con una vaca enferma!

Nellie lo había aprendido todo sobre el tratamiento del prolapso uterino y la inflamación de las ubres en vacas de leche y se había dedicado a estudiar con todo detalle las enfermedades porcinas, como la erisipela. Sin embargo, había carecido, como era obvio, de oportunidades para intervenir personalmente en ese campo.

—Me voy contigo —decidió—. ¿Dónde está el caballo?

El animal estaba en una granja a tres kilómetros de distancia y sufría un cólico. Phipps lo auscultó y diagnosticó flatulencia. Se acercó al vientre del caballo con tanta prudencia como si el animal fuera a explotar de un momento a otro. El gran hunter de pelaje castaño, un cazador en gran parte purasangre, inspiraba respeto. Tenía fuertes dolores, sudaba y no podía quedarse quieto.

—Tal vez debería darle algo para que se tranquilice antes de la exploración rectal —reflexionó Phipps, mientras el propietario intentaba apaciguar al caballo.

—¿Estás loco? —susurró Nellie—. Ya tiene problemas circulatorios. Si además lo aturdes... No. Déjame a mí.

Canturreando una afable y monótona melodía se acercó al caballo, lo acarició y consiguió en un tiempo brevísimo que le permitiera introducir el brazo en el ano. Dirigida por Phipps y esforzándose por recordar palabra por palabra lo que había leído en el libro de texto, palpó el intestino.

—El ciego está ligeramente desplazado —constató—. Pero, si no me equivoco, no es algo demasiado grave. ¿Quieres explorarlo tú también, Phipps?

Era evidente que a Phipps no le apetecía nada, pero comprendió que tenía que corroborar la conclusión de la primera exploración rectal de Nellie. Mientras, ella ya estaba buscando el medicamento apropiado en el maletín de su amigo.

—¿Dónde tienes la vaselina, Phipps? Se la ponemos ahora mismo para que se relaje y para calmar el dolor. Y luego lo paseamos hasta que se mejore. Tiene que permanecer en movimiento. Pero hay que llevarlo del ronzal, no hacerle trabajar a la cuerda, no tiene que cansarse demasiado. ¿Es correcto, Phipps?

El joven solo pudo asentir mientras el propietario del caballo lo observaba asombrado y lanzaba a Nellie miradas de reconocimiento. Tenía experiencia con los caballos y ese no era, seguro, el primer cólico al que se enfrentaba. El acertado diagnóstico de la muchacha lo impresionó.

—Nunca había oído hablar de una chica veterinaria —comentó cuando Nellie y Phipps se despidieron, después de que el caballo volviera a defecar por primera vez—. Pero bien hecho, doctora...

—Nellie —respondió ella con calma—. Y no lo olvide: no debe volver a comer hasta que suelte la vaselina por detrás...

—¿Algo más? —preguntó llena de expectativas cuando Phipps volvió a dirigir el carro rumbo a Ledegem.

A diferencia de él, se puso contenta cuando a medio camino se encontraron con un joven que montaba a pelo un caballo de sangre fría y les contó que una de las vacas de su padre estaba pariendo con problemas. En la consulta le habían dicho que el joven doctor De Groot había salido y se alegraba de haberlo encontrado. Phipps no compartía su entusiasmo, pero enseguida dirigió el poni a la granja de Jansen. La vaca, un animal huesudo blanquinegro, estaba tendida en el establo lanzando unos mugidos lastimeros.

—Antje es mi mejor vaca lechera —dijo el campesino, después de saludar a Phipps y, sumamente extrañado, también a Nellie—. Pero tiene dificultades para parir. Cada vez...

Nellie preguntó cuántos partos había tenido ya la vaca. Mientras, Phipps se quitó la chaqueta para palpar cómo estaba colocado el ternero. Se lavó las manos y los brazos, se untó el brazo con vaselina, lo metió por el canal de alumbramiento y gimió cuando una contracción se lo apretó. Nellie empezó a entender por qué Phipps odiaba ese trabajo. Necesitaba la sensibilidad de las manos para tocar el violín. Seguro que no les hacía ningún bien introducirse por el canal de parto de una vaca en un frío establo.

—El ternero está bien colocado, pero es bastante grande —anunció finalmente—. Tenemos que ayudar a la madre. Trae la cuerda del carro, Nellie. La anudaremos bien a las patas delanteras e intentaremos tirar del ternero.

Entretanto, Nellie se había enterado de que era la cuarta vez que Antje paría y enseguida volvió con las cuerdas.

—¿Puedo? —preguntó esperanzada.

Mientras el campesino la miraba atónito y Phipps con resignación, ya se había subido las mangas del vestido, bastante sucio tras tratar al caballo, y se frotaba los brazos con jabón duro para untárselos después de vaselina como Phipps. Hizo hábilmente un nudo corredizo en la cuerda, habló en tono cariñoso a la vaca y metió la mano en la vagina del animal. Se quedó fascinada cuando notó las patas delanteras del pequeño en el canal del parto y las pezuñas todavía blandas en las membranas ovulares. Su rostro se transfiguró, aunque la siguiente contracción también le resultó desagradable.

—De todos modos, no tardará en salir —anunció—. No está atascado del todo, se mueve un poco. —Concentrada, hizo el nudo tal como había leído que se hacían, sacó la mano e hizo una señal a Phipps y al campesino para que tirasen de la cuerda cuando se produjo la siguiente contracción. Ella también ayudó y se echó a reír porque se cayó de espaldas encima de la paja cuando el ternero salió de golpe al exterior. Phipps lo liberó de las membranas.

—¡Un precioso ternero! —exclamó y acercó el animalillo a la vaca para que lo lamiera y lo limpiara. Nellie la ayudó con unos manojos de paja, incapaz de dejar de admirar al recién nacido.

Entretanto, el campesino había sacado una botella de ginebra de su escondite y llenado tres vasos.

—¡Ahora tenemos que brindar! —ordenó—. Una muchacha que trae un ternero al mundo... ¡Parecía algo imposible!

—¡Para mí, es el primero! —exclamó orgullosa Nellie y consiguió dar un sorbito a la ginebra sin estremecerse—. ¡Pero ha sido fantástico!

—¿Y dónde ha aprendido, si es que me permite la pregunta, señorita? —quiso informarse el campesino, que volvió a llenarle el vaso.

Nellie bebió intrépida.

—Oh, estudié en Utrecht con el doctor De Groot —explicó.

Phipps casi se atragantó.

—Pero ahora tenemos que irnos —adujo Phipps, metiendo prisa a su amiga—. La consulta...

—Ha sido un honor para mí —dijo el campesino con galantería—. Doctora...

—Nellie —se presentó Nellie. Y subió al pescante del carro con Phipps—. ¡Qué emocionante! —exclamó entusiasmada cuando el poni se puso al trote.

Phipps la miró de reojo.

—Apestas a establo de vacas —indicó—. Procura que tu madre no te vea así. En realidad, el vestido está para tirar.

Nellie se miró extrañada. Ni siquiera había pensado en el vestido. Phipps tenía un chaleco de goma y al quitarse la chaqueta casi no se había ensuciado. El vestido largo hasta la pantorrilla de Nellie llevaba excrementos pegados y estaba embadurnado de sangre.

—Oh... —suspiró—. Esta ropa no es nada práctica en un establo. La próxima vez me pondré los pantalones de montar. Me volverás a llevar contigo, ¿no? —Lo miró llena de esperanza.

Phipps suspiró. Su detestada profesión nunca le había parecido tan soportable como esa tarde con Nellie. Lo entretenía durante los viajes por el campo, asumía los trabajos que él odiaba y era mucho mejor que él también en el área de los animales grandes. Por otra parte, no quería ni pensar en qué pasaría si sus padres y los de Nellie se enteraban de que se la llevaba con él. En realidad, debería haberlo evitado..., pero ¿alguna vez había podido decirle que no a Nellie?

—Pues claro —contestó, resignado—. El lunes, si tienes el día libre.

Nellie asintió.

—Como tú ya sabes, no tengo nada que hacer. Solo necesito un buen pretexto. ¿Hay alguna sociedad de beneficencia en la que pueda ingresar? ¿Decorar la iglesia o algo así?

Phipps no pudo evitar reír.

—¿Has aprendido a hacer arreglos florales?

Nellie se rio con él.

—¡Claro! Y a hacer las delicias de mi marido y mis hijos con un hogar aseado y confortable. Y ahora que digo esto me acuerdo del doctor Pauwel. Mañana vendrá de visita. ¡Esperemos que no sea demasiado aburrido!

Nellie consiguió colarse en su casa sin que sus padres se dieran cuenta, tirar el vestido y lavarse a fondo antes de empezar a cenar juntos. Pese a ello, su madre olfateó desconcertada cuando Elfriede llevó la comida.

—Seguro que no puede ser, pero tengo la impresión de que huele a establo —observó.

Nellie se puso como un tomate.

—Pues yo no huelo nada —afirmó, apresurándose después a disculparse.

Tras llenar la bañera de agua caliente, pasó dos horas en un baño de espuma esperando oler después a rosas.

8

Nellie pasó una mañana agotadora dedicándose a los preparativos de la visita del doctor Pauwel. Su madre insistió en que hiciese un pastel según una receta de la clase de economía doméstica de la St. Elisabeth School. La mujer pasó horas dando vueltas a la cuestión de cómo debía ir vestida su hija en ese primer encuentro y la peinó tres veces hasta que se decidió por un discreto trenzado que relajó un poco dejando suelto un mechón a cada lado de la cara, a los que dio forma de tirabuzón. No hizo ni caso a que Nellie objetara que ese peinado estaba pasado de moda.

—El peinado es maravilloso, muestra la densidad, el brillo y la belleza de tu cabello, pero sin alardear de ello…

Nellie puso los ojos en blanco. Pensar en el encuentro de la joven con el fabuloso doctor Pauwel transformaba a la madre en una auténtica poetisa. En cuanto a la indumentaria, acabó eligiendo un femenino vestido de tarde blanco, con bordado inglés en la falda y el corpiño. Un ancho cinturón azul acentuaba la cintura de su portadora. Además, Nellie tenía que llevar zapatos blancos de tela. Ella no estaba muy entusiasmada.

—¿El blanco? —preguntó enojada—. ¿He de casarme hoy mismo?

La madre lanzó una risa nerviosa.

—¡Claro que no, qué tonterías dices, hija! Pero el blanco realza tu juventud y tu inocencia...

—La abuela me lo compró para una merienda en el campo —observó Nellie—. Un pícnic con un sol resplandeciente. Casi todos iban de blanco, incluso los caballeros. No fue nada práctico, después se tardó una eternidad en limpiar las manchas verdes de hierba. Hoy hace un poco de frío y llueve. ¿Por qué no puedo ponerme simplemente el vestido marrón oro? La falda y la blusa... y la chaqueta a juego si es que salimos.

—¡No vamos a salir, Cornelia! No, un bonito vestido de estar en casa es de lo más conveniente y el blanco te sienta bien. Hazme caso, estarás irresistible...

Nellie se preguntó si era eso lo que ella quería. Habría preferido observar al hombre antes de intentar impresionarlo.

No obstante, su madre se mostró implacable y al final Nellie se rindió. Entretanto, hasta ella sentía curiosidad por ese médico joven a quien su madre endiosaba de tal modo. Ayudó obediente a poner la mesa y sacó unos jarrones. Un caballero bien educado llevaría flores para ella y también para su madre.

El doctor Hermanus Pauwel se presentó a la hora en punto y causó un pequeño revuelo en Ledegem al aparecer al volante de un coche. Hasta ese momento no había ni un solo vehículo privado en el pueblo y ni siquiera en Cortrique había muchos que pudieran permitirse uno. Cada vez se veían más coches de empresa y camiones, pero solo unos pocos excéntricos tenían un automóvil de lujo. Por su parte, el doctor Pauwel conducía su deportivo y además llevaba una estilosa gorra de piel que se quitó desenfadadamente cuando se acercó a la puerta de entrada. Debía de haberlo protegido del viento y de la dominante llovizna en el descapotable.

Elfriede abrió y lo ayudó a desprenderse en el vestíbulo del abrigo deportivo antes de que hiciera entrega de las flores y saludara formalmente a Nellie y su madre. No cabía duda de que estaba bien educado, pero a primera vista eso era lo único que hablaba a su favor. El joven era algo gordito, ya mostraba entradas y tenía unos acuosos ojos de color azul claro. Su característica más notable era una boca muy ancha con unos inusuales y carnosos labios rojos como frambuesas. A Nellie le hizo pensar al instante en una rana que hubiese mordisqueado el colorete de su madre. Tuvo que esconderse detrás de su ramo de flores para no echarse a reír y después trató de no pensar continuamente en un estanque con sus inquilinas listas para aparearse. Por otra parte, ninguna rana hubiese croado de forma más entusiasta que su madre al saludar al yerno de sus sueños.

—Pero ¡entre doctor! Qué tiempo tan desapacible, ¿verdad? En cualquier caso, me alegro muchísimo de que haya venido. ¡Y qué flores tan hermosas! Cornelia, ¿podrías hacer un arreglo con ellas? Cornelia tiene un gusto exquisito para estas cosas, una intuición exquisita en cuanto a la belleza...

Por el momento, no se exigía que Nellie abriese la boca. La joven colocó las flores en los jarrones y, obedeciendo a una indicación de su madre, fue a buscar a su padre para el café. Ante la agitación que reinaba en la casa, el doctor Van der Heyden había huido a su consulta para poner al día sus archivos. En ese momento lanzó una mirada evaluadora a su hija.

—Estás muy guapa —observó—. El doctor Pauwel ya puede darse por satisfecho...

—Padre...

Nellie estaba a punto de señalar que de momento no se había prometido con el joven médico, pero cambió al instante de opinión. Ya habría suficiente jaleo si, en contra de lo esperado, la rana no se convertía en príncipe. Mejor no discutir ahora.

Su madre y el doctor Pauwel conversaban animadamente cuando Nellie y su padre se reunieron con ellos. Josefine van der Heyden estaba elogiando en ese instante la tarta de avellanas.

—Cornelia misma la ha glaseado. No deja que nadie haga el glaseado de canela, es una especie de receta secreta...

Nellie estuvo a punto de poner otra vez los ojos en blanco. Hasta un niño podía hacer un glaseado así. ¿Acaso el doctor Pauwel no lo sabría?

El médico cogió un buen pedazo de pastel con el tenedor, se lo metió en su boca de rana y dijo maravillas de él.

—Su madre me ha contado antes que es usted una buena cocinera, *mademoiselle* Van der Heyden —dijo, dirigiéndose ahora personalmente a ella.

Nellie no entendió por qué eligió el tratamiento francés; pero su madre estaba encantada. A lo mejor estaba de moda dirigirse a las jóvenes con un *mademoiselle* en lugar de con el *juffrouw* neerlandés.

—Mi madre exagera —respondió Nellie—. Pero dado que pasé dos años estudiando el arte culinario, es normal que consiga preparar algo más que un huevo frito.

La rana intento sonreír.

—También un huevo frito, preparando por tan bellas manos, resultaría sumamente apetitoso. —Nellie se preguntó si habría adquirido esa forma de expresarse en una enciclopedia. No respondió a su halago—. Si bien recuerdan más a las manos de una artista —prosiguió el doctor Pauwel, contemplando los dedos largos y finos de Nellie. A ella le habría gustado cerrar las manos en un puño para que no viera sus uñas. Naturalmente estaban inmaculadas después del largo baño de la noche anterior, pero eran cortas y poco cuidadas. La manicura y el trabajo intensivo con animales no compaginaban en absoluto—. Su madre ha dicho que... dibuja. —La rana estaba decidida a sacarla de su reserva.

—De vez en cuando —contestó Nellie, pensando en las copias de los dibujos de anatomía—. Pero no tengo demasiado talento. Hay muchos artistas que me superan.

En el fondo, Nellie consideraba superficial que pintores con un talento mediocre asistieran eternamente a clases de dibujo. Nadie colgaría sus cuadros en un museo y tampoco era tan divertido si no se llevaba a término algo digno de mención.

—¡No sea modesta! —advirtió el doctor Pauwel—. En cualquier caso, me gustaría ver algún día sus dibujos…

—El doctor Pauwel está muy interesado en el arte —intervino Josefine van der Heyden—. ¿No se inaugura pronto una exposición en el museo de Cortrique?

La rana explicó que estaba previsto exponer obras de jóvenes artistas y que le encantaría invitar a visitarla a *mademoiselle* Van der Heyden y, por supuesto, a su madre.

—Me gustaría escuchar su opinión sobre las obras expuestas —aclaró.

Nellie asintió sumisa. En Utrecht había estudiado a fondo la conversación en inauguraciones y encontraría algo que decir que sonara interesante delante de cada obra de arte.

—Qué gran ventaja vivir directamente en el centro —observó Josefine—. En su residencia está usted a un paso de todas las ofertas culturales…

Nellie pensó con envidia en Phipps, quien a lo mejor estaba atendiendo una urgencia mientras ella se aburría con las preguntas de un hombre de escaso interés. Descubrió en el transcurso de la conversación que al doctor Pauwel le apasionaba coleccionar monedas. Asistía de forma regular a subastas y las encontraba extraordinariamente emocionantes.

—A lo mejor desea acompañarme un día, *mademoiselle* Cornelia —propuso—. Ese ambiente tan excitante…

Nellie se preguntaba quién le había dado permiso para llamarla por su nombre de pila. Al final fue su padre quien dio por finalizada la reunión para tomar un café. El doctor Van der Heyden parecía tan aburrido por su colega como su hija y utilizó el trabajo con los archivos como excusa para despedirse. El doctor Pauwel anunció su partida justo después, pero no sin antes fijar una cita con Nellie y su madre el fin de semana siguiente para ver la exposición de la que habían hablado.

—Será para mí un placer venir a recogerlas —anunció, señalando su coche. Cómo pensaba meterlas a ella y a su madre en el vehículo de dos plazas era para Nellie todo un misterio. Sin embargo, tanto su madre como su nuevo galán rechazaron entre risas su propuesta de desplazarse en tren.

—Jamás se me ocurriría pedir a unas damas que hicieran un viaje tan agotador —dijo la rana.

Al marcharse le besó la mano. Ella suspiró aliviada cuando cerró la puerta tras él.

—¿Lo ves? ¡Le has gustado! —exclamó jubilosa su madre—. Es un partido estupendo, Cornelia. Y tan bien educado...

—Yo más bien diría «adiestrado», ya que se trata de una rana —dijo Phipps entre risas cuando al día siguiente Nellie le contó el encuentro con todo detalle.

—¿Se puede adiestrar a los anfibios? —reflexionó ella—. ¿O se habla más bien de cortejo sexual? De todos modos, una princesa tendría que besar con mucho entusiasmo a ese doctor Pauwel para lograr que se transformara en un príncipe. Te aseguro que no me caso con él, no importa cuántas residencias tenga, coches ni monedas de oro. El «ambiente tan excitante» de una subasta de monedas... Bueno, si encuentra excitante algo así... ¡Y eso que es médico! ¡Puede salvar vidas! ¡Eso sí es excitante!

El doctor Pauwel no había contado demasiado sobre su consulta, solo había mencionado a un par de pacientes, esposas de aristócratas o de industriales exclusivamente. No parecía tratar casos graves, sino más bien ocuparse de las dolencias de damas tediosas.

—¿Qué tenemos para hoy?

Nellie escuchó con atención el plan de visitas de Phipps. Había que ver a dos caballos con cojera, una de ellas causada por un gabarro en el casco. Tenían que combatir una pododermatitis en una cabaña ovina y, al parecer, una vaca sufría de timpanismo.

—Vamos primero aquí —decidió Nellie.

Se encontraba totalmente en su elemento y ya se había olvidado del doctor Pauwel cuando Phipps aludió al tema del cortejo.

—Por cierto, acaba de empezar —observó, mientras conducía al poni entre campos cosechados.

—¿A qué te refieres? —preguntó Nellie. No siempre podía seguir sus saltos de un tema a otro.

—Bueno, a lo que habías dicho. A que mis padres ya me están buscando pareja. Y el resto del distrito también. El carnicero me ha ofrecido a su hija claramente con esa intención... —Phipps se estremeció.

—¿A Eevje? —Nellie soltó una risita. La muchacha a la que se refería era una chica amable, pero pesaba más o menos el doble que Phipps.

—Y los Hendrik nos han enviado una invitación para la cacería a caballo —siguió diciendo Phipps—. Firmada personalmente por Anneke. Mi madre estaba emocionada, me habría comprado en ese mismo momento un caballo de caza...

—¿Como inversión para el futuro? —Nellie rio.

Los Hendrik eran terratenientes y la resoluta hija, Anneke, una audaz amazona y cazadora.

—¡No lo permitas! Anneke se te comería para el desayuno.

Phipps se echó a reír.

—Tiene algo de mantis religiosa, en eso llevas razón —observó. Tanto Phipps como ella conocían desde que eran niños a Eevje y Anneke, las dos candidatas que entraban en consideración como esposas del joven veterinario.

—Mi padre pone por las nubes a Ina Smits —siguió diciendo Phipps—. Aunque tiene el aspecto de una lechuza aturdida, entiende de contabilidad y por eso me sería de gran ayuda. No sé cómo responder a todo esto.

Nellie se encogió de hombros.

—¿Y cómo vas a responder? Con un no. Justo lo que le diré a mi doctor rana. Aunque tú lo tienes mucho más fácil. El tiempo no corre en tu contra, también puedes casarte con cuarenta años si quieres seguir esperando. A mí se me pasa el arroz, o al menos eso dice mi madre. Quien es demasiado difícil de contentar acaba soltera. Pero vayamos al tema de la vaca. ¿Tú qué crees, flatulencia simplemente o meteorismo espumoso? ¿Tenemos algún remedio con silicio?

En las semanas que siguieron se encontraron diversas posibles candidatas para casarse con Phipps y, a petición de Josefine, Nellie intimó más con el doctor Pauwel. *Mevrouw* Van de Heyden opinaba que en ningún caso debía provocarle rechazo el aspecto del joven, sino que tenía que brindarle la oportunidad de convencerla de su agradable personalidad. Así que Nellie salía con su Rey de las Ranas, como lo llamaba cuando hablaba con Phipps, para asistir a exposiciones de arte y conciertos, fue su pareja en el baile de los médicos (uno de los primeros eventos de la temporada) e incluso lo acompañó a una de sus queridas subastas de monedas. Emocionado, apostó por una moneda del siglo XVIII y le dijo que en el futuro la tendría en especial estima porque, no cabía duda, le había traído suerte en la subasta.

Nellie lo hacía todo sin protestar, pero se aburría. Solo se animaba cuando salía con Phipps para examinar a los animales de los campesinos. Ahí sentía que la necesitaban y disfrutaba trabajando. A una velocidad sorprendente se ganó el respeto de la población rural. Nellie sacaba de las cerdas a los lechones que estaban atravesados, curaba a las vacas de la fiebre de la leche y luchaba por salvar a los caballos cuya vida se veía amenazada por los cólicos. Junto con Phipps construyó con los bebederos aparatos de inhalación para los caballos con tos, trató a ovejas durante el parto, desgusanó cabras e incluso se atrevió a realizar operaciones difíciles. Una lograda cesárea a una yegua los llevó casi a la fama en el ámbito rural y a Phipps cada vez le pedían más, los propietarios de caballos sobre todo, que lo acompañara la «doctora Nellie» cuando acudía a visitarlos. A diferencia de su amigo, que no se interesaba por los caballos e incluso les tenía miedo, ella amaba a esos animales y también sabía tranquilizar a todos sus demás pacientes hablándoles con dulzura y acariciándolos.

Nellie se sintió muy orgullosa cuando se enteró, aunque Phipps estaba más bien preocupado. Según su opinión las cosas llevaban demasiado tiempo yendo bien. Tarde o temprano su padre se enteraría de que Nellie lo acompañaba y él se imaginaba perfectamente lo que dirían al respecto tanto los De Groot como los Van der Heyden. Así que se esforzaba por ser él siempre el primero en atender las llamadas telefónicas y hablar con los propietarios de los animales enfermos, y de recibirlos cuando acudían a la consulta a recoger un medicamento. Era de temer que delante de su padre se deshicieran en elogios sobre la doctora Nellie. Que todo se descubriera era cuestión de tiempo, así que se asustó, pero no se sorprendió, cuando una noche vio que su padre lo esperaba en la consulta con el rostro enrojecido. En realidad, él solo había pretendido dejar su maletín antes de ir a casa, pero ahora intuyó que le esperaba un interrogatorio. El doctor De Groot no se anduvo con rodeos, sino que enseguida se plantó amenazador delante de su hijo.

—Philipp, creo que me debes una explicación. Así que ya puedes empezar: ¿quién diablos es la doctora Nellie?

—¿Y tú qué dijiste? —preguntó la joven, después de que al día siguiente saliera a su encuentro camino de la tienda del pueblo y dieran un paseo por un sendero del bosque poco transitado.

Phipps se encogió de hombros

—Naturalmente me fui por las ramas. Le dije que a veces me ayudas un poco porque te encantan los animales y te aburres en casa. Que «Doctora Nellie» es solo un apodo que te han puesto los campesinos.

—¿Y se lo ha creído? —inquirió ella, preocupada.

Phipps asintió.

—Claro que se lo ha creído. ¿Cómo se le va a ocurrir que sabes tanto como yo de veterinaria? Lo que hicimos en Utrecht...

—Fue algo fantástico —concluyó Nellie la frase de Phipps—. Y los granjeros no se oponen a que cure a sus animales. *Mijnheer* De Wit dijo ayer que tenía unas bonitas y delicadas manos, como hechas para ayudar a parir corderos...

Phipps hizo una mueca.

—Sí. Y Bevers ha elogiado expresamente el inhalador para su caballo. Casi no tose ahora. Lamentablemente, lo contó con todo detalle delante de mi padre y de ese modo nos dejó al descubierto. Y te lo advierto, mi padre está iracundo. Ayer era demasiado tarde, pero hoy hablará con el tuyo. Nos van a echar una bronca de cuidado, Nellie. No podemos seguir así. Da igual lo bien que trabajes y lo mucho que me guste que me acompañes. ¡Entiéndelo!

Nellie se mordisqueó el labio.

—Entonces... —acabó diciendo—, solo hay una salida. Tendremos que casarnos.

Phipps la miró desconcertado.

—¿Casarnos? ¿Tú... yo?

—Bueno, tampoco me encuentras tan repugnante —replicó Nellie, ofendida.

Phipps se frotó la frente.

—Yo no te encuentro repugnante en absoluto —le aseguró—. Pero... tampoco te encuentro especial... A ver, yo..., yo me había imaginado que casarse era algo distinto. Había deseado casarme con alguien que encajara conmigo. Una chica que amase la música tanto como yo... Una mujer por la que yo suspirase..., a la que dedicase canciones..., delante de cuya ventana tocase el violín antes de declararme.

Phipps parecía estar soñando por una parte y estar abatido por otra. Sobre todo cuando Nellie se echó a reír ante su confesión.

—Vale, Phipps, con toda mi comprensión hacia tu vena romántica. Pero ¿delante de qué ventana quieres tocar el violín? ¿Delante de la de Anneke Hendriks? A ella a lo mejor la seduces soplando el cuerno de caza. Con las notas de «Ha muerto el zorro» es posible que se le iluminen los ojos. Pero ¿con las canciones de Schubert? —movió negativamente la cabeza—. ¿O estás pensando en Eevje de Meuren?

El padre de Phipps estaba totalmente entusiasmado con la hija del carnicero. La joven era regordeta y siempre estaba de buen humor, seguro que habría dado vida a la casa de los De Groot. Como Nellie solía indicar sin compasión, Phipps tenía en común con ella lo mismo que un gorrión y una elefanta.

—Ya me imagino la canción que compondrás para ella —siguió criticando—. Bum, bum, la elefanta se abre camino por la selva... —Tamborileó.

—A ti... tampoco te interesa para nada la música —murmuró Phipps, desalentado—. ¿O te gustaría que te escribiera una canción?

Nellie sonrió.

—Ya me escribiste una —le recordó—. Hace tiempo, cuando empezaste con el violín y dijiste que toda persona estaba unida a una melodía. Hasta recuerdo todavía cómo era más o menos la mía. —Y canturreó algo indeterminado.

Por supuesto, Phipps todavía la recordaba. Era una obra que expresaba la energía, la determinación y la pasión de Nellie.

—Por mí, puedes tocarla otra vez delante de mi ventana —prosiguió ella—. Y..., y también en el baile de los veterinarios, cuando... bailamos... juntos..., entonces también te gusté. —Le dirigió una mirada cargada de significado.

Phipps asintió. Recordaba los besos que se habían dado esa noche mágica e intentó imaginarse de nuevo a Nellie como su princesa. No lo consiguió, por desgracia. Cuando pensaba en su amiga, veía a la joven dinámica que llevaba el cabello peinado en una trenza, que no tenía ningún problema en meter el brazo hasta el hombro en el intestino de un caballo y a la que no le molestaba oler a boñiga de vaca. No era una imagen repugnante, pero no coincidía con sus sueños.

—Siempre me gustas —dijo en voz baja—. Me gustas, me gusta salir contigo y te deseo lo mejor. Soy tu amigo y siempre estaré a tu lado. Pero... no te amo.

Nellie suspiró.

—Yo tampoco estoy enamorada de ti —admitió—. Pero un casamiento resolvería mis problemas. Y también los tuyos. Admite que sin mí no te defenderás ni la mitad de bien en la consulta de animales grandes. Te dan miedo, es así. E incluso los animales pequeños: si un perro te gruñe, intentas hacer un diagnóstico desde lejos. No has nacido para ser veterinario; si insistes en quedarte aquí, me necesitas. Y de momento es lo que quieres, de lo contrario no te habrías ido de Utrecht y habrías estudiado música. Entonces habrías podido enamorarte de una maravillosa arpista o de una cantante de ópera, los dos habríais alcanzado la fama y habríais viajado por todo el mundo. Pero no te atreviste y ahora tienes que pagar por ello. Sin ayuda te costará.

Phipps se mordisqueó el labio inferior. En situaciones como esa, su cara redonda adquiría un aspecto infantil.

—Yo... —empezó a decir; pero Nellie todavía no había terminado.

—Lo de la falta de amor, basta con que lo mires así, Phipps: yo no te retendré a cualquier precio. En caso de que cambies de opinión, si quisieras irte un día y hacer otro intento con la música o si te enamoraras locamente de otra, a mí no me romperías el corazón. Yo enseguida te dejaría libre...

—¿Y conservarías a cambio la consulta? —preguntó Phipps. Podía sonar burlón, pero Nellie percibió sobre todo una chispa de esperanza.

—¿Me envidiarías? —quiso saber.

Phipps negó con la cabeza.

—¿Me lo prometes? —insistió él—. Bueno, que…, que no tendría que ser para siempre, que tú, si encuentro una solución…

Nellie asintió generosa.

—Solemnemente —reiteró, aunque por mucha buena voluntad que pusiera no podía imaginarse ninguna solución para Phipps.

En fin, ya se ocuparía de ese asunto si un día ocurría. Por el momento iba a cumplir su sueño. Nadie podría prohibir a la esposa de un veterinario que acompañase a su marido cuando iba a las granjas, y en el caso de los animales pequeños se esperaba incluso que lo ayudase. Si se casaba con Phipps, podría trabajar sin limitaciones como veterinaria.

Ese mismo día, Phipps y Nellie comunicaron a sus padres que por fin habían descubierto lo mucho que se amaban desde hacía años. Ni Nellie quería casarse con el joven doctor Pauwel ni Phipps con la hija del carnicero. Tanto los De Groot como los Van der Heyden deberían asumirlo. Phipps había hecho una propuesta de matrimonio a Nellie y ella la había aceptado. El consentimiento de los padres era tan solo una formalidad.

—Cornelia y Philipp —sentenció Greta de Groot, mientras abría de mala gana una botella de espumoso para celebrar el compromiso— siempre estuvieron hechos el uno para el otro.

Rozar

Alemania – Berlín

De 1912 a 1914

1

—¡Aprobada con matrícula de honor!

El inspector escolar que había supervisado la prueba final de bachillerato de Maria le tendió la mano para felicitarla. Ella se la estrechó a disgusto. El contacto físico con otras personas le desagradaba, pero había aprendido que a menudo no le quedaba otro remedio que sufrirlo. Pero ¿tenía ese hombre que mirarla además con lascivia? Sabía que, según la opinión general, era guapa. Era delicada, con el rostro en forma de corazón y los ojos de un color azul oscuro y grandes. Cuando no se recogía el cabello moreno, como ese día, le llegaba hasta la cintura. Su hermano afirmaba que se parecía a Blancanieves. «Pero tú preferirías ser un enanito y poder esconderte fácilmente en algún lugar», solía decir burlón, lo que Maria no lograba entender. Ella no era el personaje de un cuento, y tampoco quería serlo, ni grande ni pequeño. En realidad, solo quería sus libros, su tranquilidad… y los animales…

Después de que la profesora de química y la directora de la escuela la hubiesen felicitado, Maria se sintió aliviada. Esa había sido la última prueba. También había aprobado las orales, en una angosta habitación había respondido a todas las preguntas de tres examinadores sin que se le notara que tenía claustrofobia. Con eso había acabado la escuela. Maria se despidió y cerró tras de sí, descansada, la puerta de la sala del examen. En realidad, ahora ya no tenía que entrar nunca más en el liceo; como mucho, iría a la fiesta de fin de curso. Sus padres insistirían en que ella misma recogiera el título. Subiría al escenario y tendría que ser el centro de atención. Maria se estremeció. Pero, por hoy, estaba libre.

Contestó de la forma más concisa posible las ansiosas preguntas de sus compañeras, que todavía esperaban en el pasillo que las llamaran para examinarlas. Sin embargo, su angustiado interrogatorio le pareció superfluo. ¿De qué les servía saber cómo le había ido a ella? Sus exámenes podían ser totalmente distintos. Formaba parte de los dictados de su padre «no comportarse de forma rara», como él lo llamaba, en lo posible. Su hermano le había mostrado de qué modo hacerlo y ella se ajustaba a sus indicaciones en el trato con otras personas.

Eso también lo había logrado. Dejó el liceo e inspiró profundamente al salir a la calle. Todavía era temprano y hacía buen tiempo, podía ir al parque zoológico. Al menos un ratito, pues, naturalmente, sus padres la esperarían en casa para saber cómo había ido el examen. Otro asunto que no acababa de entender. Tenía dieciocho años y, exceptuando un par de exámenes orales en la escuela de enseñanza primaria en los que había sido presa del pánico y había enmudecido, había superado todas las pruebas con matrícula de honor. Para eso, Maria apenas tenía que estudiar, memorizaba todo lo que leía o escuchaba. Quedaba grabado a fuego en su cerebro y hacía allí acrobacias. Ante sus ojos se desplegaban asociaciones y diferenciaciones, veía fórmulas químicas o relaciones anatómicas. Sus pensamientos solían estar siempre en movimiento, y si además tenía que concentrarse en mantener la distancia con otras personas, responder a sus preguntas y comprender sus bromas... era agotador. También ahora se sentía exhausta. Necesitaba al menos un par de horas para relajarse.

El zoo de Berlín limitaba con la Tiergartenstrasse, una zona residencial en la que se hallaba la casa de sus padres. En realidad, habría tenido que coger el tranvía al salir de la escuela, pero Maria se decidió por ir caminando para evitar la estrechez del transporte. A esa hora, el tranvía seguro que estaría lleno. La gente iba al trabajo o de compras a la ciudad.

Por el contrario, apenas iba gente al jardín zoológico tan temprano. Maria pasó por la Puerta de los Elefantes, su entrada favorita, enseñó su carnet especial y acto seguido casi todo el jardín zoológico estuvo a su entera disposición. Se paseó feliz por los cuidados caminos y se detuvo delante de la instalación de elefantes. Los enormes animales se movían en un espacio al aire libre. Maria se sentó delante en un banco e intentó sentirlos. Como siempre que se sumergía en el sencillo y amable mundo interior de los animales, sintió una peculiar serenidad. Le pareció saborear con ellos las briznas que recogían con la trompa de un montón de hierbas, sintió su masticar lento y placentero y se impregnó de su serenidad antes de seguir su paseo.

Los antílopes eran más nerviosos, más inconstantes, Maria tenía más en común con ellos que con los acogedores paquidermos. Como los primeros, era precavida, desconfiaba de su entorno, siempre estaba lista para huir en caso de necesidad. Pero los antílopes tenían su rebaño, mientras que ella evitaba a otras personas. Se sentía abrumada por sus conversaciones, sus preguntas, su deseo de socializar. En el zoo podía entender la sensación animal de pertenecer a un grupo y disfrutar de ella. Se abandonó a la protección del rebaño, gozó de la hierba fresca con los animales y siguió su recorrido. Después de permanecer un rato con los flamencos y de intentar percibir con ellos el viento en el plumaje y la ligereza de mantener el equilibrio sobre una pata, recordó de pronto que no solo tenía que informar a sus padres de que había superado los exámenes. También estaba a la espera la única persona a la que ella podía considerar en cierta medida amigo suyo.

Dirigió sus pasos de buen grado hacia los edificios de la administración, donde el veterinario del zoo, el doctor Rüttig tenía su consulta. Maria entró sin vacilar en el lugar, donde la conocían. Rüttig incluso le había facilitado un carnet con el que podía visitar el zoo sin tener que pagar entrada. Si no había salido a curar a un animal, lo encontraría en su despacho. En efecto, cuando dio unos golpecitos en la puerta, se oyó farfullar un «pase». El doctor Rüttig le recordaba un poco a un oso. Su voz era profunda, era un hombre corpulento y llevaba barba. Sonrió al reconocerla.

Maria pensó si ella también debía hacer ese gesto con la boca, pero renunció. Con el doctor Rüttig no tenía que fingir, él ya la conocía.

—He aprobado —comunicó muy seria.

El veterinario asintió.

—¿Química? —quiso saber.

Maria lo confirmó.

—Todo el bachillerato —puntualizó—. Así que... si usted hablara con el decano de la universidad...

El doctor Rüttig había conocido a Maria hacía más de un año. La muchacha había llamado su atención porque se había pasado dos horas delante del terrario, donde una boa constrictor permanecía totalmente inmóvil en una horcadura. El veterinario tenía un asunto que hacer en la instalación y se había preguntado qué era lo que la retenía allí. Al final, se había dirigido a ella.

—No es..., no es muy vivaz —indicó, señalando a la serpiente—. Por cierto, se llama Fredegunde. Pero no oye.

Sonrió para tranquilizarla, pues suponía que desconfiaría si un desconocido le dirigía la palabra.

Maria no respondió a su sonrisa, pero tampoco pareció sorprendida o atemorizada.

—Hace la digestión —dijo muy seria—. Para eso necesita calma. Volverá a moverse cuando tenga hambre.

—¿Y eso es lo que estás esperando? —preguntó él, sorprendido.

Maria movió la cabeza negativamente.

—No. Solo intento... sentir lo que ocurre en su interior..., qué se siente al pasar días solo durmiendo. Y además crece. En algún momento mudará de piel. Tiene que ser... una sensación especial eso de volverse demasiado grande para su propia piel.

Estas palabras despertaron el interés del doctor por la extraña visitante del zoo.

—¿Intentas leer sus pensamientos? —insistió.

La mirada de Maria seguía fija en la serpiente.

—No sé si piensa mucho, pero me gustaría saber cómo se siente cuando hace la digestión. Si se sabe un poco sobre su anatomía, es más fácil... sentir. Me gustaría consultar algún libro. Pero no los hay acerca de las serpientes. —Su rostro se entristeció.

—Claro que hay libros —replicó él sonriendo—. ¡Ven conmigo!

Maria lo siguió sin ningún recelo y recogió perpleja un libro sobre la anatomía de los reptiles.

—Lo... ¿lo puedo leer un poco?

Él volvió a sonreír.

—Puedes llevártelo. Me lo devuelves digamos que dentro de una semana y entonces me cuentas cómo se siente Fredegunde cuando hace la digestión.

Maria regresó puntual el mismo día de la semana siguiente, devolvió el libro dando las gracias y sorprendió al doctor con un discurso detallado sobre los procesos digestivos y las secreciones de la serpiente constrictora. No habló de lo que sentía el reptil, y él consideró que a lo mejor le daba vergüenza haberle permitido contemplar su mundo interior.

Desde entonces, Maria lo visitaba periódicamente. Él le prestaba sus libros y en las vacaciones le dejaba que lo ayudara a curar a los animales. Esto último resultó ser sumamente acertado: incluso los pacientes más complicados se tranquilizaban bajo las manos de Maria y ella enseguida reconocía cualquier detalle anatómico de una especie animal particular. En una ocasión, cuando dedujo de la lectura de un artículo de un manual sobre cabras que una llama era víctima de una afección parasitaria, Rüttig se convenció definitivamente de la vocación de la joven. Maria era una veterinaria nata.

—Pero no puedo estudiar veterinaria —había dicho ella cuando el doctor mencionó el tema—. Porque soy mujer. —Sus palabras, como la mayor parte de lo que decía, carecían de emoción; pero a esas alturas él ya conocía lo suficiente a Maria para percibir cuándo estaba abatida o no alcanza a entender algo.

—La profesión es demasiado agotadora —explicó, repitiendo de carrerilla los argumentos de los veterinarios—. Y las mujeres carecen de pensamiento científico.

El doctor Rüttig no pudo evitar reírse.

—¡Tú eso no te lo crees, Maria!

Ella lo había mirado muy seria y había observado:

—No sé cómo piensan los hombres.

—¿Y nunca has intentado tener algún «roce» con uno? —preguntó con una sonrisa. Ya sabía que ella llamaba «rozar» a su extraña manera de entrar en contacto con los animales, aunque para eso no tenía que imponerles las manos. A veces se había planteado si solo se servía de sus conocimientos sobre anatomía y comportamiento para reconocer los humores y sentimientos de los animales o si utilizaba un don especial—. ¿Como con Fredegunde, la serpiente?

No había podido reprimir una broma, aunque ella no solía entenderlas.

—No —había respondido Maria, impasible—. No me gusta tocar a los seres humanos.

Era evidente que eso se refería tanto al contacto físico como mental.

El doctor decidió no seguir preguntando.

—De todos modos, voy a abogar por ti —había afirmado—. Conozco al rector de la Facultad de Medicina. Somos amigos. Tiene que ser posible que te permita estudiar la carrera. Hazme caso, Maria, no cabe duda de que tu pensamiento es más científico que el de todos los estudiantes varones juntos.

Y había llegado el momento. Maria estaba en su despacho y esperaba que la ayudase.

Él le hizo una señal con la cabeza.

—En primer lugar, muchas felicidades, Maria. Y, por supuesto, hablaré con el profesor Eberlein. Pero ¿y tus padres? ¿Te darán permiso para estudiar? Ya sabes que es un gasto. Y a una mujer no se le conceden becas.

Habían hablado varias veces de ello. Sabía que Maria procedía de una familia adinerada, aunque también muy conservadora. Su padre era una especie de rentista, poseía grandes fincas en el este, pero la vida de un terrateniente nunca lo había motivado. Friedrich von Prednitz se interesaba por el arte, amaba la vida cultural de la capital y se había casado con una berlinesa. Su suegro ocupaba un puesto importante en la corte del emperador Guillermo. Friedrich había conocido a Amelie cuando estudiaba historia del arte en Berlín y se había instalado con ella, después del casamiento, en la Tiergartenstrasse. Ella administraba una casa grande, aunque su marido solo escribía temporalmente dictámenes sobre obras de arte o trabaja como asesor en exposiciones. El matrimonio vivía de los ingresos de sus propiedades en Pomerania, que administraba un abogado sumamente hábil. Maria tenía un hermano, quien, por lo que ella contaba, era su amigo y confidente dentro de la familia.

Maria miraba al vacío.

—¿Todavía no se lo has preguntado? —inquirió el doctor Rüttig.

—Se lo he dicho a mi hermano —contestó la muchacha—. Se

lo preguntará él en mi lugar. Dice que mis padres tienen que darme permiso. Porque yo soy diferente.

Maria informaba sin mostrar ninguna emoción. No parecía avergonzarse de ser distinta.

El doctor Rüttig suspiró.

—Entonces no debéis postergar más esta conversación —dijo—. Y espero de corazón que salgáis airosos de ella. Soy optimista en relación al profesor Eberlein, es muy progresista. No creo que se oponga a que una mujer estudie la carrera de veterinaria. Pero tus padres han de estar de acuerdo. No puedes estudiar en contra de su voluntad.

Cuando Maria llegó a la casa de la Tiergartenstrasse, su madre no estaba.

La honorable señora estaba de visita, según informó una sirvienta. Y sí, el honorable señor estaba allí, aunque en su estudio, donde no quería ser molestado. El señor aspirante a oficial estaba montando a caballo, pero se esperaba que regresara para la comida, así como la honorable señora.

Maria dio las gracias. Por lo visto, su familia había olvidado totalmente que ella tenía exámenes. Pero al cabo de una hora, todos estarían reunidos en el comedor. Un buen momento, a lo mejor, para mantener una conversación delicada.

Maria sabía que se esperaba que se cambiara de ropa para el almuerzo. Subió a su cuarto, un espacio con muebles claros, la típica habitación de muchachas adolescentes que se publicaba en las revistas ilustradas. Su madre había mandado decorar su dormitorio cuando ella cumplió doce años. Maria todavía recordaba la tristeza que había sentido al perder sus antiguos muebles. En las paredes colgaban un par de reproducciones artísticas que le había regalado su hermano y que mostraban caballos y motivos relacionados con la equitación. Por lo demás, guardaba muchos libros y tres cajitas de música. Todo se hallaba primorosamente ordenado, al igual que en el escritorio y en los armarios. Maria no dejaba que ninguna criada ni doncella se acercara a sus cosas. Cada objeto de su propiedad ocupaba un lugar determinado y le irritaba que algo cambiara de sitio. De modo que enseguida encontró el vestido de tarde azul que se ponía los jueves. Maria opinaba que a cada día de la semana le correspondía un color determinado y, si tenía oportunidad, elegía la indumentaria adecuada. Para los exámenes se había puesto un vestido azul oscuro y una blusa blanca. Se revisó fugazmente el cabello, que estaba tan perfectamente recogido en lo alto como por la mañana, y leyó un poco hasta que los pasos de su hermano resonaron en el pasillo delante del «cuarto de los niños».

Maria se levantó y abrió la puerta.

—¿Walter?

Walter von Prednitz enseguida se volvió hacia ella. Era un joven alto y delgado al que el uniforme de aspirante a oficial le sentaba de maravilla. Iba derecho y el corte de su cabello liso, castaño oscuro, era inmejorable. Walter tenía un rostro ovalado y amable y unos cálidos ojos azules. Se parecía a Maria, pero sus rasgos eran más angulosos. Sobre todo, su expresión era más vivaz. En el rostro de Walter se reflejaban todos sus sentimientos. En ese momento, se iluminó de alegría al ver a su hermana.

—¡Blancanieves! —exclamó, llamándola por el mote cariñoso que solo utilizaba para ella y que a la joven seguía extrañándole—. ¿Qué tal el examen?

—Bien —dijo Maria—. He aprobado, con matrícula de honor.

Por primera vez experimentó algo parecido al orgullo.

Walter asintió.

—No esperaba otra cosa de ti —confesó—. Pero a pesar de todo me gustaría darte un achuchón. ¿Puedo?

Maria se acercó a él. La verdad era que no le gustaba que la abrazaran, pero con Walter, exclusivamente, no le importaba demasiado. No lo disfrutaba, pero se lo tomaba como una señal de su amor y de su aprecio.

—El doctor Rüttig quiere hablar con el profesor Eberlein —dijo entonces la joven, comunicándole sus deseos—. Es el rector de la Facultad de Veterinaria de la universidad. Cree que me permitiría estudiar la carrera. Pero papá tiene que darme permiso. Me dijiste que hablarías con él.

Walter hizo una mueca.

—¿Ahora? —preguntó—. ¿Ya?

—El doctor Rüttig dice que no deberíamos postergar la conversación —señaló Maria, repitiendo las palabras de su mentor.

Walter suspiró.

—Está bien —contestó—. Voy a refrescarme un poco y luego nos metemos juntos en la boca del lobo...

Maria frunció el ceño.

—Yo ya he estado en el zoo... —señaló.

Walter rio.

—Era una metáfora, Blancanieves. Una broma. Solo iremos juntos al comedor.

Los padres, Friedrich y Amelie von Prednitz, ya estaban allí tomando un jerez de aperitivo. El padre era un hombre fuerte, con un bigote prominente. Su aspecto era más de terrateniente que de erudito, aunque la levita no encajaba con ese papel. Su madre era una mujer cuidada, de quien los hijos habían heredado los rasgos finos y el cabello oscuro. Llevaba el suyo recogido en un peinado a la moda y lucía todavía el vestido marrón rojizo con el que había realizado sus visitas. Era largo hasta los tobillos y sobre una falda amplia caía una túnica de encaje a media altura. Un atrevido sombrero formaba parte del conjunto, pero se lo había quitado.

Walter saludó a sus padres con naturalidad. Se entendía mejor con ellos que Maria; pero, como es lógico, nunca había tenido que hacer realidad deseos extraños. El joven aspiraba a seguir la carrera de oficial desde que se había montado por primera vez en un caballo. No se trataba de llevar un colorido uniforme ni de que le atrajera la batalla, se trataba de montar. Deseaba ingresar en la escuela de caballería de Hannover, la mejor academia de equitación de Europa. Luego pensaba hacerse cargo de las propiedades de la familia en Pomerania. Ni su padre ni su madre tenían nada que objetar a sus planes de futuro.

—¿Cómo han ido los exámenes, Maria? —le preguntó su padre.

Contenta de que lo recordara, Maria le informó de sus buenos resultados.

—Bien, y ahora por fin pondremos punto final a tanto estudio —comentó la madre, haciendo un gesto con la mano a la sirvienta para que les sirviera la sopa—. Latín y griego... Eso no es ocupación para una señorita de buena posición...

—El examen era de química —dijo Maria.

En su liceo se enseñaba latín, no griego. A su madre eso nunca le había interesado.

—Maria tampoco quería estudiar lenguas clásicas —intervino Walter en tono deliberadamente tranquilo y habló como de paso de los planes de estudio de su hermana.

Su padre lo escuchó con calma.

La madre reaccionó con una risa histérica.

—¿Ir a la universidad? ¿Maria? ¡Por el amor de Dios! ¡Y además para estudiar algo tan desagradable! No te hemos educado para que trabajes con animales asquerosos. Sangre..., líquidos corporales... ¡Mejor no hablar del tema! Por supuesto esto no entra en consideración. Y tampoco vas a tener tiempo. En otoño será tu presentación en sociedad y entonces...

—Yo no quiero presentarme en sociedad —dijo Maria tan decidida y rudamente que su madre se estremeció.

No estaba acostumbrada a que su hija la contradijese con tal determinación; en general, Maria era dócil. Sabía que tenía sus carencias y para no llamar la atención solía comportarse como se esperaba de ella. Pero el curso de baile al que había asistido con otras chicas de su clase la había superado. Simplemente, no conseguía sostener esas conversaciones corteses, no tenía el don de hablar de naderías y no podía mentir. En este sentido ofendía una y otra vez a sus compañeras cuando contestaba imperturbable a preguntas como «¿Me hace más gorda este vestido?» o «¿Pensáis que le gusto a Heinrich von Breden?» con un sí y un no respectivamente. A ello se añadía la estrechez de la pista, la obligación de soportar el contacto de una pareja de baile desconocida... Al final de la primera velada se metió en la cama temblorosa y tensa, incapaz de asistir a los encuentros más rutinarios con otras personas, como por ejemplo reunirse a cenar con sus padres.

Al final, Walter se había reunido con ella y le había leído un antiguo libro sobre aves canoras. Le había planteado preguntas sobre los animales, lo que la sosegó, y la muchacha acabó recuperándose. Walter la había acompañado al resto de las clases de baile y ella solo había hablado con él. Desde entonces, él sabía que sería totalmente imposible que su hermana vistiera un traje blanco, que la presentaran al emperador y que quedara expuesta a los elogios y acercamientos de un joven desconocido tras otro.

—¡Pues claro que vamos a presentarte en sociedad, cariño! —Su madre movió la cabeza, balanceando así su cabello cuidadosamente ondulado—. Cualquier jovencita quiere...

—Pero Maria no es «cualquier jovencita» —la interrumpió Walter—. Maria es distinta. Por Dios, madre, ¡no es posible que eso te haya pasado inadvertido todos estos años!

Amelie von Prednitz miró atónita a Walter. De hecho, había participado relativamente poco en la educación de sus hijos. A Maria y su hermano siempre los habían cuidado niñeras, por lo que, al parecer, la madre tampoco se había dado cuenta de que la niña mostraba un comportamiento extraño desde que tenía tres años. De pequeña se pasaba horas sentada junto a la ventana mirando el jardín y observando a los pájaros que picoteaban en los comederos o que chapoteaban en las fuentes. La niñera le había enseñado el nombre de algunos pájaros y desde entonces se había obsesionado con distinguir a los animales. Walter, que era cuatro años mayor que ella y ya iba a la escuela, le había llevado un día un librito con ilustraciones de los pájaros locales y le había leído los nombres. Un par de semanas más tarde, Walter había descubierto que su hermana sabía identificarlos y darles su nombre. A los cuatro años de edad había asimilado de forma intuitiva el sistema de la relación entre sonidos y letras y había aprendido ella sola a leer.

A la pasión por las aves canoras había seguido otra por las cajas de música. Después de que le hubiesen regalado una, había quedado fascinada por la pequeña bailarina que giraba en ella y había desmontado la pequeña maquinaria para después volver a montarla minuciosamente. Lo hizo varias veces y encolerizó a su madre cuando intentó repetir la operación con una costosa caja de música de marquetería que se exponía en su salón. Maria no había comprendido por qué se enfadaba tanto. Habría podido montar la maquinaria si su madre no se la hubiese arrebatado. Lloró durante horas por el objeto roto, cuya reparación, al final, costó mucho dinero.

Más tarde, Maria estudió dos cajas de música más que Walter le regaló y a continuación empezó a interesarse por los animales en general. Una visita al zoo le causó una profunda impresión. En la escuela siempre llamaba la atención, primero porque no hablaba nunca y luego porque empezó a corregir a la profesora o a ofender a sus compañeras diciendo abiertamente lo que pensaba. Su padre la había castigado con severidad y le había ordenado que dejara de comportarse de un modo tan «raro». Ella se había dirigido desconcertada a Walter, quien le había explicado pacientemente qué era lo que hacía mal. Desde entonces la joven se esforzaba por comportarse de modo correcto. No siempre lo conseguía, pero el consejo de Walter, «cuando no estés segura, limítate a no decir nada», la había ayudado a menudo en situaciones complicadas, que ella no sabía evaluar.

En el liceo, en el que había estudiado gracias al permiso de su padre, aunque su madre habría preferido la escuela de economía doméstica, había sido más sencillo. Las asignaturas la habían motivado mucho más que en la enseñanza primaria y las compañeras de clase la habían ridiculizado con más sutileza que las de la anterior escuela. En la mayoría de las ocasiones no se había dado cuenta de que la excluían y se burlaban de ella. Había vivido en su propio mundo, que, en cualquier caso, había compartido con su hermano y más tarde con el doctor Rüttig.

Su madre no se había percatado de nada y en ese momento incluso hizo un gesto de rechazo.

—Puede que Maria sea algo excéntrica —afirmó—. Pero ya se normalizará con el tiempo.

Mientras que Maria y Walter no habían tocado la sopa, su padre tomó la última cucharada.

—Maria siempre nos ha sorprendido —dijo entonces—. No puedes negarlo, Amelie. De hecho, puede resultarnos difícil encontrar a un hombre adecuado para ella. En este sentido, opino que hasta entonces puede dedicarse a estudiar una carrera o a cualquier otra ocupación. Si te lo permiten, Maria, puedes estudiar. Incluso veterinaria, por muy poco apropiada que sea. No obstante, por supuesto que harás tu presentación en sociedad. No tiene que ser este otoño. Tu hija tiene dieciocho años, Amelie, y puede ser presentada el año que viene al emperador. Es posible que para entonces haya madurado y esté más preparada para llevar una vida conveniente a su estatus social. Y ahora, tal vez podamos cenar con tranquilidad. Deberías pedirle a la chica que caliente otra vez la sopa de nuestros hijos, Amelie.

—De..., de verdad que no es necesario —dijo Maria.

No sonreía, pero Walter reconoció en sus ojos que estaba contenta y aliviada.

2

Maria entró vacilante en el aula. El enorme vestíbulo de la universidad, el sinnúmero de pasillos y de carteles indicadores de las distintas facultades la habían mareado. Además, el edificio era un hervidero de gente... o más bien de hombres. Maria todavía no había visto a ninguna mujer, pero eso no la sorprendió. Era la primera mujer que iba a estudiar veterinaria en Alemania y el profesor Eberlein la había aceptado con ciertas reservas. La entrevista previa que había sostenido con él la había puesto más nerviosa que cualquier otro examen, pero la seriedad y conocimientos de la aspirante impresionaron al hombre. Maria le había descrito minuciosamente los casos en los que había asistido al doctor Rüttig en el zoo, sin mencionar que el veterinario ya debía de haber contado a su amigo algo sobre ella. Fuera como fuese, no había dudado ni se había burlado de su deseo de dedicarse a trabajar con animales, sino que le había advertido con seriedad que la carrera sería larga y difícil, que no se le iba a conceder ningún privilegio y que esperaba que se comportara con discreción frente a sus compañeros.

—Ya entiende a qué me refiero —le había dicho ese hombre que tanto respeto imponía y bajo cuya afilada nariz se extendía un cuidado bigote—. Esta es una universidad y no un mercado donde encontrar marido.

Maria asintió.

—No busco marido —contestó muy seria, ante lo cual el profesor Eberlein soltó una carcajada.

—Esperemos entonces que ninguno la encuentre a usted —bromeó el rector—. Nos veremos en el discurso de presentación, señorita Von Prednitz.

Justo en ese momento se dirigía a escucharlo y por fin encontró el aula. Temía que estuviera llena y que tuviera que sentarse al lado de compañeros desconocidos, pero de hecho los estudiantes de primero se dispersaban en la gran sala con hileras ascendentes de asientos. Maria pudo elegir sitio y se dirigió hacia delante, con lo que tuvo que pasar junto a varios de sus compañeros, la mayoría de los cuales se habían sentado en grupos en las filas de atrás. A medida que avanzaba, algunos chicos silbaron. Ella se sobresaltó sin saber cómo interpretar ese comportamiento. En realidad, reconocía esa forma de silbar como expresión de desagrado cuando un artista no cumplía con las expectativas que se tenían de él. También sabía que los hombres silbaban a las chicas para darles a entender de una forma carente de tacto que les gustaba su aspecto. Maria pensó que en esa ocasión se trataría de lo último y se preguntó si tal vez su forma de vestir era motivo de malentendidos. Pero seguro que la elección del severo vestido azul oscuro, con el que ya había pasado el examen de bachillerato, era la correcta.

Llegó a la conclusión de que los silbidos eran una provocación. Lo mejor era no hacer caso, como tampoco a las risas y los cuchicheos de los jóvenes caballeros. En lugar de eso, se concentró en elegir el lugar conveniente. Prefería sentarse delante para enterarse de todo, pero no quería llamar la atención. Se decidió, pues, por un lugar en el extremo de la derecha de la segunda fila.

Dos jóvenes habían sacado la misma conclusión. Se habían sentado en el extremo de la izquierda de la tercera fila. Ellos no habían participado en las risas y silbidos de los demás, aunque uno le había susurrado algo al otro, mirando a Maria. Este le lanzó una mirada de desaprobación. Maria sacó la libreta y el lápiz del bolso y los dejó delante de ella como los otros estudiantes. Lo cierto era que pocas veces tomaba apuntes cuando seguía una conferencia, pero por lo visto eso era lo corriente ahí y ella quería hacerlo todo bien costara lo que costase.

El profesor subió por fin a la tarima y saludó a los «caballeros estudiantes», aunque enseguida se corrigió e incluyó a «la señorita». A continuación, dio una visión general del contenido de los estudios que los jóvenes seguirían en los siguientes años y explicó que en un principio debían trabajar las bases teóricas de la química y la física. Después se ocuparían de la anatomía y de la medicina.

Maria siguió fascinada la presentación y en un momento dado se olvidó de tomar apuntes. Que el rector desplegara un panorama de la historia de la veterinaria, empezando por los egipcios y pasando por los médicos griegos y romanos, sin olvidar a los árabes, era demasiado interesante. Para su sorpresa, Maria se enteró de que los primeros veterinarios se especializaron en mulos y luego en caballos. Solo los egipcios se habían preocupado por sus gatos sagrados. Para terminar, el profesor Eberlein habló de los tiempos oscuros de la Edad Media y, por último, de los primeros centros de enseñanza de veterinaria.

Cuando dio paso a las preguntas, un chico de la fila quinta levantó la mano.

—¿Y en todo ese tiempo se oyó hablar de alguna mujer que fuese veterinaria?

Maria encontró interesante la pregunta, mientras que el profesor Eberlein se puso rojo de ira. Pero enseguida se controló.

—Las mujeres —respondió— siempre se han ocupado de la salud de las personas y de los animales de su casa. Al igual que utilizaban remedios caseros con sus hijos, preparaban cataplasmas e infusiones para los animales que estaban bajo su tutela. No siempre se les daba las gracias por ello. Sabemos de algunas mujeres que fueron acusadas de ser brujas porque se suponía que habían envenenado a los animales de sus vecinos. La mayoría de las veces se trataba de sanadoras, por lo que debe suponerse que sus esfuerzos por curar a animales enfermos fueron en vano porque esos animales ya no podían recuperarse. No se han conservado testimonios escritos de sanadoras, pero también son escasos en lo que se refiere a hombres. En cualquier caso, no cabe ninguna duda de que las mujeres pueden adquirir los mismos conocimientos sobre veterinaria que los hombres. ¿Responde eso su pregunta?

El joven se sentó con una risa sarcástica. Otro par se rieron, y uno, que al parecer se sentía seguro en medio de un grupo, lanzó sin presentarse otra pregunta.

—¿Y los judíos? —planteó a la sala, con lo que los ojos de todos los estudiantes se dirigieron a los dos jóvenes de la tercera fila. Uno de ellos se levantó para responder encolerizado.

No obstante, el profesor Eberlein fue más rápido. Golpeó enfadado con el puntero el atril.

—¡Ya basta! —tronó—. No permitiré que nadie sea denigrado por su religión o por su sexo en esta clase. Esta universidad es un lugar de investigación y aprendizaje. ¡Las burdas opiniones políticas no tienen nada que hacer aquí! Así que olvídense de estas discusiones absurdas y demuestren primero a su compañera y a sus compañeros judíos que son superiores a ellos en el ámbito científico. ¡Si es que pueden hacer algo más que fanfarronear! Y con ello doy por terminada esta sesión. A las once les espera el profesor Dörrs con la primera clase sobre química orgánica. Gracias señores… y señorita.

—Y la chusma judía restante… —oyó Maria susurrar a sus espaldas.

Lanzó una mirada a los dos jóvenes de la fila tres, luego bajó la cabeza y recogió sus cosas. La sala se vació rápidamente y cuando ya iba a salir, cambió de idea. Era mejor no moverse de su sitio en el aula durante la breve pausa. Ahora estaba ahí tranquila y podría relajarse un par de minutos antes de que volviera a llenarse.

A la clase de química asistieron más estudiantes que al discurso de introducción. Maria se enteró después de que eran tantos los que suspendían esa asignatura que la mitad de los asistentes eran repetidores. Se alegraba de haberse quedado, pues la mayoría de los estudiantes que se colocaban en las últimas filas no se percataron de su presencia. No obstante, ya se ganó suficientes miradas curiosas y de rechazo. Solo uno de los estudiantes judíos, que volvieron a sentarse en la tercera fila y a los que se unió otro joven, le sonrió al pasar.

El profesor Dörrs, un hombre pequeño que recordaba a un pájaro graznando, no se percató de Maria. O bien nadie le había informado sobre la presencia de una estudiante o bien eso no le interesaba. Por lo demás, tampoco miraba hacia las filas de sus oyentes, sino que desgranaba su clase de modo rutinario. Era posible que llevara años repitiéndola.

Aun así, Maria lo escuchó con fervor. Los componentes básicos de la vida... En su mente aparecieron los compuestos de carbono de los que hablaba Dörrs, con colores e imágenes veía aparecer moléculas de cadenas y anillos. Era casi como si ella misma formara parte del origen de la vida. Solo cuando el profesor tomó un sorbo de agua, ella volvió a la realidad y deslizó la mirada por los otros estudiantes. La mayoría escribía con tenacidad, algunos solo tomaban apuntes. El joven que le había sonreído deslizaba su lápiz sobre las páginas de su cuaderno a una velocidad vertiginosa, los otros dos que lo acompañaban parecían más bien desinteresados.

Maria se olvidó de todos ellos cuando el profesor siguió hablando.

La clase terminó a las doce y media y Maria empezó a sentir hambre. Su padre le había dicho que habría un comedor para estudiantes. Esperó un poco a que la sala se fuese vaciando y siguió después a sus compañeros. En efecto, enseguida encontró el comedor; pero Maria se retiró asustada del ruido y del gentío. Antes que meterse ahí dentro, prefería no comer. En busca de otra forma de pasar el descanso del mediodía, se dirigió a la amplia escalera. Ahí estaría más tranquila, solo de vez en cuando subía o bajaba alguien. En uno de los escalones inferiores estaba sentado un joven que abrió un termo. El aroma del café se extendió.

Maria se detuvo un instante y enseguida se advirtió su presencia. Reconoció al momento al estudiante que en la clase le había sonreído. Y ahora volvía a hacerlo. Estaba reflexionando sobre si sería correcto devolverle la sonrisa cuando el joven le habló.

—Venga y siéntese —dijo amablemente—. Ya nos conocemos, estamos los dos en el mismo curso.

—Yo no lo conozco a usted —le corrigió Maria—. Lo he visto hoy por primera vez. Durante el discurso introductorio. Pero es cierto que los dos estamos en primero.

El joven pareció algo asombrado por la respuesta, pero decidido a no entenderla como un rechazo.

—Entonces debo presentarme antes de que se siente. Mi nombre es Bernhard Lemberger. —Se levantó e hizo una reverencia.

Maria sabía que también tenía que sonreír y así lo hizo.

—Yo soy Maria von Prednitz —dijo y expresó lo primero que se le pasó por la cabeza—. Bernhard no es un nombre judío.

Su compañero rio.

—No es obligatorio que los conciudadanos judíos llamen a sus hijos Nathan o Rachel —explicó—. Mis padres no son judíos practicantes. Cada año ponemos árbol de Navidad y pintamos huevos de Pascua.

Maria tardó un poco en asimilar tal información.

—Pero entonces usted no es judío —dijo al final—. Es más bien cristiano. O agnóstico. «Judío» significa «perteneciente a la comunidad religiosa judía».

—O al pueblo judío —observó Bernhard Lemberger.

Maria frunció el ceño.

—¿No pertenece usted al pueblo alemán? —preguntó.

Bernhard rio con tristeza.

—Pregúnteselo a esos —dijo, señalando a un grupo de estudiantes que llegaban procedentes del comedor y que hablaban animadamente entre sí mientras se acercaban a la escalera.

Cuando vieron a Bernhard y Maria se detuvieron.

¡Mira por dónde! Nuestra compañera estudiante y el patán judío en íntima unión.

Uno de los jóvenes avanzó unos pasos.

Maria reconoció al que había preguntado si hubo mujeres veterinarias en el pasado.

—Y eso que viene de la nobleza —comentó otro—. ¡Joder! Una representante de las Medias Azules tirándole los tejos a un judío.

Bernhard parecía decidido a ignorar tales provocaciones, pero Maria no pudo evitar señalar un error.

—Calificar de representante de las Medias Azules es tratar de forma discriminatoria a una mujer que por decisión propia no se casa —explicó—. Define por tanto a una mujer que no entabla relación con hombres. Tampoco con judíos.

El joven que había hablado se quedó estupefacto, pero el cabecilla de los camorristas siguió hablando.

—Esa quiere los apuntes de clase —sentenció tajante —. La pequeña no ha escrito ni una palabra. Pero nuestro Bernhard siempre fue un empollón. ¿Se trata de los apuntes de clase, estimada señorita?

Maria negó con la cabeza sin mostrar ni enfado ni miedo otra vez. Se tomó la preguntaba absolutamente en serio.

—Yo no necesito tomar notas —explicó—. Tengo buena memoria: «En esta serie de clases nos ocuparemos de las bases de la química orgánica. Es decir, de los compuestos del carbono con otros elementos y con ello de las sustancias orgánicas de toda la vida que hay en la Tierra. La singularidad del átomo del carbono consiste en que dispone de cuatro electrones que le permiten enlaces no polares con otros átomos del carbono... —citó, repitiendo literalmente la clase del profesor Dörrs. Bernahrd Lemberger la miraba tan atónito como los demás estudiantes—. De ese modo surgen catenaciones lineales o ramificadas, en ocasiones en forma de anillo. Otros elementos como el hidrógeno o el oxígeno también pueden acoplarse alternativamente, lo que puede llevar a la formación de moléculas muy variadas y en parte muy grandes...».

El cabecilla del grupo de estudiantes carraspeó.

—Venid, eso ya lo hemos oído —dijo—. Vámonos..., es hora de tomar una cerveza en lo de Bertha.

Maria y Bernhard contemplaron en silencio la partida de los jóvenes. Entonces Bernhard estalló en una sonora carcajada.

—¡Eso ha sido insuperable! ¡La cara de Klaus Weberlein! Me he dado cuenta con frecuencia de que pone cara de carnero, pero esta vez... ¡Increíble! —Se volvió hacia Maria—. ¿De verdad que se sabe toda la clase de memoria?

Maria estaba ocupada en otros asuntos.

—¿Cómo reconocen que es usted judío?

El tema la preocupaba. Su interlocutor era tan rubio como su adversario. Tenía los ojos azules, un rostro proporcionado y bronceado. Por su aspecto, no se diferenciaba en nada de los jóvenes que se habían ido. Solo le faltaba una marca: los otros estudiantes tenían una cicatriz o una herida reciente en la mejilla. Pero tampoco su hermano la tenía, por lo que eso no podía ser un distintivo entre judíos y no judíos.

Bernhard sonrió.

—Desde primero de secundaria estamos en la misma clase —respondió él, resolviendo el enigma—. Y desde entonces me fastidia. A mí me da igual: en el fondo, como ya he dicho, es un cabeza hueca. Pero la banda con la que va no me gusta nada.

—¿Forman una banda? —preguntó Maria—. ¿Como los ladrones? ¿O como los Hombres Felices de Robin Hood?

—Como estos últimos seguro que no —contestó abatido Bernhard—. Y por favor, no se refiera a «la banda». Podrían enfurecerse mucho. En realidad, se trata de un cuerpo, una corporación universitaria. En este caso una que se bate. ¿No ha visto la cicatriz de la cara? —Se llevó la mano a la mejilla.

—¿La cicatriz de la cara? —preguntó Maria—. ¿Tiene algún significado?

—Practican una especie de combate ritual —explicó Bernhard—. Y es frecuente que se produzcan pequeñas heridas. Yo creo que se las infligen ellos mismos incluso de forma deliberada.

—¿Por qué hacen eso? —quiso saber.

Bernhard se encogió de hombros.

—No lo sé. La cicatriz es una especie de emblema honorífico o de reconocimiento. No sé por qué no se ponen una insignia.

Maria volvió a fruncir el ceño.

—Valdría la pena saber por qué las personas se lesionan intencionadamente. ¿Cree usted que si se lo preguntara a su conocido le sorprendería mi conducta?

Bernhard volvió a reírse.

—Yo diría que sería un suicidio —bromeó y se detuvo al ver la expresión inquisitiva de Maria—. Era broma —aclaró—. Quería decir que es posible que esa gente se enfade muchísimo frente a esa pregunta —explicó y Maria suspiró—. ¿Quiere un café? —preguntó Bernhard para animarla. Sacó un vaso de su cartera—. Tome, yo todavía no he bebido.

—No creo que tenga usted una enfermedad contagiosa —dijo Maria, cogiendo agradecida el café—. Compartiré de buen grado el vaso con usted.

—De todos modos, tenemos que ir a la siguiente clase —confirmó Bernhard al echar un vistazo al horario—. Física. En la escuela no me gustaba mucho.

—En el liceo solo la estudiamos durante dos años —contó

Maria—. Pero aquí se trata de medicina. Creo que hay unos rayos para ver el cuerpo por dentro. Estoy impaciente por saber cómo funcionan. ¿Vamos juntos?

Bernhard se encogió de hombros.

—Si no la pongo a usted en un compromiso por que la vean conmigo.

Maria pensó que era oportuno sonreír.

—Dirán como mucho que es un «comportamiento un poco sorprendente». Pero mi padre no se enterará. Y... ¿usted? Puede usted... Bueno... ¿No se lo contará su amigo a sus padres...?

—Nathan no es amigo mío, sino una especie de compañero de penas —confesó Bernahrd—. Somos los únicos judíos de nuestro curso, es inevitable que vayamos juntos. Pero en el fondo, Nathan es un tipo igual de arrogante que los demás. Su padre tiene una gran consulta veterinaria de la que él se hará cargo y socialmente preferiría tener contacto con Klaus y los suyos que conmigo o con usted. Lo malo es que no lo aceptan entre ellos. ¿Vamos?

Maria asintió. Se alegraba de no estar sola.

3

Durante el primer semestre, Maria y Bernhard fueron el objeto de casi todos los cotilleos en la Facultad de Veterinaria. Enseguida se consideró que eran pareja, aunque nunca demostraron tener una relación sentimental. No se cogían de la mano y no buscaban contacto cuando se sentaban en la escalera y comían lo que habían traído. Al principio, Maria había preguntado seriamente a Bernhard si a él también le asustaba el bullicio del comedor estudiantil, pero se enteró de que simplemente no tenía suficiente dinero para comer allí.

—Mi padre es un empleado del ayuntamiento más bien modesto. Mi familia hace un verdadero esfuerzo para reunir el dinero de las matrículas y pagar todos los libros de los que no puedo prescindir. Por muy barato que sea el comedor de la facultad, no nos sobra ni un céntimo más —confesó sin la menor vergüenza Bernhard.

Además de estudiar, trabajaba de chico de los recados, y en las vacaciones se buscaba otras tareas temporales. Maria le habló apasionadamente de su colaboración en el zoo.

—No me pagan —dijo—. Pero me lo paso bien.

El trabajo en el zoo representó una gran ventaja para Maria cuando se hicieron los primeros exámenes y empezaron los ejercicios prácticos en la sala de disecciones. El doctor Rüttig siempre le había permitido mirar cuando había que diseccionar un animal que había muerto por causas extrañas, y ella conocía los principales instrumentos y su empleo. También Bernhard se aprovechaba de todo ello, pues, por supuesto, Maria y él formaban un grupo de dos en la mesa de disecciones. Y de nuevo se convirtieron en el blanco de burlas y chistes estúpidos.

Maria encontró testículos de perro en los bolsillos de su bata de laboratorio, Bernhard una kipá en el estómago de un cerdo. Nathan se puso hecho un basilisco, pues el día anterior le habían robado la gorra tradicional para coserla a escondidas dentro del cuerpo del animal. Para él, judío creyente, era un sacrilegio; al fin y al cabo, en el judaísmo los cerdos eran animales impuros. Se produjo una gran pelea ya que sospechaba que Bernhard le había hecho esa jugarreta. Este no llevaba kipá. Aunque al final se lo descartó como autor del delito, tampoco se pudo demostrar que hubiera sido otro estudiante.

—Pienso que lo que sucede es que los otros te envidian por tus buenas notas —contestó el hermano de Maria cuando ella le preguntó por qué esas jugarretas no se consideraban comportamientos raros—. Y quien hace algo así no se comporta de forma rara, sino simplemente mal. No permitas que te asusten, Blancanieves.

Walter von Prednitz tenía sus propias preocupaciones. En los últimos años, su carrera se había desarrollado según sus deseos. Lo habían ascendido a teniente y destinado a la escuela de caballería de Hannover, donde era sumamente feliz. El trabajo con los caballos lo satisfacía tanto como los estudios de veterinaria a Maria. Sin embargo, una nube oscura parecía extenderse desde la primavera de 1914. Los instructores de Walter se referían cada vez con mayor frecuencia a que cabía la posibilidad de que estallara una guerra. En tal caso, se cerraría la academia de equitación y los estudiantes se distribuirían entre los regimientos de caballería para ir al frente.

Walter no quería ni pensarlo. Era un jinete apasionado, pero nunca se había planteado la idea de tener que ir a la guerra con su caballo. Además, ¿por qué iba a combatir? La política no le interesaba y asociaba al emperador alemán sobre todo con el hecho de que era un mal jinete y que no se distinguía por ser un gran estratega en las maniobras. Además, Friedrich von Prednitz criticaba la forma de expresarse, a menudo poco diplomática, del jefe de Estado. El emperador Guillermo solía ofender con frecuencia a los soberanos de otros países. En general, el padre de Maria y Walter seguía con atención la escena política. Cuando el sucesor al trono cayó víctima del atentado de un serbio en junio, se alarmó.

Maria apenas se había percatado de nada, pero su mentor, el doctor Rüttig, se mostró preocupado.

—Me temo que se avecina la movilización —advirtió en julio—. Los rusos y los austriacos ya se están armando. Ojalá consigamos mantenernos al margen...

El gobierno alemán lo intentó sin demasiado entusiasmo. La Oficina de Relaciones Exteriores trató de mediar entre Austria y Serbia. Pero Guillermo II lo estropeó todo.

—«Hay que acabar con los serbios, y cuanto antes, mejor».

Friedrich von Prednitz movió la cabeza al citar las declaraciones del emperador. Había adquirido la costumbre de leer a su familia el periódico durante el desayuno, pese a que Amelie señalaba que con eso solo la ponía enferma. Maria y Walter, que en el periodo del atentado estaba justo de vacaciones, siempre esperaban impacientes las noticias.

—¿Significa esto que Alemania apoyará a Austria en la guerra contra los serbios? —preguntó Maria.

—Si solo se tratara de eso... —Walter dejó el bocadillo en el plato, había perdido el apetito—. Pero hay alianzas militares. Quien ataca a Serbia, se pelea también con Rusia, además de con Gran Bretaña y Francia.

—El mundo entero arderá en llamas —dijo con gravedad

Friedrich von Prednitz—. Y luego, nada volverá a ser como era.

—¿Te enviarán ahora al frente? —preguntó Maria a Bernhard el día de la movilización.

La mayoría de los alemanes no parecían compartir la opinión de su padre y el doctor Rüttig. Las calles estaban llenas de personas jubilosas y entusiasmadas, sobre todo hombres jóvenes impacientes por alistarse de voluntarios.

Bernhard negó con la cabeza.

—En un principio, no —respondió—. Se dispensa a los estudiantes, tampoco he cumplido el servicio militar básico, así que sería bastante inútil en el frente. Como mucho, podría alistarme de voluntario.

Maria lo miró atónita.

—Pero no lo harás, ¿verdad? —preguntó con una emoción sorprendente para lo que era habitual en ella—. Te dispararían. Creo que la mayoría de la gente todavía no ha entendido que la guerra se define por unos hombres armados enfrentados que por razones abstractas o territoriales que definen sus gobiernos se matan entre sí.

Bernhard rio con amargura.

—Nunca había oído una definición así, pero, naturalmente, tienes razón. Participar en una guerra es en potencia mortal. Por eso no voy a alistarme de voluntario, sino que voy a esperar que todo haya pasado antes de acabar mi carrera. ¿Te parece bien?

El rostro de Maria se ensombreció.

—Desearía que mi hermano también pudiera elegir. Pero él tendrá que luchar.

Bernhard suspiró.

—Solo podemos desearle suerte.

Ya al comienzo de la contienda, destinaron al teniente Walter von Prednitz al primer regimiento de la guardia de ulanos. Tuvo que dejar Hannover y trasladarse a Berlín. La partida de los soldados de caballería fue tan rápida que ni siquiera tuvo tiempo para despedirse de su familia. A partir de entonces, Maria solo podía escribirle. La familia Prednitz obtuvo lo que se llamaba un número de correo militar a través del cual podía contactar con él.

Sin embargo, Walter era de los pocos que no estaban entusiasmados con su llamamiento a filas. La mayoría de los jóvenes alemanes iban voluntarios al ejército, incluso en la universidad las filas de asientos de los estudiantes se aclararon en los siguiente días y semanas. Klaus Weberlein y su banda se alistaron tan deprisa como Nathan Gross. De repente parecía indiferente que uno fuese cristiano o judío, socialista o nacionalista. «¡Ya no conozco ningún partido, solo conozco a los alemanes!», anunció el emperador.

Mientras Maria y Bernhard se preparaban para los exámenes parciales, el ejército alemán avanzaba por Bélgica rumbo a Francia.

La guerra

Bélgica – Ledegem, Cortrique

De 1914 a 1919

1

Nellie y Phipps constituían un armonioso matrimonio.

En cuanto a la ceremonia, finalmente se había impuesto la voluntad de los De Groot, quienes poco después del compromiso se habían pronunciado a favor de la iglesia del pueblo y una fiesta a continuación en la taberna del lugar. Por supuesto, Josefine van der Heyden habría preferido celebrarla en un hotel elegante de Cortrique. Después del casamiento, los campesinos habían felicitado una y otra vez a su joven veterinario y a su doctora Nellie.

También la noche de bodas había transcurrido de forma satisfactoria. A diferencia de muchas otras jóvenes, Nellie sabía exactamente lo que la esperaba y Phipps no le daba miedo. La primera vez se tantearon uno al otro, tal como habían experimentado en el pasado con los besos, en el baile de los veterinarios.

Enseguida disfrutaron durmiendo juntos, pero sin que la pasión se descontrolase. Así que Nellie no encontró ningún obstáculo para evitar tener hijos. Phipps se mostró dispuesto a contenerse en los días fértiles de su esposa. Calculaba los días con ella y se reprimía de buen grado cuando había algún día en que cabía la posibilidad, aunque fuera lejana, de engendrar un hijo. Nellie lo atribuía a que seguía pensando en la promesa que ella le había hecho antes de casarse: en caso de que surgiera la oportunidad de hacer realidad su sueño de estudiar música, ella le devolvería la libertad... al menos mientras no los uniera un hijo.

Ella no creía que fuera a presentase una segunda oportunidad para Phipps, pero tampoco quería tener hijos. Prefería poder trabajar de forma oficial como veterinaria. Para que Phipps tuviera tiempo de entregarse a su pasión, asumió muchas visitas a domicilio y horas de consulta de animales pequeños, mientras él tocaba el violín y el piano. El padre no se daba cuenta, pues cada vez se alejaba más de la consulta y se iba de viaje con su esposa. El matrimonio aprovechaba su recién adquirida libertad y descubría Europa.

Nellie esperaba que también en el verano de 1914 ella y Phipps fueran a tener durante varias semanas la casa para ellos solos. La convivencia con sus muy autoritarios suegros seguía siendo lo único que enturbiaba un poco su felicidad. Justo dos semanas después de la partida de los De Groot a Hungría, Phipps recibió un telegrama.

—Mis padres vuelven —anunció. Nellie estaba en ese momento en la consulta esterilizando jeringas—. Han asesinado a un sucesor al trono... en Serbia. Tienen que interrumpir el viaje por eso.

Nellie se extrañó.

—¿No se iban a Hungría? Está bastante lejos.

En realidad, tenía una idea difusa de dónde se hallaban Serbia y Hungría. En la St. Elisabeth School no se enseñaba geografía y ella tampoco se había interesado por esa disciplina. La geografía y la política no la atraía a ella ni a Phipps.

—Creo que el asesinato tenía algo que ver con Hungría. El diario comentaba algo de eso.

Phipps fue a buscar los periódicos que descansaban sin ser leídos en la sala de espera.

—Aquí está —dijo cuando encontró lo que buscaba—. El sucesor al trono austriaco Francisco Fernando y su esposa Sofía asesinados por un miembro de la organización clandestina Mlada Bosna. El autor de los hechos esperaba con ello liberar Bosnia Herzegovina del dominio austrohúngaro.

—Pero ¿cómo? —preguntó Nellie—. Qué asunto tan enrevesado.

—No lo sé, pero los austriacos opinan que el gobierno serbio podría estar involucrado y advierten sobre las consecuencias. Aquí pone que en el peor de los casos cabría la posibilidad de que estallara una guerra. —Phipps siguió leyendo el diario.

—¿Y por eso vuelven tus padres? —Nellie no parecía muy entusiasmada—. ¿No exageran un poco?

Phipps se encogió de hombros.

—No puedo opinar —dijo honestamente—. Pero al menos durante los próximos meses tendremos que volver a renunciar a los conciertos de piano nocturnos.

A Nellie le gustaba que Phipps tocase para ella después de la cena. La madre de él, sin embargo, se quejaba de que con tanto teclear acababa doliéndole la cabeza.

—En lugar de eso tendrás que ocuparte de la consulta de animales pequeños. —Nellie suspiró.

El doctor De Groot no podía controlar con cuánta frecuencia Nellie iba sola a las casas de los campesinos, pero si la hubiese visto trabajar por su cuenta y riesgo con los animales pequeños, habría montado en cólera.

—Aún nos quedan un par de días —dijo Phipps a modo de consuelo—. Quieren coger el próximo tren, pero seguro que necesitan dos o tres días.

Phipps y Nellie empezaron a seguir las noticias de los periódicos y cuando el matrimonio De Groot regresó, leer las noticias en voz alta durante el desayuno no tardó en convertirse en costumbre. Los padres de Phipps hablaron de los disturbios que se habían producido en Austria-Hungría al saberse que había muerto el sucesor al trono. El duque no gozaba de especial estima, pero el conflicto con Serbia llevaba mucho tiempo latente, al igual que otras discrepancias entre Alemania, Francia y Gran Bretaña. Rusia se puso del lado de Serbia y reunió tropas. Austria exigió pagos por reparación a Serbia y le dio un ultimátum. El emperador alemán pronunciaba arengas marciales.

—El mundo entero parece haber enloquecido —opinó Nellie—. Bélgica, al menos, es neutral.

El gobierno belga parecía decidido a no participar en la locura de una guerra. El país no formaba parte de ninguna alianza que tuviera que prestar asistencia armada en caso de urgencia.

—De todos modos, estoy preocupado —observó el doctor De Groot—. Si Alemania y Francia se enfrentan, nos podrían aplastar entre las dos.

No obstante, las potencias involucradas se esforzaron al principio por preservar la paz y la mayor preocupación de Nellie se limitó a la cuestión de cómo compaginar el tratamiento de un caballo enfermo de cólicos con la petición de su suegra de hacer juntas una limpieza a fondo de la casa.

Y de pronto los acontecimientos se precipitaron.

—Los rusos se movilizan —informó el doctor De Groot el 30 de julio tras leer el diario—. Y se deduce que los alemanes y franceses los siguen. Algo por lo que la población parece estar entusiasmada. Son muchos los que se alistan en el ejército.

—Todavía no consigo entender de qué se trata —admitió Nellie, mordiendo un pan con miel.

Mevrouw De Groot le lanzó una mirada reprobatoria.

—Tampoco tienes por qué —señaló—. Es cosa de hombres. Tu obligación consiste en el cuidado del hogar. ¿Puedo contar al menos hoy con que me ayudes a echar un vistazo al armario de invierno?

—Pues yo creo que la guerra sí nos concierne a las mujeres —dijo Nellie enfadada a Phipps después—. Cuando los soldados pasan y ellas... Bueno, ya sabes. Y si pierden a sus maridos... Si por lo que sea Bélgica participa, tú no te alistes para nada de voluntario.

—Bélgica no intervendrá —afirmó Phipps, que últimamente se había informado mejor—. En el Protocolo de Londres todas las grandes potencias garantizan nuestra neutralidad. Ya en 1839 hubo algún litigio entre Francia, Bélgica y los Países Bajos. No lo he entendido del todo, pero está clarísimo.

Nellie se frotó la frente.

—¿En 1839? De eso hace mucho. A saber si el emperador Guillermo, el zar Nicolás y como se llamen todos los demás todavía se acuerdan... ¿Te vas ahora para ocuparte de mi paciente con cólicos? Ayer estaba mejor, pero me temo que todavía no se haya superado el tema. Y yo me pongo con tu madre a limpiar la casa. Al menos estará impecable cuando lleguen los alemanes... —Rio.

Tres días más tarde ya no reía.

—«Los alemanes han ocupado Luxemburgo» —leyó el doctor De Groot la tarde del 2 de agosto en una edición especial del periódico—. Ocurrió ayer noche —explicó después de leer el artículo hasta el final—. Todo pasó muy rápido, los luxemburgueses estaban boquiabiertos, prácticamente no opusieron resistencia. Y le han dado un ultimátum a nuestro rey. Exigen paso libre a través de nuestro territorio, de lo contrario considerarán Bélgica país enemigo. Todos podemos imaginarnos lo que esto significa.

—¿Y se lo permitirá el rey? —preguntó Phipps preocupado—. ¿Para..., para evitar la guerra?

—Si accede, nos enemistaremos con Francia —señaló Nellie—. Entonces entrarán aquí los franceses. Habrá guerra sí o sí. —Había empalidecido—. ¿Qué hacemos ahora? —preguntó a los presentes, sin dirigirse a nadie en concreto.

—Almacenar alimentos —dijo *mevrouw* De Groot—. Arroz,

fideos, patatas, salchichas ahumadas... Todo lo que se conserve largo tiempo. Philipp, ve a la carnicería; Cornelia, tú a la tienda de ultramarinos. Compra también judías, lentejas...

—Y ginebra —añadió el doctor De Groot—. O aguardiente. En la guerra lo primero que se agota es el alcohol.

Nellie hizo un gesto negativo.

—No, madre —aclaró—. Tú vas a la carnicería. Yo voy con Phipps a la farmacia de Cortrique para comprar todas las vendas y medicamentos que podamos necesitar en la consulta en los próximos meses. Me escribes las recetas, Phipps. En Cortrique también compraremos comestibles, solo tenemos que pedir prestado un coche más grande. Pregunta a Jansen, el campesino; es el que vive más cerca y está en deuda con nosotros. Acabamos de pasar tres noches con su vaca enferma...

En las horas que siguieron, los De Groot se entregaron —como muchos otros ciudadanos— a una intensa actividad. Por la tarde, Nellie y Phipps se enteraron en Cortrique de que el rey Alberto había rechazado el ultimátum de los alemanes. La mayoría de la población estaba totalmente de acuerdo. Las tropas belgas empezaron a reunirse.

—¿Podemos contraatacar a los alemanes? —preguntó Nellie, cuando se cruzaron con un regimiento de infantería que marchaba hacia el este.

Los hombres llevaban unos bonitos uniformes grises que todavía parecían bastante nuevos. Seguro que aún no se habían enfrentado a muchos combates con ellos.

Phipps movió la cabeza.

—Nunca —respondió—. A lo mejor aguantamos un par de días. Pero con lo poco preparados que están... ¿Quién contaba con que fuera a estallar aquí una guerra?

Nellie suspiró.

—Ahora al menos estamos bien abastecidos —aseguró, señalando las cajas con vendajes, material para suturas y medicamentos que se apilaban detrás del pescante en la furgoneta

Además, habían comprado sacos de legumbres, arroz y otros comestibles—. Podemos seguir con la consulta abierta.

—Si no me mandan al frente —musitó Phipps—. Movilización general... No tengo ni idea de qué significa, pero parece como si se necesitaran a todos los hombres.

—No sabes disparar —dijo Nellie, asustada—. ¿Qué van a hacer contigo?

Los De Groot se enteraron por la noche de qué servicio iba a prestar Phipps a su patria. En Ledegem, como en todos los demás lugares, había llegado una comisión de miliares para reclutar a voluntarios para la defensa del país.

—Quien no tenga formación militar se destinará a servicios auxiliares detrás del frente —informó un joven teniente. Parecía pertenecer a la caballería y, después de que los hijos de la mayoría de los campesinos (en parte con sus caballos de montar o de tiro) se hubiesen alistado, llamó también a la puerta de los De Groot—. Nos hemos enterado de que este distrito dispone de dos veterinarios con formación —explicó, después de que Nellie lo invitara a entrar—. El ejército está desabastecido. Tenemos médicos militares y voluntarios para los hospitales de campo, pero cuando los caballos o los perros mensajeros están heridos o enfermos, no se les proporciona ningún cuidado especializado. En este sentido, le pediría, doctor De Groot... —se volvió hacia Phipps— que participe como veterinario del ejército. ¡El país lo necesita!

—Yo... —Phipps no estaba entusiasmado con la idea, pero no encontró ninguna razón plausible para negarse.

También su padre parecía dispuesto a buscar argumentos en contra. Ninguno de los dos había contado con que Nellie interviniera.

—Los caballos te necesitan —afirmó—. Como voluntario no podrás apoyar el país, pero el señor teniente está en lo cierto: hay que curar a los animales y ahí sí tienes algo que aportar. Bastante malo es que se vean envueltos en la guerra. Los caballos no se alistan voluntarios. En cualquier caso, se merecen la mejor protección posible. —Tuvo que reprimirse para no ofrecerse ella misma como veterinaria.

—Prácticamente trabajará de forma exclusiva detrás del frente —añadió el teniente, dirigiéndose de nuevo a Phipps después de dedicar una sonrisa de agradecimiento a Nellie—. Se le dará el rango de oficial veterinario y, por supuesto, el sueldo correspondiente. Pero ¿se desenvuelve bien con los caballos?

Phipps asintió de mala gana.

—Entonces tendré que volver a ocuparme yo solo otra vez de la consulta —se lamentó el padre—. En realidad, había pensado en irme retirando.

El teniente le lanzó una mirada reprobatoria.

—La guerra exige sacrificio de todos nosotros —declaró.

—Y yo le ayudaré —intervino de nuevo Nellie.

—Además tendrá menos trabajo —prosiguió el teniente—. En este distrito ya se han puesto a disposición del ejército veintitrés caballos. Su primera tarea, doctor De Groot, consistiría en comprobar su aptitud. En fin, ¿puedo contar con su intervención?

Phipps miró a uno y a otro. Su padre se había quedado sin argumentos y era evidente que no podía contar con que Nellie lo apoyase.

—Qué remedio —contestó abatido.

El 4 de agosto, el ejército alemán cruzó la frontera belga y Philipp de Groot siguió una unidad de caballería en dirección a Lüttich, donde había que instalar el primer hospital de campo para animales.

Nellie se despidió cariñosamente de él.

—Ya sabes que yo iría si pudiera —dijo disculpándose.

Phipps suspiró.

—Siempre te ha atraído más la aventura que a mí.

Ella movió la cabeza, con gravedad.

—Esto no es una aventura y nosotros ya no somos niños. Yo preferiría retenerte a mi lado, pero no podemos dejar en la estacada a los caballos. Así que cuida bien de mis acogidos. —Señaló la caravana de caballos, en su mayoría pesados, que los campesinos habían ofrecido: caballos de infantería. Tendrían que tirar de los cañones y los suministros—. ¡Y cuídate!

Nellie lo besó y lo saludó con la mano. Phipps miró amargado hacia delante.

Namur, 20 de agosto de 1914

Queridísima Nellie:

Espero que te llegue esta carta, no estoy seguro porque los alemanes avanzan más deprisa de lo que nosotros podemos retroceder y me temo que nuestros comandantes tienen otras cosas que hacer antes que preocuparse por el envío correcto del correo. Aun así, voy a intentar darte una imagen de lo que está pasando aquí, porque necesito compartir mis sentimientos y pensamientos contigo.

Nellie, ya sabes que para mí el mundo siempre se ha compuesto de música, que vinculo cada suceso y cada persona que conozco con una melodía. De ahí que vea la guerra como una sinfonía, aunque en verdad no tiene nada de melodico. En lugar de eso... Nellie, ¡es como si el diablo dirigiese una orquesta de condenados! Todo es ruido. El fragor del fuego de artillería se mezcla con el impacto de los cañones de mortero. A eso se unen los gritos, gritos de miedo, de dolor, alguna vez de triunfo. El golpeteo de los cascos, los latidos del corazón... A veces quiero esconder la cabeza entre los brazos para no tener que oír cómo todo esto se une hasta formar una cacofonía de la perversión.

Sin embargo, no debería estar tan cerca del frente. En un principio solo tenía que seguir a los soldados hasta Lieja, donde se había planeado instalar el primer hospital veterinario en el fuerte de Loncin. Pero cuando entramos, sitiaron el fuerte, al igual que las otras once fortificaciones que habían de proteger Lieja.

Los alemanes habían empujado a nuestras tropas hasta allí y nos atrincheramos en ellas, mientras los soldados las defendían heroicamente de los hombres del mariscal de campo Karl von Bülow.

Yo no tenía prácticamente nada que hacer, los caballos no se utilizaron. Pero me acordé de que tú estás convencida de que las diferencias entre seres humanos y animales no pueden ser tan grandes, así que presté mi ayuda al hospital de campo. Fue horrible. Tras los largos combates, los médicos ya no sabían por dónde empezar, tan grande era el número de heridos que llegaba. Se hizo una selección según la gravedad de las heridas, con lo que no se operó primero a los moribundos, sino a aquellos cuya salvación era más probable. En esos días, la música que surgía en mi cabeza era un furioso réquiem.

El 14 de agosto, los alemanes colocaron delante del fuerte un enorme cañón al que llaman la Gran Berta. Nuestro comandante en jefe, el general Leman, indicó a médicos y veterinarios que desalojáramos la fortaleza. Teníamos que dejar Lieja y retroceder a Namur. Los oficiales médicos consiguieron retirarse a una velocidad impresionante: cuando dejábamos el fuerte, escuchamos las primeras descargas de los cañones de mortero. Pocas horas más tarde el edificio se desmoronaba sobre sus defensores. Apresaron a los pocos supervivientes. Los deportarán a Alemania.

Ahora trabajamos en el hospital de Namur y a estas alturas también han aparecido caballos heridos. Hasta este momento hemos podido salvarlos a todos, lo que se debe especialmente a que solo llegan aquí los que tienen heridas leves. Si un caballo no puede mantener el ritmo de la retirada, las tropas se limitan a abandonarlo. A veces matan de un disparo a los animales, pero los soldados hablan también de angustiosas escenas de caballos heridos de gravedad parados al borde del camino o tendidos y muriendo lentamente. Y estas no son las únicas noticias horribles que recibimos. Cada vez con más frecuencia llega a nuestros oídos información sobre los estragos que causan las tropas alemanas en los lugares conquistados. Se diría que quieren vengarse en la población belga porque nuestro rey rechazó su ultimátum y las forzó a pelear para abrirse camino a través de nuestro país.

Tras su entrada en diversas ciudades, los alemanes han reunido de forma arbitraria a los habitantes y los han fusilado. Supuestamente se habían alzado en su contra o eran espías. ¡Y sin embargo se trataba de ancianos, mujeres y niños! ¿Qué red de espionaje podrían haber construido? A la vista de estas noticias, me asalta a veces el temor de que tú puedas correr un peligro mayor que yo, pues si no ocurre un milagro, los alemanes pronto avanzarán hasta Flandes. Escondeos si llegan, por lo visto los primeros días de la ocupación son los peores, los soldados todavía están excitados por el combate y sedientos de sangre.

Por el momento, Von Bülow avanza a buen paso hacia Namur. Hoy se luchará por Bruselas y sin duda caerá. Entonces volveremos a estar en primera línea de tiro, pero el alto mando ya está planeando el traslado del hospital a Amberes. Volveremos a estar en lugar seguro y, según nuestros superiores, se advierte incluso una chispa de esperanza. Gran Bretaña y Francia envían hombres por vía marítima. Nadie sabe cuándo llegarán, ya se habla de una carrera de velocidad por mar.

A lo mejor podemos conservar una parte de nuestro país... Espero de todo corazón que las tropas aliadas puedan detener a los alemanes antes de que lleguen a nuestro pueblo.

Me acuerdo de ti y escucho tu melodía, Nellie. Me consuela cuando pienso que voy a volverme loco con tanto alboroto y tanta sangre. Y me ayuda a animar a mis compañeros. Cada noche toco el violín para mis camaradas, para los heridos del hospital y para tus caballos. Desearía poder volver a tocar otra vez para ti.

Tuyo, Phipps

Nellie dejó la carta que había recibido el 25 de agosto. Tenía lágrimas en los ojos, no había imaginado que Phipps pudiera escribir cartas tan bonitas. Sin embargo, las noticias que le comunicaba en ella no le resultaban nuevas. Los periódicos seguían informando sobre el transcurso de la guerra, el día anterior también habían tomado Namur. Las atrocidades cometidas contra la población civil en ciudades como Andenne, Dinant y Tamines también habían sido tema tratado en los medios de información e impresionado profundamente a los De Groot y Van der Heyden.

La madre de Nellie había propuesto escapar a casa de sus abuelos en Utrecht, pero el padre no quería abandonar a sus pacientes... ni Nellie a sus animales. Y sin embargo, en el trabajo, la suya era una batalla perdida. El doctor De Groot había vuelto a ocuparse de los animales grandes y se irritaba cuando los propietarios de los caballos le preguntaban si no podía ir la doctora Nellie. Ella se las apañaba encargándose de las llamadas telefónicas y poniéndose inmediatamente en camino cuando el propietario de un caballo telefoneaba. De todos modos, tenía que justificarse siempre que su suegro se enteraba. Le permitía al menos ayudarlo en la consulta de animales pequeños, pero también eso era como estar en la cuerda floja. Ella tenía que echar una mano, aunque sin demostrar que podía hacer diagnósticos y tratamientos tan bien como el anciano veterinario.

Su suegra no le quitaba el ojo de encima. Se temía que coquetease con los campesinos jóvenes al acudir a las granjas. La mayoría de ellos se hallaba ahora en el frente, pero *mevrouw* De Groot hacía oídos sordos. Simplemente no podía imaginar que Nellie enganchara el poni al carro tanto si nevaba como si llovía o era de noche solo por amor a los animales, a menudo cuando su marido habría dejado la visita para el día siguiente. Nellie deseaba con toda su alma que Phipps volviera... y que los ancianos De Groot se marcharan al otro extremo del mundo.

Tras el primer y rapidísimo avance de los alemanes, los belgas se mostraron sorprendentemente audaces. Conservaron la fortaleza de Amberes durante todo el mes de septiembre. En ese tiempo, Phipps escribía regularmente y contaba que el hospital para animales volvía a estar casi vacío, mientras los soldados morían en el hospital de campaña. Entretanto, se habían producido más disturbios en los territorios ocupados. Sobre todo en la ciudad de Lovaina ardían los edificios, entre ellos la biblioteca, que albergaba libros y manuscritos de un valor incalculable. Además, mataron a doscientos civiles.

Amberes cayó a principios de octubre, pero los belgas se replegaron luchando. Llegaron por fin las primeras tropas británicas y francesas y los apoyaron. El frente se aproximaba peligrosamente a Cortrique, pero no debían atropellarla. Los belgas que huían y sus aliados lo evitaron y se retiraron detrás del Yser. El río formaba ahora la muy disputada línea de frente y Cortrique estaba en el lado derecho, en el territorio controlado por los alemanes. La ciudad no tardaría mucho en ser invadida. El alcalde de Ledegem aconsejó que no se abandonara el pueblo.

La entrada de los alemanes se realizó sin dramatismos. Cortrique y las poblaciones del entorno no fueron tomadas por brutales combatientes, sino por los seguidores del ejército. Cortrique era la mayor ciudad más cercana al frente, así que sus ocupantes estaban más interesados en aprovechar la infraestructura que en destruirla. Naturalmente, el ejército alemán ocupó el ayuntamiento, un magnífico edificio gótico por cuyas vidrieras y valiosísimas pinturas murales los ciudadanos habían temido. Pero los invasores no destruyeron nada, aunque retuvieron allí a cuatro concejales como rehenes que eran cambiados cada dos horas. Esta acción debía servir para mantener la calma, pero tras los estragos cometidos en otras ciudades, nada más lejos de las intenciones de los habitantes que la rebelión. Además, para los alemanes era decisiva la estación, que tomaron enseguida, así como el cierre de todos los puentes. La tarde del 17 de octubre la población pudo respirar. No se habían producido disturbios ni fusilamientos, solo se requisaron algunos edificios como sedes administrativas y hospitales militares. El mejor hotel de la plaza iba a servir en el futuro para albergar a los oficiales. Parecía como si los alemanes proyectaran instalarse allí por un largo tiempo.

Los invasores se dejaron ver en Ledegem dos días más tarde. Dos oficiales de suministros y algunos soldados declararon oficialmente el pueblo zona administrativa alemana y enseguida empezaron a requisar comida para las tropas. Los hombres registraron las granjas y se apropiaron de víveres y animales, sobre todo de caballos y ganado en edad de ser sacrificado para su consumo. Naturalmente, los granjeros ya habían contado con tales medidas y habían llevado una parte de sus animales al bosque, además de enterrar muchos objetos de valor. De este modo, limitaron los daños, pero los alemanes no se contentaron, por supuesto, con una única incursión, sino que obligaron a los campesinos a que suministran leche y carne al ejército. Los invasores dejaron en el aire si les pagarían por ello o no.

La familia de Nellie permaneció totalmente intacta. Phipps se había llevado el caballo de montar de su padre cuando se había unido al ejército, y los alemanes consideraron que el poni Cees era demasiado pequeño para que les fuera de utilidad. Los invasores no parecían tener escasez de material médico, así que las reservas de Nellie y las de su padre para sus pacientes no se tocaron. Los alimentos que había acaparado Greta de Groot no se movieron de su escondite.

Después de que los alemanes dejaran el pueblo, la vida continuó, a grandes rasgos, como siempre. Ahora, Nellie tenía todavía menos trabajo que hacer pues el número de animales se había reducido, en general reinaba la incertidumbre acerca de lo que iba a deparar el futuro. Ya no había periódicos, así que los lugareños estaban desconectados del mundo. Solo se enteraban de cómo se iba desarrollando la contienda cuando alguien se atrevía a ir Cortrique y preguntaba por allí, pero casi nadie lo hacía. Nellie, por el contrario, quería saber qué estaba sucediendo y un par de días después de la invasión se marchó con el poni rumbo a Cortrique. Confirmó que el viaje estaba fuera de cualquier peligro. Esporádicamente se cruzó por el camino con vehículos militares y jinetes, pero no se preocupaban por los civiles y todos parecían muy ocupados. Había un control en la entrada de la ciudad, pero los soldados encargados de realizarlo no vieron nada amenazante en Nellie. Incluso intentaron flirtear y ella puso al mal tiempo buena cara, sonriendo y tratando de comprender y contestar a las indirectas y cumplidos de los alemanes.

En la ciudad imperaban los uniformes alemanes, la mayoría de los hombres iban vestidos de *feldgrau*, gris campaña, y llevaban gorras o *Pickelhaube*, cascos de punta. No parecían exageradamente marciales, sino más bien cansados y de mal humor, lo que también se debía a que llovía a cántaros. Los ciudadanos belgas no se atrevían a salir a las calles y solo de vez en cuando se veía a algún transeúnte. Muchas tiendas estaban cerradas, pero los locales y hoteles estaban abiertos y atestados de clientes alemanes. Nellie no se atrevió a dejar el carro delante y entrar. Toda una tropa de soldados desfilaba desde la estación hacia la plaza del casino, donde se había reacondicionado una escuela para alojar a las nuevas fuerzas. Alrededor de la estación era donde había más ajetreo. Cerca se había instalado un hospital de campaña y Nellie vio varios vehículos de transporte de enfermos. En uno de los camiones que trasladaba heridos atendidos de urgencia en el frente a las salas del que antes había sido museo y teatro en la Schouwburgplein, distinguió un uniforme belga. Era un joven teniente pálido como un cadáver. Su brazo derecho no era más que un muñón y a través de la venda resbalaba la sangre. No obstante, estaba consciente y Nellie pudo hablar con él.

Colocó el carro al lado del transporte que esperaba a los enfermeros delante del hospital.

—¿Qué está pasando en el frente? —preguntó al herido.

—Nada... —La voz del hombre era débil—. Nada delante ni nada detrás... Crecidas..., el río..., la lluvia. Siguen..., siguen luchando, pero todo se hunde en el barro. Vamos... a enterrarnos, ahí..., vamos a enterrarnos..., trincheras... —Enmudeció.

Nellie no acababa de entender a qué se refería con lo de enterrarse, y nunca había oído la palabra trinchera. Pero tuvo que seguir su camino porque unos enfermeros salieron del hospital con una camilla.

Por lo visto, los alemanes también planeaban obras de excavación. Cuando Nellie llegó a la estación vio que cargaban un camión de palas y madera de encofrado. Cortrique tenía una gran estación con salas muy amplias y comprobó que habían convertido una parte en cuadras. Al parecer, no solo viajaban en el tren hombres, sino también caballos requisados que se enviaban a Alemania. Por el momento todavía había pocos compartimentos ocupados, la mayoría por caballos pesados de infantería. Nellie aprobó que los animales estuvieran al menos resguardados de la lluvia.

No se podía decir lo mismo de un grupo de soldados belgas a los que se había encerrado en una especie de corral. Nadie se había tomado la molestia de poner al abrigo a los presos de guerra. Algunos se protegían de la lluvia con lonas, otros se dejaban empapar estoicamente. Los dos centinelas, antiguos soldados de infantería, tampoco tenían otra opción. Estaban ahí plantados sujetando con firmeza sus armas. Nellie encontró en la plaza de la estación un lugar donde atar su poni y se deslizó detrás de un gran montón de balas de paja hasta el corral. Uno de los presos no tardó en advertir su presencia. El hombre se acercó a ella intentando pasar inadvertido.

—¿Qué sucede en el frente? —le preguntó.

El joven miró a su alrededor antes de responder.

—El frente sigue —explicó precipitadamente—. Los hemos detenido. Nosotros y el Yser, la crecida paraliza todo combate. Estamos cavando trincheras. Para mantener la posición. Los franceses piensan en una ofensiva cuando mejore el tiempo. Pero el rey se niega, lo considera inútil.

—Ahora el tiempo no va a mejorar —observó Nellie—. Es octubre. Lloverá durante los próximos seis meses. ¿Qué..., qué hacen los alemanes con ellos? —Con un gesto de la mano abarcó el campamento de presos de guerra.

—Deportarlos. Trabajos forzados para el emperador. Pero yo intentaré largarme en cuanto sea posible. —El hombre parecía optimista.

—Entonces, ¡mucha suerte! —le deseó Nellie antes de que se le ocurriera otra pregunta—. ¿Sabe algo de los oficiales veterinarios? ¿Del hospital de caballos?

—Qué va, yo estaba en el frente mismo. Y por lo que sé, el hospital de campaña estaba en Hazebrouck. Ahí se encontrarán todos los médicos que no están en el frente.

Nellie le dio las gracias y volvió a desear suerte a ese hombre y a todos sus compañeros, luego regresó a donde estaba el poni. Intentó en vano comprar un par de cosas. Solo el farmacéutico le vendió sus escasos medicamentos. Las estanterías estaban casi vacías.

—Los alemanes se han servido bien aquí —dijo el hombre suspirando—, pero aunque tuviera mucho que vender... no se sabe qué moneda es la que vale ahora. Los alemanes han declarado Bélgica gobierno general y el banco nacional ha dejado claro que no va a emitir ningún dinero más. Así que, ¿pagamos ahora con el franco belga, con ese marco imperial, el *Reichsmark*, o con qué? Es posible que los billetes ya no tengan ningún valor aquí. —Dejó indiferente que el dinero que Nellie acababa de darle se deslizara entre sus manos.

Nellie le dio las gracias también a él antes de emprender el camino de vuelta a casa. No lograría averiguar nada más, pero al menos tendría algo que contar durante la cena. Y no debía preocuparse por Phipps. Parecía estar a buen resguardo.

2

Mientras los soldados del Frente Occidental pasaban su primer invierno en las trincheras y sufrían allí frío, humedad y el acoso de los parásitos, la vida en Ledegem transcurría como siempre. Aunque en Cortrique había escasez de alimentos, los campesinos habían almacenado lo suficiente y seguían produciendo huevos y leche. Nellie y el doctor De Groot cobraban ahora en especias el examen de los animales, y lo mismo hacía el padre de ella con sus pacientes humanos. El primer año de la guerra podría haber transcurrido sin perjuicios para todos de no ser porque entre Nellie y el doctor De Groot se armó un escándalo. Ella seguía con la triquiñuela del teléfono y los propietarios de los caballos acabaron dándose cuenta de cómo funcionaba, así que cuando no contestaba Nellie, sino su suegra, colgaban el aparato. No obstante, ese asunto tenía que salir a la luz un día u otro, y eso sucedió en marzo de 1915, cuando un criador de caballos pidió que examinaran si dos de sus yeguas estaban preñadas. *Mevrouw* De Groot atendió la llamada, pero su marido no mostró mucho entusiasmo por salir al día siguiente, y menos bajo una posible lluvia torrencial, al pueblo vecino, donde vivía el criador.

—¿Es que no puede esperar a que las yeguas vuelvan a estar en celo? —preguntó malhumorado—. ¿O más gordas?

—Cuando están en celo las dos están bastante tranquilas

—señaló Nellie. Conocía al criador y estaba segura de que esperaba que ella fuera a verlo—. Y quiere saberlo pronto porque tiene miedo de que le requisen las yeguas. Los alemanes no se las quitan cuando están preñadas.

De hecho, los alemanes preferían castrados, pero seguro que su caballería no habría rechazado esas yeguas media sangre tan bonitas. La primera vez que los invasores inspeccionaron el establo no las habían cogido porque estaban acompañadas de unos potrillos.

El doctor De Groot murmuró algo incomprensible y volvió a concentrarse en su bocadillo de salchicha. Nellie decidió viajar ella misma después de la consulta de animales pequeños para examinar a las yeguas. Le gustaba. En las primeras fases de la preñez era una tarea complicada y ese desafío la motivaba.

El poni Cees tuvo que volver a salir de la cuadra con lluvia, pero esta vez el tiempo mejoró cuando Nellie estaba en camino y la joven disfrutó mucho durante el trayecto. El invierno había sido largo y frío, con pocas tareas que realizar, y Nellie había ocupado su tiempo descifrando periódicos alemanes, los únicos que llegaban a Cortrique. A través de la lectura permanecía más o menos al corriente del desarrollo de la guerra, aunque era posible que los alemanes embellecieran algo las noticias. Mientras que en el oeste el frente estaba prácticamente congelado, en el este los combates habían sido muy intensos durante todo el invierno. En ese momento, en los Cárpatos se desarrollaba un combate que parecían ganar Alemania y Austria. Tras la entrada del Imperio otomano del lado de los alemanes y la ampliación de la guerra a las colonias, en casi todo el mundo se libraban batallas. Solo Estados Unidos se mantenía al margen y tampoco se combatía en Nueva Zelanda ni en Australia. Nellie no lo entendía y no conocía a nadie capaz de explicar por qué se luchaba tan enconadamente. Había Estados que luchaban entre sí y que antes no habían tenido nada que ver el uno con el otro ni mucho menos se habían peleado.

Al final llegó a la cuidada granja de la familia Goossen, que formaban parte de los más ricos ganaderos de la región y administraba un criadero de ganado vacuno del que habían salido muchos animales premiados. Sin embargo, los alemanes habían requisado su toro semental y lo habían enviado en tren a Baviera. De ahí que *mijnheer* Goossen temiera perder también sus yeguas de cría. Se dedicaba a la cría de caballos como pasatiempo, sin un semental propio, pero tenía cuatro yeguas media sangre neerlandesas hermosísimas. Dos de ellas habían parido hacía poco y hacía un mes que habían cubierto a otras dos. Ahora esperaban a Nellie en la cuadra. *Mijnheer* Goossen la saludó complacido y la ayudó a atar el poni.

—Qué suerte que tuviera tiempo para nosotros, doctora Nellie —dijo aliviado—. No tengo nada en contra del viejo doctor De Groot, es invencible con el vacuno, pero no tiene demasiada mano con los caballos.

Nellie estaba de acuerdo, pero no comentó nada al respecto. En lugar de ello, entró en la cuadra detrás del criador y comenzó a hablar amablemente a las yeguas mientras un mozo les ponía el cabestro y las llevaba una tras otra al pasillo. Nellie cogió la vaselina e introdujo la mano en el recto del caballo. Desde ahí un buen veterinario podía palpar la matriz y averiguar si dentro crecía un potro.

Con la primera yegua, Nellie enseguida lo tuvo claro y el criador se mostró encantado. Con la segunda, el diagnóstico era más complicado.

—A ver..., en cualquier caso está preñada —concluyó Nellie—. Pero por desgracia no puedo excluir la posibilidad de que se trate de gemelos.

Era una mala noticia. Las yeguas pocas veces daban a luz gemelos sanos, en la mayoría de las ocasiones perdían a los dos potros. El criador se afligió.

—¿Quiere intentar reducir uno de ellos? —preguntó poco entusiasmado.

Nellie hizo un gesto negativo.

—Yo le aconsejaría que esperase un poco. En la mayoría de los casos, la yegua resorbe al segundo potro en las primeras semanas de preñez. Deberíamos volver a examinarla dentro de un mes, y...

—¿Qué demonios haces tú aquí, Cornelia? —Mientras Nellie todavía tenía el brazo dentro del recto del caballo y explicaba de qué forma actuar, apareció de repente el doctor De Groot en la puerta de la cuadra.

Tanto Nellie como Willem Goossen y el mozo de cuadra se sobresaltaron.

—Padre De Groot...

Nellie balbuceó algo y sacó el brazo del caballo, pero el padre de Phipps ya se había dado cuenta de que había diagnosticado la preñez como una profesional.

—El tratante de ganado ha tenido la amabilidad de traerme —explicó el veterinario—. Aunque ya veo que otra persona ha asumido mi trabajo. —Lanzó a Nellie una mirada glacial.

Willem Goossen asintió afablemente.

—Sí, siento que se haya tomado la molestia de venir hasta aquí. Pero ya hemos terminado y la doctora Nellie me ha dado esperanzas con los dos potros sanos, a no ser que un tercero se interponga en el camino. ¿Qué les parece? ¿Vamos a casa a tomar una taza de café? Mi esposa hasta ha preparado un pastel, nuestras gallinas son muy aplicadas.

Guiñó el ojo a Nellie y su suegro. Si bien este no parecía estar de humor para charlar un rato mientras tomaba una taza de café. Y ella, igual.

El doctor De Groot enseguida rechazó la invitación.

—No, gracias. La «doctora Nellie» enseguida me llevará a casa. Creo que mi nuera tiene algo que explicarme mientras volvemos.

Willem Goossen miró vacilante a uno y otro, y se despidió.

—Dentro de un mes vuelvo a llamar —le dijo a Nellie.

Ella asintió ausente y se preparó para la hora de la verdad.

—Pues ya ves, padre De Groot —dijo con fingido optimismo después de haberle contado a su suegro que Phipps y ella habían estudiado juntos la carrera. Sostenía las riendas sueltas, pues el poni encontraba prácticamente solo el camino a casa—. No estoy menos cualificada que Phipps. Claro que no he pasado ningún examen, pero los habría aprobado, estoy segura. Y a estas alturas tengo mucha experiencia con animales grandes. Puedo sustituir a Phipps sin el menor problema.

El doctor De Groot la fustigó con la mirada.

—¡No te creerás de verdad lo que estás diciendo, Cornelia! Esta locura que habéis llevado a término los dos... ¡estoy indignado! Y por supuesto no vas a seguir ejerciendo de veterinario... ¿o debería decir «veterinaria»...?

—Veterinaria sería la palabra correcta —lo interrumpió Nellie—. ¿Y por qué no va a poder una mujer confirmar si una yegua está preñada o vendar la herida a un perro? Llevo dos años haciéndolo, padre De Groot. Y hasta ahora no se ha quejado nadie. Al contrario.

—Una mujer no debe hacer nada de todo esto, es algo que no corresponde a su naturaleza —explicó el doctor De Groot—. No se ajusta a su aptitud física ni mental. E intelectualmente las mujeres tampoco son capaces de comprender las complicadas interrelaciones que hay en el cuerpo y que constituyen la esencia de la práctica de la medicina...

Nellie casi soltó una carcajada.

—Entonces yo soy una excepción —objetó—. He leído todos los libros de Phipps y he repasado con él las preguntas de los exámenes. Puedes hacerme una prueba hoy mismo. Química, anatomía...

Estaba segura de que en tales exámenes sacaría mejor nota que su suegro. Él llevaba veinticinco años practicando sin actualizar su formación.

—Es absurdo, Cornelia. Te engañas a ti misma y Philipp... Siempre se ha dejado influir por tus tonterías. Cornelia, el lugar de una mujer está en su casa. Ocupándose de la cocina, de los hijos... —se interrumpió—. Cornelia, ¿no será esta la causa por la que vuestro matrimonio todavía no ha sido bendecido con ningún hijo? Pese a que lo intentáis regularmente...

Nellie lo miró indignada

—¿Cómo lo sabes?

Entonces lo tuvo claro. En la casa se oía todo, por supuesto. También ella y Phipps se enteraban de que los ancianos De Groot conversaban antes de dormirse, aunque no entendieran las palabras concretas. Pero nunca se les había ocurrido que lo mismo sucedía a la inversa. Y de que no se trataba solo de palabras, sino también de ruidos...

Nellie enrojeció como la grana.

—¿Habéis evitado conscientemente el... embarazo? —La voz de De Groot adquirió un tono amenazante.

Nellie iba a negarlo, pero luego la rabia superó el deseo de apaciguar a su suegro.

—Yo diría que esto no es de tu incumbencia —respondió todo lo serenamente que pudo—. Es escandaloso que te espíen en el lecho matrimonial. Cuando Phipps vuelva, nos iremos de esta casa.

El doctor De Groot se echó a reír.

—Eso ya lo veremos —contestó—. De todos modos, en primer lugar, te mantendrás alejada de mi trabajo. No vas a curar a ningún animal más en mi consulta, por mucho que creas saber y ser capaz de hacer. Tampoco cuando regrese Philipp, lo que no es probable que suceda próximamente. Pero en cuanto vuelva, tendré que decirle cuatro cosas. Ya le hemos tolerado demasiados caprichos. La amistad con una chica, ese violín...

—Phipps es una persona adulta —le recordó Nellie.

—A lo mejor la guerra le enseña a comportarse como tal —dijo el doctor—. Y ahora pongamos punto final a este lamentable asunto. A partir de ahora yo me vuelvo a encargar de las visitas a domicilio y les explicaré a los propietarios de los animales en qué travesura infantil se han visto envueltos. La «doctora Nellie» ya no existe.

3

Durante las siguientes semanas reinó un ambiente gélido en la casa de los De Groot. Los padres de Nellie estaban tan afectados como sus suegros. La simple sospecha de que ya hacía tiempo que su hija habría podido estar embarazada, pero que había renunciado a ello para dedicarse a una profesión que le estaba prohibida llevó a Josefine van der Heyden al borde de la histeria. El padre de Nellie le dijo que lo había decepcionado profundamente y habló de fraude y de usurpación de funciones.

—Es posible que hasta hayas incurrido en delito —le advirtió—. En el futuro tienes que comportarte. Si no tienes suficiente que hacer en casa, puedes apuntarte en la asociación de mujeres.

—¿Y coser calcetines para nuestros soldados en el frente? —preguntó Nellie con aire provocador.

Era cierto que las mujeres habían pasado el invierno ocupadas en esa tarea, aunque era difícil, naturalmente, sacar los calcetines del territorio invadido y que llegaran a los interesados. Bromeó diciendo que los *franc-tireurs*, como llamaban a los espías y partisanos franceses y belgas, tan temidos por los alemanes, se habían encargado sobre todo de pasar de contrabando los calcetines a través de las líneas enemigas. De hecho, los géneros de punto se enviaban a los Países Bajos libres y se esperaba que desde allí llegaran al frente.

—Por ejemplo —respondió su padre, obviando la ironía—. Búscate una ocupación con la que dejes de fastidiarlo todo.

Nellie nunca había encontrado nada tan difícil como eso. Tanto su madre como *mevrouw* De Groot eran buenas amas de casa y ambas disponían de servicio. Nellie casi no tenía nada que hacer. Así que se concentró en la lectura —más de libros y revistas de veterinaria que de novelas—, y en recopilar información. Siempre que su suegro podía renunciar al caballo y al carro, se iba con Cees a Cortrique y compraba diarios. No dejaba de hablar con presos de guerra belgas, aunque ahora había menos. Los periódicos alemanes, que Nellie seguía esforzándose en leer —con su lectura aprendía inevitablemente la lengua extranjera—, señalaban el elevado número de muertos en el bando de los aliados.

A partir de finales de abril, los alemanes emplearon gas tóxico y al principio tanto belgas como británicos y franceses huyeron despavoridos. Los periódicos publicaron fotos en las que caballos y perros mensajeros se protegían como los soldados alemanes con máscaras especiales de gas. Este no diferenciaba a amigos y enemigos, y según hacia dónde soplase el viento, también los atacantes se veían afectados. Nellie esperaba que los aliados y sus animales no tardaran en equiparse también con ellas, pero se temía que a la defensa le hubiese faltado tiempo para dedicarse a la fabricación de máscaras de gas para animales.

Los alemanes también vencían en el frente oriental —las condiciones tenían que ser espantosas tanto para humanos como para animales— y utilizaban un submarino de guerra contra embarcaciones comerciales y de pasajeros. Después de que unos cientos de estadounidenses muriesen en tales circunstancias, Estados Unidos estuvo a punto de intervenir, pero a última hora se dejó calmar por los alemanes.

El ambiente en Cortrique era malo, la población sufría debido al insuficiente suministro de alimentos. A los invasores, por el contrario, les iba relativamente bien. Entretanto se habían inaugurado once hospitales militares en la ciudad y los convalecientes, al igual que las tropas de ocupación, se divertían en cervecerías y tabernas. De nuevo por temor a espías y atentados, se habían cerrado los restaurantes a la población belga. El cine solo estaba abierto para los habitantes de Cortrique unos pocos días.

Las visitas de Nellie a esa ciudad seguían por regla general el mismo patrón. Cruzaba los controles alemanes, donde a esas alturas ya la conocían y la saludaban animadamente, y veía si había algo necesario que comprar con francos belgas. Había en circulación tres monedas: la belga, la alemana y la de guerra, emitida por el ayuntamiento. Esta última, le informó su viejo amigo el farmacéutico, no era del agrado de los tenderos. A fin de cuentas, era inevitable que después de la contienda perdiera su valor.

—¿Podemos realmente pensar en un «después de la contienda»? —preguntó Nellie.

El farmacéutico se encogió de hombros.

—Ninguna ha durado eternamente —respondió—. Y si quiere saber mi opinión: los alemanes y sus aliados batallan en demasiados frentes. En algún momento se desangrarán, por más que ahora estén venciendo. Pero ¿cuánto tiempo durará esto? ¿Le ha llegado alguna noticia de su marido?

Nellie negó con la cabeza. Muchos belgas recibían cartas de sus familiares a través de los Países Bajos. Phipps todavía no habría pensado en que bastaba con escribir a los abuelos de Nellie para establecer contacto con ella.

—Creo que los médicos no se ven tan amenazados —contestó ella esperanzada.

El farmacéutico arqueó las cejas.

—Es inevitable que haya un par en el frente para hacer las primeras curas de los heridos. Pero su marido es veterinario. Y en la guerra de trincheras no se hiere a los animales.

Nellie suspiró.

—Eso es lo que piensa usted. Y en cuanto a los caballos seguro que no es del todo equivocado. Pero por el contrario, hay perros mensajeros y también palomas. ¿Ha oído usted que han prohibido a los criadores de aquí que las dejen volar? A no ser que ya las hayan requisado todas... Los alemanes marcan a sus palomas y disparan contra todas las demás. Para que no contactemos con los aliados y revelemos secretos.

El farmacéutico asintió.

—En lo que respecta a espías, están paranoicos —confirmó—. En la estación no dejan de simular falsos movimientos de tropas y de propagar mensajes inexistentes para confundir a potenciales agentes secretos. Sin embargo, aquí no sucede nada digno de ser reportado.

Tras la visita a la farmacia, Nellie se dirigió a la estación y ató su poni en el lugar acostumbrado en la plaza. Esperaba encontrar presos en el campamento, ahora apestoso y lleno de porquería, y poder interrogarlos a escondidas. Además, le gustaba de paso echar un vistazo a los caballos que estaban en las cuadras de los alemanes. Junto a la instalación provisional de la estación, los invasores habían requisado en esa zona una cuadra de alquiler en la que, antes de la guerra, los habitantes de la ciudad que tenían establos pequeños alojaban a sus animales. Ahora los bonitos caballos de tiro o de montar se hallaban en manos de los alemanes y ocupaban su sitio unos pesados ejemplares de media sangre o de sangre fría, encargados de llevar suministros al frente. A Nellie, como a todos los demás belgas, le estaba prohibido entrar en la cuadra, por supuesto, pero había mucho movimiento en la plaza que había delante de los edificios y que podía verse desde fuera pese a estar vallada.

Le llamó la atención un elegante alazán, sin duda un caballo de montar. Su jinete, un joven y esbelto soldado de caballería, estaba a su lado y hablaba con un hombre bajito y rechoncho con uniforme de guardia al que Nellie había visto varias veces con los caballos. Parecían no ponerse de acuerdo sobre un asunto, pero al final el hombre tendió una cacerola al jinete de caballería y también unas vendas. Acto seguido lo dejó solo. Nellie se acercó curiosa y vio una herida abierta debajo del corvejón del castrado, un ejemplar con una capa de un color dorado rojizo.

—Habría que coserla. —Nellie no pudo reprimirse cuando vio la torpeza con que el soldado intentaba vendar al animal—. Es un corte bastante profundo y además quedará cicatriz... Si no cura bien, se infectará.

El joven levantó la vista. Tenía un rostro armonioso y era muy delgado. El cabello oscuro era liso como la crin de un caballo y sus impresionantes ojos azules reflejaban preocupación.

—El caballerizo me ha dicho que tengo que vendarlo bien y si no mear tres veces al día encima... Ay... Disculpe, orinar. —En ese momento el alemán pareció tomar conciencia de que hablaba con una mujer. Enseguida se esforzó por expresarse con propiedad—. Oh..., mmm... ¿Habla usted alemán?

Nellie se había dirigido a él en neerlandés y él había contestado en alemán. Ambos se habían comprendido, pero Nellie no confiaba en sus conocimientos lingüísticos, así que negó con la cabeza y siguió hablando en su lengua. El joven se acercó a la valla para que ella no tuviera que gritar.

—En principio, mear encima no es del todo incorrecto, la urea es un desinfectante. Pero no debería vendarlo con fuerza, porque entonces corta el riego sanguíneo. Pero bueno, si no hay remedio... haga una cataplasma con su orina... Pero lo dicho, yo...

El alemán levantó las manos sin comprenderla. Hablaba demasiado rápido en neerlandés.

—¿Francés? —propuso él y pareció darse cuenta de que ella podría malinterpretarlo. Enrojeció—. Me refiero a que... ¿podríamos comunicarnos en francés? —Al instante cambió al nuevo idioma.

Nellie sonrió. Naturalmente, como exalumna de dos escuelas de educación superior para señoritas hablaba a la perfección el francés. Volvió a repetir sus indicaciones.

—De todos modos, yo preferiría una sutura —explicó—. Así no queda ninguna fea cicatriz. ¿No tienen a ningún veterinario aquí?

—¡No! —El alemán parecía afligido—. Las unidades de caballería tienen alguno, pero aquí ya no llegan los soldados de caballería. Solo un par de mensajeros o jinetes de reconocimiento como yo... —Volvió a bobinar la venda que quería poner en la pata de su caballo y se irguió—. Permítame: teniente Walter von Prednitz, delegado del primer regimiento de la guardia de ulanos...

—Pero cada día llegan nuevos caballos —se sorprendió Nellie—. ¿Cómo es posible que crean que no necesitan veterinarios?

Von Prednitz asintió.

—Caballos de infantería. Se enganchan y llevan material al frente. También hay un par de carros tirados por bueyes. En apariencia no se enferman. O los dejan morir. —Dijo esto último con amargura—. ¿Por qué iba a irles mejor que a los hombres en las trincheras?

—Para ellos hay hospitales —replicó Nellie—. Aquí en Cortrique, hay once...

—Pero no todos consiguen llegar... —El teniente suspiró—. Si supiera cómo van las cosas... Pero ¿qué hacemos con mi Kondor? ¿Conoce a un veterinario que quiera curarlo? ¿Aunque sea alemán?

Nellie sonrió.

—Veo que es un trakehner —dijo, observando la marca que permitía distinguir la raza alemana—. Yo puedo coser la herida. Soy veterinaria.

Curiosamente, Walter von Prednitz no mostró ninguna sorpresa. Y sin embargo también se prohibía en Alemania que las mujeres estudiaran veterinaria, si Nellie recordaba bien.

—Tengo aquí el maletín —dijo Nellie. Siempre llevaba en el carro material de urgencias que ahora utilizaba también el doctor De Groot cuando visitaba a los granjeros—. Si entretanto me consigue agua caliente...

Von Prednitz asintió aliviado.

—Naturalmente le..., le pagaré —prometió.

Nellie se encogió de hombros.

—Para ser sincera, preferiría que lo hiciera en especias. Como usted tal vez ya sepa, aquí la población civil tiene poco que comer, y entre los animales todavía es peor. A lo mejor... ¿un saco de avena para mi poni?

Von Prednitz se echó a reír y la miró con interés renovado.

—Es usted un poco peculiar, doctora... —observó.

Nellie negó con la cabeza.

—No tengo el título —confesó—. Por favor, llámame *mevrouw* De Groot. Cornelia De Groot.

Cuando Nellie llegó con el maletín, el teniente Von Prednitz le abrió la puerta de la cuadra. El rechoncho caballerizo volvía a estar junto al animal. La miró con desconfianza.

—¿Se supone que es veterinaria? —preguntó con escepticismo—. Yo mejor la hubiese colocado en un burdel. Caliente y pelirroja... —Sonrió lamiéndose los labios.

Von Prednitz le dirigió una mirada reprobatoria.

—Señor Hansen, le pido por favor que se contenga. *Mevrouw* De Groot ha sido tan amable de ofrecerse a curar a mi caballo y no tiene por qué escuchar sus groserías. *Mevrouw* De Groot, este es Hansen, el caballerizo. Suele ocuparse de las dolencias de nuestros caballos.

Nellie lo saludó amablemente; Hansen, por el contrario, no respondió. La contempló con recelo mientras ella se lavaba las manos y también la herida del caballo, sacaba el catgut y cosía con un par de puntadas la herida. Por supuesto, el caballo se estremeció e intentó levantarse, pero por fortuna el teniente Von Prednitz consiguió tranquilizarlo.

—Y ahora vamos también a vendarlo, pero que la venda no

apriete, así debería curarse. Dentro de diez días podemos quitarle los puntos —explicó satisfecha Nellie.

—¿Volverá entonces para hacerlo? —preguntó Walter von Prednitz.

Nellie estaba a punto de responder, pero Hansen le cortó la palabra.

—Yo mismo se los quitaré —farfulló.

—No es tan difícil —aclaró Nellie, que no quería pelearse con el antipático caballerizo.

—Yo también habría podido coserlo —afirmó este—. Pero no era necesario. Con mearse encima…

—En los próximos días, Kondor debería descansar —prosiguió Nellie, dirigiéndose al teniente. Volvía a hablar en neerlandés. Seguro que el caballerizo no entendía el francés. Su gesto de consideración no se vio premiado.

—¡Tonterías, teniente! Esta lo que quiere es alejarlo del frente. ¡Delito de sedición!

Von Prednitz se echó a reír.

—Bueno, bueno, como si Kondor fuera el único caballo de que dispone el ejército alemán. Para un par de días ya encontraré otra montura, Hansen —aseguró. El caballerizo se dio media vuelta refunfuñando—. No le haga caso, doctora —dijo el joven teniente—. Kondor disfrutará de su periodo de convalecencia, puede estar usted segura. Y yo me alegraría mucho de que usted se encargara de quitarle los puntos.

Nellie sonrió.

—De doctora nada, solo *mevrouw* De Groot —repitió ella—. Naturalmente, estaré muy contenta de poder volver.

—No es asunto de mi incumbencia, pero ¿por qué no se doctoró? —preguntó Walter von Prednitz cuando poco después le llevaba al carro el pesado saco de avena que había apartado para pagar su labor—. Pensaba que todos los veterinarios tenían el título de doctor.

Nellie se frotó la frente.

—En sentido estricto, ni siquiera tengo el título de veterinaria —admitió—. Yo… Lo que sé, lo he estudiado en privado, por decirlo de algún modo lo he estudiado con mi marido. Las mujeres no podemos ingresar en la universidad, ¿comprende?

—¿Ah, no? —Von Prednitz parecía auténticamente sorprendido—. Pensaba que la situación había cambiado. Porque… Bueno, mi hermana estudia veterinaria en Berlín.

—¿Cómo? —La noticia la impactó. Se vio a sí misma asistiendo a los cursos y haciendo exámenes. Habría podido aprender tantas cosas más si no hubiera necesitado siempre a Phipps de intermediario… Pero ahí estaba esa maldita guerra… Y estaba casada—. Aquí, desde luego, no es así —prosiguió en voz baja—. Cuando mi marido todavía no combatía, me las apañaba. Lo principal para mí era que podía trabajar en nuestra consulta para animales. Por desgracia, las cosas han cambiado. Mi suegro, que también es veterinario, no está de acuerdo con que las mujeres ejerzan esa profesión. Ni con carrera ni sin ella.

Parecía como si Walter von Prednitz fuera a objetar algo, pero luego calló al ver el rostro entristecido de la joven.

—A lo mejor puede intercambiar algún día opiniones con mi hermana, cuando… esto se acabe —comentó—. La guerra no puede durar eternamente.

—Sería estupendo —contestó Nellie y colocó su maletín bajo el pescante del carro—. Nos veremos dentro de diez días…

—Eso espero —susurró el teniente.

Nellie quería responder que podía confiar en ella, pero se dio cuenta de que se refería a algo distinto. Un mensajero a caballo siempre corría peligro, su nuevo conocido no podía estar seguro de seguir con vida al cabo de diez días.

4

En los días que siguieron, Nellie no se sacaba de la cabeza al joven soldado de caballería alemán, y eso que ella misma se reprendía por preocuparse por un desconocido que, además, era enemigo. Cuando por fin fue a Cortrique y no encontró en la cuadra a nadie más que al quisquilloso caballerizo Hansen, se preparó para lo peor. Pero luego apareció el teniente, procedente de uno de los boxes posteriores, llevando a Kondor del ronzal.

—Ha sido una cura milagrosa —dijo complacido, y Nellie tuvo que darle la razón. De la fea herida solo quedaba una pequeña cicatriz. Después, cuando creciera el pelaje, ya no se vería nada. Si es que había un después para Kondor. A partir de entonces, seguramente también se preocuparía por el castrado de capa dorado rojiza—. ¿Tiene un poco más de tiempo? —preguntó casi tímidamente Walter von Prednitz cuando ella hubo acabado de sacar los puntos—. He..., he venido del frente acompañado. De un nuevo enfermo...

Hablaba en voz baja, como si no quisiera que Hansen lo oyera. Aunque este no había hecho ni caso de Nellie en esta ocasión. Por lo visto estaba inmerso en distintas labores.

—¿Otro caballo? — preguntó Nellie.

El teniente negó con la cabeza.

—Venga —le pidió, llevándola al box de su caballo. Sobre una manta sucia, en un rincón, había un perro con la cabeza vendada. El animal movió débilmente la cola cuando entraron.

—¿Quién eres tú? —preguntó Nellie cariñosamente, acercándose al animal herido. Era un mestizo grande y de un marrón amarillento, entre cuyos antecedentes debían de encontrarse perros labradores y pastores—. ¿Eres un perro bueno y me dejas que te mire la cabeza?

—La oreja —explicó el teniente—. Es un perro patrullero, hasta ahora uno de los mejores. Pero hace dos semanas una granada casi le arrancó la oreja. Desde entonces tiene pánico a los cañones. En cuanto retumban, se esconde y gime. El capitán de la unidad a la que pertenece quería sacrificarlo, pero los hombres lo han ocultado y le han dado de comer a escondidas. Lo entienden, algunas veces ellos también están a punto de sufrir claustrofobia en las trincheras. Por desgracia, la herida se ha infectado y supura. También tiene frío. Sin ayuda morirá. Y cuando hablé de usted... Los hombres han reunido... Aquí están sus raciones de salchicha para esta semana. Sus honorarios.

Nellie se ruborizó.

—No puedo aceptarlo... —murmuró cuando él le tendió un gran paquete—. A nosotros tampoco nos va tan mal.

—Entonces déselo a alguien a quien le vaya peor. Yo no puedo llevármelo de ninguna de las maneras —contestó Walter von Prednitz—. ¿Quiere echarle un vistazo a Benno?

Nellie retiró con cuidado la venda empapada de sangre y dejó al descubierto una oreja con sangre y pus pegadas. Silbó entre dientes.

—Ya no puedo salvarle la oreja —se lamentó—. Tengo que cortársela. Me resultaría más fácil en la consulta...

—¿No se lo puede llevar? —preguntó el teniente.

—¿Cómo lo ha traído hasta aquí? —quiso saber—. ¿En el caballo?

Von Prednitz sonrió.

—No, no, qué va. Un transporte de heridos lo ha traído. En serio, los chicos lo han metido allí a escondidas, dos heridos leves han estado vigilándolo. Ya ve, para ellos es importante.

—Entonces, vamos a ocuparnos de él —decidió Nellie—. Lamentablemente, no me lo puedo llevar, mi suegro me decapitaría. Lo haremos aquí. Tiene usted que ayudarme.

Poco después ya había extendido los paños estériles sobre la paja y preparaba una máscara de cloroformo.

—Por suerte todavía está en el maletín. El padre de mi marido no la utiliza, practica las narcosis solo en la consulta. Mi marido y yo hemos curado a perros y gatos incluso en las granjas de sus propietarios. —Sonrió—. La mayoría de las veces para castrarlos, odio que ahoguen a los gatos. Deje caer gota a gota el éter sobre la máscara, se dormirá. Y luego vamos añadiendo más gotas si se mueve. Intentaré ir rápida.

Se puso manos a la obra con diligencia. En efecto, la oreja del perro era insalvable. Acabó con una herida limpia que cosió con un par de puntos y luego vendó.

—Hecho, dejemos que se despierte —dijo Nellie, aliviada. Walter von Prednitz le quitó la máscara al animal—. Me quedo un poco con Benno —decidió—. Es posible que tenga espasmos o que vomite. Especialmente esto último ocurre con frecuencia tras la narcosis. ¿Qué hará después con él? No puede volver al frente.

El joven soldado se encogió de hombros.

—Me lo llevaré conmigo. Por supuesto, no está permitido, pero tengo un alojamiento para oficiales en una antigua pensión, la de Au Pont de la Lys. Ahí seguro que no me descubren. Aunque a la larga tendrá que ir a algún sitio donde esté seguro y no oiga constantemente estallidos.

Nellie suspiró.

—Cuando la herida esté curada, me lo podré llevar y decir que lo he encontrado —sugirió—. Mis suegros tienen varios perros, seguro que pueden alimentar a otro más. Pero nadie debe saber que lo he operado yo. Y desde luego, tampoco que ha pertenecido al ejército alemán. En realidad, ¿de dónde sacan a los perros mensajeros?

El teniente le contó que los animales se recogían en Alemania y que muchos de sus propietarios estaban encantados de ponerlos a disposición del ejército.

—Un extraño tipo de patriotismo —añadió—. Algunos se alistan con su perro como voluntarios. En ese caso, se les da juntos una formación.

—¿Y tiene alguna ventaja? —preguntó Nellie.

—¿Para quien conduce al perro? No, de hecho corre más peligro que un soldado normal. Puede ser que se le conceda un rango más elevado. No lo sé exactamente. Antes de Benno nunca tuve un perro. —Acarició al animal, que emitió un gruñido mientras volvía lentamente en sí.

Nellie no pudo evitar pensar en Flipflop, al que había compartido con Phipps. Por lo visto, todos los hombres que le caían bien estaban relacionados con un perro...

Sonriente, comenzó a hablar del cachorro que había salvado. Walter von Prednitz le contó acerca de su hermana, Maria, y de su temprana pasión por las aves canoras y luego por los animales del zoo. Charlaron hasta que Benno volvió a despertarse y pudo seguir a su amo provisional hasta la pensión.

Nellie se marchó a casa la mar de contenta. Se convenció de que eso solo se debía a que había podido volver a ejercer su amada profesión y que no tenía absolutamente nada que ver con Walter von Prednitz.

Sin embargo, durante las semanas siguientes corrió el rumor entre las tropas de ocupación alemanas de que una veterinaria belga estaba dispuesta a ocuparse de caballos, perros, palomas y gatos. A partir de entonces, Nellie siempre cogía todo su equipo cuando viajaba a Cortrique e intentaba hacerlo en unos días fijos de la semana para que pudieran presentarle a los pacientes.

Atendía a los gatos de los establos de la estación, diagnosticó muermo en un caballo que acababa de llegar y convenció al caballerizo Hansen para que aislara al animal. Lo cierto es que ella lo habría sacrificado al instante, porque la enfermedad era incurable, pero Hansen insistió en que se trataba de una ligera tos que el animal superaría fácilmente. Así se metió en un lío. Los soldados de caballería —en total había tres jinetes de profesión activos como mensajeros en ese sector del frente— reconocieron enseguida esa enfermedad tan contagiosa y se ocuparon de que se sacrificara al caballo y que Hansen recibiera una reprimenda.

—Ha sido una irresponsabilidad por su parte —dijo exasperado el teniente Von Prednitz—. Sobre todo porque estoy seguro de que lo sabía. Solo se trataba de llevar la contraria. Y por eso el caballo habría contagiado a todo el resto. En tal caso, habríamos tenido aquí cincuenta caballos muertos, y no es que vayamos sobrados precisamente de reservas.

Nellie escuchó por primera vez que tampoco en el ejército alemán abundaban los recursos. Los diarios no informaban al respecto, pero Walter von Prednitz lo decía abiertamente. La falta de abastecimiento de la población civil en su país ya era considerable desde el primer invierno de la guerra y ahora se hacían también recortes en las tropas. Desde la primavera de 1915, se daba menos avena a los caballos y también se ahorraba con los perros. El caballerizo Hansen experimentaba con sucedáneos como la cebada, el maíz, los guisantes o las judías, pero un caballo de sangre fría que realizaba un duro trabajo no tenía suficiente con eso. A Nellie se le partía el corazón al ver que animales que en un principio estaban bien cuidados acababan en los huesos. Cada vez con mayor frecuencia se veía confrontada a estados de agotamiento que Hansen intentaba combatir con alcohol o café. En cuanto a la sobrecarga de los caballos de tiro, Nellie y Hansen estaban, excepcionalmente, de acuerdo. También el caballerizo se sulfuraba cuando por orden de los superiores se enganchaba solo cuatro caballos delante de carros que en realidad precisaban la fuerza de tiro de seis.

En el otoño de 1915 volvieron a librarse batallas enconadas en el frente, con la consiguiente y elevada pérdida de vidas humanas y también, por descontado, de animales. Los caballos arrastraban los carros o llevaban a sus jinetes bajo una lluvia de balas y no eran pocas las veces que resultaban alcanzados por ellas. Nellie tuvo que curar heridas de disparos cuando los animales conseguían regresar a Cortrique. Unas unidades especiales troceaban a los caballos en el frente. De sus cuerpos se podía obtener grasa, almidón, harina animal y carne para los soldados. Walter von Prednitz lo encontraba repugnante, pero comprendía que no se podía dejar que un animal simplemente se descompusiese.

—De todos modos, quedan muchos sin enterrar en el campo de batalla —dijo abatido el joven teniente—. Seres humanos y animales. Apesta a cuerpos desollados..., pero no siempre podemos salir para rescatar a los muertos. Al principio todavía se establecía algún alto el fuego. Pero ahora...

El odio entre los bandos enfrentados se iba intensificando más y más. La guerra no conocía la compasión.

Walter von Prednitz dibujó una sonrisa desconsolada.

—No es que sea malo. Es un infierno, *mevrouw* De Groot. En las trincheras, los soldados viven en el barro, son siempre el blanco de los ataques, no hay manera de que les lleguen suministros. Casi siempre impera un ruido ensordecedor. El olor a podredumbre y vapor de pólvora y gas es repugnante. En cuanto el tiempo lo permite, se realizan ataques con gas y apenas se puede respirar con las máscaras puestas. Entretanto, el alto mando militar ordena continuas ofensivas..., una auténtica locura. A quien saca ni que sea la nariz por encima de una trinchera, lo matan. De todos modos, dentro de ellas es igual de inseguro. Los atrincherados son víctimas de los disparos de mortero. Y cuando se hiere a alguien, se mezclan el barro con la sangre, los cadáveres mutilados y los trozos del cuerpo yacen por allí, con frecuencia cubriendo a hombres que todavía están vivos. Por todas partes hay alambradas de espinos, minas, se tropieza con los cráteres de las bombas. También los caballos...

—¿Ha de pasar regularmente por esos lugares? —preguntó Nellie, preocupada.

—Claro —confirmó el teniente—. Intentamos mantenernos detrás de las líneas, pero no siempre es posible. Kondor y yo somos diariamente objetivo de los disparos.

Ese gélido día de otoño, Nellie se había vuelto a reunir con el teniente por primera vez desde hacía semanas. Después de pasar siete días seguidos entre las líneas del frente, jinete y caballo podían recuperarse un poco.

—Y ahora vuelve otra vez el invierno —se lamentó Walter von Prednitz, a todas vistas aliviado de poder abrir su corazón a Nellie—. Lluvia constante y la tierra, acribillada por tantos balazos, irremediablemente se convertirá en una ciénaga...

—¿No hay ningún refugio subterráneo? —preguntó Nellie acongojada.

—A menudo solo tenemos lonas —respondió el teniente—. Todo se destroza a tiros o el frente avanza cincuenta metros y hay que excavar nuevas trincheras...

—Entonces, los..., los alemanes, ¿siguen avanzando? —A Nellie se le encogió el corazón.

El teniente movió la cabeza negativamente.

—No. En realidad, no. Cuando se dirige una batalla, se suele ganar algo de terreno. Nosotros o los otros, siempre se va de un lado a otro. No se espera una resolución en un tiempo previsible. Pero por un par de metros de suelo mueren cientos. Es para volverse loco... —Había escondido la cabeza entre las manos, pero levantó la vista—. No debería ser tan sincero. Si usted lo propaga...

—¿Les va mejor a los demás? —inquirió Nellie—. ¿A los británicos y a los franceses... y a los míos?

El teniente volvió a responder con un gesto de negación.

—No. Mueren como nosotros en la miseria. Es posible que los suministros les funcionen mejor, pero lo dudo, en especial en esta estación del año. Reciben mucho material por mar. De todos modos, también se dispara contra las embarcaciones. En ambos lados es el infierno... y esto no parece que vaya a acabar nunca..., no antes de que todos estén muertos.

Nellie no pudo reprimirse y colocó la mano sobre el brazo del teniente.

—Ninguna guerra es eterna —repitió las palabras de consuelo del farmacéutico—. No se desanime. Y..., y cuídese mucho.

Walter von Prednitz sonrió.

—¿Me desea usted suerte? —preguntó—. ¿Acaso no soy yo su enemigo?

Nellie se encogió de hombros.

—No puedo pensar en usted como un enemigo. Nunca me ha hecho nada.

—Mi pueblo ha ocupado su país —le recordó él.

—Algo que ni usted ni yo podemos evitar —contestó Nellie—. Su muerte tampoco nos liberaría. Pero bien, si no debo desearle a usted suerte, ¡cuide al menos de Kondor!

5

En la siguiente visita de Nellie a la cuadra que antes era de alquiler y que cada vez se parecía menos a una cuadra de caballos de labor y más a un hospital, un mozo le llevó a Kondor. Un escalofrío le recorrió el cuerpo cuando descubrió agujeros de bala en el cuello y en la grupa.

—Hansen dice que solo son heridas superficiales —observó el chico, que se llamaba Karl—. Él mismo las habría podido sacar, pero dice que al teniente le gustaría que lo hiciera usted. Al fin y al cabo es un héroe. —Karl acarició la nariz de Kondor.

—El... ¿el teniente Von Prednitz es un héroe? —preguntó Nellie con voz quebradiza.

—Qué va..., bueno, sí, el teniente seguro que también es un héroe. Es Kondor, ha llevado completamente solo a un herido fuera de la línea de fuego. En realidad, le tendrán que dar una medalla a él.

—Seguro que preferiría una libra de avena —murmuró Nellie—. Y..., ¿y qué ha pasado con el teniente?

—Está en el hospital —le contestó el chico—. Pero no es grave, solo se ha torcido el brazo cuando ha saltado a la trinchera. Y se ha hecho un par de rasguños con el alambre de espinos... Sobrevivirá. Y el teniente coronel Von Lindau también.

Nellie intentó disimular su alivio. Todavía no acababa de

entender lo que había sucedido exactamente, pero en ese momento tenía que concentrarse en el caballo. Examinó las heridas y confirmó que las balas no habían penetrado profundamente en la masa muscular y no habían dañado ningún ligamento o tendón.

—Aun así, la extracción de las balas le hará daño —dijo, y sacó de mala gana del bolso un freno de nariz.

Ese instrumento, formado por un bastón y una cuerda unida a él por los dos cabos, se colocaba en el labio superior del animal para mantenerlo tranquilo mientras se realizaba alguna intervención dolorosa. Pero el freno también hacía daño. Por eso Nellie lo utilizaba lo menos posible; aun así, lo colocó y explicó al mozo de cuadra cómo se sujetaba. Por fortuna, este demostró tener experiencia y de ese modo ella pudo sacar las balas sin incidentes y coser las heridas.

Después, Hansen le explicó un poco más sobre la hazaña del teniente Von Prednitz y Kondor.

—Por muchos dramas que monte con su caballo, ese teniente es un chico con coraje. Esta ha sido una hazaña digna de un héroe. ¡Me quito el sombrero!

El caballo de Ludwig von Lindau, otro jinete mensajero, según averiguó Nellie más tarde, había pisado una mina y estaba destrozado. El teniente había sido lanzado a tierra y se había herido en un brazo, una pierna y perdido mucha sangre. A continuación, el enemigo había empezado a disparar y ningún hombre se había atrevido a saltar de las trincheras para salvar al herido. No obstante, habían hecho lo mejor que podían para proteger de las balas al teniente Von Prednitz, quien había salido a caballo detrás de Lindau, se había bajado a toda prisa de su montura, ayudado al herido a subir a Kondor y luego se había resguardado en las trincheras. Kondor se había alejado al galope de la línea de fuego con el herido, pero dos disparos lo habían alcanzado. Una bala también había herido a Ludwig von Lindau en el muslo. Por el contrario, Walter von Prednitz había tenido suerte y había podido encontrar refugio saltando con el cuerpo extendido por encima de un alambre de espinos. De ese modo, el impacto de la caída había sido fuerte, pero no estaba gravemente herido. Kondor había galopado directo hacia Cortrique; para cuando llegó, el teniente coronel Von Lindau ya estaba inconsciente sobre el caballo. Y ahora todo el mundo hablaba del comportamiento heroico de Kondor.

—Espero que al menos te den las gracias —susurró Nellie al alazán dorado antes de volverse hacia otros caballos—. Te mereces como mínimo dos semanas de descanso.

En efecto, un par de días más tarde, enviaron a Kondor a un hospital de caballos muy lejos de las líneas del frente. Entretanto, los alemanes habían entendido que los animales que participaban en la contienda también necesitaban de los cuidados médicos de veterinarios y habían construido unos centros de recuperación.

Al teniente Prednitz le facilitaron otro caballo de servicio.

Nellie habría podido curar en Cortrique a caballos y perros todos los días, pero, naturalmente, no tenía razones para volver tan a menudo a la ciudad. Por el momento nadie sabía que trabajaba para los alemanes. Cuando recibía un pago en especias, siempre aseguraba que había estado comprando los víveres en la ciudad. Fue allí donde en un momento dado advirtieron que deambulaba por la estación dos días a la semana. Nellie sabía que iban a hablar de ella. En el segundo invierno de la guerra se agravó la escasez de suministros, la hambruna y el cuidado de los hijos llevó a muchas mujeres a la prostitución. Otras se buscaron amantes fijos entre los invasores, ya que un buen número de administrativos permanecían largo tiempo estacionados en Cortrique.

Nellie temía que también a ella le atribuyesen algún amorío. Por el momento, las habladurías no habían llegado a su comunidad. Los pueblos seguían aislados de la ciudad, los alemanes solo se acercaban a Ledegem y las poblaciones del entorno para esquilmar todavía más a los campesinos o buscar gente para que realizara trabajos forzados. Muchos hombres hábiles fueron deportados a Alemania, por lo que ancianos y mujeres debían realizar las tareas de las granjas. Casi nadie conservaba animales de tiro todavía vigorosos o caballos de montar, de modo que ir a la ciudad se convirtió en un problema logístico. Ya hacía tiempo que el ferrocarril estaba en manos de los alemanes y la población civil no tenía acceso a los trenes. Por esa razón, para los habitantes que quedaban en Ledegem, Nellie y su poni representaban el único vínculo con el mundo. Ella compraba diarios, los leía —a estas alturas ya dominaba el alemán— y compartía de buen grado las noticias con su familia. Greta de Groot se ocupaba después de seguir propagándolas. La suegra de Nellie disfrutaba interpretando ese papel tan importante en la vida del pueblo, por lo que no hacía nada para impedir que Nellie siguiera viajando a la ciudad. Más bien eran el suegro y la madre los que planteaban las preguntas más curiosas.

—¿Qué haces tantos días y tanto tiempo en Cortrique? —quería saber Josefine van der Heyden—. Hija, ¿no pasará ahí algo de lo que tengamos que avergonzarnos? Tu marido lleva un año y medio fuera.

Nellie la miró atónita, hasta que comprendió que su madre aludía a un posible amante. Se echó a reír cuando le preguntó acerca de su relación con el farmacéutico.

—Mamá, *mijnheer* De Frees tendrá más de sesenta años, está calvo y casado. ¿De verdad piensas que engañamos a su esposa sobre el mostrador de la tienda?

Josefine enrojeció de inmediato.

—Te ruego que te expreses de una forma menos rotunda —riñó a su hija—. Pero ¿qué haces con él?

Nellie solía poner como pretexto sus visitas a *mijnheer* De Frees cuando le preguntaban cómo era posible que hubiese tardado tantas horas para comprar un par de periódicos.

—Hablamos —respondía Nellie—. Sobre el transcurso de la guerra, sobre lo que pasa en Cortrique... Él habla alemán y entiende cosas de los invasores que los demás no comprenden. Y además es muy inteligente. Me explica muchos aspectos de esta batalla que yo no entiendo. Y por suerte no me considera tan sensible como para no aguantar una mala noticia.

Su madre solía retirarse y decir que tenía los nervios a flor de piel cuando Nellie leía en voz alta los periódicos.

Los alemanes y sus aliados todavía se consideraban los vencedores, pero cada vez intervenían en la guerra más Estados, como Bulgaria y Rumanía. En 1916, los alemanes sufrieron los primeros reveses. La batalla de Verdún se perdió, pero en la batalla del Somme se consiguió que el frente alemán retrocediera de ocho a diez kilómetros. Y así murieron más de seiscientos veinte mil hombres del ejército de los aliados y al menos cuatrocientos veinte mil alemanes. Nellie, que apenas si podía imaginar esa cantidad de muertos, sospechaba que el teniente Von Prednitz sí era capaz. Ahora lo veía pocas veces. Siempre estaba de viaje y arriesgando la vida. Un día que se lo encontró en Cortrique, había perdido mucho peso y parecía agotado.

En el otoño de 1916, por fin se asignó un médico veterinario al almacén de caballos para la infantería de Cortrique. Nellie se enteró por el huraño caballerizo Hansen, que hablaba tan mal del veterinario alemán como de ella misma.

—Aquí ya no se necesitan más sus servicios —le explicó—. Ahora ya tenemos a nuestro propio curandero. Está tan loco por el alcohol como usted, solo que él se lo administra a sí mismo por la boca.

Las estrictas medidas de higiene de Nellie, que incluían la constante desinfección de los instrumentos y las heridas, habían sido como una piedra en el zapato para el caballerizo.

—¿Se refiere a que bebe? —preguntó alarmada Nellie.

Hansen asintió.

—Como un cosaco —confirmó.

Nellie habría querido observar ella misma a su colega, pero sin ningún encargo no se atrevía a entrar en la cuadra. Así que condujo a su poni sin meta determinada por el Grote Markt. En los imponentes edificios que rodeaban la plaza había distintas tiendas y locales en los que los soldados alemanes solían detenerse. Y, de hecho, delante de la oficina de correos se encontró con alguien a quien conocía superficialmente, Ludwig von Lindau, el amigo de Walter von Prednitz. El teniente coronel todavía cojeaba, pero había regresado de pasar un permiso en su casa. Este le informó diligente acerca del nuevo veterinario.

—El doctor se llama Maier o Müller o algo parecido, antes estaba en Francia. He oído que en el Somme se dedicó a los primeros auxilios de los animales heridos. Después ya no fue el mismo. En cualquier caso, aquí todavía no lo he visto nunca sobrio. Por supuesto, esto no significa que sea un inútil. Hace su trabajo, pero odia a todos los belgas, franceses, británicos y a todos los que combatieron en el Somme. Doctora De Groot, es mejor que evite cruzarse en su camino.

Los alemanes se habían acostumbrado a dirigirse a Nellie con él título de doctora y ella ya no lo corregía.

—Entonces, ya no me necesitan —contestó afligida—. Pero bueno, al menos hay un veterinario ahora que hay tanto trabajo con un cólico tras otro.

Desde que las raciones de forraje se habían reducido todavía más, había aumentado el número de los animales que sufrían cólicos, un concepto genérico para todo tipo de dolores de barriga. En la mayoría de los casos la causa era la comida sucia y no apropiada: los caballos se comían todo lo que encontraban, a menudo paja enmohecida, ramas, hojas y con frecuencia, por desgracia, plantas venenosas. El caballerizo Hansen solía administrarles una mezcla de aceite de ricino, aguardiente de miel y aspirina, un remedio que de vez en cuando alcanzaba sorprendentes logros. Nellie pocas veces llegaba a tiempo para proponer un tratamiento alternativo. La mayoría de los cólicos se producían por la noche.

—¿Sabe..., sabe algo del teniente Von Prednitz?

Nellie cambió de tema. En realidad, no quería preguntar por el teniente, pero se impuso su preocupación por él y, además, sabía que en el futuro habría de pasar gran parte de su tiempo en Ledegem y ya no tendría más noticias del joven alemán.

—Claro —respondió von Lindau—. Siempre que lo encuentro, bebemos algo juntos. Pero no puedo decir por dónde anda. No quiero desvelar secretos militares.

Nellie asintió.

—¿En el frente? —insistió ella sin embargo.

El teniente coronel negó con la cabeza.

—Como ya le he dicho...

Nellie suspiró.

—Está bien. ¿Ya han vuelto a entrar en acción? —preguntó, en realidad por cortesía.

El teniente coronel la miró con desconfianza.

—¿Se interesa usted por los movimientos de las tropas alemanas?

Nelly frunció el ceño.

—No —respondió—. En absoluto...

«A no ser que os pusierais de nuevo rumbo a Alemania», pensó, aunque naturalmente no dijo nada.

—Entonces, no haga tantas preguntas —le advirtió el oficial.

Nellie se despidió lacónica y se subió a su carro. No sospechaba las consecuencias que tendría esa breve conversación.

Un par de días después —el otoño tardío se había adueñado de Flandes, llovía a cántaros y bramaba una tormenta—, alguien llamó a la puerta de los De Groot. Ya estaban todos en la cama, pero al final se reunieron temblorosos en el frío pasillo, pues no dejaban de golpear.

El doctor De Groot sacó un arma, una pistola anticuada que había escondido de los alemanes.

—¿Quién es? —tronó.

Para sorpresa de todos, contestó una voz en alemán.

—¡Abra, necesitamos un veterinario!

El doctor De Groot no entendió nada, pero abrió de mala gana la puerta antes de que la derribaran.

Nellie había entendido al hombre y se temía lo peor.

Pero delante de la puerta no había ningún soldado armado, sino el mozo de cuadras que se había ocupado de Kondor. Suspiró aliviado cuando vio a Nellie.

—¡Tiene que venir, doctora! El caballo del comandante de la plaza tiene un cólico y el remedio milagroso de Hansen no funciona. Ya no sabe qué hacer y como...

—¿Te envía el caballerizo Hansen? —preguntó atónita Nellie.

El joven, con el uniforme gris chorreando, asintió.

—El mayor general está muy apegado a su caballo —explicó—. Hansen tiene miedo de que nos envíe a todos al frente si se muere.

—¿Y qué ocurre con el doctor Müller? —preguntó Nellie.

—Ese no se levanta, está borracho como una cuba. Su mozo intenta despertarlo, pero...

—Cornelia, ¿se puede saber qué está pasando aquí? —preguntó el doctor De Groot—. ¿Qué te pide ese alemán?

—Ayuda —respondió Nellie distraída—. Voy enseguida, Karl, tengo que vestirme corriendo. A lo mejor puedes ir enganchando al poni. Está en la cuadra...

—Las calles están llenas de barro —dijo Karl—. ¿Monta usted a caballo, doctora?

—¿Te ha llamado doctora? —quiso saber Greta de Groot.

Nellie no contestó.

—¡Claro que monto a caballo! —contestó al chico—. Iré en el poni. Solo tengo que llevar mi equipo. Debes de tener alforjas.

En realidad, todas las sillas militares estaban provistas de alforjas.

Sin hacer caso de sus suegros, que insistían en disuadirla de sus planes, Nellie subió precipitadamente las escaleras para ponerse el traje de montar y un buen abrigo. Luego corrió a la cuadra. El mozo ya había ensillado al poni, mientras el doctor De Groot le hablaba enfurecido. Karl intentaba tranquilizarlo, pero como ninguno de los dos conocía el idioma del otro, la conversación, como era natural, no servía para nada.

—¡Cornelia, nos debes una explicación! —vociferó el suegro.

Nellie reprimió un suspiro. El asunto se estaba complicando.

—En cuanto vuelva, padre De Groot, pero ahora tengo que ir a Cortrique. Un cólico. Es un caballo sumamente valioso...

El semental negro del comandante era una auténtica joya, y pese a los malos cuidados que se dispensaban a los caballos, este seguía bien alimentado. Se decía que era propiedad privada del mayor general y que lo había mandado traer de Alemania al obtener un puesto relativamente tranquilo en la administración de Cortrique. Nellie ya se imaginaba lo que le pasaría al personal de la cuadra si Napoleón moría.

El chico, Karl, no era un jinete especialmente bueno, pero sí intrépido. De regreso a Cortrique exigía demasiado de su caballo de infantería, ya de por sí muy cansado. Nellie le pidió que dejara tranquilo al animal.

—Ya llegaré yo sola a la ciudad, y Cees no está cansado —le explicó. Era obvio que su poni se hallaba en mejor estado que el castrado del muchacho. En verano había salido al prado y estaba bien alimentado. Como la mayoría de los caballos pequeños, necesitaba poco alimento concentrado—. ¿Cómo me has encontrado?

Karl se encogió de hombros.

—Pregunté dónde había por aquí un veterinario. También me

habría llevado al señor mayor, pero he visto su carro delante de la casa. Y he sabido que estaba en el lugar adecuado.

Nellie sonrió.

—¡Bien hecho! —exclamó—. Pero ahora me adelanto. —Karl quedó atrás conforme a lo acordado y Nellie y Cees consiguieron llegar a Cortrique en un tiempo récord. En la que había sido una cuadra de alquiler brillaban ahora los faroles. El box del semental estaba muy iluminado y Hansen, al igual que dos ayudantes, intentaba en ese momento levantar al magnífico ejemplar. Este, sin embargo, se resistía con obstinación. El semental se revolcaba en el suelo y era evidente que sufría dolores muy intensos.

—Doctora... —Hansel tenía un tono realmente sumiso—. Es usted nuestra última esperanza. ¡Haga algo! ¡Haga que se ponga bien!

Nellie no se hizo ilusiones. El animal estaba fatal y empapado de sudor. Cuando se puso en pie de nuevo, se tambaleó. Nellie auscultó el corazón. Iba a toda velocidad.

—Haré una exploración rectal —anunció—. Pero no creo que pueda salvarlo. Seguramente, lo mejor sería evitarle tanto sufrimiento.

Hansen la fulminó con la mirada.

—¡No la hemos hecho venir para eso!

Nellie suspiró. Se preparó y al final metió el brazo por el recto del caballo. No era algo carente de riesgo. El animal, desquiciado, podía golpearla y herirla de gravedad, pero Napoleón parecía haberse rendido. Se quedó quieto, con todo su cuerpo temblando. Nellie no tardó en encontrar la causa de sus dolores.

—Es un vólvulo —dijo afligida—. No puedo hacer nada. Sufre unos horribles dolores que todavía han empeorado con su remedio casero. En este caso, el laxante no ha servido para nada, el intestino está totalmente ocluido. Lo siento.

—Dele ese aceite que siempre lleva —le suplicó Hansen—. Que luego sale por detrás. —Nellie y Phipps trataban el vólvulo con vaselina líquida. Permeabilizaba el intestino y en unión con el movimiento del caballo se conseguía normalizar su estado—. O esa, esa gota...

Nellie negó con la cabeza.

—Señor Hansen, mi vaselina sería de tan poca ayuda como su aceite de ricino —dijo—. Por supuesto también puedo administrarle una solución de Ringer por vía intravenosa, pero no servirá de nada. Como mucho podría abrir el vientre y volver a poner en orden el intestino. Pero, por lo que yo sé, nadie ha hecho hasta ahora algo así.

—¡Pues hágalo usted! —le pidió desesperado el caballerizo.

Nellie acarició el cuello empapado de sudor del maravilloso caballo.

—El caballo se está muriendo, señor Hansen. No hay veterinario en el mundo que pueda algo por hacer él. Por favor, sea compasivo y ponga fin a su sufrimiento. De lo contrario, su final será horrible...

—¿Qué está pasando aquí? —Desde el pasillo de la cuadra resonó una voz turbia. Un hombre alto y desaseado, en el uniforme de oficial médico y con la insignia de veterinario en el hombro, se acercó a la luz e hipó—. Dice mi chico que por aquí hay..., hay un cólico... Eh, ¿qué hace aquí esta mujer?

—¡Doctor! —Hansen se dirigió enseguida al siguiente portador de esperanzas—. Es el caballo del comandante de la plaza. La doctora De Groot dice que no hay posibilidades de salvarlo, pero usted...

—Es... esta... ¿Esta es la puta belga que se hacer llamar veterinaria? —El doctor Müller fijó en Nellie sus ojos ribeteados en rojo—. Como mucho serviría para jugar a los médicos... Y ahora déjame a mí, chica. Después ya nos enseñarás lo que sabes hacer. Ahora nos ocuparemos del caballo... —Nellie se retiró a un lado mientras el doctor Müller auscultaba al semental. Renunció a la exploración rectal—. Hansen, este pasa a mejor vida

—dijo sin la menor emoción—. No hay nada que hacer. Si me hubiese llamado dos horas antes...

—Estaba usted... —Hansen iba a responder, pero el veterinario lo interrumpió.

—Entonces podría haber hecho algo. Pero así... Enseguida le fallará el corazón, no hay tiempo para intervenir. Si hubiera usted...

Lo único que quería Nellie era que el caballo dejara de sufrir y librarlo de esa pesadilla.

—El caballo tiene un vólvulo —señaló lacónica—. Es mortal y también lo era hace dos horas. Podría haber puesto punto final a todo rápidamente si hubiese estado en su puesto, según he oído decir.

—No me vengas con insolencias. Pero si tienes razón, hay que dártela. Deme su arma de servicio, Hansen.

No llevaba su pistola, seguramente había olvidado cogerla. El caballerizo tuvo que ir a buscar la suya. Luego, el veterinario no se anduvo con rodeos, apuntó con el arma y...

—¡Ahí, no! —gritó Nellie—. ¡Más arriba!

El tiro retumbó en la noche en la cuadra, pero el caballo no cayó tan pronto como se esperaba. Se tambaleó mientras la sangre brotaba del orificio de la bala y de la boca.

—Tengo que probar otra vez... —murmuró el doctor Müller.

El caballo gimió, cayó en la paja y se estremeció.

Nellie casi estalló en cólera. Nunca había sacrificado a un animal estando con los alemanes, cuando era necesario matarlo se había encargado uno de los soldados y antes Phipps, la mayoría de las veces. Su pistola todavía estaba en su maletín de urgencias y ella sabía cómo utilizarla. La encontró al instante.

—¡Apártese de una vez! —exigió al veterinario, y se arrodilló junto al caballo—. Enseguida pasará... —susurró y empezó a cantar una melodía para tranquilizar al animal.

Entonces apuntó en el lugar correcto y apretó el gatillo. El animal se estremeció otra vez, pero ya no volvió a moverse. La bala, bien situada, había destruido su cerebro.

Nellie iba a coger su estetoscopio para confirmar la muerte del animal y volver a dejar el arma en la bolsa, pero el doctor Müller le cogió la mano.

—¡Nada de eso! La pistola irá a un lugar seguro. Hansen, idiota, no solo nos ha traído a una puta a la cuadra sino a una francotiradora. ¿Cuánto llevas espiándonos por aquí, chica? ¿Tan cerca de la estación, donde puedes controlar todos los trenes?

Nellie no le hizo caso. Le dio el arma, colocó la mano delante de los ollares del caballo, que ya no respiraba, y cogió el estetoscopio para auscultarle el corazón.

—Está muerto —musitó—. Me da mucha mucha pena. Desearía haber podido hacer algo por él... Pero a veces... Ahora me voy. ¿Me devuelve la pistola? —preguntó a Hansen—. Ya ve que a veces la necesito.

Hansen parecía estar totalmente en las nubes. Solo miraba con los ojos acuosos al caballo muerto.

Entonces ocurrió algo en la entrada de la cuadra. Dos hombres bien armados avanzaron hacia el interior.

—Policía militar. Patrulla —se presentó uno de ellos—. ¿Se ha disparado un arma?

Nellie iba a contestar, pero el doctor Müller se anticipó.

—Menos mal que están ustedes aquí. Arresten a esta mujer. Es una espía y va armada. Se ha colado en la cuadra, supuestamente para tratar a los caballos. Quién sabe cuántos habrá matado.

—¿Cómo? —Nellie por fin se percató del peligro que estaba corriendo—. ¡Yo no he hecho nada! El mismo caballerizo me ha... Señor Hansen, confirme...

—Yo siempre he tenido mis dudas —intervino el gordinflón—. Toda esa palabrería y obsesión por los caballos..., y esos diagnósticos tan raros... Entonces, con aquel caballo, que se suponía que tenía muermo...

—Vamos a detener a la mujer —dijo uno de los policías militares—. Mañana ya se ocupará de ella el comandante de la plaza. ¿Qué disparos han sido esos? ¿Hay alguien herido?

—Solo un caballo muerto —aclaró el doctor Müller, sorprendentemente sobrio.

Nellie esperaba que al menos el comandante llorase sinceramente a su precioso semental.

La cárcel de Cortrique estaba justo enfrente de la estación, en la Casinoplein. Era un edificio de defensa con grandes ventanas en arco que recordaba a un castillo. Más tarde, Nellie no sabía con exactitud cómo había llegado a la pequeña, húmeda y fría celda, cuya puerta se había cerrado a sus espaldas tras su arresto. Se encontró ante una ventana enrejada que le ofrecía la vista de unos raíles por los que en ese momento salía un tren.

Nellie experimentaba una cruda mezcla de pena, rabia y miedo. Pena por el caballo al que no había podido salvar. Rabia frente a su borracho y amargado colega, que la había denunciado sin el menor reparo, y frente al caballerizo que le había atestado una puñalada por la espalda. Y a todo ello se sumaba, naturalmente, un miedo creciente. ¿La llegarían a acusar de ser una espía? ¿Y no fusilaban a los espías? Nellie también empezaba a sentir frío. Después de la cabalgada bajo la lluvia todavía no se le había secado la ropa y no había conseguido entrar en calor, algo de lo que se había olvidado mientras luchaba por el caballo.

Miró a su alrededor en la celda y encontró sobre el catre una manta áspera. Se envolvió vacilante en ella con la esperanza de que no estuviera llena de pulgas ni piojos… Mientras iba despojándose del frío, reflexionó sobre su situación. Sin duda los De Groot reaccionarían al ver que no regresaba por la mañana. Sin embargo, no estaba a su alcance ayudarla. De hecho, solo podía esperar que el comandante la creyera, al menos el mozo de cuadra Karl confirmaría que el caballerizo Hansen le había mandado que fuera a buscarla. Y, claro, también estaba el teniente Von Prednitz...

Solo de pensar en él, ya se sintió mejor. Walter von Prednitz no permitiría que le ocurriera nada malo. Él lo arreglaría todo. Siempre que regresara. Siempre que no hubiese muerto bajo las balas o que una bomba no lo hubiese despedazado... Pero entonces sintió de repente algo así como seguridad. Si se hubiese muerto, ella lo sabría. Lo percibiría...

Su razón le decía que eso no era posible, pero estaba demasiado cansada para escucharla. Y permitió que su fantasía le hiciera ver el rostro de Walter von Prednitz antes de sumirse en un sueño inquieto sobre el duro catre.

Por la mañana la despertaron temprano. Las voces y el golpeteo de los platos de hojalata infundieron vida a la prisión. Nellie volvía a tener frío y hambre, consiguió tragar los duros cantos de pan que repartieron con un líquido de carácter indefinido que se suponía que era café. Después no tuvo otra cosa que hacer que quedarse mirando los raíles. En un ramalazo de humor negro pensó que ese era el puesto de observación ideal para espías que quisieran documentar sobre el tráfico de ferrocarriles. También vio caballos de montar y de tiro saliendo y entrando de la cuadra y reconoció el paso un poco renqueante del teniente coronel Von Lindau al entrar a recoger su caballo. Buscó en vano a Walter von Prednitz.

Hacia el mediodía la llamaron para interrogarla. Un comandante, que ya encontraba sospechoso que hablase alemán, le pidió que describiera lo ocurrido la noche anterior y que se pronunciara sobre las acusaciones que se dirigían contra ella. Nellie informó lo más ampliamente que pudo, pues no tenía nada que ocultar. Al final, pidió al oficial que la dejara ocuparse de su poni. Era posible que el pobre Cees siguiera atado delante de la cuadra de alquiler.

—A lo mejor lo pueden llevar a una cuadra hasta que mi sucgro lo recoja o hasta que me dejen salir. —Intentó que sus deseos se cumplieran con una sonrisa y haciendo una broma—. Él seguro que no espía.

El comandante torció la boca.

—Si tiene usted un caballo lo vamos a requisar —declaró—. Y la insolencia no le servirá aquí de gran cosa.

Decepcionada, se dejó conducir fuera de la sala y volvió a abrigar esperanzas cuando vio que Ludwig von Lindau esperaba en el pasillo, delante de la sala de interrogatorios. Seguro que el amigo de Von Prednitz se ponía de su parte.

Sin embargo, primero habría que esperar. Cuando le llevaron una sopa de nabos sin sustancia, se preparó mentalmente para pasar otra noche en el calabozo.

6

Walter von Prednitz pensaba que no iba a poder aguantar otro minuto más sobre el caballo. Ya llevaba una semana viajando, la mayor parte del tiempo bajo una copiosa lluvia y con frecuencia entre las balas. En los últimos días no había llegado a desensillar su caballo ni una sola vez. El 12 de diciembre, Alemania y Austria habían enviado a los aliados una oferta de paz y su reacción era minuciosamente estudiada. El alto mando quería información precisa sobre el estado del frente, más de la que se comunicaba con palomas mensajeras. De ahí que los correos a caballo estuvieran siempre activos y jinetes y monturas acabaran exhaustos debido a las fuertes exigencias a las que estaban sometidos. Walter esperaba ahora tener un par de días de tranquilidad en su alojamiento de Cortrique. Solo tenía que transmitir toda la información y otros se encargarían de relevarlo y distribuir sus novedades. El teniente llegó a la cuadra de alquiler y su caballo, también cansado, saludó el establo con un relincho de alegría. Pero Walter tuvo que esperar para poder cruzar la puerta. El mozo de cuadra conducía al exterior un caballo sangre fría que arrastraba el cadáver de un congénere muerto.

—¡Buenos días, teniente! —lo saludó Karl afablemente—. Me alegro de volver a verlo sano y salvo. Nos han llegado noticias de que los combates han sido duros. Aunque hemos ofrecido a esa gente firmar la paz. ¿Verdad que el emperador lo ha hecho, teniente? ¿Por qué ahora no quieren?

Walter suspiró. Definitivamente, estaba demasiado agotado para explicarle la situación mundial a ese ingenuo muchacho. De hecho, el gobierno alemán no había contado en absoluto con que se aprobara el tratado de paz. La acción más bien servía para justificar que se endureciera todavía más la estrategia bélica y, sobre todo, para volver a reunir al pueblo alemán bajo su bandera. En los últimos meses se había observado cierta fatiga con respecto a la guerra. Los alemanes tenían hambre, ya se hablaba del «invierno del nabo». Si se hacía creer a la gente que la agresión no partía de su emperador, sino solo de los sanguinarios aliados, estaría dispuesta a soportar las penalidades por la patria.

En lugar de responder, Walter echó un vistazo al caballo muerto.

—¿No es este Napoleón, Karl? —preguntó—. ¿El semental del comandante? ¿Qué ha ocurrido?

Karl se encogió apenado de hombros.

—Un cólico, teniente. Vólvulo intestinal. Hansen y la señora doctora lo intentaron todo, pero...

—¿Cornelia de Groot? —Walter sintió que se le levantaban los ánimos—. ¿Ha estado aquí? ¿Qué tal el nuevo veterinario?

A continuación, Karl le contó una versión bastante incomprensible de lo sucedido en Cortrique para finalizar con el arresto de Nellie de Groot.

—Otra vez, Karl —insistió Walter—. ¿Se supone que es una espía? ¿Quién dice algo así?

—Bueno, el caballerizo —contestó Karl—. Y el doctor Müller. Dice que ya ha matado a un par de caballos aquí para desmoronar al ejército.

—Desmoralizar, Karl —lo corrigió Walter—. ¡Pero esto es absurdo! Ha salvado a más animales de los que han muerto bajo sus manos. Y Hansen lo sabe muy bien.

—O no me habría envidado a buscarla —confirmó Karl con sagacidad—. De todos modos, Hansen ha dicho que aquel caballo, el del muermo, no tenía muermo.

—¿Te han interrogado a ti sobre este asunto? —preguntó Walter—. ¿Y les has dicho que fuiste a buscar a *mevrouw* De Groot?

El chico negó con la cabeza.

—A mí no me pregunta nadie —contestó, aunque no parecía descontento con ello.

Posiblemente daba gracias al cielo por el puesto que Walter le había conseguido. En Berlín ya se había encargado del cuidado de caballos mientras prestaba el servicio militar. Tenía buena mano con los animales, pero no destacaba por su lucidez.

Walter suspiró.

—Entonces, voy a ver primero al comandante antes de que termine la jornada. —Era viernes por la tarde. Probablemente nadie se ocuparía del caso de Nellie hasta el lunes siguiente si él no intervenía—. Por favor, desensilla mi caballo cuando estés listo. Y si en algún sitio guardáis una palada de avena... Se la tiene bien merecida.

El mayor general Eggersmann, el comandante en plaza de Cortrique, hojeó el expediente de Cornelia de Groot que acababa de llevarle su representante. Todavía estaba conmocionado por la muerte de su caballo. Desde que había inspeccionado el cadáver y confirmado que el animal había padecido unos horribles dolores antes de que alguien lo hubiese liberado de sus sufrimientos de forma muy chapucera, estaba firmemente decidido a aclarar del todo ese asunto. La clave de todo eso parecía ser una presunta espía a la que habían arrestado por la noche. Al principio había supuesto que había envenenado aposta al animal. Ahora sospechaba que Napoleón ya había sufrido un cólico antes de que ella llegara. En el interrogatorio, la mujer había sostenido que la habían llamado para curar al caballo y había dicho además que era veterinaria y que ya antes había cuidado de los caballos de las cuadras alemanas. Solo había suspendido sus tareas con la llegada del oficial veterinario.

En cuanto a este último, el mismo Eggersmann lo había interrogado tras la muerte del caballo y había olido el alcohol que emanaba de cada uno de los poros de su piel. Era imposible que ese hombre hubiese estado sobrio la noche de la muerte de Napoleón. Su afirmación de que Cornelia de Groot había matado al caballo era, por ello, solo relativamente digna de credibilidad. Las declaraciones del caballerizo Hansen tampoco habían sido demasiado esclarecedoras. Había confirmado que la presunta espía llevaba meses deambulando por la cuadra de la retaguardia y ocupándose de los caballos.

Eggersmann no encontraba lógicas esas explicaciones y quizá habría dejado libre a la mujer de no ser por las declaraciones del teniente coronel Von Lindau. El mensajero, que tras su grave herida solo prestaba servicios de poca relevancia, había presentado declaración de forma voluntaria cuando se había enterado del incidente acaecido en la cuadra y había explicado que conocía superficialmente a Cornelia de Groot y había hablado con ella hacía poco. Por lo visto, había tenido entonces la impresión de que intentaba sonsacarle sobre los movimientos de los correos a caballo y de las patrullas, lo que sucedía en el frente y las estrategias de los alemanes. Eso hablaba con certeza de la sofisticada táctica del enemigo, que les enviaba a una hermosa mujer disfrazada de veterinaria para jugarles después una mala pasada, según Lindau.

Al final, también había aparecido un tal doctor Theo de Groot, veterinario de Ledegem, preguntando por su nuera. Había tachado de absurda la acusación de espionaje. El mayor que había realizado el interrogatorio había escrito palabra por palabra su declaración: «Mi nuera es sin duda una niña mimada que tiende a sobreestimarse, lo que mi hijo, ciego de amor, ha reforzado. Tiene algunos conocimientos médicos, pero, por supuesto no es veterinaria, así que no es extraño que no haya podido salvar al caballo. Pero espía, todavía lo es menos. Lo siento, pero para ello le falta entrega y entendimiento. Y además, ¿quién habría podido contratarla aquí en el campo? Todo esto es un disparate total».

El doctor De Groot se había llevado el poni en el que había llegado la joven y luego había regresado a Ledegem. No parecía preocuparle demasiado el destino de su hija política.

Aunque todos estaban más o menos de acuerdo en que Cornelia de Groot había causado la muerte de Napoleón, Eggersmann no lo tenía del todo claro. La joven incluso había admitido haber dado el tiro de gracia al caballo... ¿Tal vez para no tener que confesar que carecía de conocimientos para curarlo?

—¿Mayor general? —Llamaron a la puerta del despacho del comandante y su ayudante entró—. El teniente Von Prednitz solicita verle. Es un mensajero a caballo que acaba de llegar. Tiene un aspecto desaseado, pero quiere hablar con usted de inmediato. Se trata de su caballo, dijo. Y de la veterinaria.

Walter no había calculado que lo dejaran pasar tan pronto, pero el comandante no le hizo esperar ni tres minutos. Solo lanzó una mirada de desaprobación a su sucio y empapado uniforme.

—¿Viene directamente del campo de batalla, teniente? —preguntó—. ¿Es tan urgente lo que le trae aquí como para no haberse lavado antes?

Walter asintió.

—Disculpe, mayor general, pero este asunto no permite ninguna demora. A fin de cuentas, se trata de una acusación grave y quisiera ser escuchado antes de que juzguen a Cornelia de Groot como espía y sea deportada.

—La ley no actúa con tanta precipitación —contestó Eggersmann—. Por otra parte, estoy muy interesado en lo que tiene que decirme. A esta Cornelia de Groot no solo se le atribuye ser una espía, sino también haber matado a mi caballo, y aclarar este punto es para mí un objetivo personal.

Walter se quedó atónito.

—¿Quién lo dice? Creo que el caballo tenía un vólvulo intestinal. Cornelia de Groot no habría podido causárselo. Y todavía no había llegado cuando empezó el cólico. El mozo de cuadras la fue a buscar después.

—Entonces, descríbame lo que, según su opinión, sucedió por la noche en la cuadra —dijo Eggersmann, invitando a Walter a sentarse con un gesto de la mano—. ¿Le apetecería tal vez un coñac? Tiene aspecto de que le iría bien tomarse uno. Yo mismo estoy seguro de necesitarlo. Me entristece mucho escuchar la tercera o cuarta versión de la muerte de mi caballo.

Walter aceptó el coñac, pero declaró no estar en condiciones de ofrecer otra versión de la noche en cuestión.

—Al fin y al cabo, yo no estaba allí. Pero puedo contarle la historia anterior. Según mi opinión, *mevrouw* De Groot está por encima de cualquier sospecha. Puede haber adquirido sus conocimientos de un modo inusual, pero es una veterinaria sumamente prudente y una persona íntegra. —El comandante escuchó con paciencia mientras Walter hablaba del trabajo de Cornelia con los caballos y los perros de la guarnición, de sus grandes logros y sus escasas pérdidas, que siempre la dejaban muy afligida—. *Mevrouw* De Groot nunca haría daño voluntariamente a un animal —concluyó—. Y seguro que tampoco a un ser humano. Acusarla de espionaje es absurdo.

Eggersmann frunció el ceño.

—¿No estará usted enamorado de ella, teniente?

Walter lo miró estupefacto y de repente se dio cuenta de que, para ser sincero, no podía negarlo del todo.

—Digamos que... la aprecio mucho —contestó.

El comandante volvió a recurrir a la botella de coñac.

—Entonces deberíamos hacer venir a esa señorita. Me gustaría escuchar yo mismo lo que tiene que decir. Me parece, como mínimo, que tiene una interesante personalidad.

Nellie ya había asumido que pasaría en la cárcel al menos esa noche, cuando no todo el fin de semana o todavía más tiempo. Sintió miedo cuando volvieron a llamarla por la noche para interrogarla.

¿Torturarían los alemanes a los espías? ¿O iban a fusilarla ya? Creía recordar que, en general, los fusilamientos se hacían al amanecer, pero no estaba segura.

Se sintió un poco mejor cuando el silencioso soldado que la seguía con el arma en la mano sin apartar la vista de ella ni un solo segundo la sacó del presidio y la condujo al ayuntamiento, donde estaba instalada la comandancia de retaguardia. Allí no la llevó a una mazmorra, sino a un área de despachos y al final a una habitación en la que un hombre estaba sentado detrás de un amplio escritorio. El soldado entró detrás de ella, se puso firme y la presentó.

—Mayor general, la reclusa.

—Gracias, soldado —dijo el hombre tras el escritorio, levantándose—, puede retirarse.

Nellie contempló al sujeto que tenía enfrente. El hombre calvo, alto y robusto debía de ser el mayor general Eggersmann. Tenía unos vivaces ojos de color azul con los que la miraba con menosprecio y unos rasgos faciales duros. Pero ¿no le habían dicho que quería mucho a su caballo?

—Me da mucha, muchísima pena que su caballo haya muerto —dijo Nellie antes de que le preguntasen o incluso de saludar—. Me habría encantado poder hacer algo más por Napoleón, era un semental extraordinariamente hermoso. Y amable. Incluso cuando se encontraba muy mal, no intentó ni morder ni cocear. Es realmente una desgracia que lo hayamos perdido. —Miró al comandante y confirmó que él también la evaluaba. No parecía estar causándole ninguna buena impresión y eso no la sorprendía. Era consciente de llevar los pantalones de montar sucios, el pulóver de lana raído y el cabello alborotado. A falta de peine, se lo había arreglado con los dedos y recogido luego en la nuca. Entretanto, se le habían soltado algunos mechones. Nellie los apartó de la cara y se dio cuenta entonces de que había otro hombre en la habitación. Cuando reconoció a Walter von Prednitz, no pudo contenerse. Una sonrisa aliviada apareció en su rostro.

—Señor... teniente.

Walter inclinó la cabeza.

—*Mevrouw* De Groot... —Su mirada era afable, casi tierna.

—Pero... Disculpe mi aspecto —dijo Nellie, dirigiéndose de nuevo al comandante—. En..., en sus celdas faltan algunos..., algunos artículos de aseo.

Eggersmann contrajo la boca en un leve ademán divertido.

—*Mevrouw* De Groot, sus problemas sanitarios me interesan poco —advirtió—. Preferiría saber qué hizo o dejó de hacer usted para que mi caballo muriese.

Nellie lo miró afligida.

—Maté a Napoleón de un tiro —admitió—. El oficial veterinario quería hacerlo, pero estaba demasiado borracho para dar en el blanco. Quise evitar que el caballo siguiera sufriendo aún más.

—El doctor Müller sostiene que el caballo podría haberse salvado si lo hubiesen llamado antes —prosiguió Eggersmann.

Ella lo negó con un gesto.

—No —dijo—. Hice una exploración rectal a Napoleón. Tenía un vólvulo que le había provocado una oclusión intestinal. Nada ni nadie en el mundo podría haberlo salvado. Al menos en la actualidad... —La mirada de Nellie se perdió en la lejanía y sus ojos empezaron a iluminarse—. Llegará un día en que algo así podrá solucionarse quirurgicamente —observó—. Abrir la zona del vientre, volver a poner orden en el intestino y separar la parte muerta. Pero para ello sería necesario una anestesia total y todavía no tenemos los medios. También se necesitaría un quirófano apropiado. Una cuadra no se puede esterilizar para realizar una operación. Espero que un día haya clínicas especiales para caballos… —Suspiró—. Después de la guerra… Pero en la actualidad…, en la actualidad ni siquiera se investiga…

Eggersmann estaba asombrado.

—Entonces, ¿era eso lo que la movió a introducirse aquí y espiar? ¿Acabar la guerra e impulsar la investigación médica? Al menos es original.

Nellie lo miró.

—Yo no he espiado. Tampoco sabría cómo hacerlo, pero es que además en una cuadra no se toman decisiones importantes para una batalla. ¿Y qué iba descubrir yo que no vean los hombres que están en todos esos aviones de reconocimiento que últimamente vuelan por aquí?

Era cierto que en los últimos meses el tráfico aéreo sobre Flandes había aumentado mucho. Tanto los alemanes como los aliados utilizaban aviones para explorar el territorio y ya se libraban combates aéreos.

Eggersmann la interrumpió.

—¿Y qué es lo que la impulsó, *mevrouw* De Groot, a aplicar sus conocimientos médicos en nuestros caballos, en caballos alemanes? Por lo que he oído decir, además sin ninguna remuneración digna de mencionar.

Nellie hizo una mueca.

—Si los caballos tienen nacionalidad, ellos al menos no son conscientes —señaló—. Lo que es una ventaja para usted, mayor general, o de lo contrario no emplearía en su ejército los caballos belgas requisados. Se arriesgaría a que acabaran espiando para el enemigo o a que sabotearan las operaciones.

El comandante en plaza no pudo reprimir una sonrisa.

—*Touché*, doctora —respondió.

—Solo De Groot, por favor —lo corrigió Nellie—. No tengo título. ¿Y por qué he invertido mis conocimientos en diagnosticar y curar sus caballos? Soy veterinaria. Y los caballos... ¿Ha reflexionado alguna vez sobre lo que significa todo esto para ellos? Me refiero a que sus soldados a lo mejor ya saben por qué pasan hambre, frío y mueren en las trincheras. Pero un caballo no entiende nada. Él confía en el ser humano, está dispuesto a seguirlo... y no sabe por qué de repente le disparan, por qué tiene que trabajar tanto y por qué no le dan suficiente comida. Lo mínimo que podemos hacer por él es ofrecerle un cuidado médico adecuado. Yo al menos me siento obligada a ayudar a los animales que sufren, me da igual a quién pertenecen o si me pagan o no por ello. Naturalmente prefiero que me paguen, de algo tengo que vivir. Ahora se me acaba de ocurrir... ¿Pagan a los espías?

Eggersmann se echó a reír, pese a que con el discurso había torcido el gesto. Aunque había apreciado mucho a su semental, era evidente que desconfiaba de sentimientos demasiado intensos hacia los animales.

—Creo que la mayoría de los espías actúan por patriotismo —contestó—. Pero antes de que reflexione usted sobre si crear o no una red de espionaje... Estoy firmemente decidido a pedir que trasladen al oficial doctor Müller. Está claro que no se halla en condiciones de cumplir sus tareas. Lo siento por él. Antes se lo consideraba un buen veterinario...

—No todo el mundo resiste lo que ve y experimenta en el frente —intervino Walter von Prednitz. Nellie se atrevió en ese momento a observarlo con mayor atención y se percató de lo delgado y extenuado que perecía—. Es más de lo que algunas personas pueden soportar.

Eggersmann volvió a torcer el gesto.

—Ahora no empiece a disculpar a los pusilánimes y a los gandules. El doctor Müller tendrá la oportunidad de volver a probar su eficacia en el frente. Debido a ello, la plaza de veterinario vuelve a quedar libre, y no es que nos lluevan los candidatos. El teniente Prednitz se ha expresado muy positivamente sobre sus aptitudes, *mevrouw* De Groot. Del mismo modo debe haber convencido usted al caballerizo Hansen, aunque él nunca admitirá que cualquier tratamiento sea mejor que sus remedios domésticos, y aún menos si procede de una mujer. Así pues, si estuviera usted dispuesta a ocuparse de los animales enfermos o heridos de este grupo del ejército, naturalmente por una remuneración adecuada, yo la contrataría.

Nellie creyó no haber oído bien. Hacía un par de minutos tenía miedo de que la fusilaran, ¿y ahora ese hombre le ofrecía un trabajo?

—Piénseselo —prosiguió Eggersmann—. Solo tendría que instalarse en Cortrique, pero no creo que sea difícil encontrarle un alojamiento. Por supuesto, un lugar que no alimente ningún recelo, a lo mejor en casa de una viuda o de una mujer que viva sola. No queremos que su reputación salga perjudicada.

Nellie se temía que eso pasaría en cualquiera de los casos. No podía ni imaginar cómo reaccionarían sus suegros si ella se ponía al servicio de los alemanes. Pero si decía que no, no tendría ninguna oportunidad de trabajar en su profesión. Hasta que Phipps regresara. Y muchos caballos y perros morirían sin su ayuda.

—Yo… Creo que debería hablar con mis suegros —musitó Nellie—. Seguro que se oponen.

Eggersmann se encogió de hombros.

—Usted sabrá —contestó.

Nellie inspiró hondo.

—Lo haré —dijo entonces.

7

A Nellie le horrorizaba, pero estaba claro que tenía que volver al menos una vez a Ledegem para recoger sus cosas. Tendría que encontrar una oportunidad. Pero primero se planteaba la cuestión de buscar alojamiento para esa noche. Se había hecho muy tarde, y no quería llamar a sus suegros para que la recogieran. No se sentía preparada para más discusiones.

Recordó de pronto al farmacéutico, su único amigo en la ciudad. Vivía en un piso encima de la farmacia y, si no recordaba mal, tenía esposa y tres hijas. No pondría a nadie en ningún compromiso si pasaba una noche allí. Pero solo tenía teléfono en la tienda.

—Simplemente nos presentaremos allí —propuso Walter von Prednitz, después de que se hubieran despedido del comandante—. Y si no, me la llevo a mi pensión. Ya sabe, estoy instalado en Au Pont de la Lys. La patrona me parece una mujer muy afable, a lo mejor tiene una habitación para usted.

Nellie reflexionó. ¿Una pensión llena de soldados alemanes y solo la palabra de una patrona para confirmar que Nellie realmente se había acomodado en su cuarto? Eso no sería bueno para su reputación, seguro. Pero esa noche todo le daba igual. Solo quería una cama limpia y donde no pasara frío, y sobre todo poder lavarse y peinarse. Además, estaba hambrienta.

La criada del farmacéutico abrió enseguida. Toda la familia estaba en casa, cenando justo en ese momento. Los padres y tres muchachas jóvenes estaban comiendo una sopa de nabos. Invitaron a Nellie —y con alguna reserva, al teniente— en cuanto ella les comunicó la razón de su presencia. Por supuesto encontrarían una cama para ella. Walter von Prednitz rechazó la invitación. También a ella le apenaba que la familia compartiera su escasa comida.

—Me llevaré a *mevrouw* De Groot al Damberd, si a ella le parece bien —informó el teniente—. Si fuera posible que se arreglara un poco antes, a mí también me gustaría ir un momento a mi pensión y cambiarme. ¿Puedo recogerla dentro de una hora, doctora?

Nellie sonrió.

—Como usted ya sabe, basta con De Groot. Y solo si a la familia De Frees no le molesta que vuelva más tarde por la noche.

El farmacéutico y su esposa le aseguraron que no se acostaban demasiado temprano y que con mucho gusto la esperarían.

Walter von Prednitz se despidió a continuación y en torno a la mesa de los De Frees se inició una animada discusión. Las tres muchachas estaban emocionadas porque Nellie iba a ir con un teniente alemán en persona al Damberd, un gran local con restaurante y bar muy popular antes de la guerra, pero que ahora estaba reservado a los oficiales alemanes.

—¡Y es tan guapo, *mevrouw* De Groot! Parece ser muy amable. ¿Dónde lo ha conocido?

—Tiene que lavarse y peinarse sin falta... ¿Quiere que la peine? Se me da estupendamente.

—A lo mejor le va bien un vestido de Henny. Mamá, papá, ¿podemos levantarnos? ¡Tenemos que ayudarla a ponerse guapa!

Las hermanas no dejaban de parlotear entre sí, mientras sus padres miraban seriamente a Nellie.

—¿Así que la han absuelto de la acusación de espionaje? —preguntó el farmacéutico.

Por lo visto, todo Cortrique estaba al corriente de su arresto, se habían enterado de que era una presunta espía y se habían preocupado por ella.

Nellie asintió.

—No había nada de cierto —explicó, y les habló de la inesperada oferta del comandante.

Los De Frees no parecían poder alegrarse por ella.

—Usted sabrá lo que hace —señaló *mevrouw* De Frees—. Pero debe estar preparada, porque en algún momento tendrá que cargar con las consecuencias de sus actos.

Nellie se encogió de hombros.

—De todos modos, nunca me admitirán para obtener el título de veterinaria. Lo mismo da que ahora tenga que trabajar un poco de forma ilegal.

Mevrouw De Frees frunció el ceño.

—No me refería a eso...

—¡Ahora venga, *mevrouw* De Groot! —gritó excitada la hija más joven—. Vamos a calentar agua para que se lave. Y tiene que probarse el vestido...

—Vaya —dijo el farmacéutico—. Como ha dicho mi mujer, usted decide. Y yo al menos le deseo suerte.

Algo sorprendida, Nellie siguió a las tres muchachas que habían sacado entusiasmadas jabón perfumado y escogido unas prendas interiores. Luego la ayudaron a ponerse el vestido, que, aunque le iba algo corto, le sentaba muy bien. Antes de la contienda los vestidos anchos estaban de moda, así que Nellie no tuvo problemas para ponerse el vestido de los domingos azul claro de Maike, que tenía dieciséis años. Era muy bonito, con la parte de arriba algo fruncida y suelta sobre una falda que caía recta con bordados en el dobladillo y las mangas tres cuartos.

—Le queda mucho mejor que a Maike —concluyó la pequeña Marie, mientras Henny se ocupaba del peinado de Nellie. Trenzó el cabello y lo recogió algo suelto en lo alto.

Nellie apenas conseguía creer el cambio que se había operado en ella cuando se miró en el espejo. Así sí que podía aparecer en un elegante restaurante. Solo le molestaban las pesadas botas, pues no le cabían los pies en los zapatos de las jovencitas.

Walter von Prednitz se quedó boquiabierto cuando, poco después, Nellie salió a su encuentro. Por primera vez, ella detectó en su cara ese interés que tiempo atrás había visto tantas veces en el rostro de sus pretendientes. Por otra parte, también él presentaba un buen aspecto. Llevaba un uniforme nuevo, ya no olía a sudor y sangre, sino a jabón, y se había peinado el cabello con agua hacia atrás, lo que acentuaba su expresivo rostro. Según el reglamento militar, necesitaba urgentemente un corte de pelo, pero a ella, por el contrario, le gustaba que no llevara el cabello tan corto.

—Bueno, pues vámonos —dijo él, colocándole sobre los hombros su largo abrigo del ejército—. Si no se morirá de frío, Cornelia.

Sonaba casi a pregunta. Hasta ese momento nunca la había llamado por su nombre de pila.

—Nellie —lo corrigió ella—. Mis amigos me llaman Nellie. Los campesinos siempre se dirigían a mí con un doctora Nellie.

Walter sonrió.

—Doctora Nellie le queda estupendamente —observó, ofreciéndole el brazo—. Llámeme Walter nada más.

Ella le cogió del brazo tímidamente. Para la reputación de una mujer belga no era positivo que la viesen del brazo de un soldado alemán. Por fortuna, de la casa del farmacéutico hasta el Damberd solo había unos cuantos pasos. Y cuando entraron en el restaurante ella confirmó que no era, en absoluto, la única mujer que acompañaba a un oficial. Como ella misma, parte de las presentes llevaban vestidos de antes de la guerra, parecían apesadumbradas y bajaban avergonzadas la vista cuando entraban. Algunas iban muy pintarrajeadas, vestidas con colores chillones, y hablaban a gritos.

Walter la condujo a una mesa en un rincón tranquilo y pidió vino.

—La comida no tiene nada de especial —se disculpó—. Los restaurantes solo pueden cocinar lo que hay. Pero el vino es estupendo. Existencias de antes de la guerra. El local tiene una bodega bien surtida.

El camarero les llevó una botella de vino y les comunicó que esa noche había asado de buey.

—Con patatas y col lombarda.

Nellie se sorprendió. Era un verdadero festín. Naturalmente asintió cuando Walter lo pidió, aunque temió que quizá fueran a comerse al pobre Napoleón.

Despacio y con reverencia tomó un sorbo de vino.

—Hace dos años que no bebo vino —confesó—. Cerveza sí, la hacen los campesinos de los últimos lúpulos que cultivan a escondidas. Y aguardiente. Pero vino...

—Pues disfrútelo, Nellie —dijo Walter afablemente—. No hay mucho de lo que podamos disfrutar aquí. Si puedo hacerla feliz con una copa de vino...

—Sobre todo estoy contenta de que no me hayan fusilado —contestó—. El doctor Müller ha contado un tremendo sinsentido y me temo que su amigo el teniente coronel Von Lindau se ha sumado a la acusación contra mí. En realidad, yo había pensado que declararía a mi favor, pero ha debido de malinterpretar algo.

—No acaba de aceptar su situación —señaló Walter—. Después de sufrir la herida, se marchó demasiado pronto al frente, estaba impaciente por combatir por el emperador y la patria. De hecho no está del todo bien. Solo lo envían a hacer servicios de poca importancia, la mayoría detrás de las líneas de frente. Esto lo reconcome.

Llegó la comida y Nellie se abalanzó sobre ella, estaba hambrienta y decidió no pensar más sobre la procedencia de la carne.

—Además, usted no lo sabe... —dijo Walter cuando hubieron vaciado el plato—. Los soldados en la trinchera —continuó cuando Nellie lo miró desconcertada—. Le ha dicho al mayor general que esperaba que los soldados supieran por qué luchaban. Pero no es así. Ni siquiera Ludwig von Lindau podría explicar qué sentido tiene la guerra, aunque por lo visto le gusta el combate. La mayoría de los hombres de las trincheras... solo quieren marcharse de ahí. Cada vez son más los que enloquecen. Solo logran balbucear y temblar, ya no sirven para nada. En cualquier caso, ya nadie grita de júbilo. Y de ninguna de las maneras resulta «dulce y honroso» morir por la patria.

—Yo creo que nuestros hombres sí saben para qué luchan —le contradijo Nellie—. Bueno, los belgas. Queremos..., queremos que nos devuelvan nuestra tierra. Queremos volver a cul tivarla para que haya suficiente comida para todos. ¿Es cierto que alrededor de la línea de frente está todo destruido? ¿Todo lleno de cráteres causados por las granadas?

Walter asintió.

—Es un desierto, un desierto de barro ahora en invierno... o un grotesco paisaje de hielo cuando baja la temperatura. Entonces nadie puede atravesarlo, los caballos se romperían las patas. Cuando realmente hace mucho frío, llegan suministros de comida al frente con perros mensajeros. Se les ponen alforjas. A veces los hombres se mueren de frío en las zanjas o se les hielan las extremidades. En el este parece que todavía es peor. Aquí pocas veces hace un frío gélido, pero el barro y la humedad ya son lo suficientemente perjudiciales. Y la falta de perspectivas. Nada se mueve desde hace años. Y sí, para su gente es distinto. Los belgas saben de qué se trata... y también los rusos. Todos los defensores de sus países en el frente oriental. Por eso..., por eso también ganarán la guerra... —Se frotó la frente.

Nellie estaba sinceramente sorprendida.

—¿Cree que Alemania está perdiendo? —preguntó.

—¡No tan alto! —le pidió—. Puedo meterme en un gran problema. Pero sí, creo que no podemos resistir estando en contra de todo el mundo. Los estadounidenses pronto intervendrán en la guerra. Soldados recién llegados, bien alimentados, que proceden de un país enorme. Las más modernas máquinas de combate..., tanques, aviones... Y en el imperio, los alemanes están tan cansados de la guerra como los chicos de las trincheras. En algún momento esto ha de terminar.

—¿Y entonces? —preguntó Nellie.

Walter le sirvió vino. No respondió.

—¿Qué hace su hermana ahora? —preguntó Nellie para cambiar de tema—. Me dijo que estudiaba veterinaria.

Walter asintió, contento de hablar de otra cosa.

—Maria ha pasado sus exámenes —contestó—. *Summa cum laude*, por supuesto, como era de esperar. Pese a ello, no está del todo contenta...

—¿No encuentra un puesto de trabajo? —preguntó Nellie. Le parecía lógico. ¿Quién iba dar empleo a una mujer veterinaria?

—En realidad quería abrir su propia consulta. Con un compañero con el que ha estudiado toda la carrera. Pero ahora, después de los exámenes, a él lo han llamado a filas. Por fortuna no al frente, está en una remonta, ya sabe, donde se reúnen los caballos para la guerra y se comprueba su aptitud. En este sentido, al menos no corre peligro. Pero eso no ayuda a Maria.

—¿No puede abrir la consulta sola? —Con unas notas tan buenas, ella misma se habría atrevido.

Walter se frotó la frente.

—No sé... Maria... Bueno, nuestro padre no lo permitiría.

Nellie suspiró.

—Siempre igual ¿Qué es lo que hace ahora?

—Quería trabajar en el zoo, pero ya no contratan a nadie, más bien están reduciendo el número de animales y cuidadores. De todos modos, el doctor Ruttig, el veterinario del zoo, le ha facilitado hacer el doctorado allí. Ahora está en ello. —Walter bebió un sorbo de vino.

—¿Sobre qué? —preguntó con curiosidad Nellie—. Phipps y yo también queríamos hacer el doctorado, pero no lo conseguimos.

Walter reflexionó un instante.

—Maria escribe algo comparativo sobre el tracto gastrointestinal de las llamas y las cabras o las ovejas.

—Si se dedica a estudios comparativos de anatomía, tiene que diseccionar —señaló Nellie.

Walter asintió.

—De todos modos, los matan —contestó—. Para gran pesar de Maria. En el zoo hay la misma escasez de alimentos que aquí. Y los felinos no se pueden alimentar con nabos. Así que sacrifican animales que son fáciles de criar y les dan la carne a los tigres.

—Pobres llamas y cabras —musitó Nellie—. ¿Se casará su hermana con su compañero, si sobrevive a la guerra? —inquirió.

Walter se encogió de hombros.

—Más bien no. Maria... No creo que quiera casarse. Es..., es una chica solitaria. Mi padre dice que es «rara».

Nellie se echó a reír.

—El mío me describiría del mismo modo. ¿Y usted? —Algo achispada por el vino se quedó mirando a Walter—. ¿Está usted casado?

No llevaba alianza, pero eso no quería decir nada, era posible que incluso se lo prohibieran a los soldados en el frente.

Walter sonrió y su mirada se suavizó.

—Lo quiere saber todo... —contestó burlón—. No, no estoy casado. Pero sí comprometido.

Para su sorpresa, Nellie sintió algo parecido a una decepción.

—¿Con una chica guapa? —preguntó.

Walter asintió serio.

—Con una chica muy guapa —afirmó.

—¿Y no es maravillosa? —insistió Nellie.

Walter rio.

—No. Irmgard no es en absoluto maravillosa. Es exactamente lo que mis padres desean para mí.

Nellie hizo una mueca.

—Pues tiene usted suerte —dijo—. Pero me temo que ahora debo marcharme. Los De Frees deben de estar esperándome.

Walter asintió.

—Mañana estoy libre. Si quiere pido prestado un coche y la llevo a casa.

Nellie tenía la vaga sensación que sería mejor que su suegro pasara a recogerla. Pero era demasiado tentador postergar algo más su sermón.

—Encantada —dijo—. Gracias.

8

Mevrouw De Frees contrajo el rostro en una mueca de desaprobación cuando Walter von Prednitz llamó a la puerta a la mañana siguiente para recoger a Nellie.

—Se diría que el joven caballero está un poco demasiado interesado en usted —indicó a Nellie mientras la joven recogía sus cosas—. ¿Es usted consciente de ello?

Nellie se esforzó por mostrarse indignada.

—Estoy casada —declaró—. Y se lo he dejado bien claro al teniente Von Prednitz.

La esposa del farmacéutico arqueó las cejas.

—Esperemos que no lo olvide —señaló—. Salude a sus padres y suegros. Hace mucho que su padre no pasa por aquí. ¿Es que ya nadie se pone enfermo en Ledegem?

Nellie negó con la cabeza.

—El pueblo está medio vacío —le comunicó—. Los jóvenes están en el frente, son prisioneros de guerra o los han reclutado para trabajar en Alemania. Yo tuve suerte de librarme hasta ahora. Y los viejos se mueren, ya sabe usted lo que ocurre. Demasiada poca comida, demasiado poco combustible. Los pocos que aguantan son individuos resistentes. El viejo campesino Jansen y su esposa, por ejemplo, se encargan de toda la granja. No tienen tiempo para caer enfermos.

—En cualquier caso, comunique a sus padres mis mejores deseos —dijo *mevrouw* De Frees y se despidió de Nellie. Para el joven teniente no tuvo más que una mirada fría.

Walter llevaba un coche realmente grande, no un dos plazas, como Nellie había previsto.

—He pensado que..., bueno, si quiere traer sus cosas... El mayor general ya ha indicado a intendencia que le encuentren algo. Esta tarde seguro que sabrá dónde se aloja.

Nellie lo encontró digno de tener en cuenta, pero se mantuvo abierta a lo que pudiera ocurrir.

—Tengo que despedirme —contestó—. También de mis padres. Seguramente todos estarán horrorizados y cada uno de ellos querrá explicarme por qué.

—Otra razón para salir corriendo —observó Walter con una sonrisa pícara—. En cualquier caso, tengo libre y no me importa esperar.

Los De Groot se mostraron sorprendidos y los Van der Heyden aliviados cuando Nellie reapareció. Los cuatro salieron de sus casas cuando el coche llegó.

—¡Hija, qué cosas haces! —exclamó Josefine mientras abrazaba a su hija—. Sospechosa de espionaje... Pensábamos que te iban a fusilar.

—¿Y por qué han vuelto a dejarte en libertad? —preguntó el doctor De Groot con desconfianza—. Cuando estuve en Cortrique, el desenlace parecía que iba a ser otro.

—Pude corregirlo —contestó de forma vaga Nellie—. El veterinario que me difamó va a ser trasladado. Y yo... Bueno, ya os lo puedo contar todo. Me han dado su puesto.

Su suegro no se limitó a montar en cólera, explotó.

—¡Imposible! —bramó—. ¡Esto supera todos los límites! Mi hijo está luchando en el frente y su esposa..., ¡su esposa colabora con el enemigo!

—Phipps no está luchando... —replicó Nellie, pero en ese momento intervino también su padre.

—¿Trabajas para los alemanes? Apoyas a los agresores, a los invasores, a los asesinos…

—Trabajo para los caballos —corrigió Nellie—, y los perros…, incluso he logrado curar a dos palomas mensajeras, aunque esas aves suelen morirse enseguida cuando les ocurre algo. Hago lo mismo que Phipps…

—Solo que luchas en el lado equivocado —se burló su padre.

—Me voy a morir de vergüenza —anunció Josefine—. Mi hija, una colaboracionista… No eres mejor que…

—Las mujerzuelas que se acuestan con los alemanes —concluyó *mevrouw* De Groot—. Puaj, es lo único que puedo decir. ¡Puaj, puaj, puaj!

—Y ya hace tiempo que lo estás haciendo —le reprochó el doctor De Groot—. Ya llevas meses haciéndolo. No lo niegues, o no te habrían venido a buscar a media noche. Es posible… —Señaló indignado a Benno, que brincaba contento alrededor de Nellie—, es posible que el cachorro también sea de los alemanes. ¿Le cortaste tú la oreja, Cornelia? ¿Hemos estado cobijando aquí a un perro del ejército alemán?

—Amputado —dijo ofendida Nellie—. De lo contrario habría muerto. Y no se había alistado voluntariamente.

—¡Ojalá se hubiese muerto! —gritó *mevrouw* De Groot—. ¿Has gastado medicamentos y vendaje en él?

Miró a Benno como si se hubiese hecho la herida solo para sabotear las existencias de los aliados. El perrito movía la cola.

—¿Qué tienen que ver los animales con la guerra?

Nellie intentó de nuevo convencerlos con argumentos lógicos, pero nadie se mostraba accesible.

—Siempre has tenido una actitud enfermiza frente a los animales —afirmó su padre—. Deberíamos haberlo impedido de modo mucho más estricto desde un principio.

Nellie quería señalar que no habían faltado intentos de hacerlo, pero se reprimió.

—Me llevo a Benno —dijo. El perro corría el riesgo de que

lo fusilaran por espía—. Por cierto, el poni también ha colaborado, siempre me trasladó servicial a Cortrique.

—¡Cees se queda aquí! —La ironía no era el fuerte del doctor De Groot—. Y cuando regrese mi hijo...

—Philipp estará indignado —añadió su esposa.

—Ya no eres mi hija —dijo teatralmente Josefine.

Nellie decidió hacer las maletas antes de que la discusión fuera a peor. Seguida de Benno, se metió en casa de los De Groot. Recogió a toda prisa lo más necesario y volvió a bajar enseguida.

Walter la esperaba en el coche.

—Qué rápida —observó—. ¿Son estas todas sus propiedades terrenas?

Nellie hizo una mueca.

—Claro que no. Solo un par de vestidos para cambiarme.

—¿Así que considera que va a volver otra vez?

Nellie lo miró sorprendida.

—Por supuesto —dijo—. A más tardar cuando haya concluido la guerra y mi marido regrese.

—¿Su marido la perdonará? —preguntó Walter con aire provocador—. ¿La defendería si empezaran a cubrirla de brea y ponerle plumas?

Nellie hizo un gesto de rechazo.

—Phipps lo entenderá —contestó—. Me conoce. No lucha en el frente, se encarga de caballos y perros heridos, exactamente como yo. Y al hacerlo tampoco pregunta a los animales su nacionalidad o sus convicciones.

—Deben de quererse mucho —observó Walter.

Nellie sonrió.

—Somos sobre todo amigos —corrigió—. Somos el mejor amigo uno de otro.

En los meses que siguieron, Cornelia de Groot volvió a ser «la doctora Nellie» o «*mevrouw* doctora Nellie», pues los alemanes prestaban mucha atención a los formalismos. Se instaló en una habitación de la casa de una viuda que solía estar de mal humor y cuyo marido había muerto mucho antes de la guerra. *Mevrouw* Mulder no había perdido a ningún hijo ni a ningún sobrino en el combate, pero se tenía por una ferviente patriota. Se tomó personalmente mal que Nellie colaborase con el enemigo. Tampoco se creía que trabajase realmente de veterinaria, sino que suponía que era la amante de un dignatario alemán, aunque Nellie nunca le había dado motivo para que recelase. Ni siquiera permitía que Walter von Prednitz fuera a recogerla cuando salían juntos alguna tarde. Lo que, de todos modos, no sucedía con frecuencia. El joven teniente siempre estaba de viaje y cada vez que regresaba parecía más deprimido y agotado.

La contienda fue aproximándose a la gente de Cortrique, tanto a invasores como a autóctonos. Ya en el segundo año de guerra se habían producido combates aéreos sobre Flandes, el barón Von Richthofen, el famoso aviador al que todos conocían como el Barón Rojo, se había instalado un par de meses cerca de Cortrique y allí había formado una escuadrilla. Pero a finales de 1917, los alemanes perdieron su soberanía aérea y los aliados empezaron a bombardear las ciudades de la retaguardia.

Nellie se llevó un susto de muerte cuando cayó en Cortrique la primera bomba. Ocurrió a plena luz del día y ella se encontraba en la cuadra curando a un caballo cuando Benno se puso a aullar como un poseso. Justo después se oyó el zumbido de un avión que se aproximaba y un poco más tarde la detonación. La primera bomba no provocó grandes daños, pero desde ese momento los atacantes lo intentaron todo para dejar Cortrique reducido a cenizas. Los principales objetivos eran la estación y el ayuntamiento. El comandante en plaza enseguida mandó trasladar la cuadra a una zona de la ciudad menos amenazada. Se construyó además un refugio antiaéreo debajo de la estación que servía de cobijo sobre todo a los alemanes. Los residentes normales de la ciudad tenían que contentarse con los sótanos de sus casas y no siempre llegaban a tiempo a ellos. Se produjo una primera muerte entre la población civil.

Nellie pudo hacerse una vaga idea de lo que sucedía en el frente al percibir los impactos, oír los gritos de la gente y verla huir, y al presenciar el asalto a los centros de primeros auxilios. Los ataques casi nunca la tomaban por sorpresa, porque Benno los notaba por anticipado. Se ponía a aullar de un modo desgarrador y no paraba ni siquiera en el refugio antiaéreo. La gente que había escapado se quejaba, ya estaba al borde de un ataque de nervios y lo último que necesitaban esos seres atemorizados era un perro compitiendo con las sirenas que se habían instalado velozmente.

Nellie dejó de ir a los sótanos de los alrededores y se quedaba acompañada de Benno con los caballos, para tranquilizarlos. Lo mismo hacía el caballerizo Hansen, lo que fomentó el respeto mutuo.

—Tiene usted valor, doctora Nellie —comentó este con admiración cuando, muy cerca de la cuadra, una casa fue blanco de las bombas y murieron cuatro mujeres.

—No me queda otro remedio... —Nellie suspiró.

Claro que podría haber intentado regresar a Ledegem, donde seguro que no caía ninguna bomba. Pero temía más el desprecio de los del pueblo que la guerra. Ya percibía la hostilidad a la que estaba expuesta en la ciudad. Desde que los alemanes la habían encarcelado, era conocida en Cortrique. Se sabía que trabajaba para los invasores y le hacían notar el menosprecio con que se trataba a los colaboradores. Era frecuente que las mujeres escupieran delante de Nellie o que los hombres la llamaran puta. Debido a ello empezó a empatizar con las mujeres que realmente se acostaban con los alemanes. Algunas lo hacían por necesidad y recibían su pago en forma de comestibles; otras se habían enamorado de verdad. Estas sufrían especialmente la marginación a la que se las sometía, y sus hombres no podían ni siquiera hacerlas «respetables», pues los alemanes tenían prohibido casarse con la gente del país.

En la primavera de 1918 los ataques aumentaron todavía más y la vida en Cortrique se convirtió en un infierno. Las bonitas callejuelas de antes estaban ahora irreconocibles, muchas de las cuidadas residencias urbanas no eran más que ruinas humeantes y las calles estaban llenas de escombros. Los habitantes de la ciudad tenían un aspecto casi tan apesadumbrado y fatigado como los soldados en el frente.

Cuando Walter volvió por fin a la ciudad, miró apesadumbrado a Nellie.

—Parece que no haya dormido estas tres últimas noches —observó después de que ambos se hubieran saludado.

—Lo mismo puede decirse de usted —replicó Nellie.

—En mi caso es cierto. He estado en la radio, en las trincheras. ¿No le han llegado noticias de la batalla de Iprés? —preguntó Walter—. ¿De la Ofensiva de Primavera? Habría sido usted una mala espía. —Rio débilmente.

—¿Quién ha ganado? —inquirió Nellie.

Ya hacía tiempo que había dejado de leer los periódicos alemanes. Después de trabajar y de pasar las noches en blanco a causa de los bombardeos estaba demasiado cansada, así de simple.

—Hemos conquistado el monte Kemmel —dijo Walter sin la menor euforia—, la posición elevada más importante de la región. Luego se interrumpió el ataque, sencillamente no hemos logrado continuar. Más de cien mil pérdidas en vidas humanas y el resto de los soldados casi muertos de hambre y totalmente acabados. Y para empeorarlo todo, la gripe española ha hecho estragos.

—¿Murieron muchos caballos? —preguntó Nellie.

Walter se encogió de hombros.

—Seguro que le llegan un par de pacientes más. Pero no muchos. En la guerra, el caballo ha sobrevivido. Esta batalla se ha librado con tanques y con el apoyo de las fuerzas aéreas. Hemos caído como moscas... —Se frotó la frente.

—¿Y a usted no le ha pasado nada? —preguntó Nellie pese a que lo veía sano y salvo frente a ella—. ¿Cómo es que se encargó de la radio? Usted es un correo.

—Ya no se necesitaban correos. Me asignaron al grupo de ejércitos II, tenía que mandar a un par de soldados exhaustos y desesperados que saltaran de las trincheras con el nombre del emperador en los labios y que se arrojaran al fuego de las ametralladoras del enemigo... Naturalmente, debería haberlos capitaneado. Pero tuve un ángel protector, aunque no debería decirlo, pues mi fortuna fue el infortunio de otro. El radiotelegrafista del grupo de ejércitos murió y yo sé el alfabeto Morse...

Nellie frunció el ceño.

—¿Se enseña en la escuela de equitación de Hannover?

Walter hizo un gesto negativo.

—No, fue una manía de Maria, mi hermana. Cuando tenía cuatro o cinco años vio una radio, o tal vez oyó hablar o leyó al respecto, y de repente solo quería comunicarse con el código Morse. No pronunciaba ninguna palabra, mis padres estuvieron a punto de volverse locos. Pero yo aprendí el alfabeto y nos comunicábamos dando golpecitos de una habitación a otra. Ella no cabía en sí de alegría. Por suerte, esa obsesión desapareció antes de que fuera a la escuela.

—Su hermana tenía unas manías bien extrañas —observó Nellie.

Walter sonrió y, como siempre que hablaba de Maria, se le enterneció el rostro.

—Es... rara, como ya he dicho.

—Es estupenda, pues le ha salvado la vida —dijo Nellie.

Él asintió.

—Es muy posible. Como radiotelegrafista no he tenido que trabajar en primera línea, pero me he enterado de todo. Fue un infierno, Nellie. El campo de batalla... En el pasado hubo allí árboles, era un bosque. Los talaron todos para construir las trincheras... y una y otra vez ha sido minado, una y otra vez perforado por las granadas. La sangre y los cuerpos desgarrados se mezclan con la tierra. Y luego los fusiles, fuego de artillería, días, noches... Tenemos nuevas metralletas... Es incomprensible. El mundo se despedaza, las universidades están cerradas, pero siguen desarrollando nuevas armas. Estoy al límite de mis fuerzas, Nellie. Nadie puede seguir aguantando esto. —Hundió el rostro en las manos—. ¿Podemos ir a dar un paseo, Nellie? Sé que debería llevarla a comer... Se diría que pasa usted hambre.

Nellie dibujó una sonrisa triste.

—También puedo devolverle este cumplido. Aunque no creo que en el Damberd vuelvan a servirnos algo tan bueno como el asado de buey. He oído decir que tampoco allí hay nada más que sopa de nabos.

—Me daría igual. Pero es el ruido..., las voces..., la gente que siempre habla de la victoria... —Walter intentó calmar la respiración.

—Los estadounidenses han llegado a Europa, ¿verdad? —preguntó Nellie.

Walter asintió.

—En cambio los rusos están de acuerdo con firmar la paz después de haber destronado a los zares. Así que de nuevo tenemos más recursos humanos, más hombres que enviar como carne de cañón al Frente Occidental. Algún día esto acabará, pero ahora... Si pudiera encontrar un poco de silencio...

—No debería ser tan difícil.

Nellie lo condujo al Leie. Junto al río había más calma, solo de vez en cuando se oían unos sonidos extraños que salían de los matorrales y que empujaban a Benno a gruñir o a dar un débil ladrido.

—¿Qué es esto? —preguntó Walter—. ¿No será lo que estoy pensando? —Frunció el ceño.

—No sé lo que está pensando, pero sí, son... parejas copulando. —Nellie sintió que se ruborizaba cuando Walter se rio de su ampulosa manera de expresarse.

—En realidad no es nada divertido —dijo ella—. Son mujeres... Lo hacen por dinero. Por pura desesperación. Ya no consiguen comida para sus hijos. No lo pueden hacer en el Houtmarkt, ahí están las profesionales, que las echan fuera. Se consideran mejores, sobre todo las que están registradas y solo tienen relaciones sexuales con los alemanes. Así que muchas madres lo hacen junto al río por un pedazo de pan. Con cualquiera. Y por ello encima les escupen. —Había amargura en la voz de Nellie.

Walter suspiró.

—Vayámonos de aquí. Y hablemos de algo más bonito. Mañana tengo que volver a frente.

—Entonces tendré que preocuparme de nuevo —confesó Nellie.

En ese momento Benno empezó a aullar. Nellie miró asustada hacia el cielo. No veía ni oía nada, pero sabía que el perro no se equivocaba.

—¡Vienen los bombarderos! —exclamó alarmada—. Tenemos que buscar protección a no ser que apunten contra las torres de Broel... —Las dos sólidas torres a derecha e izquierda del río servían de almacén de armas—. Los aviones siguen el curso del río...

Walter la cogió de la mano.

—Por aquí había un henil...

Retrocedieron corriendo, llegaron al pajar y se lanzaron sobre el heno. Benno, que en ese momento estaba olisqueando junto a la orilla del río y se había manchado de barro, se apretujó aullando a Nellie.

—Era el último vestido medio bueno que me quedaba —se lamentó, pero cuando se oyeron los motores del avión estrechó contra ella al tembloroso animal. Walter pasó el brazo alrededor de los dos. Casi había oscurecido y los atacantes volaban bajo para reconocer sus objetivos. Era bastante probable que un pajar junto al cauce de un río no formara parte de ellos, pero a pesar de eso se acurrucaron cuando se produjo el primer impacto. Por fortuna no cayó muy cerca. El piloto se dirigía al centro de la ciudad y el río solo le había servido para orientarse—. ¿Vienen más? —Nellie levantó la cabeza y miró a Walter. Él todavía la sujetaba con firmeza. Era una agradable sensación.

—No sé —dijo él—. Pero... ahora tampoco puedo pensar en eso. Solo puedo pensar en lo mucho que me gustaría besarte.

Nellie se preguntó si su corazón latía a tanta velocidad solo por el ataque aéreo o si se debía a que Walter la abrazaba y a que sus labios estaban de repente muy cerca de los de ella. Todavía se oía el ruido procedente de la ciudad. El ataque se dilataba, caían más bombas. Pero junto al río reinaba la oscuridad y en el pajar se encontraban extrañamente alejados de los sucesos. El mundo parecía no existir, solo ellos dos y la fragancia del heno.

—No deberíamos hacerlo —señaló Nellie.

—No deberíamos estar aquí —susurró Walter—. Yo debería estar en Alemania y no poner en peligro mi caballo, sino hacerlo ejecutar figuras..., y tú...

—Yo nunca he hecho lo que debía —contestó Nellie, que entreabrió los labios y se sintió como envuelta en una ola de calor y de felicidad cuando Walter la besó.

Era algo totalmente distinto a lo que había experimentado con Phipps. No una sensación agradable, no, su cuerpo ardía extasiado. Se olvidó de todo lo que la rodeaba, creyó disolverse y fundirse con Walter. Se agarró a él y volvió en sí cuando el perro, al que casi había aplastado, chilló ofendido. Se separó de Walter, sus labios se alejaron, pero él siguió cubriendo con unos diminutos besos su frente, sus mejillas, su cuello... Nellie creyó deshacerse de nuevo, volverse blanda y abúlica en sus brazos, pero luego se dominó. Inspiró con determinación y recuperó la voz.

—¡Basta ya, Walter! No vamos a...

—¿Copular junto al río? —bromeó él. Todo su rostro era una sonrisa—. Claro que no. Tampoco..., tampoco quiero ofenderte, Nellie... Es solo que te amo. No lo quería reconocer, pero... te he añorado hasta en los peores momentos.

—He estado preocupada por ti —admitió Nellie—. Eso... ¿es amor?

—Como mínimo es extraño que alguien se preocupe por un hombre al que en realidad debería odiar. —Walter parecía ahora contento de verdad—. Yo soy el enemigo, Nellie...

Ella negó con la cabeza.

—Yo nunca te he visto como un enemigo. Tal vez supe desde el principio...

—¿Sabías que me amas? —preguntó, y la miró con ojos suplicantes.

—Que podía llegar a amarte —puntualizó Nellie—. En serio, Walter, esto es una locura. Yo estoy casada, tú estás comprometido y estamos en guerra. Además, uno contra otro. Debemos olvidarnos de lo sucedido.

Walter movió la cabeza y de nuevo la estrechó entre sus brazos.

—Ya he hecho demasiadas veces lo que debía —dijo y la besó una vez más.

9

Nellie y Walter no volvieron a verse en los siguientes meses. En el verano de 1918 concluyeron definitivamente las victorias consecutivas de los alemanes y sus aliados. Las pérdidas eran enormes en todos los frentes y se hablaba de paz sin tomarse en serio las propuestas del lado contrario. En Cortrique, invasores e invadidos luchaban con la guerra de bombardeos y la hambruna, entretanto ya no se elaboraba el pan solo con patatas, sino también con virutas de madera. El caballerizo Hansen tuvo que sacrificar caballos que de debilidad y agotamiento ya no se tenían en pie, sabiendo que esos animales solo habrían necesitado un par de raciones decentes de avena y heno. La población belga resistía con las donaciones que se repartían en cuatro tiendas americanas a cambio de bonos de la cartilla de racionamiento. Ya desde comienzos de la guerra, se distribuían allí con el permiso de los alemanes donativos de alimentos procedentes del extranjero.

Después de que estadounidenses y franceses frustraran un nuevo avance de los alemanes y que en Italia fracasara un último ataque de Austria Hungría, empezó en el Frente Occidental la sucesión de batallas que entraría a formar parte de la historia como la Ofensiva de los Cien Días de los aliados. Los alemanes volvieron a perder diez mil combatientes y los hombres se negaban cada vez con mayor frecuencia a obedecer las órdenes de ataque. Al final, incluso el alto mando militar entendió que no iban a ganar la batalla, pero decidió que el ejército debía mantenerse a flote con operaciones defensivas y desmoralizar con ello a los aliados. Hasta que no se paralizara su espíritu combativo, no se hablaría de paz. Pero el espíritu combativo de las tropas que llegaban frescas de Estados Unidos y de Australia no se iba a menoscabar. Obligaron al frente alemán a retroceder más y más, y en octubre de 1918 se acercaron a Cortrique.

Sin embargo, los ocupantes de la ciudad estaban muy lejos de rendirse. En lugar de ello colocaron explosivos por toda la localidad, sobre todo bajo los puentes. El Gerechtshof, al lado del cual habían encontrado refugio Nellie y Walter aquel memorable día de primavera, saltó por los aires, y un día más tarde setecientos kilos de explosivos estallaron más abajo en el río, junto a las torres Broel. Ambas fueron gravemente dañadas. Entretanto los aliados se encontraban en el barrio de Overleie e intentaban cruzar el río con un puente de pontones. Una cortina de humo, que al principio invadió de pánico a los habitantes de la ciudad porque supusieron que los alemanes habían provocado un incendio, tenía que ocultar la acción, pero los alemanes se dieron cuenta y la artillería cargó contra los botes neumáticos de las fuerzas de liberación.

Mientras, la comandancia de la retaguardia decidió por fin la retirada. Engancharon a los últimos y agotados caballos unos carros demasiado pesados para llevar al sur expedientes, armas y botines. Nellie lloró cuando tuvo que despedirse del caballerizo Hansen, el mozo de cuadra Karl y sus pacientes.

—No permitáis que dejen morir a los caballos al borde de la carretera cuando ya no puedan más, ¿de acuerdo? —pidió a los dos por enésima vez—. Concededles al menos una bala... aunque digan que deben ahorrar munición. Por un par de balas ya no se ganará la guerra.

Hansen se lo prometió, manifiestamente conmovido.

—Nunca hubiera pensado, doctora Nellie, que acabaríamos siendo amigos —dijo con voz entrecortada—. No quiere..., ¿no quiere venirse?

Nellie negó con la cabeza.

—No puedo ni debo, ni tampoco quiero. Yo pertenezco a mi gente. Aunque ellos nunca lo quieran comprender: nunca he trabajado para los alemanes, solo para los caballos...

Y entonces, de repente, no pudo creer lo que veían sus ojos. Procedentes de Roeselare, por donde tenía que pasar el frente alemán, se acercaban tres hombres a caballo. Se detuvieron en la plaza, delante de la cuadra. Uno de ellos era Walter von Prednitz.

—Teniente... —El caballerizo Hansen se puso firme—. No, ¡teniente coronel! —El uniforme de Walter estaba provisto de una nueva insignia de rango—. Lo han promovido, ¡felicidades! ¿Qué hace aquí? Pensaba que nos marchábamos...

Walter asintió. Nellie se percató de que la había visto, pero fingía lo contrario.

—La comandancia de retaguardia se retira, es correcto. Sin embargo, hay que intentar detener la entrada del enemigo. El teniente Von Tars y el teniente Von Lassen deberán organizar la defensa de la ciudad bajo mis órdenes. Reuniremos las tropas que quedan... —El caballerizo Hansen empalideció—. Naturalmente, solo aquellas que no han recibido ya la orden de marcha —lo tranquilizó Walter.

—¿En serio, teniente coronel? —preguntó uno de los jóvenes oficiales—. ¿No deberíamos...?

—Yo decido lo que debemos hacer —lo interrumpió—. Márchese ahora, caballerizo Hansen. ¡Que tenga usted mucha suerte!

Nellie suspiró aliviada cuando el pesado carro que conducía Hansen se alejó en dirección a las puertas de la ciudad.

—Y los tenientes echarán a continuación un vistazo al hospital militar para comprobar si se puede reclutar a un par de heridos leves. También entre la policía militar, y a ser posible todos los hombres capaces de emplear las armas que todavía quedan aquí. Doctora Nellie, ¿podría examinar mi caballo? Tengo la impresión de que no está bien del todo.

Walter desmontó mientras sus jóvenes subordinados seguían sus indicaciones. Nellie se abalanzó sobre él cuando se hubieron marchado.

—¿Tú estás mal de la cabeza? —gritó—. ¿Vas a quemar aquí a los últimos hombres? No esperarás que los aliados vayan a meterse en otra guerra de trincheras. Enviarán sus aviones y os destruirán totalmente, a vosotros y a la ciudad.

—Yo también me alegro de volver a verte, Nellie —dijo Walter con voz cansina—. Y se me ha ordenado la defensa de la ciudad, no podía negarme. Además, están estos dos tenientes. Von Tars es un tipo agresivo, hay que tener cuidado con él. Por supuesto haré todo lo que esté en mi mano por evitar lo peor. Te aseguro que no deseo que me disparen. Y menos ahora, en los últimos días de la guerra...

Nellie lo miró y distinguió que las arrugas se habían hundido más en su rostro y que las ojeras eran más oscuras. Walter von Prednitz era solo una sombra de lo que había sido, pero acababa de dar a Hansen y los caballos una oportunidad para escapar. A lo mejor tenía sus planes.

—¿Pasas una noche más conmigo, Nellie? —preguntó—. Mañana tendré que distribuir a todos los hombres a sus puestos y dar trabajo a los tenientes. Esta noche, en cambio...

—Se han volado los puentes —dijo Nellie—. Y el Damberd...

Walter esbozó una sonrisa torcida.

—Sin duda en el Damberd ya se están preparando para recibir a los estadounidenses. Y para intentar dar la impresión de que ahí nunca se ha servido a un alemán...

Nellie reflexionó. Si un día antes le hubieran preguntado si quería volver a reunirse con Walter, seguro que se habría negado. Esa noche mágica no podía, no debía repetirse. Pero ahora que él estaba ahí...

—Reúnete conmigo a eso de las ocho en la cuadra —dijo en voz baja—. Ahora están vacías, nadie nos molestará. Te esperaré, aunque llegues tarde.

Walter se la quedó mirando.

—Nunca habría pensado que tendría la oportunidad de ser feliz otra vez —susurró—. Y no había esperado volver a verte. Sabía que eso era lo mejor, pero...

—Por lo visto debía suceder. —Nellie suspiró—. Lo que nos lleva a nuestro verbo favorito: «deber».

Walter sonrió.

—Nos vemos —dijo y se subió al caballo.

Nellie pasó el resto del día comprando toda la comida posible. Todavía tenía su cartilla mensual para las tiendas estadounidenses y no cambió los bonos como era habitual por alimentos básicos, con los que después su patrona preparaba unos repugnantes potajes, sino por una lata de Corned Beef y un vaso de Mixed Pickles. En la panadería depositó sobre el mostrador todo el dinero belga que le quedaba y esperó que el pan que le dieron por él no contuviera harina de serrín, o que contuviera solo muy poca. Por último, buscó a un conocido comerciante del mercado negro al que le dio un montón de dinero alemán por un trocito de mantequilla. Con todo ello podría preparar una sabrosa cena para ella y Walter... Solo faltaba el vino, pero le resultó imposible encontrarlo.

Por eso se alegró de que Walter sacara una botella del bolsillo de su largo abrigo de oficial cuando alrededor de las ocho entró en la cuadra, que además no estaba vacía, como Nellie había predicho. En los compartimentos estaban los tres caballos con los que Walter y los dos tenientes habían llegado a la ciudad. Nellie había dado a cada animal un trocito de su pan y luego había preparado el pícnic. Sobre un mantel que había birlado a su patrona y extendido sobre el suelo, había platos con los aperitivos, dos copas y una botella de agua. Alrededor había apilado la paja para que pudieran sentarse cómodamente. Se mostró encantada al ver el vino.

—Hemos pensado lo mismo —comentó ella—. Me habría gustado traer una botella, pero me ha sido imposible.

—He saqueado la bodega de la estación —dijo Walter—. Era para alemanes, pero ahora ya no hay nadie allí, así que me he servido por mi cuenta.

—¿Y dónde se han metido tus tenientes? —preguntó Nellie, mientras él se sentaba y abría la botella.

—Están patrullando junto al río. Les he asegurado que era sumamente importante y les he indicado que en ningún caso debían coger los caballos, sino ir a pie. Así pueden arrestar a la gente que posiblemente colabora con el enemigo y cruzan el río para darle información. —Walter llenó las copas.

—¿Lo crees posible? —inquirió Nellie.

Él movió la cabeza.

—¡Qué va! Los autóctonos se mantendrán agazapados en sus sótanos hasta que lleguen los británicos. Todavía temen que se produzcan combates. Si fuera por mis tenientes, todavía defenderían la ciudad con una guerra urbana.

—¿Pero no lo haréis? —dijo preocupada Nellie.

—No. Según mis órdenes, debo evitar el mayor tiempo posible que crucen el Leie. Es decir, en cuanto los británicos lo hagan, nos retiramos.

Brindó con ella, tomó un sorbo y lo retuvo en la boca unos segundos antes de tragarse el líquido.

—¿Y hasta entonces dejas que se peleen? Es una locura, todavía morirán unas cuantas personas más y… —Nellie tomó rápidamente un gran sorbo.

Walter le pasó un brazo por los hombros.

—Nellie, si tú fueras un capitán británico, ¿por dónde cruzarías el Leie?

Nellie frunció el ceño.

—No tengo ni idea de estrategia —dijo.

—Tampoco lo necesitas. Piensa un poco.

Ella reflexionó.

—Evidentemente, no por el centro de la ciudad —contestó—. Buscaría un segmento del río que estuviera entre campos, que se abarcara con la vista y lejos de una población. Y a lo mejor hasta lo haría por dos sitios, a la derecha y a la izquierda de la ciudad. Entonces podría tomarla como con unas tenazas.

Walter asintió.

—Lo de cruzarlo por dos lugares es una buena indicación, todavía no se me había ocurrido. Pero es irrelevante. Nosotros, en cualquier caso, defenderemos la ciudad. Justo el sector del río que los tenientes están ahora supervisando. Mañana construiremos allí puestos de tiro con sacos terreros y toda la parafernalia. Ahí colocaremos a nuestros hombres. Que son muy pocos, por cierto. Algunos apenas recuperados de sus heridas y un par de cuarteleros que no han podido marcharse a tiempo con sus actas. Y espero que los británicos nos sorprendan por la espalda y nos arresten a todos antes de que suene un disparo. O que nos enteremos a tiempo de su avance y que se largue quien pueda.

—¿Qué preferirías, ir a la cárcel o marcharte? —preguntó Nellie.

Walter se encogió de hombros.

—Esto lo dejo a mi suerte. Lo que más me gustaría sería irme a casa lo antes posible. Aunque está claro que es más arriesgado, porque todavía estamos en guerra...

—Que te detengan también es arriesgado —observó Nellie—. Es posible que alguien empiece un tiroteo.

Walter asintió.

—¿Me prestas mañana tu caballo? —preguntó Nellie—. Podría cabalgar un rato a lo largo del Leie...

—Si te ven, te arrestarán —advirtió Walter.

Nellie sonrió.

—Contra eso, tengo un arma secreta... —señaló a Benno—. Ya sabes que aúlla en cuanto oye el sonido de la batalla. Y vendrán con tanques, ¿no? A lo mejor apoyados con aviones de reconocimiento...

—Pero no es probable que disparen —opinó Walter.

—Tampoco tienen que hacerlo. Benno los notará y lo comunicará de algún modo, y yo tendré tiempo de esconderme. Deja que lo intente, Walter, así no corres ningún riesgo. Devolveré el caballo mañana por la noche a más tardar.

Nellie se apoyó en él. Iba de uniforme y ella temió que oliera a pólvora y sangre, pero desde el último combate en que había participado se lo había lavado o le habían entregado uno nuevo. A los alemanes todavía parecía importarles que sus oficiales tuvieran un aspecto distinguido.

—Inténtalo —dijo Walter—. Y ahora hablemos de otra cosa. Es nuestra última noche, deberíamos... —Rio—. La vamos a disfrutar.

Nellie ya no volvió a expresar más dudas. Estrechamente apretados el uno contra el otro devoraron el pequeño banquete, bebieron vino y se besaron. Entretanto, hablaron de sus familias, de los estudios de veterinaria de Nellie y de la singular hermana de Walter, a quien él amaba más que a nadie en el mundo. Nellie no tenía mucho que contar sobre su hermano. También él se había alistado como voluntario al comenzar la guerra y ahora servía en algún lugar como oficial médico. En cambio, sí habló de su relación con Phipps.

—Entonces... ¿fue algo así como una especie de matrimonio de conveniencia? —preguntó Walter, extrañado—. ¿Lo podéis disolver en cualquier momento?

Nellie negó con la cabeza.

—Él puede disolverlo en cualquier momento —especificó—. Yo prometí que no lo dejaría solo con la consulta y con sus padres.

—Y tampoco quieres hacerlo —advirtió Walter decepcionado—. No..., ¿no te vendrías conmigo? ¿Aunque me ames?

Nellie suspiró.

—¿Cómo irían las cosas, Walter? Yo no puedo unirme al ejército alemán. Ni tampoco quiero. ¿Qué iba a hacer en Berlín?

—Casarte conmigo —respondió Walter.

Nellie sonrió.

—Los hombres de mi vida siempre me hacen unas propuestas de matrimonio de lo más románticas —bromeó—. Pero no es tan fácil. Primero tendría que divorciarme. Y tú..., tú tienes una prometida. Una mujer guapa..., tú mismo lo dijiste. —Ella le acarició la mano.

—No tan guapa como tú —dijo Walter.

—Eso lo dices ahora. Cuando vuelvas a verla... No, Walter, cuando haya pasado esta noche, cuando haya pasado la guerra y si todavía seguimos vivos, volveremos a nuestro mundo real. Tú regresarás a Berlín y organizarás de nuevo tu vida. Ya no serás oficial, ¿verdad? ¿No desarmarán Alemania tras haber comenzado esta guerra? A lo mejor estudias algo que te guste...

—Me encargaré de las propiedades de mi padre en Pomerania —indicó Walter—. Podríamos hacerlo juntos...

—Y yo seguiré estando con Phipps y ocupándome de los animales mientras él toca el violín. —Nellie no se dejó distraer—. Lo hice de buen grado, Walter. No echaré de menos nada.

Nellie levantó la vista hacia él para mirarlo a los ojos. Walter tomó su rostro entre sus ásperas manos y la besó.

—No digas que no echarás esto de menos —susurró, y empezó a abrir su corpiño—. Quiero que cambies de opinión... Esta noche te amaré de forma que no tengas otro remedio...

Nellie dejó que la tendiera sobre la paja y le desabrochó la camisa. No hacía frío, era una noche de octubre inusualmente cálida, y los cuerpos de los caballos también emitían calor. Walter colocó su abrigo encima cuando los dos estuvieron acostados desnudos, celebrando juntos su primera y última noche.

—Si tú quieres, el futuro nos pertenece —dijo tiernamente cuando ella casi se había dormido en sus brazos.

Nellie suspiró.

—Me temo que no nos pertenece nada —murmuró—. Solo un recuerdo. Precioso. Y no te olvides de que mañana me llevo tu caballo.

Por la mañana, cuando Walter se despertó, Nellie estaba ya acercando la pesada silla al huesudo caballo de pelaje castaño.

—¡Deja que lo haga yo! —Walter le cogió la silla y la colocó encima del caballo—. Y no tienes que irte inmediatamente. —La miró suplicante, dispuesto a volver a besarla.

Nellie se negó.

—Si me esperaras con un sabroso desayuno de café con leche y cruasanes recién hechos me dejaría convencer —bromeó—, pero ninguno de los dos somos prestidigitadores. Así que, por favor, deja que me vaya. Los británicos no cruzarán el Leie a plena luz del día. Lo harán al amanecer o cuando anochezca, cuando todavía puedan ver algo, pero no haya nadie en el exterior. Si lo han hecho esta mañana, lo detectaré.

—Si van camino de la ciudad, pueden arrestarte —le advirtió.

Nellie hizo un gesto de rechazo.

—¿Una joven belga que sale de la ciudad a caballo para recoger hierbas al amanecer? —Puso morritos y lo miró con candidez—. Es para hacer sopa, señor soldado —dijo con una vocecita cantarina—. Y mis hermanos tienen hambre. Todos tienen hambre en Cortrique. ¿Van a liberarnos ahora?

Walter no pudo evitar reírse.

—Entonces ve —accedió—. ¡Pero ten cuidado! —Cuando Nellie ya iba a sacar el caballo de la cuadra, él volvió a llamarla—. Nellie, hay algo más. En caso de que no volvamos a vernos..., en caso de que te pillen, en caso de que yo caiga, o de que me vaya con vida... Las últimas tropas de ocupación han escondido explosivos. En el ayuntamiento, en el campanario, en la estación y en el Damberd. En total, mil ochocientos kilos. Tengo que activarlos antes de abandonar la ciudad.

Nellie se volvió de golpe.

—Pero eso... ¡eso devastaría toda la ciudad!

—No lo voy a hacer —la tranquilizó Walter—. Pero es posible que alguien más también lo sepa. Uno de los heridos o de los acuartelados que gracias a nuestros celosos tenientes no han logrado irse. Si alguien se descontrola y los hace explotar... Tienes que decírselo a los británicos, Nellie. Lo antes posible. Han de buscar los explosivos y desactivarlos.

Nellie se mordió el labio. Ya antes se temía que la arrestaran como colaboradora. ¿Y ahora tenía que ponerse en manos de los aliados directamente después de la liberación?

—Lo harás, Nellie, ¿verdad? —preguntó preocupado Walter.

Nellie asintió. De nuevo no tenía otra elección.

Mientas Walter examinaba los tristes restos del ejército de ocupación en la plaza del ayuntamiento y asignaba distintas tareas, Nellie emprendió su cabalgada de exploración. Trotó río abajo, donde el paisaje enseguida se volvió campestre. Río arriba, la orilla estaba más edificada. Entretanto había clareado. Si los aliados hubiesen partido al alba ya deberían de haber cruzado el Leie. No obstante, no se encontró con nadie, solo Benno ladró alguna vez en dirección al río. A Nellie le pareció distinguir vagamente unos jinetes que se escondían detrás de los árboles en cuanto advertían la presencia del perro.

—Podría ser que estuvieran inspeccionando el río —dijo a Horaz, el nuevo caballo de Walter. Era fácil de montar, pero no tan bonito y noble como había sido Kondor—. Esta noche volveremos otra vez aquí.

Cabalgó de nuevo al centro, pero tuvo la mala suerte de cruzarse con unas personas de la ciudad que buscaban madera y maleza en un antiguo parque abandonado para calentar la estufa. Los hombres y las mujeres la miraron con hostilidad.

—Celebraremos que los árboles estén llenos de traidores y putas colgando —observó uno de ellos.

Los demás le dieron la razón. Nellie se sintió angustiada, pero no pudo evitar responder.

—¿Dónde ve usted los árboles, *mijnheer* Clarsen? —preguntó.

Conocía de vista al hombre, había sido vendedor de carbón. Y era probable que fuera uno de los que en el transcurso de los tres inviernos de la guerra habían talado prácticamente todos los árboles de la ciudad para hacer leña.

—¡Haya árboles o no, lo que yo aquí veo es una traidora! —vociferó una mujer—. Deberías estar cubierta de brea y plumas. Como todas las furcias que se han acostado con los alemanes.

Nellie inspiró hondo. ¿Estaría en peligro? Se forzó por pasar de largo ante esa gente tranquilamente. Benno les gruñó amenazador. Tal vez cuidaría de su amita.

Llevó el caballo de Walter a la cuadra vacía y le dio un poco de heno que había sobrado. Luego se deslizó a su habitación sin que la viera su patrona y allí pasó el día con Benno. Por el momento no tenía ningunas ganas de volver a tropezar con los habitantes de la ciudad.

Al anochecer, cuando volvió a recorrer la orilla del Leie, su valiente perro se convirtió de repente en un ovillo gimoteante digno de pena. Benno se negaba a seguir avanzando y si Nellie se concentraba mucho, también creía oír el retumbar de los camiones o de los tanques, así como algunas voces masculinas. Seguro que todavía estaba lejos del grupo de ejércitos que estaba construyendo allí un puente de pontones sobre el Leie o que atravesaban un vado, pero le pareció percibir la presencia humana. Tal vez también se dio cuenta de que faltaban los sonidos de la naturaleza, no había ningún pájaro gorjeando ni ningún animalito pequeño agitándose entre las cañas de la orilla.

Nellie desmontó y decidió esperar y afinar la escucha. Al cabo de media hora, estaba segura de que en Marke, un pueblo de las afueras, algo estaba ocurriendo. Resolvió no correr más riesgos.

—¡A la ciudad, Benno! —ordenó al perro, que pareció manifiestamente aliviado—. Vamos a mandar a los alemanes a su casa.

Walter había asegurado las posiciones de la ciudad junto a la orilla del Leie de forma chapucera. Tampoco patrullaba nadie detrás de la línea de tiro que les hubiera impedido rendirse al instante si los atacaban.

Nellie llamó a un hombre que se hallaba detrás de la barrera de sacos terreros y que se sobresaltó al oírla.

—Tengo que hablar con el teniente coronel Von Prednitz —anunció con firmeza.

El hombre sonrió.

—Ahora tiene otras cosas que hacer, pequeña, pero yo sí tendría tiempo...

Nellie se preguntó por qué de los cincuenta hombres de la última partida, precisamente había ido a elegir a ese idiota. No se dignó a responderle, sino que siguió cabalgando hasta el siguiente puesto. Ahí dos nerviosos jóvenes se aferraban a sus fusiles.

—¿Puede uno de ustedes hacerle llegar un mensaje al teniente coronel? —preguntó, esforzándose por expresarse correctamente en un tono militar—. Comuníquenle que el enemigo ha cruzado el Leie río arriba, a la altura de Marke.

El joven debió de encontrar enseguida a Walter, porque Nellie oyó al instante órdenes. Era evidente que Walter trataba de disolver la línea de defensa. Los hombres debían dirigirse hacia los hospitales o replegarse hacia el sur para encontrar y reforzar el frente alemán.

—Y esto también es válido para usted, teniente Von Tras —tronó Walter—. Recoja su caballo y...

—Su caballo ya está aquí —observó mordaz el joven oficial—. ¿Procede la noticia de su personal amazona mensajera?

Walter suspiró.

—Teniente Von Lars, puede usted convencerse de la veracidad del mensaje. Cabalgue río arriba y entérese de la situación. Usted, Von Lassen, vaya río abajo. Es posible que el enemigo llegue por dos lados. Eso le interesaría enormemente al alto mando. Una estrategia por completo nueva...

Nellie tuvo que contener una sonrisa, aunque en realidad no había nada de cómico. Era muy probable que Walter estuviera enviando a uno de los jóvenes oficiales a una muerte segura.

—No puedo hacer nada por estos chicos —le susurró él al recoger el caballo—. De lo contrario insistirán en conducir a estos pobres hombres al combate de defensa. ¿Cuándo crees que llegarán los británicos?

Nellie se encogió de hombros.

—Si tenéis suerte, mañana temprano —dijo—. No estoy segura, pero supongo que son muchos. Hasta que todos hayan pasado el río...

—Entonces..., ahora mismo monto —contestó cogiéndole la mano—. Me gustaría darte un beso. Pero aquí...

Los observaban muchos de los soldados que se marchaban, tan asustados como aliviados.

—Está bien así —respondió Nellie—. Espero que lo consigas...

—Nos podríamos escribir —insistió Walter.

Nellie hizo un gesto negativo.

—No. Vive tu vida. Mucha suerte.

No se despidió con un saludo cuando él partió a caballo,

sino que se dirigió de nuevo a su alojamiento, donde *mevrouw* Mulder la saludó berreando.

—¿Dónde estuvo ayer por la noche? ¿Qué hizo? Ya no puede excusarse hablando de cualquier caballo enfermo. Ahora, la mayoría de los alemanes se han ido.

Nellie había planeado decirle justamente eso.

—El caballo del teniente coronel que vino ayer tenía un cólico —afirmó.

La viuda le dirigió una mirada despectiva.

—Esto pronto se aclarará…, cuando lleven al paredón a todos los traidores a la patria. Ya no tengo que aguantarla en mi casa. ¡Se acabó el alojamiento! La gente dice que los británicos han cruzado el Leie.

—Como si eso me importara… —musitó Nellie, y se marchó.

Pasaría otra noche más en la cuadra, alimentándose de sus recuerdos. Estrechamente apretada contra su perro, durmió, esta vez sin ningún abrigo que la calentara.

A la mañana siguiente, una división británica marchó por el Grote Markt, entre los jubilosos vítores de la población. Para Cortrique la guerra había terminado.

10

Nellie escuchó atentamente desde la cuadra los estallidos de entusiasmo de sus conciudadanos. Al final, se cubrió el vistoso cabello cobrizo con un chal y se mezcló con la multitud. Tenía que cumplir su promesa y comunicar a los británicos la existencia de los explosivos. Fue acercándose preocupada al Grote Markt, arrastrando tras de sí con la correa a un reticente Benno. Los soldados que desfilaban por ahí olían a guerra… El perro gemía por lo bajo.

Delante del ayuntamiento reinaba una inquieta actividad. Los anteriores miembros de la administración y los militares británicos habían acudido para volver a llenar de vida el corazón de la ciudad. Sin embargo, no había nadie que tomara las riendas, pues el anterior alcalde, un hombre apreciado por todo el mundo, había muerto durante la ocupación. No estaba claro si los británicos se instalarían en los alrededores y si la ciudad volvería a convertirse un centro de abastecimiento del ejército o si el ayuntamiento volvería a estar en manos de la administración civil. En algún lugar tenían que alojarse los soldados, pero en un principio solo daban vueltas por ahí, mirando los locales de alrededor de la plaza. Algunos de sus propietarios se prepararon diligentes para volver a abrir tabernas y cervecerías.

Nellie confirmó que casi no había caballos. En su lugar había camiones motorizados y coches con grupos de soldados delante del ayuntamiento, así como dos tanques. Y medio Cortrique estaba despierto. Los hombres admiraban los tanques y las mujeres correteaban entre los soldados y repartían entre los liberadores las últimas exquisiteces que habían atesorado durante largo tiempo. Otras servían cerveza o aguardiente casero. Unas muchachas locas de alegría, que no tenían nada que regalar, se dejaban besar. Unos hombres ya bebidos cantaban el himno nacional. En general reinaba una alegría festiva.

Nellie se dirigió a un soldado que estaba sentado sobre su mochila, exhausto, algo distante del tumulto.

—¿Dónde puedo encontrar al comandante? —preguntó primero en su idioma y luego en francés.

El hombre no parecía entender palabra. En cambio, una mujer que iba de un soldado a otro con una botella de aguardiente se entrometió. Nellie reconoció a una vecina de su patrona y que a su vez la reconoció a ella.

—¡No se lo digas! —gritó al soldado—. Esta sinvergüenza ha pactado con los alemanes. Es una traidora. Lárgate de aquí, zorra, ya nos encargaremos de ti más tarde.

—Pero yo... —Nellie se volvió de nuevo al británico, que permanecía impasible ante la sarta de insultos.

Entonces otro belga advirtió lo que pasaba.

—Es verdad, a esa la he visto con los alemanes. Siempre en la cuadra..., se lo montaba allí... —Un hombre señaló a Nellie con el dedo.

—¡Habría que arrestarla! ¿Qué quiere ahora de los británicos? ¿Insinuarse con ellos también?

—Está buscando al comandante. Un atentado a lo mejor...

—¿No ocurrió algo con una pistola?

—¿Esta tiene una pistola?

De repente, la chusma que estaba alrededor de Nellie intentaba retroceder a toda prisa. Aun así, dos hombres demostraron ser lo bastante audaces para cogerla. Benno ladraba pero no mordía. Cuando uno de ellos se acercó a él y le cogió la correa a Nellie, ella perdió el control del animal. Con la cola entre las patas, Benno huyó en dirección a la cuadra.

—¿A dónde la llevamos? —preguntó otro hombre.

—¡Lo mejor es colgarla ahora mismo! —gritó una mujer.

Nellie se esforzaba por no perder la calma.

—Tengo que hablar con el comandante —repitió dirigiéndose a los soldados británicos.

Algunos empezaron a interesarse por el tumulto. Dejaron sitio a un hombre delgado y alto, con el rostro alargado y un imponente bigote.

—¿Qué está pasando aquí? —preguntó en francés.

La mayor parte de la gente de Cortrique que se habían reunido para insultar a Nellie no hablaba la lengua con fluidez. Pero algunos acertaron a pronunciar las palabras «colaboración», «asesinato» y «agente».

Nellie inspiró hondo.

—Por favor, *monsieur*...

—Coronel —la corrigió el hombre—. Coronel Lynton-Rhodes. ¿Habla usted francés?

Nellie asintió.

—¡También habla alemán! —gritó uno de sus hostigadores.

—Por desgracia, nada de inglés —dijo Nellie—. Pero tengo que hablar con su comandante. O lo haría de buen grado con usted, para que transmitiera lo que tengo que decirle. Yo... —Miró a su alrededor. Si ahora pregonaba a los cuatro vientos que en la ciudad había explosivos por todas partes y que en cualquier momento podían estallar, las consecuencias serían enormes—. No quiero que se extienda el pánico.

El coronel arqueó una ceja.

—¿Por qué iba a pasar algo así? ¿Y qué es lo que le echan en cara? ¿Colaboración con los invasores? ¿Planear un atentado? ¿Forma usted parte de las... damas al servicio de los oficiales alemanes? —El coronel hablaba un fluido y sumamente selecto francés.

Nellie negó con la cabeza.

—No. Nada parecido. Pero tengo una noticia... sobre un tema muy... explosivo. Por favor, escúcheme...

—¿Así que es usted realmente una espía? —preguntó el coronel.

Unos soldados se habían apostado detrás de él, les señaló a Nellie y emitió una orden. Dos de los hombres indicaron a los belgas que seguían sujetándola que la soltaran, pero se colocaron al lado de ella.

—¡No! —repitió Nellie—. Soy veterinaria. Pero tengo que comunicarle algo. O al comandante...

El coronel dio otra orden, tras lo cual los dos solados cachearon a Nellie. Ella quiso protegerse, sobre todo porque los belgas que la rodaban se reían sarcásticos, esperando que la desnudaran. Luego entendió de qué se trataba. Buscaban un arma.

—No voy armada —declaró—. ¡Por Dios, no quiero hacerle daño a nadie! ¡Al contrario!

—Entonces, acompáñeme.

El coronel condujo a Nellie al ayuntamiento, donde distintos militares y civiles revisaban lo que habían dejado los alemanes. No era mucho. La mayoría de los documentos se habían destruido o los invasores se habían llevado su material. El coronel se dirigió a un hombre considerablemente bajo y corpulento.

—¿Mayor general?

Hablaba al comandante en inglés, quien acto seguido ladró algo parecido a una pregunta en dirección a Nellie.

—Tiene que decir deprisa lo que quiera decir, no le concede demasiado tiempo —tradujo Lynton-Rhodes.

Nellie suspiró aliviada. Apresuradamente comunicó el mensaje.

—En el Damberd, en Belfried, en la estación y aquí en el ayuntamiento hay... mil ochocientos kilos de dinamita.

El comandante contrajo los labios en una mueca.

—¿Dónde, aquí? —preguntó. El coronel tradujo—. ¿Por qué voy a creérmelo? ¿Cómo lo sabe? Se la acusa de colaboracionista, de espía... ¿Cómo voy a saber si no está usted mintiendo?

Ella se esforzaba por respirar con calma.

—¿Por qué no los buscan, simplemente? —preguntó—. Me lo dijo un oficial alemán. Pero no soy una espía. Ni tampoco una colaboracionista. Soy una veterinaria.

El comandante la miró asombrado.

—¿De verdad? A lo mejor después puede echarle un vistazo a mi castrado. Tiene una fea herida de la silla...

Nellie se habría llevado las manos a la cabeza.

—Lo haré con mucho gusto, mayor general —respondió—. Pero evite en primer lugar que le caiga el edificio encima a su caballo.

El coronel reprimió una risa y pareció suavizar un poco su respuesta con la traducción.

El mayor general llamó a un par de personas y les dio órdenes, justo después un grupo de soldados empezó a registrar el ayuntamiento. Entretanto, el mayor general se concentró en el mapa de Cortrique. El coronel Lynton-Rhodes siguió interrogando a Nellie.

—Dice usted que trabajó para los alemanes como veterinaria —repitió su aclaración—. ¿O a qué se refería la gente?

—Trabajé para los caballos —lo corrigió Nellie—. Y como ya le expliqué una vez a un oficial alemán: los caballos no tienen ningún sentimiento patriótico, y tampoco los perros o las palomas mensajeras, de los que también me ocupé. Y de un gato que un par de soldados tenían en las trincheras. Aunque sin la menor duda era un gato belga. Por decirlo de algún modo, un colaboracionista.

El coronel volvió a sonreír disimuladamente.

—¿Le pagaron por ello con dinero alemán? —preguntó.

—Sí. Por desgracia no pude comprarme nada con él —contestó Nellie—. Aquí no había nada, como mucho en el mercado negro, y como veterinario no se gana demasiado.

—¿Cómo se llama, en realidad? —inquirió al final el coronel.

Nellie le dio su nombre.

—Mi marido también es veterinario y sirve en el ejército belga —explicó—. Se alistó voluntario justo al principio de la guerra. Philipp de Groot..., a lo mejor lo conoce.

Lynton-Rhodes reflexionó unos instantes. Luego su rostro se iluminó.

—¿El violinista? —preguntó.

Nellie asintió perpleja.

—¿Cómo lo sabe?

—Los veterinarios se ocupaban de un hospital para caballos en Iprés. Los animales heridos iban directos allí. Pero por las noches, el doctor De Groot se dedicaba a distraer a la tropa. Una tarea importante para fortalecer la moral de los hombres. Tocaba en un combo con un par de estadounidenses, la mayoría de las veces en salas de baile. De vez en cuando también daba conciertos de música clásica. Yo siempre salía muy conmovido de ellos. Su marido es muy expresivo al tocar, como un músico profesional.

Nellie asintió.

—Eso era lo que quería ser en realidad. Pero su padre tiene un consultorio veterinario...

—Es desperdiciar el talento —lamentó el coronel—. Por otra parte, tal vez eso le ha salvado la vida. Siendo veterinario en la retaguardia, trabajaba sin estar demasiado expuesto al peligro. Como violinista lo habrían enviado al frente. Como a André Devaere. Un pianista, nacido en Cortrique, un genio. Murió justo en 1914...

Nellie bajó la cabeza.

—Lo siento. Y tiene usted razón, a Philipp probablemente le habría sucedido lo mismo. No es un guerrero...

Antes de que pudieran seguir conversando, se oyeron unas voces alteradas procedentes de la escalera. Se gritaron órdenes y los hombres se pusieron en movimiento.

—Venga —dijo el coronel Lynton-Rhodes—. Vamos a evacuar el edificio. Han encontrado los explosivos.

Un par de horas más tarde, se habían encontrado y desactivado los explosivos alemanes escondidos.

El mayor general invitó a Cornelia De Groot a un banquete que preparó un cocinero británico. Por vez primera probó un Yorkshire Pudding. El coronel Lynton-Rhodes tradujo su historia al comandante, vivamente interesado por saber cómo había llegado a trabajar para los alemanes.

—Y mañana echará un vistazo a nuestros caballos —anunció el mayor general—. ¿Dijo que había atendido en lo que antes era una cuadra de alquiler? La ocuparemos e instalaremos un hospital para animales. El personal sanitario llegará en un par de días. Retiramos la retaguardia de Iprés, el frente cada vez baja más deprisa hacia el sur. Pronto volverá a ver a su marido.

11

Con los británicos, una veterinaria no tenía gran cosa que hacer. Nellie curaba sobre todo heridas causadas por la silla y mataduras, lo que también había sido un problema entre los alemanes, pues a los caballos no se los podía liberar de las duras y pesadas sillas militares durante días cuando el ejército estaba en movimiento. Los animales perdían peso y una silla que al principio había estado bien colocada podía acabar causando rozaduras.

Cuando no estaba trabajando, Nellie se sorprendía de lo deprisa que la vida se normalizaba en la ciudad. Claro que todavía se veían muchos uniformes, allí donde los alemanes se habían divertido acudían ahora los británicos y también entre ellos se producían peleas de borrachuzos. No obstante, los británicos eran amigos. No se metían con nadie, no controlaban a la población... En general reinaba una atmósfera amable. Lo más importante era que por fin se suministraban alimentos y otros artículos de primera necesidad. En las zonas de Bélgica sin ocupar no se había pasado hambre. Si bien durante la guerra no se había podido sembrar y cosechar en la medida habitual, por vía marítima habían entrado mercancías procedentes de Francia y Gran Bretaña. Los mayoristas volvían a abastecer las tiendas de la Bélgica liberada.

Nellie contemplaba fascinada una tienda de prendas femeninas. Nunca se había interesado demasiado por la ropa, pero tras cuatro años de guerra las pocas mudas que se había llevado de Ledegem estaban totalmente desgastadas. Algunas las había convertido en faldas pantalón, que eran más prácticas para su trabajo que los vestidos. En ese momento le habría gustado tener uno de los elegantes trajes que exhibía la tienda. Aunque las demás mujeres de la ciudad tampoco se podían permitir comprarse uno. Los comerciantes ya no aceptaban el dinero de emergencia emitido durante la guerra, el dinero alemán ni se mencionaba y los francos escaseaban.

Nellie se consoló pensando que volvería a tener acceso al guardarropa que antes de la guerra se había quedado en Ledegem cuando regresara Phipps. Este tendría que aclarar la relación entre ella y sus padres. En caso de que todavía le gustase, pese a lo desmejorada que estaba... Nellie a veces lo dudaba. En alguna ocasión cuando se miraba en el espejo, se asustaba de su aspecto. Estaba demasiado delgada y desde la partida de los alemanes dormía en el establo. Era inimaginable que se lavase a fondo y estaba segura de que olía a caballo.

En relación a Phipps experimentaba sentimientos encontrados. En el fondo se alegraba de volver a verlo, lo había echado de menos como amigo. Pero ahora estaba Walter. Lloraba su amor y, por supuesto, tenía remordimientos, pues al fin y al cabo, se mirase por donde se mirase, había engañado a su marido.

Pero la vergüenza de Nellie tenía sus límites. La superaba la alegría por volver a estar con Phipps, trabajar con él y retornar a su anterior forma de vida.

Entretanto, Cortrique se preparaba para la primera celebración de la victoria. Los alemanes se aferraban a la llamada Línea Amberes Mosa, donde el combate todavía era encarnizado, pero se contaba con que en un breve plazo de tiempo se produjera la capitulación. El frente alemán jamás volvería a avanzar hasta Cortrique.

En 28 de octubre, el capitán del 16 cuerpo del ejército británico, el teniente general Watts, llegó a la ciudad para inspeccionar sus tropas y medio Cortrique salió a las calles para verlo desfilar. Era un día soleado, aunque frío, y la entrada del jinete y los soldados de a pie acabó convirtiéndose en una marcha triunfal. La gente saludaba a los soldados, que llevaban los uniformes limpios y parecían muy aguerridos, y todos se unieron cuando alguien entonó la *Brabançonne*, el himno nacional belga. Luego cantaron *La marsellesa* e intentaron cantar el himno británico. Los hombres colocaron la mano sobre su pecho y algunas mujeres lloraron de emoción. Los concejales dieron el título de hijo predilecto de Cortrique al teniente general y este regaló a la ciudad la bandera del regimiento. Salvo Benno, que esperaba lo peor de cualquier uniforme, todos estaban de muy buen humor. Una vez más, se bebió y se bailó en la calle.

Pero Nellie no podía relajarse, no se contagiaba de esa atmósfera festiva. Esperaba llena de impaciencia la caravana, la retaguardia del ejército vencedor. Llegarían entonces los médicos con los heridos del hospital de campaña de Iprés y los veterinarios, también con sus últimos pacientes.

Nellie tuvo que esperar mucho tiempo. Probablemente evitaban confrontar a la población recién liberada con la parte fea de la guerra impidiendo que la brigada de sanitarios participara en el desfile. Los camiones con la gran cruz roja sobre las lonas comenzaron a entrar cuando la fiesta en el Grote Markt casi se había disuelto. En el último saltaba a la vista la V con la vara de Esculapio, el símbolo de los veterinarios.

Nellie corrió hacia el vehículo en cuanto este se detuvo.

—¿Phipps? —llamó—. ¿Philipp de Groot?

Antes de que pudiera llegar a verlo, se encontró de nuevo entre sus brazos.

—¡Nellie, por Dios, Nellie! ¿Estás aquí? ¿Sabías que volvería hoy? ¿Has estado escuchando toda la tarde esos espantosos cánticos? Hemos estado esperando en las afueras hasta que han acabado con todas esas cacofonías, me duele el estómago de tanto desafinado.

Nellie reía y lloraba al mismo tiempo cuando se apretujó contra él. Era el viejo Phipps: la liberación de la ciudad era para él algo secundario mientras los cantos de júbilo no se entonaran con las notas correctas. A la espalda llevaba colgando su violín en un sólido estuche de viaje.

—Yo no he cantado con ellos —aseguró Nellie, declarándose libre de culpa—. Lo que tampoco me importa mucho. Qué contenta estoy de que hayas vuelto... ¿Cómo estás, Phipps?

Se separó algo de él de modo que ambos pudieran mirarse frente a frente. Era evidente que la guerra lo había afectado menos que a ella, aunque parecía más delgado que antes y más maduro al mismo tiempo. Su cara redonda de niño se había vuelto más angulosa y en ella habían aparecido las primeas arruguitas, pero ni de lejos había envejecido tanto como Walter en los últimos meses. Nellie se preguntó si había visto alguna trinchera. Seguro que no había pasado allí días y noches.

—Estoy bien —dijo—. Hubo un par de periodos duros, aunque en general... Pero ¿cómo te ha ido a ti? Tienes aspecto de haber dormido en una cuadra.

Nellie rio feliz. Como siempre, Phipps no tenía pelos en la lengua. No esperaba falsos elogios de su marido.

—Es que lo he hecho. Por cierto, este es Benno. —Señaló al perro, que no aullaba en compañía de los sanitarios. A fin de cuentas, había pasado los últimos meses con ella en su improvisado hospital. Estaba acostumbrado al olor de lisol y alcanfor—. Un veterano de guerra.

Phipps observó su oreja y lo acarició.

—Una amputación limpia —confirmó—. Así que has operado. ¿Mi padre por fin ha cedido? —Parecía esperanzado.

Nellie negó con la cabeza.

—He de contarte tantas cosas... ¿Tienes pacientes entre los caballos? Había un par que cojeaba en el desfile, y estaban rígidos, seguramente a causa de alguna matadura. Luego te muestro la cuadra.

Phipps hizo un gesto negativo.

—Primero quiero besarte, aunque huelas a caballo. Te he echado de menos.

Él volvió a estrecharla y buscó sus labios. Nellie devolvió su largo y ansioso beso y notó su erección; seguro que llevaba mucho tiempo sin estar con una mujer. Phipps acarició su cabello, que seguía siendo suave y ondulado. Justo entonces Nellie se dio cuenta de que, a diferencia de Walter, no era mucho más alto que ella.

—Esta noche... —le susurró Nellie. Él la miró con aire resplandeciente—. Aunque tendrás que encontrar un alojamiento adecuado —añadió, volviendo a lo práctico—. A lo mejor incluso con baño...

Phipps no tenía ningún paciente, pues había dejado los caballos convalecientes a los veterinarios de Iprés. Así que se encargó de encontrar un lugar donde hospedarse. Nellie volvió a la cuadra y recibió a los caballos de los soldados que habían participado en el desfile. Como esperaba, trató tendones inflamados y mataduras causadas por la silla de montar. Una parte de los caballos también tenía tos y algunos soldados le explicaron que habían sobrevivido a los ataques con gas.

—Los caballos los superaban con más frecuencia que los seres humanos —explicó un joven realista que hablaba francés—. Y los perros... —Dio unas palmaditas a Benno. Nellie no le desveló que el perro había luchado en el lado contrario—. Me gustaría volver a tener un perro... cuando vuelva a casa...

Nellie distinguió en sus ojos la sombra de las trincheras. Debía de haber tenido vivencias similares a las de Walter.

Cuando ya todos los caballos estaban satisfechos comiendo heno y avena —los suministros de forraje se habían recibido puntualmente antes de su llegada—, ella se dirigió cansada al

Grote Markt en busca de Phipps. Preguntó en el ayuntamiento dónde estaban alojados los veterinarios y enseguida le indicaron el Damberd.

—De Groot, ¿no es cierto? Su marido ocupa una suite para oficiales. ¿Sabe dónde está la pensión? —Nellie se sorprendió. Los oficiales médicos alemanes no disponían de alojamientos tan elegantes—. Su marido es un músico fabuloso —siguió hablando el intendente—. Lo he escuchado con frecuencia en Iprés... —Los ojos del hombre empezaron a brillar—. Cuando su marido tocaba y nosotros bailábamos, entonces... podíamos olvidarnos de todo.

Nellie le agradeció las alabanzas y supuso que Phipps debía su fantástico alojamiento más a su arte que a su rango de oficial sanitario. Al final lo encontró en el restaurante Damberd, donde bebía cerveza con otros médicos y oficiales. La llamó complacido.

—Caballeros... ¿Me permiten que la presente? Mi esposa Cornelia, veterinaria en Ledegem. Supongo que ha mantenido en funcionamiento la consulta mientras yo estaba fuera.

Nellie hizo un gesto negativo, pero ya se lo explicaría todo más tarde.

—Estos últimos días me he encargado de los caballos de la guarnición —aclaró—. Y ahora mi marido me ayudará. ¿Tenéis personal para cuadra, Phipps? ¿Sanitarios especializados? Hay que ocuparse de algunos caballos desfallecidos...

Un hombre ya no tan joven y con el uniforme de oficial médico le sonrió.

—Parece que nuestra joven colega lo tiene todo bajo control —comentó con admiración—. Así puede usted seguir dedicándose al violín, De Groot. ¿Tendremos el placer de asistir a un concierto más en Cortrique, antes de que vuelva a su pueblo?

A Nellie se le aceleró el corazón. ¿Phipps iba a regresar a Ledegem? ¿Pronto?

Los hombres la invitaron a tomar una copa de vino y luego

los dos se marcharon. Phipps subió una botella a la habitación.

—¿Vuelves a casa? —le preguntó Nellie en cuanto se quedaron a solas.

Él se mordisqueó el labio.

—Me..., me retiro. Sí. Aquí ya no hay mucho que hacer, en el fondo la guerra ya ha terminado. Todavía están debatiendo sobre el alto al fuego, aunque esos locos siguen combatiendo en el frente. Aún siguen muriendo hombres.

—Y caballos... —añadió Nellie con un suspiro.

Pensó en Walter y en sus pacientes. Era posible que él todavía estuviera en alguna trinchera y que los caballos murieran entre las balas o de puro agotamiento.

Phipps la miró con cariño.

—No hablemos hoy de eso. No hablemos, solo... —Iba a abrazarla. Nellie se acordó de repente de que no se había bañado desde la noche que había pasado con Walter.

—No te enfades, Phipps, pero primero tengo que lavarme...

—Un poco de olor a caballo no me molesta en absoluto —contestó Phipps.

Nellie se separó de él y abrió la puerta de su habitación, la más grande que había en la pensión y que, en efecto, disponía de un baño. Poco después, se encontraba inmersa en agua caliente y perfumada, intentando desprenderse también de los recuerdos. Que eso sucediera mejor de lo que ella había imaginado tal vez se debió al vino. Phipps llegó al baño, la miró sonriente y la contempló mientras ella se metía en la bañera.

—Has adelgazado un poco —observó—. Pero estás guapa, no me malinterpretes. ¿Teníais poca comida? ¿Incluso en el pueblo?

—No estuve en el pueblo, sino en Cortrique.

En realidad, no tenía ningunas ganas de hablar de los padres de Phipps, pero le dibujó un breve esbozo de lo ocurrido mientras salía de la bañera y se secaba.

—Tenemos que reconstruir la consulta —explicó—. Tu padre lo habrá hecho todo para acabar con mi buena reputación. Supongo que mi fama estará bastante por los suelos.

Phipps parecía afectado. Nellie se temió por un momento que pudiera criticarla, como su suegro, por haber trabajado para los caballos de los alemanes. Pero entonces él la cogió entre sus brazos.

—Te ayudaré —prometió—. Tendrás la consulta, tal como te había prometido... Pero ahora...

Nellie no se detuvo a reflexionar sobre sus palabras cuando él la cogió en brazos, la llevó a la habitación y la depositó en una blanda y enorme cama. Le urgía poseerla, pero se dominó y trató de excitarla antes de explotar de felicidad. Nellie no vio ningún arco iris, pero tampoco se quedó insatisfecha. El vino y la amabilidad de Phipps contribuyeron a que no pensara en Walter. Al final se durmió complacida en los brazos de su viejo amigo y con un futuro seguro ante ella.

Nellie quería presentarse por la mañana en la cuadra, poner a Phipps al día y empezar con el trabajo conjunto; sin embargo, él la dejó que descansara e insistió después en pedir que les llevaran a la habitación un generoso desayuno.

—No corre peligro la vida de ningún animal —le explicó y dejó caer una rodaja de salchicha para Benno de la bandeja que acababa de cogerle al camarero y que ahora colocaba sobre la mesa—. Así que ven a comer, tenemos que hablar de... un asunto.

Nellie se levantó de la cama. Flotaba, en efecto, un delicioso aroma a café y los cruasanes y panecillos prometían un placer divino... Buscó alguna prenda lo más limpia posible que ponerse y al final se vistió con una camisa de Phipps. El cabello le cubría suelto los hombros y ella se sentía estupendamente malvada, como las heroínas de las insustanciales novelas tras cuyas cubiertas había escondido en el pasado sus libros de medicina.

—Auténtica mantequilla..., ¡no me lo puedo ni creer! Pero

me parece que en Ledegem nos volverá a llegar con más frecuencia. Los campesinos no tendrán que suministrar más leche. Pese a todos los problemas, me alegro de regresar. A lo mejor tus padres vuelven a viajar más a menudo y tenemos la casa para nosotros. Así me ocuparé de nuevo de los animales de nuestros antiguos clientes. De perros y gatos... Benno dará gracias al cielo cuando deje de oír el ruido de los cañones.

Nellie cerró un momento los ojos, se estiró y dejó que el sabor del café y los cruasanes obrara su efecto. Entonces, cuando iba tomar el siguiente sorbo, se dio cuenta de que Phipps la miraba muy serio.

—Nellie —dijo—. Tengo que..., que confesarte una cosa. Yo... Mira, en la guerra no he estado trabajando solo de veterinario. Estuvimos instalados en Iprés, y aunque se combatía por la ciudad también había actividades culturales. Naturalmente, yo me dediqué a la música...

Nellie sonrió.

—Y con ello te ganaste cientos de admiradores, lo sé. Ya el primer británico con el que hablé se deshacía en elogios por ti.

Phipps asintió sin contestar a su sonrisa.

—Sí. Tuve éxito. Un gran éxito. Además, toqué con otras personas, también con músicos profesionales. Jeffrey, el bajista del combo con el que interpretaba música de baile, es estadounidense. ¡Y no puedes imaginar lo que ocurre allí en el mundo de la música! Estilos totalmente nuevos, nuevas corrientes, blues, jazz... Las posibilidades son infinitas.

—¿Y? —preguntó Nellie. De repente tuvo frío y el cruasán le pareció pastoso.

—Bueno, pues... es la oportunidad de la que hablamos entonces. La oportunidad que se me presenta. Me despido del ejército, Nellie, pero no vuelvo a Ledegem. En cualquier caso, no para siempre. No esperaba que entre tú y mi padre las cosas se pusieran tan feas y por eso iré primero allí contigo. Te ayudo a volver a instalarte segura. La gente tiene que preguntar por la doctora Nellie cuando llame. Mi padre tendrá que conformarse. Ya no es joven. Puede que ahora con la guerra no haya habido trabajo, pero volverá a tenerlo. Los campesinos deberán reorganizarse, la tendencia va hacia establos más grandes, cantidades más elevadas de animales y una cría más efectiva. Se necesitarán veterinarios o veterinarias que estén al día de todo. Tú te quedarás con la consulta, Nellie, tal como había prometido. Solo que...

—He de dejarte libre —lo interrumpió ella en un tono neutro—. Como habíamos prometido.

—Cumplirás tu palabra, ¿verdad?

Casi sonó un poco temeroso, lo que a Nellie le dio esperanzas.

Asintió.

—¿Y a dónde quieres ir? —preguntó.

Phipps empezó a pasear emocionado arriba y abajo de la habitación.

—Ya te lo he dicho —respondió—. A Estados Unidos. ¡A América! Justo ahora, después de la guerra, la gente anhela diversión, música, vida. Jeffrey está seguro de que allí tengo futuro. Tú..., tú también podrías venir, por supuesto... —Parecía dudar. Era evidente que Phipps prefería comenzar su nueva vida sin ataduras.

Nellie negó con la cabeza y bebió un sorbo de café.

—No, sería una piedra en el zapato —dijo—. No, yo..., yo seré feliz en Ledegem. Con la consulta. Pero tienes que decírselo a tu padre.

Phipps asintió ensimismado. Parecía haber superado el miedo a su padre. La guerra lo había endurecido.

12

El armisticio con los alemanes se firmó el 11 de noviembre. Cortrique volvió a celebrar una fiesta y los británicos se prepararon para marcharse. Solo supervisarían si los alemanes se atenían a las condiciones y de verdad se iban de los territorios ocupados en Bélgica y Francia. Pero ya no necesitaban un hospital para animales totalmente ocupado.

Nellie y Phipps regresaron a Ledegem el 15 de noviembre. Encontraron la casa de sus respectivos padres igual que siempre, solo que los jardines se habían convertido en huertos.

Como era de esperar, la recepción de los De Groot y Van der Heyden no fue entusiasta. Por supuesto, todos estaban contentos de volver a ver a Phipps. Pero sus padres le reprocharon ampliamente que hubiese llegado con su esposa.

—¡Te ha estado engañando durante toda la guerra! Pactó con el enemigo, es una puta… —exclamó *mevrouw* De Groot, que había montado de nuevo en cólera.

Phipps movió la cabeza.

—¡Por favor, madre, no hables así de mi esposa! —le pidió serenamente—. Nellie cuenta con toda mi confianza. Puede que haya trabajado para los alemanes, pero nunca como prostituta. Es veterinaria, lo sabéis. Cuando ve un animal enfermo quiere ayudarlo. En el fondo, hemos estado haciendo lo mismo durante toda la guerra. Ella yo hemos estado curando a animales enfermos y heridos. Solo que en bandos diferentes.

Nellie calló, tampoco quería decir que ella se había encargado sola del hospital, pese el resentimiento del caballerizo y sin el apoyo de médicos con experiencia, mientras que él aún había tenido tiempo suficiente para dar conciertos. El trabajo de ella sin duda había sido más duro.

El doctor De Groot, sin embargo, solo resopló.

—¿Vas a dejarla que te acompañe otra vez a las granjas? —preguntó enfadado—. ¿Sin importar lo que la gente diga o piense?

—Lo que la gente piense me da bastante igual, y lo que tengan que decir que me lo digan a la cara. O por teléfono. Si piden expresamente que tú te encargues de sus animales... o yo... —Pronunció esto último de mala gana—, Nellie, por supuesto, no lo impedirá. Pero si no lo has olvidado, antes de la guerra pasaba lo contrario. Los campesinos tenían a Nellie en gran estima.

—Os podría denunciar en el colegio de veterinarios —amenazó De Groot.

Phipps se encogió de hombros.

—Entonces destruirías tu propia consulta. Si es que eso le importa a alguien. Hubo una guerra, también el colegio de veterinarios tiene que volver a edificarse. Se hablará de la mujer en la medicina veterinaria, padre. No van a prohibir eternamente que las mujeres estudien en la universidad. Nellie ya hará los exámenes cuando lo permitan.

—Cornelia debería pagar por sus pecados, siendo una buena esposa y dándote un hijo —intervino la madre—. Si es que todavía sigues con ella, aunque...

Nellie recordó de pronto que la noche anterior no habían usado ningún método anticonceptivo, como tampoco la noche que pasó con Walter, pero entonces acababa de retirársele el periodo. No recordaba cuánto tiempo había pasado, la desnutrición durante la guerra le había alterado el ciclo. Sin duda eso también dificultaba una concepción. Seguro que no había pasado nada.

—¿Por qué no nos dejáis tranquilos? —preguntó Phipps—. Somos adultos. Estuvimos en la guerra... Y hazme caso, padre, he visto cosas frente a las cuales todas estas discusiones solo son ridículas...

—Tú estuviste en la guerra —lo corrigió su madre.

Nellie estaba rabiosa, pero no lo exteriorizó.

—Todos hemos sobrevivido a la guerra —dijo sosegadora—. Debemos alegrarnos de ello. Y ahora saquemos los mejores frutos de la paz. Reconstruyamos la consulta, padre De Groot. Tal como nos la imaginamos. Intentémoslo al menos. A lo mejor acabas agradablemente sorprendido.

—Y la alternativa... —Phipps carraspeó—. La alternativa es que me vaya..., que nos vayamos. Entonces nadie se encargará de la consulta. Yo..., nosotros... podemos construir algo en otro lugar.

Nellie sabía que no estaba refiriéndose a un consultorio veterinario. Si su padre no cedía, ella tendría que acompañarlo a Estados Unidos...

Esperó mientras el cerebro de Theo de Groot trabajaba tras su rostro enrojecido.

—¡Bah, haced lo que queráis! —exclamó al final, levantándose y saliendo de la habitación—. ¡A ver qué conseguís!

Los padres de Nellie reaccionaron de forma más contenida ante el regreso de su hija. No mostraron alegría al verla, pero tampoco le echaron nada en cara. Si Phipps perdonaba a su esposa, no iba a ser ella quien arrojase la primera piedra, le comunicó con su acostumbrada teatralidad Josefine van der Heyden.

Nellie no dijo nada. Sus padres estaban mucho más satisfechos con el cambio generacional que los De Groot. El hermano de Nellie había sobrevivido a la guerra y regresaba siendo un orgulloso comandante médico. Estaba deseando hacerse cargo de la consulta y el doctor Van der Heyden había decidido cedérsela al instante, ya que tenía pensado mudarse con su esposa a Utrecht. Los padres de Josefine se iban haciendo mayores, necesitaban apoyo y la ciudad neerlandesa ofrecía más entretenimientos y posibilidades a los jubilados que Cortrique, abatida por la guerra. Nellie esperaba que Lukas tuviera una mentalidad más moderna que sus padres y respetara a su hermana como veterinaria.

Respecto a los clientes de la consulta, volvieron a acostumbrarse con sorprendente rapidez a la «doctora Nellie». Habían dado poca credibilidad a los rumores que corrían sobre ella. Aunque sus esposas habían contribuido a extenderlos, el trabajo con los animales incumbía a los hombres y ellos siempre habían apreciado a Nellie. Cuando Phipps y ella volvieron a abrir juntos la consulta, el ambiente general auguraba mucho trabajo. Los campesinos aumentaban el número de cabezas de ganado y los primeros criadores de caballos sustituían aquellos que los alemanes habían requisado por los animales no necesarios, a menudo procedente de los ejércitos aliados, que estos vendían o subastaban. Nellie se alegró cuando la llamaron para realizar el primer control de gestación y confirmó que al año siguiente volverían a nacer muchos potros.

La vida en familia de los De Groot también se normalizó. Por las noches, Phipps tocaba el piano en su salón mientras Nellie lo escuchaba complacida y su madre refunfuñando. Nellie y Phipps dormían de buen grado juntos y como el ciclo de ella todavía era irregular, él utilizaba condones. Les iba bien y Nellie ya esperaba que Phipps hubiese abandonado su proyecto de emigrar. Pero entonces, el primer día del año 1919, él le comunicó que se iba a la mañana siguiente.

—Pasado mañana sale un barco de Amberes. Jeffrey ya ha comprado los billetes, para él y para mí.

—¿Y para Claudine? —preguntó Nellie.

Entretanto, ya sabía que en el combo en que tocaba Phipps también había una cantante, una enfermera que por lo visto tenía una voz muy bonita. Phipps la había puesto por la nubes y Nellie sospechaba que entre ambos había habido algo más que música.

Él se encogió de hombros.

—No sé si Claudine viene con nosotros o no. Pero hazme caso, Nellie, no me voy por causa de ella. No te he engañado... Bueno, al menos no tanto... Es decir, no me he comprometido con una mujer. No se trata de una mujer. Se trata de la música. De mi destino. Por favor, Nellie, no me lo pongas tan difícil. Es mi salida. Tú has conseguido lo que querías. Ahora me toca a mí.

—Cuéntaselo a tus padres —le pidió Nellie.

Pero a la mañana siguiente, cuando en el desayuno vio a su suegro leyendo una carta con el rostro enrojecido de ira, supo que Phipps había vuelto a escapar de un enfrentamiento. Se había ido sin más y la había dejado a ella sola con las consecuencias de su acción, que no se hicieron esperar.

—¡Cornelia!

El doctor De Groot la convocó dos semanas más tarde, cuando llegaba a casa del trabajo. Se había ocupado de dos caballos que sufrían cólico y estaba agotada. Últimamente se cansaba enseguida. Pero al menos los dos animales parecían estar bien. Sobrevivirían.

—¿Sí, padre De Groot?

Se volvió de mala gana hacia su suegro, que estaba en la entrada del salón cuando ella se disponía a subir por la escalera para llegar al dormitorio que había compartido con Phipps.

—Cornelia, quiero presentarte a alguien.

El doctor Theo De Groot se apartó de la puerta y con ello dejó a la vista a un joven delgado, con el cabello claro y la barbilla huidiza. Llevaba uniforme del ejército belga. Posiblemente se había licenciado hacía poco.

—Este es el doctor Raul Desmet, veterinario. Como Philipp, sirvió en el ejército.

Nellie le tendió diligente la mano.

—Encantada de conocerlo —afirmó—. ¿Conoce a Phipps? Lamentablemente, no está aquí, él…

—El doctor Desmet no está aquí para visitar a mi hijo —aclaró el doctor De Groot—, sino que responde a mi invitación. Se la envié cuando se dirigió a mí la semana pasada. El doctor Desmet no ha tenido tanta suerte como Philipp. Sus padres, amigos míos, murieron durante la guerra. Bombardearon la consulta que él iba a heredar.

El joven tenía una expresión seria, pero parecía haber asumido ya la pérdida. Al menos Nellie no distinguió ni inseguridad ni tristeza en su mirada.

—Lo siento —dijo Nellie. Ya sospechaba lo que iba a seguir.

—Por eso le he ofrecido que trabaje en mi consulta. Puesto que Philipp no da ningún valor a su herencia… —El doctor De Groot hizo una mueca.

Iba a seguir hablando, pero Nellie le interrumpió.

—Él ya tenía sustituto —advirtió ella—. Yo me desenvuelvo bien con la consulta…

El doctor Desmet sonrió con aire despectivo antes de tomar la palabra por primera vez.

—El doctor De Groot ya me ha hablado de usted. Su eficiente y pequeña ayudante… —Tenía la voz aguda, casi chillona.

Nellie lo miró fijamente.

—Soy veterinaria —dijo cortante—. Los propietarios de nuestros pacientes me aprecian, yo…

—El doctor Desmet es un experimentado médico de caballos —prosiguió De Groot—. Los clientes pronto se acostumbrarán a él.

—Le agradecería que me acompañara en mis primeros viajes por el campo y me presentara a los propietarios de los animales —dijo Desmet, dirigiéndose de nuevo a Nellie.

Parecía observarla con más atención y Nellie percibió que la miraba interesado. Era posible que pensara en heredar a Phipps en algún otro sentido que el profesional.

—Me parece bien que trabajemos juntos —dijo ella con rigidez.

Desmet volvió a sonreír.

—Me alegraría mucho —afirmó.

A Nellie no la alegraba en absoluto. El doctor Desmet, que se había instalado en casa de sus suegros y a quien *mevrouw* De Groot arreglaba con toda naturalidad ropa de su hijo («El pobre muchacho no tiene más que el uniforme. Con el bombardeo de la casa familiar...»), la acompañó a la mañana siguiente a hacer la ronda de visitas. De trabajo en colaboración, ni hablar. Se presentó con todo su aplomo como veterinario, informó de su actividad en el frente y tomó con determinación las riendas. Dejó que Nellie se encargara de tareas auxiliares y cuando alguien se dirigía a ella como «doctora Nellie», él se apresuraba a subrayar en la siguiente frase el tratamiento de «*mevrouw* De Groot».

Para horror de Nellie salió bien parado. Los campesinos la habían respetado cuando estaba con Phipps, porque era mejor veterinaria. Sin embargo, el doctor Desmet, con su seguridad en sí mismo y su indiscutible competencia, se ganó el respeto de los campesinos. Y Nellie no tardó en comprobar que ser hombre suponía para él una ventaja determinante. Los campesinos estaban dispuestos, por el bienestar de sus animales y con ello de su bolsillo, a trabajar con una veterinaria. Pero en cuanto se presentó ante ellos un sustituto varón, se lanzaron alegremente a sus brazos.

En cuestión de unas pocas semanas, la doctora Nellie, la veterinaria de Ledegem, parecía haberse convertido en la protagonista de una anécdota que se contaría durante largo tiempo. Pero cuando se necesitaba a un veterinario, se llamaba al doctor Desmet.

Nellie estaba bastante desmoralizada cuando, seis semanas después de su partida, recibió una carta de Phipps. Le contaba que había llegado sano y salvo a Nueva York y le daba una dirección en Boston. En un principio se alojaría en casa de su amigo Jeffrey y su familia. «Nos mantenemos en contacto —decía Phipps—. Escríbeme si hay alguna urgencia. Y no te olvides de hacerme saber de vez en cuando cómo te van las cosas».

Nellie pensó que en realidad deberían haber solucionado lo más urgente antes del viaje de Phipps. Por ejemplo, el divorcio, el fin oficial de su matrimonio, que daría la posibilidad a Phipps de liberarse de cualquier atadura y a ella de entablar una nueva relación. Últimamente volvía a pensar con frecuencia en Walter, y en su hermana, Maria. Ella había podido estudiar en Berlín... Nellie llegó poco a poco a la conclusión de que tenía que hacer los exámenes de veterinaria si a la larga quería ser respetada y trabajar en su profesión. Pero antes...

Volvía a estar cansada. En general no se sentía bien. Esa mañana, como otras muchas en las semanas anteriores, había tenido que vomitar. Y ahora le dolía la espalda y sentía los pechos tirantes como si estuviera a punto de tener el periodo. Repasó mentalmente cuánto hacía que no tenía la regla y se horrorizó al darse cuenta de lo mucho que hacía que no le venía. Irregularidades en el ciclo... Durante un tiempo lo había atribuido a la escasez de alimentos que había sufrido. Pero en los últimos tres meses había comido bien y ganado unos cuantos kilos. Su ciclo habría tenido que normalizarse, por lo que recordaba, había tenido el último periodo poco antes de su noche con Walter...

Al principio, Nellie se resistía a admitir la idea, pero no podía seguir negándoselo. Todos los síntomas indicaban que estaba embarazada. El niño no podía ser de Walter, pero sí fruto de la noche que había pasado sin protección con Phipps...

13

«Querido Phipps…».

Por tercera vez, Nellie empezó la carta a su marido y de nuevo se quedó mordisqueando la pluma. Y sin embargo, no le costaba comunicarle a Phipps su embarazo, a fin de cuentas él había sido tan inconsciente como ella esa noche. Lo más difícil era hacer una propuesta en relación a las consecuencias que eso tendría para los dos. ¿Tenía que pedir a Phipps que regresase? Era un hombre responsable, posiblemente contestaría a su llamada. Eso representaría el final de los sueños de ambos. Él trabajaría de veterinario en Ledegem y ella se encargaría de la casa y de educar al niño. Seguro que volvería a echar una mano en la consulta de animales pequeños, pero para seguir estando activa como veterinaria de animales grandes necesitaría el apoyo de sus suegros, y con eso no podía contar. Por otra parte, estaba convencida de que los De Groot la echarían a ella y a su nieto de casa si Phipps no regresaba. No sería pues necesario que él renunciara a la vida que había elegido. Bastante malo era que le pasara a ella.

Nellie decidió que sería egoísta pedirle a Phipps que volviera. Pero la opción de ir con él a Estados Unidos para criar juntos al niño tampoco le gustaba. Phipps tal vez hubiera aprendido inglés durante la guerra, pero para ella era una lengua complemente nueva. Incluso si en Estados Unidos fuera posible que una mujer trabajase de veterinaria, no podría pasar los exámenes necesarios hasta años después de aprender el idioma. Entretanto podría ganar dinero en una fábrica o trabajando de asistenta como mucho, y en los primeros tiempos, mientras el bebé estuviera en la cuna, ni eso. Phipps volvería a ser el responsable de mantener a la familia. Cabía dudas de que lograra hacerlo como músico. Probablemente tendría que conseguir otro trabajo al principio en lugar de hacerse una carrera como violinista. En el fondo se les anunciaba un futuro similar al que tendrían en Ledegem, solo que en circunstancias impredecibles. Nellie se inclinó por rechazar también esta solución.

Después de estudiar por primera vez las alternativas, había pensado por un momento en no tener al niño. Durante la guerra no había visto en Cortrique ni a una sola prostituta embarazada. Debía de haber alguna mujer de confianza que realizaba abortos, seguro que le sería fácil averiguar su nombre. Por otra parte, todo en ella se rebelaba a destruir una vida en potencia. Cada vez que percibía un potro en una yegua o que ayudaba a parir un cordero o un ternero experimentaba un sentimiento de alegría tan grande... ¿Y ahora tenía que renunciar a experimentar una maravilla así? No, ¡quería tener un hijo! Y si consideraba esa posibilidad desde el punto de vista del niño, seguro que lo mejor era quedarse en Ledegem. El pueblo era idílico, el pequeño podría crecer en medio de la naturaleza rodeado de animales y gente amable. Tanto sus padres como sus suegros lo adorarían, sobre todo si se trataba de un varón, claro. E incluso una niña... Nellie recordó su maravillosa infancia. Había vagado libremente por el bosque con Phipps, montando su poni... El niño sería feliz en Ledegem. Solo su madre se marchitaría sin profesión, sin marido.

Por todo ello, Nellie no pensaba tanto en Phipps como en Walter y su propuesta de matrimonio. Él había querido casarse con ella y llevársela a Berlín. Y para ella eso había sido un sueño maravilloso. Un hombre al que amaba y que seguramente no tenía nada en contra de que ella estudiase un par de semestres. Al contrario, en Cortrique siempre la había apoyado profesionalmente. Y Maria también debía de ser una persona abierta, a lo mejor hasta podía ayudarla en su consulta. O... No, Walter quería ir a Pomerania, su familia tenía allí unas enormes propiedades. Sin duda con incontables animales que necesitarían periódicamente de un veterinario. Nellie empezó a entusiasmarse ante la imagen de vivir con él en el campo. Solo la idea de volver a sentirse entre los brazos de Walter y de sumergirse en el arco iris de su amor la seducía. La cuestión ahora descansaba en si estaría dispuesto a educar al hijo de otro.

En cualquier caso, viajar a Berlín significaba correr un riesgo.

Nellie intentó sopesar los pros y los contras. Lo mejor para Phipps era seguir sus propios planes. Seguramente daría el visto bueno a su idea de marcharse a Berlín. Ella misma no veía ninguna otra alternativa razonable. Solo quedaba el niño, quien seguramente crecería más tranquilo en Ledegem.

Nellie luchó un poco con su mala conciencia, luego se acarició el vientre ya algo hinchado.

—Pues sí, bebé en minoría —dijo en tono compasivo—. Tendrás que hacerte a la idea. Tu mamá se va a la aventura.

Querido Phipps:

Me alegro de que hayas llegado al Nuevo Mundo sano y salvo y de que ya tengas perspectivas profesionales. Estados Unidos te estaba esperando. ¡Aprovecha esta oportunidad!

En cuanto a mí, tengo que comunicarte una bonita novedad que en un primer momento te asustará. Estoy embarazada, Phipps, vamos a tener un hijo. He calculado que debió de suceder aquella primera noche al terminar la guerra, cuando felices y ebrios por la victoria, no pensamos en tomar medidas de prevención. Pero no debes tener miedo. Es totalmente innecesario que cambies por eso tus planes. Al contrario, nuestro hijo verá a su padre en el escenario y no cabrá en sí de orgullo. Naturalmente, le hablaré de ti. Hasta que eso suceda, me las apañaré. Así que no te preocupes por nosotros y haz tu sueño realidad.

Te quiere, tuya,
Nellie

El monito

Alemania – Berlín

De 1919 a 1924

1

Nellie no sabía por qué en su carta no le había contado a Phipps nada sobre Berlín... Acaso no estaba tan convencida de su decisión o tal vez quería reflexionar sobre otras posibilidades. Al día siguiente se produjo otra discusión con su suegro, quien, pese a que dejaba que lo ayudase en la consulta de los animales pequeños, continuamente le cortaba la palabra y se burlaba de cualquier propuesta suya sobre el tratamiento de un animal. Sus métodos eran en parte bastante anticuados, Nellie había hecho muchas cosas distintas y mejor. Sin embargo, el padre de Phipps reaccionó esta vez con una rabia desenfrenada y se pasó de la raya.

—Por Dios, ¿por qué habré tenido un hijo tan blando? —protestó—. Un hombre de verdad ya hace tiempo que te habría dejado embarazada y te habría puesto de una vez por todas en tu sitio.

Después de esto, Nellie ya no dudó más. No quería que su hijo naciera en ese lugar y no quería arriesgarse a que los De Groot o sus padres intentaran forzarla a hacerlo.

—Nos vamos a Berlín en el próximo tren —anunció a Benno, que ante los arrebatos del doctor De Groot se metía debajo de la mesa tan asustado como durante los bombardeos en la guerra—. Ahora ven, tenemos que comprobar cuándo sale.

Nellie se marchó a la estación y estudió los horarios de los viajes. Casi cada día había trenes hacia el sur, pero ninguno directo a Alemania. Primero había que coger el tren a Bruselas, viajar un tramo por los Países Bajos y cruzar la frontera en Venlo. A continuación, el trayecto cubría media Alemania, pero allí debía de haber un enlace con Berlín. De hecho, Benno, al que por descontado quería llevarse con ella, representaba el principal problema. Habiendo pasado tan poco tiempo desde el final de la contienda, todos los trenes estaban abarrotados. No había sitio para perros, y aún menos así de grandes. Desilusionada dio la espalda a la ventanilla de venta de billetes y casi cayó al suelo cuando Benno, que había visto a un congénere, tiró de ella. El perro era un pastor belga que llamaba la atención y llevaba un arnés. En este, al igual que en el brazo de su amo, se exhibía un signo: tres puntos negros sobre un fondo amarillo. La gente abrió paso al ciego y a su perro lazarillo con toda naturalidad y ayudó al hombre a llegar a un tren que estaba a la espera. El perro saltó al interior antes que él.

Un audaz plan germinó en la mente de Nellie. Durante la guerra se habían utilizado arneses similares para los perros mensajeros. Ella había guardado el de Benno, no por motivos sentimentales, sino porque pensaba en su uso terapéutico. Si un perro tenía una herida en el cuello, ese utensilio sería de utilidad. Había tenido un caso con Phipps en el cual el perro, tras sufrir una herida en el esófago, acababa respirando con dificultad cada vez que la correa se tensaba. Con un armazón de ese tipo no habría existido ese problema.

Sin la menor vacilación, convirtió el viejo arnés de Benno en el de un perro lazarillo. Quedaba el problema de su sensibilidad ante el ruido. Ella tal vez podía fingir estar ciega, pero el perro nunca la conduciría hacia un monstruo que daba bufidos como una locomotora de vapor. Nellie tenía que ir delante. Al final decidió que tendría que recurrir al descaro.

El siguiente lunes por la mañana, muy temprano, abandonó

todavía a oscuras la casa de sus suegros. No dijo nada ni comunicó su embarazo ni sus planes a los De Groot ni a sus propios padres. Cuando despertaran se encontrarían su habitación vacía, al menos si todo salía bien. Con el corazón latiéndole con fuerza, arrastró a Benno al tren y sonrió al guardavía cuando él le habló.

—Todavía está aprendiendo —explicó y señaló el arnés—. Trabajo para la ayuda a ciegos, ahora, después de la guerra y de esos atroces ataques con gas, se necesitan muchos perros lazarillos. Este es para un veterano de Hasselt. Se lo tengo que llevar y entretanto adiestrarlo para ir en tren.

El guardavía desconfiaba.

—A mí me parece algo asustadizo…

Nellie suspiró.

—Ahí tiene usted razón, pero, como ya le he dicho, la demanda es tan alta que aceptamos también ejemplares con menos cualidades. Me las arreglaré con Benno. ¡No se preocupe! —Dicho esto subió al tren, dejando a la vista del guardavía su mochila que había provisto también con el signo de los tres puntos y el lema «Asistencia para ciegos», y dio gracias al cielo cuando Benno la siguió.

Ya se habían puesto en camino.

Nellie se las fue apañando con Benno en las otras tres estaciones de enlace y decidió que donaría el primer dinero que ganase en Alemania a la asistencia a ciegos. Se avergonzaba un poco de abusar de la organización humanitaria y en cuanto llegó a Berlín se desprendió del signo.

Para su sorpresa, la ciudad contaba con varias estaciones. Nellie decidió bajarse en la del Zoologische Garten, el jardín zoológico. Fue el nombre que le cayó mejor. Y además tenía un aspecto acogedor, era antigua y amplia. El andén, como todos los andenes en los que había estado, se encontraba lleno de seres pálidos y abatidos, cubiertos de abrigos raídos, que arrastraban maletas o mochilas desgastadas y que parecían perdidos e inseguros, como si no supieran en realidad a dónde iban. En todos los rincones había mendigos, a menudo mutilados de guerra, que tendían a los transeúntes el sombrero o una lata en la que raras veces tintineaba una moneda.

A Nellie le daba pena esa gente, pero no tenía nada que darle. Solo había cogido unos cuantos francos de Ledegem, con mala conciencia porque había sustraído el dinero de la caja del consultorio. Entretanto lo había cambiado por dinero alemán y se había quedado impresionada por la cantidad obtenida. No sabía, de todos modos, si podría comprar gran cosa con él. Fuera como fuese, más le valía ahorrar primero.

Cuando Nellie y Benno dejaron el vestíbulo de la estación, salieron a una plaza que seguramente había sido espléndida, pero que se había convertido en un descampado gris y desolado. Algunas casas mostraban las huellas de los impactos de las bombas y la nieve, que hacía poco había caído, estaba sucia y derretida. Tampoco había tantos vehículos de motor como Nellie había esperado encontrar en una ciudad de ese tamaño. En la plaza circulaba un tranvía y de vez en cuando se veían carros tirados por unos flacos caballos. La mayoría de los hombres y mujeres se desplazaban con carretillas de mano de las que tiraban con esfuerzo a través del lodo formado por la nieve. Todos parecían ocupados, pero malhumorados, infelices y ateridos, muchos solo iban vestidos con harapos. Pero al menos dos carruajes públicos, ante los cuales había unos resignados caballos expuestos al gélido viento, estaban a la espera. Lo que había leído en los periódicos belgas era cierto. Los alemanes se habían empobrecido tras la batalla.

A Nellie no le quedaba otro remedio que coger uno de los carros. El problema residía en que desconocía la dirección de la casa de los padres de Walter en Berlín. Se reprendió por no haber aceptado mantener un contacto epistolar con él. No obstante, estaba animosa. La familia Von Prednitz era, evidentemente, rica. Sin duda tendría una gran casa en Berlín y el cochero la conocería.

De hecho, el primero con quien habló asintió.

—Pero no acepto animales, señorita —dijo en berlinés—. Y la verdad es que tampoco vale la pena que coja un coche. A pie llega en cinco minutos hasta allí.

Nellie no daba crédito a su buena suerte. Memorizó las indicaciones del camino que le facilitó el conductor, le dio las gracias y tiró de Benno, que se había quedado fascinado junto a una columna de anuncios en la cual, al parecer, todo perro berlinés había dejado su impronta. Benno la miró ofendidísimo hasta que ella le permitió que levantara un momento la pata.

—Así ya has llegado. Al menos oficialmente —observó Nellie—. Esto ha sido tu formulario de entrada a la ciudad. Yo tampoco he empezado mal. Ahora solo tengo que encontrar a Walter en casa.

Esperaba que no se hubiese marchado ya a una de las propiedades de su familia en Pomerania... y que todavía estuviera con vida. Su mayor temor era que hubiese caído en los últimos días de la guerra, pero no quería hablar de ello ni siquiera con el perro. Desde que se había separado de Walter, los alemanes habían estado luchando casi un mes más.

El trayecto transcurría junto al jardín zoológico y, aunque la famosa Puerta de los Elefantes se veía un tanto abandonada, le habría gustado entrar y ver a los animales. Al menos a los que habían quedado... No quería imaginarse cuántos habían compartido el destino de las llamas y las cabras y habían acabado en los estómagos de los felinos. Volvió a pensar en Maria von Prednitz y en su doctorado. Pero todo eso tenía que esperar. Tomó la Tiergartenstrasse y encontró enseguida la residencia de la familia Von Prednitz, un lujoso edificio de estilo neobarroco con adornos de estuco y columnas. «El caserón más ostentoso de toda la calle», había dicho el cochero. Nellie le dio sonriente la razón. La puerta de la verja de hierro forjado artísticamente, que separaba de la calle un pequeño jardín bastante descuidado, lo que parecía extraño, solo estaba por fortuna entornada.

Nellie entró, inspiró hondo y tiró de la campanilla de la puerta. Faltaba poco para las cuatro, no era mala hora para hacer una visita. Sin embargo, su aspecto no era demasiado agradable. Había pasado la noche en el tren y estaba convencida de ir totalmente desmelenada. Pero Walter ya la había conocido en peor estado. Esperó. Seguro que abría un criado.

Sin embargo, la joven que apareció en la puerta no llevaba uniforme de sirvienta, sino un sencillo vestido azul de los que estaban de moda antes de la guerra. Pese a ello, Nellie no pudo evitar quedársela mirando. Ante ella se encontraba la mujer más bella que jamás había visto. Tenía la tez clara y el cabello largo y moreno, peinado con raya en medio y atado en la nuca. El rostro tenía forma de corazón, los ojos eran azules y los labios bien perfilados.

Blancanieves, pensó Nellie. Walter no había podido escoger un nombre cariñoso más apropiado para su hermana. Maria von Prednitz no parecía antipática, pero no sonrió. Era como si no supiera qué tenía que decir o hacer. Era posible que normalmente abriera la puerta un criado.

La joven belga decidió tomar la iniciativa y presentarse.

—Buenos días. Soy Cornelia de Groot. De Bélgica. Y estoy buscando a Walter von Prednitz. Esta..., esta es la casa de los Von Prednitz, ¿verdad?

—Sí —respondió la joven y sus hermosos ojos también se oscurecieron—. Yo también busco a Walter. Pero no sé por dónde empezar.

Nellie se sorprendió. ¿Maria buscaba a su hermano? ¿Estaba Walter desaparecido? ¡Pero su hermana nunca lo habría expresado de este modo!

Maria, que seguía observando a Nellie, de pronto pareció recordar algo. Sus ojos se iluminaron.

—Usted es Nellie —confirmó—. La veterinaria. ¡La Nellie de Walter!

La recién llegada sonrió.

—Se podría decir así —respondió con prudencia.

—¡De modo que ha venido! Walter tenía razón. No dijo en serio que no quería volver a verlo.

Nellie suspiró.

—Lo dije en serio. Pero las circunstancias han cambiado. Escuche, ¿puedo entrar? Hace bastante frío aquí fuera. —Era una forma suave de decirlo. Hacía un frío gélido y nevaba.

—Me parece muy bien que lo dijera en serio. No puedo soportar a la gente que dice cosas que no piensa —advirtió objetiva Maria—. Claro que puede entrar. Se lo tendría que haber pedido antes. Soy una mala anfitriona. —No sonaba a una disculpa típica y Maria tampoco la apoyó con gestos como el de llevarse una mano a la frente. De hecho, se diría que la joven analizaba su conducta y admitía un error como resultado de esa reflexión—. De lo contrario habría abierto la sirvienta —admitió dando más explicaciones mientras precedía a Nellie hacia el interior de la casa—. Pero tuvimos que despedir al personal. Ahora todavía tenemos a una señora de la limpieza y a un criado

Benno había estado olisqueando en la entrada, pero las siguió. Maria se percató de él en ese momento y Nellie observó maravillada que en ella se producía una transformación. Sus rasgos faciales algo inalterables se dulcificaron, se agachó junto a Benno y lo saludó amable, pero no lo acarició hasta que él no se mostró claramente dispuesto a que lo hiciera.

—¡Qué guapo eres! ¡Y tan simpático! Pero ¿qué te ha pasado en la oreja? —Antes de que Nellie pudiera contestar, Maria recordó—. ¿Es Benno? —preguntó.

Walter debía de haberle contado un montón de cosas del tiempo que habían pasado juntos. Lo tomó como una señal de que no estaba muerto ni desaparecido. Por lo visto había vuelto de la guerra y luego... ¿Se había ido? Nellie decidió llegar primero al final de las presentaciones y luego insistir en sus interrogantes.

—¿Es usted Maria? ¿La veterinaria? —preguntó, y se echó a reír porque había repetido casi exactamente las palabras de Maria—. ¿La hermana de Walter?

Esta sonrió a su vez, lo que todavía embelleció más su rostro.

—Sí —respondió, volviéndose de nuevo a Benno—. ¿Cómo lo ha traído? Está prohibido ir en tren con perros.

Nellie asintió.

—Lo he conseguido fingiendo unos hechos falsos —aclaró y sacó del bolso el brazalete con el signo de los ciegos.

Maria pareció necesitar unos minutos para comprender la relación entre sus palabras y su gesto, luego se echó a reír.

—¡Es usted lista! —exclamó con admiración.

Nellie hizo una mueca.

—Bueno, tampoco estoy orgullosa de haberme aprovechado del nombre de una entidad que ayuda a los ciegos. Mi madre estaría horrorizada si se enterase.

—La mía también —dijo Maria y de nuevo apareció la insinuación de una sonrisa. Nellie se extrañó de lo poco expresiva que era su mirada, totalmente contraria a la de Walter, en quien podía percibirse toda emoción al instante—. Pero no ha perjudicado a nadie —constató la joven.

Nellie todavía ignoraba que ese era el concepto de moral para Maria. Mientras nadie saliera dañado, no era reprobable.

—Exacto —convino—. Y no podía dejarlo en Bélgica. Allí odian a los alemanes. —Sonrió y acarició a Benno.

—Pero él no es alemán —dijo Maria, seria—. Es un perro. No conoce el orgullo patrio. —La hermana de Walter no parecía tener mucho humor—. ¿Quiere una taza de té? —preguntó. Por lo visto recordó de nuevo sus deberes de anfitriona.

Nellie la siguió a través de un recibidor amueblado con elegancia en dirección a una escalinata que más bien parecía un vestíbulo. La sinuosa escalera, cubierta con una costosa alfombra, permitía sin duda grandes apariciones, y en las paredes colgaban unos cuadros. Seguro que la familia había celebrado recepciones allí. Una puerta conducía del vestíbulo al salón, también este un espacio magnífico con un mobiliario de estilo guillermino. Los muebles eran pesados, había grandes jarrones, esculturas y una vitrina con costosas obras de porcelana expuestas. No era de extrañar que se necesitaran varias doncellas para mantener el orden y la limpieza en esa casa.

—Sé preparar el té —anunció Maria. Parecía como si describiese una habilidad de la que no disponía todo el mundo.

—Muy amable por su parte —contestó Nellie.

Todavía tenía mucho frío y también hambre. Pero no quería decir esto último, al fin y al cabo ignoraba en qué estado se hallaba la reserva de comestibles de la familia Von Prednitz.

—Pero siéntese —le pidió Maria—. ¿O quiere venir conmigo a la cocina? Está bastante lejos.

En efecto, en el comedor contiguo había un montaplatos, así que la cocina debía de estar en el sótano. Nellie y Benno descendieron tras Maria por una escalera que por lo general utilizaba sobre todo el servicio. Llegaron a través de varios pasillos a una cocina que tenía espacio para todo un escuadrón de cocineras y sus ayudantes. Unas resplandecientes ollas de cobre y unas sartenes colgaban de las paredes. Un fogón gigante dominaba el centro de la estancia.

Maria encendió un hornillo y puso a hervir el agua del té.

—Debe de tener hambre —afirmó después—. Y Benno también querrá comer. —Abrió una nevera de madera y una despensa, pero su contenido era modesto. En la despensa había unos cantos de pan y un par de nabos, en la nevera, un hueso—. Al menos hay algo para Benno —se alegró Maria.

Nellie frunció el ceño.

—Es un hueso para el caldo —señaló—. Su madre no estaría muy contenta si se lo diera a comer al perro. —A ella misma se le hacía la boca agua al pensar en un caldo caliente—. Antes tiene que cocerlo.

—No sé cocinar —dijo Maria.

Nellie se sorprendió. La hermana de Walter tendría su misma edad, quizá era un poco más joven, pero a veces le parecía casi infantil.

—Para preparar una sopa no es necesario haber estudiado —dijo a la joven tranquilamente—. Así su madre no tendrá que cocinar cuando vuelva a casa. ¿Vive usted aquí con sus padres? —preguntó, a lo que Maria respondió afirmativamente—. Mire, así le dará una pequeña alegría a su madre —explicó Nellie, cogiendo el hueso y un cuchillo de cocina que también colgaba de las paredes.

—No creo —contestó Maria—. Mi madre no se alegrará de que esté usted aquí.

—¿Por qué no? —preguntó Nellie mientras troceaba el hueso.

—Porque Walter se ha ido por su causa —respondió Maria.

A Nellie casi se le cayó el cuchillo de la mano.

—¿Por mi causa? Yo..., yo le dije que no podíamos volver a vernos...

—A pesar de todo ya no quería casarse con Irmgard von Mehden —le informó Maria. Luego contó en su peculiar tono cantarín que quien no la apreciara calificaría de propio de un recitado, qué había pasado con Walter después de su despedida en Cortrique. Nellie, mientras, puso a hervir el hueso, añadió un par de verduras y sal y empezó a pelar los nabos y cortarlos en trozos. También encontró una zanahoria.

Maria le iba contando que su hermano había llegado a la línea de frente alemana sin que lo apresaran los aliados. Allí había trabajado como radiotelegrafista hasta el final de la guerra, pero justo después de la capitulación lo habían destinado a Berlín. Oficialmente era un favor que había querido hacerle un pariente lejano, un pez gordo del alto mando militar, al padre de Walter.

En realidad, lo que quería el general era descargar en manos de un ayudante de confianza ciertas labores tediosas que a su entender no estaban a su nivel. Así que Walter regresó a casa y pasó el invierno coordinado la salida del ejército alemán de diferentes zonas ocupadas. Intentó suministrar comestibles y ropa a los soldados que habían quedado allí y organizar el transporte para su regreso, contabilizó el material de guerra y los caballos que habían requisado los aliados y registró los presos de guerra. Entretanto su familia planificaba la boda con Irmgard von Mehden, con quien se había prometido antes de la guerra, aunque Walter había comunicado antes de su regreso que pensaba romper el compromiso.

—Dijo que se había enamorado en Bélgica y que no quería casarse con otra persona. Que tampoco habría sido correcto con respecto a Irmgard —explicó Maria—. Pero nuestros padres no se lo tomaron en serio y los Von Meden tampoco. Irmgard quería casare de una vez. Decía que ya había esperado suficiente.

Aunque Nellie encontraba extraño querer obligar a casarse a un hombre reticente, desde el punto de vista de la joven aristócrata podía comprenderlo. Irmgard era incapaz de imaginar que se quedaría soltera y si ahora ya estaba cerca de la treintena no encontraría muchos nuevos candidatos.

—¿Por qué querían sus padres casarla a toda costa? —preguntó, mientras añadía los nabos al caldo hirviendo—. Entiendo que Irmgard no quiera acabar como una solterona. Pero ¿por qué es la boda tan importante para sus padres?

Inmediatamente después se enteró de que la guerra no había sido la causa de que los Von Prednitz se hubieran empobrecido. Al contrario, la familia no había tenido que pasar hambre como la mayoría de los alemanes, sino que, gracias a las propiedades de Pomerania, habían estado abundantemente servidos de comestibles. También habían fluido los fondos, pues los excedentes de las propiedades se habían vendido a muy buen precio al ejército. Pero luego había llegado la paz y la petición de que se entregaran diversas zonas entre Pomerania y el Vístula a Polonia. Ya se daba por hecho que se realizaría la entrega y las propiedades de los Von Prednitz se hallaban en medio de esa zona. Además, el administrador había tratado sumamente mal a los trabajadores del campo polacos. Cuando estos oyeron que en el futuro el terreno les pertenecería a ellos, se sublevaron y lo echaron. Desde entonces no enviaban ni dinero ni alimentos, y al parecer las fuerzas defensoras del orden de Pomerania no hacían ningún gesto de poner en su sitio a los campesinos.

—Oficialmente, esas tierras pertenecen todavía a Alemania y, por tanto, a nosotros, pero mi padre ha dicho que no vale la pena luchar por ello —prosiguió Maria—. Llegado el caso, Walter habría tenido que viajar allí e intentar *in situ* volver a apropiarse del terreno, pero él no quería. —Maria repitió lo que Walter había contestado—. «No he sobrevivido a la guerra para que ahora un polaco furioso me clave una horca».

—Tiene toda la razón del mundo —observó Nellie—. Y ahora déjeme que adivine. La familia Von Mehden no ha perdido sus propiedades.

Maria movió la cabeza.

—No. Están en Oldenburg. E Irmgard habría recibido una gran dote. Su padre incluso la aumentó después de que Walter estuviera tan... tan indeciso. Así lo llamaban todos: indeciso. Aunque Walter sabía exactamente lo que quería. Pero nadie le hizo caso. El mes pasado pudo licenciarse, habían fijado la boda para una semana más tarde. Walter fue y dijo el no.

—¿Dejó a la novia frente el altar? —preguntó sin dar crédito Nellie.

—Sí —contestó Maria sin mostrar la menor emoción—. No fue muy cortés. Pero tenía derecho a hacerlo. Desde entonces, ha desaparecido.

Nellie no sabía si reír o llorar. En cualquier caso, sus planes de futuro inmediato se habían disuelto en la nada, aunque las posibilidades eran buenas a largo plazo. Si Walter la quería tanto como para rechazar una gran fortuna y además provocar un escándalo de ese tipo, aceptaría también a su hijo.

Se sentaron a la mesa de la cocina y hablaron de los estudios de Maria y de las experiencias de Nellie durante la guerra. Cuando la sopa estuvo lista, Nellie cogió el hueso, quitó las últimas hebras de carne que quedaban y lo dejó enfriar para dárselo a Benno.

—¿Comemos ya o esperamos a sus padres?

—Coma usted algo —dijo la hermana de Walter—. Yo no quiero. No como carne.

Eso explicaba su delgadez, aunque su familia hubiese estado bien suministrada durante toda la guerra. Era probable que el administrador hubiera enviado sobre todo salchichas y jamón, y menos patatas o verduras.

—¿Por qué no lo ha dicho al principio? —preguntó Nellie—. Entonces habría puesto un par de nabos más...

—Comeré pan —dijo Maria, modesta—. Mi padre dice que no hay que hacer excepciones, que hay que comer lo que hay en la mesa. Pero a mí no me gustan las salchichas, no como carne.

Nellie lo encontró sumamente noble y consecuente. No obstante, ella estaba mareada del hambre que tenía. Con mala conciencia se llenó el plato y siguió a Maria con él de vuelta al salón. Aunque en la cocina hacía menos frío, Maria había estado sufriendo ahí abajo el repugnante olor al caldo de carne y quería salir del ambiente de la habitación.

—¿Cuáles son sus planes ahora? —quiso saber Nellie, cuando se sentaron frente a frente y una comía la sopa mientras la otra roía un canto de pan bastante duro—. Walter dijo que quería abrir una consulta. Con un colega de profesión.

Por el rostro de Maria se deslizó una sombra. Aunque acababan de conocerse, Nellie creyó que a esas alturas ya podía reconocer las más pequeñas reacciones emocionales en la hermana de Walter.

—Bernhard ha desaparecido —explicó—. Cuando terminamos la carrera lo llamaron a filas. Y creo..., creo que mi padre tiene algo que ver con ello.

Nellie se percató de que era la primera vez que expresaba una suposición. Hasta ese momento no había dicho nada vago.

—¿Qué pasó? —preguntó Nellie.

—Siempre habíamos hablado de nuestros proyectos con Walter, no con mis padres. Cuando pasamos los exámenes, les presenté a Bernhard.

—¿No les gustó? —inquirió Nellie.

—Dijeron que era imposible que una Von Prednitz se casara con un judío. Y eso que no queríamos casarnos. Simplemente abrir una consulta. Solo trabajar juntos. Pero mi padre no se lo creyó. Dijo cosas muy feas sobre Bernhard. Que era un cazador de fortunas, que quería aprovecharse de mí. Por eso Bernhard se fue. Y luego lo llamaron a filas.

—¿En el frente? —preguntó Nellie con la boca seca.

—No lo sé..., como veterinario... —Maria no había recibido más noticias del joven.

—A los veterinarios no se los suele enviar a las trincheras —la consoló Nellie—. Es muy posible que haya sobrevivido. Seguro que se pone en contacto con usted.

—Entonces mi padre le dirá lo mismo —opinó Maria—. Y él volverá a marcharse. No le gusta pelearse. A mí tampoco. Con él estaba tranquila. No molestaba.

De nuevo una confesión que Nellie no podía menos que encontrar extraña.

—¿Y por qué no lo hace sola? —preguntó—. Bueno, lo de abrir una consulta. Tiene el título de veterinaria, ¿no?

Maria asintió.

—Y me doctoré —añadió impertérrita, sin mostrar el menor orgullo en el tono de su voz—. Solo que... Mi padre dice que yo no puedo hacerme cargo de una consulta. Por la gente.

Nellie se extrañó.

—Para llevar una consulta veterinaria, hay que saber sobre todo de animales —indicó.

—Los animales tienen propietarios —contestó Maria—. Y a estos los ofendo cuando les hablo.

Nellie solo tuvo que plantear un par de preguntas más para obtener dos ejemplos de aquello a lo que se refería. A continuación, Maria le comentó que el perrito faldero de Irmgard estaba sobrealimentado y que ella ya se había pronunciado respecto a su sobrepeso, y también le habló de un gato moribundo que le habían llevado demasiado tarde y al que ella no había podido más que sacrificar. Lo había hecho delante de su llorosa amita, una niña de nueve años.

—Ahí, desde luego, no tuvo usted tacto —observó Nellie—. Debería haber hecho salir a la niña.

Maria asintió.

—Es lo que también dijo mi padre. Pero yo soy veterinaria, no psicóloga.

Nellie se rascó la frente.

—Me temo que un poco de psicología también forma parte de nuestra profesión —opinó.

—Por eso no puedo abrir una consulta —concluyó Maria—. Y en el instituto de la universidad, donde me doctoré, tampoco puedo seguir trabajando, ahora solo contratan a hombres. El zoo no tiene dinero... Dice mi padre que tengo que casarme. Buscar a un hombre adecuado.

Nellie se preguntó quién se casaría con esta hermosa pero bastante extraña joven y cómo administraría ella una casa grande cuando ya se sentía superada por las más sencillas formas de diplomacia. Sin contar con su falta total de habilidades relacionadas con la economía doméstica.

—¿Tendría usted dinero para abrir una consulta? —preguntó con cautela Nellie.

Maria asintió.

—Tengo un edificio —contestó ella—. Lo heredé de mi abuelo. En la Torstrasse. Y dinero por los ingresos del alquiler.

A Nellie eso no le decía nada.

—¿Está en el centro de la ciudad? —quiso saber.

—Junto a la puerta de Oranienburg. Hay muchos locales alrededor —describió vagamente Maria—. Y sí, está en el centro. Pero mi padre opina que allí no se puede abrir ninguna consulta.

—¿Hace siempre lo que su padre le dice? —insistió Nellie.

Lentamente, Maria iba mostrando su impasible rendición a un destino que no era ni mucho menos inevitable.

—Debo hacer lo que es razonable —respondió lacónica la joven—. Hay que hacer lo que es razonable.

Nellie hizo un gesto negativo.

—¡No, señorita von Prednitz! Tiene que hacer lo que la haga feliz. Lo que realmente quiera hacer. ¿Quiere casarse?

Maria sacudió con fuerza la cabeza.

—No. A mí..., a mí no me gusta tocar a la gente. Mi madre dice que esto cambiará cuando me enamore. Pero desde un punto de vista estadístico será muy poco probable que me enamore justamente del hombre con quien tenga que casarme.

Nellie no pudo evitar echarse a reír.

—Señorita Von Prednitz... Maria... Se me acaba de ocurrir una idea, pero me temo que pueda ofenderla con ella —dijo después.

Maria reflexionó.

—No tiene usted ninguna razón para ofenderme —reflexionó—. ¿Lo menciona como una metáfora? ¿Va a decir algo que... carece de tacto?

—Se podría decir así. —Nellie suspiró—. Pues mi propuesta... Hace solo dos horas que nos conocemos y ya me abalanzo sobre usted... —Maria frunció de nuevo el ceño—. Me refiero a que a lo mejor es algo precipitado hacerle esta sugerencia, pero resolvería todos los problemas, los suyos y el mío. Yo carezco de dinero y de consulta, pero me entiendo muy bien con la gente. Además, tengo mucha experiencia. Usted posee dinero y un local para la consulta, un título de veterinaria y ganas de trabajar con animales. ¿Por qué no nos unimos? ¿Hay viviendas en su edificio? ¿Podría yo vivir allí? ¿Podríamos vivir allí?

2

Nellie se quedó pasmada cuando Maria casi de inmediato se declaró dispuesta a aceptar su sugerencia. Se limitó a reflexionar unos instantes sobre los argumentos en favor de una consulta compartida.

—Walter dijo que es usted una buena veterinaria —expuso, repitiendo el parecer de su hermano—. Y yo puedo aguantarla bien. Creo que no molestará demasiado.

Ella rio.

—Es todo un cumplido —observó—. Aunque ninguna de las personas con quienes he tenido algo de trato hasta ahora lo suscribiría. No acabo de encajar con la mayoría de la gente... Me encuentran demasiado... poco convencional.

—A mí también —dijo Maria—. Pero yo lo veo de otra forma. Es más bien que... los demás no piensan tan alto.

Nellie se quedó desconcertada.

—Nunca había reflexionado sobre si la gente pensaba alto o bajo —admitió. Pero si lo analizaba... Había podido sentir físicamente la desaprobación de algunas personas, por ejemplo, la del caballerizo Hansen o la de su suegro. La de su madre y su abuela. Casi no había notado la existencia de otros, como la de su abuelo y la de Walter, y de vez en cuando la presencia de Phipps incluso le había resultado consoladora.

—Pues sí —reiteró Maria—. Cuando estoy con mucha gente casi no lo resisto. Es como si me acosaran... con sus ideas, sus palabras, sus preguntas... Y lo peor es cuando me tocan. Así, sin una causa bien fundada. Usted no lo ha intentado.

De hecho, Nellie no era de esas personas que siempre tocan a los demás, los cogen por los hombros o los abrazan. Le gustaba más tocar a los animales que a la gente.

—Pero he planteado muchas preguntas —señaló.

—Porque quería saber algo —adujo Maria—. Así está bien. Muchas preguntas solo son... un ruido de fondo.

Nellie reflexionó. Tampoco ahí carecía de razón la hermana de Walter. Cuántas veces se preguntaba a otro que cómo le iba sin tener ningún interés por la respuesta. Se instruía a la gente para sostener conversaciones basadas en preguntas que no decían nada y respuestas que nadie necesitaba.

—Pues entonces, intentémoslo juntas—propuso Nellie.

—Con Benno —añadió Maria.

Su rostro volvió a iluminarse. Benno estaba tendido sobre una alfombra persa y mordisqueaba feliz su hueso.

—¿También si sus padres se oponen? —preguntó Nellie de nuevo con cautela—. Por cierto, podríamos tutearnos, ¿no?

—Tendrán que creerme cuando digo que no quiero casarme —explicó con seriedad Maria—. Tú estás casada, ¿verdad?

Nellie le habló brevemente de su matrimonio y de que había dejado que Phipps se marchara.

—Por desgracia, poco después descubrí que estoy embarazada —admitió—. Esto... por supuesto no nos pone más fácil la consulta.

—¿Es hijo de mi hermano? —preguntó Maria.

Nellie pensó brevemente en si decir que sí o dejar la pregunta sin repuesta, pero decidió que no podía empezar a colaborar con la hermana de Walter con una mentira.

—No, es de mi marido. Un despiste justo después de la guerra. —Le describió el día de la liberación de Cortrique—. Le he escrito una carta a Phipps informándole de lo del niño, pero le he prometido que lo criaré sola. Esperaba que Walter me ayudara.

—Yo te ayudo —se ofreció generosamente Maria—. Me gustan los niños pequeños. Son un poco como animales, no tiene ideas tan raras. Incluso…, incluso me gusta… tocarlos.

—A veces gritan bastante —señaló Nellie, rebajando un poco la euforia de la joven—. ¿Y ahora qué pasará con tus padres?

Maria se apartó el cabello de la cara.

—Se lo comunicaré esta noche. Es mejor que tú no estés. Eso solo los irritará. Pero no me pueden prohibir nada. Soy mayor de edad, es mi dinero, mi casa. Yo hasta he votado. Ahora las mujeres tenemos derecho a voto. Mi padre ya no puede ordenarme nada. Soy veterinaria y lo razonable es tener una consulta. Y como yo no me desenvuelvo bien con las personas, también es razonable que colabore con alguien que sí sabe hacerlo. Se lo diré.

Nellie no dudaba de que Maria expondría todos sus argumentos y que ignoraría todas las objeciones. Había encontrado su propuesta factible y razonable y no permitiría que la hicieran cambiar de opinión. El dogma que su padre le había imbuido se iba a volver ahora contra él.

—Quizá podríamos echar un vistazo al edificio mañana —sugirió Nellie.

Maria asintió.

—A las diez —dijo—. Ven aquí. Mi padre estará en la universidad y mi madre podrá conocerte. Lo que no tienes que hacer es marcharte si no le gustas. No eres judía, ¿verdad? —Nellie contestó negativamente—. Entonces está bien. No quieres casarte conmigo y no eres judía, tampoco puedes ser una cazadora de fortunas. —Maria parecía muy satisfecha.

—Podría casarme con Walter algún día, en caso de que se presente de nuevo —señaló Nellie.

Por el rostro de Maria se deslizó algo así como una sonrisa.

—Walter no tiene dinero —dijo.

Nellie encontró una pensión cerca de la estación y del zoo. Era barata y no estaba muy limpia, pero a cambio nadie se opuso a que se llevase a Benno a la habitación. Después del hueso y la sopa ambos estaban medio saciados y Nellie durmió bien su primera noche en Alemania. No cabía duda de que Maria tenía un comportamiento algo extraño, pero le gustaba la hermana de Walter. Necesitaba alguien que la apoyara un poco. Nellie creía en esa nueva colaboración.

—Primero tendrás una tía y luego un padre —susurró a su hijo—. Ya lo conseguiremos.

A la mañana siguiente, Nellie apareció puntualmente en la casa de los Von Prednitz y fue recibida por la madre de Maria y Walter con unas palabras sumamente hostiles.

—Así que es usted —la saludó *frau* Von Prednitz. Pese a llevar un vestido de antes de la guerra, su aspecto era cuidado e imponente. El cabello moreno estaba bien peinado y recogido en lo alto y los ojos castaños miraban por detrás de un anticuado monóculo que ella sostenía utilizándolo eventualmente como un arma—. La mujer que le ha hecho perder la cabeza a mi hijo. Y que ahora intenta hacer lo mismo con Maria. Una consulta veterinaria..., dos mujeres... ¡Y además en la Torstrasse! Imposible.

—No es imposible —intervino Maria—. Solo hay que registrar el negocio y pagar los impuestos. Entonces dan el permiso.

—Inconcebible —se corrigió su madre—. Como se enteren nuestros conocidos... Nunca encontrarás un marido adecuado, Maria. Y usted..., usted... —Señaló con el monóculo a Nellie—. Usted se forrará y Maria se quedará a dos velas.

Nellie renunció a indicarle que combinar ambas acciones cuando se dirigía un negocio en colaboración no era posible.

Maria, quien seguramente habría intervenido en otra ocasión similar, debía de estar pensando qué tenían que ver los forros con las dos velas.

—Lo consideramos absolutamente factible —dijo Nellie con amabilidad, al tiempo que se preguntaba si su destino consistía en estar siempre confrontada a madres escandalizadas—. Las dos estamos cualificadas profesionalmente y aunque corran malos tiempos por el momento, la gente no tardará en volver a tener mascotas. Justo en el distrito de Mitte. —Esto último no era más que una suposición, pero Nellie sospechaba que la mayoría de la gente con dinero vivía en el centro de una ciudad—. Lamento lo de Walter. Me había separado de él. Yo...

—¡Pues qué separación es esta! —se burló la señora Von Prednitz—. Ha venido aquí para volver a verlo, ¡no lo niegue! Debería avergonzarse, *mevrouw* De Groot. Una mujer casada...

—Tenemos que marcharnos —la interrumpió Maria—. A ver si podemos llegar. Hay mucha agitación en el centro...

—Y encima esto —dijo sulfurada la señora Von Prednitz—. La gente se pelea en la calle. Dos mujeres solas son presa fácil...

—¿Quién se pelea aquí? —preguntó Nellie después de seguir a Maria al exterior y no alargar más la discusión—. La guerra ha terminado.

—Hubo disturbios —le informó Maria—. Ahora está más tranquilo, solo hay manifestaciones. Gente que no está contenta con la Asamblea Nacional que hemos elegido. Algunos no quieren una república, quieren que vuelva el emperador...

—Ha abdicado, ¿no? —Nellie trató de recordar lo que había leído en los diarios belgas—. Entonces no volverá.

—No quería abdicar, se vio obligado a hacerlo —aclaró Maria—. Probablemente estaría encantado de volver. Y además están los espartaquistas. Ellos lo que quieren es el comunismo, como en Rusia.

—Los rusos han matado a su zar —recordó Nellie—. ¿Quieren esos espartaquistas hacer lo mismo con el emperador? —Lo encontraba todo desconcertante.

—Ya se ha ido —dijo Maria—. Pero mi padre teme que vayan a perseguir a las familias nobles. Y que les cojan a todas el dinero... No lo he entendido bien. Aunque he leído: «La Liga Espartaquista es una asociación de socialistas marxistas que tiene como objetivo la revolución internacional del proletariado para combatir en todo el mundo el capitalismo, el imperialismo y el militarismo».

—¿Te lo has aprendido de memoria? —se maravilló Nellie.

Maria negó con la cabeza.

—No, tengo facilidad para recordar todo lo que leo u oigo. Eso no quiere decir, por supuesto, que también lo entienda. A mí me parece que esa gente... grita mucho, sobre todo.

Para Maria, ya estaba todo dicho. A Nellie le habría gustado informarse más, pero puesto que, según su compañera, en principio habían concluido los disturbios, decidió no seguir importunándola. Hasta la Torstrasse había una media hora larga a pie. Podrían haber cogido el tranvía, pero a Maria no le gustaba ir apretujada y Nellie no tenía ningunas ganas de volver a hacer pasar a Benno por un perro lazarillo. Los edificios, que tan ostentosos eran antaño, habían sufrido los estragos causados en parte por las bombas y en parte por los enfrentamientos callejeros. Benno levantó la pata en una columna de anuncios caída que mostraba impactos de proyectiles. Todavía había quedado en la calle un cañón quemado que un par de hombres harapientos trataba de desarmar. Seguro que podían vender el hierro.

Los transeúntes confirmaban la impresión que había tenido Nellie el día anterior: Berlín estaba por los suelos. Todo el mundo intentaba mantenerse con vida, pero mientras que en Bélgica la hambruna había terminado tras la contienda, ahí todavía se luchaba por sobrevivir con un abastecimiento insuficiente. Un hombre tiraba de una carretilla llena de carbón que otros dos custodiaban. Delante de las panaderías, con unas vitrinas poco guarnecidas, unas mujeres aguardaban en fila para comprar el pan.

—Todo se encarece —dijo Maria—. Se llama inflación. Viene de *inflatio*, que significa inflar. En las ciencias económicas se define como un encarecimiento prolongado de artículos y de servicios, con lo que disminuye el poder adquisitivo del dinero. —También parecía haberlo consultado o leído por azar—. Mi padre opina que la situación empeorará.

Entretanto habían llegado a la Torstrasse, en su origen una calle muy distinguida que ahora parecía abandonada. Los edificios estaban en parte dañados por las bombas y en parte medio en ruinas, pero la mayoría de los sótanos se hallaban alquilados. Abundaban los bares y restaurantes. En algunos se anunciaban cabarets, aunque en ese momento ninguno de los establecimientos estaba abierto. Sin embargo, vagaban por la calle unas mujeres a las que Nellie, con su mirada experimentada, reconoció como prostitutas. Cerca del cruce con la Friedrichstrasse eran increíblemente jóvenes y parecían agotadas, muertas de frío y desesperadas. Así que lentamente se iba dando cuenta de lo que había querido decir la madre de Maria con la frase «¡Y además en la Torstrasse!».

Maria se detuvo delante de un edificio estrecho, de dos pisos, cerca de un cruce. Ahí confluían las Friedrichstrasse, Chausseestrasse, Torstrasse y Hannoversche Strasse. Estaba claro que la casa había conocido tiempos mejores, pero no exhibía daños de guerra. ROPA PARA SEÑORAS SCHMIEL rezaba un rótulo sobre la tienda de la planta baja. Los escaparates, no obstante, estaban vacíos.

—Los Schmiel se despidieron por su cuenta. No tuve que echarlos —informó Maria en su tono cantarín, pero Nellie ya la conocía lo suficiente para deducir que se alegraba. Era evidente que le habría resultado desagradable tener que despedir a sus inquilinos por necesidad—. Por eso el local está ahora libre y también la vivienda que hay encima.

Los Schmiel habían dejado la tienda en orden. Se la habían entregado limpia, como si ya se pudiera volver a colocar prendas de ropa en las estanterías.

—Podemos utilizar una parte de los estantes —opinó Nellie—. Por lo demás... El recibidor puede convertirse en la sala de espera, también podemos conservar los escaparates. Es bueno que la gente pueda echar un vistazo a lo que sucede en el interior. Aquí tendríamos que instalar un tabique para separar la sala de curas y el quirófano. En las habitaciones de atrás, almacén, cocina y qué sé yo, podemos poner jaulas para acoger temporalmente a animales. Nos viene como anillo al dedo. Vamos a convertir esto en una consulta bonita y espaciosa.

—Tengo que tomar las medidas —dijo Maria, sacando de la bolsa una cinta métrica, lápiz y un cuaderno y poniéndose manos a la obra.

Poco después y para sorpresa de Nellie, le mostró un esmerado plano del local, en el que fue introduciendo de acuerdo con ella las reformas necesarias.

—Aquí pondremos mesas de examen y aquí la mesa de operaciones, y las jaulas irán ahí abajo... —propuso entusiasmada Nellie, que cogió al final el lápiz para dibujar el mobiliario, lo que no aprobó Maria.

—Primero tenemos que saber qué medidas tendrán las mesas y las jaulas —explicó, borrando sin vacilar los garabatos de Nellie.

Esta se lo tomó con calma.

—Entonces tendremos que buscar catálogos. Pero... ¿cómo vamos a pagar todo esto?

Nellie se mordisqueó el labio antes de seguir hablando. No quería parecer como si fuera tras el dinero de Maria, pero la hermana de Walter había dicho que podía financiar la consulta. Ahora se planteaba la pregunta de si sabía cómo realizarlo. Maria era a veces sorprendentemente ingeniosa, como con el plano. En otros aspectos parecía más bien estar fuera de este mundo.

—Hay una cuenta bancaria —explicó—. Tengo una cuenta bancaria, pero no sé cuánto dinero tengo...

—¿Nunca lo has mirado? —se asombró Nellie—. Da igual, algo debe de haber, los Schmiel pagaban el alquiler. Y hay un inquilino en el piso de arriba, ¿no? A lo mejor deberíamos conocerlo. Y luego vamos al banco.

Camino del segundo piso inspeccionaron la vivienda que había encima de la consulta, un apartamento amplio de tres habitaciones con cocina y baño.

Nellie lo recorrió satisfecha.

—Una habitación para mí y el bebé, otra para ti, compartiremos la sala de estar y la cocina. ¿Te parece bien?

Maria estaba confusa.

—Yo..., tú..., ¿tú crees que yo también puedo vivir aquí?

Nellie la miró preocupada.

—Claro. ¿Por qué no? ¿Piensas quedarte con tus padres y escuchar cada día lo inconveniente que es lo que haces? ¿Caminar cada mañana media hora para llegar aquí? ¿Y por las tardes volver a casa cuando ya ha oscurecido? Yo no estoy segura, pero sí parece posible que en cuanto anochezca anden dando vueltas por esta zona personajes bastante lúgubres.

—¿Sí? —A Maria no le habían llamado la atención las tabernas de la calle ni las prostitutas de la Friedrichstrasse. Tampoco las había reconocido como tales antes de la guerra—. Bueno, yo..., nunca se me había pasado por la cabeza mudarme... Tengo que pensármelo. —Maria parecía insegura, casi asustada.

—No estarás sola —la consoló Nellie y fue a abrazarla de forma espontánea.

Se quedó atónita cuando Maria se retiró horrorizada. Por el contrario, aceptó de buen grado el acercamiento igual de cariñoso de Benno, él también llevaba en la sangre eso de consolar. Acarició al gran perro y se volvió vacilante a Nellie.

—Entonces..., ¿vamos a ser... amigas? —preguntó.

Nellie sonrió sorprendida.

—Creo que ya lo somos ahora —respondió.

En el rostro de Maria apareció una sonrisa.

—Qué bonito. Siempre había querido tener una amiga —confesó.

—¿Qué hacen ustedes ahí? —En la escalera resonó la voz hostil de un hombre y Maria se estremeció—. Aquí no está permitido tener perros.

Junto a la barandilla del segundo piso apareció un anciano de rostro avinagrado y vestido con ropa raída. Tal repentina agresión verbal desconcertó a Maria. A Nellie le resultaba desagradable tener que tomar la iniciativa, pero, después de que la hermana de Walter permaneciera unos segundos sin saber qué contestar, intervino.

—¿Quién es usted para decir esto? —preguntó—. Ella es Maria von Prednitz, la propietaria de este edificio. Yo soy Nellie De Groot y vamos a instalarnos aquí. Con Benno, nuestro perro.

Maria fue recobrándose poco a poco.

—Señor Obermeier... ¿Gerhard Obermeier? —preguntó.

—Ese soy yo —vociferó el hombre—. ¿Y usted pretende ser la propietaria de la casa? Hasta ahora yo solo he visto a un señor Von Prednitz, él...

—Es mi padre —lo interrumpió Maria—. Pero mi abuelo me dejó a mí la casa en herencia. Usted es mi inquilino. Tiene que hacer lo que yo quiera, yo no tengo que hacer lo que usted quiera.

—Voy a decirle un par de cosas, señorita... —El hombre se plantó amenazador delante de Maria. Benno gruñó.

—No lo malinterprete —lo tranquilizó Nellie—. En su casa puede usted hacer lo que quiera, por supuesto. Pero nosotras vamos a vivir aquí, y en el local de la tienda abriremos una consulta veterinaria...

—¿En la tienda de los judíos? —preguntó Obermeier—. Como buen alemán, uno se alegra de que se hayan ido, y además... No entiendo que Von Prednitz no los echara antes...

—En la tienda del señor Schmiel —lo corrigió Nellie—. Y puesto que pagaba regularmente su alquiler y no causaba ninguna molestia, no había ninguna razón para echarlo.

—Usted tampoco es alemana —advirtió disgustado Obermeier.

—No, soy belga —admitió Nellie—. Pero el perro es alemán, incluso sirvió en el ejército y, por decirlo de algún modo, perdió su oreja por Alemania. Así que le pedimos algo de respeto.

Maria soltó una especie de risita.

—Menudo cambio... —refunfuñó Obermeier—. Se ha ido el judío y en su lugar llegan dos mujeres insolentes con un perro... Hablaré de esto con el viejo Von Prednitz... Ya pueden estar seguras... —Y dicho esto, se retiró.

Maria parecía sorprendida.

—¿Cómo es que quiere hablar con mi padre? Tú ya le has dicho que la casa es mía.

—Y lo sabrá, firmó un contrato de alquiler. Tú a lo mejor no, es probable que cuando se instalara fueras menor de edad. Pero debe mencionarse tu nombre. Esto es puro pavoneo. ¡No le hagas caso!

—¿Se está pavoneando? —preguntó Maria—. Esto es propio de la conducta sexual de los animales. Es lo que hacen los pavos machos para llamar la atención de las hembras y... por lo general su aspecto es precioso.

Nellie rio.

—Ya, nuestro querido señor Obermeier nunca alcanzará la belleza de un pavo real que expone sus plumas, aunque sabe presumir la mar de bien. Se dice así, Maria, lo de pavonearse. Cuando alguien quiere intimidar o asustar a otro, aunque en realidad no tenga nada que decir. Y ahora elige una habitación y luego nos vamos al banco. Vamos a ver lo que paga de alquiler el «buen alemán» y si no se lo podemos subir para que se vaya.

Maria eligió la habitación más pequeña, a fin de cuentas, Nellie y el bebé necesitaban más espacio. Esperaba poder traerse los muebles de casa de sus padres.

—Así tendrá el aspecto de siempre —dijo.

Eso parecía ser importante para ella.

El banco, una elegante entidad privada, se encontraba en el centro. Al principio, cuando entraron con Benno, los empleados las miraron incrédulos. Sin embargo, después de que Nellie presentara a Maria, pues a esta no le agradaba hablar con extraños, las condujeron al distinguido despacho del director. Benno se tendió satisfecho en la alfombra, cerró los ojos y acto seguido empezó a roncar.

—¿En qué puedo ayudarla, señorita Von Prednitz? Estoy muy contento de poder conocerla por fin. Hasta ahora ha sido siempre su padre quien la ha representado. —El director se dirigió enseguida a Maria. Parecía muy amable.

—Tengo aquí una cuenta —dijo Maria—. Y me gustaría... bueno, necesito dinero.

—En primer lugar, querríamos saber el estado de la cuenta —la ayudó Nellie—. Y la señorita Von Prednitz necesitaría una suma considerable para reformar su casa y abrir una consulta veterinaria.

El director asintió. Sorprendentemente, no parecía considerar que se tratara de la absurda ocurrencia de una niña mimada.

—Invertir su dinero es una opción inteligente, señorita Von Prednitz —la elogió—. Al fin y al cabo, existe el peligro de que se prolongue la inflación, por lo que es mejor invertir en valores reales. Enseguida le informo sobre el estado de la cuenta. —Llamó a un secretario, que se puso en camino para averiguar los datos en contabilidad—. ¿Quién es el veterinario o la persona que dirigirá la consulta, si me permiten preguntar? —inquirió dirigiéndose de nuevo a Maria—. ¿Tal vez su futuro esposo?

Maria abrió la boca, pero Nellie fue más rápida.

—Mi amiga prefiere no informar al respecto por ahora —explicó—. Usted lo entenderá, antes de que sea oficial... —Lo miró tímidamente y el director dibujó una amplia sonrisa.

Maria estaba confusa, pero se quedó callada. Cuando el secretario apareció con un extracto de la cuenta, lo estudió con celo.

—Es mucho —dijo contenta.

Nellie echó un vistazo. En efecto, en la cuenta había una suma considerable, pero ni mucho menos tan alta como ella había esperado.

—No es tanto —advirtió rebajando el entusiasmo de Maria—. Considerando que se han pagado de forma puntual dos alquileres durante años...

El director asintió.

—Su señor padre hace poco retiró una suma más elevada. Quería invertir en oro o en bienes inmobiliarios...

—Esperemos que no fuera en empréstitos de guerra —observó Nellie.

—¿Y dónde está el oro? —preguntó Maria.

El director del banco se encogió de hombros.

—Eso se lo tendrá que preguntar a su señor padre —opinó—. Aquí, en cualquier caso, no hay ningún depósito a su nombre, señorita Von Prednitz.

—¿Pero sí hay uno al nombre del señor Von Prednitz? —preguntó Nellie.

El director pareció algo receloso.

—No puedo darle información al respecto —contestó.

Nellie miró a su desconcertada amiga.

—Ahora nos vamos a tomar un café y volvemos después —le indicó—. En primer lugar, le damos las gracias, pero tenemos que hablar de algunos asuntos a solas.

Una hora más tarde, Maria retiró a su padre la autorización bancaria. Además, quería hablar con él sobre el oro.

—No te lo dará —advirtió Nellie—. Como mucho podrías

presentar una demanda, pero no vas a llevar a tus padres a los tribunales. Así que tenemos que salir adelante con lo que tenemos. Debería ser suficiente para habilitar la consulta, luego habrá que ganar algo de dinero. Para eso hemos estudiado.

3

Nellie enseguida se instaló en el piso de la Torstrasse, aunque todavía estaba sin amueblar. Por la tarde consiguió comprar un colchón y ropa de cama, además de una manta para Benno. Maria iba a intentar convencer a sus padres de que le dieran un par de muebles.

La empresa no obtuvo gran éxito. En la casa de los Von Prednitz se produjo una discusión bastante fuerte, pero luego los padres dejaron que Maria se mudara y se llevara el mobiliario de su habitación. No se desprendieron de ningún otro mueble para la sala de estar, la sala de espera del consultorio o la habitación de Nellie. En ningún caso, amenazó la señora Von Prednitz, iban a contribuir a que esa descarada seductora pusiera en práctica sus fraudulentas intenciones.

—Pero luego el criado ha ido a buscarme algo en el almacén —explicó Maria, que parecía contenta—. ¿Nos ayuda a descargar, Paule?

El hombre bajito y delgado que había llegado conduciendo el carro de tiro con Maria y sus pertenencias asintió diligente. Cojeaba y por esa razón se había librado de ir a la guerra, o ya en las primeras batallas le habían disparado y dejado inútil para el combate. Por lo visto, le caía bien la hija de su patrón.

—Pero no hay que hacer un crío solo porque esta cosa sea

tan estupenda —advirtió con su acento berlinés, mientras descargaba una cuna preciosa, bellamente torneada.

Nellie no podía contener su entusiasmo.

—Mis padres ya no la necesitarán —comentó Maria—. Pero no les he dicho nada. ¿He cometido un robo, Nellie?

Miró a Nellie insegura, y de nuevo pareció una niña buena que acababa de confesar una travesura.

—Se la podemos devolver cuando ya no la necesitemos —la tranquilizó Nellie e indicó al criado que llevara la cuna a su habitación. Luego, el hombre descargó los muebles de Maria, que causaron cierta extrañeza en Nellie. Eran, en efecto, los muebles de la habitación de una adolescente. Muchos años antes, alguien había concebido con sumo primor la alegre habitación de una jovencita. Contaba con una cama con dosel, un armario ropero adornado con tallas de madera, un pequeño escritorio y estanterías. Estas estaban repletas de mamotretos de medicina y de libros infantiles, pero Paule no podía complacer a Maria. Los muebles tenían que disponerse de un modo determinado y los libros ordenarse según un plan bien elaborado.

—Creo que aquí no puede sernos de ayuda —dijo Nellie a Paule cuando Maria le riñó por tercera vez. La falta de orden parecía irritarla mucho, mucho más que la noticia de que su padre se había apropiado de su oro sin consultárselo . Pero a lo mejor sabe dónde comprar muebles de segunda mano que sean baratos y acompañarme para traerlos hasta aquí.

Paule accedió a ayudarla de buen grado. Mientras Maria seguía ordenando sus pertenencias, el cochero llevó a Nellie a un barrio de trabajadores cercano en el que unos niños sucios jugaban en las aceras y unos gatos vagabundos huían de las mujeres que, pese a que nevaba, colgaban en el patio la ropa.

—No se va a secar —se asombró Nellie.

—En su casa también hay humedad —respondió Paule—. Y además es enana. Ahí no cabe ni un tendedor.

A Nellie le dieron pena los niños, los gatos y las mujeres,

pero no podía hacer nada por cambiar su situación. Paule se detuvo delante de una tienda en la que vendían muebles. Unos nuevos muy baratos y otros viejos todavía más baratos en los que se apreciaban claros indicios de haber sido usados.

Nellie no podía decidirse.

—Coja los nuevos —le aconsejó Paule—. Para la señorita. Es tiquismiquis. No vaya a ser que no se siente.

Nellie siguió su consejo y compró dos sillas y una mesa nuevas para la sala de estar. Para su habitación eligió una cómoda usada sobre la que podría cambiar a su hijo y una cama también de segunda mano. Más tarde ya mejoraría el mobiliario, por el momento había que ahorrar dinero para arreglar la consulta.

Cuando Nellie y Paule volvían —se habían parado largo rato en una tienda de comestibles para comprar pan y algo de verdura a un precio exorbitante—, iba oscureciendo por la Friedrichstrasse y los primeros bares y cabarets abrían al tiempo que los clientes negociaban con las prostitutas.

—No es el mejor barrio donde vivir —observó Nellie.

Paule asintió.

—Qué va, esto es Friedrichstadt. Es una fiesta. Cuando se tiene pasta. Aquí siempre hay alguien con dinero. *Raffkes.* Los que han especulado con la guerra... —escupió.

De hecho, la mayoría de la gente que estaba en la calle iba mejor vestida y parecía mejor alimentada que la que circulaba en Berlín durante el día.

—¿Siempre ha sido así? —preguntó Nellie.

Pensó en los Schmiel, cuya tienda daba la impresión de estar destinada a una clientela burguesa, y también en Obermeier, quien sin duda no tenía interés por la diversión.

—No —contestó el criado—. Desde que terminó la guerra. Siempre ha habido aprovechados. Las otras tiendas se fueron a pique durante la contienda. No quedó nada.

—Y... ¿los Schmiel? —preguntó Nellie. A lo mejor Paule conocía a la familia judía que había vivido hasta entonces en la casa.

—Era gente fina. Pero esperaron a que la guerra terminase. Luego se llevaron todo su dinero y se marcharon a América. Porque tienen allí familia. Se ganaban bien la vida antes de la guerra—. Paule no parecía tener nada en contra de los judíos.

Diligente, ayudó a Nellie a descargar y colocar los muebles. Maria no se dejó ver. Se había retirado con Benno a su habitación.

Nellie dio las gracias a Paule y un buen trozo de pan como propina y preparó luego una sopa con la verdura. Cuando estuvo lista, llamó a Maria.

—¿No tienes hambre? —preguntó. Lo cierto era que había esperado que el olor de la sopa hubiese invitado a su nueva amiga a salir de la habitación.

—A veces me olvido —confesó Maria—. De comer, quiero decir.

También eso explicaba su delgadez. Nellie decidió que en el futuro tenía que cuidar de ella.

Las semanas siguientes, las amigas se dedicaron sobre todo a montar y amueblar la consulta veterinaria. Maria tenía muchas ideas, pero no se asomaba por las obras hasta que los obreros habían terminado. La propuesta de Nellie de ahorrar gastos, pintando ellas mismas, por ejemplo, no le entusiasmó.

—No me gusta subirme a las escaleras —explicó, pero Nellie no se rindió.

—Entonces, pintas abajo —señaló—. ¿O quieres tener al viejo Obermeier trabajando aquí?

El belicoso inquilino de Maria era pintor y decorador y habría estado encantado de aceptar el encargo de pintar la consulta por mucho que le disgustara toda la empresa. Así que Maria cogía el pincel cuando los obreros se marchaban y trabajaba meticulosamente. Mientras Nellie avanzaba ligera con el rodillo por las paredes, Maria daba despacio y ensimismada sus pinceladas. El resultado fue perfecto, ningún pintor le habría dado un aspecto más profesional.

Maria también había elegido perfectamente el mobiliario de la consulta. Había pensado hasta en el más mínimo detalle. Desde la lámpara del quirófano hasta las pinzas, todos los pedidos se habían hecho a un reputado proveedor que, tras la guerra, había empezado a normalizar su producción. Las dos esperaban impacientes la entrega y mientras tanto pintaron el rótulo. CONSULTA VETERINARIA PARAÍSO. Alrededor de las letras había ovejas, leones, gatos y perros.

—Este tiene que ser un lugar tranquilo —señalaba Maria justificando así su idea.

Nellie estaba de acuerdo. El nombre y la filosofía le gustaban.

Desafortunadamente, el rótulo se malinterpretó ya en la primera noche. Nellie y Maria se despertaron cuando alguien golpeó la puerta del local. Nellie acudió a ver qué pasaba.

—Todavía no hemos abierto —aclaró al borracho que estaba delante de la puerta—. Y por las noches solo atendemos urgencias. Dónde..., ¿dónde tiene su animal?

—¿Mi animal? —El hombre soltó una risita—. Cielo, yo mismo puedo convertirme en una bestia si me dejas entrar —advirtió en dialecto suabo—. Quiero saber qué me ofrece Berlín, aunque sea un poco guarro...

—Tengo la impresión de que se confunde usted —le comunicó Nellie con determinación—. Esto es una consulta veterinaria y no un burdel.

—¿No? —El hombre parecía decepcionado—. Entonces no tendrían que haber escrito la palabra «paraíso» ahí arriba... —Pero al menos se marchó sin discutir.

Nellie intuía que iban a tener más problemas con la ubicación de la consulta.

—Seguro que las cosas mejoran cuando la consulta esté abierta —la consoló Maria cuando dos días más tarde otros borrachos se plantaron delante de la puerta y preguntaron qué ofrecía el nuevo local. En esa ocasión, Nellie se llevó a Benno, ante cuyos gruñidos los dos hombres recuperaron al instante la sobriedad. Sin embargo, los ladridos del perro despertaron a los Obermeier, y la señora resultó ser tan desagradable como su marido.

—¿No podrían hacer pasar a sus clientes metiendo menos ruido? —gritó desde el rellano—. Bastante tenemos con que se ande puteando por aquí. No hace falta que encima esos tipos invadan toda la casa.

Nellie renunció a contestarle. Había pasado todo el día amueblando la consulta: por fin había llegado la última entrega. Y en ese momento estaba cansada, también porque Maria hacía agotador el trabajo. Estaba totalmente decidida a que la consulta fuera idéntica a la del doctor Rüttig, el médico del zoo, y comprobaba dónde había que disponer o colgar cada uno de los instrumentos y lámparas. En el fondo, a Nellie le daba igual dónde estuvieran, pero le ponía de los nervios que Maria no encontrara bien nada de lo que hacía, ni siquiera cuando sugería cambios constructivos. Al final hasta Maria comprendió que no era posible lograr una copia idéntica, pero eso la inquietó y disgustó.

Por la noche estaba agotada y se retiró a su habitación, mientras que a Nellie le habría gustado celebrarlo. Hasta había comprado una botella de cerveza sin alcohol para brindar por su primer logro, pero se la tuvo que beber sola.

—Estás enfadada por algo, ¿verdad? —preguntó con cautela a su compañera de piso.

Nellie estaba resuelta a que no surgieran discrepancias entre ellas. Había que aclarar los malentendidos al instante.

—No, ni hablar —aseguró Maria—. A mí... también me sabe mal. Pero es que a veces tengo que estar sola. ¿Estás molesta por esto?

Nellie respondió que no. Comprendía que Maria se retirara a su habitación, pero se sentía un poco sola. Ansiaba reunirse con Walter, hablar con él de lo divino y de lo humano, o escuchar por la noche a Phipps tocando el piano para ella. Naturalmente, él habría estado en su propio mundo, pero la música le habría permitido a ella un pequeño acceso.

Maria, por el contrario, guardaba las distancias por muy armónica que fuera su convivencia. Siempre era educada y amable, solo se molestaba cuando Nellie contravenía su estricta concepción del orden. La sacaba de quicio que una vez enjugada una taza se colocase con los platos en lugar de en la estantería, en su puesto determinado. Probablemente ocurriría lo mismo en la consulta y en el quirófano, pero eso Nellie lo entendía mejor. En casos de urgencia debían saber exactamente dónde estaba ese o aquel instrumento o medicamento. Nellie se esforzaba por ser flexible. Si todo eso era tan importante para Maria, ella se ajustaba a sus normas. Su amiga sabía valorarlo y actuaba contra su propio instinto cuando se trataba, por ejemplo, de hacer cola para comprar comida, lo que la hacía sufrir casi físicamente y con lo que acababa pálida y extenuada. A Nellie no le había importado encargarse de las compras, pero a partir de un momento dado, fue incapaz de seguir haciéndolo: el embarazo le estaba causando problemas, tenía las piernas hinchadas y ganas de orinar con mayor frecuencia.

La renovación y decoración total de la consulta se prolongó hasta el verano. Las previsiones de los expertos en finanzas se confirmaron: la moneda cada vez se devaluaba más, los artículos se encarecían de forma escandalosa y a menudo surgían complicaciones con el abastecimiento. No todas las empresas que suministraban los materiales de la consulta habían reanudado la producción al cien por cien tras la guerra y Maria quería abrir cuando todo estuviera listo por completo. Afortunadamente, los ingresos del alquiler bastaban por el momento para cubrir sus necesidades diarias. Se podía acusar a los Obermeier de muchas cosas, pero nunca se retrasaban en el pago del alquiler. Este podía llegar a ser escaso, si el valor de la moneda seguía bajando; pero esperaban que para entonces la consulta veterinaria ya aportara algo.

Por el momento, Nellie había dejado a un lado estas preocupaciones para centrarse en el cercano final de su embarazo. Durante mucho tiempo había estado bastante ágil, pero con los meses empezó a sentirse más pesada y además había subido la temperatura. Era su primer verano en la gran ciudad y cuando brillaba el sol hacía más calor en las calles. Un día regresó por la tarde, malhumorada y bañada en sudor.

—Podría haberme ahorrado el camino —refunfuñó mientras liberaba sus pies hinchados de los zapatos y se dejaba caer en la cama—. Ya es seguro que el doctor Markwart no vendrá. «Solo asisto partos domésticos en residencias de alto nivel», canturreó con voz meliflua imitando el tono del médico. «Y en absoluto en el caso de mujeres cuyo estado civil es, cuanto menos..., cuestionable... Tampoco creo, señora, que pueda usted permitirse mis honorarios...»

—¿No ha sido amable contigo? —preguntó desconcertada Maria. Había recomendado el médico de su familia a Nellie. No conocía a ningún otro.

—Es un clasista impertinente —sentenció Nellie—. Me ha dicho que me buscara a una comadrona. Pero no ha podido recomendarme a ninguna. Tengo que preguntar a las mujeres del barrio.

—¿Vas a hacerlo? —se interesó Maria con ingenuidad.

Nellie suspiró. Su amiga todavía no había entendido del todo qué tipo de mujeres poblaba los alrededores de la Friedrichstrasse.

—En este caso, creo que es mejor que investigue por los barrios trabajadores —contestó—. Preguntaré al azar por una mujer que tal vez no tenga una formación como es debida...

—Yo sí tengo una buena formación —señaló Maria.

Nellie volvió a suspirar. De vez en cuando, su amiga no la comprendía bien.

—Ya lo sé, Maria, pero tú eres veterinaria. No puedes asistir en el parto de un bebé.

Maria la miró asombrada.

—¿Por qué no? «Por regla general, el nacimiento tiene lugar doscientos sesenta y seis días después de la concepción. En el caso de madres primerizas tarda unas trece horas. Las contracciones sirven para acortar el *cervix uteri* y dilatar el *ostium uteri*. Se suceden de modo irregular. Después de romper aguas, las contracciones y las subsiguientes retracciones son más frecuentes, el útero presiona al feto hacia la salida de la pelvis. Cuando el niño entra en la pelvis de la madre, se produce una rotación de 90 grados del feto. Lo ideal es que el niño acabe tumbado con el rostro mirando hacia el coxis. En casos excepcionales...».

—¡Está bien, está bien! —exclamó Nellie, interrumpiendo el discurso de Maria. No cabía duda de que su amiga podía recitar el proceso del parto y seguramente recordaba todas las complicaciones posibles—. Es todo un detalle que hayas consultado todo esto por mí...

Maria hizo un gesto negativo.

—Oh, no lo he hecho. Lo leí todo sobre ginecología cuando tuve la menstruación. Mi madre no hizo más que andarse con rodeos y yo pensé que estaba enferma. Entonces me enteré de que había otras chicas que también tenían la regla y le pedí a Walter que me comprara un libro. En la librería de la universidad. Dijo que era estudiante de medicina.

Nellie sonrió complacida. Para Walter debía de haber resultado un quehacer sumamente lamentable, pero Maria había adquirido los conocimientos necesarios. Ella misma disponía también de un enorme saber ginecológico, a fin de cuentas, había tenido a su alcance la biblioteca de su abuelo y se había informado. De todos modos, no se habría atrevido a asistir en el parto de un bebé.

—¿Y qué pasa con la práctica, Maria? —señaló—. Seguro que no has presenciado nunca un parto.

—Sí —contestó Maria para el asombro de su compañera—. Con Mathildchen fue un parto la mar de normal. En realidad, el doctor Rüttig y yo nos limitamos a mirar. Con Coco fue difícil. Al final hicimos una cesárea. Yo ayudé. Ahora sería capaz de hacerla sola.

Nellie intuyó algo.

—Pero ¿Mathildchen y Coco eran humanas? —preguntó.

—Primates —dijo Maria—. Mathildchen es una chimpancé y Coco una gorila. Sus genitales y el proceso del parto apenas se diferencian en nada de los del *Homo sapiens*.

Nellie rio.

—Bien, entonces contigo no puede pasarle nada a mi monito —bromeó, tomando en serio el ofrecimiento de su amiga.

Pese a ello, en los días siguientes estuvo buscando en vano si había alguna comadrona en el barrio. En el futuro se introduciría un seguro para que también las mujeres más pobres tuvieran acceso al cuidado de un profesional, pero al principio las trabajadoras se ayudaban las unas a las otras. Había comadronas, pero si Nellie entendía bien las insinuaciones de esas mujeres, se ocupaban más de los embarazos no deseados que de traer niños sanos al mundo.

Llegado el momento, Nellie estaba dispuesta a aceptar el ofrecimiento de Maria. Una visita más al doctor Markwart había confirmado que todo estaba en orden tanto en la madre como en el niño y que no se esperaban mayores complicaciones.

—«Es usted una muchacha sana —dijo Nellie, de nuevo enfadada, imitando las palabras del médico—. Las mujeres de su clase suelen parir como conejas, no se preocupe». Ese hombre se cree que soy una prostituta.

—O que vienes del campo —apuntó Maria—. Mi tía le envió una vez a su auxiliar de cocina, que estaba embarazada. Y él le dijo lo mismo. Debía tener cuidado no fuera a perderlo en la cocina...

—Clasista impertinente —masculló Nellie, repitiendo su

valoración—. ¿Qué es esto? ¿Has traído un vaporizador de gas hilarante?

Maria había hecho algunos preparativos mientras Nellie visitaba una vez más al médico. Sobre su cama había hules y toallas recién lavadas, un estetoscopio, unas tijeras para cortar el cordón umbilical y otros instrumentos diversos estaban listos y desinfectados.

—¿Lo piensas realmente en serio? —preguntó Nellie—. ¿Te ves capaz?

—Tengo una buena formación —repitió Maria—. Pero tú no darás a luz como una coneja. La anatomía de las conejas es muy distinta de la de un primate. Los fetos...

—Está bien, Maria, no era literal lo que decía —la interrumpió Nellie—. Naturalmente, yo daré a luz como una primate. A un precioso monito... —Levantó sonriente la mano cuando Maria ya iba a empezar otro discurso—. Maria, ya sé que daré a luz un bebé humano y no a un gorila. Conozco al padre...

—El esperma del gorila y los óvulos humanos no son compatibles —puntualizó Maria, mientras Nellie volvía a mover la cabeza.

A su amiga le costaba entender las bromas.

Nellie sintió las contracciones después de tener que despedir de nuevo a unos visitantes nocturnos que creían haber encontrado un burdel animal. Mientras subía pesadamente la escalera, rompió aguas. Tropezó y Benno ladró, lo que, por supuesto, suscitó la aparición de la señora Obermeier en el rellano. Nellie se alegró de que el jaleo hubiese alertado a Maria y esta la ayudara a llegar al apartamento.

—Si el bebé oye sus gritos, se asustará tanto que no saldrá —bromeó cuando se tendió con cuidado en la cama. Justo después sufrió la primera contracción.

Maria la ayudó a desvestirse y palpó con habilidad la apertura del orificio uterino.

—Solo un centímetro, todavía tardará —explicó—. Al principio no son necesarios los cuidados médicos, pero hay que ocuparse de la parturienta. Puedo prepararte un té o calentarte la sopa. —Nellie había vuelto a cocinar una sopa de verduras. Reflexionó unos minutos—. ¿Ya sabes cómo vas a llamar al bebé? —preguntó.

Por lo visto ya había seleccionado los temas de conversación.

—Si es niño, Johannes, y si es niña, Margarete —contestó Nellie.

—¿Es por alguna razón determinada? —También esta sonaba a una pregunta aprendida de memoria.

Nellie sonrió.

—Johannes por Johannes Brahms, el compositor preferido de Phipps. Y Margarete porque me encanta el diminutivo, Grietje. Me gustaría llamar así a mi hija. Además mi suegra se llama Greta. Se sentiría halagada si la pequeña llevara su mismo nombre.

—¿Qué prefieres, un niño o una niña? —siguió preguntando Maria.

—¡Un torbellino! —Nellie rio—. Un bebé que venga lo antes posible al mundo. —Se retorció con la siguiente contracción.

Maria frunció el ceño.

—¿Te preparo un té? —preguntó.

Se esforzaba por ocuparse de su amiga mientras las contracciones eran cada vez más fuertes y frecuentes. Dejaba que dormitara cuando se calmaba entre dos contracciones y si estas eran realmente dolorosas le ponía una máscara con una dosis de gas hilarante.

Nellie inspiraba y al instante se sentía aliviada.

—No he puesto dosis muy altas para que nos enteremos de lo deprisa que va el proceso —indicó Maria cuidadosa y controló de nuevo el orificio uterino—. Ahora ya está muy dilatado. Y oigo al bebé..., el corazón... —Colocó el estetoscopio sobre el vientre de Nellie—. Late con fuerza. Creo que el niño se está colocando en la pelvis. Presiona el intestino, lo que en la madre produce de forma refleja una sensación de presión...

—Gracias, la noto... —Nellie suspiró—. Dame más gas...

Maria comentaba de modo objetivo los pasos a través de los cuales el niño iba llegando al mundo. Solo cuando apareció su cabecita, sus comentarios adquirieron un tono de admiración.

—Lo veo..., tiene mucho pelo... Enseguida lo cojo.

La joven intervino con suavidad cuando aparecieron los hombros y recogió al bebé cuando salió al mundo con una última y fuerte contracción.

—¡Una niña! —exclamó con alegría, y cortó el cordón umbilical—. Una niñita vivaracha y sana. —Se estremeció cuando la pequeña se puso a llorar—. Cómo grita —dijo desconcertada.

—Espero que esto sea lo único que tiene en común con los espartaquistas —dijo Nellie con un gemido—. ¡Enséñamela, quiero verla!

Maria la depositó sobre su vientre y Nellie se enderezó un poco para contemplar por vez primera el rostro de su hija.

—Grietje —dijo con ternura—. ¿A que es preciosa?

Maria miró recelosa.

—Bueno, está roja y arrugada, y la fontanela está algo abollada. La cabeza un poco torcida. Además, va toda embadurnada. Debería lavarla.

Nellie estrechó ofendida a Grietje. Maria las dejó descansar un poco a ella y a la niña antes de coger a esta última y bañarla en el agua caliente que ya tenía lista.

Entretanto, Nellie volvió a sentir contracciones y Maria la ayudó al expulsar la placenta.

—No ha ido ni mucho menos tan mal como yo me esperaba —dijo al final, cuando yacía satisfecha en la cama con la niña en brazos.

—Es por el gas hilarante —indicó Maria—. La mayoría de los médicos no se lo dan a las mujeres, porque el parto es algo natural y el dolor forma parte de él. Pero yo no quería que gritases.

Nellie reflexionó si no habría sido objeto de un experimento médico, pero prefirió no preguntar.

—Lo has hecho estupendamente —confirmó a su amiga—. Es evidente que tienes un talento especial para tratar a los primates.

4

Nellie no tardó en recuperarse del parto y Grietje demostró ser una bebé relativamente tranquila. De vez en cuando tenía algún berrinche, lo que Maria no solía soportar bien. En tales ocasiones se retiraba a su habitación y se tapaba los oídos con algodón. Grietje se pasó toda una noche llorando a voz en grito porque tenía gases y Nellie se encontró a la mañana siguiente a su amiga acurrucada dentro del armario ropero de su habitación.

—¿De qué te escondes? —preguntó asombrada.

Maria agitó la cabeza y se dispuso a salir del armario.

—No me escondo —la corrigió—. Es solo que... Que cuando las cosas me superan, cuando el ruido es muy fuerte, entonces... tengo que retirarme, poner distancia. Para tranquilizarme. La mayoría de las veces basta con que vaya a mi habitación. Pero otras... ¿Está Grietje mejor ahora?

Nellie contestó afirmativamente y preparó una infusión de manzanilla para la pequeña y un resto de las previsiones de té negro para Maria y para sí misma. El café y el té de buena calidad seguían siendo caros.

—¿Me encuentras demasiado... rara? —preguntó Maria cuando se sentaron juntas a la mesa—. Mi madre cree que estoy loca. —Era evidente que lamentaba que su compañera la hubiese descubierto en su escondite.

Esta reflexionó.

—A ver, normal del todo seguro que esto no lo es —contestó—. Por otra parte, acabamos de pasar por cuatro años de guerra. Cientos de miles de personas se han matado entre ellas como bestias, disparándose, lanzándose un gas letal, bombas y acuchillándose sin ninguna razón lógica. ¡Eso sí es de locos! O esta gente que cada dos por tres llama a la puerta porque tienen ganas de copular con animales... Los hombres que pagan para violar a chicas jóvenes que se prostituyen en la Friedrichstrasse... Cuando pienso en todas estas locuras que hay en el mundo, hasta yo misma me siento con ganas de meterme en un armario.

—¿No lo encuentras mal? —preguntó temerosa Maria—. ¿Y no estás enfadada porque... no soporto los gritos de Grietje? En realidad, me gusta la niña...

Nellie movió la cabeza en señal de negación.

—No. Lo encuentro algo peculiar, pero no estoy enfadada. Hay en ti algo que te hace diferente, ya me lo dijo Walter, simplemente eres un poco sensible. Así que no te preocupes. Si Grietje vuelve a gritar tanto rato, bajaré a la consulta. Allí no la oirá nadie, salvo a lo mejor un par de locos fuera. Y seguro que los espanta con sus gritos.

Era cierto que Nellie no se tomaba a mal la excesiva sensibilidad de su amiga, pero sí que le preocupaba. Maria nunca podría sustituirla para cuidar de la niña, sin embargo había esperado que en el futuro podría volver a encargarse de muchas tareas fuera de casa. Maria no podía ocuparse ni de las compras ni de asuntos burocráticos y cuando había que conseguir algo en el mercado negro, estaba totalmente perdida. No sabía negociar y siempre acababan timándola. Dada la situación, Nellie tendría que llevarse a su hija cuando tuviera que resolver algún asunto fuera de casa. Esto lo complicaba todo. En la consulta, sin embargo, Grietje no molestaría, por lo que Nellie decidió que la acompañase en la sala de curas.

—¿No crees que podría infectarse al entrar en contacto con animales enfermos? —preguntó Maria preocupada—. En una niña tan pequeña, las defensas no están lo suficiente desarrolladas.

Nellie se encogió de hombros.

—Primero hemos de tener pacientes —observó—. Por el momento no veo ningún peligro.

Habían celebrado la inauguración de la consulta en agosto e incluso tenían preparado vino espumoso para el primer cliente que llegara con su animal. Por desgracia comprobaron decepcionadas que no aparecía nadie, aunque habían anunciado la apertura dos días en los diarios. Dos semanas después, en la sala de espera de la consulta veterinaria Paraíso seguía reinando un vacío absoluto. Maria ocupaba su tiempo ordenando por tamaño los instrumentos médicos, Nellie leía el *Berliner Morgenpost*. De este modo se enteró de que se había aprobado la nueva constitución alemana y se alegró de que previera la igualdad de la mujer.

—No creo que esto obre grandes efectos en la consulta, pero es un comienzo —dijo—. Grietje podrá llegar a ser canciller imperial si lo desea.

Grietje soltó un gritito. Benno ladró.

—Benno, no protestes cuando la niña grite —le reprendió Nellie.

Maria movió la cabeza.

—No ladra por eso. Escucha, ¡hay alguien a la puerta!

Se precipitaron a abrir la puerta que daba a la sala de espera. Y, en efecto, en ese momento apareció su primer paciente.

Una muchacha harapienta, flaca y pintarrajeada entró llevando envuelta en la falda de su vestido una gata que maullaba y sangraba. La joven sollozaba.

—Ha tirado a Puss contra la pared —dijo—. Y le ha dado patadas... Por favor, ¿pueden ayudarla? Yo..., yo les pagaré, yo...

Mientras Maria solo tenía ojos para la gata herida, Nellie observó con mayor atención a la muchacha y reconoció en ella a una de esas pequeñas prostitutas que solían esperar a sus clientes en la Friedrichstrasse. No podía tener más de trece o catorce años.

—¿Es tuya la gata? —preguntó.

Maria cogió con mucho cuidado el animal, se dirigió a la sala de curas y la colocó sobre la mesa. La gata maullaba quejumbrosa. Tenía una herida en la cabeza y una de las patas parecía torcida.

—No sé, siempre viene conmigo —respondió la niña—. Y a veces la cojo en brazos, en invierno, cuando hace frío... Le compro leche cuando puedo. Y ella se refriega contra mi pierna. Es tan mona...

Era probable que la gata no tuviera otro amo. Estaba en los huesos y, salvo la muchacha, nadie le daba de comer.

—Habla conmigo. Ronronea. Y yo hablo con ella... —La adolescente lloró en silencio—. Por favor, ayúdenla. Es..., es la única que es amable conmigo.

—Lo haremos lo mejor que podamos —le prometió Nellie—. Pero ahora tienes que sentarte aquí y esperar...

De la sala de curas salían los maullidos de la gata y se oía refunfuñar a Grietje. Justo en ese momento se había despertado.

Nellie tuvo una idea.

—Escucha, pequeña. Vamos a ocuparnos ahora de tu gata y, mientras, tú cuidarás a mi bebé. —Sacó con determinación el cesto con Grietje de la sala de curas y lo colocó al lado de la muchacha en la sala de estar—. ¿Cómo te llamas? —preguntó.

—Soy Lene —se presentó la jovencita en voz baja—. Pero el tío Fritz dice que he de llamarme Helena...

—Lene te sienta mejor —opinó Nellie—. Y esta es Grietje. El perro se llama Benno... —Benno la había seguido. Se sentía responsable de la bebé y miraba receloso a Lene—. Intentad no armar ningún jaleo.

Y dicho esto se marchó con Maria, que ya había empezado a lavar las heridas de la gata.

—No creo que el cráneo esté fracturado —dijo—. A lo mejor una conmoción cerebral, pero es probable que se trate solo de una herida abierta. La pierna está rota.

—La pelvis también —comprobó Nellie, mientras palpaba con cuidado al animal. Puss ronroneó como suelen hacer los gatos cuando les duele algo y se sienten indefensos.

—Solo podemos arreglar la pata —pensó Maria—. Y la pelvis...

—En los gatos se cura sola si pueden quedarse en reposo —concluyó Nellie—. Vamos a curarla y la dejamos en la jaula más pequeña. Así podremos ver si la herida de la cabeza realmente carece de importancia.

Maria asintió y cogió unas tijeras y vendas. Dio al gato algo de gas hilarante antes de manipular la pata y entablillarla. Era la primera vez que Nellie veía a su amiga curando a un animal y observó con satisfacción la habilidad y suavidad con que trabajaba. Mientras, canturreaba sosegadora.

Nellie la ayudó sujetando al animal. Luego llamó a Lene para que entrara.

—Parece que Puss seguirá con vida —comunicó a la muchacha. Esta llegó con la canasta de Grietje y la depositó con cuidado en el suelo.

Aliviada, acarició a la gata, mientras Nellie controlaba cómo estaba su hija. Había vuelto a dormirse.

—¿Cómo lo has conseguido? —preguntó Nellie, señalando el cesto—. En general no se calma tan fácilmente una vez se ha despertado. Entonces tiene hambre.

Lene sonrió.

—Tengo cinco hermanas pequeñas —dijo—. Y siempre nos hemos quedado con hambre... —Parecía triste.

—Háblame un poco de ti —propuso Nellie con cautela—. Tú...

—Puedo pagar —insistió Lene—. El tío Fritz nos da veinte peniques por cliente y yo ahorraré. Cada mañana vendré con un poco, lo prometo...

—¿El tío Fritz? —preguntó horrorizada Nellie—. ¿Tu propio tío te envía con esos hombres?

Lene hizo un gesto de negación.

—No, solo lo llamamos así porque se ocupa de nosotras. Nos cuida, dormimos en su casa... Sin él nos moriríamos de hambre.

—Vaya, es tu chulo. ¿Te ha obligado a que hagas la calle por él? —Nellie la miró con simpatía.

Lene volvió a negarlo.

—Me encontró. Cuando me echaron de casa. Yo estaba en la calle... y ahora no se encuentra trabajo. Pregunté por todos sitios, pero... la gente fina ya no da empleo a ninguna criada, porque ellos ni tienen dinero ni quieren a una como yo... Y las fábricas, algunas hasta las están desmontando ahora... —Formaba parte de las reparaciones que Alemania había acordado con los aliados que se desmontaran fábricas enteras y volvieran a construirse en otros países—. El tío Fritz me dio de comer y..., y trabajo... Pero no quiere que me quede con Puss... Pega bufidos a los clientes, ¿sabe?, es muy particular... —Lene miró abatida y preocupada el vestido manchado de sangre. Esto tampoco le gustará al tío Fritz —dijo resignada.

—¿Es tío Fritz quien ha maltratado a la gata? —preguntó Nellie.

Lene asintió.

—La ha tirado contra la pared —repitió—. Y le ha dado patadas. Ella gritaba mucho... —Se puso a llorar de nuevo.

—Se curará —la consoló Nellie—. De todos modos, en un principio tiene que quedarse aquí, así que no podrá hacerle nada. Pero ¿qué pasará contigo, Lene? No puedes seguir prostituyéndote, todavía eres una niña.

Lene sonrió con tristeza.

—Al cumplir los diez años, dejé de ser una niña —contestó—. El amigo de mi madre se metió entonces en mi cama por primera vez...

—¿No estaba en el frente? —preguntó Nellie.

—Mi padre sí lo estaba. Pero Hermann volvió mucho antes. Perdió una pierna y un ojo. Pero podía ver lo suficiente... Y lo que tenía entre las piernas estaba la mar de sano... —A Lene le seguían corriendo las lágrimas por las mejillas. Nellie la rodeó con un brazo y la estrechó contra sí cuando empezó a sollozar—. Me hizo mucho daño. Todavía me duele. Pero yo quería ser obediente... Yo siempre he sido obediente, siempre he hecho lo que mi madre quería... Y entonces... Hermann dijo que yo era una cría del demonio. Que yo lo había seducido. Que él no quería hacerlo...

—¿Lo dijo cuando tu madre lo descubrió? —sospechó Nellie.

La muchacha asintió.

—Y entonces me echaron. En cualquier caso, tampoco había comida para todos. Mi madre dijo que pidiera en la asistencia. Pero yo tengo miedo de esa oficina. Te envían a un albergue, y Anne ha contado que todavía es peor. Ella se escapó de allí y ahora también trabaja para el tío Fritz.

Lene se desprendió del abrazo de Nellie y miró preocupada el vestido.

—Yo ya no puedo trabajar con esto —comprobó entristecida—. El tío Fritz me dará uno nuevo, pero se lo tendré que pagar... Y también tengo que pagarles a ustedes...

Nellie suspiró. No se había tomado en serio que fuera a cobrar por curar a la gata, pero eso era secundario. Lo más importante era la muchacha...

—Escucha, Lene —dijo tras pensárselo unos segundos—. Necesito una niñera. Alguien tiene que ocuparse de Grietje mientras trabajo o estoy fuera de casa. Me gustaría que fueras tú, pero no puedo pagarte mucho.

—No puedes pagar nada de nada —puntualizó Maria, que acababa de salir de la sala de curas y con cariño y cuidado cogía a la gata y la metía en una pequeña jaula portátil—. No tenemos mucho —explicó apenada a Lene—. La consulta todavía no se pone en marcha y..., las cosas cada vez son más caras.

—Hasta ahora nuestros ingresos se limitan al alquiler que pagan los inquilinos del segundo piso —explicó Nellie—. Y mi amiga está en lo cierto, en realidad no podemos permitirnos una niñera. Pero yo creo que podremos conseguir algo de comida para ti y Puss. Así que si en un principio trabajas a cambio del alojamiento y la comida...

—¿Dónde va a dormir? —preguntó Maria—. Conmigo... Lo siento, pero no puedo compartir con nadie la habitación, yo...

—Nadie te lo está pidiendo —la tranquilizó Nellie—. Puede dormir en la sala de estar o aquí en la consulta. Creo que peor de lo que está ahora no lo estará con nosotras. ¿Qué dices, Lene?

—Duermo con dos chicas más en un colchón —confesó—. Y durante el día lo hacemos ahí mismo con los clientes...

Maria la miró insegura.

—¿Con unos clientes? —preguntó—. ¿Y qué hay que hacer con ellos?

Lene la contempló como si no estuviera bien de la cabeza.

—Luego te lo explico —comunicó Nellie a su amiga—. En cualquier caso, eso no es admisible. Te quedas ahora mismo aquí, Lene. Aséate y luego lavamos el vestido.

—Yo te puedo dar un vestido —intervino Maria inesperadamente—. Puedo dar vestidos. Los vestidos no son importantes.

Para Maria tal vez no eran importantes, pero Lene casi lloró de alegría cuando poco después le eligió uno de sus vestidos de antes de la guerra. Le quedaba muy bien. Al fin y al cabo, Maria era menuda y fina.

—Nunca había tenido algo tan bonito —musitó Lene—. Con esto..., con esto el tío Fritz no me reconocerá. Y no podrá hacerme nada porque me he ido...

—Así que hemos tenido una paciente —hizo balance Maria cuando por la noche se quedaron a solas. Agotada, Lene dormía tapada en un rincón junto a la cuna de Grietje—. Pero no hemos cobrado nada por curarla. A cambio tenemos a una persona y una gata a las que alimentar. No hemos hecho un buen negocio.

Nellie suspiró y renunció a contar a su amiga que posiblemente se habían ganado un peligroso enemigo.

—No, no hemos hecho un buen negocio —reconoció—. Pero pienso que no nos quedaba otro remedio.

Maria meditó.

—Sí —respondió—. Podríamos haberle dicho que se fuera. Pero ya te entiendo. Quieres decir que hemos hecho lo correcto.

Nellie sonrió.

—Exacto —respondió—. Era lo correcto.

5

Lene demostró su eficacia como niñera. Trataba a Grietje con paciencia y cariño y al mismo tiempo mantenía la casa limpia. Además, conseguía convertir los alimentos más escasos en algo más o menos sabroso, aunque no tenía mucho donde elegir. Quien no disponía de ningún objeto que intercambiar en el floreciente mercado negro tenía que seguir conformándose con patatas y nabos. Todo lo demás era cada vez más caro. Muchos niños sobrevivían gracias a las comidas del colegio que financiaban los cuáqueros, una comunidad religiosa americana. Nellie economizaba todo lo posible, ya estaba acostumbrada a vivir en la pobreza desde la guerra. Los pacientes seguían siendo pocos y aún menos los que pagaban.

Así, por ejemplo, apareció un niño con una paloma herida que Maria curó con todo cariño, aunque Nellie estaba bastante segura de que el animal acabaría en la olla de la familia en cuanto la madre del pequeño salvador la viera. Una anciana llegó con su perro salchicha, al que había conseguido mantener con vida durante la guerra, enfermo de los riñones. Parecía como si invirtiera todo su dinero en la salud del animal y a Nellie le rompía el corazón cobrarle demasiado. Vieron un rayo de esperanza cuando curaron a unos caballos, después de que uno cayera delante de su puerta porque tiraba de un carro demasiado pesado y Nellie saliera en su ayuda.

Mientras que en Berlín la economía andaba por los suelos, los cabarets, bares y burdeles de Friedrichstad florecían. Todos recibían regularmente suministros, por regla general alcohol, y solo raras veces llegaban las mercancías en camiones. Era más frecuente que se distribuyeran en carros de tiro con animales mal cuidados que pertenecían a compañías de transporte. Los conductores no eran los dueños de los caballos y a veces lamentaban que los animales trabajasen aunque estuvieran cojos o con mataduras causadas por los arreos. Después de que se extendiera la noticia de que las veterinarias de la Torstrasse eran competentes y discretas, solían detener sus carros de tiro delante de la puerta de la consulta y les pedían que curasen a los caballos. Nellie y Maria se ocupaban de ojos inflamados y llagas en la boca. Limaban los dientes, daban linimentos para las articulaciones inflamadas y ungüentos para las heridas. Los cocheros pagaban en especias, a fin de cuentas, nadie se percataba de si en una caja llena de botellas de vino espumoso faltaba alguna. Nellie las cambiaba en el mercado negro por leche y queso.

Ella y Maria fueron saliendo de ese modo del paso hasta que en 1920 los disturbios sacudieron la joven República. En esta ocasión unos antiguos oficiales intentaron derribar el gobierno y solo la huelga general puso fin al golpe de Estado de Kapp. Esto no influyó en la inflación, el dinero seguía perdiendo su valor. Maria intentó subir el alquiler en verano, pero los Obermeier conocían sus derechos. Había que cumplir los plazos y los alquileres solo podían aumentarse en un porcentaje determinado. Maria lo encontró muy confuso y Nellie reconoció que no valía la pena hacer el esfuerzo.

—Si avanza la inflación, tampoco nos sacarán de ningún apuro unos pocos marcos —explicó. Había vuelto a abrir el diario y echaba un vistazo a las últimas y aterradoras noticias—. Más nos vale buscarnos un trabajo pagado. ¿De verdad que no se puede hacer nada en el zoo?

Nellie también habría trabajado como cuidadora de animales, pero los zoológicos seguían luchando por su supervivencia. No contrataban a nadie.

Maria hizo un gesto negativo.

—Y en los laboratorios tampoco. Estuve en la universidad y me leí los anuncios. Los únicos que buscan veterinario son... los mataderos. —Se estremeció solo de pensarlo.

—¿Mataderos? —preguntó Nellie—. Ah, claro, inspección de la carne. ¿Podría encontrarse algo allí?

—Yo..., yo no creo que pueda hacerlo —balbuceó Maria.

Nellie se encogió de hombros.

—¡Inténtalo! —animó a su amiga—. Si esto puede salvarnos... Me refiero a que estamos de acuerdo de que en algún momento la consulta funcionará. Solo tenemos que resistir este periodo difícil. Así que ve hoy a la universidad y apunta las direcciones para solicitar el puesto. ¡Lo conseguirás!

Maria volvió enseguida con tres direcciones. Por lo visto se buscaba desesperadamente veterinarios para inspeccionar la carne y supervisar las matanzas.

—Cuando piensas que apenas hay gente en la ciudad que pueda comprar carne, esto resulta sorprendente —observó Nellie, al tiempo que buscaba el matadero más cercano—. Preséntate aquí, Maria. Ya sabes que lo haría yo, pero no tengo papeles. Querrán algún tipo de documento que confirme que eres veterinaria.

Maria estaba pálida como la muerte a la mañana siguiente, cuando salió obediente a presentarse en el matadero.

—Es probable que no acepten a ninguna mujer —dijo para animarse, pero se quedó sorprendida. Al director del matadero le daba totalmente igual cuál fuera su sexo y solo miró por encima sus calificaciones.

—Tengo que empezar mañana mismo. A las cinco de la madrugada —informó cuando regresó, todavía más pálida que antes de la entrevista—. Pero no sé, Nellie, yo...

—¿No trabajaste en un matadero durante la carrera? —preguntó Nellie. Phipps había tenido que hacer allí las prácticas.

—Me..., me puse enferma... —admitió Maria—. Como mucho estuve un..., un par de días.

—Bueno, por lo visto sobreviviste —sentenció rigurosa Nellie—. Y ahora también lo conseguirás. ¡Ve y ábrete paso a dentelladas!

Maria le lanzó una mirada lastimera.

—No puedo abrirme paso dando dentelladas a la carne —dijo.

Nellie lo habría encontrado cómico antes, pero en ese momento le pareció inquietante.

Maria dejó la casa al amanecer del día siguiente. Nellie estaba nerviosa, pero se tranquilizó cuando fue transcurriendo la mañana y su amiga no volvía. Al menos no había abandonado su nuevo trabajo el primer día.

Cuando regresó por la tarde, el optimismo de Nellie se evaporó. Maria estaba blanca como la leche, con los ojos hundidos y hasta parecía haber perdido unos kilos. Le temblaban las manos y no respondía a las preguntas de Nellie y Lene sobre cómo le había ido. Con la mirada fija, se retiró a su habitación sin pronunciar palabra, cerró la puerta tras de sí, y poco después Nellie y Lene oyeron un gemido lastimero y desesperado procedente de su puerta.

—Voy a echar un vistazo —anunció Nellie, aunque rompía con ello un acuerdo tácito según el cual no había que molestar en ningún caso a Maria cuando estaba en su cuarto—. Le pasa algo. Tiene...

Nellie encontró a Maria sentada con las piernas cruzadas sobre la cama. Se rodeaba el cuerpo con los brazos y se balanceaba adelante y atrás como una posesa. Al mismo tiempo, lloraba.

—Maria... Maria, ¿puedo ayudarte de algún modo? —Nellie iba a abrazar a su amiga, pero se dio cuenta a tiempo de que lo que menos podría soportar Maria en ese momento sería que la tocaran—. Voy a hacer un té, ¿vale? ¿Has comido algo? Maria, ya basta, me estás dando miedo…

Maria no respondía y Nellie acabó tirando la toalla. Solo dejó junto a la cama de su compañera una tetera con un té muy azucarado y una taza.

—Te doy un poco de tiempo y luego te preparo un baño —dijo suavemente—. Y…, y, Maria, ahora lo entiendo… No vas a volver nunca más allí.

Tardó varias horas, pero al final Maria se dirigió silenciosa como una sombra de la habitación al baño, dispuesta a despojarse del horror. Tiró la ropa que había llevado ese día.

Al día siguiente, Nellie se presentó con el certificado del título de licenciada de Maria a los otros mataderos. Obtuvo un puesto como inspector de carne sin ningún problema y encontró en su nuevo despacho el *Manual de la ciencia de la carne*, de Adolf Schmidt-Mülheim. Después de ojear los capítulos más importantes, salió bien parada el primer día. Por la tarde decidió llevarse el librito para refrescar sus conocimientos. Uno de los carniceros le dio un paquetito envuelto en papel de cera.

—¡Tenga, señora doctora, un solomillo estupendo! Como este, solo se encuentran en el mercado negro…

Nellie cogió el paquete dándole las gracias, aunque solo de pensar en la carne sanguinolenta sentía arcadas. Cuando llegó a casa, se lo tendió a Lene.

—Toma, Lene, prepáratelo mañana, cuando estemos en el trabajo. Y luego ventilas bien… —Maria miró asombrada a su amiga. Normalmente era ella quien insistía en airear a fondo la casa cuando Nellie ponía un hueso en la sopa, lo que sucedía pocas veces—. No quiero volver a oler algo así —dijo Nellie—. Ni volver a probarlo. Ahora te entiendo, Maria. Del todo. Es…, es una salvajada…

Maria asintió aliviada, aunque todavía se sentía culpable.

Tras la experiencia en el matadero el día anterior, todavía no había vuelto a pronunciar palabra.

—¿Tampoco volverás a ir a un lugar así? —preguntó con voz apagada.

Nellie se mordisqueó el labio.

—Sí —contestó—. Necesitamos el dinero. Mientras la consulta rinda tan poco, seguiré inspeccionando la carne. ¡No nos rendiremos!

6

Durante casi tres años, Nellie trabajó cada día en el matadero. Lo odiaba, pero así mantenía a flote su pequeña comunidad. Lene era una maravillosa niñera, cuidaba con cariño a Grietje y además llevaba la casa para Nellie y Maria. Seguro que se había ocupado de cocinar y limpiar cuando vivía con su familia. Además, era muy casera, todavía tenía miedo del proxeneta para el que había trabajado. Por fortuna, la gata Puss se había recuperado y se buscaba su propia comida en sus salidas regulares. En Friedrichstadt parecían abundar ratas y ratones.

A las personas no les iba tan bien. Alemania sufría víctima de los enormes pagos por las reparaciones de guerra que debía realizar en marcos de oro. La moneda en el imperio seguía siendo el marco imperial, que perdía valor a simple vista. Al final, el Estado no pudo cumplir las exigencias de las potencias vencedoras, con lo que Francia y Bélgica ocuparon la cuenca del Ruhr. El gobierno llamó a la resistencia pasiva mediante una huelga e imprimió grandes cantidades de dinero para apoyar a los huelguistas. Esto aumentó la inflación. De repente, el pan costaba miles de marcos imperiales y el salario de Nellie ya no alcanzaba para alimentar a una pequeña familia. Para su alivio, uno de los carniceros bebía los vientos por ella y siempre le daba unos pedazos grandes de carne que ella cambiaba por pan, verduras u otros artículos de uso diario en el mercado negro. Este seguía prosperando, a diferencia de la consulta veterinaria. De hecho, hasta el número de caballos que acudían a ella se reducía. El camión se iba imponiendo y los caballos acababan en el matadero. Nellie sufría cuando veía a sus antiguos pacientes emprender el camino final.

Por el contrario, aumentaron las molestias nocturnas causadas por clientes impertinentes. La industria del placer en torno a la consulta florecía, gente de toda Europa acudía a los cabarets y los prostíbulos.

—No es extraño —comentó Nellie abatida cuando al volver a casa, a últimas horas de la tarde, se encontró la calle llena de borrachos y juerguistas—. Cualquiera que viene a Berlín se convierte de golpe en millonario. Por un par de francos o dólares recibe una fortuna de marcos imperiales, y luego esos tipos vienen a gastárselos aquí. Deberíamos haber vendido el edificio antes y abrir la consulta en otro sitio.

—Basta, ya tengo dolor de cabeza —se quejó Maria.

No dijo nada, pero la causa de su dolor de cabeza eran los golpes que Lene y Grietje disfrutaban dando con las tapas de las ollas.

—¡Estamos haciendo música, mami! —anunció orgullosa Grietje, que ya tenía casi cuatro años, cuando regresó Nellie.

De hecho, Nellie encontró casi armónico ese tamborileo. Grietje no se limitaba a hacer ruido, sino que golpeaba con ritmo. Pero para Maria, tan sensible a los sonidos, eso era una tortura.

—Tocad un poco más suave —sugirió Nellie a su hija y a la joven niñera—. ¿No podéis hacer música con un peine?

Le enseñó a utilizar un peine como instrumento y, aunque solo emitió unas notas bastante estridentes, causó la admiración de Grietje. Lene tampoco tuvo mucho éxito, pero al menos Maria no oía la «música» desde su habitación. Grietje intentó fascinada imitarla y Nellie no pudo evitar recordar a Phipps.

Cuanto más crecía su hija, más se parecía a él. Aunque había heredado el cabello cobrizo de Nellie, tenía los rizos de Phipps y ese rostro redondo de su infancia. Los ojos también eran de un gris azulado como los del padre. Tenía la sonrisa tímida de él, pero la capacidad de imponerse de Nellie. Grietje sabía exactamente lo que deseaba y hacía con su madre y Lene lo que quería. Con Maria eso no le salía tan bien. Era amable, pero consecuente, y cuando Grietje gritaba para imponer su voluntad, Maria se retiraba. La relación entre ambas era distante, pero se respetaban mutuamente. Maria no abrazaba ni besaba a Grietje, pero siempre se la tomaba en serio.

Nellie no había recibido noticias de Phipps durante esos últimos años, pero ella tampoco le había enviado la dirección de Berlín. Si bien le hubiera gustado hacerlo, había perdido la hoja con su dirección temporal en Estados Unidos. Para averiguar a dónde podía escribirle debería haber contactado con sus padres o con sus suegros, pero no tenía intención de hacerlo. En tal caso habría tenido que admitir ante los De Groot y los Von der Heyden que su huida no había concluido en una exitosa vida profesional y tampoco habría podido ocultarles que tenían una nieta. Todo esto le resultaba muy desagradable y, además, se temía que su familia interpretase la toma de contacto como un grito de socorro. Sin embargo, Nellie estaba orgullosa de criar a su hija sin ayuda. De ninguna de las maneras se rendiría ante nadie. Lo mismo era válido para Maria. Tampoco ella quería restablecer el contacto con sus padres. No obstante, Nellie suponía que los Von Prednitz no perdían de vista a su hija. A fin de cuentas, vivían en la misma ciudad y tenían dinero suficiente para pagar a informantes.

Esos días a principios de verano de 1923, Nellie se sentía con frecuencia fatigada y harta. Hacía calor en Berlín y a eso se añadía el ruido y el hedor del matadero. Los despojos, que se almacenaban en el patio, se pudrían deprisa.

No se sintió especialmente entusiasmada una noche, tras haber sobrevivido a duras penas a la jornada de trabajo y sentirse especialmente cansada, cuando a eso de las once, recién dormida, la despertaron unos martillazos en la puerta.

—Otro pervertido que piensa que aquí se lo puede montar con perros y gatos —murmuró con un suspiro mientras se levantaba con esfuerzo de la cama y se ponía la bata encima.

Hacía poco que alguien había preguntado si tenían gallinas. Nellie nunca había oído hablar de eso en Berlín, pero por lo visto esta práctica estaba en auge en los burdeles de animales de los Países Bajos. Palpó a tientas la escalera en penumbra con Benno, como siempre, a su lado.

Seguían golpeando la puerta. Por lo visto, el inesperado visitante era agresivo en extremo. Nellie cogió la bolsita con pimienta molida que siempre llevaba consigo para defenderse de algún posible asaltante. Sin embargo, el hombre rechoncho que estaba delante de la puerta no estaba borracho. Y no la saludó con palabras obscenas, sino que más bien pareció aliviado.

—¡Gracias a Dios que han abierto! ¿Es que no tienen nunca urgencias aquí, señorita?

—Señora doctora De Groot —informó con rigidez Nellie mientras se estrechaba más la bata—. ¿En qué puedo ayudarle?

—¿Usted es señora doctora? ¿Así de guapa? ¿Usted es capaz de hacer algo, muchacha? —El hombre la miró con escepticismo.

—Señora —repitió molesta Nellie—. Ya se lo he dicho, señora doctora De Groot, veterinaria con varios años de experiencia profesional. Así que, por favor, dígame de qué se trata o márchese usted. Tengo que levantarme temprano y necesito dormir.

El hombre pareció pensárselo mejor.

—No iba con mala intención, señora doctora. Es que... Se trata de un animal, pero no es un perro ni un gato. ¿Cura también monos?

Nellie lo miró sorprendida. El hombre le resultaba sospechoso, no parecía un ciudadano respetuoso con las leyes. Por otra parte, tampoco se diría que era amenazador, sino que parecía realmente preocupado. Decidió hacerle caso.

—Yo no, pero sí mi compañera —contestó escueta—. La doctora Von Prednitz ha sido médica en el zoo. ¿Qué tipo de mono es?

El hombre la miró como si le hablara en chino.

—Y yo qué sé —exclamó—. Pequeño, peludo... y enfermo. Y la Berger está ahí en el camerino, gritando que no quiere seguir viviendo si el bicho estira la pata... Claro que está como una cuba... Pero tendrá que salir pronto...

Nellie oyó unos pasos en la escalera. Maria debía de haber oído al menos una parte de la conversación y sacado la conclusión de que, en efecto, se trataba de su primera urgencia, porque ya estaba vestida. Llevaba unos pantalones largos (desde la guerra se consideraban algo extravagante, pero ya no estaba mal visto que los llevara una mujer) y una blusa ligera. Se había recogido el cabello en la nuca. El hombre la miró con interés.

—¿Usted es la segunda señora doctora? ¿No es una profesional? Conmigo podrías ganar una fortuna sin tener que trabajar mucho, chica, ¿sabes?

—También la señora doctora Von Prednitz debe ser tratada con todo el respeto —le advirtió Nellie, parándole los pies.

Maria parecía tranquila.

—Gracias —dijo—. Estoy muy contenta con mi profesión. ¿Tiene usted un mono enfermo? ¿Dónde está?

—¡Lo dicho! —exclamó el hombre—. Dentro del camerino de la Berger. Esa se lo lleva siempre a todas partes. —Al ver las caras de extrañeza de ellas, decidió ir más al detalle—. Ah, bueno, a lo mejor es que no saben... El Ratón Blanco, chicas, es mi local. Es cabaret, baile... Me llamo Sachs, Peter Sachs... Yo dirijo ese local... Si quieren acompañarme... Tengo también champú.

Mientras Maria fruncía el ceño a su manera característica, Nellie había entendido.

—Por lo visto, el animal es de una actriz —explicó a su amiga—. Que se espera que actúe en el local nocturno de la esquina. Creo que puedes ir tranquila. El señor Sachs se encargará de que no ocurra nada. ¿O tengo que ir yo también?

El hombre puso los ojos en blanco.

—Ahora, lo que hay que hacer sobre todo es darse prisa, señoras mías. Antes de que ese bicho me desmonte medio local con el alboroto que monta. Sin contar con la Berger.

—¿Tan inquieto está el animal? —preguntó Maria.

—Se podría decir así —confirmó Sachs.

En efecto, El Ratón Blanco estaba solo a un par de calles de distancia y en compañía del rollizo Sachs Maria llegó sana y salva entre el gentío que por la noche trajinaba por las calles de todo Friedrichstadt. Sobre los teatros de cabaret resplandecían unos rótulos luminosos que anunciaban danzas sensuales y acrobacias espectaculares. Entraron primero en una especie de vestíbulo con guardarropía y una barra donde una mujer con un vestidito escandalosamente corto servía vino espumoso.

—¿Alguna novedad sobre la Berger? —le preguntó Sachs.

La joven negó con la cabeza.

—Sigue dando gritos y el mono sufre convulsiones —explicó con unos inesperados conocimientos en la materia.

Sachs farfulló una maldición.

—Entonces, dese prisa. El champú será para más tarde —indicó a Maria, que lo siguió sin decir palabra.

En el escenario bailaban unas chicas vestidas y maquilladas de un blanco como la cal y llevando solo velos. La música era además estimulante y en ocasiones sin melodía, los movimientos de las bailarinas eran bruscos y provocativos. No mostraban su cuerpo con una sonrisa, no, más bien como si quisieran burlarse del público; aunque este seguro que no reconocía la provocación que había detrás. Era un público sobre todo masculino. Las pocas mujeres presentes iban muy maquilladas y llevaban vestidos muy escotados.

Los hombres escondían parte de sus rostros detrás de unas máscaras, lo que todavía confundía más a Maria. Otros parecían peligrosos, muchos llevaban tatuajes y tenía un tórax musculoso. Esos hombres ni se interesaban por el escenario, parecían conversar o discutir entre sí. Maria dio un paso atrás cuando uno de ellos quiso tocarla.

—Saca la zarpa de aquí, Fritze, esta es la señora doctora —le gritó Sachs—. Y hoy no quiero peleas. Que a la Berger se le ha vuelto a ir la cabeza.

Maria se alegró de poder escapar a los camerinos de los artistas a través de una puerta lateral. Aunque tampoco allí reina ba la paz. Unas mujeres muy ligeras de ropa fumaban en los pasillos esperando el momento de salir al escenario. Por todos sitios había botellas, Sachs no parecía valorar que alguien saliera sobrio a escena. Un hombre hacía malabarismos con cuatro pelotas. Y sobre todo ello flotaba un grito espeluznante que salía de uno de los camerinos.

—¿Es la Berger? —preguntó Sachs.

El malabarista asintió y el empresario abrió la puerta del camerino.

—¡Cálmate de una vez, Marika! Tu monito va a recuperarse, si hasta le he traído una veterinaria. Esta es la señora doctora Von Prednitz...

Maria contempló una habitación horriblemente caótica en la que botellas volcadas y llenas, restos de comida, vestidos estrambóticos y empapados de sudor y unas excitantes ropas interiores formaban una apestosa naturaleza muerta sobre todos los estantes y el suelo. En medio de todo eso, una mujer de pelo crespo estaba sentada en el suelo. Su rostro estaba maquillado de blanco y mojado por las lágrimas. La boca, pintada de rojo sangre.

Un cartel que decoraba la pared mostraba a la mujer sin apenas ropa y en una postura extrañamente retorcida. Anunciaba «Bailes de espanto y de voluptuosidad». La mujer llevaba una especie de camisa manchada de vómito, cuyo causante yacía tembloroso en su regazo. Era un mono capuchino.

Maria se dispuso a cogerlo, pero la mujer chilló. Maria miró desorientada a Sachs. Este intervino.

—¡Tranquilízate, Marika! —increpó a la mujer y le cogió el monito sin mayor vacilación para dejarlo con cuidado sobre el único rincón libre de la mesa. Encima había esparcido un polvo blanco.

—¿Qué es esto? —preguntó Maria desconcertada, pero luego se centró en su paciente.

A primera vista ya vio que el monito estaba deshidratado. Le latía fuertemente el corazón —ni siquiera necesitaba el estetoscopio para notarlo— y su respiración era irregular. Gemía.

—¿Dices que eres médica y no reconoces la nieve? —le increpó la mujer balbuceando.

Maria se asombró.

—Esto no es nieve. La nieve se derretiría aquí —constató.

Marika Berger soltó una sonora carcajada.

—Eso es cocaína —le aclaró Sachs a Maria—. La esnifa..., dice que la espabila. —Miró a su vedette enojado—. Ahora vístete de una vez Marika, ¡el público está esperando!

—La cocaína es un alcaloide —declaró Maria—. El éster metílico de la benzoilecgonina levógira. Se utiliza a veces como anestésico local, pero obra sobre todo un fuerte efecto sobre el sistema nervioso central. Una sobredosis puede causar arritmias, infartos cerebrales y convulsiones. Justo los síntomas que presenta el mono. De ello se deduce que el animal ha consumido o inhalado droga.

Marika Berger se echó a reír.

—¿El mono esnifa? —preguntó—. ¿Se mete mi nieve a escondidas? —Pronunciaba con poca claridad.

—Seguro que el animal no tenía intención de drogarse —dijo

Maria inflexible—. Debe usted vigilarlo más. Puede morirse de eso.

—Qué va, la nieve no mata a nadie —sentenció la bailarina. Sus preocupaciones por el monito parecían haberse esfumado.

—Vístete de una vez —urgió Sachs.

Marika Berger se despojó de la camisa sucia. Iba desnuda.

—¿Para qué?, bailaré así mismo —dijo, cogió una pajita e inhaló con ella el polvo blanco que estaba esparcido alrededor del animal—. Mientras, que el mono duerma su colocón.

Se calzó unos zapatos de tacón alto y salió tambaleándose.

Maria levantó la vista hacia una botella de whisky medio vacía que estaba en el suelo.

—¿Y puede bailar así? —preguntó mientras daba una inyección al monito. Necesitaba un remedio para fortalecer el corazón. Además de líquido.

—Puede bailar siempre —respondió despreocupado Sachs—. Y empina el codo desde la mañana hasta la noche. Entretanto esnifa para volver a espabilarse. ¿Puede ayudar al mono? Antes estaba enloquecido y ahora tiene pinta de ir a diñarla.

—Ha agotado todas sus fuerzas durante el estado de euforia —explicó Maria—. Y luego ha vomitado y ha sufrido espasmos... Ahora está exhausto. La taquicardia y los problemas de respiración tampoco ayudan. Pero puedo curarlo. Creo que dentro de un par de horas volverá a ser el de siempre.

—En general es muy majo —comentó Sachs mostrando por primera vez algo así como simpatía.

—Los monos capuchinos son muy majos —dijo Maria—. Y muy inteligentes. Pero también curiosos. La señora... Berger tiene que cuidar mejor de él.

El propietario del teatro resopló.

—Esa no es capaz de cuidar ni de sí misma. ¿Cómo va a cuidar del monito?

Al poco tiempo de estar con el gotero, el monito se encontraba mucho mejor. El corazón y la respiración se habían apaciguado y durmiendo se le iría pasando el estado de ebriedad. A Maria se le despertó la curiosidad.

—Puedo..., ¿puedo ver cómo baila? —preguntó tímidamente—. ¿Sin que me molesten? —En ningún caso quería pasar a la sala de espectadores.

Sachs asintió tranquilo.

—Pues claro, desde detrás del escenario. Espere. Voy a decirle a una de las chicas que vigile al mono.

Desapareció unos minutos y volvió con una de las bailarinas maquillada con colores chillones que enseguida preguntó preocupada por el monito y se quedó de buen grado con él.

Maria siguió al empresario por unos pasillos entre bastidores. Desde ahí se podía ver bien a Marika Berger, quien se retorcía en el escenario al ritmo de unos extraños sonidos.

—Tiene convulsiones —constató Maria—. Ella...

—Qué va —la tranquilizó Sachs—. Esto es solo un elemento de su baile. Así lo llama ella. Elemento. Lo llamaba el temblor de la muerte. Yo lo llamaría más bien el meneo de tetas, pero la Berger dice que es un arte.

Los hombres del público tampoco parecían demasiado impresionados. Animaban a la bailarina cuando les enseñaba el trasero y el pecho y no se ahorraban comentarios obscenos. Eso molestaba a Marika Berger, que respondía de forma no menos ordinaria. La mesa de unos fortachones tatuados, que no dejaban de hablar y reír durante su representación, la estaba poniendo de los nervios. Al final, salió con toda naturalidad del escenario, se acercó bailando a uno de los hombres enmascarados del público, que acababa de gritar al escenario: «Más rápido, más rápido, guarra», y le colocó los pechos alrededor de las orejas. Luego le cogió la máscara con los dientes y se la quitó.

—¡Ved la máscara de la muerte! —chilló y escupió el trozo de tela al suelo. A continuación, se dirigió bailando a la mesa de los otros camorristas, cogió una copa de espumoso y tiró el contenido a la cara de uno de esos individuos. Este se quedó boqueando y se levantó de un salto, pero ella ya había vuelto al escenario moviéndose como una serpiente y proseguía su baile. Concluyó con una nota estridente, al tiempo que se arrojaba al suelo, con las piernas abiertas y mostrando la vagina al público.

—Ha sido... peculiar —observó Maria—. ¿Por qué algunos hombres van enmascarados?

Sachs rio.

—No quieren que los reconozcan. Son de provincias, bávaros, suabos, tipos que tienen algo que hacer en Berlín y se gastan aquí el dinero en juergas. Que su esposa en casa también necesitaría... Para ellos sería lamentable que en la mesa de al lado hubiese un campesino del pueblo vecino y los viese.

—¿Y esos?

Maria señaló la mesa de los sujetos tatuados y de aspecto marcial que la habían incomodado al principio.

—¿Esos? Esos son la *crème de la crème* del barrio rojo —le informó Sachs—. Algunos dejan sueltas a sus conejitas por la Friedrichstrasse.

Maria lo miró confusa.

—¿Organizan cacerías? —preguntó.

Sachs se echó a reír.

—Usted vive en otro planeta, señora doctora. Qué va. Ellos se quedan con la pasta de las pobres chicas que están ahí fuera esperando clientela. Algunos son auténticos criminales que viven de robar y asesinar, luego hay camellos, especuladores y ese gordo de ahí, ese es un boxeador que ayer ganó un montón de pasta en el palacio de deportes... Con esos más vale no pelearse. Aquí siempre me arman jaleo, pero tampoco se les acaba el dinero... y se lo gastan aquí.

Maria ya había visto suficiente. Volvió a examinar a su paciente, que se iba despertando lentamente y parecía estar hambriento. Marika Berger le dio un terrón de azúcar.

—Eso no es bueno para los dientes —indicó con severidad

Maria—. Es mejor que le dé verdura o fruta. Y cuando haya acabado aquí, váyase con él a casa. Necesita tranquilidad.

—¿A casa? —La Berger soltó una carcajada —. ¡La noche empieza ahora! —Se tomó un buen trago de la botella de whisky medio vacía.

—A lo mejor yo podría cuidar de él —sugirió la pequeña bailarina—. Mañana temprano puedo llevarlo al Adlon. —Marika Berger vivía en el hotel de lujo, en la noble calle de Unter den Linden, cerca de la puerta de Brandemburgo.

—Esa me parece una buena solución —declaró Sachs—. ¡Mira, Marika, de todos modos ahora está sobando!

Maria se tranquilizó cuando al final la Berger consintió. Dio a la muchacha un medicamento para el monito y se quedó hasta que Marika Berger salió disparada no sin antes dar un teatral beso de despedida al mono. Luego pidió a Sachs que la acompañara a casa. El empresario se quedó contemplando a Marika Berger, que se había puesto un esmoquin para acabar la noche, después de maquillarse y pintarse de un rojo sangre y muy finos los labios, que antes tenían un aspecto carnoso.

—Es realmente original —dijo—. Pero tarde o temprano acabará mal... ¿Cuánto le debo, señora doctora?

Maria explicó avergonzada que Nellie era la responsable de la parte económica.

—Puede pasar mañana con la factura. Pero será mucho. Las urgencias no son baratas.

Sachs asintió.

—Lo que ustedes digan, la Berger me devolverá el dinero. Y tome, llévese una botella de champú, como pequeña muestra de agradecimiento. Esta noche me ha salvado usted el culo...

Maria se preguntó en qué medida, pues solo había curado al mono. Pero no planteó la cuestión, de todos modos, el dueño del local la consideraba una ingenua.

Nellie se despertó en cuanto Maria abrió la puerta de la casa.

No se había sumido en un sueño profundo, seguro que a causa de la preocupación.

—¿Y? ¿Qué tal? —preguntó.

Maria se sentó.

—Extraño —respondió y empezó a contar con todo detalle su experiencia—. El señor Sachs llamó a la mujer «original» —acabó diciendo—. Aunque yo habría relacionado ese concepto con el mundo del arte o el ámbito notarial. Yo la he encontrado extraña. Y que inspiraba poca confianza.

—Pobre mono —comentó Nellie.

7

Las veterinarias no podían explicárselo, pero la visita nocturna al mono capuchino drogado parecía haber producido un cambio en su consulta. Ya el día siguiente por la tarde apareció otro cliente rico, aunque uno que al principio causó cierta alarma.

Lene, que quería ayudar a Maria en la consulta mientras Nellie jugaba con su hija y descansaba un poco después de la jornada en el matadero, llegó al apartamento blanca como una muerta y a punto de esconderse en el primer armario que encontrase.

—El tío Fritz... Un amigo suyo... está en la consulta... en la sala de espera. Seguro..., seguro que me está buscando... —La joven estaba asustadísima.

Nellie se levantó.

—No tengas miedo —intentó tranquilizarla—. Ya le diré a ese señor lo que tenga que decirle si viene a armar jaleo. Pero creo que si quería algo de ti, habría llamado a la puerta de casa. Y después de tantos años es improbable. Quédate con Grietje y bajo a ver qué quiere.

Cuando llegó a la consulta, Maria estaba indicando al hombre, un individuo fuerte y de espaldas anchas, que entrara en la sala de curas. El supuesto conocido del proxeneta no tenía aspecto de persona afable, sino más bien brutal. Una cicatriz le recorría la nariz y la mejilla. Pero Maria no se fijó en él, sino en el perrito que llevaba sujeto bajo el brazo como si fuese una cartera.

—Buenas —saludó—. Soy Ralle Manzinger. He venido por el caniche. —Colocó al animal, un cachorrito que parecía un ovillo de lana, sobre la mesa de examen.

—Pero este no es un ca...

Maria quería señalar que se trataba más de un mestizo que de un caniche de pura raza, pero Manzinger siguió hablando.

—Es un regalo de cumpleaños. Para mi Luise. Le hace mucha ilusión tener un perrito faldero. Me ha costado un dineral... Pero es de criadero, tiene un árbol genealógico que ni el emperador...

—¿De verdad? —Nellie miró a Maria. Esta conocía esa mirada y calló—. ¿Y qué le pasa?

—Vomita y caga —respondió lacónico Manzinger—. Le sale agua del culo...

—Sin duda tiene gusanos —observó Maria—. Mire lo hinchado que tiene el cuerpo. Y también tiene pulgas...

—Y además está deshidratado —intervino Nellie—. Vamos a darle líquido y un remedio contra los parásitos... Vuelva usted mañana, señor Manzinger, el perro se encontrará mejor. Mientras, cuidaremos de él. Cuándo... ¿es el cumpleaños de su hija?

Manzinger rio.

—No es mi hija. Es mi esposa. Una bomba en la cama. Bailarina. Pero no un fideo como la Berger... Y mañana es su cumpleaños. He quedado con ella por la noche. Para entonces el cachorro tiene que haberse recuperado. —El hombre abrió la cartera, sacó un fajo de billetes y lo lanzó sobre la mesa—. Aquí tienen. Un adelanto. ¡Cómprenle al cachorro algo bueno que comer! —Y dicho esto se marchó.

Maria y Nellie se miraron sin decir palabra.

—Como si fuera un aparato que hay que reparar —comentó Nellie, asombrada.

—De aquí no va a salir un caniche de pura raza —observó

Maria—. Aunque al menos no crecerá. Vete tú a saber de cuántas razas será mezcla...

Nellie se encogió de hombros.

—Nos da completamente igual. La dama a quien se le ha obsequiado no se dará ni cuenta. Y si lo hace, ya hará tiempo que el perrito se habrá ganado su corazón. Manzinger está orgulloso de su perro de raza y el vendedor puede felicitarse por haber timado al rey del mundo del hampa... Qué valiente, por cierto. Y al pequeño mestizo lo mimarán en lugar de abandonarlo. Así que todos contentos. Nosotras solo tenemos que ocuparnos de que este pobre se haya recuperado para mañana. Voy a darle ahora mismo algo para el estómago.

Que Ralle Manzinger hubiese desarrollado de golpe y porrazo simpatía por los perros no tranquilizaba a Lene. Contó que era un matón brutal, el mandamás de todo el mercado negro. Suministraba artículos de lujo al tío Fritz y sin duda sabía que este permitía que las chicas que trabajaban para él se muriesen de hambre y frío.

—El amor tiene sus razones... —observó Nellie, refiriéndose más a la chaladura de Manzinger por Luise que a su repentino amor por los animales.

Por fortuna, el perrito se recuperó realmente enseguida. Nellie no pudo evitar bañarlo y cepillarlo antes de devolvérselo a Manzinger. El criminal se quedó maravillado ante el mullido ovillo y pagó sin protestar una factura exorbitante.

—Lo mejor sería que Luise viniera por aquí cada dos semanas —le aconsejó Nellie de paso—. La salud de los perros en la fase de desarrollo, precisamente los que son de raza, debe tener un seguimiento regular. Y para el pequeño caniche lo bueno es lo mejor.

Los amos de los siguientes pacientes procedían del mundo del espectáculo y eran más simpáticos. Dos jóvenes, que parecían tener una relación muy íntima, aparecieron con seis doguillos. Los animales formaban parte de su número de magia en un teatro de variedades y dos de ellos mostraban en ese momento síntomas de estar enfermos. Nellie los curó de una infección febril y recomendó a sus dueños que vigilaran a los demás, pues tal dolencia solía ser contagiosa.

—Ya lo hacemos, señora doctora —le aseguró uno y plantó un besito en la cabeza de uno de los doguillos.

—¡A fin de cuentas, son nuestros hijos!

—¿Qué te juegas a que duermen todos juntos en una cama? —comentó risueña Nellie cuando los dos se fueron con su colección de animales—. Conozco familias que están mucho menos unidas.

A otro mago pertenecía la paloma enferma de la que se ocupó Nellie unos días después, pero lo realmente exótico sucedió cuando se presentó una *stripper* con una serpiente.

—¡Qué pitón tan magnífica! —exclamó emocionada Maria, mientras cogía de los hombros de su ama el reptil, que parecía en estado letárgico—. Una albina, ¿verdad? Este color no es corriente.

La mujer asintió con orgullo. Estaba preocupadísima por Karamba, con la que realizaba su número de teatro.

—¡Hace dos días que prácticamente no se mueve!

Maria interrogó concienzudamente a la dueña del animal y averiguó que dos días antes se le habían escapado los ratones con los que alimentaba a la pitón. Antes de que ella se diera cuenta, ya se había percatado Karamba, que por lo visto no vivía en un terrario, sino que compartía habitación con su amita.

—Cuelga de mi perchero —admitió la mujer tan tranquilamente.

No parecía tener miedo de que un día su querida mascota la estrangulara. En cualquier caso, la serpiente había salido a cazar y había engullido más, muchos más ratones de los que su ama solía suministrarle.

—En mi opinión está completamente sana —aseguró Maria tras una extensa revisión del animal inmóvil—. Por desgracia ha comido demasiado. Ahora necesita un par de días para hacer la digestión, durante la cual las pintones simplemente permanecen en reposo. Dele una semana de descanso. En caso de que no mejore, vuelva a vernos.

Una semana más tarde, Karamba volvió a mostrar signos de vitalidad y su dueña pagó la factura sin replicar.

—Si esto sigue así —dijo contenta Nellie—, pronto podré dejar el trabajo en el matadero.

Desafortunadamente, el auge repentino de la consulta a través de los contactos de Maria y Nellie con los bajos fondos también tenía aspectos no solo negativos, sino hasta peligrosos. Una mañana, cuando Nellie ya llevaba unas horas en el matadero, una muchacha muy joven llegó con una amiga de su misma edad que lloraba y se apoyaba pesadamente sobre ella.

—¡Lise! —Lene, quien volvía a ocuparse de la puerta, se sobresaltó cuando vio a las muchachas. Las conocía a las dos—. Lise, ¿qué has hecho? —preguntó.

Lise gimió, le resbalaba la sangre por las piernas.

—Ha ido a abortar —explicó Lotte, la otra joven—. Ayer por la tarde. Y desde entonces no deja de sangrar. Ha llorado y gritado toda la noche.

—¿Con el doctor Vicht? —preguntó Lene.

El médico, al que las prostitutas llamaban Bicho, era el primero al que se dirigían para practicar un aborto.

—Qué va. El tío Fritz lo encontraba demasiado caro. Se ha encargado la Abuelita Priberius, la del bloque de pisos...

—¿Y ahora? —preguntó Lene.

En ese mismo momento se abrió la puerta de la sala de curas. Maria salía a comprobar por qué tardaba tanto su nuevo paciente.

—Bueno, he pensado… Los veterinarios… pues también son médicos. Y aquí son mujeres. He pensado… —La muchacha miró suplicante a Lene y luego a Maria.

—Entra —dijo esta—. Tengo que examinarte. Ha sido… ¿un aborto? —preguntó.

La muchacha asintió. Junto con Lene, Maria ayudó a Lise a llegar a la mesa de observación, que antes habían cubierto con un paño de lino limpio. Era algo pequeña para una persona, pero Lise era una chica menudita, cuyos rasgos faciales recordaban un poco a los de un ratoncito. Era tan joven como Lene cuando había llegado, trece años, según averiguó Maria al preguntarle.

—Todavía eres muy joven para tener relaciones sexuales —dijo Maria—. Y la mujer que ha intentado desprenderte del niño no parece tener los instrumentos adecuados. Te ha hecho daño en toda la vagina y también en el interior… Tengo que hacer un raspado… Llévala al quirófano, ¿vale?

—Entonces, ¿sabe usted hacerlo? —preguntó la chica que acompañaba a la enferma—. ¿Pasa lo mismo con los perros?

Maria hizo un gesto negativo.

—No, la anatomía humana es distinta, pero yo tengo una buena formación.

Administró gas hilarante a la llorosa muchacha, que temblaba de dolor, y se puso manos a la obra con unos instrumentos muy pequeños. Maria todavía no había realizado nunca un raspado, pero sabía que era una cirujana diestra y prudente. Poco después había acabado.

—La hemorragia no tardará en detenerse. Volverá a estar completamente sana. Solo hay que cuidarse de que descanse y de que no la vuelva a penetrar enseguida un hombre. Tiene que reposar dos semanas como mínimo, y mejor aún si son cuatro.

Maria dejó que Lise descansara durante una hora y luego la despidió. Aunque la horrorizaba tener que enviarla a una casa que, según Lene, más bien era una pocilga, no cabía otra posibilidad. Había hecho cuanto había podido.

Sin embargo, Nellie se escandalizó cuando se enteró de la operación clandestina.

—Maria, ¿cómo has podido? Has cometido un delito. Los abortos están prohibidos.

Maria se encogió de hombros.

—No ha sido un aborto. Ya hacía tiempo que el niño estaba muerto. Solo ha sido un raspado.

—¡Da igual! Somos veterinarias, no médicas de humanos. Y si lo fuésemos, habríamos tenido que registrar a la joven. ¡Estás poniendo en peligro nuestra existencia, Maria!

Ella se la quedó mirando.

—No tenía otro remedio —dijo.

Nellie recapacitó.

—¿Debo recordarte tus propias palabras? —preguntó—. Siempre se tiene otra opción.

—Pero entonces la muchacha habría muerto —respondió Maria—. Me refiero a que lo que he hecho era lo correcto.

Nellie esperaba que al menos no volviera a repetirse el caso, pero, como era obvio, entre las chicas de la calle corrió el rumor de que había quien prestaba ayuda cuando un aborto salía mal.

No tardaron en llegar otras mujeres que no dejaban de sangrar después de la intervención y al final acudió otra chica que estaba bajo la custodia del tío Fritz.

—Por favor, por favor, tengo mucho miedo —suplicó Fanny—. He de ir a la Abuelita. Pero casi ha matado a Lise. Ella nos dijo que ustedes pensaban que no utilizaba los instrumentos adecuados y yo…

La pequeña Fanny era todavía más flaca y menuda que Lise.

—¿Cuántos años tienes? —preguntó Maria.

Fanny sollozó.

—Once —dijo.

Maria se frotó la frente.

—Podría intentarlo con una mezcla de hierbas. La tujona es

abortiva y está en varias plantas fáciles de conseguir. Pero no tengo experiencia. Puede producir efectos secundarios negativos...

—¿No me lo puede quitar? —rogó Fanny—. No debe de ser muy grande, hace solo dos meses que no me viene la regla.

Maria se mordisqueó el labio.

—Vamos a intentarlo primero con una infusión. A lo mejor sale de forma natural. Tu cuerpo todavía no está preparado para un embarazo.

Lene se marchó a la farmacia más cercana y compró ajenjo y salvia, artemisia y aquilea. Fanny bebió dócilmente esa infusión muy amarga con miel.

—Ahora esperemos dos días —indicó Maria.

Se sintió sumamente aliviada cuando al día siguiente Lene volvió de hacer las compras y, radiante de alegría, informó que Fanny había tenido el periodo.

—Qué sencillo... —se alegró—. ¡Gracias, doctora Von Prednitz!

—No siempre funciona —advirtió Maria—. No vayas contando por ahí que tenemos un remedio milagroso contra los embarazos no deseados.

—Pero ¿en qué estás pensando? —preguntó Nellie horrorizada cuando Maria le comunicó lo sucedido—. Claro que correrá la voz. Y de este modo te vinculas por vez primera con un auténtico aborto. ¡Vaya, Maria! Bastante arriesgado era ayudar a esas chicas, pero ahora...

—No era nada seguro que la niña estuviera embarazada —objetó Maria—. A su edad podía tratarse de un trastorno de la menstruación que con la infusión se ha remediado.

—Ninguna mujer se lo creerá —replicó Nellie—. Tienes que parar, Maria, nos estás llevando al borde del precipicio. Aunque sea correcto lo que haces. Está terminantemente prohibido.

—Yo no llevo a nadie a un precipicio —se defendió Maria.

Nellie no le hizo caso.

—Lene, por favor, averigua mañana dónde vive esa Abuelita Priberius —ordenó a la niñera—. Tengo que hablar con esa mujer. Tal vez debamos acudir simplemente a la fuente.

Magdelene Priberius, Abuelita Priberius, como todos la llamaban, vivía en la colonia obrera de la Mainzer Strasse, no lejos de la tienda de muebles usados. Se indignó cuando Nellie llamó a su puerta y le recriminó a bocajarro sus actividades ilegales.

—¡No tiene ninguna prueba! —contestó con un marcado acento a Nellie—. Yo..., yo puedo denunciarla. ¡Qué ofensa!

Nellie suspiró.

—Señora Priberius, ahorrémonos estas discusiones. Está claro que nunca me denunciará. Y yo tampoco voy a hacerle nada. Al contrario, quiero ayudarla a efectuar mejor su trabajo. Será bueno para usted, para sus clientas y, sobre todo, para nosotras, pues últimamente todos sus fracasos se plantan delante de nuestra puerta. Tiene que dar las gracias a mi compañera de que todavía no la hayan culpado de asesinato. Al menos en este último par de semanas. Así que déjeme entrar y encontrar una solución.

La abortista abrió de mala gana la puerta. Nellie le enseñó primero el libro que Walter había comprado a Maria años atrás sobre la anatomía femenina y las enfermedades de los órganos del hipogastrio. Le explicó pacientemente el desarrollo del feto y lo que había que hacer para realizar con pulcritud un raspado.

—Naturalmente, esto funciona mejor cuando la paciente está quieta. A lo mejor puede obtener algo de opio u otro tranquilizante fuerte. En el mercado negro se puede comprar morfina... Se dice que la Berger, ya sabe, esa bailarina del teatro de variedades, desayuna pétalos de rosa empapados en éter y cloroformo. Diga a sus pacientes que traigan algo de ese estilo. Si hay que sujetar a la fuerza o atar a las mujeres porque les hace mucho daño, usted no puede trabajar como es debido. —Nellie había llevado instrumentos más pequeños y se horrorizó cuando vio con qué utensilios, provisionales y en parte confeccionados por ella misma, practicaba los abortos esa mujer—. Esto no puede ir bien —comunicó a su alumna y le explicó en ese mismo momento lo que tenía que hacer para esterilizar los instrumentos—. Todo tiene que quedar muy limpio, de lo contrario las chicas sufren infecciones. Venga a nuestra consulta. Mañana esterilizamos a un doguillo. Aunque no tiene nada que ver con una histerectomía en un ser humano, podrá ver cómo se utiliza correctamente el instrumental.

Nellie no lo hubiera creído jamás, pero la Abuelita Priberius demostró ser una mujer con interés y capacidad de aprendizaje. En el fondo era una buena persona que realmente quería ayudar a sus clientas. Confesó que ella misma había dado a luz a trece hijos y que en el último parto casi había muerto.

—Ya me habría gustado encontrar a alguien como yo... No caro, pero bueno.

—Buena lo será usted a partir de ahora —dijo Nellie.

Nellie dejó que la mujer —tenía treinta y cinco años, pero aparentaba cincuenta como mínimo— presenciara la extracción del útero de un doguillo hembra. Procuró dar en la operación mucha importancia a un trabajo limpio.

Con muy mala conciencia y preocupadísima, incluso accedió al ruego de la abortista de que supervisara un aborto y le dijera qué era lo que posiblemente hacía mal. Ayudándola, Nellie se ponía en sus manos. Habrían podido acusarla y condenarla por ser cómplice.

La mujer de quien se trataba no era una chica de la calle, sino la vecina de Priberius. No tenía dinero para anestésicos, pero no se movió pese a los dolores y, cuando la abortista empezó, clavó sus enormes dedos de trabajadora en la manta sobre la que estaba tendida.

—Nada..., nada puede ser peor que otro crío —se lamentó

cuando Nellie se maravilló de su aguante—. Yo..., yo quiero a todos mis polluelos, pero con diez tengo bastante. Tampoco sabría cómo criarlos ahora que la moneda ha perdido tanto valor. —Nellie entendió a la mujer cuando vio al grupo de niñas y niños, flacos y harapientos, que esperaban temerosos a su madre delante de su casa. Seguro que en esa familia no había nadie que comiera lo suficiente.

—¿Ve por qué lo hago? —preguntó la señora Priberius casi con timidez y dando las gracias a Nellie por sus consejos.

Esta asintió y nunca más volvió a saber nada de la abortista ni de sus pacientes. La señora Priberius ya no cometía errores o al menos nadie volvió a recurrir a Maria.

A partir del otoño de 1923, la inflación adquirió unas formas dramáticas. Artículos de uso cotidiano como el pan y la mantequilla costaban de repente miles de millones de marcos imperiales. Los sueldos se pagaban cada día y la gente llevaba unas enormes bolsas o carretillas para cargar grandes cantidades de billetes, en su mayoría recién salidos de la imprenta. Con ellos corrían después tan deprisa como podían a las tiendas, donde los precios a menudo se duplicaban al cabo de pocas horas. Para los comerciantes eso era un negocio con pérdidas y cada vez eran más las tiendas que cerraban. Para personas que, a diferencia de Nellie y Maria, no podían cobrar sus salarios en especias significaba una catástrofe. Los niños pasaban hambre. Las familias se apretujaban en las estaciones para salir de la ciudad y buscar en los campos cosechados las últimas patatas o cereales. A menudo también intentaban robar, pero la policía vigilaba los cultivos y disparaba. En la ciudad, los hambrientos asaltaban las panaderías y puestos del mercado. Nellie, Lene y Maria solo salían de casa cuando no tenían otro remedio. La chusma alborotaba en las calles y en los lugares conocidos del mercado negro tenían la certeza de que las atracarían.

Naturalmente, también había gente que sacaba beneficios

de la inflación. Los *Raffkes*, como llamaban los berlineses a quienes se habían enriquecido con la guerra, llenaban los teatros de variedades y los restaurantes de Friedrichstadt. El Ratón Blanco ingresaba cantidades astronómicas. Los hombres asistían ahora con sus esposas, la mayoría de ellas procedentes también de los bajos fondos, como la Luise de Manzinger, que acabó siendo una señorona con vestidos caros y bien maquillada que llevaba en bandeja a su pequeño caniche. El perrito la acompañaba a todos sitios y despertaba con ello la envidia de las otras esposas de los agraciados por la inflación.

Maria y Nellie casi no podían salvarse de los perros falderos y los gatos persas que habían encontrado alojamiento en las mansiones de la gente adinerada. Además, se adquirían muchos perros guardianes. Los vanidosos boxeadores se acompañaban de bull terriers que importaban de Gran Bretaña y el monito de Marika Berger volvió a necesitar ayuda médica. Por lo visto, el pequeño se servía ahora con mayor frecuencia de los estupefacientes de su amita, tras lo cual se ponía o muy eufórico o muy apático. A Maria la llamaron una vez porque el animal se había subido al bar del establecimiento en donde bailaba la Berger —hacía mucho que la habían despedido de El Ratón Blanco por sus malas formas— y lanzaba botellas de champán al público. La bailarina se partía de risa, pero, como era comprensible, el propietario no estaba tan entusiasmado. Maria recuperó al enloquecido monito con un narcótico que le administró con una cerbatana, ganándose así la admiración de todo el público.

—¡A eso le llamo yo un tiro certero! —exclamó riendo uno de los clientes.

Este apareció en la consulta al día siguiente con un pastor alemán, su futuro perro guardián, para que lo examinaran.

En el momento álgido de la inflación, Nellie se despidió del matadero. La consulta veterinaria daba suficiente dinero para mantenerlas a todas.

8

—En realidad, ¿cómo se las arreglan tus padres con la inflación? —preguntó Nellie a Maria, poco después de volver a dedicar toda su jornada laboral a la consulta.

Estaba recogiendo sus cosas para las visitas a domicilio, que realizaba regularmente. También la pequeña Grietje se arreglaba para salir, pues Nellie solía llevársela. La niña disfrutaba estando con su madre y sobre todo conociendo a tanta gente nueva. Ya tenía cuatro años y medio y era muy abierta. Las mujeres de los bares la adoraban, al igual que las señoras de las mansiones de quienes se habían beneficiado con la guerra.

—¿Enseguida podré volver a cantar? —preguntó, colocándose teatralmente un chal sobre el vestidito.

Las coristas de los teatros de variedades, que con frecuencia ensayaban mientras Nellie examinaba a sus animales, le causaban una gran impresión y solían dejarla cantar con ellas y tocar el piano.

Maria ignoró a Grietje y respondió a Nellie.

—Mis padres tienen suficiente que empeñar —dijo—. Solo con las joyas de mi madre podrán salir del paso en épocas difíciles.

A cambio de objetos de valor había todos los alimentos y mercancías que se pudiera desear, y los Von Prednitz siempre habían sido ricos. La misma Maria poseía joyas valiosas e incluso había pensado en llevárselas cuando se mudó. Gracias al trabajo de Nellie en el matadero y al tratamiento de los caballos, que se había pagado en general en especias, no había tenido que recurrir a ellas hasta el momento.

—¿No te importa haber perdido el contacto con ellos? —preguntó Nellie—. A lo mejor..., a lo mejor saben algo de Walter.

Maria hizo un gesto negativo.

—Si Walter supiera que ya no vivo en casa, me buscaría. Lo siento mucho, Nellie, de verdad, desearía por ti que regresara. Pero no creo que se presente en casa de mis padres. Son todos... demasiado orgullosos.

Para Maria, el orgullo era algo sumamente extraño. Ella era muy franca y nunca se ofendía. Nellie seguía encontrando la convivencia fácil, sobre todo desde que Grietje había pasado por lo peor y ya no lloraba cada noche. Desde que la pequeña podía hablar, Maria también mantenía una relación extraña, pero en general buena con ella. Nunca hacía mimos a la niña, pero respondía pacientemente a sus interminables preguntas.

Nellie se encaminó hacia las casas de sus pacientes con su hija de la mano a través de la mañana berlinesa. Incluso después de que hubieran pasado tantos años desde el fin de la contienda, la ciudad conservaba un aspecto gris y deprimente. Las esquinas de las calles estaban ocupadas por mendigos, a menudo mutilados de guerra, y delante de la asistencia los desempleados esperaban ayuda económica. Esta ascendía en ese momento a casi veinte millones de marcos por semana y, pese a ello, era muy poco para vivir y demasiado para morir. Una libra de mantequilla valía ochenta y cuatro millones de marcos y un panecillo veintidós. Muchos niños andaban descalzos por las calles y Nellie esperaba que al menos las comidas escolares de los estadounidenses los mantuvieran con vida.

Ese día, su objetivo era un gran teatro de variedades en cuyo escenario se ofrecían números con animales. Una bailarina exótica aparecía en él montada en un elefante, un animal que Maria conocía del zoo. El zoológico lo había tenido que vender por necesidad. Ahora Wombo sufría una infección en la piel. Maria lo había curado y Nellie solo tenía que supervisarlo. El gigantesco animal la impresionaba. Por fortuna era tan bueno como enorme.

—Le dejo subir a su pequeña —ofreció alegremente la «bailarina india del templo a quien un explorador alemán había salvado de un peligro de muerte» y que en realidad procedía del barrio berlinés de Pankow. En ese momento, Nellie se percató de que su hija había desaparecido. Sin embargo, la escala de notas que sonaba desde una de las salas de ensayo del establecimiento le indicó dónde hallarla. Grietje estaba martilleando un teclado, sentada sobre el regazo de un animador de espectáculos cubierto de una extravagante indumentaria.

—Do, re, mi, fa, sol, la, si, do —la acompañaba cantando el hombre—. Y ahora al revés: do, si, la, sol, fa, mi, re, do...

—Quiero tocar una canción —pidió Grietje—. La de los patitos.

Nellie se quedó boquiabierta. Era una canción con la que se solía pasar fácilmente de la escala a una melodía. Pero que Grietje lo hubiese percibido... Todavía se quedó más maravillada cuando su hija no esperó otras indicaciones, sino que se puso a tocar al instante. Se atascó una o dos veces solamente, pero enseguida se corrigió. Antes de que Nellie saliese de su perplejidad, Grietje tocó otra vez la canción y el animador improvisó un acompañamiento con la mano izquierda. La niña y el hombre estaban entusiasmados al terminar.

Nellie aplaudió.

—Tiene una hija sumamente dotada, señora doctora —dijo el actor. Era el presentador del espectáculo de la noche. Nellie lo conocía de la consulta. Él y su pareja convivían con un chihuahua y dos gatos siameses en una de las viviendas que había a la vuelta de la esquina. El perro tenía nervios en el estómago a causa de que los gatos no dejaban de perseguirlo—. Debería recibir clases de piano.

Nellie rio.

—Por el momento, todavía no tenemos dinero para eso —le informó—. Pero sí, Grietje se parece a su padre no solo por su aspecto, también ha heredado su talento para la música. Mi marido tocaba muy bien el violín.

El rostro de payaso del joven se contrajo.

—¿Perdió a su marido en la guerra? —preguntó apenado.

—Se podría decir así —contestó Nellie. No le gustaba contar su historia a los clientes—. Ahora ven, Grietje, dale las gracias a Tony, tenemos que seguir. El elefante vuelve a estar bien. Hasta puedes montarlo si quieres.

Grietje asintió y se puso a reír cuando el enorme animal la cogió de la cintura con la trompa y la depositó en su lomo. Le gustaban los animales y no les tenía miedo, pero no parecía haber heredado la pasión que Nellie había sentido de niña por ellos. Después de un breve paseo se separó despreocupada de Wombo y volvió a la calle bailando y cantando junto a su madre. La meta siguiente se encontraba en el barrio de las grandes mansiones, en Zehlendorf. Nellie cogió el tranvía, horrorizada por lo caro que era el billete.

—¿Dos millones por un viaje? —preguntó—. Creo que volveremos a pie.

El revisor se encogió de hombros.

—Mejor en bicicleta —aconsejó—. La mayoría de la gente viaja ahora en bicicleta. Si tiene todavía una... Si no, cuesta también billones... Cómo acabará todo esto... ¿A dónde quiere ir, querida señora... y la muñequita?

Grietje le sonrió y él le tendió el billete para niños. De todos modos, el tranvía iba casi vacío. La ricachona clienta de Nellie le reembolsaría después el billete, pero el transporte público era prohibitivo para la mayoría de la gente.

El siguiente paciente pertenecía a la esposa de un traficante famoso en la ciudad, August Grotten. Había hecho una fortuna en el mercado negro y vivía ahora en una mansión enorme. Su Else podía escoger cada noche entre cinco abrigos de pieles y daba trabajo a un número ingente de sirvientes, pues, por supuesto, ella nunca había aprendido a llevar de modo eficiente una gran casa. Su mayor orgullo era Prinz, el «príncipe», un auténtico King Charles spaniel traído de Gran Bretaña. El animalito era producto de una crianza demasiado selectiva, tenía el morro demasiado chato y le resultaba casi imposible respirar. A los pocos minutos, ya estaba complemente exhausto. Maria diagnosticó síndrome braquicefálico... Nellie no había visto nunca algo así. Al final habían operado al perrito y le habían quitado el velo del paladar, que era demasiado largo. Eso comportaba un riesgo y Nellie saltó de alegría cuando el pequeño Prinz sobrevivió y luego, en efecto, experimentó una mejora.

Desde entonces, Else Grotten las adoraba a ella y a Maria como veterinarias y ahora esperaba a Nellie y Grietje con un auténtico café, unas pastas de té excelentes y muchas historias que contar sobre las maravillas que hacía Prinz desde que podía, en cierta medida, volver a moverse. Nellie la escuchaba pacientemente mientras acariciaba al perrito. Entretanto, Grietje buscaba un piano, ya que en la mayoría de las casas de la gente con dinero había uno.

La canción de los patitos, que sonaba en la habitación contigua al salón, demostró que lo había encontrado.

Nellie se disculpó.

—Acaba de aprenderla y si pudiera se pasaría todo el día tecleándola.

Else le quitó importancia con un gesto.

—Bah, déjela, no molesta. Y al menos así esa cosa sirve para algo. Yo no sé tocar y mi marido tampoco. Pero hay que tener un mueble así, a veces celebramos veladas y entonces viene un pianista. Para ser sincera, todo esto me importa bien poco. Pero bueno, pertenecemos a la buena sociedad y es lo que toca, según

August. ¿Y dice que su hija la acaba de aprender? Pues lo hace bien. Me gusta más que lo que toca el pianista, al menos conozco esta canción. —Volvió a reírse.

Nellie no puedo evitar reírse también y se preguntó qué habría dicho al respecto el pianista, seguramente un licenciado de uno de los mejores conservatorios, aunque víctima de la hambruna. Pero era cierto, Grietje cada vez interpretaba mejor la canción de los patitos. Cuando Nellie la observó por encima de la espalda, se dio cuenta de que la pequeña incluso se había inventado un pequeño acompañamiento con la mano izquierda.

—Debería tener un piano —comentó Else Grotten mientras Nellie examinaba a Prinz y Grietje intentaba tocar *Hanschen klein*—. ¿Quiere que hable con August?

August Grotten podía conseguirlo todo. Un piano tampoco exigiría demasiado de su talento organizativo.

Nellie repitió que, aunque la consulta daba dinero suficiente para poder vivir de ella, no podían permitirse lujos. A Grietje fue difícil arrancarla del piano.

Un par de días más tarde, se encontraba sin dar crédito a sus ojos delante de un camión cuyo conductor iba a descargar un piano en la casa.

—Sí, sí, es para usted, querida señora. O para su hija, la señorita Margarete de Groot. De un príncipe, ha dicho la Grotten. Regalo de un príncipe. No sabía yo que la gentuza del castillo todavía tenía tanta pasta...

Nellie reprimió una sonrisa al imaginar qué habría pensado el emperador Guillermo de ese solvente parentesco.

—Este príncipe procede más bien de la dinastía británica —explicó y entonces Grietje salió de la casa resplandeciente de alegría. Nellie acabó cediendo—. Bien, llévelo arriba —dijo—. Y no haga caso si los vecinos ponen el grito en el cielo. Lo hacen siempre.

Por supuesto, la señora Obermeier reaccionó como era de

esperar y protestó elocuentemente por el hecho de que a partir de entonces todavía tendrían que soportar más ruido de la casa de las veterinarias. Eso era totalmente absurdo, porque precisamente la hipersensibilidad de Maria frente al ruido había convertido a Grietje en una niña silenciosa en el juego. La pequeña también se sometía a los rígidos principios de orden porque Lene insistía en ello. La joven todavía vivía atemorizada, podía llegar el momento en que cayera en desgracia ante sus salvadoras y tuviera que volver con el tío Fritz. Y además Nellie y Maria mantenían excelentes relaciones con el círculo del proxeneta. No solo trataban al caniche de Luise, sino también a Zeus, el bull terrier que se había comprado hacía poco Ralle Manzinger.

Maria se quedó desconcertada cuando los hombres depositaron el piano en la casa.

—Grietje solo aporreará el teclado cuando tú estés en la consulta —la tranquilizó Nellie—. No te molestará con el ruido.

Maria sonrió.

—La música no es ruido —dijo—. Tú le enseñarás a tocar bien.

Nellie la miró incrédula

—¿Yo? —preguntó horrorizada—. Bueno, si me pongo a tocar yo podemos deshacernos de todos los gatos, porque hasta las ratas estarán encantadas de abandonar la casa.

Maria la miró perpleja.

—Pensaba que el cazador de ratas era un flautista.

Nellie rio.

—Era broma. No sé tocar el piano, Maria. O solo tan poco que más que música es algo que causa horror. —Sonriendo, le habló a su amiga de las clases de música en Utrecht.

—Entonces tendré que enseñarle yo —declaró Maria cuando su amiga hubo terminado—. Yo toco bien.

Para sorpresa de Nellie y admiración de Grietje, lo demostró con una correcta interpretación del *Para Elisa*, de Beethoven. No obstante, Nellie tuvo que admitir que eso no era algo inusual. Tocar el piano formaba parte de la formación de cualquier muchacha de buena familia y, por supuesto, Maria había aprendido, aunque se le había permitido también estudiar en un liceo orientado hacia las ciencias naturales. Tocaba sin cometer errores, pero con un poco de torpeza. Sin duda transmitiría a Grietje una técnica excelente. Las bases, pensó Nellie. O así lo había llamado, en cualquier caso, Frederique Leclerc. Más tarde ya se vería si salía algo más de tal aprendizaje.

En noviembre de 1923 concluyó la espiral de devaluación de la moneda y aumento de los precios. El gobierno distribuyó el llamado Rentenmark, el «marco seguro». Por un billón de marcos se obtenía exactamente un Rentenmark. La inflación había destruido muchas viejas fortunas y arruinado a muchas personas de la clase media y a ciudadanos antes acomodados. Ahora regresaba la normalidad. Grietje aplastaba la nariz fascinada contra los escaparates de las tiendas de juguetes, que volvían a estar repletas durante el periodo navideño. Los clientes de Nellie y Maria ya no pagaban las facturas en especias o en monedas extranjeras, sino en marcos. Pronto apareció gente convencional que se atrevía a incluir en la familia un cachorro de gato o de perro.

Al mismo tiempo, iba desapareciendo la excesiva industria del entretenimiento. Muchos cabarets y teatros de variedades tuvieron que cerrar en Friedrichstadt, los que quedaron apostaban más por coloridas revistas con filas de bailarinas rebosantes de alegría que por las extrañas danzas de la muerte de Marika Berger. Esta, aunque firmó algún que otro contrato, fue cayendo en la decadencia. Los bares en los que bailaba eran cada vez más mugrientos y de mala fama. En un momento dado, Nellie y Maria le explicaron que con mucho gusto tratarían a su monito en el Adlon cuando estuviese enfermo, pero que ya no se atrevían a entrar en las oscuras calles laterales en las que bailaba.

Pero la normalización de la cotidianeidad también conllevaba sus desventajas. A principios de 1924, Nellie y Maria constataron que descendía el número de sus pacientes.

—No, esto no se debe solo a que no vengan un par de bull terriers de proxenetas —confirmó Maria al examinar los historiales de los pacientes. Nellie había atribuido la merma de ingresos solo al hundimiento de la economía sumergida—. No vienen personas con perros pastores, mujeres con perritos falderos... Diría que tenemos competencia.

Luise Manzinger, que seguía visitándolas regularmente con su caniche pese a que los negocios de Ralle ya no iban tan bien, solucionó el enigma.

—Todos van a ese doctor Neuner de la Friedrichstrasse —explicó—. Es muy apuesto. Era veterinario en el ejército y acaba de abrir su consulta. También trata los caballos del hipódromo y habla mal de usted, doctora De Groot. Dice que las mujeres veterinarias son un chiste trasnochado de la historia. En los malos tiempos quizá se podía recurrir a ellas. Pero ahora está él, con su carisma. Las chicas suspiran por él y los hombres con perros que muerden también prefieren acudir a ese caballero. Incluso Ralle está pensado si no sería mejor llevar Zeus a Neuner. Dice que este no afemina tanto al perro.

Con los perros guardianes y los de pelea, Nellie y Maria preferían utilizar el soborno que la violencia. Siempre tenían golosinas y palabras amables para los animales a los que se solía adiestrar con severidad y así podían curarlos sin correr peligro en general.

—Pero entonces lo deben morder —señaló Maria—. No lo entiendo. No hemos decepcionado a nadie. Siempre han estado satisfechos con nosotras. ¿Por qué cambian ahora?

Nellie suspiró. No era la primera vez que vivía una experiencia así.

—Simplemente confían más en los médicos varones —dijo—. Por muy buenas que seamos, para muchos clientes no estamos a la altura de un hombre. Pero no nos vamos a dejar intimidar por eso. Tenemos que luchar. Ofrecemos mejores precios y mejor asistencia a los animales, tal vez podemos valernos de una especie de dos en uno para fidelizar a los clientes. Podríamos especializarnos también en gatos. Seguro que el sistema de ese Neuner no funciona tan bien con ellos.

9

Nellie y Maria tuvieron que luchar de nuevo para conseguir salir adelante, aunque tenían suficiente si vivían de forma modesta. El hecho de trabajar menos ofreció a Nellie la oportunidad de intentar por fin hacer realidad el sueño que la había llevado en un principio a Berlín. Se inscribió en la universidad para obtener una plaza en la carrera de veterinaria.

—Espero no haber de empezar por Adán y Eva —dijo a Maria, cuando el decano la llamó para la entrevista previa—. A lo mejor podría decir que en Bélgica ya he estudiado un par de cursos.

—Te pedirán la documentación —señaló su amiga, haciéndola poner los pies en la tierra—. Las universidades trabajan juntas. Aunque dijeras que has perdido los certificados, averiguarían si estabas matriculada. Es mejor que digas la verdad. El decano fue muy amable conmigo.

Claro que también era amigo del mentor de Maria, el doctor Rüttig, mientras que nadie intercedía por Nellie. Fue a presentarse con el corazón en un puño y confirmó que Maria había dejado una estupenda impresión en la universidad. Nellie afirmó estar trabajando en la consulta de su amiga como asistente, lo que el decano consideró un punto positivo para aceptar su solicitud.

—¿Qué opina si le permitimos que haga los exámenes de los cursos generales sin tener que asistir a clase? —preguntó el profesor—. Si aprueba, podrá ingresar enseguida en el área de medicina veterinaria. No obstante, si suspende química, física y las bases de la anatomía, tendrá que empezar desde el principio.

Nellie dio emocionada las gracias y pasó las siguientes semanas estudiando como una posesa por las noches. Maria le preguntaba pacientemente las lecciones: no había olvidado nada de lo que había estudiado antes, aunque al final no hubiese sido relevante para la carrera o incluso la consulta. En cambio, Nellie tenía que esforzarse para recordar lo aprendido. A medida que se acercaban los exámenes, se iba poniendo más nerviosa.

—¿Tengo que acompañarte? —preguntó Maria llegado el momento.

Nellie iba a pasar todo un día en la universidad y enfrentarse a tres exámenes. Contestó con un gesto negativo, pues sabía que Maria solo preguntaba porque había aprendido que había que dar apoyo moral a una amiga. Seguro que opinaba que su presencia no obraría el menor efecto en los resultados de Nellie.

—No, mujer, ya lo conseguiré yo sola —contestó Nellie—. Mejor que hagas algo con Grietje. Es viernes, de todos modos, en la consulta no ocurre gran cosa. Y Lene tiene el día libre.

Lene estaba muy contenta porque se había encontrado con una de sus hermanas. Esta trabajaba en una fábrica y también había huido del violento padrastro, aunque después de la reforma monetaria. Ahora las hermanas se reunían de vez en cuando y tenían mucho que contarse, aunque al principio no mencionaron las peores cosas que les habían sucedido.

—Oh, sí, ¡vayamos al Nuevo Mundo! —propuso entusiasmada Grietje.

Ya hacía tiempo que insistía en ir al parque de atracciones de Hasenheide, pero últimamente Nellie no había tenido tiempo y Lene temía ir sola con la niña. Todavía tenía tan presentes sus experiencias con el tío Fritz que no quería tener nada que ver con todo aquello que supusiera diversión, placer y pasárselo en grande.

Nellie dudó.

—No sé, Grietje... —Maria y el parque de atracciones no encajaban del todo.

Pero Maria asintió audazmente.

—De acuerdo, Grietje, iremos. Será un premio por haber estudiado tan bien los ejercicios de piano.

Eso sí lo hacía Grietje. Su fascinación por el instrumento no había disminuido en absoluto, como temía Nellie, pese a que las clases de Maria se limitaba a una meticulosa práctica de escalas y ejercicios de dedos. Las lecciones de Tony en el teatro de variedades seguro que eran más apropiadas para niños.

Grietje daba brincos mientras entonaba gritos de alegría. Maria se tapó los oídos.

—A lo mejor deberías llevarte unas orejeras —señaló riéndose Nellie.

Había llegado el momento. Nellie fue a examinarse con su nuevo vestido oscuro y Maria y Grietje cogieron el tranvía rumbo a Hasenheide. Estaba tan abarrotado como antes de la inflación, y Maria tuvo que controlarse mucho para conservar la calma, mantener cogida de la mano a la niña e irradiar seguridad. Se alegró de bajar del tranvía, pero también el parque de atracciones estaba lleno. Grietje se quedó boquiabierta al ver las torres y puertas futuristas en la entrada del Nuevo Mundo y la cautivó el estanque situado delante de la sala de exposiciones, en el que borbotaban y salpicaban distintos surtidores. Había toboganes y tiovivos y Grietje quería probarlos todo. Maria le compró limonada y algodón de azúcar y encontró un poco de tranquilidad en el teatro de marionetas, cuyas funciones no se interpretaban al aire libre. Grietje estaba entusiasmada con Kásperle, pero luego se preocupó por el cocodrilo, al que había golpeado con una estaca en la cabeza.

—Lo curarás, ¿verdad, tía Maria? —La aludida asintió sonriendo—. ¡Y ahora al tren eléctrico! —decidió la pequeña. Esa extensa instalación existía desde 1879. Entonces, Walter von Siemens había mostrado su funcionamiento en la Gran Exposición Industrial. Grietje se lo pasó bomba en los trenecitos que recorrían autónomos unos paisajes diminutos y realistas—. En algún lugar hay también un circo... —gritó Grietje—. Con un pas... to.

—Pista —la corrigió Maria.

Había leído que había una pista de circo al aire libre, pero no la encontraba. En lugar de eso, descubrió un cartel con la palabra HIPÓDROMO. Eso prometía caballos... aunque no felices. Los hipódromos solían ser en general cervecerías o carpas anexas a un hipódromo propiamente dicho en las que se servía cerveza. Quien tenía ganas podía montar un caballo y mostrar a los demás clientes sus habilidades en la equitación. Para esa persona solía ser una diversión, pero para el animal era un auténtico tormento.

Pese a ello, Maria se dirigió al establecimiento. Quería ver al menos en qué estado se hallaban los caballos y, si era necesario, avisar a Protección de Animales. Había leyes para protegerlos en la nueva república alemana, aunque eso a nadie le importara lo más mínimo.

En el picadero había cinco caballos media sangre flacos, todos ensillados. En las mesas no pasaba gran cosa, solo en una de ellas estaba sentado un grupo de borrachines que parecían demasiado achispados para dar un paseo a caballo. Maria y Grietje se acercaron a los animales. Un joven rubio se volvió hacia ellas.

—Y bien, pequeña, ¿quieres dar una vuelta a caballo? —Se dirigió Grietje, pero luego miró a Maria y se quedó de piedra.

—Ma... Maria...

Ella miró al joven a la cara, algo que en general no le gustaba hacer, pues sobre todo huía del contacto visual. Pero en ese momento creyó reconocer la voz. Ver el cabello rubio del joven la convenció de que tenía ante sí a su compañero de estudios Bernhard Lemberger. Sus ojos, antes bordeados por arruguitas de la risa, se hundían ahora en las cuencas y tras su dulzura parecía acechar el horror por lo que habían visto durante la guerra. Unos surcos recorrían la zona alrededor de la boca y tenía una cicatriz en la mejilla.

—Bernhard —dijo en voz baja Maria, llevando la mano hacia la cicatriz—. ¿La marca de un duelo entre estudiantes?

A Bernhard se le escapó la risa.

—Dios mío, siempre dices sin el menor reparo todo lo que te pasa por la cabeza. Maria, ¡cuánto te he echado de menos!

—No me he movido de aquí en todo este tiempo —aseguró—. Y me he preocupado. ¿Dónde estuviste durante la guerra? ¿Por qué nunca me escribiste?

Bernhard parecía consternado.

—Te escribí —dijo ofendido—. Primero cada semana. Al principio no era tan malo, pero...

—Nunca recibí ninguna carta —contestó Maria—. ¿Crees que mis padres...?

—Tus padres debieron de esconderlas —dedujo Bernhard—. Ya me lo temía. Si hubieras tenido una amiga, le habría escrito a ella. Pero tú... No dejabas que nadie entrara en tu mundo. —Deslizó la mirada a Grietje y el dolor se reflejó en sus ojos—. Al menos entonces. Ahora... ¿Es tu hija, Maria?

Maria hizo un gesto negativo.

—¡Claro que no! —exclamó—. Es Grietje. Es la hija de mi compañera de trabajo. Nellie viene de Bélgica.

Bernhard sonrió a ojos vista aliviado.

—¿Tienes una compañera? ¿Trabajas de veterinaria?

—Por supuesto —respondió Maria—. Hemos abierto juntas una consulta. Como habíamos proyectado tú y yo. Solo que después de la guerra no volviste.

En esa leve melodía recitativa con que siempre hablaba Maria, pocas veces aparecía un fuerte sentimiento, pero en ese momento, a Bernhard le pareció reconocer la decepción.

—Ay, Maria... —suspiró—. Después de todo lo que tuve que oír de boca de tus padres... Después de todo ese odio y envidia..., esas imputaciones... Y luego la guerra... Yo estaba...

—Eh, chico, ¡prepáranos un caballo!

Los hombres de la mesa de la cervecería parecían haberse puesto de acuerdo. Un gigante barbudo y un bajito regordete entraron tambaleándose en el picadero.

Bernhard hizo una mueca.

—Tengo que trabajar —susurró. Parecía avergonzado—. ¿Os esperáis?

Maria y Grietje se sentaron a una mesa, volvieron a pedir limonada y contemplaron el espectáculo. Tal como era de esperar, fue humillante y nada agradable para los caballos. El hombre grande montó un alazán al que intentaba con torpes ayudas poner al trote, el gordo bajito cogió un apoyo para montar un caballo negro, pero se dio tanto impulso que resbaló por el otro lado. El gigante colgaba de un costado del caballo. Los otros hombres vociferaban. Bernhard estaba en medio del picadero y observaba impotente. Era responsable de recuperar a los caballos cuando estos habían perdido a sus jinetes. Los caballos trotaban entonces de buen grado hacia él, como si le tuvieran confianza.

Maria encontró el hipódromo extremadamente desmantelado. Tenía poco que ver con las imágenes que se mostraban del establecimiento. En ellas se veía una especie de director o de profesor de equitación que se hallaba en el centro vestido con frac y sombrero de copa y que, si era necesario, azuzaba a los animales con un látigo. Bernhard no hacía nada por el estilo. Solo esperaba a que pasara el cuarto de hora. Luego indicó a los hombres que se acercaran al centro.

—Esto ha sido todo por un marco —anunció.

Los jinetes protestaron un poco, pero era evidente que estaban aliviados por haber salido de la prueba con vida. Cuando regresaron a la mesa, los amigos los vitorearon como si fuesen héroes.

—No trabajas de veterinario —constató Maria, cuando Bernhard se aproximó a ellas.

No se veían más clientes y no era necesario vigilar a los caballos. Estaban satisfechos descansando en medio del picadero.

Bernhard sonrió con tristeza.

—En cierto modo, sí —contestó y señaló a los animales—. Tienen más enfermedades de las que veíamos en tres horas de consulta en la universidad. Cuando empecé a trabajar aquí, todos tenían mataduras, heridas abiertas en el lomo, artrosis y, dos ejemplares, sarna. De lo contrario no habrían acabado en este lugar con la escasez de caballos que tiene Alemania...

—¿Y por qué trabajas aquí? ¿No hay ningún veterinario que te haya podido contratar?

Maria se preguntó si ella misma podía imaginarse la respuesta. Su propia consulta apenas tenía pacientes tras la guerra. Por otra parte, él no estaba atado a una casa de Friedrichstadt. Habría podido buscarse un trabajo en el campo, en un criadero de caballos... o, como Nellie, en el matadero.

Bernhard hizo un gesto meditativo.

—Sigo siendo judío, Maria —respondió escueto—. Y he estado en la guerra. En los primeros años como veterinario en la remonta. Había que examinar a los caballos para la guerra y clasificarlos... También recibían una especie de formación básica, se intentaba acostumbrarlos al fuego de artillería y al ruido. Al principio llegaban ejemplares fuertes y adecuados para el combate, después se aceptaba todo lo que pudiera más o menos correr. La mayoría de los caballos que enviamos no sobrevivieron.

Maria asintió.

—Es lo mismo que contó Nellie. Estuvo en la guerra en Bélgica y allí cuidó de los caballos.

—Al final casi no quedaban animales, en cualquier caso, no

nos necesitaban para declararlos aptos. Por eso nos enviaron al frente como veterinarios. Yo..., yo he visto cosas... —Se tapó el rostro con las manos—. No puedo contarlo. Y cuando concluyó... Cuando mataron a los últimos caballos, a mí ya no me quedaban fuerzas. Era incapaz de volver a pelearme con tu padre. Lo que yo más quería era... Solo quería estar solo.

—Sé lo que es —dijo Maria—. A mí me sucede a menudo, cuando el mundo es demasiado ruidoso, demasiado estridente.

—Y demasiado sangriento —susurró Bernhard—. Como el matadero. Probé allí después de que nadie me contratara como veterinario. Pero no conseguí quedarme.

—Yo tampoco —explicó Maria—. Nellie sí. Nellie es fuerte.

—Esa Nellie, ¿estudió en Bélgica? —preguntó Bernhard—. Yo pensaba que tú eras la primera veterinaria de Europa.

—Es una larga historia —le contestó Maria—. Nellie se presenta hoy a las primeras pruebas de la universidad de Berlín. Después te lo contaré todo. ¿Vas a quedarte aquí? ¿O vas a buscarte otro trabajo?

Grietje empezó a impacientarse.

—¿Podemos buscar el..., la pista al aire libre? —preguntó.

—El circo está ahí arriba —contestó Bernhard—. Pero no tiene grandes espectáculos. Los mejores actores trabajan en los teatros de variedades de la ciudad. Y el hipódromo... Nunca he buscado nada más porque no quería abandonar a los caballos. Me dan pena. Pero la semana que viene irán todos al desollador. Cierran el hipódromo, en su lugar construirán un ring. El boxeo es un gran negocio.

Maria asintió.

—Los boxeadores siempre pagan las facturas —explicó—. Muchos tienen perros. Entonces... ¿perderás tu trabajo?

Bernhard hizo una mueca.

—Como no descubra de repente mi talento para el boxeo... —Maria lo miró desconcertada—. No puedo trabajar de boxeador —precisó—. Y los deportistas tampoco necesitan a un veterinario como asistente. Por mucho que se apelliden Löwensherz, «corazón de león», o Bärenpranke, «zarpa de oso».

—Ven a vernos —lo invitó Maria—. Si ahora Nellie pasa más tiempo en la universidad, podrás ayudarnos en la consulta. Tal y como siempre habíamos planeado.

Bernhard la miró sin dar crédito.

—¿Tendrías sitio para mí? Podría..., ¿podría trabajar de veterinario? ¡Oh, Maria, eres lo mejor que me ha pasado en la vida!

Nellie y Maria regresaron a casa ambas igual de eufóricas y Grietje no menos. Se lo había pasado en grande ese día en el parque de atracciones. A Nellie no le habían dado de inmediato los resultados, como era de esperar, pero las pruebas le habían parecido sencillas. Grietje habló de todas sus experiencias, estaba imparable, tenía que contar con toda exactitud hasta el último detalle. Cuando llegó al hombre con el que había bebido limonada junto a los caballos, Nellie consiguió hacer callar a su hija para que Maria la informase de su encuentro con Bernhard.

—¡Se ha alegrado mucho! Ha dicho que yo era lo mejor que le ha pasado en la vida. Y eso que no soy un acontecimiento. Debe de ser uno de esos extraños giros idiomáticos que todavía no había escuchado.

—Tú eres algo especial —respondió Nellie con una sonrisa, pero era una sonrisa forzada—. Y está muy bien que Bernhard se encuentre en buenas condiciones. Pero que trabaje en nuestra consulta... Ya sabes que los ingresos se están reduciendo desde que llegó el doctor Neuner...

Maria la miró escéptica.

—¿No tendrás nada en contra de los judíos? —preguntó.

Nellie hizo un gesto negativo.

—¿Cómo iba a tenerlo? —inquirió—. Nunca he conocido a ninguno. Al menos que yo sepa. No llevan ningún signo o algo similar.

—Aquí los reconocen —señaló Maria—. Yo tampoco sé cómo,

pero todo el mundo sabe quién es judío. Y si no quieres que trabaje en la consulta...

—Eso no tiene nada que ver con su religión —explicó Nellie—. La cuestión es solo si la consulta nos puede mantener a todos. —Nellie creyó que no podía guardar para sí esa reflexión, pero no pretendía en absoluto dar la impresión de que tenía algo en contra del compañero de estudios de Maria. De hecho, era lo contrario: la excitación y alegría de Maria tras el reencuentro habían despertado su curiosidad. Su amiga nunca había demostrado ni una pizca de interés por ningún hombre. Bernhard, por el contrario, le gustaba. Tal vez detrás de esa amistad se encontraba algo así como amor—. Por otra parte, Bernhard no es solo un judío, es sobre todo un hombre —siguió reflexionando en voz alta—. Los dueños de animales que están considerando marcharse a la consulta del doctor Neuner podrían intentar primero acudir al doctor Lemberger. —Sonrió—. O mejor al doctor Bernhard. Creo que la gente reconoce a los judíos por su apellido. Cualquier otra opción es imposible. Ese pequeño truco podría ayudarnos a todos.

Maria la miró maravillada..., otra emoción que no solía observarse en ella.

—¿Cómo se te ocurren siempre estas ideas? —preguntó.

10

Poco después, Nellie recibió la noticia de que había aprobado todos los exámenes. En consecuencia, se le eximió de los estudios generales y para el próximo semestre la invitaron a asistir a las primeras actividades de la especialidad.

A la semana siguiente, Bernhard se presentó en la Torstrasse y Nellie lo encontró muy simpático. En algunos aspectos le recordaba a Walter, en otros a Phipps. Nunca había tenido suficiente capacidad para imponerse y realizar la carrera de oficial. Ahora, siendo judío e hijo de funcionario, tampoco lo tenía fácil. Ya en la escuela había aprendido a aguantar humillaciones sin devolver el golpe.

En cuanto a seguridad en sí mismo, no podía competir con el doctor Neuner, pero acumulaba puntos entre las dueñas de los pacientes por su juventud y su buena apariencia, su cortesía y amabilidad, y la suavidad con que trataba a los perritos falderos y gatos. Luise Manzinger ronroneaba como uno de ellos cuando él examinaba a su caniche, y sus amigas volvieron enseguida para presentar al doctor Bernhard sus mascotas. Así pues, contribuyó a que la consulta siguiera en pie y asumió de buen grado las visitas externas de Nellie cuando ella iba a la universidad. No tardó en ganarse el corazón de Grietje y le gustaba llevarse a la niña durante las visitas a domicilio.

—Pero no se sienta obligado a hacerlo —le advirtió Nellie tímidamente—. Tenemos a Lene como niñera y no es necesario que se tome la molestia con Grietje.

Bernhard se mordisqueó el labio.

—Si tengo que serle sincero —musitó—, me encanta que me acompañe la niña. No solo porque es tan dulce, sino…, sino también como escudo protector. Cuando me llevó a Grietje, las mujeres no me hacen ofrecimientos ambiguos, ¿entiende?

Nellie se echó a reír. Lo entendía perfectamente. Todas las mujeres que después de casarse vivían con traficantes y proxenetas en mansiones y casas de campo nunca habían sido unas jovencitas ingenuas. Habían disfrutado a tope de los años salvajes de Berlín recorriendo con sus esposos los bares y teatros de variedades durante la noche. Ahora sus maridos se esforzaban por ser de algún modo honrados, lo que iba vinculado a más trabajo y menos ganancias. Las mujeres se veían degradadas al papel de amas de casa, tenían que ahorrar y cuidarse del trato con la antigua buena sociedad, profesores, altos funcionarios, nobles y directores de banco. Se aburrían como ostras y el atractivo y joven veterinario les venía como anillo al dedo para echar una canita al aire. Pero Bernhard no tenía ni el más mínimo interés.

Bernhard Lemberger —Nellie no había necesitado ni tres minutos para constatarlo— solo amaba a una mujer: Maria von Prednitz. Ya antes de la guerra debía de haber estado perdidamente enamorado de ella y ahora la adoraba. Maria no se daba cuenta de nada. Nellie les deseaba que esto cambiara en algún momento. Abrigó alguna esperanza cuando Bernhard empezó a invitar a Maria a pasear, ir al teatro o al cine y ella aceptó. Maria vio por fin *El gabinete del doctor Caligari*, del que hacía años se hablaba en Berlín, pero no podía hacer gran cosa con esa película expresionista. Tampoco las funciones de teatro la motivaban tanto… De lo que más disfrutaba era de las salidas al zoo, que por fin estaba empezando a recuperar su antiguo esplendor.

Junto con Bernhard, visitó al doctor Rüttig, quien había envejecido mucho en los años de la guerra y la posguerra. Lo perseguía el recuerdo de todos los animales que había perdido, pero también el de quienes habían sido sus cuidadores y habían muerto en las trincheras.

—Pero nos van a llegar nuevas llamas, Maria —anunció con fingida alegría—. Todo mejorará de nuevo.

El semestre de verano de 1924 empezó en abril y Nellie disfrutó de las actividades universitarias. Lo que más la fascinaba eran todas las innovaciones que la medicina había experimentado desde que Phipps había estudiado en Utrecht. Vio por primera vez una radiografía, una técnica que todavía no se empleaba con animales, pero que a la larga seguro que también revolucionaría la veterinaria. Ahora también se profundizaba más el campo de las vacunas y del suero, cada vez se identificaban más agentes patógenos.

—En realidad deberíamos seguir estudiando siempre —explicó fascinada a Bernhard y Maria—. Por eso tenemos que abonarnos a todas las revistas médicas, para estar al corriente.

En julio, Grietje cumplió cinco años y esperaba ansiosa poder ir a la escuela. Todavía quedaba mucho para escolarizarla, pero era una niña despierta y estaba impaciente por estudiar por su cuenta todos los libros infantiles que Nellie y Maria le leían. Lene leía mal, lo que no era extraño, ya que solo había asistido unos pocos años a la escuela de enseñanza primaria. Prefería cantar y jugar con Grietje que practicar con ella la lectura.

—¡Pues te vienes otra vez a la escuela conmigo! —sugirió Grietje.

Precisamente la inseguridad de Lene al deletrear las palabras la ayudó a adquirir los primeros conocimientos de lectura. Entendió el proceso y sorprendió a su madre al leer sola las primeras palabras. Pero a veces se limitaba a mirar las ilustraciones de los antiguos libros infantiles de Maria y se inventaba cuentos o canciones que solían desarrollarse en países lejanos. El piano seguía siendo su juguete favorito, ya hacía tiempo que sabía leer las notas.

Nellie estaba de vacaciones de la universidad cuando, después de un largo periodo, Marika Berger volvió a llamar por teléfono. Como casi siempre, estaba histérica.

—El mono... ya no se mueve... Tiene que venir inmediatamente. Creo que está muerto...

Nellie, que había atendido la llamada, mantuvo la calma.

—Lo siento, pero la doctora Von Prednitz está operando ahora —comunicó a la bailarina—. Y el doctor Bernhard la está asistiendo. Yo podría salir ahora mismo. Si realmente es una urgencia.

En general, Maria seguía ocupándose del tratamiento de sus pacientes favoritos, pero ya había ocurrido que alguna vez Nellie examinara al mono.

—¡Me da igual quién venga! —exclamó desesperada la bailarina—. Lo principal es que haga algo. Mi monito, mi dulce monito...

La voz le sonaba relativamente clara, así que todavía no podía estar demasiado ebria. Pero era por la tarde, no hacía tanto que estaba despierta.

—¿Qué tiene exactamente el animalito? —preguntó Nellie—. ¿Está hiperactivo o letárgico?

—¡No se despierta! —gritó Marika Berger—. ¡Venga de una vez!

—Enseguida estoy allí —contestó Nellie—. Tranquilícese, no será tan grave.

Marika Berger seguía instalada en el Adlon. Por lo visto aún ganaba lo suficiente para permitirse ese lujo. Nellie cogió su maletín y escribió a toda prisa una nota para Maria y Lene, que estaba en el zoo con Grietje. Luego subió al tranvía y, pocos minutos después, llegó al centro de la ciudad, ante las puertas del célebre hotel. Tenía curiosidad por conocer el lugar. Hasta entonces, Maria era la única que había estado ahí para tratar a la mascota de la actriz.

El joven recepcionista al que se presentó y preguntó por el número de la habitación de Marika Berger no le dejó tiempo para observar todo el lujo, el dorado y las arañas, las butacas tapizadas con brocado y las mesillas delicadamente talladas.

—Gracias a Dios que ya ha llegado. La Berger está fuera de sí. Pero no creo que pueda hacer gran cosa por el monito. Frieda, la encargada de la habitación, dice que está muerto.

No era muy prometedor. Siguió a un joven botones, cogió el ascensor y poco después se hallaba en un pasillo forrado de papel de seda delante de la habitación de la bailarina. El muchacho golpeó tímidamente la puerta. Como respuesta les llegó una especie de aullido.

—¿Señora Berger? —Nellie tomó la iniciativa—. Soy la veterinaria. Abra, a lo mejor puedo ayudar a su monito.

De la habitación salió un sollozo y alguien se acercó sigiloso a la puerta. Nellie se encontró frente a la llorosa, muy enflaquecida y ajada bailarina.

—No se mueve —se lamentó... y tendió a Nellie el cuerpecito inerte del mono.

Nellie se preguntó qué habría hecho con él desde que lo había encontrado. Lo cogió con cuidado y, a primera vista, ya reconoció que la sirvienta de la habitación estaba en lo cierto. El animalito no respiraba. No obstante, Nellie lo depositó sobre una cómoda y lo auscultó. Los vestidos de la Berger, diarios, botellas y restos de comida se apilaban por los muebles. Una pipa de agua ocupaba un lugar destacado. Marika Berger bebía coñac en un vaso de agua. El joven botones estaba fascinado ante el caos.

—Lo siento mucho, señora Berger, pero ya no hay nada que hacer —dijo Nellie—. El monito ha fallecido, pero no puedo diagnosticar las causas de la muerte sin practicar una necropsia. Aun así, no ha vomitado ni defecado, es improbable que se deba al efecto de un tóxico. ¿Cómo lo ha encontrado?

—En la cama —respondió llorando la actriz—. Siempre dormía conmigo, normalmente me despertaba. Pero hoy... estaba debajo de la almohada..., retorcido...

Nellie abrigó de repente una horrible sospecha.

—¿Es posible que lo haya aplastado, señora Berger? —preguntó.

—¿Aplastado? —chilló la bailarina—. Cómo voy a aplastar a mi querido monito. Sí que le he hecho mimitos, a veces lo cogía en brazos, pero...

—Supongo que no estaba usted sobria cuando se acostó, ¿verdad? —insistió Nellie.

La Berger rio, sus cambios de humor eran constantes.

—¿Quién se acuesta sobrio, cielito?

Nellie suspiró.

—Es posible que el mono tampoco. Supongo que había ingerido alguna droga y se había quedado profundamente dormido... Eso ya ha sucedido varias veces. Luego usted se ha tendido encima al irse a dormir y lo ha ahogado. —Abrió los ojos del animal muerto y buscó algún microderrame—. Sí, es muy probable que haya muerto por asfixia —confirmó—. Como consuelo puedo decirle que es posible que apenas se haya dado cuenta, porque ya estaba inconsciente. De lo contrario se habría defendido. Lo siento muchísimo.

—¿Así que no soy la culpable? —preguntó Berger—. Había tomado..., ¿había tomado él por su cuenta algo?

Nellie casi se quedó sin palabras. ¿Cómo podía esa mujer quitarse de encima toda culpa por la muerte del animal?

—Naturalmente no lo ha hecho a propósito —dijo—. ¿Me lo llevo? Podríamos practicar una autopsia y saber con exactitud las causas de su muerte.

La verdad era que le habría gustado llevar el monito a la universidad. Los estudiantes pocas veces contaban con la posibilidad de ver animales exóticos. Pero Marika Berger rechazó la propuesta.

—No..., no... Tendrá su sepultura... Siempre había deseado que lo enterraran conmigo... Era mi alegría... —Gimió y se tomó un buen trago de coñac. Nellie no creía poder hacer nada más allí. Como mucho sugerir que incinerasen al animal, que era lo que se hacía últimamente con los cadáveres que se seccionaban en la universidad para su estudio. Pero la bailarina estaba demasiado borracha para entender que de ese modo conservaría las cenizas de su ser querido—. Tengo que cogerlo una vez más. Démelo, tengo que cogerlo. A lo mejor se despierta de nuevo...

Nellie decidió dejar la solución del problema en manos de la dirección del hotel. No envidiaba para nada a los responsables por tener que arrebatar a esa mujer, histérica y borracha como una cuba, el cadáver. Tras darle el pésame una vez más, se despidió. En esta ocasión bajó por la escalera para recuperarse. Luego esperó en recepción al joven que la había enviado arriba para ponerle al corriente de lo ocurrido en la habitación de la Berger. Curiosa, echó un vistazo al vestíbulo, que entretanto se había ido llenando de damas y caballeros bien vestidos. Se dirigían a una de las salas de actos. «Té con baile a las cuatro de la tarde», anunciaba un cartel.

Sin pensárselo ni un segundo, Nellie decidió permitirse un café. Después de informar al recepcionista, entró en la sala de baile y enseguida la música la cautivó. Los perfumes pesados de las señoras robaban a la habitación, algo ecléctica, un poco de su alegría. Nellie buscó una mesa libre y se sentó en una de las delicadas sillas thonet. La música encajaba con ese mobiliario propio de un café vienés, la orquesta solo interpretaba valses. Mientras Nellie esperaba el servicio, observó a los bailarines y se sorprendió de que hubiera tantos caballeros de uniforme. En el día a día casi nunca se veían personas con uniforme, y si se veían, solo llevaban una parte de él las personas necesitadas que intentaba dar más empaque a su ropa desgastada. Pero ahí los hombres parecían estar en buenas condiciones, se trataba exclusivamente de oficiales. Tras un segundo vistazo constató que las damas que bailaban con los caballeros de uniforme eran casi todas de mayor edad que sus parejas. Pero maquilladas con esmero y bien vestidas, las mujeres de la edad de Nellie o más jóvenes se hallaban en franca minoría.

Una muchacha le preguntó qué deseaba y cogió el pedido.

—¿Es la primera vez que viene? —preguntó al ver el vestido de Nellie, que si bien estaba bien cortado y confeccionado y era de una tela buena, no era apropiado para un baile acompañado de un té.

—Por azar —reconoció Nellie—. Tenía una tarea profesional en el hotel y..., en fin, necesitaba un café. ¿No será un evento exclusivo?

—No, por supuesto que no. —La muchacha sonrió—. Solo quería preguntarle si quería que algún acompañante de baile acudiera a su mesa... Mediaremos de buen grado.

Nellie frunció el ceño.

—¿Qué debo entender por acompañante de baile? —preguntó—. Un... ¿gigoló? —No se lo podía creer, pero de hecho, en los últimos años, había visto en los salvajes bares de los sótanos de Berlín cosas mucho más escandalosas que a mujeres mayores comprando los servicios de chicos jóvenes.

La muchacha enrojeció.

—Esto es el Adlon, estimada señora —dijo ofendida—. No mediaríamos en relaciones... indecentes. Aquí se trata tan solo de bailar. Hay pocos caballeros, así que algunos hombres jóvenes, con frecuencia antiguos oficiales, se ponen a nuestra disposición por una pequeña cantidad de dinero como parejas de baile. No hay nada indecoroso. En cualquier caso, no aquí, entre nosotros, en el Adlon.

Nellie se disculpó por su ignorancia, dio las gracias por el ofrecimiento y siguió contemplando lo que ocurría mientras se tomaba el café. De hecho, algunas mujeres compartían la mesa con un caballero, otros bailarines sacaban a la pista a una mujer distinta para cada baile. Junto a los hombres de uniforme, circulaban otros con frac o traje. Solo unos pocos parecían haber llegado acompañando a una mujer.

El café era de calidad y además se servía con una pasta. Nellie se relajó. Intentaba sacarse de la cabeza la escena de la habitación de Marika Berger, cuando de repente pasó bailando delante de ella una pareja cuya visión la dejó helada. La dama era una mujer en la sesentena o tal vez en la setentena, el hombre mucho más joven...

—¿Walter? —se le escapó. El hombre se volvió y la sospecha de Nellie se convirtió en certeza—. ¡Walter von Prednitz!

Walter se detuvo en medio del movimiento. Tampoco él podía creer lo que veían sus ojos, pero entonces se recuperó, dirigió a Nellie una mirada pidiendo comprensión, habló un momento con su pareja y prosiguió el baile hasta el final. Nellie se maravilló de su autocontrol. Tomó otro sorbo de café. Tenía la boca seca, le temblaban las manos. ¿Estaba alucinando o era cierto que lo había encontrado?

Cuando la música concluyó, Walter von Prednitz acompañó caballerosamente a su pareja a la mesa, sobre la que Nellie descubrió otro cubierto. Así que la mujer no había llegado sola. ¿Una amiga? ¿O Walter?

Aparentemente, Walter se disculpó ante la dama y se dirigió después a la mesa de Nellie. Entretanto ella había tenido tiempo de observarlo con mayor atención. Presentaba buen aspecto. Las huellas que la guerra había dejado en su rostro no habían desaparecido, pero no se lo veía ni tan delgado ni tan apesadumbrado como en los últimos días de la contienda, ni como Bernhard cuando Maria lo encontró.

—Nellie..., no..., no puede ser, te estoy soñando... —Se sentó junto a ella a la mesa y, tembloroso, le cogió las manos—. Nellie, ¿de dónde vienes...? ¿Qué haces aquí?

Ella no apartó las manos, se sentía a gusto así. Si el encuentro y el escenario no hubiesen sido tan irreales, habría abrazado a Walter.

—Más bien debería preguntártelo yo a ti —le contestó con determinación—. ¿Quién es el que lleva cinco años desaparecido después de dejar a su prometida en el altar? ¿Qué sucedió, Walter?

Retiró la mano derecha para intentar apartarse de la cara un mechón de cabello. Antes de salir no se había tomado la molestia de mirarse en el espejo. Debía de estar horrible.

Sin embargo, los ojos de Walter guardaban esa conocida ternura y admiración.

—Estás tan guapa como antes, Nellie —susurró—. No has cambiado nada. Es probable que seas un espejismo...

—El espejismo te va a pellizcar enseguida —replicó Nellie—. Como castigo por haber dejado a Maria tanto tiempo sin saber dónde estabas y qué hacías.

Walter se ruborizó un poco.

—No es todo tan sencillo... —afirmó.

Nellie levantó la vista cuando una sombra se proyectó sobre ella.

—¡Teniente! —La dama con la que Walter acababa de bailar se había colocado detrás de él y dirigía a Nellie una mirada penetrante—. Debo recordarle...

Walter se levantó servicial.

—Por supuesto, condesa. Ahora mismo me pongo a su disposición. Me he encontrado con una conocida, una conocida del tiempo de la guerra... Condesa Von Albrechts, señora Cornelia de Groot.

—Encantada de conocerla —dijo la condesa con la boca pequeña. Era delgada, tenía una silueta espectacular para su edad y su rostro revelaba una antigua belleza. Era fino, su tez blanca hacía pensar en una antigua porcelana resquebrajada, a Nellie le habría parecido un sacrilegio hablar ahí de arrugas. Sin embargo, sus rasgos tenían cierta dureza, rigidez. Se quedó mirando tanto a Nellie como a Walter. Nellie no distinguió en sus ojos ninguna calidez—. Le espero en nuestra mesa, teniente. El siguiente baile es un vals...

Nellie miró inquisitiva a Walter. Este se frotó la frente, su incomodidad era evidente. La dama de mayor edad regresó a su sitio y dejó que un servicial camarero le empujara la silla. Pero miraba a Walter enojada.

—Nellie, yo... puedo explicártelo todo... —consiguió decir.

Nellie estaba conmocionada en lo más profundo de su ser, pero se sobrepuso y echó una mano a Walter.

—No tiene que ser hoy —dijo—. Podríamos encontrarnos mañana. ¿En el Tiergartencafe? ¿A esta misma hora?

Walter se mordió el labio.

—A esta hora tengo que bailar —contestó.

Nellie deslizó la mirada por la sala.

—Supongo que por la noche también —señaló con frialdad.

—Tienes que entenderlo. Es mi profesión —se defendió Walter. Era obvio que se sentía avergonzado.

Nellie casi se echó a reír.

—Sabes que «profesión» tiene la misma raíz que «profesar» un sentimiento, ¿no? —le azuzó.

Walter esbozó su conocida sonrisa de disculpa, en la que también se percibía ternura cuando la dirigía a Nellie.

—Es mi manera de ganarme el pan —dijo él.

—Entonces, nos encontramos para desayunar —determinó Nellie—. A no ser que también tengas entonces... tareas que realizar.

La condesa los miraba manifiestamente impaciente. Levantó la botella de espumoso y sirvió teatralmente dos copas.

—¡Hasta el desayuno! —confirmó Walter.

Campeones

Alemania – Berlín

De 1924 a 1929

1

A la mañana siguiente, Nellie y Maria dejaron a Bernhard a cargo de la consulta y a Lene de la niña, cogieron juntas el tranvía rumbo a Tiergarten y ya estaban sentadas delante de un café cuando apareció Walter. Tenía muy buen aspecto. Además de un sombrero a la moda, llevaba un traje holgado ligeramente entallado, pantalones a rayas, y una corbata también a rayas, aparte de un chaleco y una americana con una hilera de botones. Todo era nuevo. Nellie, con su sencillo vestido tubo, se sentía como Cenicienta, y Maria, con su traje chaqueta, tenía un aire severo.

—¡Maria! —Sorprendido, Walter tendió las manos a su hermana y Maria permitió que la abrazara—. ¡La has traído, Nellie! —exclamó resplandeciente—. Pero ayer ya dejaste intuir que os conocíais. Me lo tenéis que explicar todo... Maria, ¡cuánto te he extrañado!

Walter estaba exultante por el reencuentro, mientras que Maria permanecía fría.

—Yo estaba aquí —dijo —. Podrías haberme encontrado.

Walter suspiró.

—No era todo tan sencillo, Maria... Nellie... —Repitió las disculpas del día anterior—. La decisión de dejar a Irmgard... además armando tanto escándalo... No podía volver a dejarme ver en sociedad. En cualquier caso, quería desaparecer por un tiempo. Quería encontrar trabajo, ahorrar algo de dinero y luego volver a Bélgica y buscar a Nellie. Había planeado sacarte de ese Ledegem, Nellie, y de ese extraño matrimonio. Tenías que estar conmigo, ir a la universidad como Maria y luego tener tu propia consulta... Pero entonces...

Nellie tenía en la punta de la lengua la pregunta de en qué exactamente había querido trabajar, pero el mismo Walter se refirió a sus esperanzas frustradas. Salvo a montar y a tratar con los caballos, no había aprendido mucho más que a luchar y disparar, habilidades de las que nadie tenía necesidad en el Berlín de la posguerra. Por eso al principio fue tirando con trabajos eventuales, hasta que otro exoficial le habló de la posibilidad de trabajar como acompañante de baile.

—En realidad, no hay nada de raro en eso —aseguró Walter cuando Maria puso cara de extrañeza—. Es una..., una profesión como cualquier otra. Te pones a disposición como bailarín cuando en una velada hay más mujeres que hombres o cuando una señora quiere aprender un baile moderno o a su marido no le gusta bailar... A veces se organizan bailes de debutantes. Es muy... variado.

Maria lo miró con escepticismo.

—He oído decir que una dama puede alquilar a una pareja de baile. Para una tarde o para una noche.

Walter se mordió el labio.

—Reservar. Nosotros decimos que las damas pueden reservarnos. Y sí, así es de hecho. Pero se trata solo de bailar. No de...

—Pues para tratarse solo de bailar, la señora de ayer parecía bastante celosa —observó Nellie.

Walter se frotó las sienes.

—Ah, la condesa Von Albrechts... ¡Está chalada! Está loca por mí. Es viuda de un oficial y muy rica, según se rumorea. A mí me reserva regularmente. Y entonces se cuida de que no intercambie ni una sola palabra con ninguna otra señora.

—Podrías ser su hijo —dijo Nellie en un tono de reproche. Todo eso no le gustaba nada.

Maria, por el contrario, se encogió de hombros.

—Pero no lo es. Y si de verdad lo que quiere es solo bailar... —Miró a su hermano con buena fe.

Nellie estaba perdiendo la paciencia.

—A ver, ¿de verdad sois así de cándidos? —preguntó en un tono cortante. Ya estaba acostumbrada a la ingenuidad de Maria, pero Walter siempre le había parecido una persona perspicaz—. Ahí no se trata en absoluto de bailar. La mujer te quiere a ti, Walter, todo enterito, y ya cree que tiene una mitad. Deja que adivine: ¿te paga el apartamento?

Walter enrojeció.

—No —afirmó.

—Pero sí la ropa —replicó ella—. No mientas, Walter, ayer me informé en el Adlon. Un acompañante de baile gana lo suficiente para vivir, de cinco a cuarenta marcos al día como máximo. Con eso no puedes permitirte una ropa tan elegante como la que vistes hoy.

Walter estaba abochornado.

—A la condesa le gusta que vista con elegancia —se defendió—. Y sí, a veces también la acompaño al teatro, a conciertos o a revistas de variedades. Pero nada más. No tiene nada que ver con lo que hubo entre nosotros, Nellie..., y que quizá vuelva a haber...

—¿Cuando hayas ahorrado suficiente? —preguntó Maria.

—¿O cuando hayas heredado de la condesa? —insistió Nellie mordazmente—. Las cosas no se hacen así, Walter. He venido a Berlín porque quería vivir contigo cuando mi marido puso punto final a nuestro matrimonio. Tengo mucho que contarte. Y sí, cuando te veo, el corazón todavía me da un vuelco. Vivir juntos sería posible. Pero no voy a compartirte con una señora madura que va de glamurosa y que tengo claro que no te compartirá conmigo. Tendrás que decidirte... Y, por cierto, mis ganancias son razonables. Yo también podría mantenerte, aunque sobre unas bases algo más modestas.

Walter movió horrorizado la cabeza.

—Nunca aceptaría dinero de ti —declaró indignado—. Nellie, yo..., yo te amo. Lo he dado todo por ti... Y la condesa no me mantiene, yo... —Se frotó la frente.

Nellie suspiró.

—Tal vez deberíamos hablar a solas. Y para tales confesiones preferiría un entorno más romántico. ¿Qué tal hoy o mañana por la noche?

Walter volvió a enrojecer cuando respondió negativamente.

—Así que estás... ¿reservado? —preguntó Maria, apartando la taza de café.

Nellie lo fulminó con la mirada.

—Es evidente —dijo—. Y ya me imagino por quién.

Nellie y Walter quedaron para verse al cabo de dos días por la noche. Él no tenía ningún compromiso y estaba decidido a no aceptar ninguno, aunque eso significara una pérdida de ingresos.

Pero Nellie notó ya al saludarlo que había estado antes con la condesa.

—Huelo su perfume —dijo después de que ambos se besaran en la mejilla—. Una fragancia pesada. ¿Qué ha sido esta vez? ¿Otro té con baile?

—Una inauguración —admitió Walter—. Un artista expresionista en la Königsallee. Muy... fuera de lo común...

—Me interesan menos los cuadros —observó Nellie—. Más bien la compañía. Esa señora presume de ti. ¿Qué ha dicho cuando le has contado que esta noche no estabas disponible?

Walter se mordió el labio.

—Yo mismo decido en qué empleo mi tiempo —explicó—. Y ahora dejemos de hablar de mí y sobre todo de la condesa. Mejor me cuentas cómo conociste a Maria y cómo es que trabajáis juntas. Quiero saberlo todo de ti, Nellie. La condesa no significa nada para mí. Pero tú...

Colocó la mano abierta sobre la mesa del restaurante en el que habían quedado y esperó a que ella pusiera la suya encima. Nellie lo hizo tras vacilar un instante. Entonces empezó a hablar. De Phipps, de su separación y embarazo, de su huida del pueblo que la vio nacer, de su viaje con Benno. Apenas unos minutos después, todo era como antes, en Cortrique. Reían juntos, se entendían sin mediar palabras. Tal como Nellie había esperado, a él no le suponía ningún problema que tuviera una hija de Phipps.

—¿Seguro que no es mía? —preguntó—. ¿No hay duda posible?

Nellie negó con la cabeza.

—Es igualita a Phipps y toca el piano con tanta seguridad como él el violín. Pero desea un padre. Así que, si tienes interés, seguro que le gustas.

Walter sonrió.

—Me encantará conocerla. ¿Puedo ir a veros? —preguntó—. También me gustaría conocer la consulta...

—Serás bien recibido en cualquier momento —respondió Nellie—. Siempre que dispongas de tiempo con esa profesión tuya tan rara.

Cuando se separaron, él la besó. Nellie contestó al beso, pero rechazó la invitación de acompañarlo a su casa.

—Ya te lo he dicho, Walter... No me gusta compartirte. No quiero estar contigo en una casa que pagas con el dinero de otras mujeres a las que tal vez alimentas con falsas ilusiones.

Walter replicó.

—No soy un embaucador —dijo indignado—. No miento a nadie.

—Tampoco me refiero a eso —lo apaciguó Nellie—. Pero no puedes impedir que las mujeres se enamoren. Es algo que simplemente sucede. Y esa condesa... No puedo evitarlo, pero casi me da miedo.

Dos días más tarde, Walter apareció en la consulta acompañado de la condesa Von Albrechts y su gata siamesa. Un criado de avanzada edad, al que la dama llamaba señor Ferdinand, llevaba en un cesto al animal, furioso al ver limitada su libertad.

—No da la impresión de que esté enferma —concluyó Maria tras haber examinado al animal y después de saludar a su hermano y que este la presentara a la condesa. Nellie estaba arriba, estudiando en el apartamento—. ¿Qué problema tiene?

La condesa la miró altiva.

—Bueno, estaba pensando en una revisión general. Para estar segura de que se encuentra bien. A lo mejor necesita usted ayuda. ¿Está disponible su compañera?

—Está disponible mi compañero —contestó Maria. Bernhard evaluaba en la habitación contigua los análisis de sangre—. Es una gata muy bonita. Aunque por lo visto algo arisca. —Lanzó una mirada significativa a los arañazos en las manos del sirviente.

La condesa, que llevaba un vestido hasta la pantorrilla con la cintura baja, botines a juego y el abrigo de pieles sin abrochar, acarició a la gata dirigiéndole una mirada de admiración y a Maria una más bien de desprecio.

—Es su derecho de nacimiento —explicó—. Sinaida procede de las mejores líneas siamesas. Es testaruda. Sabe lo que quiere y no se somete tan fácilmente.

Maria frunció el ceño.

—Según los apuntes de Anna Leonowens, en el antiguo Siam las mujeres no tenían ningún derecho —explicó—. Desde un punto de vista crítico y feminista, estaban oprimidas, lo que se demostraba, entre otros puntos, a través de la institución de la poligamia. Anna Leonowens dio clases de inglés entre 1862 y 1867 a los hijos del rey, unos cincuenta de madres distintas que seguramente procedían de familias nobles. Todas se habían doblegado a la autoridad del rey.

La condesa la miró perpleja.

—¿Qué tiene esto que ver con mi gata? —preguntó.

—Nada —admitió con toda tranquilidad Maria—. Los gatos no se orientan por las relaciones sociales de los países de origen de su raza ni por la posición de su familia en la jerarquía que impere allí. Su comportamiento depende más bien de las experiencias que hayan vivido con las personas o con los atributos individuales de su carácter. ¿Puede sacarla del cesto? Supongo que está familiarizada con usted.

Walter sonrió cuando la condesa metió con prudencia la mano en el cesto. No obstante, los sorprendió a todos cuando consiguió agarrar con destreza por el pelo de la nuca al rebelde animal, lo presionó en el cesto hasta que se tranquilizó, y levantó con toda naturalidad al animal dominado encima de la mesa de reconocimiento. Maria hizo un gesto de aprobación y empezó a palpar y auscultar al animal, aparentemente rebosante de salud. Este volvió a tensarse cuando algo golpeó la puerta trasera de la habitación.

—Mejor no hacer caso, es Benno —dijo Maria, pero la puerta se abrió en ese momento de par en par.

La veterinaria consiguió agarrar a la gata por la piel del cuello y sujetarla a la fuerza antes de que el viejo perro con una sola oreja se precipitase dentro y ejecutase una alegre danza para saludar a Walter. La condesa contemplaba indignada cómo su acompañante abrazaba y acariciaba al animal.

—¡Mi viejo Benno! ¡El mejor de todos! Mira que reconocerme... —Walter daba golpecitos y acariciaba al perro mientras le hablaba cariñosamente. Benno gemía y aullaba de placer.

—¿Era este su perro, señor teniente? —preguntó extrañada la condesa—. Me había imaginado un animal algo más... noble. Por ejemplo, un weimaraner...

Walter rio.

—Un poco más de respeto, condesa, este es un veterano de guerra. *Mevrouw* De Groot lo curó después de que una granada le destrozase la oreja. Así que quedó inútil para el servicio, pero siguió siendo útil como perro lazarillo. —Guiñó el ojo a Maria.

Ella no manifestó ninguna emoción.

—El gato está totalmente sano —anunció dirigiéndose a la condesa—. Por supuesto, puedo hacerle un análisis de sangre, pero lo considero innecesario, ya que no muestra ningún síntoma de enfermedad. Aparte de esto, ¿puedo servirle en algo más, señora condesa?

Esta hizo una mueca.

—No, muchas gracias, doctora. Volveremos si le sucede algo a Sinaida.

Maria asintió.

—Le enviaremos la factura —dijo y luego se dirigió a su hermano—. ¿Quieres quedarte un rato más, Walter? Nellie está arriba. ¿O te ha reservado la condesa para hoy?

Maria hablaba sin mostrar ninguna emoción, no manifestaba su opinión. Pese a ello, Walter se ruborizó.

—Vendré otro día —contestó—. De hecho, hoy estoy muy ocupado.

Maria volvió a asentir.

—Entonces, le deseo que pase una bonita velada con mi hermano, señora condesa —dijo con calma—. Sobresale en el arte del baile del salón e incluso me acompañó tiempo atrás a unas clases de baile.

Después de que Maria metiese al animal en el cesto, el criado lo cerró, se despidió brevemente y se unió a la condesa y su caballero cuando ambos salieron de la consulta.

—¿Qué ha sido eso? —preguntó Bernhard, que se había enterado de la extraña consulta y estaba preparado para intervenir si en algún momento había que contener al gato. Ya conocía al hermano de Maria, pero no había considerado sensato entrar en la sala de curas y saludarlo.

—Era mi hermano trabajando —respondió Maria—. Es acompañante de baile de alquiler. Pero si las damas lo desean, también las acompaña en otras actividades.

—A mí me ha parecido un dócil perro faldero —opinó Bernhard. Nellie y Lene habían cocinado y se quedaba a comer con ellas. Mientras, Maria había hablado de la visita de la condesa y él enriqueció su imparcial descripción con un par de observaciones agudas—. Y el criado igual. Esa señora tiene a sus empleados totalmente doblegados a sus deseos.

—No puede tratar a Walter como si fuera un miembro de su personal de servicio —dijo Nellie.

Estaba furiosa. No cabía la menor duda de que Walter había ido a verla y, al parecer, lo había mencionado delante de la condesa, que se había unido a él. Consideraba que la situación podría haber sido peor de haber estado ella en la consulta. La condesa dejaba en ridículo a Walter. Y él no se daba cuenta o no quería darse cuenta.

—Entonces, ¿como qué debería tratarlo? —inquirió Bernhard—. Por Dios, Nellie, se le piden sus servicios y se le paga como a cualquier otro criado. Tal vez no deberías obcecarte tanto.

Nellie lo miró fijamente.

—Entonces, ¿cómo es que no hay ningún bailarín de alquiler casado? —preguntó.

Bernhard se encogió de hombros.

—Seguro que los hay. Pero apuesto a que se quitan la alianza cuando se reúnen con las señoras que les pagan. No te alteres así, Nellie. ¿De verdad crees que esa condesa puede hacerte la competencia?

—Como mínimo es un fastidio —declaró Nellie—. Desearía que Walter se buscase otra profesión.

En efecto, la relación entre Walter y Nellie no era fácil, aunque los dos tenían claro que todavía se amaban. Walter conoció por fin a Grietje y se entendió bien con ella. También tocaba el piano y le gustaba divertirse con la pequeña tocando a cuatro manos y cometiendo errores. Grietje no podía parar de reír cuando él confundía la melodía del villancico *O Tannenbaum* con la del villancico *O du Fröhliche*. Cuando el tiempo invernal lo permitía, salía con Nellie y su hija a pasear al parque o iban a las atracciones del Neue Welt. Intentaba pasar con ellas todo el tiempo posible, preferiblemente a solas con Nellie. Pero cuando ella tenía libre, él solía estar reservado, no siempre por la condesa, también había otras damas deseosas de pasar un par de horas girando en la pista de baile entre los brazos del apuesto y joven teniente.

No obstante, esto último no satisfacía a la condesa Von Albrechts, quien veía con desagrado sus otros contactos profesionales, como Nellie no tardó en advertir, pues ella misma no había podido evitar espiar a Walter y sus «reservas». Bernhardt la acompañó a algunas veladas de té con baile y observaba por su cuenta a Walter cuando, por puro azar, asistía con Maria a una inauguración o a una función de teatro a la que acudía con la condesa. A Walter le incomodaban tales encuentros, sobre todo con Maria. Nellie y Bernhard se esforzaban para que él y la condesa no advirtieran su presencia cuando lo estaban espiando, pero Maria insistía en saludarlos. También se presentaba ante otros conocidos a los que encontraba en esas ocasiones y no se cansaba de mencionar como de paso que Walter acompañaba a la condesa como profesional. Luise Manzinger y Else Grooten se sintieron sumamente interesadas cuando ella lo presentó con las palabras: «Por cierto, este es mi hermano. Trabaja de pareja de baile de alquiler y esta noche lo ha reservado la condesa Von Albrechts».

Mientras los maridos reían sarcásticos, Else pasó a escondidas una tarjeta a Walter.

—A lo mejor podemos vernos un día —le susurró—. A mi esposo no le entusiasma el baile...

—Me pones en ridículo delante de todo el mundo —reprochó Walter a su hermana cuando por fin volvió a conseguir dejarse ver en la Torstrasse. Antes había pasado un par de divertidas horas con Nellie y Grietje en el zoológico y reprendió luego a Maria—. Ya sé que no es tu intención, pero...

—¿Pues qué pasa? —gorjeó Nellie—. ¿No es una profesión como cualquier otra? No tienes que avergonzarte, Walter. Y Else Grotten seguro que te pagará bien...

—Nellie... —Walter se ruborizó—. Con una clienta vuestra, yo jamás...

—¿No? —preguntó mordaz Nellie—. ¿No es ahora Sinaida von Albrechts paciente nuestra también? A ver si encuentras una solución, Walter, de lo contrario también me pondrás a mí en un compromiso si nos ven juntos. Un par de bailes en el Adlon es una cosa, yo no sabía que una de las dueñas de un paciente nuestro asistía a esos tés con baile. Pero últimamente siempre estás fuera con la condesa. Y muy pocas veces en un baile.

Era cierto. Cuanto más se reunía Walter con Nellie, más a menudo lo reservaba la condesa para actos públicos. Parecía querer que quedase claro que era su acompañante fijo. De ahí que los encuentros con Maria todavía fuesen más incómodos.

Walter suspiró.

—Voy a intentar desprenderme de ella —dijo—. Pero no quiero ser descortés... Siempre me ha apoyado.

—Justo por ahí van los tiros —observó Nellie—. Te crees que estás en deuda con ella y tal vez lo estés. Renuncia a esta profesión, Walter, y sobre todo a esa mujer. O haz algo, pero no dejes que te lleve de paseo como si fueras un caniche bien adiestrado.

2

En la primavera de 1925, a Walter se le presentó la oportunidad de despedirse gracias a una llamada. Ludwig von Lindau, su compañero de batalla, le había aconsejado antes que se ganase la vida de pareja de baile de alquiler, pero entretanto había encontrado algo distinto. Trabajaba en el hipódromo Hoppegarten como preparador y jockey. Se asombró y se alegró sobremanera cuando contactó con Walter en el mismo teléfono que había adquirido para las reservas como bailarín de alquiler. Pertenecía a un pequeño apartamento al borde de Friedrichstadt que Walter había compartido en un principio con Ludwig. Desde que este último había dejado el baile, las frecuentes salidas con la condesa hacían factible que Walter pudiera seguir pagando el alquiler.

—Walter, ¡el viejo apartamento! ¿Todavía sigues en la Behrenstrasse? ¡No me digas que aún continúas bailando! Hombre, ¿lo necesitas?

—Algo tengo que comer y en algún sitio he de vivir —respondió Walter airado—. De forma medio decente, a ser posible…

—Ya, bueno, yo tampoco vivo en el lujo —señaló Ludwig—. Comparto el piso con otro preparador, y es bastante básico, pero eso puede cambiar, claro, cuando por fin gane uno de los caballos que monto. Y con ello vamos al tema que nos ocupa.

Walter, una vez me contaste que tu hermana estudió veterinaria. ¿Está todavía activa? ¿Y realmente llegó a licenciarse? Me he acordado de ella porque entonces, en Cortrique, teníamos a esa doctora Nellie. Necesitamos urgentemente aquí a una mujer.

Walter escuchó algo atónito lo que su amigo le contaba, primero de su nuevo trabajo en el hipódromo y después sobre un semental en el que habían puesto grandes esperanzas. El animal, sin embargo, era sumamente sensible y no todo el mundo podía montarlo y manejarlo. Por lo visto había tenido malas experiencias con seres humanos, y en especial con hombres. Ludwig, soldado de caballería con experiencia, se había ganado la confianza del caballo y podía montarlo y cabalgar con él sin que el semental se descontrolase. Pero poco antes de su primera participación en una carrera, se le había infectado un ojo y la dolencia persistía.

—Hay que limpiar regularmente el ojo y ponerle unas gotas —explicó Ludwig—. Pero habría que afinar la prescripción. Hasta ahora, el veterinario solo ha podido diagnosticar a distancia, pues es totalmente imposible acercarse al caballo. Se encabrita y se tira al suelo; antes de dejar que le curen el ojo, se mata él y mata al veterinario. Y ahí he pensado en tu hermana. A lo mejor ella puede aproximarse al semental.

Nellie y Maria decidieron visitar juntas el hipódromo. Maria se desenvolvía bien en oftalmología y Nellie tenía más experiencia con los caballos. Además, se valía de su gran capacidad comunicativa. Era probable que curar a un caballo en el hipódromo fuera un trampolín para mejorar su situación laboral... A lo mejor podían penetrar en los dominios del doctor Neuner y encontrar ahí nuevos pacientes. Naturalmente, con este asunto se planteó también la pregunta de qué ropa sería la adecuada para acudir al Hoppegarten. Por fortuna, esa primavera la tendencia de la moda femenina era deportiva y Nellie se decidió por unos pantalones bombachos, blusa y chaleco largo. Maria optó por un pantalón largo. En la consulta solía llevar faldas bajo la bata, pero para tratar a un caballo inquieto los pantalones eran lo más conveniente. Las dos se habían trenzado el cabello largo y se lo habían recogido en lo alto. Por el momento, ninguna de ellas se había decidido a cortarse el cabello a lo *garçon*, aunque Nellie acariciaba la idea de hacerlo.

Walter llevaba traje de montar cuando las recogió. Quería aprovechar la oportunidad de volver a ver a su amigo y de preguntar si tenía la posibilidad de trabajar en el hipódromo. Nellie enseguida se percató de que se trataba de unos elegantes pantalones de montar civiles y no de unos viejos de uniforme. Era posible que alguna dama lo hubiera reservado para dar un paseo a caballo. Para no enturbiar el buen ambiente, no preguntó si la condesa Von Albrechts montaba.

Nellie no había estado nunca en un hipódromo y se quedó muy impresionada por las instalaciones de Hoppegarten. Junto al hipódromo propiamente dicho había un restaurante, un edificio para la administración y tres palcos, todo diseñado de forma muy funcional. Junto a los picadores pertenecientes al hipódromo, varios criadores particulares entrenaban a su purasangre en la pista. La zona verde alrededor del hipódromo era amplia y estaba cuidada, incluso había parcelas de pasto donde los cuidadores dejaban que sus nobles protegidos pastaran llevándolos del ronzal. El hipódromo estaba cerca de la red viaria pública, se llegaba hasta allí en tren.

—En realidad podrían habernos proporcionado un automóvil —comentó Nellie—. El dueño del caballo seguro que tiene mucho dinero y puede permitírselo.

—Es una iniciativa personal del entrenador y el jinete —explicó Walter—. El dueño confía ciegamente en el doctor Neuner, pero este no puede acercarse al semental. Por eso el entrenador ha buscado otra solución por sugerencia de Ludwig. No sin riesgo. Si esto no funciona, serán el hazmerreír del hipódromo. Y ya se verá si el dueño os paga los honorarios…

—Realmente nos das muchos ánimos —protestó Nellie. Maria, por el contrario, ya repasaba mentalmente durante el viaje las posibles enfermedades del caballo. En ese momento estaba con las neoplasias, lo cual no resultaba precisamente halagüeño.

—Veamos primero al animal —la tranquilizó Walter.

—Los dueños suelen exagerar un montón cuando dicen que un caballo no deja que nadie se acerque...

—Pero estos son profesionales —objetó Nellie—. Tu amigo Ludwig y el entrenador algo de caballos entenderán.

Ludwig las saludó a la entrada de las cuadras, donde registraron a los visitantes. Se mostró muy cortés con Nellie, como si hubiera olvidado que la había acusado de espionaje en Cortrique, y ella decidió no remover el pasado. Se comportó como si estuviera encantado de volver a verla y la elogió diciéndole al entrenador que era una magnífica veterinaria. Pitters, el entrenador, un hombrecillo menudo y enjuto, la miró con escepticismo.

—Si sirve de algo... —musitó, y los condujo sin preguntar nada más al paciente en cuestión—. Ahí está. Seine Exzellenz, «su excelencia»...

Nellie rio.

—¿Se llama así? ¿Seine Exzellenz? Qué ingeniosa es la gente con los nombres. ¿Cómo se dirigen a él?

Tanto el entrenador como el jinete se miraron atónitos. No solían llamar al caballo por su nombre.

—«No temas, porque yo te redimí; te puse nombre, mío eres tú». —Maria recitó la Biblia con su forma de hablar cantarina. También a ella debía de molestarle esa relación impersonal de los hombres con el caballo. Mientras Ludwig y el entrenador todavía parecían reflexionar sobre el sentido de sus palabras, se volvió hacia el animal. Este daba la espalda a la gente en el box, mirando hacia la pared. No parecía muy contento.

—Ven aquí, Exzellenz. Déjame que te vea.

El semental era de un marrón chocolate y muy alto. Cuando se volvió hacia Maria, distinguieron un ojo hinchado, lloroso y supurante. Alrededor del ojo el pelo estaba pegajoso. El semental, por lo demás muy cuidado, seguro que no permitía que lo cogieran por la cabeza.

—A duras penas se le puede poner un cabestro —confirmó el cuidador, que se había unido al grupo.

—Bien, pero tenemos que hacerlo —contestó Nellie—. Déjenme uno. —Cogió el cabestro y empezó a acercarse al caballo canturreando la melodía que Walter y Maria ya habían escuchado con frecuencia y que tranquilizaba a la mayoría de los caballos. Nellie intentó acercarse primero al hombro del animal, le acarició el cuello y le pasó el cabestro por encima de la nariz con mucho cuidado—. Y ahora te colocamos la correa por encima del cuello. No nos acercamos al ojo... —Nellie hablaba dulce y sosegadora al caballo, que realmente parecía reaccionar. Con el cabestro puesto, se volvió de nuevo a Maria, que se concentraba en percibir mentalmente el estado del semental.

—Está intranquilo, le duele —explicó—. No se estará quieto, le hace demasiado daño. Tenemos que sedarlo.

Nellie asintió y buscó veronal en el bolso.

—El doctor Neuner no confía en estos nuevos sistemas —observó el entrenador.

Maria se encogió de hombros.

—Emil Fischer y Josef von Mering desarrollaron este remedio hace veinte años —explicó—. Tampoco es tan nuevo. Ya se ha investigado más sobre su efecto ansiolítico, sedativo, hipnótico y narcótico. Empleamos un derivado, que...

—¿Qué hizo el doctor Neuner para tranquilizarlo y examinar el ojo? —la interrumpió Nellie.

El entrenador esbozó una mueca.

—¿Pues qué iba a hacer? El freno de nariz. El caballo casi se mata y lo mata a él. A Heiner —señaló al cuidador— lo tiró contra la pared. Todavía lleva cardenales...

—Y con respecto al ojo, no debió de llegar muy lejos con ese método —observó Nellie—. El freno de nariz tiene cierto efecto tranquilizador y sedativo, pero a un caballo con mucho dolor no se lo puede dominar con eso. A no ser que se lo ate y se lo amordace, seguro que hay métodos... Pero hoy en día no los necesitamos. Le pondremos a este chico tan guapo una inyección, simplemente...

—Le puede fallar el corazón —afirmó el entrenador.

—Sí, con una dosis alta de barbitúrico puede pararse el corazón y producirse una parálisis respiratoria —admitió Nellie—. Por eso los empleamos ahora en la eutanasia de perros y gatos. Pero ya sabemos cómo dosificarlo, no se preocupe. Le damos lo suficiente para sedarlo. No me gustaría acostarlo. ¿Tú qué piensas, Maria?

Maria asintió.

—Para la exploración, no. A no ser que resulte que tengamos que operar... Se puede acostar a los caballos con una anestesia total, pero eso no carece de riesgo.

El entrenador suspiró.

—Hagan lo que deban. Yo me lavo las manos. También es el último intento. Así el caballo no puede correr. Y como semental de cría nadie lo comprará con ese ojo. Este acabaría en el desollador...

Seine Exzellenz no estaba dispuesto a que le pusieran una inyección, pero las suaves caricias de Maria y el canturreo de Nellie lo hicieron sentirse tan seguro que Nellie pudo buscar una vena y ponerle la inyección. Pocos minutos después, el caballo dejó caer la cabeza y su cuerpo se relajó. Maria se acercó al ojo con linterna y una lupa. Levantó el párpado y dejó al descubierto la retina hinchada.

—Conjuntivitis —diagnosticó—. No creo que la córnea esté dañada, pero ahí..., ahí hay algo.

Nellie le tendió unas pinzas y Maria alcanzó con mano segura el cuerpo extraño.

—Una arista —dijo—. A lo mejor no deberían esparcir paja de cebada. Las aristas son duras y puede provocar heridas. Aunque la mayoría de las veces en el morro...

Nellie asintió.

—Vamos a revisar también el morro de Seine Exzellenz. Es posible que no se deje montar porque la membrana mucosa esté inflamada.

Maria limpió el ojo con una solución especial y le puso unas gotas.

—Creo que voy a vendarlo para que se tranquilice primero —propuso.

—¿Y luego? —preguntó Ludwig—. ¿Hay que ponerle gotas cada día? ¿Quién se las pondrá?

—Una de nosotras —contestó Nellie—. Cuando ya no sienta dolor seguro que se deja tratar. Pero tendríamos que venir dos veces al día. No será barato.

El entrenador hizo un gesto de indiferencia.

—No dependerá de eso —contestó—. Mire ahora el morro. Yo también he oído hablar alguna vez de eso de la paja de cebada. Pero es la dirección del hipódromo la que se encarga de las compras, yo no me he ocupado de eso. Y con la inflación de estos últimos años..., naturalmente, ahorran...

Nellie examinó la boca del caballo y enseguida encontró lo que buscaba. Debajo de la lengua se veían heridas infectadas. Sacó las aristas, desinfectó y aconsejó lavados con manzanilla.

—Si es que permite que se los hagan. En caso contrario mezcle con el forraje infusión de manzanilla. A la mayoría de los caballos suele gustarle.

—Quizá podría echar un vistazo a los otros ejemplares —rezongó el entrenador—. Es poco probable que solo haya uno con este problema. Todos los animales que yo entreno están en esta cuadra. La mayoría son mansos.

Mientras Seine Exzellenz se recuperaba de la sedación, Maria y Nellie examinaron uno tras uno los caballos de carreras.

En cuatro de ellos encontraron afecciones en el morro causadas por las aristas. A uno de ellos le supuraba un diente.

—Se lo tenemos que extraer —aconsejó Nellie—. ¿El doctor Neuner nunca ha revisado los dientes?

El entrenador respondió con un gesto negativo.

—Dice que de eso se encarga el herrador. Es parte de su trabajo. Pero nuestro herrador siempre va con prisas...

—Y la opinión de que el herrero debe raspar los dientes de los caballos ya se ha quedado anticuada —dijo Nellie—. Las personas vamos a un dentista y ni se nos ocurriría en sueños acudir en su lugar a un zapatero. ¿Qué hacemos, Maria, le extraemos el diente ahora o esperamos a mañana cuando volvamos para ver a Seine Exzellenz?

Un joven cuidador llegó corriendo a la cuadra.

—¿Entrenador Pitters? ¿Es cierto que ha venido un veterinario? —preguntó alarmado.

—Dos —contestó Ludwig.

—¿Podemos ayudarlo de algún modo? —preguntó Nellie.

El joven miró desconcertado a las dos mujeres, que manipulaban frenillos y limas dentales, pero se recompuso.

—En la cuadra dos, la yegua alazana de Jessen, Larissa... Tiene un cólico... Y nadie atiende el teléfono en casa de Neuner...

—Seguro que ahora tiene consulta de animales pequeños —observó Nellie mirando el reloj que colgaba de la cuadra—. Ve tú, Maria, entretanto yo sedaré a este chico tan simpático con el diente inflamado. Si vamos a quedarnos, podríamos arrancárselo ahora mismo. ¿Cómo se llama el caballo?

Nellie adormeció a Junker, mientras Maria realizaba una exploración rectal a la yegua de la cuadra 2 y advertía un ligero desplazamiento del intestino. Colocó una sonda nasogástrica y administró al animal agua caliente y vaselina líquida para dar permeabilidad al intestino. Luego pidió al cuidador que lo paseara.

—Eso estimula la actividad del intestino —explicó—. Pero no tiene que hacer ejercicios a la cuerda, no hay que forzar el corazón.

Dos horas más tarde la yegua defecó y parecía sentirse mejor.

—Mañana volveremos a ver cómo anda —informó Nellie.

Le habían extraído el diente a Junker, supervisado cómo se despertaba y echado un vistazo más a la yegua. Ahora estaban satisfechas con todos sus pacientes. Walter, a su vez, no cabía en sí de alegría. Había estado conversando largo tiempo con el entrenador y le había explicado su experiencia en equitación. Naturalmente, había pedido trabajo y se alegraba de tener una oferta. Si bien Pitters no podía ofrecerle ningún puesto de preparador, sí uno de un cuidador.

—No ganaré mucho dinero, pero a cambio tendré aquí un lugar donde dormir. Así que si dejo el apartamento tendré suficiente para vivir. Ya no necesitaré a la condesa —explicó a Nellie en el camino de vuelta a la estación. Habían llegado en tren a Hoppegarten.

Nellie se detuvo y lo besó.

—Bien, esta sí es una buena noticia —dijo—. Pero no te ablandes, cariño, si no la ves muy entusiasmada.

Para sorpresa de Walter, la condesa reaccionó con serenidad cuando le comunicó que ya no iba a trabajar más de pareja de alquiler.

—Tampoco es algo que un joven deba hacer toda la vida —explicó—. Aunque considerando la opción... Un trabajo de mozo de cuadra... ¿No está eso por debajo de su categoría? —La condesa se colocó los impertinentes y miró a su favorito con insistencia—. ¿Un teniente empujando una carretilla llena de estiércol?

Walter se removió incómodo en el sillón Luis XIV. Había ido a hablar con la condesa y lo habían invitado a entrar en la sala de estar y tomar un té. Ahora estaba bebiendo un estupendo darjeeling en una delicada taza de porcelana. El ama de llaves, la señora Gertrude, había servido también unas pastas ligeras.

—Bien, la guerra ha terminado —respondió él con aire despreocupado—. El teniente ya no existe. Tengo que buscar otras salidas.

—¿Qué opina al respecto su pequeña veterinaria? —preguntó la condesa, en cuya voz resonó un tonillo cáustico.

—A *mevrouw* De Groot le parece bien mi decisión —respondió lacónico Walter.

La condesa esbozó una sonrisa forzada.

—Cierto que tiene algo de romántico... Todas esas fascinantes canciones y leyendas... El caballero Lancelot que se rebaja por amor a la bella Ginebra...

Walter se esforzó por no ruborizarse.

—Se lo ruego, condesa... —dijo obligándose a hablar en tono firme—. Mi relación con *mevrouw* De Groot...

—No es algo que me incumba. En eso tiene usted razón, por supuesto, teniente. Así pues, digámonos *adieu*... ¿o tal vez hasta la vista?

Alzó la taza como si fuera a brindar con ella.

—Yo no descartaría el reencuentro —dijo Walter—. A fin de cuentas, no estoy fuera de este mundo. Y creo que tampoco estaré limpiando el estiércol de las cuadras hasta el final de mis días. Debe haber posibilidades de ascender...

La condesa sonrió.

—Seguro que las hay. ¡Le deseo mucha suerte, teniente!

Walter le besó la mano y se despidió.

Cuando salió de la noble residencia de la condesa, se sintió liberado. Se había dejado acaparar demasiado por esa mujer madura, se había vuelto sumiso y prudente, en lugar de ser un poco lanzado como antes. Se había sometido mucho y se había reído demasiado poco. ¡Pero eso iba a cambiar! Quería ganar dinero suficiente lo antes posible para poder mantener una casa para sí mismo y Nellie. No podía casarse con ella, todavía no se había anulado su matrimonio, pero el Berlín de la posguerra no era mojigato. Walter se alegraba de una futura convivencia con Nellie y la pequeña Grietje, tenía muchas ganas de ser un padre para ella.

Satisfecho, tomó rumbo a la Torstrasse. Todavía era temprano y podría contarles a Nellie y Maria su armónica conversación con la condesa.

3

Nellie, que debía visitar a los pacientes del hipódromo a la mañana siguiente, tuvo un encuentro menos agradable. El doctor Neuner irrumpió en la cuadra cuando ella estaba examinando a la yegua Larissa. Era un hombre alto y musculoso, cuyo pasado militar era evidente. Se mantenía tieso como un soldado y sus pantalones de montar y las botas parecían formar parte de un uniforme. No obstante, ya no era tan joven. Le clareaba el cabello y unas arrugas surcaban su rostro. Bajo los ojos azul claro, que en ese momento brillaban de cólera, se percibían unas bolsas.

—¿Se puede saber qué hace usted con mi paciente? —preguntó sin saludar—. Yo me ocupo de los caballos de esta cuadra. No tolero ninguna intromisión.

Nellie no perdió la calma.

—Ayer nos llamaron porque este caballo sufría un cólico... A petición del entrenador o propietario responsable. Con ello se convirtió en paciente nuestro. Le aplicamos un tratamiento y hoy vuelve a estar bien. Ya ve, la vaselina que le administramos está saliendo, el intestino vuelve a estar permeable.

—Lo mismo se habría conseguido con un laxante ligero —señaló Neuner—. Mucho ruido y pocas nueces, está claro, y un gasto a cargo del propietario.

En ese momento se acabó el autocontrol de Nellie. Fulminó al veterinario con la mirada.

—Debe confiarnos a nosotras el tratamiento de nuestra paciente. Mi compañera confirmó que se había producido un desplazamiento del intestino, un laxante no habría sido en absoluto suficiente. Seguro que sabe que es un método contraproducente en muchas formas de cólico...

—No voy a discutir aquí con usted sobre métodos terapéuticos —dijo fríamente Neuner—, y menos cuando sin duda nos movemos en niveles distintos. Solo puedo advertirle que no siga cazando furtivamente en mi coto...

Nellie inspiró hondo.

—Tal como le he dicho, solicitaron nuestra ayuda. No engatusamos a nadie para llegar hasta aquí.

—¡Podrían haber renunciado a tratar al animal! —le recriminó Neuner—. Aunque fuese por compañerismo..., ya que se considera usted veterinaria...

Nellie sonrió.

—¿Igual que usted ha renunciado a curar a los perros cuyos dueños nos cambiaron por usted? Pero disculpe, seguramente esto no se aplica en su caso, claro, ya que no nos considera veterinarias. Lo siento, doctor Neuner, pero no podemos permitirnos rechazar nuevos pacientes. Además, no habría justificado éticamente dejar que la yegua sufriera. Nosotras ya estábamos aquí...

—Ya estaban... —Neuner se puso rojo de ira—. ¿Ya estaban aquí? ¿Me han robado a otro paciente?

—Seine Exzellenz —admitió Nellie—. Puede usted presenciar cómo le limpio el ojo.

Era correr un riesgo, pues podría darse el caso de que el asustadizo semental no le permitiera que se acercase. Pero Nellie confiaba en sus métodos. Hasta el momento siempre había convencido a sus pacientes de que no tenían nada que temer.

Neuner observó con los párpados entornados mientras ella

le quitaba al animal la venda del ojo, que ya tenía mucho mejor aspecto. Cuando Nellie hubo canturreado un par de minutos y hablado persuasiva, acariciando al semental primero en el cuello, luego alrededor de los ollares y por último entre los ojos, Seine Exzellenz se dejó aplicar dócilmente el ungüento en el ojo dañado.

—Te has portado muy bien —lo elogió Nellie y le dio una golosina.

—Estupideces, cosas de mujeres —se burló el veterinario—. Pero ¡tenga cuidado, señora... doctora! Si sigue ofendiéndome, acabará sabiendo quién soy yo. Una mujer es incapaz de ejercer la profesión de veterinario de forma adecuada. Usted...

—Somos dos —dijo Nellie con suavidad—. Y ahora, déjeme trabajar, por favor, todavía tengo que supervisar otra herida.

—Ese Neuner no es de fiar —advirtió Walter un par de semanas más tarde. Había empezado a trabajar en Hoppegarten y había podido observar varias veces al veterinario. Ese día, después de trabajar, fue a visitar a Maria, Nellie y Bernhard a la consulta. Como no tenían trabajo, pudieron hablar francamente—. No quiero decir que sea un mal médico, pero a él no le interesa solo curar a los caballos de carreras. Siempre intenta obtener información privilegiada sobre la competición. No me extrañaría que apostara. Y os critica allí donde puede. Nellie y Maria son incapaces porque son mujeres y usted, Bernhard, como judío es sin duda indigno de tratar caballos alemanes.

—Pues en la guerra eso no le importaba a nadie —respondió Bernhard, abatido.

—El doctor Neuner seguramente le haría responsable de que Alemania haya perdido la batalla —bromeó Nellie sin mucho entusiasmo.

En los últimos meses se oía cada vez con mayor frecuencia teorías de la conspiración que atribuían la pérdida de la guerra a todos los grupos populares posibles. Entre ellos se encontraba, por supuesto, el de los judíos. Se suponía que en el frente no solo se habían escaqueado, sino que habían saboteado la llegada de suministros alimentarios al ejército y la población.

—Se sospecha que Neuner tuvo algo que ver con el golpe de Estado de Kapp —siguió contando Walter—. Ya sabéis, en 1920, cuando los oficiales se negaron a sofocar el alzamiento. Justo después despidieron a Neuner del ejército. Antes era oficial veterinario, cuando todavía había caballos...

—Se requisaron sobre todo para pagar las reparaciones de guerra —dijo Bernhard—. Caballos del ejército, pero también de particulares y animales de crianza. Los veterinarios todavía contaban con trabajo suficiente.

—¿Cómo sabéis todo esto? —preguntó Maria.

Mientras escuchaba la conversación, volvía a ordenar los instrumentos por tamaños y los colocaba de modo muy minucioso junto a la mesa de tratamientos.

Bernhard la miró benévolo.

—Retiraron a algunos compañeros míos —explicó—. Después de la guerra, cuando se despidió a la mayoría. Quedaron un par de veterinarios de servicio. Naturalmente no conservaron a ningún judío, pero, de todos modos, a mí no me habría gustado seguir trabajando allí.

—Y Ludwig se ha estado informando —añadió Walter—. Siempre tiene buenos contactos. Está enfadado con Neuner. También a él se le podría haber ocurrido que había que sedar a Seine Exzellenz para poder examinar correctamente el ojo. En ese caso habrían encontrado enseguida el cuerpo extraño y el caballo habría podido volver de inmediato a la actividad. Ahora tardará más en recuperarse. Por cierto, acepta el bocado mucho mejor desde que le tratasteis los dientes y las heridas de la boca.

—Eso está bien —dijo Maria—. Desde entonces, el hipódromo cada vez recurre más a nosotras.

Así era. Al menos el entrenador Pitters estaba convencido de su competencia y la de Nellie y las recomendaba sin reservas.

No solo le gustaba el modo en que trataban a los caballos, sino su actitud general. Maria era reservada: quedaba totalmente descartado que utilizara cualquier información sobre los ejemplares para apostar con conocimientos. Nellie impresionaba por su interés general en los caballos. Le gustaba hablar de asuntos profesionales con el entrenador, los cuidadores y los jockeys sin sonsacarles, a diferencia del doctor Neuner.

A Walter le gustaba volver a trabajar con caballos, pero no estaba a gusto en el lugar donde dormía, un simple cobertizo junto a las cuadras. Se había desprendido de mal grado de su bonita vivienda en la Behrenstrasse, pero Nellie le había dado la alegría de ir a verlo la última noche antes de su mudanza.

—Por supuesto, podemos volver a encontrarnos en la cuadra —había dicho él—. Tengo un recuerdo insuperable de nuestra primera noche. Aun así... nos mereceríamos un poco de comodidad, ¿no?

Nellie lo había mirado con escepticismo.

—¿Me juras que nunca has compartido tu cama con la condesa? —preguntó, a lo que Walter contestó levantando la mano en un gesto de juramento.

—Ni con la condesa ni con ninguna otra mujer, Cornelia de Groot. Juro por mi vida que nunca he tocado a la condesa, salvo al bailar. No había ninguna relación sentimental, pienses lo que pienses.

La segunda noche que Nellie y Walter pasaron juntos fue maravillosa. Walter había esparcido rosas sobre la cama y comprado vino espumoso, debía de haber gastado todo el dinero que le quedaba en un par de selectas exquisiteces. En un gramófono alquilado sonaban unas tenues melodías y esta vez su encuentro no se vio ensombrecido por el miedo y las dudas.

—Lástima que no pueda ser siempre así —había dicho Nellie con un suspiro cuando se estrecharon el uno contra el otro antes de dormir—. Pero la consulta todavía no rinde lo suficiente para mantener este apartamento. Además, sería un poco demasiado pequeño para nosotros dos y Grietje, por no mencionar también a Lene... Y me gustaría volver a tener un perro. —El viejo Benno había muerto en invierno, poco después de que reapareciera Walter.

Este había asentido.

—Necesitamos algo más grande. En cuanto gane más dinero...

—¿Cómo lo vas a hacer? —quiso saber—. Bueno, yo espero de verdad que la consulta funcione mejor.

—Los jockeys no se ganan mal la vida —contestó Walter—. Siempre que salgan vencedores. Los premios al campeón no están nada mal, y cuanto más a menudo conduce el jockey un caballo a la victoria, más a menudo se lo reserva.

Nellie había sonreído.

—Que no vuelvan a reservarte, cariño. No me gusta nada dejarte prestado.

Sin embargo, al principio Walter no contaba con ninguna oportunidad de ascenso profesional. Los propietarios de los caballos se decidían cada vez con mayor frecuencia por hombres menudos y ligeros como jockeys. Si bien seguían participando antiguos soldados de caballería que dominaban bien a sus monturas, los entrenadores y los propietarios de los ejemplares esperaban que esos menudos muchachos, que desafiaban a la muerte en las carreras, acumularan suficiente experiencia con el tiempo para llegar a triunfar.

Un par de semanas después de que comenzara la temporada de carreras, Ludwig se acercó a Walter cuando este ensillaba a una joven yegua. Anastasia era un secreto. Se suponía que procedía de Rusia y era una mezcla del purasangre inglés y ajal-teke, un caballo de raza ruso, también muy rápido y de extremidades largas. Aunque en realidad no había prueba de ello, todo el mundo rumoreaba que era sorprendentemente veloz. El entrenador Pitters callaba con tenacidad cuando le preguntaban por las posibilidades que tenía Anastasia de ganar en su primera carrera.

Walter miró a su amigo.

—Todavía no te has cambiado —preguntó extrañado—. Pronto será hora de competir.

Ludwig sostenía en el brazo la chaqueta con los colores de Johann Bremer, el dueño de Anastasia.

—Va a ganar —sentenció.

Walter se asombró.

—¿En serio? ¿Me estás aconsejando que apueste por ella?

Ludwig negó con un gesto.

—No. Tienes que montarla. Voy a disculparme ahora mismo con el entrenador Pitters. Gastritis, qué mal asunto, casi no puedo tenerme en pie.

Walter se echó a reír.

—Pues no lo parece —se burló de su amigo—. En serio, Ludwig. ¿De qué va todo esto?

—¿Qué te pasa, te has vuelto duro de entendederas? —preguntó Ludwig—. A ver, lo repetiré para los pobres de espíritu: te doy la oportunidad de montar a una campeona segura. Todavía no ha competido ninguna vez, la cuota será alta y el premio en metálico no será insignificante. Pero lo más importante es que te darás a conocer. También puedes montar caballos jóvenes y difíciles y puedes ganar. Te confiarán otros animales en el futuro.

—Pero tú también necesitas el dinero —replicó Walter—. ¡Y la fama! ¿Vas a renunciar a esto por mí?

—Estoy en deuda contigo —respondió Ludwig—. Recuerda que me salvaste la vida. Eso nunca podré pagártelo. Y para mí no es una gran pérdida. Es solo una carrera plana de caballos de la misma edad. La semana próxima participaré con Seine Exzellenz en el Gran Premio y espero que eso me lance a la gloria. Así que ahora cámbiate e intenta familiarizarte con Anastasia. No es complicada. Mantenla en el pelotón y ponla en la cabeza en la recta final. Es una corredora nata.

Walter musitó las gracias y cogió el traje de montar que le tendía Ludwig. Era de su talla, pues él y Ludwig eran de complexión similar y, de todos modos, las chaquetas iban holgadas. Una vez listo, fue a ver al entrenador Pitter a la cuadra.

—Espero que se muestre digno de la confianza que se ha depositado en usted —le gritó—. No se crea que no me he dado cuenta de que esto es un amaño.

Walter se ruborizó.

—Yo no sabía nada, entrenador... Si usted..., si usted prefiere a otro jockey, yo...

—Los buenos ya hace tiempo que están comprometidos —gruñó el entrenador—. Y se supone que el mejor está delante de mí. Al menos eso es lo que me ha asegurado Lindau. Así que vamos a intentarlo. ¡Es su oportunidad! ¡Cabalgue como alma que lleva el diablo!

Walter sonrió.

—Cabalgué durante años mientras las balas me pasaban zumbando junto a los oídos. A su lado, el diablo es inofensivo...

Pitters sonrió irónico.

—Haga lo que quiera, ¡pero gane!

Walter estaba nervioso mientras llevaba a la yegua Anastasia al anillo del hipódromo. Tenía la capa castaño oscuro con un brillo dorado. A Nellie sin duda le habría gustado. Lamentaba que ella no asistiera a su debut en el hipódromo; pero, por otra parte, eso todavía le habría puesto más nervioso. Por fortuna, Anastasia estaba tranquila. Caminaba por el anillo como si fuera consciente de su belleza y empezó a hacer escarceos cuando se dirigieron a la línea de salida. Luego, sin embargo, obedeció y se quedó quieta y esperando al disparo de salida.

Walter salió bien y enseguida se unió al pelotón. Anastasia galopaba dando unos saltos enormes. Él sentía que para la yegua era una velocidad ridícula, casi tenía la sensación de estar sobre un caballo de doma galopando despacio y alto, en lugar de lejos. En cuanto aflojaba las riendas, la yegua se estiraba, su potencial era gigantesco. Para no correr ningún riesgo, Walter dejó que en el segundo tercio de la carrera por fin se acercara a los caballos que iban a la cabeza: dos yeguas alazanas y una negra. En esa carrera solo participaban yeguas de tres años. Cuando tomaron la recta final, soltó las riendas y estimuló a Anastasia. Él mismo se sorprendió de lo mucho que aceleraba el paso. En un abrir y cerrar de ojos, ya había adelantado a los caballos líderes y los que ahora se separaban del pelotón dispuestos a atacar no podían ni acercarse a ella. La yegua ganó por unos ocho largos de ventaja. El jinete la abrazó feliz y se alegró de recibir el premio de ganador.

Pitters volvió sonreír con ironía cuando salió a su encuentro tras la carrera.

—Debo admitir que su amigo no habría podido hacerlo mejor. El propietario quiere registrarla la semana próxima para el Gran Premio. ¡Entonces competirán el uno contra el otro y veremos quién es el mejor! —Se echó a reír.

—¿Voy a montarla yo? —preguntó Walter sin dar crédito—. ¿En el Gran Premio de Berlín?

—Claro, ¿quién si no? Von Lindau no puede dividir su trasero. Ya está sentado en el semental castaño, ese... Siempre me olvido del nombre.

—Seine Exzellenz —lo ayudó Walter.

—¡Exacto! —El entrenador rio—. A ver si la gran duquesa rusa también se lo quita de encima.

—¡Jamás! —dijo con calma Ludwig cuando Walter, con mala conciencia, le comunicó que lo habían nominado para la competición—. La carrera pasa de los dos mil cuatrocientos metros, la mayoría de los caballos tienen experiencia, y también los jockeys, por supuesto. No cuentes con que Anastasia vaya a clasificarse. En realidad, ya es absurdo que participe en esta prueba. Es pedirle demasiado. A lo mejor el año que viene ya está madura para competir. Pero la victoria ha cegado a Brehmer y ahora no piensa.

A pesar de todo, Walter estaba decidido a dar lo mejor de sí mismo y las semanas siguientes tuvo mucha gente animándolo entre el público. Maria y Bernhard estaban allí, y Nellie fue con Grietje. Los caballos cautivaron a la niña y todavía más la banda que tocaba marchas entre las competiciones y cuyos instrumentos brillaban a la luz del sol.

—¡Qué bien suena la trompeta! —exclamó jocosa—. ¿Me comprarás una, mami?

Nellie movió la cabeza sonriente.

—Si soplas como ese trompetista, la casa se nos caerá encima —bromeó—. Además, un instrumento de viento así es muy caro y Maria no puede enseñarte a tocarlo.

—Podríamos apostar a los caballos —propuso Grietje. Acababa de cumplir seis años, pero ya había entendido el principio—. ¡Seguro que tío Walter ganará!

—No, no ganaré —señaló Walter—. No apostéis por mí, Nellie, el favorito es Ludwig. E incluso él tendrá que luchar. Aquí el pelotón es fuerte.

—Podríamos minimizar el riesgo apostando por la posición —explicó Maria cuando Walter se dirigió al anillo de la pista con Anastasia. La atmósfera del hipódromo no la impresionaba, se mantenía al margen y estudiaba el programa del día—. Apostaremos, simplemente, que Walter y el señor Von Lindau estarán entre los tres primeros.

—¿Lo hacemos? —preguntó Nellie.

—No sé —respondió Maria—. En el fondo las apuestas en las carreras de caballos pueden incluirse dentro de los juegos de azar. Lo que significa que el factor suerte desempeña una función muy importante en la clasificación de los caballos. Naturalmente, se podría realizar un cálculo de probabilidades basado en los anteriores logros de cada uno de los caballos y jockeys, solo...

Bernhard la interrumpió riendo.

—Ya que estamos en el hipódromo, deberíamos también apostar. Y tu propuesta de minimizar el riesgo, Maria, me parece lógica, incluso sin necesidad de hacer más cálculos.

Nellie asintió y los tres apostaron un marco cada uno por la posición de Ludwig y Walter. A Grietje le compraron un algodón de azúcar y todos volvieron emocionados a las gradas mientras los caballos se situaban en la línea de salida.

En total competían nueve caballos, y Ludwig enseguida se colocó con Seine Exzellenz en el tercer puesto. Al semental no le gustaba correr dentro del pelotón, necesitaba espacio a su alrededor.

A Anastasia no le importaba ir detrás. Walter la mantenía en la parte posterior del pelotón y se esforzaba por manejarla con calma y soltura. Después necesitaría toda su energía y no tenía que malgastar sus fuerzas luchando contra las riendas. Ciertamente, era una larga distancia para un caballo joven, las carreras de yeguas solo se extendían mil seiscientos metros. Walter, sabía que al final de recorrido, Anastasia estaría cansada, pero confiaba en que todavía le quedaran reservas.

En la recta final, el pelotón empezó a separarse. En la punta competían encarnizadamente por la victoria Seine Exzellenz y un semental negro, Erlkönig, «el rey de los elfos». Walter no podía discernir cuál de los dos tenía más posibilidades de triunfar. Solo veía que el jockey del caballo negro no era especialmente hábil, ya que desconcertaba al animal agitando sin parar el látigo delante de sus ojos. Pero él tenía que concentrarse en Anastasia. Espoleó a la yegua, adelantó a los primeros caballos y notó que ella hacía acopio de todas sus fuerzas, quería avanzar. Walter se preguntaba si era porque quería ganar o si era solo por el deseo de volver a su cuadra y que le dieran su ración de avena, pero la yegua iba superando a un caballo tras otro. Al final solo tenía delante a Seine Exzellenz y a Erlkönig, que, de todos modos, estaban a una distancia inalcanzable. Los sementales corrían uno al lado del otro, pero, en un momento dado, el caballo negro pareció asustarse por algo. Saltó a un lado, retrocedió una cabeza y pasó la línea de meta detrás de Seine Exzellenz.

Anastasia los siguió.

—¡Ha llegado el tercero! ¡Ha llegado el tercero! —gritó emocionada Grietje—. Así que hemos ganado algo, ¿no? ¿Me comprarás ahora una trompeta?

De hecho, había más dinero para el tercer puesto de la *outsider* que para el primero del favorito. Los tres amigos no ganaron una fortuna, pero sí una suma considerable, y acudieron satisfechos a la ceremonia de entrega de los premios. Walter estaba encantado y no veía el momento de brindar con ellos. Había mucha gente que quería felicitarlo y tantear con prudencia si no querría montar en este o aquel caballo en los próximos días de carreras.

—¡Esto pinta bien! —dijo cuando por fin abrazó a Nellie—. Pinta bien para nosotros dos.

4

Sin embargo, la racha de buena suerte de Walter no duró. Los caballos que le ofrecían eran en general auténticos *outsiders* a quienes sus conocimientos de equitación no hacían más veloces. En las siguientes competiciones quedó en los últimos puestos, además, a la yegua Anastasia se le distendió un tendón y no podía participar.

—No es grave, se curará, pero necesita descansar —explicó Nellie—. Lo mejor sería enviarla a una yeguada y que la cubran. Ganó una carrera de yeguas, seguro que hay interesados en sus potros. El Gran Premio fue demasiado para ella, un sobreesfuerzo. Se lo advertimos al propietario, pero por desgracia nadie nos hace caso.

En efecto, Nellie y Maria habían advertido del riesgo que corría la yegua si participaba en una carrera tan dura, pero Johann Brehmer confió en el doctor Neuner, quien no puso ninguna objeción. Las esperanzas de Walter de poder disfrutar de nuevos éxitos con la tan preciada yegua desaparecieron, al menos en un principio, y no se le ofrecieron más posibilidades de éxito.

—Para un par de caballos que tengo, ya dispongo de demasiados jinetes —contestó el entrenador Pitters cuando se dirigió a él—. Montó usted bien a Anastasia. Y lo contrataría de nuevo si todos los caballos a los que entreno no tuvieran ya sus jockeys de siempre. No me gusta cambiarlos. Solo puedo ofrecerle el trabajo en la cuadra. Y tal vez se produzca un milagro y me entreguen nuevos caballos para entrenarlos...

Eso era bastante improbable. Pitters era un entrenador con reconocimiento, pero no se callaba su opinión cuando algo no le gustaba. Tras la primera euforia, también él había desaconsejado que Anastasia participara en el Gran Premio, ante lo cual el dueño casi había cambiado de entrenador. Pitters solía educar a sus caballos despacio y no era partidario de los éxitos rápidos. No todos los propietarios de caballos estaban de acuerdo con ese sistema.

Así que Walter volvió a las tareas de la cuadra mientras Nellie andaba peleándose con el doctor Neuner.

—¿Es cierto que usted no es una veterinaria como es debido? —le preguntó, por ejemplo, una dama pudiente que llegó a la consulta con un pequinés. El animal estaba crónicamente sobrealimentado, por lo que Nellie y Maria no paraban de reprender a su ama y señalarle la necesidad de una alimentación sana—. He oído decir que todavía está estudiando. Va a la universidad, ¿verdad?

Nellie asintió.

—De hecho, asisto a unas clases de perfeccionamiento —contestó ingeniosamente—. Como usted ya sabe, soy belga, y mis estudios en Bélgica no están reconocidos aquí en Alemania. Por eso estoy repitiendo algunos cursos, para poder hacer aquí las pruebas de convalidación. Es una gran ventaja para nuestros pacientes que yo aprenda en la universidad los tratamientos más recientes y que los introduzca en la consulta. ¿Puedo preguntarle dónde ha obtenido usted esta información, señora Torquard? ¿Corren rumores acerca de nosotras?

La clienta se mostró un poco reticente, pero acabó comunicándole que en su círculo de amigas se comentaba este tema.

—¡Y que por lo visto el amable doctor Bernhard es judío! Pero yo no me lo creí —añadió.

Nellie no hizo ningún comentario, pero le pidió que informara a su círculo de amigas acerca de sus «estudios de perfeccionamiento».

—También podemos actuar de forma más agresiva, si te atreves —propuso más tarde Bernhard—. ¿Por qué no ofreces a los propietarios de perros una conferencia informativa sobre los avances más recientes que se han realizado en el ámbito de la investigación en veterinaria? Así podrías contar como de paso por qué acudes a la universidad. Existe el peligro, no obstante, de que Neuner se informe de si hiciste algún examen en Bélgica...

—En Bélgica no, Phipps y yo estudiamos en los Países Bajos —dijo Nellie—. Pero podría decir, simplemente, que estudié en el extranjero. En tal caso entrarían en consideración universidades de Francia, Gran Bretaña e incluso de Estados Unidos. Es imposible que Neuner pregunte en todas ellas.

—Pues hagamos eso —decidió Maria—. ¿Traerás una radiografía? A lo mejor te la prestarían en la universidad. A mí también me gustaría ver una.

La conferencia de Nellie fue todo un éxito. Maria sirvió a las señoras —los caballeros no parecían interesarse tanto por las conferencias— café, té y pastas, y Nellie habló de una forma muy accesible y divertida de los progresos en el tratamiento de los animales pequeños.

—Llegará un día, de eso estoy convencida, en que la veterinaria ofrecerá a nuestras mascotas las mismas posibilidades que nos ofrece a nosotros la medicina humana. Ya ahora podemos administrarles barbitúricos para examinarlos y tratarlos sin causarles dolor, y aplicamos a los animales nuestros conocimientos nutricionales. Así que ¡cuidado con las galletas de Papageno, señora Torquard! Y nada de comida vegetariana para el caniche, señora Wiese, por muy sana que sea para nosotros. Los perros comen carne...

Nellie y Maria no perdieron ningún cliente debido a las críticas de Neuner, pero Nellie estaba inquieta. Quién sabía lo que su envidioso colega de profesión sacaría a la luz para desacreditarla.

No volvió a mencionarse la condición de judío de Bernhard, pero ocurrió que algunos dueños de animales insistían en que su mascota fuera atendida por Nellie o Maria y no por él. En el hipódromo de Grunewald no pudo ni entrar. Ahí creían a Neuner, y Nellie y Maria no podía negar explícitamente que su compañero era judío. Cuando les preguntaban, respondían que el doctor Lemberger era, sobre todo, un buen veterinario que había servido como tal en la guerra, al igual que el doctor Neuner.

—Y yo tampoco tengo que rezar por mis pacientes —afirmó con insolencia Nellie, después de que un entrenador la atosigara demasiado—. Puesto que nos servimos de los métodos de curación más nuevos y experimentados, por regla general no necesitamos ayuda divina.

Walter se echó a reír cuando ella se lo contó, pero en las últimas semanas estaba muy lejos de estar realmente de buen humor. Le daba rabia no seguir en la pista de carreras y, naturalmente, su orgullo como antiguo *élève* del mejor instituto de equitación de Europa se veía erosionado al tener que contentarse con tareas secundarias.

Pero entonces, cuando casi había concluido la temporada de competiciones, lo llamó el entrenador Pitters.

—¡Por lo visto, la suerte está de su parte, Von Prednitz! —dijo complacido—. Al menos parece tener usted patrocinadores. ¡Mire quién está aquí!

Señaló un box en la cuadra y Walter distinguió un gran caballo con capa de un negro brillante.

—En cualquier caso, este es nuevo —dijo—. Espere... ¿Podría ser Erlkönig? ¿El semental que casi venció a Seine Exzellenz en el Gran Premio?

El entrenador asintió.

—Si no hubiese tenido un jinete tan pésimo seguramente habría ganado —dijo—. El caballo es sensible, un poco asustadizo, hay que quitarle el miedo. Pero ese tipo estaba ahí sentado como un tonto. En cualquier caso, no ha vuelto a ganar nada más este año y lo han vendido. La nueva propietaria es una señora. E insiste en que lo prepare usted y sea usted quien lo presente en las competiciones.

Walter lo miró confuso.

—¿Una señora? ¿Nellie? Lo ha...

El entrenador soltó una sonora carcajada.

—¿La señora doctora? Qué va. ¿Sabe usted lo que vale? De la mejor procedencia y los primeros triunfos; aunque hasta ahora se haya quedado por debajo de las expectativas... Nooo, nooo, aquí alguien ha invertido una fortuna. ¿En el caballo o en usted? Me da la impresión de que esa dama ha comprado el semental especialmente para usted. Ya puede darle las gracias mañana durante el entreno. Vendrá a verlo. Una dama muy audaz. La condesa Sieglinde von Albrechts.

Walter tuvo la sensación de que se le nublaba la vista. La condesa volvía a introducirse en su vida. Al mismo tiempo sentía una enorme gratitud. ¡Lo estaba salvando! Aparecía de nuevo en un momento en que necesitaba urgentemente ayuda...

—Así que: ¿acepta o no? —preguntó el entrenador.

Walter sonrió.

—¡Claro que sí! Por favor, comuníquele a la condesa mi más humilde agradecimiento. Y que me alegrará verla durante el entrenamiento...

—¿Que ha hecho qué? —Como era de esperar, Nellie se sintió menos entusiasmada ante la iniciativa de la duquesa—. ¡Walter, está intentando comprarte de nuevo! Y con el caballo todavía ejerce más poder sobre ti. Si te lo vuelve a quitar y además se le ocurre cualquier calumnia para hacerlo, ya puedes olvidarte de aparecer en Hoppegarten. Y en los demás hipódromos.

Walter se encogió de hombros.

—De todos modos, tampoco tendría futuro sin un caballo que gane. Y el semental es fantástico. Si se monta como es debido, será invencible. ¿Es que no puedes alegrarte conmigo?

Nellie suspiró.

—No puedo imaginar que la condesa no actúe si no es por su propio interés, eso es todo. Quiere recuperar su perrito faldero. Intenta al menos no estar todo el rato moviendo la colita a su alrededor. Sí, monta su caballo, pero te suplico que te cuides de que te reserve solo como jockey y no como acompañante de alquiler.

La condesa apareció el día siguiente, a las cinco de la mañana, para presenciar el entrenamiento. Todavía no había clareado y los jinetes y mozos de cuadra tiritaban en medio del frío otoñal. La condesa se protegía de él con un abrigo de visón largo hasta la pantorrilla. Llevaba una capucha a juego cubriendo el cabello perfectamente rizado y para seguir mejor la carrera esta vez llevaba gafas en lugar de los impertinentes.

—¿No me besa usted la mano, teniente? —preguntó al entrar en la cuadra donde Walter supervisaba cómo estaba ensillado Erlkönig.

—Me temo que huelo a caballo, condesa —contestó sonriendo Walter—. No quiero ofender su olfato.

—Pero ese es mi caballo, ¿no es cierto? —dijo—. Así que podré soportarlo. Tendré que regalarle una buena fragancia masculina, mi querido teniente...

Ella le tendió la mano derecha enguantada con un gesto afectado y él la alzó educadamente hacia sus labios sin rozarla.

—Por favor, llámeme señor Von Prednitz, condesa —le pidió—. Lo de teniente ya hace tiempo que ha pasado. Ahora solo soy un jinete más...

La condesa hizo la mueca, típica en ella, de una sonrisa fingida.

—¿Debo llamarlo tal vez «mi querido soldadito»? No, eso sería indigno... Así pues, Von Prednitz. Intentaré no olvidarlo Y dígame ahora qué opina usted de mi Erlkönig. ¿Está a su altura? ¿Está usted a la altura de él?

Walter se había mordido el labio ante esa pulla, pero le aseguró que estaba totalmente convencido de las cualidades de su caballo.

—Es tan solo un poco asustadizo... Debe aprender a confiar en su jinete...

—Esperemos entonces que este no sea demasiado reservado —le comunicó la condesa mientras salía hacia las gradas.

Walter cerró los puños alrededor de las riendas invadido por una rabia impotente. Tras esa conversación debería haber dejado el caballo, dado las gracias a la condesa y haberse negado a colaborar con ella. Nellie sin duda lo habría hecho. ¡Pero quería montar! Quería verse en el podio de los vencedores y ganarse una vida mejor. Para él y para Nellie. ¿Qué más daba tener que doblegarse un poco?

Saludó a la condesa, en las gradas casi vacías, cuando cabalgó por la pista a lomos de Erlkönig.

Mientras duró el invierno, la condesa no acaparó a Walter, aunque de vez en cuando iba a los entrenamientos de Erlkönig e invitaba al joven a desayunar en un restaurante cerca del hipódromo, donde hablaban exclusivamente de los progresos del caballo. Casi no se organizaron actividades sociales a las que él tuviera que acompañar a la condesa, solo el baile de Navidad de los propietarios de los caballos, pero allí también estaban Nellie y Maria invitadas y Walter acompañaba a Nellie.

—De lo contrario me habría arrancado la cabeza —dijo Walter cuando Ludwig le preguntó con ironía si la condesa no le había pedido que la acompañara al baile.

Por fortuna, esta había demostrado ser diplomática y no le

había planteado tener que elegir entre ella y Nellie. En lugar de eso, no asistió al evento.

Desde que había ido al baile de los veterinarios con Phipps, Nellie nunca había vuelto a participar en una velada tan elegante. El baile se celebraba en el Waldhaus, el restaurante junto al hipódromo de Grunewald. Este era uno de los establecimientos más bonitos de Berlín y, después de la contienda, todas las grandes carreras se habían realizado allí mientras se renovaba el hipódromo de Hoppegarten. El restaurante anexo disfrutaba de una fama excelente. Nellie se alegraba de poder conocerlo. Junto con Bernhard y Walter, convenció a Maria para que asistiera también.

—¡Venga, Maria! Nos compraremos un vestido nuevo. Seguro que serás la más guapa del baile. Todos los propietarios de caballos se enamorarán de ti y nunca más llamarán a otro veterinario. Por decirlo de algún modo, se lo debes al negocio —argumentó Nellie.

Tal perspectiva más bien parecía infundir miedo a Maria.

—No sé bailar —afirmó—. Y con extraños aún menos. Estará lleno de gente y habrá mucho ruido… ¡No quiero, Nellie! —Se estremecía de horror ante la mera idea.

—No tienes que bailar con extraños. Solo bailarás con Walter… y con Bernhard… —Nellie no daba tan deprisa su brazo a torcer.

—Bernhard no está invitado —objetó Maria.

Nellie se encogió de hombros.

—¡Pues claro que sí! La invitación iba dirigida a la consulta veterinaria Paraíso, así que también es para Bernhard. Además, no puedo creer que entre todos los propietarios de caballos no haya ningún judío. Algunos son ricos, ¿por qué no iban a tener un caballo de carreras? A lo mejor se alegran justamente de conocer a Bernhard y acaban acudiendo a nosotros.

Nellie no perdía su optimismo, pero al final fue Bernhard quien hizo cambiar a Maria de opinión.

—Vayamos, Maria, no puedes pasarte toda la vida solo trabajando. Y seguro que no habrá más ruido que en el teatro o el cine. En caso de que para ti sea demasiado ruidoso o que tengas miedo, nos vamos. Si quieres, podemos ir a echar un vistazo a los caballos a las cuadras del hipódromo. Yo estaré a tu lado, Maria. No estás sola.

—¿Acaso no se está siempre solo? —preguntó Maria.

Bernhard la observó. Su mirada pedía confianza, expresaba el deseo de obtener por fin alguna prueba de que Maria sentía algo más que amistad por él.

—Depende de cómo se defina la soledad. ¿No puedes intentar... rozarme? Como haces con los animales.

Maria sonrió.

—Está bien —dijo—. Lo intentaré. Pero es posible que te pise al bailar.

Bernhard le acarició la mano..., un minúsculo gesto de afecto que no la asustó.

—Esto también es rozarse, Maria —le dijo—. Y por mí, puedes pisarme los pies siempre que te apetezca.

Al final Nellie obligó a su amiga a ir de compras a los grandes almacenes KaDeWe en la Wittenbergplatz y la convenció para que adquiriese un moderno vestido suelto de chiffon azul con la cintura baja. Unos hilos metálicos conferían unas pinceladas plateadas a la falda, ligeramente abombada, y a la banda de la cintura. El escote era pronunciado, pero se veía menos llamativo gracias a una pechera de brillos también plateados.

—Estás preciosa, Maria —elogió Nellie a su amiga—. Si encontráramos una cinta para la cabeza con las plumas adecuadas...

La solícita vendedora aconsejó además que se cortase el cabello a lo *garçon*, pero eso era demasiado para Maria. Nellie, por el contrario, se atrevió a seguir la moda. Se compró un vestido de color lila de crêpe georgette con un cinturón bordado y flecos, y luego se fue a la peluquería.

A Walter se le cortó la respiración al verla con el pelo corto, pero tuvo que admitir que el nuevo peinado le quedaba magnífico y que acentuaba su expresivo rostro.

—Y además es muy práctico —sentenció Nellie.

La noche de la celebración bailó por primera vez con Walter y disfrutó de estar junto a él sin que nada los molestase. Durante la guerra siempre habían pendido unas sombras sobre su relación y en los meses posteriores a su reencuentro a menudo sus conversaciones estaban impregnadas de preocupaciones y reproches. Durante ese baile se olvidaron de todo y se lo pasaron tan bien como unos jóvenes enamorados. Los propietarios de los caballos de carreras y los entrenadores, la mayoría de más avanzada edad, miraban sonrientes a la feliz pareja. Solo el doctor Neuner, quien asistió al baile con su esposa, flaca y de expresión avinagrada, les lanzaba miradas de indignación y chismorreaba después con ella.

Nellie se dio cuenta y se preguntaba cuánto sabría su adversario de su matrimonio con Phipps. Muchos clientes suponían que era viuda, pues pocas veces hablaba del padre de Grietje, pero nunca se había dudado de que fuera una hija legítima. Tenía una foto de Phipps que estaba en la mesilla de noche de la niña. Por el momento, la pequeña hacía pocas preguntas al respecto, así que tampoco podía comunicar gran cosa. Cuando empezara a ir a la escuela, la situación sin duda cambiaría.

Pero Nellie no quería estropear esa noche. Ya podía ir diciendo Neuner que ella engañaba con Walter a su marido. Muchos de los allí presentes habían ganado dinero con la inflación, los especuladores y estafadores se esforzaban ahora por obtener honorabilidad y prestigio invirtiendo en la compra de caballos de carreras. Pero seguro que no habían olvidado sus inicios, en los que habían pasado cosas más graves que engañar a un marido que habia abandonado durante años a su esposa.

Maria y Bernhard merecieron miradas más bien escépticas. Que una joven de una familia de la antigua aristocracia se exhibiera con un judío era con toda seguridad tema de conversación en varias mesas, y tanto los viejos como los nuevos ricos estaban bastante de acuerdo en que esa unión era desafortunada. Y sin embargo Maria guardaba las distancias. Durante el banquete que había precedido al baile no había pronunciado palabra ni casi tocado la comida que tenía en el plato. Ahora se dejaba llevar por su hermano en la pista de baile, donde varios de los dueños de sus pacientes la reconocían y saludaban. Un par de hombres le hicieron cumplidos y las mujeres elogiaron su bonito vestido. Maria se esforzaba por sonreír y dejaba que Walter respondiera por ella. Después de bailar un solo vals, se dirigió a Bernhard.

—No puedo —susurró—. La gente me mira... y luego me habla mientras baila, pero yo no puedo ni hablar ni bailar... Van a pensar que soy tonta... Yo... quiero salir de aquí...

Walter se encogió discretamente de hombros y miró a Bernhard comprensivo.

—Esto no es lo suyo —dijo disculpando a su hermana.

Maria iba alternado el rubor y la palidez. Estaba al límite de sus nervios.

—Está bien —dijo Bernhard con voz firme—. Ya sabes que te lo he prometido, Maria. Salgamos de aquí. ¿Puedo ponerte suavemente la mano en la espalda..., con cuidado? Por si tenemos que decir que no te encuentras bien.

Maria pareció sosegarse y dejó que Bernhard la condujera al exterior. Él enseguida apartó la mano cuando llegaron al vestíbulo y fue a buscarle el abrigo.

—Ven —propuso después de ayudarla a ponérselo—, vamos a ver los caballos, ¿de acuerdo? Y la luna. ¿No te parece bonita?

La luna llena iluminaba la noche clara y helada..., misteriosa y suave. Del salón de baile surgía una música tenue. En los oídos de Maria resultaba así más agradable.

Ella asintió.

—Muy bonita —contestó.

—¿Puedes rozar la luna? —preguntó Bernhard.

Maria sonrió.

—No..., no, está demasiado lejos... Además, solo es una... mole de piedra en el cielo. Es fría..., rozar es... cálido. Solo me gusta rozar lo que está vivo...

Bernahrd no pudo evitarlo. Colocó cautamente un brazo alrededor de la cintura de Maria y le cogió una mano. Como ella no retrocedía, bailó con ella al ritmo de la tenue música. Maria lo siguió. Vacilante al principio, pero luego sus movimientos fueron adquiriendo más seguridad.

A Bernhard le pareció que un vínculo los unía. Las estrellas danzaban para ellos.

—¿Me notas? —preguntó.

Ella asintió.

—Como dos velas que arden juntas —dijo—. Como cuando se enciende un pábilo con otro.

Bernhard sonrió.

—Conserva esta sensación, ¿vale? —le pidió—. ¿Quieres que demos un paseo? ¿O tienes demasiado frío?

Maria respondió negativamente.

—Siento calidez —dijo seria—. Contigo siento calidez.

Bernhard buscó su mano cuando descendieron al hipódromo y las cuadras, pues el restaurante estaba en una elevación del terreno. Tocó suavemente los dedos de la muchacha, como si pudieran romperse, y se sintió feliz cuando se entrelazaron con los suyos. Por esa noche, no iría más lejos. Pero era un comienzo, se habían tejido las primeras y delicadas hebras.

5

—¿Alguna vez le sucedió algo a tu hermana? ¿Algo malo relacionado con hombres?

Un par de días después del baile, Bernhard había invitado a Walter a tomar una cerveza en el bar de la esquina. Ambos se habían conocido superficialmente antes de la guerra y se habían caído bien; no obstante, la brecha entre el oficial y el estudiante había sido demasiado grande. Últimamente se veían más a menudo y compartían secretos. Bernhard vivía en una habitación amueblada del apartamento de una viuda muy severa, pero que se reunía con un grupo de amigas o iba a la sinagoga a unas horas determinadas. En tales ocasiones, Bernhard ponía su pequeña habitación a disposición de Walter y Nellie para un tierno encuentro. Eso era imposible en el alojamiento de Walter, en el hipódromo. No había calefacción y estaba destinado solo a hombres. Cuando uno de los mozos de cuadra o un jockey llevaba a una mujer, se enteraban todos aunque solo fuera por la acústica. A una mujer decente no se le podía pedir eso. En todo caso eran muchachas fáciles las que acompañaban allí a sus clientes y luego se reían y coqueteaban desvergonzadas.

Tampoco podían reunirse en la habitación de Nellie en la Torstrasse, ella no quería que Grietje viese u oyese algo que aún no podía y no quería explicarle. Aunque Lene se ofrecía a dar paseos más largos con la niña cuando Walter y Nellie querían estar solos, Nellie no se relajaba. A fin de cuentas, siempre cabía la posibilidad de que tuvieran que regresar antes de tiempo por razones imprevistas. A todo esto se añadía que los Obermeier seguían controlando con lupa todo lo que hacían sus vecinas y caseras. El pintor no se había vuelto más amable con los años. Recientemente, defendía las toscas ideas de un tal Adolf Hitler, que había dirigido en 1923 un golpe de Estado en Múnich y había estado en la cárcel hasta hacía un año. Ahora de nuevo daba de qué hablar como político. Muy pronto, se jactaba con arrogancia Obermeier, su partido llegaría al poder y luego empezaría otra etapa para Alemania. Si bien nadie se tomaba en serio tal palabrería, el odio extremo a los judíos formaba parte de la ideología de Hitler, en cuyo movimiento las mujeres no parecían existir.

Por consiguiente, la consulta veterinaria llevada por dos mujeres y un judío le sentaba como una patada en el estómago, de modo que a Nellie no la hubiese sorprendido que trabajase de espía para Neuner.

Pensativo, Walter dio un sorbo a su cerveza.

—A Maria nunca le sucedió nada —respondió a la pregunta de Bernhard—. Siempre ha estado muy protegida porque... No sé cómo expresarlo, pero siempre ha sido rara. Primero no quería hablar en absoluto, luego aprendió a hablar más deprisa que cualquier otro niño, además de a leer y escribir. En otra época solo quería comunicarse con el código morse. Yo lo encontraba divertido, pero mis padres casi se volvieron locos.

—Pero..., pero ¿cómo es que tiene tanto miedo a que la toquen? —preguntó Bernhard—. ¿Nadie la ha pegado?

Walter negó con la cabeza.

—Que yo sepa, no. No nos dimos cuenta hasta que empezó a estudiar baile. En nuestra familia no se abraza ni se besa mucho, solo las niñeras se quejaban. Maria no se dejaba coger de la mano. Pero regresaba de la clase de baile completamente desquiciada. Estaba fuera de sí, temblaba y lloraba, aunque nadie la había ofendido. La escuela de baile estaba a rebosar de damas de compañía, las chicas no estaban ni un solo segundo a solas con hombres. Al final, tuve que acompañarla yo porque mis padres insistían en que aprendiese a bailar. Por suerte, comprendieron más tarde que no podrían casar tan fácilmente a Maria y por eso le permitieron estudiar en la universidad. Los animales siempre la han fascinado. Simpatiza con perros y gatos; con seres humanos, no.

Bernhard suspiró.

—Yo siempre la he encontrado encantadora. ¿Crees que yo también le gusto? ¿Te parece que pueda tener alguna posibilidad de éxito con ella? Y... encontrarías bien que yo..., bueno..., que nosotros...

—¿Que te casaras con Maria? A mí me daría igual. Lo importante es que ella sea feliz. Solo que... es muy probable que no podáis contar con la bendición de mis padres. —Walter pidió otra cerveza—. Pero eso a Maria le daría totalmente igual. En cuanto a las posibilidades... Yo diría que te has acercado a ella más que cualquier otra persona, salvo quizá Nellie y yo. Así que, si alguien consigue sacarla de su caparazón, serás tú.

Bernhard terminó también su cerveza y pidió otra.

—¿Crees que es infeliz? —preguntó—. ¿Que se siente sola..., perdida?

Walter se encogió de hombros.

—A mí me parece completamente feliz —respondió con franqueza—. Pero yo tampoco puedo penetrar en su interior. Tenemos que aceptarla tal como es.

Bernhard calló unos segundos, meditabundo.

—Creo que la amo —se sinceró.

Walter sonrió.

—Imposible no advertirlo —se burló de su amigo—. Excepto Maria, todo el mundo se ha dado cuenta. Dale tiempo y apréndete el alfabeto morse. Puede ser sumamente útil en tiempos de guerra...

Bernhard no entendió la ironía o prefirió pasarla por alto.

—¿Opinas que así tendríamos algo que compartir? ¿Una especie de lenguaje secreto que nos uniera?

Un par de días después, Walter se echó a reír cuando Nellie le habló de los extraños golpecitos que Maria y Bernhard intercambiaban cuando uno estaba en el despacho y el otro con un animal en la sala de curas o en el quirófano.

—¿Debo preocuparme? —preguntó ella.

Walter negó con la cabeza.

—No. Basta con que les adviertas que no se digan cosas demasiado íntimas. El alfabeto morse tampoco es tan desconocido. Puede suceder que alguno de los dueños de sus pacientes haya sido radiotelegrafista...

La primavera de 1926 mostró su mejor faceta. Para Grietje fue especialmente emocionante, pues por fin iba a ir a la escuela. Hacía mucho tiempo que ardía en deseos de asistir, pero sufrió una decepción al enterarse de que no había clases de piano y que tenía que empezar de cero con la lectura, aunque ella ya sabía leer. Al final, casi todo el tiempo se aburría, sobre todo porque el cálculo le resultaba fácil. Nellie preguntó a la profesora si no sería posible pasarla a un curso más alto, pero esta se negó indignada. Grietje debería armarse de paciencia.

Maria, que era la que mejor comprendía que se desaprovechaba la inteligencia de la niña, le compró una libreta de pentagramas para que escribiera si acababa sus deberes antes que los demás. Para su sorpresa, pronto se hallaron en ella las primeras pequeñas composiciones.

Las cosas también se ponían serias ahora para Walter y Erlkönig. Empezaba la temporada de carreras y Walter estaba impaciente por participar en la primera competición. La condesa aparecía ahora casi cada mañana: su chófer la acompañaba en su enorme automóvil, un Maybach recién salido de fábrica. Al consiguiente desayuno con Walter se fue sumando cada vez con mayor frecuencia una copa de espumoso. A fin de cuentas, había que celebrar los progresos de Erlkönig en los entrenamientos.

—El semental corre estupendamente —informó Walter poco antes de su primera carrera—. Hemos trabajado durante el invierno en su condición y su manejo. Si lo desea, incluso podría hacerle una pequeña exhibición de doma con él. En cualquier caso, el entrenamiento lo ha sosegado, ya sabe que tiende a asustarse, ese es en realidad su único defecto. Pero para nosotros no es tan negativo. Debido a las frecuentes pérdidas del año pasado, ahora empieza como *outsider*. Si gana, traerá grandes beneficios. Y ganará. ¡Confíe en ello!

La condesa sonrió y escrutó a Walter a través de sus impertinentes.

—Oh, yo no albergo dudas respecto a sus cualidades y las de Erlkönig. Pero ¿cómo le va ahora, mi querido Von Prednitz? ¿No le ha maltratado el invierno en el cobertizo ese donde vive? ¡Debo decir que me horroricé cuando me enteré!

Walter se ruborizó. ¿Realmente había visto la condesa dónde vivían los trabajadores de las cuadras?

—Durante la guerra tuve que dormir en condiciones aún peores —respondió con sequedad—. No me importa, pronto mejorará. Si tengo éxito como jockey...

—A lo mejor encuentra un nidito de amor para usted y su veterinaria —observó la condesa—. Y la hija de ella. Una auténtica pequeña familia. Ambos se van a poner en un aprieto, Von Prednitz. ¿Qué hará cuando vuelva el esposo de la señora? —Walter se mordió el labio—. Ya sé, ya sé que no es asunto mío —prosiguió la condesa—. Pero me interesa. Usted me interesa, Von Prednitz. Me encanta compartir parte de su vida.

Walter bebió un sorbo de café.

—Yo..., yo no soy un objeto de observación —respondió.

La condesa emitió una risa burbujeante. Sonaba a aprendida

en algún momento, como niña de familia bien a la que preparan para un matrimonio conforme a su nivel social.

—Se diría que es usted para mí un insecto cuya evolución y muerte examino fríamente... Y sin embargo siento una gran simpatía por usted, mi querido Von Prednitz. Lo que me pregunto a veces es si sabe usted apreciarlo...

Walter tragó saliva.

—Sé apreciarlo, condesa. Y por usted haré que Erlkönig sea campeón. Puede apostar por él con toda confianza. Yo...

—Ya es una ganancia para mí —dijo la condesa—. ¿Tomamos un espumoso? En el desayuno es cuando mejor sabe, ¿no le parece?

Walter no sabía si debía rechazar la invitación.

—Todavía tengo que ir a las cuadras —dijo poco convencido.

La condesa hizo un afectado gesto de rechazo con la mano.

—¡Qué cosas dice! El entrenador le eximirá de ir a trabajar si yo lo deseo. Y a su pequeña veterinaria no tiene que contarle nada...

De hecho, Walter no le contaba a Nellie nada sobre la mayor parte de las visitas de la condesa, pero un día, después de trabajar, abrió su corazón a Ludwig. Este, a su vez, abrió bien la boca para soltar una sonora carcajada.

—Pues sí, Walter, esa mujer controla bien a sus mascotas. Y no tiene pelos en la lengua. La comparación con el insecto le viene como anillo al dedo: corres en su caja de herborista esperando a que te clave una aguja y te sume a su colección de mariposas. A lo mejor deberías registrar un día su casa a escondidas. Es posible que tenga cámaras ocultas en las que acumule vitrinas llenas de aspirantes a oficiales y tenientes.

—¡No le veo la gracia! —replicó Walter, sulfurado.

Ludwig volvió a reír.

—Pues sí que la tiene. Estas lloriqueando aquí, delante de

mí, pero en su presencia no haces más que reverencias. ¿Por qué no? Está enamorada de ti y quiere que hagas carrera. A cambio solo pide un poco de dedicación. Así que yo enseguida se la prestaría. Por un caballo como Erlkönig, hasta le besaría los pies. —Ludwig tomó un sorbo de cerveza. Walter se lo quedó mirando—. Alégrate de que se conforme con un besamanos —concluyó Ludwig—. Por cierto, yo también compito en esas pruebas de clasificación. Con Standarte, no es mala. Si no la quemamos como a Anastasia el año pasado, puede llegar a ganar el premio de la Diana.

Walter se frotó la frente. Era cierto que Anastasia nunca había vuelto a recuperarse lo suficiente para soportar o ganar una carrera. Si bien su propietario, Johann Brehmer, la había hecho entrenar, había acabado dándose por vencido y había vendido la yegua a un criador.

—Si hubiera sido mía… —Walter se preparó para defenderse.

Ludwig se encogió de hombros.

—No la habrías quemado, lo sé. Pero nosotros solo montamos a los caballos, no son nuestros. Tampoco deberías olvidarte de ello con tu Erlkönig. Del mismo modo que te lo dio, la condesa puede volver a quitártelo.

Erlkönig ganó la primera carrera de la temporada con varios largos de ventaja. La condesa recibió resplandeciente a Walter en el anillo de la pista para ir juntos a recoger el premio.

—Y ahora me acompañará a tomar un champán en mi palco de propietaria, ¿verdad? —preguntó—. Tiene que presentarme a un par de personas, no hace tanto que pertenezco a este ilustre círculo…

Walter se miró. Por supuesto, todavía llevaba el traje de montar. La condesa se había decidido por colores que atrajeran la vista, verde hierba y oro.

—Me gustaría cambiarme de ropa, condesa —se excusó— y echar otra vez un vistazo a Erlkönig. Se merece una manzana.

Sonriente, la condesa hizo un gesto de rechazo.

—Bah, mi querido Von Prednitz. El caballo no sabe que ha ganado. Dele una manzana mañana, también la disfrutará. Además, haré que le pongan unas zanahorias. Con mis mejores saludos.

Walter no encontró ninguna excusa más y tuvo que acompañarla. No obstante, él no era el único jockey en el palco. Un par de estrellas del hipódromo también se habían unido a los propietarios de su montura. Pero sí era el único alemán. Los demás eran británicos o estadounidenses. Walter solo los conocía superficialmente.

—Son los primeros que vuelven a trabajar aquí —explicó a la condesa—. Antes de la guerra había muchos jinetes de Gran Bretaña o de Estados Unidos. Contraponen a nuestros jockeys, la mayoría con una formación militar, sus figuras diminutas y su peculiar estilo de montar. Esos hombres diminutos se mecen más que se sientan, como nosotros hemos aprendido, sobre los caballos. Al empezar la guerra los expulsaron a todos de aquí y ahora se está formando una nueva escena de jockeys. También con jinetes alemanes.

—Y con usted a la cabeza —lo elogió la condesa.

Walter sonrió, aunque no estaba de acuerdo; él ponía demasiado peso sobre la silla, saltaba a la vista. Al final se impondrían los jinetes muy menudos que manejaban sus caballos con unas sillas sumamente ligeras y unos estribos en extremo cortos. Un caballo con poco peso encima corría más, así de simple. Pero eso aún llevaría algo de tiempo. A lo mejor podía seguir trabajando de entrenador después de una exitosa carrera como jinete de competición.

Walter habló de asuntos profesionales con sus colegas británicos y estadounidenses. Conocía un par de palabras en inglés que había aprendido después de la guerra, cuando realizaba tareas de reparación para el alto mando. Los hombres eran amables y mostraban mucho entusiasmo por Erlkönig.

—Un caballo hermoso con un nombre impronunciable —advirtió riéndose un estadounidense.

—Un hermosísimo nombre alemán —intervino el propietario de un caballo—. La mala costumbre de poner nombres ingleses a los ejemplares de carreras está demasiado extendida aquí en el imperio. Los criadores alemanes deberían estar orgullosos de su lengua. Erlkönig, Standarte, Undine...

Walter supuso que tenía ante sí al dueño del caballo de Ludwig. Este había quedado cuarto con la yegua.

—¿Siegfried, tal vez? —contraatacó el estadounidense, partiéndose de risa—. ¿O línea Sigfrido?

El propietario enrojeció ante la burla. La alusión a la última posición que conservaron los alemanes durante la guerra le indignó.

La condesa se acercó rápidamente a Walter con una copa de champán.

—Venga, Von Prednitz, no nos mezclemos con ellos. ¡Esos nacionalistas son horribles! ¿Ha oído hablar de ese Hitler?

Adolf Hitler iba reuniendo con codicia a su alrededor cada vez más partidarios. Gerhard Obermeier se había convertido últimamente en un orgulloso miembro de su partido, el NSDAP, Partido Nacional Socialista Obrero Alemán, el Partido Nazi.

—A ese lo tendrían que haber fusilado entonces, después del golpe de Estado, por alta traición... Pero no hablemos de temas desagradables, querido Von Prednitz. ¿Cuándo volverá a correr nuestro Erlkönig? ¿Y qué piensa hacer con lo que ha ganado?

Walter se había embolsado una respetable prima como ganador y Bernhard había hecho un par de apuestas por él. De repente, ambos eran varios cientos de marcos más ricos.

—Ahorrar, condesa —contestó—. Ya sabe usted...

—Ah, sí, sus románticos proyectos con la veterinaria. Qué tontería que siempre se me olvide. ¿Cuál es la edad de esa niñita que no tiene nada de usted?

Walter vaciló un instante.

—Por favor, condesa..., ¿no tenía que presentarle a un par de personas? Mire, aquí está, por ejemplo, Ralf Manzinger, un exitoso emprendedor, creo que tiene una compañía de importación y exportación. Y su esposa... —Luise Manzinger daba de comer a su caniche en ese momento un trozo de salmón—. Y aquel es Johann Bremer, el año pasado cabalgué en su yegua Anastasia...

La condesa aceptó benévola el cambio de tema y enseguida fue el centro de atención entre todos los viejos y nuevos ricos del palco de propietarios. Con su largo abrigo de pieles, los impertinentes y la boquilla, presentaba un aspecto imponente, además acababa de celebrar su primera victoria con su primer caballo. Naturalmente, todos ansiaban conocerla.

—¿No era su marido un general con importantes condecoraciones? —preguntó el nacionalista que había sacado a conversación el tema de los nombres de los caballos y que entretanto ya se había sosegado—. Me llamo Arthur von Domberg. Serví como oficial adjunto del general Schmidt von Knobelsdorf.

Encantadora, la condesa confirmó que su marido había formado parte del grupo de consejeros del emperador, pero que desgraciadamente había fallecido un año después del comienzo de la guerra.

—De no haber sido así, a lo mejor no habríamos perdido la guerra —le confió más tarde a Walter—. Ruprecht no era tonto. Desafortunadamente, el emperador nunca lo escuchó en serio. Federico Guillermo era difícil... Pero olvidémonos de esto. ¿Puedo llevarlo a algún lugar donde tal vez pueda pasar una noche con más estilo que en su cobertizo, Von Prednitz? ¿No piensa seguir celebrando la victoria?

Walter negó con la cabeza.

—Mañana tengo que levantarme temprano, condesa. No olvide que sigo trabajando en las cuadras. Aunque ahora espero tener más caballos que montar. Así que démonos las buenas noches. Ha sido un estreno de temporada excelente. ¡Esperemos que siga igual!

6

Pocas semanas después, Walter encontró una habitación amueblada en una granja de Hoppegarten, cerca del hipódromo. Su casero era un pequeño criador, en esa área se criaban, mantenían y entrenaban caballos por todos sitios. En el momento en que había gozado de mayor popularidad, había cinco mil caballos en la zona, cuyo nombre aludía al terreno donde se cultivaba el lúpulo, *Hopfen*, que había existido allí antes del hipódromo.

No obstante, lo primero que se le ocurrió a Grietje cuando fue con su madre a visitar a Walter en su nueva vivienda fue la canción infantil de *Hoppe, hoppe Reiter.* Walter preguntó a la pequeña por sus progresos escolares y ella le confesó que lo único que deseaba de verdad era recibir clases de música.

—Las otras siempre cantan mal —le dijo—. ¡Y tocan fatal el piano!

De hecho, varias compañeras de clase de Grietje habían estudiado piano, pero ninguna tenía los conocimientos de la niña. Pese a las áridas clases de Maria, la pequeña avanzaba rapidísimamente.

—¿Tú también tienes piano?

Walter respondió que no.

—Aquí todo gira alrededor de los caballos, Grietje. Solo se escucha música los días de las carreras. Pero mi casero tiene un poni. ¿Quieres que le pregunte si puedes montarlo? Tiene una hija de tu edad.

Nellie enseguida lo permitió entusiasmada. Consideraba que Grietje tenía demasiados pocos amigos de su edad. Las hijas de las mejores familias no la invitaban. Sus madres dejaban que Nellie y Maria tratasen a sus perritos falderos, pero no quería establecer un vínculo social con esas veterinarias solteras. Nellie ya podía asegurar todo lo que quisiera que estaba casada y que Grietje tenía un padre legítimo. Por fortuna, a la niña no parecía importarle quedarse sola con Lene después de las clases. Como más disfrutaba de su tiempo libre era con su piano.

Tampoco ese día mostró demasiado interés en el poni y su orgullosa propietaria Frederike. Pero dejó pacientemente que se lo mostraran todo y acarició al caballito sin exhibir ningún especial entusiasmo.

—A su edad yo me habría puesto verde de envidia si hubiera conocido a otra cría con un poni así —comentó Nellie, observando a las niñas—. Por suerte podía montar en el de Phipps y tratarlo como si fuera mío...

—Porque Phipps se interesaba tan poco como Grietje por el poni —señaló Walter—. La niña es igual que su padre, no se puede negar. ¿No ves ninguna posibilidad de localizarlo? Debería conocerlo, precisamente porque está trabajando de músico. Y podrías por fin divorciarte.

Nellie se encogió de hombros.

—Podría ponerme en contacto con mis padres y mis suegros. A lo mejor saben algo de él. Pero, si te soy sincera, me horroriza la idea. Insistirían en que fuera a verlos y en meterse de nuevo en mi vida... Lo cierto es que estoy contenta de cómo es ahora, Walter. Si pudiéramos vivir juntos, sería todo estupendo. Por mí, no es necesario que nos casemos.

Walter suspiró.

—La condesa tiene razón cuando dice que eso nos pondría a los dos en un compromiso —señaló.

Nellie se enfadó.

—¿Qué tiene que ver la condesa con esto? Walter, ¿hablas con ella sobre nuestros asuntos?

Él negó con la cabeza e intentó tranquilizarla.

—Claro que no. Solo..., solo lo mencionó una vez.

Nellie hizo una mueca.

—Así, como si nada, ¿verdad? Sé prudente, Walter, te está lanzando de nuevo una red. ¿Cuándo vuelve a competir Erlkönig?

Erlkönig compitió en el siguiente día de carreras, iniciando así una singular fase de victorias. Walter lo montó en Hoppegarten y en otros hipódromos de Berlín, y la condesa pronto instó a que el semental corriera en Düsseldorf, Hannover, Baden Baden y Múnich, en París o en Londres. De ese modo, Erlkönig no se limitaba a participar en la temporada estival de carreras de Berlín. Walter también podía correr en las competiciones de Navidad y en otras ocasiones especiales. Por supuesto, la condesa pagaba sus viajes y hacía que se alojara en los mismos elegantes hoteles que ella. No solo la acompañaba en la ceremonia de entrega de premios, sino también en cenas y desayunos, así como en actividades culturales que se realizaban en el entorno de las competiciones o en las vísperas de estas.

Como era de esperar, a Nellie eso le resultaba exasperante, pero él argumentaba que viajar formaba parte de su profesión y que con ello ganaba una buena cantidad de dinero.

—Deberíamos comprarnos enseguida una casa, Nellie —propuso—. Si alquilamos... Bueno, será complicado, el casero podría pedirnos el certificado de matrimonio...

Nellie no se pronunciaba ante esa idea porque no quería estar protestando continuamente. De todos modos, la relación entre ella y Walter se estaba enfriando. Un día les contó sus penas a Maria y Bernhard. Este tenía servicio de urgencias y se quedaba en la consulta, ya que su habitación amueblada carecía de teléfono. No obstante, a estas alturas su patrona ya tenía un aparato de teléfono a través del cual se podría contactar con él, pero para Bernhard representaba una estupenda excusa para pasar el domingo con Maria.

—Yo preferiría que nos fuéramos cuanto antes a vivir juntos —dijo Nellie—. Seguro que encontraríamos un arrendador tolerante. Así al menos nos tendríamos el uno al otro. Tal como están las cosas, cada vez nos alejamos más, que es justamente lo que pretende la condesa.

—Pero ¿qué quiere? —preguntó Maria—. ¿Casarse con él? ¿No es demasiado vieja para Walter?

—Claro que lo es —contestó Bernhard—. Y yo opino que es poco probable que alimente planes de boda. Todo Berlín se burlaría de ella si llegara al altar con un gigoló. Creo…, creo que se trata simplemente de poder. Para ella es un juego: Walter, el semental… Se aburre. Y seguro que está sola.

—Mi compasión tiene sus límites —reconoció Nellie—. ¿Por qué no se busca amigos de su edad? Alguno tiene que haber con el que pueda hablar de los viejos tiempos…

—Pero no quiere —prosiguió Bernhard con su análisis de la situación—. En realidad, es una mujer muy moderna. Seguro que le gusta más ir a un teatro de variedades que unirse a un grupo de mujeres. Por cierto, todavía no me has contestado, Maria: ¿me acompañas al Wintergarten? Dicen que el espectáculo es impresionante.

El Wintergarten, el más famoso teatro de variedades de Berlín, ofrecía música y números de acrobacia bajo un cielo estrellado artificial.

Maria se mordisqueó el labio… Un teatro con tres mil butacas era demasiado para ella.

—¿Sabéis a quién me recuerda? —preguntó en lugar de contestar a la pregunta de Bernhard—. Me refiero a la condesa. Encuentro que es… como aquella bailarina a quien al principio le tratamos su monito. Marika Berger. Ella… me parece idéntica…

Tiene algo oscuro, algo burlón..., y se comporta con las personas como la Berger. No puedo explicarlo, hay muchas cosas que no me explico. Pero me da miedo.

—Al final la Berger ahogó al monito —señaló Nellie—. Pero cuando se lo advierto a Walter, se ríe de mí.

A Maria le daba miedo el Wintergarten, pero había muchos teatros y revistas de variedades más pequeños a los que acompañaba a Bernhard. Al principio acudía algo intimidada, pero después cada vez se divertía más. Alrededor de la vivienda de la Torstrasse seguía bullendo la vida nocturna berlinesa, el esplendor y el optimismo habían sustituido la oscuridad y decadencia del periodo que siguió a la guerra. Los anuncios luminosos alumbraban las calles y por todas partes brillaba y destellaba algo. Delante de los bares y los teatros, unos animadores con trajes de gala presentaban el programa y trataban de conseguir espectadores. Abundaban las risas en los espectáculos y la indumentaria de los bailarines era colorida y lujosa. Todavía había prostitución, pero en la república de Weimar florecía la economía, ninguna mujer tenía que venderse por pura necesidad. Como consecuencia de ello, las que circulaban de noche por la ciudad no tenían que temer que les dirigieran palabras obscenas ni les hicieran proposiciones deshonestas y Nellie y Maria ya no levantaban barricadas en su casa.

Nellie llevó a Grietje a un concierto de Max Kuttner y la pequeña se entusiasmó. Dado que Nellie conocía al propietario del teatro, pues trataba a su perro, al final pudieron pasar detrás del telón y conocer al cantante. Este resultó ser muy amable y divertido y cuando Grietje le contó fascinada que le gustaba tocar en el piano sus canciones, el joven señaló sonriente el instrumento y cantó de nuevo con brío *Mein Darling muss so sein wie du* acompañado por Grietje.

Una vez más, Nellie se quedó impresionada por su hija. Era evidente que Grietje había heredado el talento musical de Phipps, pero no así la timidez y la reserva que habían sido propias de él siendo joven. Estaba claro que nada ni nadie le impedirían hacer de la música su profesión. Pero en un principio estaba loca por ver actuar a otros artistas. Camino de la escuela estudiaba los carteles de las columnas de anuncios. Había muchas estrellas internacionales que actuaban en Berlín, la ciudad era la capital europea del arte y la cultura. A Nellie las ofertas de bailarines y músicos le solían parecer demasiado frívolas para su hijita, pero Grietje la atosigó para que la dejara acompañar a Walter a París, ya que participaba en una carrera, y ver allí a Josephine Baker.

—Primero, no entra en consideración que vayas a ver los gestos obscenos de una bailarina medio desnuda y, segundo, Walter no nos llevará con él a París, se va con la condesa —informó Nellie a su hija. Y sin embargo también ella estaba rabiando por ese viaje de su amado. Seguro que la condesa encontraba una oportunidad para ir a ver a la Baker en el Folies Bergère y Walter no se negaría a acompañarla. A Nellie le habría encantado hacer de carabina—. Además, tengo que estudiar —añadió. Seguía siendo una estudiante modelo y había aprobado todos los exámenes que había hecho hasta entonces con matrícula de honor, aunque el trabajo casi no le dejaba tiempo para nada más—. En fin, hay que ser positivos: es estupendo que Walter esté de viaje con la condesa y el caballo —prosiguió, dando un suspiro—. Así no me impide estudiar.

Pero entonces, Grietje descubrió un nuevo cartel en una de las columnas de anuncios.

—¿Qué es un violinista diabólico? —preguntó primero a Lene y luego a su madre, porque Lene no supo darle una respuesta.

Nellie nunca había oído esta expresión.

—A lo mejor es un violinista que toca como el demonio —contestó—. ¿Cómo se llama?

Grietje se encogió de hombros.

—No me he fijado —admitió—. Era también un nombre raro. ¿Vamos, mami? ¡Por favor! ¡Quiero escuchar al demonio tocar el violín!

Nellie rio.

—No creo que salga del infierno para tocar en el Wintergarten. O en el Theater des Westens.

—Pues sí —contestó Grietje—. Es ahí donde toca. He leído que en el Theater des Westens.

—Echaré un vistazo al cartel y luego pensaré qué hacemos —dijo Nellie, pero se olvidó de este asunto hasta que Bernhard lo mencionó.

—¿Te apetece escuchar música para violín, Maria? —preguntó por la noche en la consulta—. En el Theater des Westens actúa un violinista llamado Phil The Great. Si su nombre le hace justicia...

—¿Cómo se llama? —Nellie, que estaba esterilizando los instrumentos, se dio media vuelta.

—Phil The Great, la típica americanada —respondió Bernhard—. Según los anuncios, el espectáculo es bueno. Le llaman el violinista diabólico o el violinista mágico. Ya sé que el Theater des Westens te resulta lúgubre, Maria, pero parece muy interesante...

Nellie se rascó la frente.

—Parece más que interesante. Phil The Great... Eso significa Philipp el Grande, ¿verdad? Philipp de Groot... A lo mejor estoy loca, pero sería una coincidencia...

—¿Crees que es Phipps? —preguntó Maria—. ¿Tu marido?

Nellie se mordisqueó el labio.

—Voy a averiguarlo —contestó—. ¿Dónde se compran las entradas?

—Lo siento muchísimo, pero el sábado no puedo —se disculpó Walter cuando Nellie le comunicó excitada sus sospechas. Ella había ido de inmediato al Theater des Westens y había comprado dos entradas para el concierto que ofrecía a finales de verano el violinista diabólico. Eran unos asientos muy buenos y había tenido que rascarse el bolsillo, pero era importante ver de cerca a Phil The Great—. Erlkönig participa el domingo en el Gran Premio de Hannover. Una carrera importante y con una alta dotación.

Nellie movió la cabeza.

—Walter, el semental corre cada dos semanas. Para mí, con demasiada frecuencia. ¿Y cuántas veces ha perdido hasta ahora?

—Ha obtenido dos segundos puestos y un tercero —le informó Walter—. Y siempre porque se ha asustado... —inició una larga explicación.

—Discútelo con la condesa —lo interrumpió Nellie—. A lo mejor solo necesita una copa de champán antes de cada carrera... para tranquilizarse. En cualquier caso, no parece que se puedan cometer grandes errores con el caballo. Así que deja que lo monte otra persona el domingo o manda antes el caballo y coge el tren nocturno. Llegarás a tiempo a la carrera. Pero te necesito el sábado por la noche. Yo... no quiero ir sola.

Walter movió la cabeza, desolado, pero con determinación.

—No puedo, Nellie. Es totalmente imposible dejar a Erlkönig con otro jockey. Es demasiado nervioso, y todavía está más inquieto después de un transporte. Además, ya he dicho que iré.

Nellie hizo una mueca.

—Pues anúlalo —le pidió.

—Nellie, no puede ser... E incluso, incluso si ese violinista fuera Philipp, no hablarás con él justo después del concierto... Algo así debe reflexionarse... Discutiremos sobre ello en cuanto vuelva. Venga, Nellie, ¡lo hago por nosotros! Otra temporada más de éxitos como el año pasado y nos vamos a vivir juntos. Seguro que tendremos dinero suficiente para ir a buscar a Philipp a Estados Unidos. Por lo demás, no me imagino que él sea el violinista diabólico. ¡Sería mucha casualidad!

Nellie, por el contrario, no consideraba que la idea fuera tan descabellada. Phipps tenía todos los atributos para ser una estrella y todos los grandes artistas acababan llegando a Berlín.

—Está bien —dijo al final—. Iré con Grietje. Lleva días dándome la lata para ver el concierto. Espera que actúe el mismísimo demonio en persona. Esperemos que su propio padre no le dé miedo.

7

El Theater des Westens, un suntuoso edificio en la Kantstrasse con unas ventanas en arco, balcones y decoración de estuco, estaba iluminado cuando Nellie y Grietje llegaron. Nellie llevaba el vestido que se había comprado para el baile de Navidad y Grietje un vestidito verde con el que solía llevar suelto su cabello ondulado y cobrizo. Emocionada, entró de la mano de su madre en el espléndido vestíbulo. Dejaron sus chaquetas en guardarropía y se mezclaron con el gentío que esperaba el comienzo del concierto. Se habían agotado las entradas.

—¿Compramos también un vino espumoso? —preguntó Grietje.

La mayoría de los asistentes ya se habían permitido adquirir en el bar una copa y deambulaban con ella en la mano por la antesala.

Nellie respondió con un gesto negativo.

—Todavía eres muy joven —comunicó a su hija—. Y es demasiado caro para mí. Además, necesito tener la mente clara. Ven, vamos a buscar nuestros sitios. No tardará en empezar.

Tuvieron que esperar un poco a que se llenara la sala, pero Nellie y Grietje se entretuvieron admirando los vestidos de noche de las señoras. Últimamente se preferían los cortes asimétricos y los vestidos con pliegues laterales. El largo oscilaba entre la rodilla y la pantorrilla, dependiendo de cuánto se atrevían a mostrar sus portadoras. La mayoría de las mujeres llevaban sombrero, Nellie esperaba que ninguna de esas laboriosas creaciones les tapara la vista del escenario. Al parecer, el color de moda era el blanco, hasta los caballeros llevaban trajes de verano claros.

Las luces de la sala se apagaron y una voz que resonaba por todo el teatro presentó a la estrella de la noche.

—El violinista mágico..., el violinista diabólico... No hay palabras para describir el arte de nuestra estrella invitada. Déjense llevar y cautivar, como han hecho miles de espectadores antes que ustedes. ¡Un aplauso para Philipp el Grande! ¡Phil The Great!

Las primeras notas del concierto se perdieron bajo el sonido de los aplausos. Eran unas notas calmadas, que procedían como de la nada. Nellie reconoció un solo de Bach y sintió un escalofrío. Cuántas veces había oído esa obra en la sala de estar de los De Groot... Tal vez interpretada sin tanta perfección, de forma menos segura que ahí en el teatro, pero con el mismo sentimiento... El escenario fue iluminándose lentamente y apareció un joven de cabellos castaños sentado en el murete de un jardín barroco, alegre, con una leve sonrisa en su rostro soñador. Llevaba unos pantalones ceñidos y una camisa holgada, su cabello ondulado le daba un toque dulce pero viril.

Nellie se obligó a respirar profundamente. No cabía duda de que era Phipps quien ahora interpretaba un Nocturno de Chopin y su ejecución no tenía nada de diabólico. Uno creía más bien oír cantar a un ángel. Pero luego la imagen cambió. Phipps, con el violín en la mano, avanzó hasta el borde frontal del escenario y tras él apareció el cuadro de un campamento gitano. Nellie se sintió transportada a otros tiempos. Cuántos años habían pasado desde que ella y su amigo salían de casa y se internaban en el claro del bosque, donde ese pueblo itinerante tocaba y bailaba. Ahora era Phipps quien llevaba a escena los ritmos impetuosos que la habían arrebatado y a él fascinado.

Como salida de la nada apareció en el escenario una muchacha con un traje de flamenca que bailaba deprisa, cada vez más deprisa... Phipps evocaba ahora sonidos españoles. El bastidor detrás de la bailarina se convirtió en una playa y un mar, y de repente la música volvió a suavizarse. Nellie no conocía la melodía, pero sin duda era una canción de amor. La bailarina desapareció y el escenario se oscureció de nuevo. Phipps tocó la obertura de *Orfeo en los infiernos* magistralmente arreglada para un solo violín. Mientras tocaba, desapareció con lentitud por una escalera invisible en el sótano del escenario.

Durante unos minutos reinó un silencio que ningún espectador se atrevió a romper con sus aplausos. Y de repente estalló un volcán en el escenario, se elevaron unas llamas y en medio apareció Phipps, envuelto en una capa negra forrada de rojo. Tocó el *Capricho n.º 5* de Niccolò Paganini, el magnífico violinista de quien se decía en su tiempo que había vendido su alma al diablo por su arte.

Cuando Phipps terminó, se desataron unos aplausos frenéticos. El violinista se inclinó sonriente y el infierno que lo rodeaba se disipó. En su lugar apareció la imagen de un transatlántico. La capa de Phipps dejó a la vista un traje de viaje y él se subió a la embarcación que exhibía el rótulo de «América».

De ese modo, desapareció de la vista del público. Tras la pausa introduciría a los presentes en los ritmos de su nuevo hogar.

Nellie emergió del mar de notas y recuerdos por el que Phipps la había conducido y lentamente pudo volver a pensar.

A su lado, Grietje parecía haber estado todo el tiempo sin respirar y buscaba ahora el aire.

—Mami, qué bonito..., ¡qué bonito ha sido! Nunca había oído nada tan bonito. ¿Podemos conocer a ese hombre? ¿Como al señor Kuttner?

Ausente, Nellie negó con la cabeza. No tenía conocidos en el Theater des Westens. Y en ese momento le resultaba imposible explicar a Grietje que por supuesto iba a conocer al violinista... Solo tenía que pensar en cómo acercarse a Phipps. Lo más inteligente sería, probablemente, preguntar por él en el Adlon y dejarle una carta. No dudaba de que estuviera alojado en el mejor hotel de Berlín.

—Creo que ahora sí me apetece un espumoso —musitó—. Y sí, puedes probar un sorbo. A lo mejor también tienen zumo... —Todavía como hipnotizada, se deslizó entre las filas de butacas, se dirigió al vestíbulo del teatro y se acercó al bar. Pero entonces vio algo que la devolvió al instante a la realidad.

En el bar resonó la risa burbujeante de la condesa Von Albrechts... y junto a ella estaba Walter. No parecía estar a gusto en el centro de lo que ocurría, pero por lo visto no conseguía librarse de la condesa.

—¡Tío Walter! —Grietje evitó que Nellie tuviera que decidir entre si hacer una escena allí o esperar hasta más tarde. Se dirigió dando brincos a su amigo y a sus acompañantes—. ¡Pensábamos que estabas en Hannover!

Walter pasaba del rubor a la palidez alternadamente.

—En efecto —dijo con frialdad Nellie, acercándose a su hija—. ¿Qué imprevisto ha ocurrido? ¿Se canceló la carrera?

Walter aún no era capaz de contestar. En cambio, la condesa esbozó una sonrisa que no llegó a sus ojos.

—No le haga ningún reproche, mi querida *mevrouw* De Groot, la culpa es solo mía. Por decirlo de algún modo, he seducido al buen Von Prednitz para que saliera de la estación en cuanto cargaran el caballo. No nos podíamos perder a ese Phil The Great. Y puesto que en el último momento he conseguido alquilar un palco... Es fantástico, ¿no es cierto?

—¿Y quién montará al caballo? —preguntó Nellie.

Le habría gustado pegarle un grito a Walter y poner en un compromiso a la condesa delante de media ciudad, pero no era capaz de hacerlo. Estaba agotada y sin fuerzas y se sentía engañada.

—Yo... Puedo explicártelo todo... —balbuceó Walter—. De verdad que no lo sabía. Nunca habría... Naturalmente, yo montaré a Erlkönig. Tomaremos el tren de noche...

—Ajá —contestó Nellie—. Seguro que en primera clase, ¿verdad? En el coche cama. ¿Hay compartimentos dobles?

—¡No haga el ridículo, *mevrouw* De Groot! —La condesa movió la cabeza con una sonrisa en apariencia indulgente—. ¿O realmente me ve capaz de cometer tal indiscreción?

Walter se sonrojó.

—Condesa, ¡por favor! Claro que no vamos a viajar en el mismo compartimento, Nellie, eso sería..., sería...

—Una indiscreción, ya lo he entendido. En ningún caso debe verse menoscabada su buena reputación. Al menos eso. Entonces te deseo que te lo pases muy bien, Walter. Y espero que usted, condesa, disfrute en su hotel de Hannover de unos aposentos más discretos que el ferrocarril del imperio. Hasta la vista. Y suerte en la carrera.

Nellie se dio media vuelta.

—¡Espera! —Walter corrió tras ella—. Nellie, tienes..., tienes que decirme al menos... Este Phil The Great..., ¿es él...?

Nellie lo fulminó con la mirada.

—¿Y a ti qué más te da? —preguntó—. Ven, Grietje, volvamos a la sala. Ya no me apetece tomar un espumoso, tendría un sabor amargo.

Se dirigió decidida hacia la sala de conciertos seguida por una desconcertada Grietje.

—¿Quién se supone que es el..., el señor... Degrit? —preguntó la pequeña—. ¿Lo conoce el tío Walter?

—The Great —la corrigió Nellie—. Pero en realidad se llama De Groot, como nosotras. El tío Walter no lo conoce, pero yo sí, yo sí lo conozco muy bien. Después iremos a verlo. —Se detuvo, se agachó delante de su hija y cogió sus manos entre las suyas—. Grietje, él es..., es tu padre.

—Ya te conté que tu papá se había ido a Estados Unidos porque no quería ser veterinario, sino que prefería dedicarse a la música —explicó Nellie cuando se recuperó de su propio sobresalto ante su arrebato y Grietje fue superando lentamente su primer desconcierto.

Entretanto, habían llegado a sus butacas y esperaban la segunda parte del concierto.

—Y ahora ha vuelto.

—¿Mi papá? —preguntó agitada Grietje—. ¿Ha venido para vernos? ¿Y nos llevará con él a Estados Unidos cuando se marche?

—Por desgracia no ha venido a vernos, Grietje, no sabe que vivimos en Berlín. Seguro que se sorprenderá mucho cuando nos vea. Y todo lo demás..., ya veremos qué sucede con todo lo demás. Ahora sigamos escuchando el concierto. ¿No quieres saber qué música se toca en Estados Unidos?

Ni Nellie ni su hija podían recordar con exactitud la segunda parte del concierto, aunque las melodías que Phipps tocaba les resultaban extrañas y, de hecho, podrían haber sido más impactantes que las de la primera parte. Phipps interpretó blues y gospels delante de un telón de interminables campos de algodón bajo un sol abrasador, evocó melodías románticas de cowboys ante imágenes de praderas tejanas e incluso había arreglado para violín canciones de los indígenas americanos. Una orquesta subió al final al escenario, Phipps dejó a un lado unos minutos el violín, se sentó al piano y tocó un ragtime, tan rápido y arrebatador que el público se levantó y lo aplaudió de pie. La orquesta interpretó dixieland y Chicago jazz, Phipps se unió a ellos con su violín y concluyó el concierto con un poderoso crescendo.

Phipps y sus músicos saludaron con una inclinación y el violinista regaló un bis al ver que los aplausos no paraban. Nellie reconoció unas variaciones con el tema del himno nacional belga que cantaban en el pasado en Cortrique. Estaba unido al himno estadounidense en una sola melodía. Seguro que en Bélgica y Estados Unidos le hubiesen vitoreado, pero los alemanes no reconocieron los orígenes de la obra y dejaron que Phipps se retirase tras otro caluroso aplauso.

—¿Vamos a verlo ahora? —preguntó impaciente Grietje.

—A ver si nos dejan —le advirtió Nellie—. Es poco probable que nos permitan entrar tan tranquilamente en el camerino. Todo el mundo podría hacer lo mismo y sería muy molesto para los artistas. Ven, vamos a preguntar.

En efecto, el vigilante que estaba delante de la puerta que daba al escenario no era especialmente simpático. Y sin embargo, Nellie no pidió que la dejara pasar, sino que preguntó amablemente si podía informar a Phil The Great de que Cornelia de Groot había ido a verlo.

El vigilante hizo una mueca.

—¿Usted qué se ha pensado que soy, señorita? ¿Su chico de los recados? Pues no, si quiere usted conversar a solas con el señor, tiene que ponerse a la cola. Salga y dé la vuelta al edificio a la izquierda, ahí está la entrada de artistas. Y cuando al señor Degrit le convenga, saldrá y firmará autógrafos. Pero no se lo garantizo —explicó con un fuerte acento berlinés.

—Estoy segura de que Phil The Great quiere vernos —insistió Nellie—. ¿No puede enviar a alguien, si no puede usted dejar su sitio aquí?

El vigilante negó con la cabeza.

—No, señorita, estoy solo, ¿no ve? A mí me han dicho que no entre nadie, y yo tampoco entro. Vaya usted al acceso de artistas y a lo mejor tiene suerte.

Nellie suspiró y se puso en marcha. Esperaba no volver a encontrarse con Walter y la condesa a la salida.

—¿Vamos a la entrada de artistas? —preguntó Grietje esperanzada.

Nellie asintió.

—Claro. Ahora que me he decidido... Pero ya lo has oído. Si

hay mucha gente, lo mismo se escapa por otra salida. Es solo una prueba.

La entrada de artistas no pasaba inadvertida, pues, en efecto, ya había delante de ella unas dos docenas de personas, la mayoría jóvenes, que esperaban alegres al artista con sus álbumes. Coleccionar autógrafos era un pasatiempo muy extendido, había incluso muchos artistas que distribuían postales con su retrato y que las firmaban para sus admiradores.

Nellie se puso a la cola y dejó pasar a gente que llegaba después de ella.

—Cuando se hayan ido todos podremos hablar tranquilamente con él —le dijo a Grietje, que había encontrado eso injusto y quería defender su sitio.

Un poco después, la puerta trasera se abrió y Phipps salió entre los aplausos y los gritos de bravo de los jóvenes admiradores. Firmó con rapidez y de forma rutinaria los autógrafos, sin apenas mirar a las personas que le tendían sus álbumes y programas del concierto, sonreía y preguntaba por los nombres de pila para escribir la dedicatoria.

Grietje estaba impaciente por que le tocara el turno. Y de repente llegó el momento. Nellie desconcertó a Phipps al no acercarle ningún programa ni ningún álbum. Algo extrañado, levantó la vista y la miró.

—Has tocado maravillosamente, Phipps —dijo Nellie en su lengua materna.

Phipps no entendió al principio. Se la quedó mirando como si hubiese caído del cielo.

—Ne... ¿Nellie? No puede ser —dijo cuando la reconoció. En la penumbra de la entrada de artistas, iluminada solo por una farola de luz mortecina, intentó distinguir su rostro, manifiestamente sorprendido al ver el peinado a lo *garçon* bajo el moderno sombrerito. La expresión atónita de su cara se transformó en la de un niño que acaba de recibir un regalo inesperado—. Nellie, oh, Dios mío, Nellie... —Phipps le tendió las manos.

Nellie le cogió la derecha sonriendo y puso el brazo izquierdo alrededor de Grietje

—Sí, soy yo. Y esta es tu hija Margarete... Grietje.

Grietje dio un paso adelante. En realidad no era tímida, pero ese encuentro resultaba tan fascinante para ella que no fue capaz ni de saludar.

Phipps se agachó e intentó distinguir también los rasgos del rostro de la niña.

—Es igual que yo —dijo con voz apagada.

Nellie frunció el ceño.

—Claro —respondió—. ¿O temías que te endosara el hijo de otro?

Phipps negó con la cabeza.

—También..., también podía parecerse a ti... —musitó.

—Yo soy igualita a mamá —intervino Grietje en ese momento—. Mami dice que soy tan cabezota como ella.

Phipps no pudo evitar echarse a reír.

—Me refiero a perseverante —puntualizó Nellie.

Estaba algo intimidada, era como si se encontrase con un mero conocido y en condiciones muy poco favorables. No podían hablar de su vida delante de una puerta trasera, expuestos al frío.

—Me gustaría... abrazarte..., abrazaros —dijo Phipps y volvió a levantarse—. A lo mejor... A lo mejor piensas que no me he preocupado y que no me he interesado por ti, pero...

Nellie se estrechó contra él de buen grado. Su abrazo le era familiar, seguía siendo suave, más contenido que apasionado. Pero el olor que percibía en él ya no era el del Phipps de entonces, que normalmente olía a piel, a veces un poco a sudor y estiércol. Llevaba una colonia refinada que le gustó, pero que le resultó ajena a su recuerdo. Grietje se había sumado a ambos en el abrazo. Cuando se soltaron, la niña se separó.

—¿Me enseñas el violín? —preguntó a su padre. Phipps llevaba a la espalda la funda del instrumento.

Él le sonrió.

—Encantado —dijo afectuoso—. Pero no aquí... Nellie, ¿a dónde podemos ir? Tenemos que hablar... Debe de haber algún local abierto...

Nellie se echó a reír.

—¿Alguno? ¡Cientos! Esto es Berlín. Solo son las once, la noche acaba de empezar. Aunque yo no llevaría a mi hija a ninguno de esos establecimientos. ¿Estás en el Adlon? —le preguntó y Phipps asintió—. Podríamos ir allí. Me conocen, de vez en cuando me ocupo de las mascotas de los clientes que se alojan allí...

—¿Trabajas de veterinaria? —preguntó atónito Phipps—. ¿En el Adlon?

Nellie sonrió.

—En efecto —respondió con orgullo—. La consulta veterinaria Paraíso es la dirección de referencia para las mascotas de los ricos y famosos. La mayoría son perros y gatos, pero también nos han llegado monos y serpientes. Una vez incluso una sanguijuela. Una señora muy excéntrica aseguraba que controlaba su reumatismo dejándose sangrar regularmente. Por desgracia no conocía bien su mantenimiento. Un caso de canibalismo, una sanguijuela mordió a otra y la mató. No pudimos hacer gran cosa. —Sabía que estaba diciendo tonterías, pero a medida que hablaba se iba sintiendo más segura.

—¿Por qué ese plural de «pudimos»? —preguntó Phipps—. ¿Hay un... hombre?

Nellie negó con la cabeza.

—Phipps, todo esto tenemos que hablarlo a solas. Pero el plural se refiere en este caso a mí y a Maria von Prednitz. Mi amiga y compañera de trabajo. ¿Podrías pedir un taxi?

Phipps, todavía muy conmocionado, condujo a su esposa y su hija a la entrada principal del teatro, donde justamente se estaba preparando para marcharse el último encargado de la limpieza. El conserje llamó un taxi y poco después un automóvil alto y muy elegante se detuvo delante de la entrada. Grietje no podía subir de la emoción. Era la primera vez que iba en coche.

—Mami, ¿tendremos algún día algo como esto? —preguntó, cuando el vehículo se puso en marcha—. La condesa de tío Walter tiene uno, ¿verdad? No podemos...

—No tenemos suficiente dinero —respondió Nellie.

Pero Grietje insistió.

—¿Tienes coche? —preguntó a Phipps.

Este asintió avergonzado.

—Tengo uno en Estados Unidos, en Boston. Pero tu mami tiene razón, Grietje, un vehículo así es muy caro.

—Aunque un veterinario rural necesitaría uno —reflexionó en voz alta Nellie—. Una especie de furgoneta para cargar con los medicamentos y todo lo que se suele precisar. A lo mejor, si intensificamos el cuidado de los caballos de carreras... Pero por ahora tendrás que seguir viajando en tranvía, Grietje. Lo siento. —Dirigió una sonrisa apenada a su hija—. ¿Cómo debe llamarte? —planteó, volviéndose hacia Phipps.

Él sonrió complacido y dirigió a Grietje una cariñosa mirada.

—¿Qué te gusta más, «papá» o *Vader*, como se dice en Bélgica? —preguntó.

Grietje reflexionó.

—Papá —decidió—. Yo digo papá. ¿Podré ir un día en tu coche?

Phipps revolvió el cabello rizado y siempre algo desgreñado de la pequeña.

—Conmigo puedes hacerlo casi todo, Grietje. Los padres miman a sus hijas, ¿no lo sabías?

Grietje hizo un gesto negativo.

—El papá de Lene le pegaba —contestó—. Y a Anne, que se sienta a mi lado en la escuela, su padre se lo prohíbe todo.

—Entonces no tienen unos buenos papás —sentenció con seriedad Phipps, y luego le dijo a Nellie—: Dios, mío, Nellie, ¡es encantadora! Y habla muy bien el neerlandés.

Nellie se sintió halagada.

—Es su lengua materna. Y el alemán es la lengua de su tía. Maria y yo lo hemos hecho así desde el comienzo. Yo hablo casi siempre en neerlandés con ella, pero Maria y Lene, su niñera, hablan alemán. Creo que aprende lenguas con facilidad. Tiene buen oído.

—¿Tú también quieres ser veterinaria de mayor? —preguntó Phipps.

Grietje negó con determinación.

—No. Yo seré... —Buscó el término en neerlandés, pero solo lo encontró en alemán—. Seré *bar-pi-a-nis-tin*. —Satisfecha por haber dominado esa difícil palabra, que significaba «pianista en un bar», miró a su sonriente madre y a su atónito padre.

—Toca el piano —informó Nellie—. Y..., bueno, no es que haya crecido entre concertistas. Tengo que explicártelo todo...

El taxi se detuvo delante del Adlon y Phipps pagó al conductor. Nellie y Grietje lo siguieron a la recepción. El conserje de noche reconoció enseguida tanto al violinista como a la veterinaria.

—*Mister* De Groot... y doctora... ¿De Groot? —Se asombró ante la similitud de los apellidos.

—*My wife* —aclaró lacónico Phipps.

—Lo que usted manejará con discreción, ¿de acuerdo? —añadió Nellie. No había informado al conserje sobre su estado civil—. No quiero que mañana aparezca en todos los periódicos.

—¿Pernoctará entonces aquí? —preguntó el conserje.

Nellie hizo un gesto negativo.

—No. Solo queremos conversar una hora sin que nadie nos moleste. La guerra nos separó y acabamos de reencontrarnos. Tenemos mucho de que hablar y, naturalmente, mi hija quiere conocer a su padre.

—*My wife and my daughter will accompany me to my suite* —dijo Phipps—. *Please ask the room service to bring us some wine, juice and snacks.*

Grietje miraba embelesada a su padre.

—Eso es inglés, ¿verdad? —preguntó.

Phipps asintió y las condujo al ascensor.

Para sorpresa de Nellie y admiración de Grietje, la habitación era una suite, en el salón había incluso un piano de cola. La niña enseguida se dispuso a abordar el instrumento.

—Por hoy basta —dijo Nellie con determinación—. La gente de al lado se quejará si tocas tan tarde. Ven, siéntate, enseguida te traerán algo de beber y algún panecillo.

Nellie entendía poco el inglés. Solo había aprendido algo de los jinetes británicos y americanos del hipódromo.

En efecto, enseguida apareció un camarero que les llevó vino, zumo y unos diminutos canapés con jamón y salmón apetitosamente adornados. Grietje casi no se atrevía a morder una de esas obras de arte.

—Por lo visto, te va bien —empezó la conversación Nellie. Se había sentado en un sofá y Phipps hizo lo mismo a su lado. Parecía necesitar su cercanía para poder creer que ella estaba realmente allí—. Una suite en el Adlon…, un coche…

Phipps asintió.

—También tengo una casa muy bonita en Boston. Aunque estoy pocas veces allí. Viajo por todo el mundo…

—Tocas maravillosamente —repitió Nellie—. Pero siempre lo has hecho. Cuéntanos cómo te ha ido en Estados Unidos.

—El comienzo no fue sencillo —respondió Phipps—. Me fue bien tener a Jeffrey. No lo hubiera conseguido solo; además, mi inglés era muy malo. Él me llevó a todas partes. A los clubs, a los combos… No es el mejor trompetista del mundo, pero conoce a todo el mundo y todos los lugares. Su pasión es el jazz, que entonces todavía solía llamarse dixieland. Y casi todos los músicos que lo interpretaban eran negros. Esto estaba cambiando justamente cuando llegué a Estados Unidos. El centro de esta evolución era Chicago y allí nos encaminamos. Ni te imaginas cómo era la ciudad, a un mismo tiempo un paraíso y un infierno..., músicos, gánsteres. Putas...

—Un poco sí que me lo puedo imaginar —observó Nellie, pensando en Marika Berger y su época.

—Me contrataron como pianista en un combo. Aunque apenas podía vivir de eso fue..., fue increíble. Ese estímulo, esa... vitalidad... A veces tocaba el violín en la calle. Una vez un hombre me preguntó si quería tocar para la boda de su hija. Era uno de los peces gordos del hampa. Tuve miedo de que hubiera follones durante la fiesta y que a lo mejor me disparasen, pero luego siempre volvían a llamarme. Cuando el combo había acabado, a veces tocaba el violín para los últimos clientes, que solían estar muy borrachos y por eso mismo melancólicos. Querían canciones de su patria, así que salí a aprenderlas. De ese modo conocí a músicos de todos los países con quienes podía tocar y al mismo tiempo aprender. La mayoría de ellos estaban en Nueva York, por lo que viví durante un tiempo allí. En un momento dado me atreví a tocar en el Institute of Musical Art. Hoy en día es la Juilliard School, una escuela de música muy famosa y muy buena, que administra una fundación. Obtuve una beca. Allí volví a tocar música clásica y me dieron un título. Luego me introduje en la Orquesta Sinfónica de Boston, donde puedo volver siempre que quiera. Pero estar siempre tocando música clásica me aburría. Así que empecé con los espectáculos en solitario. Con mucho éxito, como has visto. ¡Y me lo paso bien!

Nellie sonrió.

—Ya veo —dijo—. Y me alegro mucho por ti. Eso confirma que tuve razón cuando no te presioné al quedarme embarazada de Grietje...

Phipps frunció el ceño.

—¡Eso es lo que tú dices! ¡Estaba fuera de mí! No quería dejarte sola con la niña. Te escribí enseguida para que encontráramos juntos una solución, pero tú ya te habías ido y mis padres no sabían nada de ti. Después, cuando ya ganaba más dinero, te hice buscar. Incluso contraté a un detective. ¿Quién iba a sospechar que estabas en Alemania? ¿En Berlín? Mandé que te buscaran en Bélgica, en Francia, en Holanda. Pero no aquí. Esto tendrás que explicármelo.

—¿Me enseñas ahora tu violín? —preguntó Grietje.

Se había zampado casi todos los canapés que sus padres no habían tocado. Nellie solo había bebido el vino que le había servido el camarero, y Phipps ni siquiera eso.

—Pero primero lávate las manos —indicó Nellie.

Grietje se bajó obediente del sillón y organizó una orgía de espuma de jabón en el elegante cuarto de baño.

Phipps desenfundó el violín.

—¿Ya no es el tuyo? —preguntó Nellie.

Phipps movió la cabeza.

—No. Este es un Amati. Es muy caro. Y tiene un sonido precioso... —Interpretó un par de notas.

Grietje salió excitada del baño.

—¡Limpias! —exclamó agitando las manos. Luego cogió con cuidado el instrumento—. Qué bonito... —susurró y punteó la primera cuerda—. Casi un sol —observó.

—¿Solo casi? —preguntó divertida Nellie.

Phipps por el contrario estaba impresionado.

—Tienes razón, Grietje —dijo entusiasmado—. En el camino, el violín se ha desafinado un poco a causa del frío. ¿Tengo que afinarlo más alto o más bajo?

Grietje lo miró ofendida.

—Más alto, claro; ¿no lo oyes?

Phipps rio.

—Solo quería saber si tú también lo oías —contestó y le cogió el violín para afinarlo—. Esto ha sido fantástico, Grietje, tienes un oído estupendo. ¿Dices que tocas el piano? ¿Le han dado clases, Nellie?

Ella se encogió de hombros.

—Más o menos... Maria le enseña. No había dinero para más.

Phipps miró encantado a su hija.

—Pero eso puede cambiar a partir de ahora —anunció—. ¿Quieres tocar algo para mí, Grietje?

Con respecto a la música, parecía haberse olvidado de Nellie, quien en ese momento tomó la iniciativa con determinación.

—No a media noche —advirtió—. Es tarde, Phipps, Grietje tiene que acostarse. Y mañana deberíamos hablar, a solas tú y yo, sin ella. Qué opinas, ¿desayunamos juntos en el Tiergartencafe? —No quería que la vieran a plena luz día con Phipps en el Adlon.

Phipps asintió.

—Si lo encuentro... —objetó.

Nellie rio.

—Coge un taxi. Y llámanos uno ahora, por favor. No quiero deambular por la calle a estas horas con Grietje.

Phipps enseguida llamó a recepción, mientras Grietje no podía separarse del violín.

—Mañana tocaremos juntos —le prometió Phipps.

Grietje no replicó. Estaba agitada y al mismo tiempo muerta de cansancio.

Phipps fue a besar a Nellie cuando se despidieron. Ella giró levemente la cabeza a un lado para que los labios de él solo le tocaran la mejilla.

—Estoy tan contento de volver a tenerte —le susurró.

Nellie sonrió.

—Sí, yo..., yo también estoy contenta.

8

Nellie llegó puntual al establecimiento, esta vez pidió el café con el corazón menos acelerado que cuando se citó allí con Walter por primera vez. Se alegraba de volver a ver a Phipps, pero nunca había estado enamorada de él y en eso nada había cambiado. No obstante, respondió con cariño a su beso en la mejilla cuando él se bajó del taxi algo más tarde.

—Lo siento, pero nos ha retrasado una especie de marcha popular —se disculpó—. Como de una organización paramilitar.

Ella suspiró.

—Debe de ser otra vez ese Partido Nazi. No dejan de organizar desfiles en favor o en contra de algo. En realidad, es un partido más bien pequeño. Pero muy ruidoso, como suele decir Maria. Y muy pesado…

Quería seguir hablando, pero Phipps enseguida se refirió a Maria.

—Dejemos la política —le pidió—. Mejor háblame de tu compañera. ¿Es cierto que es veterinaria?

Nellie asintió.

—Y yo pronto lo seré. Oficialmente, quiero decir —anunció con orgullo.

Le habló solícita de sus estudios, hasta que se dio cuenta de que Phipps solo tenía un interés limitado por el tema.

—¿Y cómo conociste a Maria? —insistió él.

La joven se mordisqueó el labio.

—Es la hermana de un oficial con el que coincidí durante la guerra. Walter me dijo que su hermana estudiaba veterinaria aquí en Berlín. Entonces pensé que podía ser una posibilidad para mí.

Phipps suspiró cuando le habló de sus padres y de su sucesor en Ledegem. Podía imaginarse muy bien lo que había representado todo eso para Nellie.

—¿Y simplemente llamaste a la puerta de Maria? —se sorprendió—. A fin de cuentas, no la conocías de nada.

Nellie volvió a mordisquearse el labio.

—Lo hice de todos modos —admitió—. Porque... Walter y yo... intimamos durante la guerra. Me enamoré de él y él de mí.

—¿Tuviste una relación con él? —preguntó Phipps, escandalizado—. Antes..., ¿antes de que yo fuera a casa?

Nellie asintió.

—Sí, pero aun así te recibí con los brazos abiertos. Quería reemprender nuestra vida en común. Pero entonces tú me abandonaste... No te hice ningún reproche, Phipps, estaba bien. Pensé que, a partir de ahí, yo también podía actuar con plena libertad.

—¿Y te volviste a encontrar con él? —preguntó Phipps—. Estás..., ¿estás con él?

Ella suspiró.

—Sí y no. Es una larga historia... —Como Phipps no respondía, empezó a contarle. Y notó lo bien que le sentaba abrir su corazón. Nunca había tenido secretos para su amigo. Con él siempre había podido hablar de todo. También esta vez la escuchó pacientemente—. Dice que no hay nada entre la condesa y él, y yo lo creo. Pero ella..., ella lo está transformando. Cómo se comporta con él, toda esa riqueza que ella exhibe, la gente con quien trata... Walter ama los caballos..., pero ese semental solo me parece un medio para llegar a un fin. Una especie de aparato deportivo. Para él siempre fue importante trabajar como autónomo, pero ahora ya no se ocupa de ningún otro ejemplar de carreras, al menos no encuentra ninguno como Erlkönig. Y creo que la condesa es la culpable. Impide que le den otros caballos. También intenta evitar que esté conmigo. Ayer por ejemplo... tenía que acompañarme él, no Grietje...

Nellie se secó los ojos. Estaba a punto de contarle el encuentro en el vestíbulo del teatro.

—¿Te parece que yo también he cambiado? —preguntó Phipps. Nellie lo miró sin entender—. A causa de que me he hecho rico, me refiero. Por el éxito, el bienestar. —Parecía preocupado.

Ella rio.

—Claro que has cambiado. Pero para mejor. Se te ve... más seguro, más intrépido, más abierto. Se te ve estupendo. Después de la guerra ya me di cuenta de que tu actitud era más... masculina. Walter, en cambio..., se encoge bajo el influjo de la condesa, pierde personalidad... No sé durante cuánto tiempo será todavía el hombre al que puedo amar.

Phipps le tomó las manos.

—No tienes que amarlo —dijo.

Nellie suspiró.

—Ojalá fuera tan fácil apagar el amor. Pero ¿qué pasa contigo, Phipps? ¿Te espera una mujer en Boston? ¿Alguien a quien amas?

El violinista se mordisqueó el labio.

—No —contestó—. Naturalmente, no he vivido como un monje. Hubo un par de mujeres. Pero amar... Nellie, puede que llegue un poco tarde, pero cuando estaba lejos... Te extrañaba, Nellie. Te extrañaba muchísimo. Quería compartir contigo todas esas nuevas impresiones, los triunfos y las derrotas, como siempre habíamos hecho.

—Porque éramos amigos —dijo Nellie—. Amigos íntimos.

Phipps negó con la cabeza.

—No, había algo más —admitió—. Nellie, yo... Lo cierto es que siempre te he amado. Y todavía te amo.

Ella tragó saliva. Necesitaba unos minutos para asimilar esa confesión.

—No..., no me esperaba algo así —musitó—. Porque... no fue lo mismo en mi caso. Lo siento, yo...

—Yo sí lo siento... —Phipps bajó la vista—. No quería agobiarte. Pero al final se me ha escapado... y como habías preguntado...

Nellie había planteado la pregunta con una intención totalmente distinta, pero eso ya era secundario. Pensó febrilmente.

—¿Y qué consecuencias has extraído de ello? —preguntó a continuación—. ¿Quieres raptarnos a Grietje y a mí y llevarnos a Estados Unidos?

Él se frotó las sienes.

—No quiero presionarte, Nellie. Pienso solamente... que tal vez deberías darnos una oportunidad. Tenemos una hija en común. A lo mejor ella nos acerca más. Mira, Nellie, he pasado media noche despierto y reflexionando: hoy todavía doy un concierto aquí y luego tengo un par de funciones más en Europa. Pero luego me quedaré libre. Podría volver a Berlín, pasar aquí un par de meses, conocer más profundamente a mi hija y así sabrías mejor cómo es el nuevo Phipps. De quien tú misma has dicho que ha mejorado...

—Phipps... —empezó a decir Nellie angustiada—. Amo a Walter von Prednitz. En realidad, lo que quiero es que nos divorciemos.

—También para eso estaría bien que me quedase aquí un tiempo. Pueden pasar muchas cosas, Nellie. ¿Te has preguntado alguna vez si ese Walter todavía te ama de verdad? Tal como te trata... La guerra nos ha cambiado a todos. ¡Espera a ver qué sucede! —Phipps la miró suplicante.

Nellie solo consiguió con esfuerzo que no se le notara que sus palabras la habían afectado. ¿Qué ocurriría si Phipps tuviera razón? ¿Si Walter la evitaba porque sus sentimientos hacia ella se habían enfriado?

—Yo no puedo impedírtelo —dijo—. Si quieres quedarte un tiempo viviendo en Berlín..., adelante. Grietje se alegraría. Y yo... recuperaría a mi amigo. —Se forzó a sonreír.

Él se mostró entusiasmado.

—¡Y tal vez algo más! Voy a pedir a mi agente que me consiga una casa y que me prepare un par de espectáculos. Me alegro de poder estar con Grietje y todavía más contigo.

Nellie quedó con Phipps en que Lene le llevaría a Grietje por la tarde al Adlon y luego regresó agitada a su casa. También ella se cruzó con grupos de las SA, una organización del Partido Nazi. Los hombres marchaban en formaciones de cuatro por las calles, llevaban uniformes de color pardo y botas altas, y ondeaban una bandera que mostraba un símbolo indio de la felicidad. Maria lo habría definido así a primera vista. Obermeier lo llamaba cruz gamada, el símbolo del movimiento hitleriano. Nellie evitó a los hombres, que en ese momento empezaron a cantar. La mayoría de los transeúntes los miraban con desconfianza, pero en especial los jóvenes y los hombres mayores contemplaban fascinados la formación.

Cuando tomó la Torstrasse, la consulta de la mañana se hallaba en pleno rendimiento. Tanto Maria como Bernhard estaban examinando animales. Nellie echó un vistazo para preguntar si había alguna visita a domicilio o si habían llamado desde el hipódromo. Maria le respondió que no.

—Pero Walter te espera arriba —le comunicó Bernhard—. Sumamente compungido. Quiere explicártelo todo, pedirte perdón... Ya se ha disculpado diez veces con nosotros, casi no nos lo podíamos quitar de encima.

Nellie suspiró. En realidad, ya no le quedaba energía para sostener otra conversación. Por otra parte, debía hacerlo. Subió la escalera, que la señora Obermeier estaba limpiando. La vecina se quejó al instante de que Lene no se tomaba lo suficiente en serio la limpieza de la escalera.

—Para ser alemana es definitivamente demasiado sucia. Pero no es extraño, la encontraron en el arroyo. ¿No venía de Polonia? Yo en su lugar sería más severa con ella...

Nellie le informó que no tenía ni idea de si el apellido de Lene, Grabowski, indicaba que tenía antecesores polacos, y que además eso a ella le daba igual.

—Lene es una chica muy amable y estamos sumamente satisfechas con su trabajo. A nosotras no nos ha llamado la atención que la escalera estuviera sucia. Y eso que somos médicas. La higiene es para nosotras extremadamente importante, mientras que el empleo exagerado de productos de limpieza puede provocar alergias. Sarpullidos, por ejemplo. Así que no exagere usted.

Sin hacer caso a la reacción de la señora Obermeier, se dispuso a abrir la puerta del apartamento. Lene ya la había oído y la abrió. Había escuchado la discusión en el vestíbulo y pensaba que tenía que justificarse.

—¡De verdad que he limpiado a fondo! —dijo.

Nellie hizo un gesto tranquilizador.

—A esa bruja no la tendrías contenta ni aunque limpiaras con la lengua la escalera —dijo, y pidió a Lene que fuera a buscar más tarde a Grietje y la llevara al Adlon—. Que le pida su padre algo que comer. No vaya a ser que se siente al piano con el estómago vacío. Ah, sí, y también tendrá que hacer los deberes. No la traigas demasiado tarde.

—¿Nellie? —Walter salió de la cocina. Se notaba que no había pegado ojo esa noche. ¿Tendría mala conciencia o habría celebrado un triunfo? Nellie se esforzó por no dirigirle ninguna sonrisa, aunque, como siempre, se alegraba de verlo—. ¿Es eso cierto, Nellie? ¿Es ese violinista el padre de Grietje?

Ella asintió.

—Y mi esposo —añadió con frialdad—. ¿Cómo te ha ido por Hannover? ¿Ha ganado Erlkönig?

—Ha quedado en segundo lugar. Salimos un poco mal y luego no pudimos separarnos del pelotón lo suficientemente rápido para ponernos al frente. Pero, a pesar de todo, estamos satisfechos.

—¿Tú con el caballo o la condesa contigo? —preguntó Nellie.

El joven intentó abrazarla.

—Nellie... ¡no seas así! Lo del concierto me cogió totalmente desprevenido. Y ya había cambiado los billetes del tren. ¿Qué tenía yo que hacer?

—Llamarme, por ejemplo, y explicármelo. Dejar claro a la condesa que tú, si tienes la posibilidad, prefieres oír el concierto conmigo. A Grietje seguro que no le hubiese importado sentarse al lado de la condesa. ¿No dijo que tenía un palco? Grietje habría estado encantada. —Nellie lo miró fijamente.

Walter asintió.

—Es que... Es que esto no se me ocurrió, así de sencillo —balbuceó.

—Antes eras más ingenioso —señaló Nellie—. Me acuerdo de la defensa de Cortrique... Walter, por todos los santos, ¿qué tiene esa condesa que yo no tenga? ¿Además de un caballo y mucha más influencia, posiblemente, de la que tú te imaginas? También sobre el hipódromo. ¿Cómo es que solo montas su caballo? Tu amigo Ludwig siempre tiene tres o cuatro preparados. ¿Y no se reservan los jockeys también para carreras únicas? Fui la veterinaria en el último día de las carreras. Ludwig von Lindau montó cinco caballos. Tú solo uno. El de la condesa. ¿Eso no te hace pensar en nada?

Él miraba hacia el suelo.

—¿Y ahora qué pasa con tu marido? —preguntó, evidentemente para cambiar de tema.

Nellie sonrió con dulzura.

—Oh, estaba encantado de volver a verme —contestó ella con un suave tono de voz—. Y encuentra fascinante a Grietje.

Estaría encantado de llevarnos con él a Estados Unidos ahora mismo.

Walter la miró consternado.

—¡No hablarás en serio! —exclamó.

Nellie se encogió de hombros.

—Si no me crees...

Él la sujetó por los brazos.

—Nellie, yo te amo. A ti y únicamente a ti. No volverás con tu marido solo porque te he decepcionado una vez, ¿verdad? —La estrechó contra sí y esta vez ella no se opuso.

—Yo también te amo, Walter. Pero esto no puede seguir así. No haces más que decepcionarme. Deja claro a la condesa que me perteneces a mí y a nadie más.

Ella quería mostrarse dura, pero apretujarse contra Walter le proporcionaba una sensación demasiado agradable. Al final permitió que la besara.

9

La temporada de carreras llegaba a su fin y Walter se ocupó mucho de Nellie. Incluso recurrió a sus ahorros y pasó dos fines de semana con ella en la costa del mar Báltico. Nellie pocas veces se había sentido tan relajada y feliz como en esos días junto al mar. Iban a nadar, aunque hacía frío, y se amaban en las dunas. Por un par de horas mágicas se olvidaban de la condesa y de Phipps.

Grietje también se benefició de la situación. Walter la llevó con Nellie al parque del Neue Welt y la pequeña pudo subir todo el tiempo que quiso en el tiovivo hasta que se mareó. Walter compró entradas para un teatro de marionetas y para conciertos. En un pequeño teatro se representaba la ópera *Hansel y Gretel* de Humperdinck y Grietje se quedó cautivada. Intentó reproducir las melodías al piano y lo consiguió. Sin embargo, todo eso no impidió que estuviera contando los meses que faltaban para que su padre regresara a Berlín. Seguía su trayectoria en la gira, le escribía pequeñas cartas y se alegraba de que él le enviase una postal desde casi todas las ciudades en que actuaba.

En noviembre de 1928 Phipps regresó a Berlín y descubrió que la ciudad se hallaba sumida en un infierno. Ya la estación era un hervidero de hombres con uniformes pardos, manifestantes con cruces gamadas y sus opositores portando en lo alto banderas y pancartas, con las cuales se daban a conocer los partidos socialista y comunista. Por lo visto, se estaban preparando altercados.

—¿Qué es lo que está sucediendo aquí? —preguntó a Nellie cuando ella lo fue a recoger con Grietje.

Los acompañaba un representante de la agencia de Phipps que tenía para él una llave para un amplio apartamento en la Nymphenburger Strasse.

—El Partido Nazi proyecta celebrar un gran mitin en el Palacio de los Deportes —le informó el hombre—. Su líder, ese Adolf Hitler, pronunciará un discurso. Por primera vez en mucho tiempo ante una gran audiencia. Lo tenía prohibido desde el fallido golpe de Estado en Múnich.

—¿No habían prohibido también el partido? —preguntó Phipps.

Había estado leyendo algo sobre el panorama político de Alemania.

—Hasta principios de año —confirmó el agente—. Pero lo han vuelto a permitir justo para las elecciones del Parlamento.

—Por suerte no ha obtenido muchos votos —informó Nellie—. El dos coma seis por ciento o algo así... Hacen más ruido que otra cosa.

El agente se encogió de hombros.

—No debería infravalorarlos —advirtió—. Ese Hitler es un orador carismático. Y muy astuto. Esta gente... —señaló a los camisas pardas de la estación— vienen de todas partes del país. Y no es porque no sepan lo que Hitler va a decir. No, es porque quieren llenar el Palacio de Deportes. Dieciséis mil asientos, en Berlín no tiene tantos partidarios. Y no permitirá de ninguna de las maneras que en los diarios digan que ha hablado delante de un auditorio medio vacío. Este mitin del dieciséis de noviembre será un éxito. Un éxito planificado...

Nellie suspiró.

—Ya tiene suficientes simpatizantes en Berlín. También porque sigue la corriente a la gente. Ese odio a los judíos... Aquí nunca lo han tenido fácil del todo, pero que se los ataque de forma tan abierta...

Cada vez se responsabilizaba más a las personas de origen judío de la derrota en la guerra y de la inflación. Bernhard se escondía cada vez que subía o bajaba la escalera para no encontrarse con Gerhard Obermeier y había clientes que reprochaban a Maria y Nellie que hubiesen contratado a un judío.

—Esto no ocurre en Estados Unidos —dijo Phipps—. Allí los judíos incluso tienen gran influencia. Muchos de ellos son ricos.

El representante de la agencia asintió.

—Aquí también, pero la mayoría no se baña en oro. Es gente normal. Nosotros tenemos dos en la agencia. Contratados, pero se nos critica precisamente por ello. Hay un par de artistas a quienes representamos que se sienten próximos a Hitler. ¿Le doy entonces su llave, *mister* De Groot? Su esposa será tan amable de mostrarle el apartamento.

Al final y pese a sus reticencias, Nellie se había dejado convencer, pero pensó que si iba recoger a Phipps también podía acompañarlo a la Nymphenburger Strasse. Había planeado ir a buscar de paso a Grietje a la escuela. Por la mañana, la pequeña se había negado rotundamente a ir porque encontraba mucho más importante reunirse con su padre en la estación.

Así que Phipps cogió su llave y condujo a Nellie a un taxi. Los hombres de las SA posaban para fotografiarse. Y también en la Invalidenstrasse dominaban los uniformes pardos.

Nellie se alegró de no tener que seguir viéndolos, pues doblaron por la Gipsstrasse y se dirigieron a la escuela Kastanienbaum. Al parecer los camisas pardas no iban a recoger a sus hijos al colegio.

Grietje se lanzó a los brazos de Phipps cuando vio a sus padres esperándola.

—¡Papá! ¡Papá! ¡Annette, Wally, mirad! Este es mi papá. Y en su casa tiene coche. ¡Mucho más grande que este!

Se volvió hacia dos niñas que pertenecían a su clase y señaló el taxi al que Phipps había indicado que esperase.

—La profesora nos dijo un día que tú no tienes papá —replicó otra niña.

Nellie frunció el ceño.

—¿Quién lo dijo? —preguntó con severidad—. Pensaba que lo había dejado claro.

—¡Sí que tengo! —respondió convencida Grietje—. ¡Y es un gran artista! Philipp The Great, que significa: ¡El grande!

Phipps rio.

—A lo mejor vengo un día a vuestra clase y toco el violín para vosotras —anunció—. Entonces también vuestra profesora creerá que existo. En fin, ahora ven, Grietje. Vamos a comer algo antes de que me instale en casa.

Tal como Nellie esperaba, el apartamento estaba en un edificio muy elegante de Charlottenburg. Naturalmente, también disponía de un piano de cola al que Grietje saludó emocionada, un tocadiscos y un elegante y luminoso mobiliario.

—Una cama con dosel —confirmó Grietje fascinada al echar un vistazo al dormitorio.

Phipps sonrió a Nellie.

—¿Te gusta? —preguntó.

Nellie hizo una mueca.

—No cabría en mi dormitorio —respondió con una evasiva—. Además, ahora debería marcharme, Phipps, todavía tengo que ir al hipódromo para visitar un par de caballos...

Phipps asintió comprensivo.

—Claro, tienes tu profesión. A lo mejor compro un coche mientras esté aquí. Así podría llevarte a Hoppegarten. No perderías tanto tiempo yendo de un sitio a otro.

—Me encanta ir en tren, gracias —contestó Nellie—. Y como

chófer estarías desperdiciando tu talento. ¿Me llevo a Grietje o te la quedas tú y te ayuda a vaciar las maletas? Después no volverás a encontrar nada —dijo sonriendo.

Grietje ya se había apoderado del tocadiscos y observaba los discos que estaban ordenados al lado en un atril.

Phipps sonrió.

—Tengo una asistenta que se ocupará del equipaje. Vendrá después para presentarse. Mientras, Grietje y yo podemos escuchar los discos. O tocar. Por cierto, te he traído una cosa, Grietje...

Por la noche, la pequeña, de nueve años, mostró entusiasmada un violín para niños. Phipps se lo había comprado en Italia.

—En un luthier —explicó Grietje llega de orgullo—. ¡Y ya sé la escala!

Nellie no estaba de tan buen humor. De regreso a casa desde la estación casi se había visto metida en una pelea entre gente de las SA y comunistas. Los partidarios de Hitler habían irrumpido en la zona de ocio. Hacía mucho tiempo que Nellie no se sentía tan insegura, también en la noche siguiente se produjeron incidentes tras un largo tiempo de calma.

—Se llenan la boca hablando de la salud del pueblo y de la pureza de la mujer alemana, pero lo que más les gusta por las noches es montárselo con gallinas —gruñó Nellie—. Deberíamos conseguir otro perro. Con Benno era mucho más fácil librarse de esos tipejos.

El viernes siguiente por la tarde, cuando Hitler apareció en el Palacio de los Deportes, Nellie y Maria se quedaron en casa, al igual que Lene, que tenía un miedo de muerte a los camisas pardas. A ella la habían vuelto a molestar en la Friedrichstrasse, y eso que allí ya no había prostitutas. También Walter se había reunido con ellas. Excepcionalmente, tenía fiesta el sábado y quería hacer algo con Nellie y Grietje. En tales ocasiones, se había acostumbrado a instalarse en la consulta, en la tumbona que había ocupado Nellie al principio, para no molestar a Maria cuando el bebé lloraba, y que luego pasó a utilizar Bernhard cuando le tocaba vigilar a pacientes muy enfermos por la noche. No era demasiado cómoda, pero a cambio Walter siempre podía esperar que Nellie bajara cuando Grietje estuviera dormida. Al día siguiente subía a desayunar al apartamento de Nellie y Maria y planificaban juntos el día. Antes del fin de semana, Nellie había mencionado con cautela que pronto le presentaría a Phipps. Aunque para ella no era importante que Walter conociera a su marido, Phipps tenía que entender que el hombre que había en su vida no era un fantasma del que uno podía deshacerse mentalmente a voluntad. Comprendería lo mucho que amaba a Walter cuando la viera con él.

Ese viernes por la noche Phipps tenía un compromiso en un elegante club privado. La directora del establecimiento, una dama sumamente cultivada llamada LaFee L'Inconnue, había concebido la velada bajo el lema de «Magia en lugar de demagogia». Y ofrecía a su ilustre público un programa de primera categoría. Por supuesto, Phipps había invitado a Nellie como acompañante, pero ella había rechazado la invitación. El mundo de los clubs nunca la había entusiasmado, además tenía miedo de atravesar medio Berlín camino de regreso a su casa.

—Hasta anuncian en los periódicos que pueden producirse altercados en las calles —había advertido—. Lo mejor es que duermas en casa de *madame* LaFee.

—¿Y no te pondrías celosa? —había preguntado Phipps algo decepcionado, por lo que Nellie se rio en secreto.

Conocía bien a *madame* LaFee porque atendía a su gato persa y cuando este tenía una bola de pelo en la barriga, su amita llegaba preocupada, sin maquillar y vestida con un traje de caballero.

A Nellie le habría gustado encender la radio para escuchar qué ocurría en Berlín, pero Maria no quería. El aparato chirriaba y crepitaba.

—¡Justo como ese Hitler! —bromeaba siempre Walter.

Escuchar su voz, y además por radio, era, definitivamente, demasiado para Maria. Así que Walter y Nellie se sentaron en el sofá para hablar entre murmullos y besarse. Lene cosía y Maria leía un libro. Pese a esa pacífica escena, flotaba en el ambiente la tensión. Al menos Nellie estaba nerviosa y pendiente del ruido de la puerta de la calle al cerrarse de golpe. Obermeier tenía que volver en algún momento, era posible que bebido. Nellie temía que anduviera por el rellano insultando a gritos y a saber qué clase de amigos metía en el edificio. Estaba deseando deshacerse de esos inquilinos de una vez por todas y ya hablaba con Maria acerca de una indemnización.

En un momento determinado se oyó, en efecto, la puerta de la calle, pero no el sonido de unos pasos al acercarse. Reinó el silencio hasta que sonaron unos golpecitos en la puerta del apartamento. Nellie se levantó sobresaltada, al igual que Maria. También ella parecía haber estado alerta y en tensión.

—¿Vas… tú? —preguntó a Nellie.

Walter se puso en pie.

—Voy yo —dijo.

No se le veía especialmente preocupado. No parecía que quien había golpeado fuera un borracho, sino más bien alguien contenido, alguien que no quería molestar aunque lo movía un asunto urgente.

Delante de la puerta no había ningún alborotador.

—¡Bernhard! —exclamó Walter.

El joven veterinario se deslizó a toda prisa en el interior. Seguro que no quería que Obermeier al volver lo descubriera en el rellano.

—¿Qué haces aquí a estas horas? —preguntó Nellie, percibiendo en ese momento lo pálido y desmejorado que estaba su amigo.

—Lo siento… No quería bajar en la Französische Strasse…, había mucho alboroto. Así que me he quedado en el tren hasta la estación de Friedrichstrasse. Allí también estaba lleno, pero no solo por esa..., por esa gente. Desde allí he venido hasta aquí. En este barrio tienen algo más que hacer que ir propinando golpes o persiguiendo a judíos. —Bernhard se dejó caer en un sillón. Parecía totalmente horrorizado. Nellie le sirvió una copa de vino de la botella que ella y Walter pensaban vaciar en el transcurso de la tarde.

Bernhard bebió ansioso.

—En realidad, necesito algo más fuerte —dijo.

—¿Quién persigue a los judíos? —preguntó Maria—. ¿Dónde estabas?

Bernhard la miró

—En el Palacio de los Deportes —respondió.

—¿Qué?

Los otros se lo quedaron mirando.

Hasta Lene abandonó la labor.

—¿No era peligroso? —preguntó.

Bernhard negó con la cabeza.

—En realidad, no —contestó—. Era un acto abierto a todo el mundo. Y yo no llevo la palabra «judío» escrita en la frente. A no ser que alguien me reconociera...

—Tampoco era un evento prohibido a los judíos —observó Walter—. Puede que no le caigan bien a Hitler, pero este es un país libre...

—De momento —dijo Bernhard—. Pero cuando esos lleguen al poder...

—En las últimas elecciones tenían el dos coma seis por ciento de votos —recitó Maria—. Veintinueve coma ocho el Partido Socialista, doce coma uno el de Centro, catorce coma dos los del Partido Nacional, diez coma seis los comunistas...

—Está bien, Maria, sé que por el momento no tienen mucho que decir —la interrumpió Bernhard—. ¡Pero tendríais que haberlos oído! Había miles de personas y él se sirvió de un sistema de altavoces. Sus gritos se oían hasta en el último rincón de la sala. La gente lo vitoreaba...

—¿Qué ha dicho? —preguntó Maria.

Ella misma posiblemente habría podido repetir palabra por palabra el discurso si hubiese permanecido el tiempo suficiente en el Palacio de Deportes.

—Él..., él predica el odio —resumió Bernhard—. Odio a la democracia, odio a todos los seres humanos que no son homocigóticos alemanes, sea lo que sea lo que quiera decir con eso. Que el país no es libre políticamente y reinan los bastardos..., negros... y por supuesto judíos. A los judíos los odia más que a nadie. Y su partido no es un partido, sino la forma en que unas figuras heroicas bajo el mandato de un elegido conciben el mundo...

—Suena a religión —observó Nellie.

—Supongo que él también lo ve así. Ese hombre está loco. Se considera el elegido que ha de liberar Alemania...

—Pero ¿de qué? —preguntó Maria—. La palabra «liberar» implica cautiverio o tiranía. No puede estar sola, necesita remitirse a algo...

—¿Tal vez de los pagos de reparación? —reflexionó Nellie—. Es la única carga que yo veo. Por lo demás, a Alemania le vuelve a ir la mar de bien.

Walter se frotó la frente

—Liberarse de los pagos de reparación es imposible —dijo—. Los aliados nunca lo permitirían. A no ser que...

—A no ser que estalle una nueva guerra —concluyó Bernhard la frase.

—Voy a buscar un coñac. —Nellie se levantó. Guardaban la botella en la consulta. Los dueños de sus pacientes necesitaban de vez en cuando un reparador—. Y tú te tranquilizas, Bernhard. Esos alborotadores del Partido Nazi hablan mucho y estarían encantados de desenfundar las espadas, pero casi nadie los vota. ¡Nadie, absolutamente nadie quiere otra guerra!

10

—¡En este país uno ya no se siente seguro!

Por supuesto, Phipps no había seguido el consejo de Nellie, sino que se había vuelto a su casa después del concierto. Por el camino había presenciado desde el taxi diversos disturbios. Incluso se había visto en un apuro cuando un grupo de comunistas fueron a detener el vehículo para que los «peces gordos», como los habían llamado, notaran el efecto de sus garrotes. La policía había protegido la salida de los nacionalsocialistas del Palacio de Deportes. Presionado por Goebbels, el adepto más importante de Hitler, el presidente de la policía había destinado ocho centurias de agentes de uniforme para su protección. Como consecuencia, sus oponentes tuvieron que descargar su agresividad en otros lugares.

El día después del discurso de Hitler, Berlín seguía dividido. No se hablaba de otra cosa que del espectacular evento y de las tesis arrebatadoras de Hitler. Por eso Walter y Nellie decidieron pasar el día en el zoológico con Grietje. Seguro que por ahí no se perdían ni camisas pardas ni comunistas. Phipps se reunió con ellos en la Puerta de los Elefantes y una vez Nellie los hubo presentado no tardó en tocar un tema que lo desasosegaba. Phipps la saludó con un beso en la mejilla y a Walter le estrechó la mano, frío, pero cortés. Los dos hombres iban inexplicablemente elegantes para una visita al zoológico. Phipps llevaba un largo abrigo de cachemir cubriéndole un traje de lana; Walter un abrigo Ulster con aplicación de piel, posiblemente un regalo de la condesa. Además, ambos se habían decidido por un Homburg, un sombrero a la moda. En comparación, Nellie encontraba casi harapiento su viejo abrigo de invierno, así como su capota de lana. Pero al menos la protegía del frío, en realidad noviembre no era un mes propicio para dar un paseo por el zoo.

Phipps estaba indignado a causa los tumultos de los nacionalsocialistas.

—¿Cómo es que su gobierno no controla lo que está pasando? Que unas hordas de borrachos se estén pegando entre sí va en detrimento de la reputación de una ciudad.

Walter hizo una mueca, avergonzado.

—Nuestro parlamento se muestra a veces realmente débil —admitió—. Por otra parte, forma parte de la esencia de la democracia que todo el mundo pueda dar su opinión... —Nellie lo miró asombrada antes de traducir para Phipps. No sabía que quien había sido un oficial estuviera tan interesado por la democracia como forma de Estado—. Esto es aplicable también a Estados Unidos. —Walter estudió los carteles de la entrada del zoo—. A las diez dan de comer a los leones marinos. ¿Vamos a verlo, Grietje?

—Estados Unidos tampoco es un paraíso —dijo Phipps—. Pero al menos cuando alguien tiene dinero puede protegerse. En cierto modo, la chusma no sale de su ambiente.

—En América todo es más bonito —declaró de repente Grietje.

Para Nellie la conversación era agotadora.

—¿Le estás metiendo tú esto en la cabeza, Phipps? —preguntó disgustada—. ¿Pretendes influir en ella?

Phipps negó con la cabeza.

—Claro que no, Nellie. Pero ella hace preguntas y yo las respondo. ¿Tengo que mentir? Es solo que en Boston las calles están más cuidadas y las escuelas mejor equipadas. En conjunto la vida es más ordenada. No puedo decir que Berlín me impresione especialmente. Claro que la ciudad tiene una escena artística muy animada. También mucha actividad marginal, cabarets, revistas de variedades… Ya solo el barrio donde vivís… —Dos días antes, Phipps había llevado a Grietje a casa. Se había horrorizado ante los agresivos anuncios luminosos de los cabarets, los clubs nocturnos y los bares y ante el ambiente en las calles, que debido a la irrupción de los nacionalsocialistas se había vuelto más grosero de lo que había sido, algo que él no podía de todos modos conocer—. Aquí no debería crecer ningún niño —prosiguió.

—Es posible que cuando Nellie y yo nos casemos vayamos a vivir a Hoppegarten —intervino Walter—. Está en el campo, un lugar idílico…

—Excepto el hipódromo, donde mi hija estará en contacto con jugadores y criadores de caballos engañabobos —respondió Phipps. Nellie tradujo dulcificando la contestación. Realmente no se podía poner a unos estafadores a la misma altura de los entrenadores y criadores de caballos de Hoppegarten—. Sin contar con que allí su educación musical será inexistente —añadió Phipps—. Es una superdotada. Ha de tener los mejores profesores.

—Necesita sobre todo a su madre —intervino Nellie. En ello los dos hombres parecían estar de acuerdo.

—¡Naturalmente! —exclamó Phipps.

—¡Por supuesto! —opinó Walter.

Grietje iba de una instalación a otra y ellos la seguían. El zoo se había recuperado de los problemas ocasionados por la guerra y la posguerra, lo que por desgracia el doctor Rüttig no había presenciado. El veterinario del zoo había muerto de golpe hacía tres años y Maria no conocía a su sucesor.

—¿Hay zoos en Estados Unidos? —preguntó Grietje mientras contemplaba a los leones marinos que hacían acrobacias para que los premiaran con peces.

Phipps rio.

—Muchos zoos —respondió—. Boston tiene uno bastante nuevo, fundado hace quince años. Muy bonito, muy extenso. Seguro que te gustaría.

—En Hoppegarten también podemos tener animales —señaló Walter—. Gallinas, patos, gansos..., si tú quieres, hasta un poni.

—En Estados Unidos hay clubs de ponis —explicó Phipps—. Allí se juntan las niñas pequeñas para montar sus caballitos.

—¿Podemos terminar de una vez? —preguntó Nellie, enfadada—. Grietje no va a tener que decidirse entre vosotros dos, así que es absurdo que le hagáis todas las promesas posibles. Haced buenas migas. ¿No hay nada que los dos tengáis en común?

Los hombres callaron avergonzados y Nellie fue tomando lentamente conciencia de que, en efecto, no había mucho que tuvieran en común. Así que empezó a hablar de su carrera. Ignoraba si realmente era eso lo que ellos querían oír, pero al menos fingían interés. A esas alturas, Nellie ya estaba en el último curso e iba a pasar los exámenes en primavera.

—¿No has tenido dificultades como mujer en medio de tantos estudiantes varones? —se asombró Phipps.

Nellie se encogió de hombros.

—Hay un par que siempre hace comentarios estúpidos. Pero mi caso es distinto, los estudiantes creen que ya he hecho los exámenes en Bélgica y que debo repetirlos aquí por cuestiones burocráticas. Además, soy mucho mayor que ellos y tengo experiencia. Es algo de lo que se percatan. En realidad, nunca me he relacionado demasiado con mis compañeros. Voy a las clases y me marcho. He podido liberarme de asistir a gran número de clases prácticas.

—Tu amiga Maria seguramente lo tuvo más difícil —señaló Phipps.

Nellie asintió.

—Sí, pero es sabido que no le afectan las burlas. Y las bromas tontorronas, como dejar suelto un ratón en la clase para asustarla..., no la impresionaban. Es una veterinaria fabulosa, pero un poco distinta de la mayoría de las demás personas. Unas veces, eso la ayuda; otras, le resulta molesto. Hay que aceptarla como es.

Phipps conoció a Maria un par de días después. Tocaba en una matiné y como quería que Nellie y Grietje acudieran les dio un montón de invitaciones. La pequeña las repartió generosamente entre Lene, Maria y Bernhard, y puesto que se trataba de un acto tranquilo y con poca asistencia de público, Maria aceptó.

Escuchó con atención la interpretación de Phipps de un andante de Bach. Él lo ejecutó con brío, gesticulando ampliamente y cautivando así la mirada de los oyentes. El aplauso fue entusiasta, tal como correspondía. Solo Maria no parecía satisfecha.

—¿Por qué toca usted tan deprisa? —preguntó al final, cuando Nellie la presentó.

—¿Cómo? —preguntó atónito Phipps.

—El andante —dijo Maria—. El ritmo debería ser el propio de un andante. Usted lo acelera.

Phipps sonrió.

—Bueno, quizá lo he interpretado un poco como un andantino...

—Yo más bien hablaría de un allegretto —objetó Maria—. Pero, naturalmente, estas son indicaciones que dejan mucha libertad al músico. ¿Por qué se mueve tanto cuando toca? ¿Es un tipo de... danza?

Phipps la miró con impaciencia

—La toco como la escucho —explicó—. Tal como resuena en mi cabeza. Como mi violín lo establece. Y sí, quizá baila el violín conmigo. ¡Soy un artista, señorita Von Prednitz!

Maria frunció el ceño.

—Los violines no bailan. Son instrumentos de cuerda pertenecientes a la familia de cuerdas frotadas con caja de resonancia plana. No presenta movimiento propio. Pero según algunos etimologistas la palabra alemana para violín, «Geige», procede del nórdico antiguo, *geiga*, que significa balancearse, moverse, girar. ¿Es esto lo que usted quiere expresar?

Nellie se temió que surgieran problemas y se metió en la conversación.

—Sonaba maravillosamente —señaló apaciguadora.

Maria asintió.

—Sí. Pero las notas indican una interpretación más lenta. Me gustaría...

—Maria, ¿ya has visto los cuadros? —preguntó Bernhard. En la matiné se inauguraba también una exposición—. Son muy expresionistas. No son de mi gusto, pero de todos modos...

—¿Qué le pasa a esta mujer? —preguntó Phipps alterado, después de que Bernhard consiguiera llevarse a Maria y con ellos a Grietje—. ¿Cómo tiene la desfachatez de decirme a mí cómo he de tocar mis obras?

Nellie sonrió.

—Maria es muy precisa —explicó—. Para ella, desviarse de un plan es una atrocidad. En este sentido, también apartarse de las notas establecidas lo es. Esta es la causa de que Grietje haya aprendido tanto al piano. Maria nunca le ha dejado pasar un error. No lo hace con mala fe ni tampoco es insolente. No te quería criticar, sino saber las razones por las que no has interpretado fielmente la obra original. Desconoce la ironía. Y siempre dice la verdad.

—Desconoce también la contención —farfulló Phipps—. Realmente, te rodeas de gente bien extraña. ¿Cómo se desenvuelve una persona así en la vida real?

Nellie no respondió a la pregunta y cambió de tema. De lo contrario se habría visto obligada a admitir que Maria tendría bastantes problemas en el día a día sin la ayuda de personas amables. Gracias a su intervención y a la de Bernhard no sufría contratiempos. Phipps tal vez lo viera de otro modo. Nellie temía que él llegara a pronunciar la palabra «loca».

A principios de diciembre volvieron a llegar invitaciones para el baile de Navidad de la unión de criadores y propietarios de caballos de carreras. A Maria la invitaron con acompañante, a Nellie, por el contrario, expresamente con su marido. Entretanto se había extendido la noticia de su relación con Phipps, lo que se debía sobre todo a que él no la ocultaba. En el tiempo que llevaba en la ciudad, el músico se había ganado cierto renombre con su violín y, aunque la mayoría de las veces Nellie no tenía ni tiempo ni ganas de acompañarlo en sus actuaciones, él se llevaba a Grietje si el horario lo permitía. Entonces presentaba con orgullo a su hija y, por supuesto, respondía cuando le preguntaban por su madre. Naturalmente, estaba encantado de acompañar a Nellie al baile. Cuando se enteró, Walter se puso hecho una furia.

—¿Qué querías que hiciera? —se defendió Nellie—. Uno de nosotros tiene que ir. Alguien ha de representar la consulta, no podemos dejarle todo el campo libre a Neuner. Y Maria no quiere ir, ya sabes lo que ocurrió el año pasado. Bernhard tampoco puede entrar, no le han enviado invitación. Solo puede ir como acompañante. Así que me tengo que llevar a Phipps a la fuerza, aunque preferiría ir contigo.

—Entonces no te importará que yo, por mi cuenta, invite a la condesa —contestó Walter.

Nellie suspiró

—No te lo puedo impedir —dijo—. Pero, si la señora te lo permite, a lo mejor puedes bailar ni que sea una vez conmigo.

Walter hizo una mueca.

—Yo más bien tendré que pedir permiso a tu marido y no a la señora —protestó.

Nellie resopló.

—Todavía soy yo quien decide con quién bailo y con quién no —dijo resuelta.

Maria no asistió al baile, Bernhard la llevó a un pequeño y tranquilo restaurante de Kreuzberg en el que se preparaban unos magníficos platos vegetarianos. Llevaba el traje de fiesta del año anterior y esta vez, relajada y habiendo conseguido dibujar una sonrisa, todavía estaba más guapa. Cuando Bernhard se lo dijo, ella le dio las gracias.

—Cuando te halagan tienes que dar las gracias, ¿verdad? —preguntó cuando él la miró algo desconcertado.

Bernhard rio.

—En cualquier caso, siempre que te halaguen por una tarea bien realizada, por ejemplo. Si un hombre le dice a una mujer que la encuentra guapa, ella puede sonreír tímidamente y pestañear. O también puede decir que él tiene esa noche un aspecto muy elegante —añadió, cuando ella pareció sorprenderse.

Maria reflexionó un instante.

—Esta noche tienes muy buen aspecto —dijo—. Este traje te sienta a ti mucho mejor que a Walter.

Se asombró cuando Bernhard soltó una sonora carcajada.

—No es exactamente propio de la etiqueta mencionar que el acompañante ha pedido prestado el traje. Pero no pasa nada, Maria. No me siento ofendido.

Le sirvió complacido una copa de vino. Maria pidió un escalope que el cocinero del local confeccionaba con gírgolas. Bernhard hizo lo mismo.

—Por cierto, ese espantoso Adolf Hitler también es vegetariano —señaló cuando llegaron los entrantes, una selección de cremas vegetales para untar el pan—. ¿Cómo se puede amar solo a animales y odiar tanto a los seres humanos?

—Yo no odio a los seres humanos —dijo Maria—. Yo...

Bernhard la interrumpió asustado.

—No me refería a esto. Por el amor de Dios, Maria, yo ya sé

lo amable y servicial que eres cuando no malinterpretas lo que dice la gente. Tú…, ¡tú no puedes odiar!

Maria pensó.

—No —admitió—. Nunca he odiado a nadie.

«¿Y amado, Maria?». Bernhard tenía la pregunta en la punta de la lengua, pero no quiso arriesgarse a estropear la velada. Así que prefirió cambiar de tema.

—¿Qué ocurre con Nellie? —preguntó—. Va al baile con Phipps y Grietje está loca por su padre. ¿Crees que Nellie se marchará con él a Estados Unidos?

Maria negó con la cabeza.

—Antes de nada, Nellie quiere examinarse. Y luego casarse con Walter y mudarse a Hoppegarten —respondió—. Si no vuelven a pelearse. No ha dicho nada de que quiera irse a Estados Unidos.

Bernhard jugueteó con la servilleta.

—Maria… —empezó a decir—. Últimamente pienso mucho en Estados Unidos.

Maria frunció el ceño.

—¿Por qué tienes que pensar en Estados Unidos? Los Estados Unidos de América se extienden sobre una superficie de unos nueve millones ochocientos mil kilómetros cuadrados. Se trata de una unión de estados, es decir, de una república federal. En su origen, consistía en trece colonias británicas que declararon su independencia en 1776…

—Está bien Maria, me he expresado erróneamente —explicó Bernhard frotándose las sienes—. Quería decir que estoy pensando en emigrar a Estados Unidos. Que lo estoy tomando en consideración.

Maria lo miró extrañada.

—¿Por qué? —preguntó.

Bernhard tomó un sorbo de vino.

—¿No te lo imaginas? Soy judío y en Alemania no dejan que me olvide de ello. En el mitin del Partido Nazi de noviembre lo vi del todo claro. Por supuesto que ya lo sabía de antes, pero cuando oí a ese Hitler, sentí miedo...

—No puede hacerte nada —advirtió Maria—. Desde 1871, los judíos son iguales ante la ley. Eso no se puede cambiar.

Bernhard suspiró.

—Me temo que sí se puede. Pero incluso si las leyes no se cambian, aquí nos vemos enfrentados a una constante campaña de difamación y no paran de atacarnos. Incluso contra personas como yo que no practicamos la religión. En toda mi vida, yo solo he estado una o dos veces en una sinagoga, y con mi patrona. Mis padres vivían como los cristianos, hasta teníamos árbol de Navidad. Pero todo eso no cuenta. Yo soy una persona de segunda categoría y esto puede empeorar. Ese Hitler me da mala espina. A lo mejor es absurdo, pero me gustaría poner un océano entre él y yo. Y aún más entre nosotros dos y él.

Maria lo miró con atención. Intentaba comprender.

—¿He de marcharme contigo a Estados Unidos? —inquirió.

Bernhard asintió.

—Sí. Cuando llegue el momento, me gustaría preguntarte si tú..., si tú te marcharías conmigo. No puedes llevar tú sola la consulta. Y la situación... No nos engañemos. Os habéis abierto camino estupendamente durante el periodo de posguerra. Una consulta veterinaria en medio del distrito del ocio... era algo único. Pero a la larga es insostenible. Maria, podrías vender muy bien la casa y marcharte a otro sitio.

—¿A Hoppegarten? —preguntó Maria—. Eso..., eso estaría más cerca.

—Yo allí también sería un judío —dijo Bernhard—. No solo me interesa la consulta, Maria. Me preocupo mucho... por nosotros.

Maria reflexionó.

—Estoy muy bien contigo —declaró.

Bernhard sonrió feliz.

—Entonces deberías pensártelo —la animó—. Tal vez hablarlo con Nellie. ¿Quieres un postre? ¿O café?

La velada de Nellie no transcurrió de forma tan armoniosa. Se sentó al lado de Phipps, quien disfrutaba de la admiración de los propietarios de caballos. Todo el mundo se dirigía a él para hablarle de los conciertos a los que había asistido y de lo mucho que su música había fascinado también a sus amigos. Nadie prestaba atención a Nellie. Algunos le preguntaban si estaba orgullosa de su marido y le repetían lo feliz que debía de sentirse por haberlo recuperado. Al cabo de poco rato, ella empezó a aburrirse y también a enfadarse. La invitación estaba a su nombre y estaba allí como representante de la consulta. Sin embargo, se sentía como un apéndice de Phipps, lo que por lo visto era el destino de la mayoría de las mujeres casadas.

Además, cuando intentó escaparse un par de minutos para tomar algo de aire fresco, tuvo un encuentro, tan desagradable como era usual, con el doctor Neuner. El veterinario se acercó a ella y le dirigió una sonrisa fría.

—¡Ah, *mevrouw* De Groot! ¿Dónde está su preciado esposo! Realmente, debo disculparme. Nunca hubiese creído que existiese, de verdad, un marido legítimo. ¡Y además una personalidad tan deslumbrante! Al menos podemos alegrarnos de que una de ustedes retorne a un tipo de vida femenino. ¿Acompañará a su esposo a Estados Unidos y administrará su casa?

Nellie le clavó la mirada.

—Como siempre, está usted mal informado, doctor Neuner. No pienso de ninguna de las maneras emigrar, al menos no a Estados Unidos. Excepcionalmente, mi marido me ha acompañado esta noche, pero en realidad vamos a divorciarnos. En breve volveré a casarme y me mudaré con el señor Von Prednitz a Hoppegarten. Estoy planeando abrir allí una consulta para caballos. —Observó complacida que su competidor se quedaba con la boca abierta—. Ya ve, no necesita tomarse la molestia de seguir investigando para averiguar algo sobre mí y mis compañeros. Ninguno de nosotros guarda secretos, basta con que nos pregunte para que le demos la información que usted requiera. Y ahora, discúlpeme, mi todavía esposo debe de estar echándome de menos.

Nellie se marchó apresurada y muy satisfecha de su disputa verbal. Abrir una consulta de caballos en Hoppegarten asestaría un severo golpe profesional a Neuner. Hasta los más tradicionales preferirían a una veterinaria de la localidad que a un veterinario que vivía a kilómetros de distancia. De regreso a la mesa buscó con la mirada a Walter, al que solo había visto fugazmente mientras él pasaba bailando con su pareja, aunque eso era algo que no sucedía con demasiada frecuencia, ya que también la condesa Von Albrechts era el centro de atención. Se había ganado un gran círculo de conocidos en el mundillo de las carreras de caballos y justo los nuevos ricos que se encontraban entre los entusiastas de las competiciones querían saber acerca de los tiempos anteriores a la guerra y del periodo de esplendor bajo el gobierno del emperador. La condesa había frecuentado el hipódromo entonces e incluso se había sentado en el palco del emperador. Describió de forma muy colorida su etapa en la corte, aunque no ocultó que consideraba al emperador un hombre bastante bobalicón.

—Tampoco sabía montar decentemente —añadió al final, lo que al menos Walter podía confirmar. Había montado con él en las maniobras que el emperador había capitaneado y habría tenido mucho que contar al respecto si hubiese tomado la palabra. De hecho se aburría tanto como Nellie, pues ya había oído a menudo las historias de la condesa.

Por fin se animó a sacar a bailar a Nellie.

—¿Te gusta ser el centro de atención? —le preguntó después de que ella se levantara a toda prisa y se lanzara aliviada a sus brazos.

Nellie suspiró.

—Más bien me siento al lado del centro de atención —puntualizó, señalando a su marido—. Todo gira alrededor de Phipps. La gente no me hace ningún caso. Como esposa de un famoso, soy invisible. A estas alturas, ya no sé si casarse es una buena idea.

Walter rio y ejecutó una figura de baile en la que él giraba alrededor de ella.

—No creo que en esta vida yo llegue a ser famoso —opinó—. ¿Qué haremos en Navidades?

Debido a las desavenencias que habían existido entre ellos en los últimos tiempos, todavía no tenían ningún plan en común.

Nellie suspiró.

—Phipps planea celebrar una gran noche de Navidad a la americana. Allí no se apuesta por la contemplación, sino que se cuelgan guirnaldas y la gente se pone unos sombreritos raros y canta y baila. Grietje está loca por ir. En cualquier caso, ella va a casa de Phipps. Maria ni tan solo quiere árbol de Navidad. Últimamente está estudiando las costumbres judías y quiere celebrar Janucá, sea lo que esto sea. El mismo Bernhard no tiene una idea clara de lo que es. Pero la sigue, por supuesto, sin plantear preguntas.

—¿Están intimando? —inquirió Walter.

Nellie se encogió de hombros.

—No sé si así ella quiere hacerle un favor a él o si se trata de un intento por hallar un fundamento científico a la cuestión de por qué en general se aprecia tan poco a los judíos. Ya ha leído la Biblia...

—Y por supuesto puede pasar horas citándola. —Walter se echó a reír—. ¿Ha llegado a algún resultado?

Nellie se puso seria y recitó en tono cantarían:

—Bien, la impopularidad tiene que deberse a una falta de disposición a asimilar el entorno por parte de los judíos y a que se aferran estrictamente a unas costumbres que a otros pueblos les resultan extrañas, lo que refuerza la extendida xenofobia de las partes no judías de la población... Ya no recuerdo más. Pero seguro que puede aleccionarnos durante varias tardes.

—Bernhard debe de estar pendiente de todo lo que ella dice —supuso Walter—. A mí me seduce tan poco la fiesta de Phipps como la comida de Navidad de la condesa. ¿Qué tal si nos buscamos un hotel agradable y celebramos una de las primas de campeón de Erlkönig?

Nellie sonrió.

—Si Grietje no insiste en que vaya a casa de Phipps... Recientemente va deslizando alguna que otra indirecta. Otras mamás y papás hacen más cosas juntos que Phipps y yo...

—¿No sospecha que en realidad quieres separarte? —preguntó Walter, disponiéndose a acompañarla a su sitio. La pieza de baile había acabado y la condesa ya le lanzaba miradas enojadas.

Nellie se encogió de hombros.

—No parece que se lo esté creyendo. Al igual que Phipps. Todo está muy complicado...

Tanto Nellie como Walter se alegraron de poder marcharse por fin del baile.

—Qué noche tan maravillosa, ¿verdad? —preguntó Phipps después de pedir al conserje que les consiguiera un taxi—. Espero haber cumplido con mis habilidades para el baile. He oído decir que tu..., bueno..., que tu amigo trabajó como acompañante de baile en la posguerra. Naturalmente yo no llego a ese nivel...

—Bailas muy bien —respondió Nellie con toda sinceridad—. Habría deseado que me sacaras más veces a la pista. —En efecto, solo la había sacado a bailar en tres ocasiones.

Phipps levantó las manos en un gesto de disculpa.

—Estaba ocupado. La próxima lo haré, ¿vale? —Nellie no respondió—. ¿De verdad quieres volver a la Torstrasse? —preguntó Phipps, cuando subieron al taxi. Todavía no se había comprado el coche—. Ven a mi casa. Podríamos acabar la velada brindando con una copa de champán.

Nellie negó con la cabeza.

—No, gracias, ya he tomado mucho champán... —Se notaba algo mareada, a fin de cuentas, no había tenido gran cosa que hacer salvo darse a la bebida—. Y no puedo dejar solas a Maria, Lene y Grietje. Es sábado, los nacionalsocialistas vuelven a celebrar un mitin. En cualquier caso, la Friedrichstrasse está llena de gente de las SA que quiere experimentar algo nuevo. Como uno de ellos nos vuelva a tomar por un burdel de animales...

—¿Un qué? —preguntó horrorizado Phipps—. Tienes que irte de ahí, Nellie. Ese entorno... es inaceptable. También para la señorita Von Prednitz y Grietje. Os voy a sacar de ahí.

Nellie estaba demasiado cansada para empezar a discutir. Se alegró de cerrar la puerta tras de sí después de permitir que Phipps solo le besara la mejilla.

11

La romántica noche de Navidad de Nellie y Walter quedó en nada. Grietje reaccionó con unas sonoras protestas cuando su madre mencionó que tal vez la enviaría a ella sola a casa de Phipps.

—Mami, ahora somos familia. Y las familias pasan la Navidad juntas.

—Pero no invitan a veinte personas más —objetó Nellie, lo que Grietje desmintió con resolución.

—¡En América, sí! En América siempre se divierten en Navidad. ¡Tienes que venir, mami, tienes que venir!

No tan sonoramente, pero sí en el mismo tono determinante, la condesa exigió la presencia de Walter en su comida de Navidad, a la que según ella había invitado a la *crème de la crème* de la sociedad. Era imprescindible que presentara Walter a esa gente, podría promocionarle social y profesionalmente.

Así que Walter comió un pavo, que la condesa prefirió a un ordinario ganso, junto con miembros de la alta nobleza y representantes de la industria, al tiempo que Nellie contemplaba a su hija mientras esta bailaba alegremente alrededor de un abeto con otros niños procedentes de círculos artísticos y los adultos se dedicaban al ponche, así como a tontorrones jueguecitos de sociedad. Siguiendo también las costumbres americanas, Grietje recibió por la mañana del primer día de Navidad unos ostentosos regalos. El principal fue su propio gramófono y varios discos, pero también hubo una muñeca, juguetes y vestidos bonitos.

—Todo esto no nos lo podemos llevar de una sola vez a casa —indicó Nellie.

Phipps hizo un gesto de quitarle importancia.

—Una parte puede quedarse aquí, así podrá jugar cuando se quede conmigo —dijo, tendiéndole también un regalo a Nellie: un collar de brillantes.

—¿Cuándo voy a llevar yo esto?

Phipps tan solo se echó a reír.

—Ya habrá oportunidades.

Nellie le dio las gracias avergonzada. Solo tenía un detalle para él, un bonito marco para un cuadro que había pintado Grietje.

El regalo de Walter, un sencillo reloj de muñeca, no se podía comparar al de Phipps, por supuesto, pero Nellie se alegró mucho más de recibirlo. Los relojes de muñeca, precisamente los de mujer, se estaban imponiendo poco a poco en Alemania, y ella era ahora la primera de su grupo de conocidos que podía calificarse de propietaria de una de esas joyas tan prácticas. El reloj se convirtió en su inseparable acompañante.

En las semanas siguientes, Phipps trató con ahínco de ganarse los favores de Nellie. En el año nuevo le llegaron numerosas invitaciones de los círculos sociales más altos y siempre le pedía a ella que lo acompañase. Nellie aceptó un par de veces porque encontraba interesantes los actos, pero luego se arrepentía. Phipps se volvía posesivo. Siguió haciendo regalos caros tanto a Nellie como a Grietje y se llevó a esta última a los almacenes KaDeWe para tomar té. Cuando volvió a actuar en una matiné, su hija lo acompañó al piano con una obra sencilla. Naturalmente todos tuvieron que ir, porque Grietje estaba orgullosísima de su primera aparición en pubico. En esa ocasión, también Maria se contuvo y solo elogió a Grietje por haber tocado correctamente. La niña tomaba ahora clases con un profesional… en el piano de cola de la casa de Phipps. Este se había horrorizado al ver el piano de Grietje y había escuchado cómo sonaba cuando la niña tocaba en él.

—Es un milagro que esto no haya echado a perder su oído. ¿Cómo se puede enseñar a un niño en una cosa con un sonido tan metálico?

Maria había replicado que el instrumento estaba bien afinado. Siempre había dado mucha importancia a que así fuera. No obstante, Phipps se obstinó en que la clase de su hija se diera en su casa y contrató a un profesor estupendo que enseñaba en el conservatorio. Las clases de violín las daba él mismo.

—¿Qué sucederá cuando regrese a Estados Unidos? —preguntó Bernhard en febrero, expresando en voz alta los temores de Nellie—. No querrá renunciar a todo este lujo.

Walter se pronunció en un tono drástico.

—Te está distanciando de tu hija —advirtió.

Nellie contestó que Grietje no era la única de quien querían distanciarla. La condesa acaparaba de nuevo a Walter. En primavera se abriría la temporada de carreras y Erlkönig tenía que salir a la pista en la mejor forma posible. La condesa había pensado una terapia especial para tratar su único defecto: la tendencia a asustarse. Alquilaba boxes en distintos hipódromos de los alrededores de Berlín y llevaba allí el caballo para que fuera acostumbrándose a entornos extraños. Para Walter a veces eso significaba hacer largos recorridos y de vez en cuando la condesa le buscaba alojamiento cerca de Erlkönig por una o dos semanas. Ella misma pasaba al menos un fin de semana en Magdeburgo o Dresde, y siempre encontraba interesantes actividades culturales para cuya asistencia requería la compañía de Walter.

Naturalmente eso enturbiaba la relación de Nellie y Walter. Cada vez se lanzaban más reproches el uno al otro. Al final, el desencuentro llegó a su punto culminante cuando Nellie aprobó los exámenes finales y Phipps organizó una gran fiesta en el Adlon.

—No hay peros que valgan, tenemos que celebrarlo —decidió. Nellie se fundió cuando él le dirigió su tan familiar mirada de admiración—. Por fin eres veterinaria con diploma, licencia para ejercer... Tal vez te faltaría el doctorado, pero no hay nadie que pueda quitarte tu puesto como profesional. Estoy muy orgulloso de ti, Nellie. Ha sido un largo camino y confieso que al principio lo vi como una locura. Ahora... Eres la protagonista del día y lo vamos a celebrar como es debido.

Phipps no fue tacaño e invitó tanto a Maria y Bernhard como a Lene y Walter. Esto último alegró especialmente a Nellie, quien explotó cuando su amado rechazó la invitación.

—¿Qué es lo que tienes? ¿Una carrera en Leipzig? ¿Digamos que una carrera previa a la temporada de primavera para que los caballos vuelvan a ponerse en movimiento? Eso no tiene la menor importancia. ¡Cancélala, Walter! Este es mi día. Vamos a celebrar que lo he conseguido. Soy veterinaria, Walter, pese a todas las dificultades. Y en esa fiesta quiero que estés a mi lado.

Walter se frotó la frente.

—No puedo, Nellie, Erlkönig ya está registrado. Y tú..., tú siempre has sido veterinaria. Desde que te conozco. Nadie ha dudado de que aprobarías los exámenes. Mira, Nellie, lo celebraremos después. Nosotros dos solos. Sin tu Phipps, a quien la fiesta le servirá solo para autopromocionarse.

—No puedo retirarle la invitación ahora que lo ha pagado todo —dijo mordaz—. Y quiero celebrarlo con todos vosotros. Con todos los que me han ayudado. Maria, Bernhard, Lene, Grietje..., incluso puedo invitar a un par de dueños de nuestros pacientes. Había pensado en esos dos chicos tan simpáticos con los doguillos. Y en Luise Manzinger. Aunque su marido sea un criminal, ella es muy buena con su caniche. También a la señora Meyer con su perro salchicha y a esa actriz con sus gatos amaestrados... Seguro que nos divertiremos, Walter. Pero, sin ti, para mí será la mitad de bonito.

Walter suspiró, pero negó con la cabeza.

—Me resulta imposible, Nellie, así de simple. Y también habríais podido preguntar antes de fijar la fecha...

—¿Te refieres a que tengo que compaginar mis citas con las de la condesa? —preguntó indignada Nellie—. No, Walter, tendrás que volver a decidir quién es más importante para ti. Te espero. Si..., si no vienes, entonces sabré de qué va todo esto.

Walter no asistió a la fiesta de Nellie, pero a pesar de ello fue una noche maravillosa. Phipps se sentó entre ella y Grietje, que estaba emocionada, y se mostró tan complaciente con una como con otra. Saludó a los invitados con un pequeño y divertido discurso en el que se refirió a los comienzos de Nellie en Utrecht, a su propia carrera en la que Nellie tan diligentemente lo había apoyado y en la consulta que tenían juntos en Ledegem. También se refirió de forma breve a la labor de ella en la guerra y, para terminar, a su separación después de que ambos emprendieran caminos diferentes.

—Hoy podemos celebrar que nuestros sueños se han hecho realidad. Y que el destino nos ha vuelto a unir. Estoy infinitamente orgulloso de mi doctora Nellie. ¡Así que alcemos la copa por ella y nuestra maravillosa hija! —Brindó con Nellie y Grietje y parecía tan contento y sinceramente impresionado que Nellie no se tomó a mal lo de «mi doctora Nellie». Más tarde ya volvería a ello, pero ahora le daba igual. Estaba tan enfadada con Walter que decidió que esa noche no desanimaría a Phipps. Bebería con él y bailaría con él tal como seguramente estaría haciendo Walter esa noche con la condesa.

Los invitados sorprendieron a Nellie con pequeños obsequios, uno de los magos sacó un doguillo de porcelana de su sombrero.

—Vigilará su consulta —dijo riendo—. Sin importar dónde se encuentre, si en Estados Unidos, en Hoppegarten o en Berlín.

Luise Manzinger había mandado hacer un retrato de su caniche y también esperaba que este ocupara un puesto de honor en la consulta de Nellie, y la anciana, que con su perrito salchicha enfermo de los riñones y ya muy viejo les era fiel desde hacía años, le llevó un álbum de visitantes adornado con flores secas.

—Lo puede dejar en la consulta y que cada uno escriba lo contento que está con usted.

Nellie dio conmovida las gracias a todos y se emocionó de verdad cuando hasta Maria, que tanto horror tenía a que la tocaran, la abrazó con orgullo.

—Sin ti yo nunca lo habría conseguido —le susurró

Bernhard habló largo tiempo con Phipps sobre Estados Unidos y sobre su idea de emigrar allí. El violinista se tomó tiempo para contestar a sus preguntas, aunque no conocía a fondo las disposiciones de la inmigración.

—Yo llegué justo después de la guerra. Todos estaban eufóricos, nadie te pedía papeles. En cualquier caso, no a nosotros los músicos. De todos modos, en los primeros años yo no tenía ningún contrato fijo en ningún sitio. A nadie le preocupaba de dónde venía ni a dónde iba. Más tarde, cuando me contrató Juilliard en Nueva York, tuve que legalizar mi situación, por supuesto, pero me ayudó la escuela. Tiene usted que informarse en otro lugar sobre las ayudas estatales o de otro tipo a inmigrantes. Yo solo puedo decirle que nadie le mirará mal por que sea de origen judío. Y pienso que no será difícil encontrar un trabajo de veterinario. De todos modos, tendrá que hacer un par de pruebas. Si quiere emigrar a Estados Unidos, debería empezar ya ahora a aprender inglés.

Bernhard asintió con sentimiento de culpabilidad porque todavía no había empezado a hacerlo. Seguro que no aprendería inglés tan deprisa como Phipps había aprendido el alemán. Al músico, con su oído absoluto, le había resultado fácil, casi no tenía acento.

—¿No hablas tú un poco de inglés? —preguntó a Maria.

Ella lo negó.

—No lo hablo en absoluto —precisó ella—. Solo lo puedo leer bien y entenderlo.

Algunos de los libros que había estudiado para conocer mejor a los animales del zoo estaban escritos en esa lengua extranjera y para Maria era fácil aprender los vocablos y la gramática.

—Entonces pronto podrás hablarlo —le aseguró Bernhard.

No había vuelto a preguntarle si había reflexionado acerca de emigrar.

—Tenemos próximamente un encargo en Nueva York —explicó uno de los magos para sorpresa de todos—. Espero que los doguillos no se mareen en el barco. Pero es probable que solo tengan que sobrevivir al viaje de ida. Estamos pensando en quedarnos allí. Aquí... no solo se mira mal a los judíos.

Después de que Berlín se convirtiera tras la contienda en un paraíso para mujeres y hombres que amaban a personas de su mismo sexo, la situación estaba empeorando en los últimos años. Aunque no se acusaba a las mujeres, sí se castigaban las relaciones sexuales entre hombres. Por eso los dos magos intentaban pasar inadvertidos, aunque sin demasiado éxito.

—Ya sabemos un poco de inglés —dijo el otro—. Aunque preferimos un francés.

Antes de sus aventuras en los salvajes tiempos de la posguerra, Nellie no habría entendido la broma. Maria miró a Bernhard algo perpleja cuando todos se rieron.

—Te lo explico más tarde —prometió él—. O... mejor se lo preguntas a Nellie.

La homenajeada disfrutó de su fiesta y se dejó llevar de buen grado entre los brazos de Phipps mientras bailaban.

—¿Te quedarás hoy en mi casa? —volvió a preguntarle él.

Nellie todavía estaba lo suficientemente sobria para rechazar la invitación.

—Tengo que llevar a Grietje a casa. ¿Qué iba a pensar? Y además... Nada ha cambiado, Phipps...

Este sonrió.

—Yo creo que algo sí ha cambiado —dijo, la rodeó al instante con sus brazos y la besó.

Nellie se sorprendió a sí misma devolviéndole el beso. Siempre le había gustado besar a Phipps. Si bien los sentimientos realmente importantes no estaban presentes, al menos no tenía que preguntarse si antes había besado los marchitos labios de la condesa. Nellie recordó el aula de la universidad de Utrecht en la que se besaron por primera vez y todavía sonreía cuando subió al taxi con Maria y Bernhard.

Al día siguiente, Nellie despertó bien descansada y cuando Walter apareció por la tarde para disculparse, ella ya hacía tiempo que se había ido a pasear con Grietje y Phipps por el Wannsee.

—¿Ya no quieres casarte con Nellie? —preguntó Maria—. Ha dicho algo de tomar una decisión.

Walter resopló.

—Pues claro que quiero casarme con ella. Intento encontrar otros caballos de carreras como Erlkönig para independizarme de la condesa. Pero me temo que Nellie tiene razón. Opina que la condesa mantiene contactos para que no me contraten otros propietarios. Por eso me peleé ayer con ella. La condesa lo negó todo.

—A lo mejor puedes intentarlo en otros hipódromos —sugirió Bernhard, quien siempre pasaba más tiempo en la Torstrasse que en su triste habitación—. En Alemania hay otros sitios además de Hoppegarten.

Walter puso una mueca.

—También lo había pensado. Pero desde un punto de vista realista, no tengo ningún futuro como jockey. Soy demasiado alto, demasiado corpulento. A gente como Ludwig o como yo nos dejarán correr un par de años más, pero luego... Los jovencitos que ahora se forman con el fin de competir cada vez nos derrotarán con mayor frecuencia. Sería mejor trabajar de profesor de equitación o de preparador para caballos de torneos. Por cierto, los jockeys americanos dicen que estos están muy buscados en Estados Unidos. Y los formadores alemanes tienen buena fama...

—¿Tú también quieres emigrar? —preguntó Bernhard.

—En efecto, estoy pensando en ello —contestó Walter—. Por ahora solo me falta el dinero. Todavía necesito un par de meses más con Erlkönig, y sin la condesa no los tengo.

Bernhard lo miró con seriedad.

—Yo en tu lugar me lo pensaría bien —le aconsejó—. La paciencia de Nellie tiene un límite. Phipps quiere que vuelva con él y tiene algo que ofrecerle. Así que despídete de la condesa, incluso si eso significa un retroceso profesional. Y lo mejor es que lo hagas cuanto antes.

Walter se dispuso a marcharse cuando vio que Nellie y Grietje no habían vuelto a la hora de cenar.

—Es posible que cenen en algún lugar a la luz de las velas —bromeó Bernhard al despedirse. No parecía que él fuera a marcharse, sino que ayudaba a Maria a preparar el local para las horas de consulta del lunes siguiente—. O están en alguno de los restaurantes temáticos de Haus Vaterland. Hay uno con indios y vaqueros, ahí Nellie ya puede soñar que está en Estados Unidos. Y Grietje ya hace tiempo que tiene claro que se va con su padre a América. Así que no esperes demasiado tiempo, Walter. Ayer Nellie estuvo a punto de...

—Lo besó —dijo Maria.

Walter se la quedó mirando como si le hubiese propinado un puñetazo.

—¿En la boca? —preguntó con voz ronca.

—Sí —confirmó su hermana—. Con la boca... abierta.

Walter se enderezó.

—Hoy mismo iré a ver a la condesa —decidió—. Ya podéis decirle a Nellie que..., que esta vez va en serio. Me niego rotundamente a perderla.

12

Walter experimentaba una desagradable sensación cuando cogió el tranvía en dirección a Zehlendorf, donde residía Sieglinde von Albrechts. Permaneció largo rato delante de la entrada de la casa señorial sin atreverse a llamar, con la esperanza de que la condesa todavía no se hubiese acostado.

La señora Gertrude, el ama de llaves, abrió.

—¿Teniente? —dijo el ama de llaves, extrañada—. ¿Qué le trae por aquí? La condesa no ha dicho que vendría. De lo contrario habría preparado algo...

—No pasa nada, señora Gertrude —respondió Walter—. He venido porque... Tengo que conversar con la condesa sobre un tema que no permite dilación. ¿Todavía está despierta?

La señora Gertrude rio.

—Por supuesto —contestó—. Está en el salón tomándose su jerez. Quítese el abrigo, por favor, voy a anunciar su visita.

Walter se desprendió del abrigo, que de todos modos era innecesario en ese suave atardecer de primavera precoz. En dos semanas empezaba la temporada en Hoppegarten y Erlkönig participaba en una carrera muy bien remunerada.

La señora Gertrude no le hizo esperar.

—La condesa está sorprendida pero contenta por su visita —dijo—. Vaya usted mismo al salón, lo está esperando.

En la habitación sonaba una suave melodía, Walter reconoció la ópera *Turandot*. La condesa estaba sentada muy derecha en su sillón preferido, con una copa de jerez y la botella correspondiente sobre una delicada mesita Luis XIV a su lado. Ya se había puesto una bata de seda, pero no se había desmaquillado. Su peinado también estaba impecable.

—¡Mi querido señor Von Prednitz! —lo saludó, tendiéndole la mano para que se la besara—. Qué sorpresa tan inusual. Espero que no se trate de una mala noticia lo que lo trae aquí. ¿Está bien el caballo?

Walter asintió.

—Erlkönig está bien —contestó—. Pero yo... Condesa me temo..., me temo que ya no voy a poder montarlo.

La condesa sonrió.

—¿Qué ha pasado? —preguntó—. No veo ninguna afectación física. ¿Se ha hecho daño?

Walter negó con la cabeza.

—No. Al menos no físicamente. Anímicamente estoy muy..., muy agitado. Condesa, usted sabe que mi prometida... desaprueba nuestra relación...

La sonrisa de la mujer se convirtió en su característica risotada mordaz.

—¿Su prometida? —se burló—. ¿Cornelia de Groot? Pero, si no he entendido mal, hace tiempo que está casada. Con ese emocionante y apuesto violinista de Estados Unidos. ¿De verdad ha pensado que va a divorciarse por usted?

—Así lo hemos hablado —respondió Walter dignamente—. Tenemos planes muy concretos. Aunque por lo visto su esposo también la está cortejando ahora. Quiere recuperarla y yo tengo que luchar por ella. Y la primera víctima de esta lucha es nuestra relación laboral. Espero poder montar otros caballos durante algún tiempo y le pido que no me ponga obstáculos en el camino. Tengo que ganar dinero para... Quiero marcharme de Alemania con Nellie, condesa, aquí apenas tengo perspectivas como profesional. Y también me da algo de miedo la situación política del país. En la actualidad, los nacionalsocialistas parecen estar por todas partes. Su influencia cada vez es mayor y es posible que ese Hitler gane en las próximas elecciones. Y Maria y Bernhard...

La condesa volvió a reír. Una risa burbujeante pero no alegre.

—Así que ahora no solo quiere emigrar con su gran amor, sino también con su hermana y su... ¿cuñado? Y en lo que respecta a los caballos de carreras... ¿Cree usted que le ayuda a adquirir clientes tratar con judíos? ¿Y qué sucede además con la reputación de su hermana? Cuando empiece a extenderse por el hipódromo la noticia de que está con un judío...

—Bernhard Lemberger trabaja en la clínica de Nellie y Maria —intentó corregir Walter—. No estamos hablando de una relación sentimental entre él y mi hermana.

La condesa tomó un sorbo de jerez.

—Pero se podría hablar —observó—. Bastaría una palabra mía... Por cierto, ¿le apetece una copa?

Walter no respondió a la pregunta.

—No me presione, condesa —dijo con determinación—. Si Maria pierde su trabajo de veterinaria del hipódromo, mala suerte. Estoy decidido. Quiero a Nellie de Groot, cueste lo que cueste. Aquí o en cualquier otro lugar del mundo. Ya nos apañaremos. Un hombre sano siempre encuentra algún trabajo. Lo siento, condesa... Sieglinde... —Por primera vez la llamó por su nombre de pila.

—¿Realmente le gusto? —preguntó—. ¿O le he gustado alguna vez?

Walter no sabía qué contestar. Tuvo que reflexionar cuál era la verdad. Al final halló una solución.

—He disfrutado mucho de su compañía —explicó—. De su inteligencia, su sentido del humor, incluso de sus maldades cuando yo no era su víctima. La he... respetado y todavía lo hago. A pesar de todo.

—¿Aunque haya pagado por su compañía? ¿Aunque lo haya

utilizado para volver a sentirme joven? —Lo escudriñó con la mirada—. ¿Aunque era usted una ficha que yo movía en el tablero de juego a voluntad? ¿Nunca le molestó eso?

—Usted nunca me obligó a hacer nada —respondió Walter con orgullo—. Yo mismo decidía hasta dónde dejarle llegar. Nunca le he pertenecido. Nunca fui una ficha de su juego.

En los ojos de la condesa asomó un centelleo.

—Ah, ¿no? —preguntó burlona—. ¿Se refiere a que fue usted quien siempre tuvo las riendas en su mano? ¿Se refiere a que fue usted quien jugó conmigo y no al revés? Entonces tal vez deberíamos acercarnos un poco más al límite. Atienda, mi pequeño teniente: ¿qué ocurriría si Erlkönig fuera suyo? ¿Si se quedara usted con todas sus primas de campeón?

Walter suspiró.

—Entonces no tardaría en sanearse mi economía —respondió—. Pero no puedo comprarlo.

La condesa sonrió con su sonrisa de tiburón.

—Oh, no está a la venta. Tan poco como... tú, mi pequeño teniente, algo de lo que pareces estar plenamente convencido. Pero te lo podría regalar si estuvieras dispuesto a dejarme llevar las riendas a mí. Del todo. Por una sola noche. ¿Qué te parecería, amigo mío?

Walter la miró al principio desconcertado. Luego empezó a entender.

—Puedes pensártelo bien, mi pequeño teniente —dijo la condesa—. ¿Cuándo empieza la primera carrera? ¿El domingo de la semana que viene? Entonces podrías embolsarte la prima. Ya sabes que es una pequeña fortuna... Para ti, grande...

La victoria en la primera gran carrera de la temporada estaba dotada con cuarenta y cinco mil marcos del imperio. Y apostar por Erlkönig también supondría mucho dinero si ganaba. Todavía no había ningún otro favorito, pues era el comienzo de la temporada y nadie sabía cómo habían evolucionado los caballos durante el invierno.

Walter se mordisqueó el labio. Era una propuesta muy tentadora, pero pudo más la indignación.

—¿Cómo..., cómo puede hacerme una oferta así? —preguntó sofocado—. ¿Cómo puede creer, cómo puede considerar ni por un segundo que yo vaya a admitir algo así? Condesa, es tal como yo he dicho. Al final de este mes acaba nuestro compromiso. A partir de entonces no volveré a entrenar a Erlkönig ni a presentarlo en las carreras. Y a usted, condesa, no volveré a verla. Permítame ahora que me despida.

La condesa sonrió y esta vez los rasgos de su rostro casi se suavizaron.

—Reflexiona al respecto, mi pequeño teniente —dijo—. Puedes cambiar de opinión cuando quieras. Y ahora, *au revoir!*

—¡Adiós! —respondió Walter, giró sobre sus talones y salió de la habitación.

Pasó junto a una sorprendida señora Gertrude hacia el exterior, encendido de rabia y vergüenza..., pero también de miedo ante lo que podía esperarle. Durante horas estuvo vagando sin meta fija por la ciudad hasta que por fin se tranquilizó.

Bien, Nellie tenía razón, la condesa había estado jugando con él, no era tan inofensiva como había pensado. Pero ahora ya se había acabado. Debía buscar otro empleo, aunque ganara menos dinero. De algún modo lo conseguiría.

Por la mañana, después del trabajo, lo primero que haría sería ir a casa de Nellie y contarle lo ocurrido. Ya no le guardaría rencor y tendría que dejar de considerar si se iba con Phipps a Estados Unidos.

Walter tomó el último tren a Hoppegarten. En el futuro ya no podría permitirse pagarse un carruaje. Pero se sentía liberado.

A la mañana siguiente, como solía ocurrir a comienzos de la semana, la sala de espera de la clínica veterinaria estaba llena. Nellie y Maria recibían a los pacientes y sus dueños, mientras

Bernhard se ocupaba de los animales que habían acogido durante unos días, se encargaba de los análisis de sangre y repartía medicamentos. Todo apuntaba a un día normal y tranquilo, pero cuando Maria se despedía de su primer paciente e iba a invitar a entrar al siguiente, apareció un hombrecillo regordete con uniforme de policía.

—¿Maria von Prednitz? —preguntó en tono profesional.

Maria asintió extrañada.

—En…, ¿en qué puedo ayudarlo? —preguntó.

El agente se echó a reír.

—A mí usted no puede ayudarme —respondió con un fuerte acento berlinés—. Firme este papel. Y luego preséntese puntual o de lo contrario no seré tan amable la próxima vez que venga aquí. —Tendió a Maria una hoja de papel.

—Pase primero. —Nellie acababa de atender a un paciente y enseguida se dio cuenta de que Maria se hallaba en una situación para la que no estaba preparada. Y fuera lo que fuese lo que ese hombre quería, no debía tratarse en medio de la sala de espera.

—¿Qué es esto? —preguntó Nellie, mientras Maria se quedaba mirando el papel.

—Una citación —explicó el policía—. La señorita Maria von Prednitz está acusada de haber cometido un delito y el comisario Langhage quiere interrogarla. Seguramente también querrá interrogarla a usted, ya que las dos trabajan en estrecha colaboración.

—¿Qué se supone que ha hecho la doctora Von Prednitz? —Bernhard salió del fondo de la consulta—. Debe tratarse de un error.

El policía se encogió de hombros.

—Eso lo tienen que preguntar en comisaría —contestó—. Es sobre un aborto. Parágrafo 218. Al parecer lo hizo. ¿Me firma ya la hoja, señorita doctora? Así la dejo seguir trabajando.

Maria estaba pálida como un cadáver al firmar la citación.

La esperaban el lunes siguiente a las diez en la comisaría. El comisario Langhage. Nellie se preguntó de qué le sonaba ese nombre.

Los tres veterinarios se quedaron en silencio cuando el agente se hubo alejado.

—¡Volvemos enseguida! —dijo Nellie, dirigiéndose a los clientes que esperaban.

—Habéis... ¿practicado abortos? —preguntó Bernhard atónito.

Nellie negó con la cabeza.

—¡Qué va! —aseguró—. Podemos explicarlo todo. Pero ahora debemos hacer nuestro trabajo y atender a esta gente. De lo contrario, se imaginarán cualquier cosa y en un par de horas seremos el tema de conversación de toda la ciudad. Tú ve al fondo, Maria; Bernhard se queda aquí. Ya hablaremos cuando hayamos terminado el horario de consulta.

Nellie se recobró e incluso respondió a preguntas curiosas como «¿Qué quería ese agente de policía?» con una sonrisa.

—Bah, se trata de la patrulla de perros protectores —mintió sin remordimiento—. Vamos a encargarnos de la asistencia médica. Pero eso va unido a miles de formalidades... Que si ahora hay que firmar esto, verificar lo otro... Papeleo, ya sabe a qué me refiero...

Cuando hubo examinado al último animal, un perro pastor alemán, recordó por qué le sonaba el nombre del comisario. El recuerdo no auguraba nada bueno.

Bernhard, que había cerrado la consulta, apareció con Walter.

—Estaba esperando en la puerta —explicó—. Y quiere hablar contigo, Nellie.

Walter la miró suplicante.

—Nellie, tenemos que hablar. Quiero aclarar un tema. Y pedirte perdón. Yo...

—Walter, ahora mismo nos enfrentamos a un problema más

serio que el de tu conflictiva condesa. Sube con nosotros, ya te disculparás después. Y deja de toquetearlo todo, Maria, ya pondrás en orden los instrumentos más tarde. Ahora nos vamos arriba y hablamos de la citación.

Poco después se reunían todos en la cocina. Tenían toda la casa para ellos, pues Lene había ido a recoger a Grietje a la escuela y luego la llevaba a casa de Phipps para la clase de piano. Nellie preparó el té y los demás se quedaron mirando la citación que descansaba en el centro de la mesa. Era como si nadie se atreviera a cogerla. Al final, lo hizo Walter, que no sabía de qué se trataba.

—¿Realmente lo hicisteis? —preguntó después de leer por encima el escrito.

Nellie se encogió de hombros.

—Yo, nunca. Pero hice una..., bueno..., demostración, aunque sin tocar a la mujer. Maria sí. Sucedió que había chicas que tras un raspado chapucero venían a la consulta. La primera estaba prácticamente muriéndose. A Maria no le quedó más remedio que terminar el trabajo de la abortista. Ya sabes que es una buena cirujana, yo no habría sido capaz. La anatomía de los seres humanos se diferencia sustancialmente de la de los perros o los gatos. Pero Maria, con su fantástica habilidad para las asociaciones, no dudó. Y sin ningún remordimiento. El feto ya hacía tiempo que había muerto cuando las dos mujeres llegaron. Si se la puede acusar de algo... tendría que demostrarlo primero, claro.

—Y una vez... —susurró Maria—. Ya sabes, aquella chica tan joven...

—A ella le recetaste una infusión —le indicó Nellie—. Para provocarle la menstruación. Las hierbas se compran libremente. Nadie sabe si se perdió un embrión. ¡Ni se te ocurra confesar algo!

—Hace mucho tiempo de eso —musitó Maria—. ¿Cómo es que lo descubren ahora?

Nellie suspiró.

—Vaya, ¿quién te crees que anda rebuscando en nuestro pasado desde hace años? Solo hay una persona que entre en cuestión. Y entretanto me he acordado de qué conozco a ese Langhage. ¿No te acuerdas, Maria? ¿El verano pasado? ¿El cachorro de perro pastor que se nos murió?

—Harro, el perro pastor alemán, de cuatro meses, nos lo entregaron en un estado lamentable, espasmos, diarreas, severa pérdida de peso. Sospecha de moquillo que enseguida se confirmó. Cuatro días de tratamiento con... —Maria se sabía de memoria los datos del paciente.

—Basta, Maria, basta con decir que no conseguimos curarlo. El moquillo es una enfermedad peligrosa y cuando nos traen a un animal en un estado tan deplorable apenas hay oportunidad de salvarlo. El dueño, el señor Langhage, se justificó diciendo que había querido llevar el perro al doctor Neuner, pero este estaba de vacaciones. Cuando el animal ya se estaba muriendo, cambió de parecer y enseguida se confirmó su opinión de que las mujeres veterinarias no logran hacer nada bien. Como los judíos. Creo que no conociste a ese señor, Bernhard. Si no, te acordarías de él...

Maria todavía había empalidecido más si eso era posible.

—¿No quieren suprimir el parágrafo relativo a la interrupción del embarazo? —preguntó en voz baja.

—Se suavizó un poco en 1926 —dijo Nellie mientras servía el té—. Pero se refería sobre todo a las mujeres que habían quedado embarazadas sin desearlo, no a la gente que practica el aborto. Quien lo hace profesionalmente puede ir a la cárcel.

Maria tembló.

Bernhard se levantó y empezó a pasear inquieto arriba y abajo de la habitación.

—Maria no puede ir a la cárcel —dijo—. No..., no lo soportaría. Compartir la celda con mujeres chillonas y extrañas, estar encerrada..., el ruido que reina en esas instituciones... —En el rostro de Bernhard se reflejaban los sentimientos que Maria no podía expresar.

Nellie dibujó una media sonrisa.

—La has «rozado» —constató.

Bernhard la miró con aire impotente.

—Tenemos que hacer algo —dijo—. ¡Si esa comparecencia repercute mal en ella, tendremos que huir! —Cuando todos callaron, se volvió a Maria—. Ya te lo pregunté en una ocasión, Maria. ¿Vendrías conmigo a Estados Unidos si encuentro la forma de hacerlo posible? Quería dejarte todo el tiempo del mundo, pero ahora es urgente...

Maria lo miró, como casi siempre sin expresión, pero su palidez era significativa y en sus ojos destelleaban unas lágrimas.

—Siento miedo. De Estados Unidos y todavía más de la cárcel. Bernhard tiene razón. No puedo..., bueno... —Había cerrado los puños y apenas le salía la voz.

—Entonces seréis los primeros en enteraros de cuáles son las condiciones previas que deben cumplirse para emigrar —dijo Nellie—. Qué documentos hay que llevar, cuánto cuesta... y cuándo se marcha el primer barco. Todavía no sé cómo vamos a conseguir el dinero. En cualquier caso, tenemos que estar preparados. Aunque Maria sea inocente, ese comisario seguro que no está a nuestro favor.

Walter carraspeó.

—Yo puedo conseguir el dinero —dijo en voz baja—. No me preguntéis cómo, pero lo conseguiré. Lo aceptaríais, ¿verdad?

Bernhard asintió.

—Te lo devolveremos un día —le prometió.

Maria miró a su hermano. Le temblaban los labios.

—Pero no podemos irnos solos —susurró—. Tenéis que venir con nosotros, Nellie y tú...

Ella consultó el reloj de pulsera. Ya era hora de abrir la consulta de la tarde.

—Una cosa después de la otra —dijo, poniéndose en pie—.

Ahora debemos conservar la serenidad delante de todos. Primero, se trata solo de una comparecencia y nadie puede aportar pruebas, de lo contrario no habrían llegado con una citación sino con una orden de detención. Así que preparémonos para lo peor, pero consideremos ahora lo mejor. También tenemos que hablar con Lene... Y ahora a la consulta, Maria y Bernhard... Y tú, Walter..., sé que quieres lo mejor para todos nosotros. Y tal vez seas tú el único que puede reunir el dinero. Es posible que tengas información interna sobre las carreras, ¿no? No me gusta apostar. Pero si tengo que hacerlo...

Walter la miró a los ojos.

—Te amo —dijo—. Sea lo que sea lo que haga, te amo. ¿Me crees? ¿Todavía quieres estar conmigo?

Nellie le pasó los brazos alrededor del cuello.

—Contigo y solo contigo —le aseguró—. Aunque todavía no sé cómo explicárselo a Grietje. Pero eso ahora no tiene importancia. Primero tendremos que sortear el peligro que amenaza a Maria.

Walter sabía que no podía posponer más tiempo pasar ese mal trago. Sin embargo, no conseguía visitar personalmente a la condesa. En lugar de ello, le escribió una carta que depositó en su buzón.

Dos días más tarde encontró la respuesta en el box de Erlkönig. «El próximo domingo será nuestro. Estoy contenta de que hayas reflexionado. Te espero a las seis en mi casa».

Walter se guardó la carta y acarició la lisa y negra frente del semental.

—Luego serás mío —dijo con dulzura—. Me alegro. Al menos tú nunca has jugado conmigo.

La partida

Alemania – Berlín

1929

1

Walter se vistió con esmero para la velada con la condesa. Encontró adecuado el esmoquin que ella le había regalado hacía un tiempo y vio confirmada su elección cuando constató que también ella se había puesto un vestido de noche. El vestido ceñido acentuaba su silueta, todavía muy hermosa. El profundo escote de la espalda estaba revestido de encajes para que se vislumbrara la piel, pero no las manchas ni las arrugas de la edad. Era un vestido verde oscuro que realzaba el color de sus ojos. Walter pensó en una serpiente, pero una serpiente magnífica. La falda estaba adornada con lentejuelas doradas y el dobladillo anterior no llegaba hasta la pantorrilla como dictaba la moda, sino hasta los tobillos. La condesa no enseñaba nada que fuera poco favorecedor. Por detrás, el vestido terminaba en una cola.

—Tiene usted un aspecto magnífico, Sieglinde —dijo Walter.

La condesa sonrió halagada.

—Puedo devolverle el cumplido, Walter. Pero vayámonos ahora, el chófer está esperando. ¿Qué opina de empezar nuestra gran noche en el Adlon?

Walter consideró que era agradable que ella volviese al usted. Eso no le impediría que exigiera de él que satisficiera todos sus deseos, pero siempre había tenido por muy razonable la costumbre francesa de que también los miembros de un matrimonio que no se veían unidos por un gran amor sino por un objetivo se hablaran de usted.

—Una visita al Adlon siempre vale la pena —respondió, aunque si él hubiera podido escoger habría propuesto otro restaurante. Philipp de Groot acudía al Adlon, además de muchos conocidos del hipódromo, por supuesto.

Mientras la condesa disfrutaba pidiendo un plato tras otro y dejándose servir los vinos más selectos, él miraba intranquilo a su alrededor intentando pasar lo más desapercibido posible. No quería ni pensar en que el marido de Nellie apareciera y lo viera cenando con la condesa. O todavía peor, que se presentase con Nellie o con Grietje para reunirse con algún grupo.

La cena por fin terminó. La condesa pidió fuego y se fumó un cigarrillo acompañado de una copa de coñac y unos bombones.

—¿Y ahora, Walter? —preguntó—. ¿Qué le apetece hacer? ¿Tal vez ir a Charlottenburg? ¿A un alegre cabaret? A mí también me gustaría ir a bailar... Oh, sí, vayamos a Haus Vaterland... Daremos una pequeña vuelta al mundo juntos. Antes me gustaba mucho viajar, sabe..., con la corte... —Casi se la veía soñadora.

Habían abierto Haus Vaterland el año anterior y sus visitantes podían disfrutar de un buen número de restaurantes temáticos. Había una *osteria* italiana, un café turco, un bar del Salvaje Oeste y una tetería japonesa. En la Palmensaal, la sala de las palmeras, tocaba una orquesta de baile y, por descontado, se servía champán. La condesa ingresó de la mano de Walter en esa sala concienzudamente diseñada, reservó un palco para los descansos y se mostró tan encantadora y natural como Walter nunca la había visto. Parecía realmente rejuvenecida, se reía mucho y no podía parar de bailar. Walter respiró aliviado al no cruzarse con ningún conocido y fue relajándose a medida que transcurría la noche. Sonreía y brindaba con ella, la halagaba; si no fuera porque se acercaba la noche en que él le pertenecería totalmente, habría disfrutado de la velada.

Poco antes de medianoche ella sugirió concluir el baile con un café moca en el café turco. No parecía percatarse del ambiente algo sofocante que reinaba allí. Contempló a las bailarinas del vientre que actuaban y pidió que le llevaran un narguile para probar la pipa de agua.

—Nunca hubiera pensado que existiera algo que yo todavía no había hecho —observó, mientras aspiraba profundamente el tabaco—. También esto da singularidad a esta noche. ¿Nos vamos ya, Walter? ¿Me acompaña a casa?

Walter asintió y volvió a sentir un nudo en el estómago. La condesa estaba encantadora y tenía un aspecto estupendo para su edad, pero no la deseaba. Tendría que fingir ante ella si debían compartir lecho, y de ese modo engañaría a dos mujeres: a Nellie por mantener una relación sexual con la condesa y a Sieglinde por haber de pensar en Nellie para hacerlo.

Pese a todo el alcohol que la condesa Von Albrechts había ingerido esa noche, no se tambaleaba cuando Walter la condujo al coche que los esperaba. El chófer no movió ni un músculo del rostro cuando Walter se subió con ella. Él casi no podía soportar la vergüenza. Se sentía realmente mal.

La condesa mandó detener el coche delante de su casa, bajaron y esperaron a que el conductor se despidiera y se marchara.

Fue entonces cuando ella se volvió hacia Walter.

—Esto es todo, mi pequeño teniente —dijo serenamente—. Esta noche me has hecho muy feliz. Me siento muy honrada por haber podido compartirla contigo. Un hombre tan extraordinario..., una persona que ama de verdad. No, no, no a mí, eso habría sido demasiado. Pero a Nellie, a Maria... Nunca hubiera imaginado que todavía existía algo así. Siempre pensaba que era una leyenda de tiempos muy lejanos... —Con sus labios secos le dio un beso en la mejilla.

—Sieglinde, estoy aquí —dijo tenso Walter—. No necesita burlarse de mí, estoy a su disposición. Si tenemos que…

La condesa se lo quedó mirando largo tiempo. Era una mirada con pena.

—¿Seguirías respetándome si te pidiera algo así? —preguntó—. ¿Acaso no perdería lo poco que puedes sentir por mí? Porque había algo. Esta noche no te he sido indiferente.

Walter asintió.

—No, no lo ha sido, y sí, destruiría el encanto —admitió—. Pero ¿qué le importa a usted? Tiene su juguete. Nadie la reñirá si lo rompe.

La condesa suspiró.

—Me importa más de lo que tú puedes apreciar. Así que ahora te digo: que seas feliz, mi pequeño teniente. Te deseo que conquistes a Nellie. Que consigas imponerte ante ese violinista diabólico. Que la vida te sea grata, Walter…

Le besó otra vez, en esta ocasión en los labios. Pero con mucha precaución y ternura, sin esperar a que él los abriera.

Walter no sabía qué decir.

—Gracias —musitó al final.

La condesa le lanzó un beso con la mano antes de abrir la puerta de su casa y cerrarla tras de sí.

Él permaneció allí un rato quieto y confirmó que la casa estaba a oscuras, pese a que normalmente el señor Ferdinand y la señora Gertrude dejaban las luces encendidas hasta que la condesa llegaba a casa. ¿Les habría dado la noche libre? ¿Había tomado de forma espontánea la decisión de dejarlo ir, o respondía a un plan?

Al final decidió que eso le era totalmente indiferente. La última vez que había salido de la casa se había sentido libre.

Ahora lo era.

Walter se dirigió muy despacio a la estación.

2

Maria y Nellie no pegaron ojo en toda la noche, al día siguiente interrogaban a la primera en la comisaría. Nellie y Bernhard la acompañaron, esa mañana la consulta estaba cerrada hasta las once.

—No podéis entrar conmigo —dijo Maria decidida cuando llegaron delante del departamento—. He de conseguirlo sola.

—Intenta al menos mentir un poco —le suplicó Nellie—. Por el amor de Dios, no le cuentes nada de la niña y la infusión.

El comisario Langhage era tan antipático como lo recordaba Maria. Le dirigió una severa mirada cuando entró en su despacho y no la invitó a tomar asiento.

—Han llegado a mis oídos un par de cosas que la implican gravemente en un delito —empezó a decir tras un saludo formal—. ¿Conocía usted a Magdalene Priberius?

Maria contestó negativamente. Nellie le había contado que había establecido contacto con una mujer que practicaba abortos, pero no le había mencionado ningún nombre.

—Me asombra —señaló Langhage—. Por si es verdad que no la conoce, esa mujer era una abortista, con mucho éxito en su oficio. Hoy en día está en la cárcel. Trabajaba en un edificio de viviendas de la Mainzer Strasse.

—Nunca he estado allí —declaró Maria.

—En ese caso, resulta sorprendente que la asesina la mencionara, en relación a que supuestamente nunca se le murió ninguna clienta. Usted le mostró cómo practicar la intervención de modo correcto.

Maria lo miró atónita.

—Eso no es cierto —reiteró—. Yo..., bueno, las mujeres a las que ayudé...

El comisario sonrió lleno de satisfacción.

—¿Admite entonces que ha practicado usted abortos?

—¡No! —Maria se sentía entre la espada y la pared. Odiaba que no la dejaran expresarse. Pero todavía se acordaba perfectamente. Con su voz cantarina empezó a recitar—. Una noche, a eso de las ocho, hace muchos, muchos años, la niñera de mi compañera, Lene Grabowski, llevó a nuestra consulta a una joven que sangraba abundantemente por la vagina. Me pidió que la examinara. Y lo hice, aunque como veterinaria no debía, porque la joven corría peligro de morir desangrada. Se me presentó como una urgencia en la que se podía transgredir la ley. Diagnostiqué que le habían realizado un curetaje. Se hace para alejar la mucosa uterina, por ejemplo, cuando hay tumores benignos.

—O para interrumpir un embarazo —observó el comisario.

Maria asintió

—Era algo que solo pude considerar. El curetaje se había realizado de forma muy chapucera, dañando la pared uterina, además no se había concluido del todo. A esa muchacha solo se la podía ayudar con una pequeña operación, quitándole los restos de tejido que habían quedado...

—Por ejemplo, de un nonato... —intervino el comisario.

—Definitivamente, allí no había ningún feto —declaró Maria—. Yo retiré tejido de la mucosa, a lo mejor parte de la placenta. No lo puedo decir exactamente porque no lo analicé.

—Entonces, no está usted segura de si...

—Estoy segura de que en el momento de mi intervención no había embarazo —se defendió Maria.

—Quería decir «ya no había» —la corrigió Langhage.

—No había embarazo —insistió Maria.

—¿Y en los otros casos? Este no fue el único en que se le pidió ayuda.

Maria empezó a describir el segundo caso, en el cual una joven había llegado con fiebre muy alta.

—Sin ayuda médica, habría muerto enseguida. Pero no quería ir al médico

—Sería por una buena razón... —señaló Langhage—. ¿Operó también a esa mujer?

Maria asintió.

—No podía dejarla morir —respondió—. Siento que no lo entienda. Yo..., me han dicho que debo hacer lo correcto. Cuando se es buena persona se hace lo correcto, no lo incorrecto. Dejar morir a alguien es incorrecto. Ayudarlo es correcto.

El comisario dibujó una sonrisa maligna.

—Con esta filosofía también podría ayudar a un asesino a matar a su víctima.

Maria frunció el ceño.

—Asesinar es incorrecto —contestó.

—¿Calificaría entonces de incorrecto que se matara a un nonato en el vientre materno? —preguntó Langhage.

—Depende —reflexionó Maria—. Cuando la vida de la mujer embarazada está amenazada por el nacimiento yo no lo calificaría de incorrecto. A partir de cuándo puede definirse a un nonato como ser humano es un tema muy controvertido en las religiones y la filosofía. Al principio del todo solo hay un montón de células que no sienten y que con toda seguridad no piensan.

—¿Tan segura está de ello? —inquirió el comisario.

—La teología define la vida humana como vida animada, con lo que, desde Agustín de Hipona hasta Tomás de Aquino, se habla de una animación sucesiva, según la cual el feto es primero vegetal, luego animal y por último humano. El feto masculino a partir de los cuarenta días del embarazo y el femenino a partir de los noventa. Previamente, el feto se consideraba una parte del cuerpo de la mujer sobre la cual ella tenía derecho de disposición. —Maria volvió a refugiarse en el recitado—. Se dice también que el alma solo puede definirse en un cuerpo que tenga forma humana. Este no es el caso, al menos en los dos primeros meses del embarazo. Todo esto es muy difícil de decidir...

—No obstante, usted sí se ha creído capaz de hacerlo —afirmó el comisario.

Maria hizo de nuevo un gesto negativo.

—Yo no he decidido nada ni tampoco he matado a nadie —aclaró—. En dos ocasiones he retocado un curetaje y en una he prescrito una infusión... —Se detuvo en mitad de la frase.

—¿Qué tipo de infusión? —preguntó el policía.

Maria enumeró los ingredientes.

—Lo toman todos los meses las mujeres que tienen problemas menstruales —dijo—. No es ningún abortivo.

—Eso lo decidirán los especialistas —le comunicó Langhage—. Pero incluso si nos quedamos con lo que ha admitido, joven, ya tenemos suficiente: ejercicio de la actividad médica sin disponer ni de los permisos ni de las calificaciones para ello, además de encubrimiento de los delitos de sus «pacientes», que, si no recuerdo mal, ya estaban al borde de la ilegalidad. En cualquier caso, no se salvará usted de una denuncia. Y en cuanto a sus afirmaciones en relación a la «ayuda» prestada a mujeres embarazadas, ya lo investigaremos. Por favor, mencione los nombres de las mujeres implicadas... —Levantó la pluma como si esperase un dictado. Maria negó con la cabeza. No habría podido delatar a las mujeres ni aunque hubiese querido. A ninguna le había preguntado su nombre—. En fin, y además se niega a cooperar. Seguiremos con este asunto, señorita Von Prednitz. Por el momento manténgase a nuestra disposición. ¿No estará pensando dejar Berlín en breve?

Maria dudó.

—Tenemos una consulta en la Torstrasse —dijo—. El edificio es de mi propiedad, yo…

—Si intentara venderla de repente, lo averiguaríamos —la amenazó Langhage—. Volveremos a vernos, señorita doctora. Y también hablaremos con su compañera y los empleados de la casa.

Maria suspiró aliviada cuando volvió a salir a la calle. Como en trance se encaminó hacia Nellie, que la estaba esperando.

—Quiere encerrarme —susurró—. Ese hombre quiere encerrarme.

Lo primero que hizo Nellie fue llevar a su amiga a la cafetería más cercana y pedir un chocolate caliente. Maria volvía a mostrar una palidez espectral.

—Podemos esperar aquí a Bernhard —propuso Nellie—. Quería ir a la embajada estadounidense para informarse sobre la emigración. No tengas miedo, Maria, no dejaremos que te hagan daño. Da igual lo que Langhage diga, siguen sin tener nada contra ti. Ni siquiera conocen a las mujeres a las que has ayudado. Tranquilízate ahora.

Bernhard estaba de nuevo allí, pero era portador de malas noticias.

—El dinero no nos ayudaría demasiado —contó, después de que Nellie y Maria le resumiesen lo ocurrido en el interrogatorio—. Por supuesto, hay que pagar los pasajes del barco. Pero que te dejen entrar en el país no depende de que tengas dinero, sino de que alguien responda de ti. Por decirlo de algún modo, tiene que invitarte un estadounidense para que puedas emigrar. ¿Conocéis a algún estadounidense?

Nellie asintió.

—Claro, Phipps. Ya hace tiempo que tiene la nacionalidad. Mientras esté casada con él, seguro que yo misma la obtendré al instante. Y responderá por vosotros…

—¿Aunque apenas nos conoce? —preguntó vacilante Bernhard—. Está también el tema del dinero para los pasajes de barco. ¿Cómo va a reunirlo Walter? Seguro que la condesa podría prestárselo, pero él quería cortar la relación. Lo prometió solemnemente la semana pasada.

—Yo de eso, por el momento, no sé nada —advirtió Nellie—. Además, hace días que no lo veo. ¿Nos vamos ya y abrimos la consulta? ¿Antes de que nuestros pacientes se vayan con Neuner?

Delante del consultorio ya los esperaban unas personas con sus perros, así como el viejo amigo de Walter, Ludwig von Lindau. Pereció aliviado cuando llegaron las veterinarias y enseguida se dirigió a Nellie.

—¡Por fin ha llegado! Estaba extrañado... A esta hora suelen tener abierta la consulta, ¿verdad? ¿Ha visto a Walter? —Esto último debía de ser la razón de su presencia, pues no llevaba ningún animal consigo.

Nellie negó con la cabeza.

—Hoy todavía no —contestó—. Pero debería estar en el hipódromo. A estas horas de la mañana aún está entrenando al caballo.

—Tendría que haber acabado —dijo Ludwig—. Pero es posible que en el hipódromo no lo sepan.

Nellie frunció el ceño.

—Señor Von Lindau, no me venga con misterios. Bastantes problemas hemos tenido esta mañana. A ver, ¿a qué viene tanta prisa por hablar con Walter?

Ludwig jugueteó con el sombrero, que se había quitado para saludar.

—Porque Walter tiene que enterarse antes de que la prensa tal vez querrá entrevistarlo. O la policía. —Esta última palabra atrajo toda la atención de Nellie. Ludwig siguió hablando—. Se trata de Sieglinde von Albrechts, la condesa. Ha muerto. Esta mañana la han encontrado en su residencia. Suicidio o asesinato.

3

Ludwig se había enterado del suceso a través de un suplemento que el *Berliner Morgenpost* había dedicado al fallecimiento de la condesa. No había asistido al entrenamiento matinal, sino que había ido al dentista en Wedding. De vuelta, el periódico había caído en sus manos. Ahora se lo tendía a Nellie y a Bernhard. Maria se había refugiado en el apartamento sin percatarse siquiera de la presencia de Ludwig. Nellie podía imaginarse muy bien que iba caer en esa parálisis espectral con que reaccionaba a todas las crisis serias.

MISTERIOSA MUERTE DE LA ÚLTIMA DAMA DE LA CORTE. LA CONDESA VON ALBRECHTS FALLECE EN EXTRAÑAS CIRCUNSTANCIAS.

Nellie leyó por encima el artículo, que no contenía ningún tipo de información fundamentada, salvo el hecho de que el cadáver de la condesa se había encontrado por la mañana en su residencia. El periodista ni siquiera comunicaba quién lo había descubierto, los empleados de la condesa habían pedido discreción. Tampoco se mencionaba el nombre de Walter.

—Pero ayer estuvo con ella —advirtió Ludwig—. La policía no tardará nada en averiguarlo.

—Volviendo al tema: nunca más volverá a verla —observó Nellie mirando a Bernhard—. Bien, en cualquier caso, aquí no está, pero no puedo imaginarme que la haya matado. Tranquilícese, señor Von Lindau, ya aparecerá. Por supuesto, también podemos llamar al entrenador y preguntarle si ha acudido por la mañana.

El teléfono desveló que el entrenador Pitters y Walter se habían enterado a través de un policía de la defunción de la condesa. No obstante, no se había acusado a nadie, sino que se había pedido educadamente a Walter que acudiera a declarar a la comisaría, pues él había sido el último que había visto a la fallecida. Walter enseguida se había unido al agente, a partir de ahí, el entrenador no sabía más.

—Estaba muy afectado —dijo Pitters—. Lo estábamos todos. A mí no me parecía que esa señora estuviera harta de vivir, pero uno puede equivocarse. Estoy impaciente por saber qué cuenta Walter.

Cuando Walter llegó a la comisaría para declarar, ya hacía tiempo que se conocía la causa de la muerte de la condesa. El médico forense había determinado con toda seguridad que se trataba de un suicidio y que debía excluirse cualquier culpa ajena. Sieglinde von Albrechts se había ahorcado. Además, se había encontrado una carta en posesión de su abogado en la que daba las indicaciones sobre su entierro y la consiguiente apertura del testamento. No obstante pidieron a Walter que describiera brevemente cómo había transcurrido la última velada con ella.

—Parece que lo planeó con todo detalle —concluyó el comisario de servicio, un representante de su profesión mucho más comprensivo que su colega Langhage—. Una noche con un encantador acompañante, una buena comida, baile, champán y luego una silenciosa partida. En realidad, algo digno de admiración. Había dado la noche libre a sus empleados. Han regresado esta mañana de Potsdam y han encontrado el cuerpo sin vida. Como es comprensible, estaban totalmente fuera de sí. Así que también debe haberse producido cierta desinformación y especulaciones por parte de la prensa. Lamento haberle causado alguna molestia.

Walter todavía se sentía aturdido cuando salió de la comisaría. Le habría gustado meterse en su habitación para asimilar la notica y reflexionar sobre qué implicaba para él lo ocurrido. ¿Qué sucedería con su promesa de darle a Erlkönig? Además, se sentía culpable de haber abandonado a la condesa. Tal vez debería haber insistido en acompañarla a casa. Se avergonzaba del alivio que había sentido la noche anterior.

No obstante, no podía aislarse en sus cavilaciones. Era posible que Nellie hubiese visto el suplemento del periódico, entretanto quizá ya se había extendido la noticia de que él había estado con la condesa. Tenía que dar una explicación a Nellie. ¿Y qué pasaba con Maria? ¿Acaso no la habían interrogado por la mañana?

Así que Walter no cogió el tren de vuelta a Hoppegarten, sino que se presentó en la Torstrasse para informar sobre la situación. Nellie lo escuchó con frialdad.

—O sea, ¿que se ha colgado después de que la dejaras o, como tú dirías, concluyera vuestra relación laboral? —preguntó.

Walter se mordisqueó el labio.

—Espero que una cosa no tenga que ver con la otra —observó—. Pero sí, le comuniqué sin ambigüedades que no quería volver a verla. —Hasta entonces solo había experimentado un leve sentimiento de culpabilidad, pero ahora empezaba a corroerlo seriamente. Por supuesto, en la última noche nada había sucedido de forma espontánea. La condesa había planeado cada detalle. Él la iba a abandonar y por eso ella ya no quería seguir viviendo.

—¿Y sucedió tal vez algo relacionado con dinero? —inquirió Nellie sin hacerse ilusiones—. A Maria no le ha ido muy bien, el comisario ha puesto en sus labios todo lo que ha podido y, en cualquier caso, habrá proceso. Nadie sabe si lo superará, por no hablar de una posible condena a prisión. Yo intentaría obtener visados para Estados Unidos, pero nos sigue faltando el dinero para escapar y empezar de cero.

Walter se frotó la frente.

—No sé. Ya no sé nada, Nellie. Todo esto me..., me está superando. Solo tienes que creerme cuando te digo que te amo.

Nellie le puso la mano en la mejilla para consolarlo.

—Me sirve de poco. Ahora no necesito un caballero sobre un blanco corcel que me prometa la luna... Necesito soluciones prácticas.

Walter suspiró.

—Hago lo que puedo... —Se esforzó por esbozar una sonrisa—. Te aseguro que con un caballo negro no resulta tan fácil...

Al día siguiente, Walter recibió una invitación para asistir al sepelio de la condesa en el Invalidenfriedhof. Debía celebrarse entre un reducido grupo, lo que en el caso de la condesa y su gran círculo de amistades no significaba nada.

A Nellie y Lene se les envió el mismo día citaciones para declarar en la causa de Maria von Prednitz. Ambas se celebraban el siguiente jueves. Nellie se alegraba de poder exculpar a Maria, pero Lene casi se moría de miedo.

—En aquel tiempo también me liaba con clientes —se lamentó—. Es posible que también me acusen a mí...

—Tenías trece años y te inducían a hacerlo —adujo Nellie en un intento de tranquilizarla—. Y todo ocurrió hace casi una década. Nadie te demandará. No tienes ni que contarlo.

—Pero querrán saber de qué conocía a Fanny —objetó Lene—. Y a Lise... Y lo de la Abuelita Priberius... Tampoco puedo delatar al tío Fritz. De lo contrario...

El proxeneta había llegado a infundir tanto miedo a sus chicas que hasta diez años más tarde guardaban silencio. Nunca lo habían denunciado por explotar a las mujeres.

—¡Tú nunca has oído hablar de esa abuelita! —la mentalizó

Nellie—. ¡No te hagas líos! Y si sabes algo es porque las chicas mencionaron su nombre. Maria y yo nunca tuvimos nada que ver con ella.

Nellie superó el interrogatorio sin grandes problemas, aunque Langhage intentó implicarla en el asunto, mencionando de nuevo a Magdalene Priberius.

—La mujer ha dicho explícitamente que una veterinaria le enseñó a realizar de forma correcta un aborto. Si no fue su amiga, la señorita Von Prednitz, entonces solo pudo ser usted.

—La doctora Von Prednitz —le corrigió serena Nellie—. ¿Ha tomado alguna vez en consideración que la mujer esté mintiendo? Hace un tiempo leí en un periódico que habían juzgado a un abortista que había realizado cientos de abortos. Afirmaba que un veterinario le había mostrado el método con una perra de Terranova. La doctora Von Prednitz y yo nos reímos mucho, pues la anatomía de una mujer es completamente distinta de la de una perra. En el caso de crías no deseadas se retira toda la matriz del animal. Y seguro que ese abortista no hizo lo mismo con sus clientas en la mesa de la cocina. Debe usted decidir a quién dar crédito: a dos veterinarias reputadas y sin antecedentes o a una delincuente procesada. No tengo nada más que decir.

Lene no aguantó tan bien. Estaba consumida por el sentimiento de culpa porque a través de ella las chicas habían contactado con Maria y así se había puesto en marcha todo ese dispositivo. Por supuesto, confesó que se había prostituido y mencionó a la abortista Priberius. No obstante, se acordó a tiempo de afirmar que nunca había mencionado a esa mujer delante de Maria y Nellie.

—Ahora..., ¿ahora tendré que ir a la cárcel? —preguntó sollozando y temblando cuando el comisario la dejó marchar.

Este hizo un gesto con la boca.

—Ya veremos, señorita Grabowski. Como no nos ha mencionado usted el nombre de las mujeres que pidieron ayuda a la señorita Von Prednitz y no nos quiere prestar ayuda en el caso Priberius...

Lene salió precipitadamente de la comisaría y se lanzó llorando a los brazos de Nellie.

—He de marcharme de aquí —gimió—. Si lleva a un lugar seguro a la doctora Von Prednitz, entonces... por favor, por favor lléveme a mí también.

Nellie renunció a preguntar quién había informado a la chica sobre los planes de huida de Nellie y Bernhard. Tal vez las paredes de la casa tuvieran oídos. ¡Con tal de que las conversaciones no llegaran a Obermeier! De repente echó de menos a Walter. Aunque no pudiera ayudarla, le habría gustado tener a alguien que la abrazara en ese momento.

Walter acudió a los funerales de la condesa, que, en contra de lo que esperaba, se celebraron en el más estrecho círculo de amistades íntimas. Estaban presentes el chófer, el señor Ferdinand y la señora Gertrude, esta última llorando desconsoladamente. Apareció además un hombre mayor y grueso con una anticuada casaca negra. Llevaba un sombrero de copa y parecía salido de otra época. Aun así, sus ojillos profundamente hundidos bajo unas espesas cejas lo miraban todo con sagacidad.

—¿Señor Von Prednitz? —dijo, dirigiéndose a Walter, cuando hubo concluido la ceremonia. Se quitó el sombrero un instante dejando al descubierto la cabeza medio calva—. Mi nombre es Weber, doctor Franz Weber, abogado y notario. La fallecida me confió la tramitación de su testamento y me indicó que comunicase cuanto antes su última voluntad. ¿Le iría bien que nos viéramos mañana mismo? ¿A las once en mi despacho en la Potsdam Platz?

—¿Debo asistir a la apertura del testamento? —preguntó Walter, aturdido—. ¿Me ha dejado algo en herencia? Ah, sí, es posible que se trate del caballo. Sí, eso debe regularse lo antes posible. Claro que puedo ir. ¿Me da la dirección?

Nellie puso los ojos en blanco cuando él le habló de la cita.

—Bien, esperemos que te haya dejado realmente el caballo y no un reloj de oro o algo por el estilo.

—O una pluma de su tocado más bonito... —intentó bromear Bernhard.

Estaba en la consulta con Nellie, Maria se hallaba atrincherada en el piso. Por el momento, no conseguía ocuparse de los clientes ni de sus deseos. Pese a ello, había salido de la habitación y hablado con los otros. Practicaba operaciones con Bernhard de asistente una vez cerrada la consulta.

Lene se había tranquilizado un poco después de que Grietje le hubiese asegurado que su papá se la llevaba a Estados Unidos.

—¡Yo te necesito! —había dicho y le contó que estaban a punto de marcharse—. Mi papá hasta ha reservado los pasajes de un barco —explicó con toda convicción—. Solo tiene que hablarlo con mami.

Nellie había suspirado. Así que todavía la esperaba otra discusión.

—Simplemente tiene que darme el caballo —respondió Walter—. ¿Qué otra persona va a heredarlo? Y ella..., ella me... —Se mordisqueó los labios. Casi había aludido a la promesa de la fallecida.

—Yo no estaría tan confiado —observó Nellie y se sorprendió a sí misma ordenando por tamaño los escalpelos—. Esa mujer siempre dejaba pasmados a los demás de una forma u otra, de ella se puede esperar cualquier cosa.

El despacho del doctor Weber disponía de un mobiliario lujoso, pero estaba algo recargado. Lo dirigía desde tiempos del emperador Guillermo y desde entonces se ocupaba también de los asuntos de la familia Von Albrechts, algo a lo que aludió después de un breve saludo.

—Por desgracia, la familia se ha quedado en nada. La duquesa era la última heredera directa de los Albrechts. Debe de haber un par de parientes lejanos, pero la condesa me indicó que no los buscara. No pensaba dejar sus propiedades a la familia.

De hecho, solo Walter y la pareja formada por Ferdinand y Gertrude Markwart estaban presentes. La señora Gertrude volvía a sollozar. Su marido intentó consolarla pasándole torpemente el brazo alrededor de los hombros. Walter saludó con una inclinación a los dos. No sabía que el sirviente y el ama de llaves eran pareja.

—Podemos empezar ahora mismo —anunció el doctor Weber, pidió a todos que tomaran asiento y dio lectura a los preliminares habituales.

El testamento se había modificado hacía unos pocos días, tal como se deducía por la fecha. Walter tragó saliva. La condesa debía de haber acudido al abogado el día en que él se había despedido.

En el testamento daba las gracias primero a Ferdinand y Gertrude Markwart por el fiel servicio prestado durante largos años. Legaba el reloj de oro de su difunto esposo al sirviente, lo que hizo sonreír a Walter, y a la señora Gertrude una cadena con un colgante que la condesa había querido y apreciado toda su vida. Aunque no era muy valioso, según recordaba Walter. Era cierto que le gustaba llevar esa joya, había sido un regalo de su padre cuando ella todavía era muy joven. El colgante estaba bellamente trabajado, pero seguro que la señora Gertrude no obtendría ni mil marcos por él si se decidía a venderlo.

—Todo mi legado restante, compuesto por mi residencia, mis activos invertidos en distintos valores y mi capital efectivo, así como el caballo de carreras Erlkönig, pasará a manos del señor Walter von Prednitz. Él fue en mis últimos años un apoyo y una alegría para mí.

El abogado se interrumpió. Walter se quedó sin respiración. ¿Qué estaba pasando allí? ¿Qué perseguía la condesa con esa disposición?

—¿Su casa y todo ese dinero? —consiguió decir—. Y..., ¿y el caballo? Pero yo..., yo no era su amante, tiene que entenderlo... —Deslizó las manos por encima de la mesa alrededor de la cual se habían reunido todos.

El notario se encogió de hombros.

—Si le soy sincero, a mí eso me da igual —contestó—. O al menos ha de darme igual. Aquí no hay nadie que le culpe de ser un cazador de herencias. Algo tuvo que significar usted para esa dama, pero de qué se trataba no es asunto mío. Coja el dinero y alégrese. O renuncie a la herencia. Entonces irá a la Cruz Roja.

Walter se mordisqueó el labio. Todavía estaba lejos de alegrarse. Estaba sorprendido y conmovido. Entonces volvió a acordarse de Erlkönig.

—Cuándo..., ¿cuándo puedo recibir la herencia? —preguntó—. El caballo...

—El caballo es suyo, ya se ha cambiado el nombre en los documentos. La condesa lo ordenó antes de su muerte. En lo que a la residencia y el dinero se refiere..., tendrá que cumplir un par de formalidades. Hay que pagar impuestos por la herencia, pero creo que en unas pocas semanas dispondrá usted de los medios.

Walter pensó en Maria. Unas pocas semanas podría ser demasiado tarde para ella. De todos modos, podía empezar a competir con Erlkönig. Si ganaba...

—¿Conservará usted la casa?

Walter se sobresaltó cuando el señor Ferdinand se dirigió a él con voz ahogada. El anciano parecía nervioso. Era evidente que le resultaba difícil tomar la palabra en el respetable despacho.

Walter negó con la cabeza. Debía dominarse.

—No, señor Ferdinand —dijo—. Hace tiempo que estoy

pensando en emigrar. El dinero de la condesa me lo facilitará. Venderé la casa.

—¿Y qué será de nosotros? —intervino la señora Gertrude—. Si no podemos seguir trabajando para usted, ¿quién nos dará empleo? Ahora ni la gente joven encuentra trabajo...

Walter la miró conmovido. La anciana tenía razón, ella y su marido se enfrentaban a la nada. Por lo visto, la condesa no se había esforzado mucho en pensar en ellos. Walter se preguntó de repente si le había dejado la herencia realmente por amor. ¿O acaso había querido alimentar en él el sentimiento de culpa por su muerte y que este proyectara una oscura sombra en su vida con Nellie?

Se recuperó. Fuera lo que fuese, no iba a permitir que Sieglinde von Albrechts ejerciera más poder sobre él desde la tumba. Tal vez fuera a sentirse siempre responsable por la muerte de ella, pero Ferdinand y Gertrude Markwart no tenían que sufrir por sus arbitrariedades. Inspiró hondo.

—La señora Markwart tiene razón —dijo con toda serenidad—. Con este testamento la condesa los ha desprovisto de sus medios de subsistencia. Yo no puedo permitirlo. Por favor, ejecute el testamento, señor doctor Weber, y permítame que ahora mismo firme un acta de donación. Señor Ferdinand y señora Gertrude, les dejo a ustedes dos la mansión. Estoy seguro de que la condesa habría hecho lo mismo si no hubiera estado confusa y tal vez mentalmente enferma. La residencia es muy valiosa. Si la venden, tendrán garantizada su pensión de ancianidad.

El señor Ferdinand se deshizo en muestras de agradecimiento, mientras que la señora Gertrude lo miraba sin dar crédito y rompía de nuevo a llorar.

El notario, por el contrario, parecía algo irritado.

—Es muy generoso por su parte —observó contenido—. Pero ¿no debería pensárselo con calma? ¿Consultarlo una o dos noches con la almohada? Una donación así...

—La encuentro justa —declaró Walter—. Así que, por favor,

si pudiera usted ejecutar el acta correspondiente... No sé dónde estaré dentro de un par de semanas. Así que dejemos esto terminado.

Tuvo que pasar casi una hora para que el doctor Weber acabase de redactar los documentos correspondientes y su secretario los pasase a limpio. Para ello se valía de una moderna máquina de escribir que ofrecía una caligrafía estupenda pero cuyo empleo todavía presentaba algunas dificultades.

El señor Ferdinand y la señora Gertrude se pasaron todo el tiempo dándole las gracias varias veces a Walter y garantizándole su eterno cariño. Al final, Walter estaba agotado. Firmó el acta de donación, habló de un par de nimiedades más con el doctor Weber y emprendió el camino hacia la Torstrasse para contar a Nellie y Maria las novedades. Naturalmente, se alegraba de verlas a las dos, pero sentía urgencia por reunirse con su caballo. Su caballo..., ¿cuándo había podido decir algo así de alguno de sus caballos de carreras? Estaba orgulloso de Erlkönig, pero entonces pensó que no lo podría conservar si realmente abandonaba Alemania con Nellie.

Cuando casi había llegado a la Torstrasse y pasó por una filial del banco, vio claro que había cometido un error. No era necesario unir el destino de Maria a la intervención de su semental en las carreras de la próxima semana. Si hubiese conservado la casa de la condesa, habría podido hipotecarla. Con una copia del testamento, cualquier banco le hubiese prestado dinero si hubiese dejado la residencia como aval. También habría podido donar a los Markwart las acciones y pagarés que componían el resto de la herencia. Seguro que no les habría importado esperar un par de semanas hasta que se hubiese liberado el dinero. Walter se habría dado un bofetón. Pese a las buenas noticias, estaba abatido cuando entró en la consulta, que Nellie cerraba en ese momento tras haber cumplido labores matinales.

—He vuelto a pifiarla —admitió después de habérselo contado todo a Nellie y Maria—. Si el semental no salva la situación... Lo lamento muchísimo, Maria.

Pálida y sin apenas pronunciar palabra, Maria estaba sentada junto a Bernhard. Parecía resignada a su destino y parecía ausente.

Por el contrario, a Nellie se le ocurrió una idea a partir de la confesión.

—Podemos hipotecar esta casa —propuso—. Puede que ese Langhage esté al tanto de si la vendes, Maria, pero si pides un crédito no se enterará. Y menos si el dinero no va a tu cuenta ni a la mía, sino a la de Bernhard o a la de Walter.

—Pero si cogemos el próximo barco a Estados Unidos no podré devolver el dinero —objetó Maria—. En cualquier caso, sin desvelar dónde estamos.

—Y además está el problema del visado —intervino Bernhard.

Era evidente que le resultaba desagradable que Maria le financiase la huida. Le habría gustado costearse su viaje migratorio. Por otra parte, había que sacar a Maria lo antes posible de Alemania y no se la podía enviar sola a un país totalmente diferente.

—No lo devuelvas —dijo Nellie—. Que el banco embargue la casa. Y luego ya se las apañarán.

—¿Y tú? —preguntó Maria—. ¿Qué haces tú sin la consulta?

Nellie se frotó las sienes.

—Walter y yo también nos marcharemos —contestó—. En cuanto el semental gane. Y Grietje está deseando marcharse a Estados Unidos... Hablaré con Phipps del visado. No os preocupéis.

Pese a su fingido optimismo, Nellie llevaba tiempo preocupada, sobre todo por su hija. Grietje pasaba ahora más tiempo en Charlottenburg con su padre que en la Torstrasse. Nellie había pensado al principio que Phipps perdería enseguida interés por la niña, pero no había sido así. Grietje hablaba entusiasmada de los proyectos que tenía con su padre y de que tocarían juntos. Cuando estaba en casa, se hacía la importante hablando en inglés con su madre. Phipps practicaba con ella el idioma, preparándola para la emigración. Y, por supuesto, los dos daban por sentado que la madre los acompañaría.

A Nellie eso la disgustaba e inquietaba. Ella nunca le había dado motivo para suponer que había cambiado de opinión con respecto a su matrimonio. En realidad, habría tenido que hablar de este asunto mucho antes, pero últimamente había tenido tantas cosas que hacer que se había alegrado de no tener que ocuparse también de Grietje. Desde que se celebró su licenciatura no había hablado del asunto con Phipps. Y ahora Grietje daba por hecho que se marchaba con su padre a Estados Unidos. La pequeña minimizaba que Nellie todavía no supiera inglés diciendo entre risas: «Bah, papá y yo te lo enseñaremos en el barco. ¡Es un viaje taaaan largo! Cuando lleguemos ya lo habrás aprendido».

Por supuesto, era algo totalmente ilusorio. Nellie no se engañaba, ella no aprendía idiomas ni la mitad de rápido que su marido y su talentosa hija. Comenzar de cero en Estados Unidos supondría para ella un gran esfuerzo. Allí no trabajaría enseguida de veterinaria. Era posible que tuviera que repetir algún examen. Eso ya sería lo suficiente difícil con Maria y Walter a su lado. No quería depender de Phipps.

Por otra parte, se preguntaba si Grietje aceptaría emigrar con Walter, Maria y Bernhard como alternativa a vivir con su padre. Phipps la mimaba y la niña se había acostumbrado a un lujo mayor del que Nellie podría ofrecerle. A eso se añadía la formación musical. Tanto Grietje como Phipps insistirían en seguir con ella.

Cada vez con mayor frecuencia, Nellie luchaba con la idea de si era injusta con su hija al no considerar la propuesta de Phipps de vivir de nuevo con él. ¿Tenía derecho a arrebatarle a la niña sus sueños? ¿Acaso no había impedido que Grietje tuviera un futuro seguro porque quería hacer realidad sus propios deseos? Su hija habría podido crecer en Ledegem, en el campo, con animales, amigas y abuelos que lo habrían dado todo para que fuera feliz. En lugar de eso, Nellie la había criado en un piso con unos vecinos malhumorados y una compañera hipersensible, y la había dejado con demasiada frecuencia con una niñera en lugar de ocuparse ella misma de la pequeña. ¿Había llegado tal vez el momento de sacrificarse por Grietje? ¿De sacrificarse ella misma y su amor por Walter, que había renunciado a un futuro seguro por ella?

Todo en Nellie se rebelaba contra tal solución, pero la única alternativa le desgarraba el corazón. Tras pasar otra noche en blanco, decidió hablar con Phipps. Siempre habían sido amigos, también en esta ocasión se pondrían de acuerdo. E incluso si se decidía a dejar a Walter, quería ocuparse al menos de que la huida de Maria y Bernhard estuviera garantizada. Walter ya lo conseguiría de algún modo. Con el dinero de la condesa seguro que le sería posible organizar su partida.

Al día siguiente mismo dejó que Bernhard se encargara de las citas de la mañana y se encaminó hacia Charlottenburg. Se había vestido con esmero para no causar una mala impresión en ese barrio de ricos.

Cuando Phipps abrió la puerta, recibió a su esposa con una sonrisa resplandeciente.

—¡Nellie, por fin! Ya había pensado que tendría que forzarte a tomar una decisión. Va siendo hora de que pensemos en marcharnos. No puedo quedarme aquí eternamente. Además, la situación política... —Los altercados en las calles iban en aumento. Después del discurso de Hitler en noviembre, el presidente de la policía había prohibido las concentraciones políticas al aire libre, al principio solo en Berlín; pero desde hacía poco, la prohibición se había extendido a toda Prusia. Además en ese momento el Partido Comunista y el Socialista estaban muy excitados temiendo lo que sucedería en las tradicionales manifestaciones del primero de mayo. Volvieron a repartirse octavillas y en las tabernas, los representantes de los distintos partidos se peleaban—. Ha llegado el momento de marcharse de aquí, Nellie, y me alegra mucho que ahora tú también pienses en ello.

Nellie tragó saliva.

—Phipps, no es tan sencillo. Tenemos que hablarlo. Pero antes de nada he de pedirte un favor. ¿Puedo entrar?

Después de sentarse y de que la asistenta le sirviera un café cargado, describió con serenidad el problema de Maria.

—Bernhard y Maria necesitan que alguien los avale para poder marcharse a Estados Unidos, y yo quisiera pedirte que lo hagas. Es muy sencillo, nos hemos informado. Vas al consulado americano y firmas un par de documentos. Podrías decir que quieres contratar a Maria como ama de llaves y a Bernhard de jardinero. Así les darán un visado y...

Nellie se detuvo sorprendida cuando Phipps la interrumpió.

—Por todos los santos, Nellie, esto es ir demasiado lejos —declaró moviendo la cabeza—. ¡Yo no voy a responder por unos desconocidos! ¡A saber lo que harán después! Si he entendido bien, debería ayudar a Maria a escapar de que la juzguen por un delito. Si en Estados Unidos volviera a llamar la atención, con lo rara que es, yo pagaría las consecuencias.

—Maria es una persona maravillosa —protestó Nellie—. Hace años que nos conocemos y sin su ayuda yo no habría logrado nada. La consulta..., la posibilidad de estudiar... Esto último también se lo debo a Bernhard, que me ha sustituido durante mucho tiempo pese a que casi no podíamos pagarle. ¡Tienes que ayudarlos, Phipps! También podríamos abrir una nueva consulta en Estados Unidos. Quieres que yo también vaya.

Phipps frunció el ceño.

—Claro que quiero que vayas. Pero no me había imaginado

que fuera de este modo. Yo pensaba en un nuevo comienzo, tú, yo y Grietje... Los tres como familia. Tengo la casa en Boston, pero también podríamos mudarnos a Nueva York. Grietje seguro que estudia música y es allí donde hay las mejores escuelas. Ya está impaciente por empezar...

—¿Lo has hablado en concreto con ella? —preguntó disgustada Nellie—. ¿Has hecho planes con ella?

Phipps asintió.

—Por supuesto, sabía que en algún momento entrarías en razón. Aquí reina tal caos político que lo mejor es abandonar el país...

—Pero yo soy veterinaria, Phipps. Y como tal quiero seguir trabajando. Con Maria y Bernhard, a lo mejor hasta abrir una consulta rural... —Nellie se pasó la mano por la frente—. Y amo a Walter.

Phipps hizo un gesto de rechazo.

—Olvídate de ese Walter. Estás obsesionada. Ahora que nos hemos reencontrado ya no lo necesitas. Piensa en Grietje. Y en lo que respecta a la consulta, yo no puedo vivir en el campo. Viajo demasiado para eso. Pero tampoco tienes que trabajar. Me gano bien la vida. Ocúpate de la casa, de Grietje..., a lo mejor tenemos otro hijo. Sería bonito, ¿no crees?

Nellie no daba crédito. Phipps se había imaginado un mundo de ensueño en el que ella nunca encajaría. Lo miró fijamente.

—¡Una vida así podría haberla llevado hace diez años en Bélgica, Phipps! Para eso no tendría que haber estudiado ni haberme esforzado tanto...

—Pero, Nellie, tampoco me refiero a eso. —Phipps intentó abrazarla para tranquilizarla—. No tienes que quedarte todo el día en casa. Viajarás conmigo. Contrataremos a un profesor particular para Grietje y entonces os mostraré todo el universo. Será maravilloso, Nellie. ¿No habías querido siempre ver mundo? —dijo, y Nellie suspiró. En realidad nunca le habían interesado los países extraños. Ni siquiera los animales demasiado exóticos, esos se los dejaba a Maria. Ella se sentía la mar de feliz cuando tenía que trabajar con perros, gatos y caballos—. En cualquier caso, Grietje ya no puede esperar más —prosiguió Phipps—. Me ha dicho que desde siempre sueña con viajar.

Nellie lo creyó. Recordó que, ya de muy pequeña, a Grietje le encantaban los cuentos sobre países lejanos. Lo fascinada que estaba por la música y los orígenes de las bailarinas «exóticas» de las revistas de variedades. Todos los sueños de Grietje se convertirían en realidad si Nellie cedía. Si no fuera porque todo en su interior se rebelaba a hacerlo...

Nellie hizo un esfuerzo. Ya hacía tiempo que se había decidido, por muy difícil que le resultara.

—No puedo, Phipps —dijo con voz firme—. No puedo traicionar a mis amigos, abandonar mi profesión... Si te amara, sería otra cosa, Phipps. Pero no es así. Puede que tus sentimientos hacia mí hayan cambiado, pero a mí me ha sucedido algo distinto. Me gustas, siempre fuiste mi amigo, pero amarte de verdad, como se aman un hombre y una mujer, nunca lo he hecho ni nunca lo haré. Y más por cuanto ni siquiera sé si todavía eres el hombre al que antes llamaba mi mejor amigo. ¡Si ni me escuchas cuando hablo contigo! De todos modos, durante estos últimos meses una cosa sí me has demostrado: eres un buen padre. Siempre me ha dado pena que Grietje creciera sin ti y se te parece muchísimo. Ahora que os habéis encontrado, no quiero separaros. Por eso... Si Grietje de verdad lo desea, llévatela a Boston. Puedes ofrecerle la vida que ella anhela. La música, los viajes... Todo eso la hará feliz. Sé que nunca la defraudarás. Por favor, solicita el divorcio. Yo asumo la culpa, así te darán la custodia de Grietje.

—¿El divorcio? —exclamó Phipps en un último arrebato de desesperación—. ¿Y si no quiero? ¿Y si quiero seguir casado? ¿Si insisto en que me acompañes? Soy tu esposo, Nellie, puedo prohibirte que trabajes, yo...

Nellie lo miró cansada.

—Hace tiempo hicimos una promesa. Tú la reclamaste y yo la cumplí. Ahora soy yo quien la reclama. Por favor, déjame libre.

Phipps se levantó, se dirigió a un armario empotrado y sacó una botella de coñac. Se llenó lentamente una copa.

—¿Quieres una tú también? —preguntó.

Nellie hizo un gesto negativo.

—Todavía tengo que trabajar hoy. Por la tarde, en el hipódromo. Mañana empieza la temporada y todo el mundo está histérico.

—¿Y para ocuparte de todos esos caballos y toda esa gente enloquecida que habrá a tu alrededor vas a abandonar a tu hija? —preguntó Phipps en tono irónico.

Nellie suspiró.

—No quiero abandonarla, sino darle libertad para que lleve la vida que desea. Y eso va unido a una condición. Que tienes que llevarte a Lene como niñera para que Grietje no esté completamente sola. Las dos se quieren mucho...

Phipps asintió.

—Lo sé. Conozco a Lene. Una muchacha cabal, decente. Naturalmente responderé de ella.

Nellie casi se echó a reír al pensar en el pasado de Lene. Pero Phipps no tenía por qué conocerlo, ni tampoco quería informarle de que a Lene tal vez la amenazaba un procedimiento penal. Mientras lo pensaba sabía que había decidido lo correcto. Podría haber vivido con Phipps siempre que él siguiera siendo su mejor amigo, entonces no había tenido secretos para él. Si ahora tenía que pensarse todo lo que iba a decir... Nellie se sentía agotada, pero liberada.

—De acuerdo —dijo Phipps, vaciando la copa de coñac—. Pues tú se lo dices a Grietje y yo me ocupo del divorcio. ¿Conoces a un buen abogado? Si no, la agencia me recomendará uno. No lo hago de buen grado. Y espero que nunca te arrepientas de haberte divorciado.

4

Al regresar a la Torstrasse, Nellie estaba deprimida. Había puesto en orden sus propios asuntos, pero tenía miedo de hablar con Grietje y llevaba malas noticias para Maria y Bernhard. Seguía sin haber posibilidades de obtener un visado. Naturalmente podían viajar a Estados Unidos, seguro que les extendían un visado de visitantes. Pero entonces no obtendrían trabajo y tendría que regresar. Todo eso costaría mucho dinero y no resolvería el problema.

Cuando Nellie llegó a su casa, Grietje todavía se encontraba en la escuela, pero Lene sí estaba y era la única para quien tenía buenas noticias. Sin embargo, al explicarle que iría sola con Grietje y Phipps a Estados Unidos, la muchacha se deshizo en un mar de lágrimas. Lene no quería de ninguna de las maneras separarse de Nellie y Maria, a fin de cuentas ellas la habían salvado. Y ahora un país desconocido, otro idioma...

—Por todos los cielos, Lene, con todo el tiempo que llevas yendo con Grietje a Charlottenburg ya deberías chapurrear algo de inglés —protestó enfadada Nellie—. Sea como fuere, ahora deberás hacer un esfuerzo. Ya tienes veintitrés años y no eres tonta. Así que procura espabilar en ese nuevo país.

Aunque todavía estaba de mal humor cuando el tren llegó al hipódromo, enseguida se sintió contagiada por la excitación que reinaba en el ambiente. Se alisaba la pista y se adornaban las gradas y los caminadores con macetas de flores. Erlkönig al que Walter llevaba del ronzal para que se familiarizase con el lugar ahora tan cambiado, se asustaba cada dos por tres.

—No pondrán estas cosas en la pista —consoló Nellie a su amigo, al tiempo que acariciaba al precioso semental. Erlkönig tenía una musculatura soberbia y su pelaje negro brillaba como una corteza de tocino, y aunque hacía escarceos, en la mano de Walter no resultaba difícil controlarlo. Nellie no dudaba de que Walter había adiestrado a la perfección al caballo de la condesa.

—Por cierto, he hablado con Phipps —le comunicó—. Y le he dicho que no voy con él a Estados Unidos. Si viajara allí, lo haría contigo. Así que intenta ganar, de lo contrario no podremos marcharnos lo suficientemente rápido antes de que puedas disponer de tu dinero. Preferiría que Maria se fuera hoy antes que mañana.

Walter la miró serio.

—Si es así, venderé el semental —dijo—. Por supuesto, lo lamentaré mucho, pero, de todos modos, no puedo llevármelo a Estados Unidos. Si mañana corre bien y luego me desprendo de él, debería reunir suficiente dinero para empezar allí desde cero. Con una consulta veterinaria y una escuela de equitación.

Nellie suspiró.

—Pero no vamos a tener el visado —le confesó después—. A no ser que encontremos a otra persona que no sea Phipps que nos avale. Maria y Bernhard todavía no lo saben, no sé cómo contárselo.

Walter la rodeó con el brazo.

—Ahora lo principal es intentar conseguir dinero —señaló—. Si tenemos suficiente, todo lo demás vendrá solo. Alguien habrá que se deje sobornar. Volveré a hablar con Ludwig. Lleva más tiempo en el hipódromo, a lo mejor conoce a algún jockey estadounidense que se ha hecho autónomo allí y puede responder de nosotros.

Nellie sonrió.

—Si han establecido algún negocio en torno a los caballos y son honestos, seguro que necesitan dinero —observó.

Walter le lanzó una fingida mirada censuradora.

—¡No seas tan negativa! Nosotros también queremos abrir una granja ecuestre —dijo.

Nellie le guiñó el ojo.

—Eso es lo que tú planeas —se burló—. Yo, por el contrario, solo generaré gastos. A los veterinarios nos pagan los propietarios de los caballos y a veces se acumulan las pérdidas. Bueno, y ahora voy a ocuparme de mis pacientes. Hoy, por suerte, solo hay enfermedades imaginarias. O en el estómago del jockey o en el del caballo.

El primer día de la temporada se celebraban seis carreras. Erlkönig participaba en la última. Nellie, Maria y Bernhard se encontraron en el hipódromo, incluso Phipps estaba presente. Grietje le había pedido que pasaran el día en Hoppegarten para desearle suerte al tío Walter. La niña todavía no sabía nada sobre las decisiones que se habían tomado y Nellie tampoco les había contado a Maria y Bernhard el desenlace de su visita a Phipps. De nada servía fastidiarles el día y encima enfriar más el ambiente entre ellos y Phipps. De todos modos, los tres no tenían gran cosa que decirse, sobre todo no había química entre Phipps y Maria. Bernhard, en cambio, conversó cordialmente hasta que Phipps y Grietje se marcharon al palco que el primero había reservado.

—¡Podéis venir con nosotros! —los invitó Grietje, pero todos rechazaron la invitación.

—Luego queremos ir al anillo —explicó Nellie—. Y desearle suerte a Walter.

Confiaba en que el supervisor de servicio los dejara pasar, aunque ese día ocupaba el cargo de veterinario en la carrera el doctor Neuner.

—Y nosotros queremos apostar —recordó Phipps a su hija—. ¿Ya has pensado qué caballos tienen el nombre más bonito?

Maria no comprendió.

—No depende del nombre —dijo—. Se apuesta por el caballo más veloz.

Bernhard y Nellie rieron como si hubiese contado un chiste.

—¡Ya lo has oído, Grietje! —dijo Bernhard—. Tienes que pedirle a nuestra veterinaria del hipódromo información privilegiada. Aunque sería interesante saber, por ejemplo, qué caballos han estado enfermos últimamente y a lo mejor todavía no se han recuperado del todo.

Maria echó un vistazo al programa.

—Primera carrera, con hándicap IV, yeguas de tres años. Astarte, ligero cólico en febrero, tras trasladarse de Leipzig a Hoppegarten, luego inicial pérdida de peso, pero a estas alturas de nuevo normal. Paradies Garden, desde enero problemas de estro persistente. Recomendación veterinaria: traslado a crianza. Maravillosa, ninguna enfermedad en el último medio año, lo mismo Gladis. Corazón…

—Basta, Maria, no debemos desvelar todo esto —la interrumpió Nellie—. Todos los caballos que hoy corren aquí están sanos, Phipps. Y esto es lo único que a nosotras como veterinarias nos interesa. No sabemos a qué velocidad corre cada uno. Por eso tampoco apostamos.

—¿Salvo al «tío Walter»? —preguntó mordaz Phipps.

—Bernhard apostará a Erlkönig —contestó Maria—. Se apuesta a caballos, no a jinetes. Los jockeys no corren.

—En este sentido… —Nellie se rio—. No te juegues todo tu dinero de bolsillo, Grietje. Apostar siempre conlleva un riesgo.

La tarde transcurría con una lentitud horrorosa para Walter. Se esforzó por interesarse en las primeras carreras, en las que Ludwig participaba con dos caballos. Pero sus ojos siempre acababan deslizándose a las gradas, donde sabía que estaban Nellie y los demás, y no hacía más que pensar en Erlkönig y en la carrera que tal vez sería la más importante de su vida.

Nellie experimentaba lo mismo y al final no pudo aguantar más en las gradas. Ludwig von Lindau la encontró en la cuadra, donde estaba trenzando en las crines de Erlkönig un talismán confeccionado por Grietje.

—¿Qué está haciendo aquí? —preguntó el jockey.

Nellie le dirigió una sonrisa forzada. Desde que la había acusado de ser una espía en Cortrique existía entre ellos cierta tensión.

—Un poco de brujería —admitió—. El amuleto debería dar suerte, se supone que es una costumbre rusa. Espero que no me delate. Aunque hoy en día se queman a menos brujas que se fusilan a espías.

Ludwig se sonrojó.

—Hace mucho que quiero disculparme con usted —declaró—. Fue una tontería por mi parte... Era terriblemente ingenuo. Creía realmente en Alemania y en el emperador...

Nellie hizo un gesto de rechazo.

—Olvídelo. Ya hace mucho que pasó. Hoy tenemos otras preocupaciones. ¿Cree usted que Walter ganará?

Ludwig se encogió de hombros.

—No depende de mí. Marygold no aventaja a Erlkönig, aunque cuento con tener posibilidades de quedar en el segundo puesto. —Ludwig iba a montar en la gran carrera una yegua alazana de cría irlandesa que había sido importada de una famosa yeguada. Antes de dedicarse a la cría, tenía al menos que recuperar en la carrera el precio por el que la habían comprado—. En realidad, ninguno de los ejemplares inscritos puede competir con Erlkönig —siguió diciendo—. Pero, como ya sabe usted, hay miles de circunstancias imprevisibles.

Nellie asintió.

—Esperemos que ocurra lo mejor —dijo.

Ludwig sonrió.

—Y un poco de magia —contestó.

Cuando estaban a punto de marcharse, Walter llegó a la cuadra para ensillar el caballo. Ese día no quería dejar esa tarea en manos del mozo de cuadra. Se alegró de ver a Nellie y contestó con un beso a sus buenos deseos y a su intento de influir en el resultado de la carrera mediante la brujería.

—¡Mucha mierda! —le deseó también Ludwig, quien se ocupó asimismo de su caballo—. Todo irá bien.

Nellie se encaminó hacia el anillo de la pista, mientras Walter se ponía la chaqueta verde y dorada. Iba a participar todavía con los colores de la condesa. Se preguntó por un instante si Sieglinde von Albrechts lo estaría observando desde algún lugar y le desearía suerte.

Al final llegó el momento del pesaje. Walter se bajó de la báscula con una alforja llena de peso. Últimamente había adelgazado. Erlkönig debía añadirse peso para que la carrera fuera justa. En el caminador encontró a Ludwig y su Marygold, una yegua extraordinariamente hermosa de capa dorada.

—Si alcanza una velocidad tan maravillosa como su aspecto, nos haréis una seria competencia —saludó a su amigo.

Ludwig rio.

—Te devuelvo el cumplido. Erlkönig es un caballo de ensueño. Incluso si no fuera tan rápido, por su estructura podría llegar lejos como ejemplar de doma y en el salto.

—No le llenes la cabeza de tonterías —bromeó Walter—. Hoy se corre. —Erlkönig se asustó delante de una maceta de flores. Walter resistió el salto con esfuerzo—. De todos modos, ya puede estar contento de no ser un semental de rebaño en la pradera —comentó malhumorado—. Si cada vez que viera una florecilla saliera disparado, las yeguas no se lo tomarían en serio.

Walter evitó acercarse a Nellie al borde del anillo. Vio que llevaba un sombrero adornado con flores, Erlkönig seguro que habría huido asustado. Ella le sonrió y cruzó los dedos deseándole buena suerte. A su lado, Bernhard lo saludó agitando la mano.

Maria se mantuvo a distancia. Para ella era una tortura ir al hipódromo. La gente gritando de alegría, la música y los caballos, con los que en general encontraba la calma, le daban miedo. Maria habría preferido ver todos esos espléndidos ejemplares libres en una pradera en lugar de ahí en la pista.

Bernhard le colocó con suavidad la mano en la espalda cuando llegó el momento de ocupar sus sitios. Un gesto este que había adquirido normalidad entre ellos y que para Maria parecía resultar consolador.

—¿Todo bien? —preguntó.

Maria asintió.

—¿Cuánto has apostado? —quiso saber.

Bernhard se mordió el labio.

Trescientos marcos —admitió—. Todos mis ahorros. Si Walter no gana, se esfumarán. Pero en tal caso dará lo mismo. Entonces tendrás que intentar hipotecar la casa.

Los caballos se dirigían en ese momento a la salida. Marygold se hacía de rogar un poco, pero Erlkönig entró de modo rutinario. Walter había practicado con él. Luego todos esperaron el disparo de salida. Nellie apretó los dedos como si ella misma llevara las riendas.

Walter acarició brevemente el cuello liso del semental.

—¡En marcha! —susurró a Erlkönig cuando los boxes se abrieron.

El semental negro salió veloz como un rayo. Walter se esforzaba por colocarlo en una posición que al final de la carrera le facilitase adelantar al pelotón. Durante casi los primeros dos mil metros el semental negro y la yegua dorada galoparon el uno al lado del otro. De forma regular y ahorrando energía, pero lo suficientemente rápido para que la distancia con los caballos que iban en cabeza no fuera demasiado grande.

La formación cobró vida cuando los caballos entraron en la recta final. Erlkönig y Marygold aceleraron, siempre uno al lado del otro. Adelantaron sin dificultad al caballo que había ido hasta el momento en segundo puesto. El jockey los dejó pasar solícito. A lo mejor había hecho de liebre para otro jinete. Detrás de Erlkönig y Marygold ganaba terreno un semental cuyo jockey llevaba los mismos colores. Sin embargo, el jinete que hasta el momento había ido a la cabeza luchaba. Cabalgaba cambiando de dirección para no dejar pasar a Erlkönig y Marygold, y cuando Walter estuvo a la misma altura que él, levantó la fusta. Esta pasó silbando junto al ojo de su caballo, pero también al de Erlkönig, que se asustó de la sombra. El semental negro intentó protegerse dando un enorme salto a la izquierda y Walter casi cayó de la silla. Cuando recuperó la estabilidad, ya había adelantado al semental con el jinete que había jugado sucio, pero Marygold ocupaba el primer puesto, corriendo hacia la meta con casi dos largos de ventaja. Walter azuzó a Erlkönig, que a partir de entonces fue aumentando de velocidad, pero la distancia hasta la meta era demasiado reducida para recuperar la posibilidad de ganar. El incidente de Erlkönig le había costado unas fracciones de segundos decisivas...

Walter ya iba a resignarse a su suerte, pero entonces ocurrió algo inesperado. Marygold perdió velocidad. La yegua parecía estar quedándose sin fuerzas, aunque Ludwig la azuzaba. Walter lo miró incrédulo cuando Erlkönig lo alcanzó y se percató de que su amigo solo fingía estar luchando. En realidad, tiraba de las riendas y detenía su impulso hacia delante.

—Venga, ¡espabila! —le gritó.

Walter reaccionó al instante. Chasqueó la lengua al semental. Ya no era necesario nada más. Erlkönig cruzó la línea de meta con una cabeza de ventaja por delante de la yegua de Ludwig.

Walter le pasó los brazos alrededor del cuello cuando lo puso al paso. Habría preferido abrazar a Ludwig, quien le dirigió una sonrisa de complicidad. Era evidente que se alegraba de haber obtenido el segundo lugar y explicó al propietario de la yegua algo sobre la condición del animal, que todavía debería trabajarse un poco más.

—¡La próxima vez, ganará! —aseguró al dueño del criadero.

Walter vivió la ceremonia de reparto de premios como en trance y, en cuanto se hizo entrega de las copas y las coronas a los vencedores, fue a buscar a Ludwig. Dejó que los mozos de cuadra, así como de Nellie, Maria y Bernhard, llevaran a Erlkönig a su box, le dieran de comer y lo mimaran con golosinas. También Grietje y Phipps habían llevado una gran bolsa de manzanas y zanahorias. Habían conseguido dejar a un lado a todos los vigilantes para llegar a las cuadras y que Grietje pudiera felicitar al vencedor.

A continuación, todos se quedaron con Erlkönig celebrando su victoria, mientras Walter se encaminaba hacia la cuadra de Marygold. Tal como esperaba, Ludwig von Lindau todavía estaba con su montura, mimándola con manzanas. Tal vez incluso estaba esperando a Walter. En cualquier caso, le sonrió con simpatía. Walter, sin embargo, permaneció serio.

—No sé qué decir —susurró—. Lo que has hecho por mí...

Ludwig hizo un gesto de indiferencia.

—Bah, olvídate. Solo espero que nadie se haya dado cuenta...

Walter hizo un gesto negativo.

—No creo. Pese a todo, ha sido un fraude. La gente que haya apostado por tu caballo...

Ludwig acarició la frente de la yegua.

—Bah, nadie ha apostado por ella como campeona —contestó sin pensar—. Marygold era una *outsider*. La gente apuesta por la posición. Así que un segundo lugar comporta buenas cuotas. Y ambos sabemos que Erlkönig es en realidad más veloz.

—Seguro que hay más gente que ha apostado por él que por la yegua —admitió Walter.

Ludwig asintió.

—Y además... todavía estoy en deuda contigo, Walter. Una vez me salvaste la vida...

Walter frunció el ceño.

—¿Todavía piensas en... eso?

Ludwig bajó la vista.

—Cada día. Cada día que todavía puedo vivir después de haber dado por concluida la vida. Y sueño con ello, Walter. Cada noche vuelvo a Iprés y oigo la explosión de la mina que pisó mi montura. Perdería la razón si al final del sueño no estuviera siempre allí tu caballo... ¿Cómo era que se llamaba? ¿Kondor?

Walter asintió.

—Todavía me acuerdo de él. Y espero que sobreviviera a la guerra.

Ludwig asintió. Luego siguió hablando.

—Y como agradecimiento por tu ayuda casi denuncio a Nellie. Le debo a ella un montón de disculpas. La acusación de espionaje... Hoy me avergüenzo de ello. Como de muchas otras cosas que entonces pensé e hice.

—Sin embargo... —Walter iba objetar algo, pero Ludwig lo interrumpió con un gesto.

—Todavía ganaré muchas carreras —anunció—. Tú tenías hoy una única oportunidad. Así que coge a tu Nellie y sé feliz.

Walter abrazó a su amigo y tuvo que esforzarse mucho para que Ludwig no advirtiera sus lágrimas.

Nellie esperó a que todo se hubiera calmado para salir en busca de Ludwig.

—¿Qué ha sido eso? —preguntó cuando se lo encontró delante del vestuario de los jockeys. Acababa de cambiarse y se disponía a marcharse a su casa o al restaurante del hipódromo, donde tal vez todavía estaban de fiesta los propietarios de Marygold.

—Usted ha hecho que la yegua...

Ludwig se llevó un dedo sobre los labios.

—Shhh, ¡no desvele nada! ¡No cabe duda de que ha sido su hechicería la que en el momento decisivo dejó a la yegua sin energía! Pero tal como prometí: me llevaré el secreto a la tumba.

Nellie sonrió.

—Seguro que la magia es la causa —convino —. ¡Muchas gracias, Ludwig!

Ludwig hizo un gesto quitando importancia a lo ocurrido.

—¡Mucha suerte, doctora Nellie! Se la deseo a usted y a Walter. ¡Conquisten un nuevo mundo!

Entretanto, Walter se dirigió hacia Erlkönig para recuperarse, pero enseguida advirtió que el semental no estaba solo. Delante del box, en el que antes de la carrera había colgado con mala conciencia un cartel indicando que estaba en venta, había un hombre alto y delgado. Debía de tener cuarenta y pocos años, no más, pero en su cabello rubio oscuro ya se entremezclaban unas hebras grises. A Walter le sorprendió que estuviera tan extraordinariamente erguido. Seguro que es un jinete, pensó, tal vez un militar en el pasado.

Se acercó a él y lo saludó.

—¿Está interesado en el caballo? —preguntó.

El hombre asintió.

—Gerstorf, mi nombre es Julius von Gerstorf.

—Walter von Prednitz —se presentó Walter.

El hombre inclinó la cabeza

—Acaba de montarlo usted. ¿La propietaria es la condesa Von Albrechts?

Walter negó con la cabeza.

—No. ¿Lo pone todavía en el programa? Es lamentable. De hecho, la condesa ha fallecido. El caballo me pertenece a mí. Lo he... heredado.

El hombre arqueó una ceja casi imperceptiblemente.

—¿Así que es usted un pariente?

—En cierto modo —respondió Walter—. Y lo monto desde hace mucho tiempo. Ella..., ella quería que Erlkönig estuviera bien atendido.

Von Gerstorf asintió, como si esa fuera una buena explicación. Walter lo encontró sorprendente. La mayoría de los propietarios de caballos de carreras no tenían ninguna relación emocional con sus ejemplares y nunca se plantearían si un heredero cuidaría mejor o peor al animal.

—Ese seguro que sería el caso con nosotros —declaró Von Gerstorf—. Mi esposa y yo criamos caballos en Nueva Zelanda. Sobre todo hunters, caballos para señoras y purasangres. Su semental encajaría bien en nuestro programa. ¿Cuánto vale? —El hombre sonrió—. Supongo que con la victoria habrá aumentado considerablemente su precio…

Walter se encogió de hombros.

—También antes había ganado muchos premios —explicó—. Y a mí me interesa más que caiga en buenas manos que ganar el máximo de dinero con él.

—¿Por qué quiere venderlo? —preguntó el hombre en un alemán sin acento. Seguro que Julius von Gerstorf no había nacido en Nueva Zelanda—. Si, por decirlo de alguna manera, el caballo le fue… confiado.

Walter suspiró.

—Estoy planeando emigrar, señor Von Gerstorf. Con…, con mi familia. En realidad a América, aunque obtener los visados no parece fácil. Cómo…, ¿cómo es Nueva Zelanda?

Julius von Gerstorf rio.

—Húmeda —dijo—. Llueve con mucha frecuencia. Por eso el campo es verde y abunda la hierba. Los paisajes son de una belleza casi mágica. Hay animales y plantas que son totalmente distintos a lo que se ven en el resto del mundo. En cambio las personas son como todas las demás, hay gente buena y mala, gente honesta y canalla. Se tiene mucho aprecio por las carreras, y se acude tanto a las de trote como a las de galope.

—¿Por eso se decidió a emigrar allí? —preguntó Walter—. Usted es de origen alemán, ¿no es así?

Von Gerstorf asintió.

—Procedo de una propiedad junto a Hannover. Y de Nueva

Zelanda no sabía nada en absoluto hasta que mi suegro, por entonces futuro suegro, mencionó ese país. Era en 1911 y su elección recayó en Nueva Zelanda porque esperaba sobre todo que la guerra no nos afectase allí. Yo era teniente en la reserva. En Alemania me habrían llamado a filas.

—Pero en 1911 no había guerra —observó Walter.

—Mi suegro era un hombre amplio de miras, sabio y bien informado. Previó el estallido. Como también ahora. Es muy anciano, pero sigue teniendo sus fuentes de información. Si está en lo cierto, otra vez habrá guerra en Europa. Pero cuando eso suceda, ya hará tiempo que yo habré regresado a casa.

Von Gerstorf hablaba con calma. Entretanto había abierto el box, se había acercado suavemente a Erlkönig y comprobaba sus tendones como un experto.

A Walter le recorrió un escalofrío. ¿Una guerra? ¿Una guerra de nuevo? No había reflexionado sobre ello, pero se encontraba en la misma situación que Von Gerstorf casi veinte años antes. Teniente en la reserva... debería volver al campo de batalla.

Ante sus ojos se desplegaron las imágenes de las trincheras, de los cadáveres destrozados a tiros, caballos que morían sufriendo a causa del gas tóxico..., de todo aquel horror que, pese al tiempo transcurrido, aún no permitía conciliar el sueño a su amigo Ludwig. Todo aquello reapareció de repente también para él. No podía ni quería volver a vivirlo.

Walter se mordió el labio. No solo Maria, también él debía marcharse de Alemania.

—¿Nueva Zelanda? —preguntó con voz ahogada—. ¿Acoge el país a inmigrantes?

Von Gerstorf sonrió.

—Si pueden demostrar que tienen un aval e idealmente un trabajo... Pero a estas alturas casi todos los países que reciben inmigrantes son un poco exigentes.

Walter acarició el cuello de su semental. Tenía la sensación de que debía aferrarse a algo.

—¿Y cuáles son las posibilidades de trabajo para un... jinete? Yo..., yo no soy un jockey cualificado, pero sí puedo enseñar doma...

Von Gerstorf lo miró interesado.

—Se nota —declaró—. Ha aprendido usted desde abajo. Un jinete de carreras con un aprendizaje rápido no habría resistido el salto que el semental ha dado cuando ese tipo le ha obstaculizado el paso. Deje que adivine: ¿oficial?

Walter asintió.

—Lugarteniente. En..., en la reserva...

—¿Casado? —preguntó Von Gerstorf.

—Prometido —respondió Walter—. Mi pareja es veterinaria.

Un resplandor apareció en el rostro de Julius von Gerstorf.

—¡Veterinaria! Esto facilitará enormemente su emigración. Siempre que la dama tenga el propósito de acompañarlo, claro. Nueva Zelanda es un país agrícola, hay millones de ovejas, vacas, caballos, pero ningún instituto de formación para veterinarios. Aunque disponemos de buenas universidades, ninguna de ellas cuenta todavía con una Facultad de Veterinaria. Quien aspira a ser veterinario tiene que estudiar en Australia. Lo que significa que después de la carrera muchos no vuelven. De ahí que suframos una escandalosa falta de especialistas. Mi mujer y yo somos medio veterinarios. Pero si pudiéramos contratarlos a usted y su esposa... Usted podría trabajar conmigo como consejero y ella abrir una consulta. Por supuesto, tendrá que realizar consultas externas. ¿Sabe conducir?

Walter estaba como aturdido. ¿Iban a solucionarse los problemas de su familia tan fácilmente?

Se frotó la frente.

—¿Y cuál es su opinión sobre los judíos? —preguntó en voz baja.

Media hora más tarde, estaba sentado con Julius von Gerstorf en el restaurante del hipódromo esperando a Nellie, Maria y

Bernhard. Había pedido que llamaran a las veterinarias. El entrenador Pitters les diría que estaba ahí. Pero los primeros en llegar no fueron Nellie y los demás, sino Phipps con Grietje.

La niña enseguida se abalanzó sobre Walter.

—¡Tío Walter, hemos ganado muuuuucho dinero! —exclamó emocionada—. Ahora mami y yo podremos ir a América en primera clase. Primera clase es súper, ¿verdad?

Walter tragó saliva.

—¿Tu mamá quiere ir con vosotros...?

—Claro. Me voy con mamá, papá y Lene... en un vapor inmeeeeenso. —Grietje dibujó el barco en el aire.

Von Gerstorf observaba con atención a Walter.

—¡De eso todavía tenemos que hablar! —Nellie acababa de entrar en el restaurante y se percató de en qué incómoda situación había puesto su hija a Walter—. Todavía no se lo he dicho —le susurró.

Detrás de ella estaban Maria y Bernhard.

—¡Nos vamos todos a América! —explicó la comunicativa Grietje al elegante caballero que estaba sentado a la mesa con Walter.

Este carraspeó.

—No, no vamos a hacerlo —dijo con voz firme—. Si estáis de acuerdo, nos vamos todos a Nueva Zelanda.

5

Grietje lloró amargamente cuando Nellie le explicó que se iba ella sola con su padre y Lene a Estados Unidos.

—También puedes venir conmigo, Walter, Maria y Bernhard a Nueva Zelanda —la consoló. Maria y Bernhard no se habían opuesto al cambio de país de destino. Maria se sintió aliviada al saber que en lugar de tener que ir a una gran ciudad como Nueva York, se iba a una pequeña población de la Isla Norte de Nueva Zelanda, a Onehunga. No lejos de allí estaba el criadero de caballos de los Von Gerstorf, Epona Station, en medio de la selva. Bernhard se sorprendió y alegró cuando se enteró de que la esposa de Von Gerstorf, Mia, y su suegro, Jakob Gutermann, también eran judíos. En Nueva Zelanda eso no representaba el más mínimo inconveniente, le aseguró Julius von Gerstorf. El resentimiento de los alemanes hacia sus conciudadanos judíos también había sido una razón para que su suegro abandonase el país—. Pero tengo que decírtelo ahora mismo, en Onehunga no hay ninguna escuela de música famosa —advirtió Nellie a su hija—. Me gustaría que vinieras conmigo y el criadero de caballos también será muy bonito, incluso hay ponis. Pero allí nadie te dará clases de violín. Y no sé si después querrás estudiar música. Por eso, tu papá y yo hemos pensado en preguntarte si no preferirías vivir con él. Tú misma tienes que decidirlo.

Grietje la miró con expresión terca.

—Yo no quiero ningún estúpido poni —dijo.

Nellie sonrió.

—Y yo no quiero vivir en Boston —respondió—. Pero tú estás bien con papá.

—¡Sí! —Grietje miró desafiante a su madre. Su preocupación se estaba convirtiendo en rabia—. Mucho mejor que contigo y tus estúpidos caballos. De todos modos, papá es mucho más amable. ¿Qué te apuestas a que me compra una trompeta si la quiero?

Los trompetistas de la orquesta del hipódromo habían vuelto a impresionar profundamente a Grietje.

Nellie se echó a reír, aunque sintió una punzada al ver lo deprisa que su hija se había adaptado a la nueva situación y con qué claridad había formulado sus preferencias.

—Seguro que lo hace —afirmó.

Ya se le ocurriría a Phipps qué explicación darle de por qué el sonido de una trompeta en una vivienda urbana no era especialmente deseado.

Convencer a Lene para que se marchara a Estados Unidos fue una tarea más difícil. Al oír que se había presentado otra opción para Maria, Bernhard y Nellie, prefería mucho más irse con ellos a Polinesia.

—Qué idea tan absurda enviar a Grietje sola al otro lado del océano —afirmó acalorada—. ¡Una niña tiene que estar con su madre!

—O con su padre —replicó Nellie por enésima vez—. Y no tiene que irse sola, sino contigo.

Lene sorbió por la nariz.

—Pero yo no puedo ayudarla. Ni siquiera sé inglés…

—Estarás allí cuidándola —argumentó Nellie—. Y hablando con ella en alemán para que no lo olvide. Además, enseguida aprenderás inglés. Phipps seguro que tiene criados que te lo enseñarán. Y si quieres, le pediré que te pague clases para aprender el idioma.

—Tengo mucho miedo... —gimoteó Lene—. Nunca he salido de Berlín...

Nellie suspiró. No le quedaba otro remedio, tenía que disparar toda la artillería.

—Ahora contrólate y no pienses solo en ti —le pidió—. Te necesito, Lene. Y Grietje te necesita. Igual que entonces tú necesitaste a otra persona cuando te plantaste delante de nuestra puerta con tu Puss. Si no te hubiésemos dado cobijo, tal vez habrías acabado con la abortista, como tu amiga, o aún peor. Ya sabes a cuántas chicas de la calle mataron en esa época. Ahora puedes compensarlo y cuidar de mi hija. No es para siempre. Si Estados Unidos no te gusta nada, en un par de años podrás venir con nosotros. Creo que el Juilliard acepta estudiantes a partir de los dieciséis años. Entonces Grietje ya no te necesitará.

—¿De verdad que podré volver? —preguntó sollozando Lene.

Nellie rio.

—Sí. Y si lo deseas también puedes volver a Berlín. Estas absurdas acusaciones ya se habrán solucionado. No creo que en cinco o seis años todavía haya alguien que te demande. Así que di que sí de una vez, Lene, tengo que informar a Phipps. Por favor, no le cuentes nada del tío Fritz ni de tu pasado. Empiezas una nueva vida, Lene. Y hazme caso, ¡será una vida estupenda!

Lene no se lo creía, pero se declaró dispuesta entre lágrimas a acompañar a Grietje y su padre. Viajarían a la semana siguiente, el barco zarpaba en Hamburgo.

En cuanto a Maria y Bernhard, Julius von Gerstorf entendía la urgencia de su deseo de partir. Mostró una comprensión sorprendente ante la situación general. Por lo visto él también contaba con una complicada historia familiar.

—Yo le diría que consiga un visado de visita —explicó a Bernhard en otro encuentro—. Averiguaremos cuándo sale el próximo barco y se irá de aquí en él. Yo avalaré al señor Von Prednitz, lo que puede tardar algo más de tiempo. También tengo que organizar el transporte del semental.

En cuanto a Erlkönig, Walter y Julius von Gerstorf enseguida se pusieron de acuerdo. El propietario del criadero de caballos adquiriría el semental por un precio razonable y Walter se ocuparía de él en el transporte y luego en su nuevo hogar.

—Es ideal para su caballo y seguro que responde a la intención de su fallecida pariente —opinó Von Gerstorf. Nellie lanzó a Walter una mirada gélida cuando lo oyó. Por fortuna, Von Gerstorf no se dio cuenta—. Erlkönig conserva así a su persona de referencia —añadió—. Y a su veterinaria.

Nellie se forzó a sonreír.

—Sabrá apreciarlo —dijo—. Y Walter y yo estaremos eternamente agradecidos a tía Sieglinde.

6

Después de que se tomaran todas las decisiones, Nellie se concentró en los preparativos de los viajes. Hacer las maletas de Grietje fue fácil. Phipps había reservado un lujoso camarote y no había limitaciones con respecto al equipaje. La pequeña podía llevarse todo lo que quisiera, y Nellie se extrañó de lo mucho que habían aumentado sus pertenencias desde que tenía contacto con su padre. Por lo visto, Phipps le había comprado hasta sus deseos más vagos; solo para sus muñecas y los vestidos de estas fue necesario emplear toda una bolsa de viaje, y en Charlottenburg todavía tenía más juguetes.

—Espero que no se haya convertido en una mocosa malcriada cuando vuelva a verla —le comentó Nellie a Lene, que se las arregló con una pequeña maleta.

La observación provocó que Lene volviera a romper en lágrimas y también Nellie tuvo que tragar saliva al pensar en lo mucho que tardaría en producirse el reencuentro. Cuando habían proyectado emigrar a Estados Unidos, eso no había significado un gran problema. Había partido de la idea de que abrirían la consulta no demasiado lejos de Boston, de modo que podría visitar a Grietje cada dos meses. Sin embargo, para ir de Nueva Zelanda a Estados Unidos había que recorrer medio mundo.

Más difícil fue hacer el equipaje de Maria. El siguiente barco de Bremerhaven a Auckland zarpaba en tres semanas, pero Maria resultó ser totalmente incapaz de elegir de forma razonable qué se llevaba. De hecho sufrió una crisis de pánico cuando se percató de que tenía que abandonar sus muebles, sus libros y todo el mobiliario de la consulta.

—Podemos intentar que nos lo envíen todo después —explicó Nellie—. Pero no será sencillo ni barato. Y no vale la pena. El señor Gerstorf dice que Epona Station dispone de una biblioteca enorme. No necesitas llevarte todos los libros. Y en lo que respecta a tus muebles... Maria, ¡tienes treinta y cinco años y vives en la habitación de una adolescente! No querrás transportar todo eso por medio planeta, ¿no?

Maria la miró sin comprenderla.

—Yo... lo necesito... —dijo con voz sofocada y se encerró en su cuarto las horas que siguieron.

Nellie consideró razonable preparar una pequeña maleta de urgencias además de una grande. A fin de cuentas, era posible que Maria tuviera que escapar a toda prisa. Bernhard tenía otra similar en la consulta para poder acompañarla si era preciso, para lo cual ya había obtenido sin problemas el visado de visitante para Nueva Zelanda. No se había planeado a dónde ir en tal caso, pero, fuera como fuese, Maria debía evitar una eventual detención.

Al final fue Nellie quien decidió qué se llevaba su amiga. El armario ropero de esta se hallaba perfectamente ordenado, pero estaba a rebosar. Al parecer, Maria no tiraba nada.

—No puedes llevártelo todo —le explicó Nellie y empezó a seleccionar las prendas que todavía podían utilizarse y las que estaban desgastadas o muy anticuadas.

Maria casi se vio invadida por el pánico.

—Esto no es correcto —dijo horrorizada cuando descubrió las cosas todavía utilizables a la derecha y las inutilizables a la izquierda de su armario. Antes las prendas estaban ordenadas por colores—. ¡Así no volveré a encontrar nada!

—Tampoco lo necesitas, de todos modos tenemos que tirar o regalar gran parte de nuestras cosas. Y el resto hay que empaquetarlo —indicó con determinación Nellie—. Eso puedes hacerlo tú misma. Ten en cuenta que solo podrás llevarte una maleta pequeña al camarote. La grande se quedará en la bodega. Así que piénsate bien qué necesitarás durante la travesía.

Esta tarea parecía superar totalmente a Maria. Lloró cuando Nellie y Walter acabaron tirando con resolución las prendas gastadas a la basura. El resto lo ordenó por colores en la gran maleta que Walter le había comprado. Nellie preparó la pequeña para el camarote, mientras Maria la miraba petrificada.

—¿Cómo será un camarote? —preguntó con voz ahogada.

Nellie se encogió de hombros.

—No lo sé, nunca he estado en un barco —dijo—. Es posible que haya una cama, una silla y un armario. A lo mejor hay camarotes de dos camas. Ya veremos.

Nellie hablaba con una consciente despreocupación, aunque sabía que lo incierto era lo peor que podía imaginar Maria. A ella le gustaban las jornadas claras y los planes fijos. El inminente viaje la aterraba.

Ese terror creciente echaba a perder la alegría que sentía Bernhard por lanzarse a la aventura. La solución de marcharse a Nueva Zelanda le había parecido estupenda y le costaba ponerse en el lugar de Maria. Pese a ello, no cejaba en intentarlo, reuniendo todos los libros posibles sobre Nueva Zelanda y leyéndolos con ella. Estudió la travesía y buscó Epona Station en el mapa de la Isla Norte. Cuanto más precisamente sabía ella lo que la esperaba, más segura se sentía.

—¿Vais a solucionar ahora lo del caballo y el aval? —preguntó Nellie. Era domingo y se había encontrado con Walter para dar un paseo y evitar al menos por media hora el trajín que reinaba en la casa. Al día siguiente iba a acompañar a Grietje, Lene y Phipps a Hamburgo. El barco zarpaba por la noche y quería estar con su hija hasta el último momento—. ¿Podremos realmente marcharnos dentro de dos semanas?

Esa era la última noticia que les había transmitido Julius von Gerstorf. Había descubierto inesperadamente pasajes para una embarcación que tal vez los conduciría a todos juntos a Nueva Zelanda. Solo él se quedaría en Europa. Tenía el propósito de visitar unos cuantos criaderos de caballos.

Walter hizo una mueca.

—Todo parece indicarlo. Pero la embarcación no es un vapor de pasajeros. Es un carguero y solo dispone de camarotes para unos pocos viajeros. El señor Von Gerstorf nos ha reservado uno y está intentando conseguir otro. Si todo sale bien, nosotros dos podremos embarcar, Maria y Bernhard lo harán de todos modos. —El carguero partía un par de días antes del que se había reservado en un principio para Maria y Bernhard y todos estaban de acuerdo en que ellos dos tenían que embarcar—. En cualquier caso, hay un cobertizo para Erlkönig y cargarán otro caballo más. La cuestión es si en caso de urgencia lo enviamos solo con Bernhard y Maria o si solo lo embarcamos cuando yo también esté a bordo. Sea como fuere, no se tratará de un viaje de placer. No podemos contar con que el barco sea muy cómodo.

Nellie hizo un gesto de rechazo.

—Yo no necesito comodidades —dijo—. Solo quiero estar con vosotros. Maria me preocupa. ¿Ha viajado alguna vez?

Walter asintió.

—Sí. Con nuestros padres en verano. Por fortuna, siempre a la misma pensión. Sin embargo, nunca fue feliz allí. Todo lo que embellece unas vacaciones, como que no hay que seguir un horario ni elaborar listas y que se pueda vivir al día, es lo que a ella le disgusta. Pero creo que se tranquilizará una vez esté en el barco. Seguro que allí rige una rutina fija durante el día y se establecen horarios para las comidas. ¿Habéis vuelto a oír algo de ese comisario Langhage?

Nellie respondió negativamente.

—A lo mejor este asunto acaba en nada. De todos modos, tengo un mal presentimiento. Ese hombre estaba ansioso por colgarnos algo y todavía le reprocha a Maria que no curase a su perro. Ella le enumeró con toda claridad los errores que él había cometido. A fin de cuentas fue culpa suya que el animalito llegara a nuestra consulta en un estado tan lamentable. A las dos nos afectó. El perrito era amable. Su dueño no se lo merecía.

Walter se echó a reír.

—Es algo que les sucede a muchos animales. Pero los Von Gerstorf parecen querer a sus caballos. Erlkönig se podría haber encontrado con algo peor. ¿Cuándo vuelves, mañana?

—Pasado mañana —lo corrigió Nellie—. El barco zarpa por la noche y entonces no circulan más trenes. Así que tendré que irme a una pensión a llorar en soledad.

—Puedo ir contigo —se ofreció Walter.

Nellie negó con la cabeza.

—Es mejor que no, se enturbiaría el ambiente. No quiero choques con Phipps, nos vamos a separar como amigos. Es importante para Grietje. Seguro que se ocupará bien de ella, pero, aun así, a mí se me rompe el corazón.

Walter la rodeó con el brazo.

—Me siento muy feliz de que te hayas decidido por mí —dijo con ternura—. A pesar de todo.

Nellie lo besó.

—Te quiero, es así —dijo—. Pero ahora tienes que irte. Quiero disfrutar de mi última noche con Grietje. Quiere jugar al dómino. Y la dejaré ganar.

Un taxi recogió al día siguiente muy temprano a Nellie, Lene y Grietje. Bernhard y Maria abrieron la consulta a las nueve. Para su sorpresa ya había alguien esperando a la puerta: Luise Manzinger con su caniche. Como siempre, iba muy bien maquillada y vestida a la última moda, el perro llevaba un collar de estrás.

—Vaya, señora Manzinger —la saludó—. ¿Qué ha ocurrido con el perrito? ¿Está enfermo?

Luise sacudió la cabeza con determinación.

—No. Se trata de otro asunto. Déjeme entrar, rápido. Tengo que hablar con ustedes.

Bernhard la condujo a la sala de curas, donde Maria estaba ordenando el instrumental. Esta se esforzó por sonreír a su antigua clienta y su pequeño mestizo, al que ya honraban unas respetables canas.

—Se trata de usted, señorita doctora. —Luise Manzinger fue al tema sin rodeos—. Mi marido, aunque ahora ya es honrado porque se dedica al acero..., todavía mantiene contactos con ciertos círculos. También de polizontes... Y ahí mismo, un pajarito le ha chivado que ese comisario Langhage tiene la consulta entre ceja y ceja. Quiere que la detengan, señorita doctora. Porque hace un par de años practicó el aborto a dos putas. Yo no creo ni una palabra de... De todos modos, se lo quería advertir. Si no quiere acabar entre rejas..., ¡lárguese! Cuanto antes mejor. —El perrito lamió sus dedos recién tratados por la manicura.

Maria estaba blanca como la cal.

Bernhard la miró.

—Ya lo oyes —dijo sin perder la calma—. Tendremos que cerrar aquí y...

Se estremeció cuando una campanilla resonó en la sala de espera señalando la llegada de un cliente. Sobre las baldosas se oyeron unos pasos pesados. Justo después alguien golpeó la puerta de la sala de curas.

—¿No hay nadie aquí? —gritaron—. Abran. ¡Policía!

Bernhard y Maria se habían quedado helados.

Luise Manzinger tomó la iniciativa.

—Sí, ¿a qué está esperando, señora doctora? Váyase, hay aquí otra salida al portal, ¿no? Baje la calle a la derecha y dé la vuelta a la esquina. Espere fuera, delante del Wilden Maus o de la tienda que sea. La recogeré...

—Pero… están buscando a Maria… —Bernhard miró consternado a Luise.

—Usted váyase, yo los distraeré —prometió Luise, dejando su perrito faldero en el suelo, mientras Maria salía obediente por la puerta trasera de la consulta.

Entretanto, los agentes habían perdido la paciencia y parecían decididos a entrar sin invitación. Alguien empujó la manija de la puerta de la sala de curas.

Luise miró con severidad a su mascota.

—¡Perrito! —dijo con un tono de voz decidido—. ¡Ataca!

Si la situación no hubiese sido tan seria, Bernhard habría estallado en una carcajada cuando el mestizo se convirtió en un perrazo que ladraba y gruñía y que parecía totalmente decidido a despedazar a los policías cuando entrasen. El caniche, por regla general tan dócil, intentaba agarrar las botas de los agentes, brincaba a su alrededor ladrando y trataba de impresionarlos al máximo. Los hombres le propinaban patadas y golpes, pero él no se dejaba intimidar. Solo cuando uno de ellos palpó en busca de su arma, Luise Manzinger cogió al perrito y lo tomó entre sus brazos, donde se calmó, aunque siguió gruñendo.

—Disculpen, señores, pero no pueden entrar aquí de golpe y porrazo —dijo—. Los perros en el veterinario son impredecibles… No les ha mordido, ¿verdad? En realidad, no deben tener ningún miedo de él.

Los policías, ambos hombres altos y fuertes, miraron turbados el ovillo de pelo. El perrito volvía a enseñarles los dientes.

—Creo que está bien, señora Manzinger —intervino Bernhard en ese momento—. Es mejor que lo vacunemos la semana que viene. Hoy me parece algo… inestable. ¿En qué puedo servirles, caballeros? —preguntó dirigiéndose a los hombres.

Luise Manzinger le guiñó el ojo al salir de la sala de curas. Cogió en el despacho su carísimo bolso y dio un trocito de jamón al caniche.

—¡Qué perro más valiente! —elogió con voz meliflua a su mascota.

Maria siguió las indicaciones de Luise y se quedó temblando de miedo delante de la entrada del viejo cabaret, de aspecto deteriorado a la luz del día. Se sobresaltó cuando Luise detuvo el coche junto a ella y se quedó mirando al conductor como si nunca hubiese visto a un hombre al volante de un automóvil.

—Venga, ¡súbase de una vez, criatura! —gritó Luise desde el asiento trasero—. ¿Qué le pasa? Abra la puerta, Fred, esta pobre chica está totalmente aturdida...

Cuando el chófer abrió la puerta, Maria se deslizó junto a Luise, con lo que el perrito gimió y saltó de los brazos de Luise a su regazo. Maria acarició con sus diestros dedos al animal. Este le lamía las manos.

—Esto nunca lo hace con la doctora De Groot —observó Luise—. Es posible que note que usted necesita consuelo. Es un perrito muy observador.

A Luise le habría gustado contar la aventura del perrito en la consulta, pero notó que Maria no la escuchaba, sino que estaba totalmente concentrada en la bolita de pelo que tenía en los brazos. Todavía lo conservaba en su regazo cuando frenaron delante de la mansión de Charlottenburg, en donde residían los Manzinger, y bajó del coche cuando Luise se lo pidió.

—Ahora se tomará un té calentito con un buen chorro de coñac —prometió al tiempo que llamaba a un empleado doméstico.

Maria siguió a su anfitriona al salón y se quedó parada en medio de la habitación. El perro quería bajar al suelo y lo dejó sobre la alfombra, pero no se movió. Cuando Luise se acercó a ella para conducirla suavemente a una butaca, se recuperó.

—¿Podría, podría dejarme una habitación, por favor? —preguntó en voz baja—. Para..., para estar sola. Porque ahora..., ahora no puedo más.

Luise Manzinger encontró extraño su comportamiento, pero ya hacía tiempo que se había cansado de sorprenderse ante las peculiaridades de sus semejantes. Condujo con toda tranquilidad a Maria a una habitación de invitados elegantemente amueblada y dejó la bebida encima del tocador.

—Tómeselo todo —le advirtió.

Maria susurró unas palabras de agradecimiento y ya no se dejó ver hasta la noche, cuando al amparo de la oscuridad, Bernhard llamó a la puerta de la mansión.

—No creo que nadie me haya seguido —comunicó a la preocupada Luise—. Han confiado en lo que les he dicho, que Maria se había ido a Hamburgo con Nellie. Por supuesto estaban furiosos, pues el comisario le había prohibido que dejara Berlín. Pero no podían hacer nada, y a mí tampoco podían demandarme porque de hecho no tengo nada que ver en ese asunto. Han echado un vistazo a la casa y se han sorprendido de que hubiera tantas maletas. Pero he sido fiel a la verdad al decir que Nellie y su amigo están planeando emigrar. Es probable que sospechen algo. Pero, a pesar de todo, creo que primero seguirán la pista de Hamburgo

Luise asintió.

—Esperemos que así sea —contestó, acariciando al perro.

—¿Qué ha sido lo de esta mañana? —preguntó Bernhard. Ardía en deseos de preguntarle dónde estaba Maria, pero el incidente con el pequeño mestizo, por regla general tan inofensivo, le había mantenido la mente ocupada todo el día.

Luise soltó una risita.

—Ay, eso se lo ha enseñado mi marido. Antes todos esos tipos tenían unos perros pastores y pitbulls que no podían ser más fieros. Pero yo no quería uno así en casa, no fuera a ser que mordiera al caniche. Y entonces mi Ralle adiestró al pequeño. En broma. Siempre que lo mostraba era un espectáculo, los hombre se partían de risa. Por supuesto no muerde, es solo teatro. Pero cuando ataca a alguien por sorpresa, como esta mañana, causa impresión. La mayoría se larga, lo que después, cuando vuelven a verlo como un osito de peluche, les resulta terriblemente vergonzoso.

Bernhard sonrió.

—Sea como fuere, nos sentimos obligados a darle las gracias. ¿Dónde está ahora Maria, señora Manzinger?

Luise hizo un gesto de ignorancia.

—Se ha encerrado en la habitación de invitados. Es un poco raro, la señorita doctora todavía se encuentra en estado de shock. ¿Qué van a hacer ahora?

Bernhard depositó en el suelo las dos maletas que había llevado.

—Hemos reservado un pasaje para Nueva Zelanda —explicó—. Pero el barco saldrá en dos semanas. Hasta entonces... Ahora tengo que ver cómo está Maria. ¿Me disculpa?

Bernhard esperaba que Maria no hubiese cerrado la puerta de la habitación, aun así dio unos golpecitos.

—¿Qué forma de golpear es esta? —preguntó con curiosidad Luise, que lo había acompañado a la habitación de invitados.

—Es código morse —le explicó Bernhard—. Traducido significa: «Vengo como amigo».

Luise parecía desconcertada.

—¿Es un... juego entre ustedes?

Bernhard asintió.

—Por llamarlo de algún modo.

En la habitación no se movió nada, por lo que accionó lentamente la manija y entró. Como era de esperar, Maria no estaba en la cama. Bernhard miró preocupado alrededor y descubrió un vestidor de pared. La puerta estaba entreabierta. La golpeó al mismo ritmo.

Maria se asomó.

—Lo siento —dijo—. Sé que me comporto de una forma extraña. Y que no debería. Han pasado muchos años desde la última vez que lo hice. Pero..., pero hoy... Pensé que era mejor esconderme que sufrir un colapso.

Bernhard le dio la razón.

—Has hecho bien —dijo afectuosamente—. ¿Puedes salir ahora?

Maria asintió y salió del vestidor.

—No lo consigo —se lamentó en su tono de voz cantarín—. Todo esto es demasiado para mí. Ya no tengo mi habitación ni mis libros ni mi consulta ni mis vestidos ni...

—Shh... —Bernhard le colocó la mano en la espalda con mucho cuidado y la atrajo hacia él—. Todo eso no lo necesitas.

—¡Sí! —replicó Maria—. Sin todo eso... no tengo nada que me retenga, todo es ruidoso, grande y estridente y..., y tengo miedo..., tengo miedo de diluirme, de dejarme arrastrar...

—Shh... —Bernhard emitía unos sonidos tranquilizadores, como si hablase con un niño o con un caballo asustadizo—. Si reflexionas un poco te darás cuenta de que tienes algo mucho mejor que todo eso... o de que podrías tenerlo si te desprendieras por un momento de tu antigua vida y recurrieras a algo nuevo. —Empezó a acariciarle la espalda y cuando ella levantó la vista hacia él, el pánico que había en su mirada dejó sitio al interés—. Me tienes a mí, Maria —siguió diciendo Bernhard suave y tiernamente—. Yo estoy aquí para ayudarte y siempre estaré a tu lado. Si algo es demasiado ruidoso, te taparé los oídos o te estrechas contra mí o te cubres con mi manta para no tener que oír nada más. Si algo es demasiado grande, lo pincharé para que se deshinche y no sea tan amenazador. Y si algo es deslumbrante y te arden los ojos, entonces extenderé un velo para suavizar la luz. No voy a permitir nunca que te diluyas, Maria, o que te dejes arrastrar, porque sin ti no quiero seguir viviendo. Solo tienes que permitir que te ayude. No has de tenerme miedo.

Para su sorpresa, Maria se dejó caer y apoyó la cabeza en su hombro.

—Yo…, yo hace mucho tiempo que tengo roce contigo —dijo en voz baja—. ¿Qué hacemos ahora?

Bernhard estaba confuso. Deberían haber trabajado mejor el plan de huida. Y ahora ni siquiera estaba ahí Nellie, que era la más ingeniosa de todos.

—Nellie tiene que saber qué ha sucedido —contestó unos minutos después—. Y Walter. Puede que también ese señor Von Gerstorf. Si pudieras quedarte aquí un par de días, yo abriré la consulta mañana con toda normalidad…

—Vale más que alcance a la doctora De Groot en la estación, doctor Bernhard, pero mejor dos paradas antes de llegar a Berlín —le aconsejó Luise cuando los dos se reunieron con ella y Bernhard se bebió el coñac que Maria había rechazado—. A saber qué se le ocurre a ese Langhage porque su presa no ha caído en sus redes en contra de lo que él esperaba. Podría también inculpar a la doctora De Groot. O a la niñera. Lene fue una vez una de las conejitas de Fritz…

—¿Conejitas? —preguntó Maria.

—Lene se ha ido. En un barco rumbo a Nueva York, con la hija de Nellie —desveló Bernhard.

Luise escuchó con atención.

—Pues más enfadado estará Langhage cuando se entere. Acusará a la doctora De Groot de haberla ayudado a huir. Ponga atención en lo que le voy a decir, voy a llamar a Ralle para que lo arregle todo. ¿Le ha dicho a los policías a dónde quiere emigrar la doctora De Groot?

Bernhard negó con la cabeza.

—He dicho que a Australia —respondió con orgullo. Maria lo volvió a mirar sin comprender—. Los he engañado —le explicó Bernhard—. Los he puesto sobre una pista falsa. He dicho que el barco sale de Rostock.

—Tenemos que ir a Bremerhaven —señaló aterrorizada Maria—. Nuestro barco sale de Bremerhaven.

Luise asintió serena.

—Ya se encargará de eso mi Ralle —anunció.

Nellie no solo se sorprendió, sino que se asustó, cuando poco antes de llegar a Berlín dos enormes hombres tatuados fueron a buscarla a su compartimento y le pidieron que bajara. Se presentaron como encargados de Ralle Manzinger, lo que a Nellie no la tranquilizó especialmente. Solo cuando el coche, al que los dos la acompañaron sin más comentarios, se detuvo delante de la mansión de Charlottenburg, su corazón dejó de latir aceleradamente. Estuvo a punto de abrazar a Maria, quien estaba sentada con Luise en el salón. La anfitriona había insistido en que se quedara con ella.

—¿Y dónde está ahora Bernhard? —preguntó preocupada, después de que Luise y Maria la hubieron informado de lo ocurrido.

—Creo que con el señor Von Prednitz —contestó Luise—. Y me temo que los dos tendrán que enfrentarse a un interrogatorio. Espero que ese Langhage no encuentre ningún pretexto para encerrarlos.

En realidad, Walter se había enterado de la desaparición de Maria a través de la policía. El comisario Langhage en persona había ido a verlo al hipódromo, donde justo se encontraba preparando a Erlkönig para su transporte. Julius von Gerstorf había reservado los pasajes a Auckland tanto para Walter y Nellie como para Bernhard y Maria. El semental tenía que viajar a Bremerhaven en uno de los próximos trenes y Walter tenía pensado acompañarlo. Naturalmente, la desaparición de Nellie y Maria lo inquietó profundamente.

—Yo solo sé que Nellie quería ir a Hamburgo —contestó ateniéndose a la verdad—. Y que iba a volver hoy. Lo que haya podido ocurrir... A lo mejor no ha podido separarse de su hija y se ha marchado a Estados Unidos con su marido.

—¿Aunque en realidad quería irse a Australia con usted? —preguntó mordaz Langhage. Walter frunció el ceño. ¿A qué se refería ese hombre con Australia?—. ¿Y su hermana se ha unido a la familia? —insistió escéptico Langhage—. ¡Aquí hay algo turbio! Se lo advierto, señor Von Prednitz. Como sepa usted algo…

Walter hizo un gesto negativo.

—No puedo ayudarlo —confesó—. No tengo nada que ver con todo este asunto. Ahora me estoy preocupando, claro. Espero que no haya sucedido nada grave y que las dos lleguen algo más tarde en tren. Si me entero de algo, se lo haré saber.

Julius von Gerstorf, que había escuchado el breve sondeo, se mostró tan intranquilo como Walter, pero esperaba que Maria y Nellie estuvieran siguiendo un plan de huida proyectado con antelación.

—No debería dejarse influir por esto, señor Von Prednitz, sino llevar el semental a Bremerhaven según lo planeado y prepararlo todo allí para el embarque. Muévalo regularmente durante un par de días antes de la partida, después estará semanas en un cobertizo estrecho. Y no se preocupe. Su novia y su hermana lo conseguirán. —Sonrió—. Siempre tendemos a considerar a nuestras mujeres demasiado débiles y desamparadas, pero no sabe de qué son capaces cuando es necesario. Ocúpese en primer lugar de mi caballo y luego ya veremos.

Walter decidió presentarse a continuación en la Torstrasse para enterarse de qué había sucedido con Maria y Nellie y descubrir quizá una pista. Se sintió muy aliviado cuando encontró a Bernhard en la consulta.

—Todavía no sé cómo Ralle Manzinger va a llevarnos a Bremerhaven, pero su esposa está muy tranquila —le informó Bernhard y por supuesto también le aclaró la cuestión de Australia—. Menos mal que no te ha interrogado a ti. Habría sido lamentable.

Walter asintió y no pudo más que maravillarse de la ingenuidad de Bernhard. Mentir al comisario sin haberlo acordado antes podría haber desbaratado todos sus planes.

—En cualquier caso, tú te vienes conmigo —decidió para evitar más malentendidos—. Estaré contentísimo de tener a un veterinario a mi lado mientras viajo en tren con Erlkönig y así además ya estamos los dos fuera de aquí. Podemos llamar a Luise Manzinger desde la estación para que las mujeres sepan dónde estamos. O ahora mismo. Erlkönig cogerá el tren de la noche.

Bernhard se mordió el labio.

—Le he prometido a Maria que estaría a su lado —objetó.

Walter lo tranquilizó.

—Ahora tiene a Nellie —señaló—. Será suficiente. Todo irá bien.

El viaje del semental a Bremerhaven transcurrió sin incidentes. El caballo de carreras estaba acostumbrado al remolque. Erlkönig subió sin vacilar y tampoco tendría mayores problemas en el barco. En Bremerhaven ocupó un box en una cuadra del puerto donde iba a esperar el embarque. En una pensión, se había reservado una habitación para Walter que él compartió sin complicaciones con Bernhard. Sin embargo, los dos fueron poniéndose más nerviosos a medida que la hora de partida se acercaba y ellos seguían sin saber nada de las mujeres. Habían dejado a Luise Manzinger el nombre de la pensión y esperado que Nellie y Maria dieran allí señales de vida.

—¿Qué hacemos si no vienen? —preguntó Bernhard desasosegado un día antes de embarcar.

—¡Tienen que venir! —contestó Walter—. No podemos cancelar la partida. He de embarcar mañana temprano al semental y al mediodía nos ponemos en marcha.

—Yo no me voy sin Maria —advirtió decidido Bernhard.

Walter lo miró sorprendido.

—Se diría que se está moviendo algo entre vosotros dos...

Bernhard asintió.

—Eso espero. Y a estas alturas me arrepiento muchísimo de no haber vuelto a la mansión de los Manzinger para cuidar de ella. Quién sabe...

Walter lo interrumpió.

—Bueno, está claro que la época en que Ralle Manzinger traficaba con jóvenes ha pasado. Ahora es un magnate del acero. Y confío totalmente en Nellie. Conseguirá llegar puntual al barco.

Bernhard no pegó ojo en toda la noche, mientras que Walter todavía conservaba la calma cuando recogió el caballo por la mañana y cruzó el puerto para llevarlo al barco. Erlkönig subió a bordo del carguero por la rampa oscilante sin ningún titubeo —y por suerte sin asustarse de nada— y se dejó atar en su cobertizo. A su lado había una simpática yegua y él empezó enseguida a flirtear con su compañera entusiasmado.

Entretanto, un marinero enseñó su alojamiento a los pasajeros, unos camarotes muy sencillos con dos camas.

—Ni siquiera tengo una maleta —dijo abatido cuando Walter se reunió con él. Su equipaje de urgencias se había quedado con el de Maria en la mansión de los Manzinger.

—Sus maletas ya están a bordo —anunció tranquilamente el marinero—. Las trajeron ayer. Tenían que traer al camarote solo lo más importante para el viaje.

Bernhard miró atónito a Walter.

—Las maletas... ¿ya están aquí? Pero...

Walter tampoco lo entendía y acabó preocupándose él también. A diferencia de Bernhard ya no podía bajar del barco. Tenía que cuidar del caballo sin importar lo que hubiera podido pasarle a Nellie.

Finalmente las últimas cajas y toneles con los artículos para Nueva Zelanda quedaron almacenados en la bodega del barco. Los otros pocos pasajeros, la mayoría de ellos comerciantes que viajaban con sus mercancías, estaban a bordo y una sirena anunció que iban soltar amarras.

Bernhard miraba desesperado el muelle. Seguía sin haber ni un solo indicio de Maria y Nellie.

—Yo me quedó aquí —afirmó rotundamente—. La buscaré, a lo mejor podemos marcharnos después. Yo no me voy sin Maria. Para mí ella es..., es más importante que cualquier otra cosa, ella...

—Ella estará encantada de escuchar lo que estás diciendo. —Bernhard oyó una alegre voz a sus espaldas—. Tienes que comunicárselo ahora mismo, está bastante confusa por el viaje y el barco.

Bernhard se dio media vuelta incrédulo y vio a Nellie. Esta señaló hacia abajo, hacia una lancha a motor con camarote que estaba atracada junto al carguero. Maria estaba en la cubierta, todavía indecisa sobre si debía subir por la escalera de cuerda que los marineros de la embarcación habían lanzado. Uno de los hombres le ofrecía ayuda, pero ella se negaba amedrentada. Bernhard corrió hacia allí y agarró la escalera.

—¡Ahora bajo, Maria! —gritó—. ¡Estate tranquila, yo te ayudo! —En circunstancias normales se le habría revuelto el estómago solo de pensar en bajar por esa escalera oscilante, pero en ese momento no pensaba en nada más que en la delicada y pálida mujer que estaba allí abajo y que parecía totalmente fuera de lugar—. No vaya a ser que el viento te empuje —susurró cuando llegó abajo—. Yo te sujeto, te llevo a un lugar seguro.

Maria no respondió, pero suspiró aliviada y se recostó contra el hombro de él como había hecho dos semanas antes en la mansión de Luise.

Bernhard la abrazó y reunió nuevas fuerzas cuando los marineros lanzaron una especie de cesto por encima de la borda.

—¡Que se siente dentro y la levantaremos! —gritó uno de los jóvenes.

Bernhard la sentó suavemente y la envolvió con su chaqueta.

—No mires ni escuches nada —musitó—. Yo estoy contigo.

Trepó por la escalera mientras los hombres izaban a Maria. Nellie y Walter la recibieron en lo alto.

—¿Todo bien? —preguntó Nellie—. Enseguida podemos ir a nuestro camarote. Dice Walter que por desgracia solo hay camarotes de dos camas, así que tendremos que compartir uno. Pero lo conseguirás. También hemos pasado estos últimos días juntas.

Para no levantar sospechas, Ralle Manzinger había llevado a las mujeres en un camión que solía transportar placas de acero. Debajo de la carga habían improvisado un cobertizo diminuto para ellas, que habían tenido que apretujarse en el interior. A Maria no le había quedado más remedio que aguantar la proximidad de Nellie. También eso explicaba su aspecto abatido.

En ese momento se rascó la frente.

—Tú..., tú preferirías dormir con Walter —dijo a Nellie—. Y yo..., yo no quisiera impedirlo... Así que si tú quieres, Bernhard...

Bernhard se la quedó mirando embelesado. Sus ojos rezumaban amor.

—Tú... ¿sabes lo que esto significa? —preguntó en voz baja, para que los otros no lo oyeran—. Maria, si compartimos un camarote querré rozarte. Rozarte con mis manos y mis labios. Quiero hacerte mi esposa, Maria. No solo para esta travesía. Para siempre. ¿Lo has entendido? ¿Es lo que tú también quieres?

—Para siempre no es nada —adujo Maria. Nunca iba a dejar de tomarse al pie de la letra lo que los demás decían—. Pero quizá... ¿mientras los dos vivamos?

Su mano buscó cautelosa la del hombre. Él la tomó con suavidad y entrelazó los dedos con los de ella.

Cogidos de la mano, contemplaron cómo el barco más pequeño zarpaba y se despedía haciendo sonar la sirena, tras lo cual también la gran embarcación se puso en movimiento. El puerto quedó atrás y los edificios fueron disminuyendo más y más de tamaño, hasta que toda la costa alemana desapareció en el horizonte.

Epílogo

La historia de mis veterinarias Nellie y Maria es ficticia, no obstante, las protagonistas se mueven sobre un fondo auténtico y bien documentado. Por ejemplo, es cierto que a las mujeres casi les resultaba imposible estudiar la carrera de veterinaria en Europa. Sin embargo, sí hubieran podido en Nueva Zelanda, pues ahí todas las facultades permitieron desde un principio que las mujeres estudiaran, aunque, como no se ofrecía esta especialidad, tampoco tuvieron acceso a esos estudios hasta mucho más tarde.

Al menos no pusieron obstáculos para ejercer su profesión a la primera veterinaria del país, Pearl Dawson, quien obtuvo su diploma en 1920 en Estados Unidos. En la primera mitad del siglo XX, Nueva Zelanda sufría de tal falta de veterinarios que a los granjeros les daba completamente igual cuál era su sexo. En Europa, por el contrario, las veterinarias ya doctoradas tenían grandes dificultades para encontrar trabajo en los años cincuenta. Por esta razón muchas de ellas acababan trabajando en un matadero. No me cuesta suponer que, al principio de su carrera, se habían imaginado su devenir profesional de otro modo.

La primera estudiante europea de veterinaria fue Aleen Cust, quien se matriculó en 1894 en Edimburgo, pero no obtuvo el permiso para diplomarse hasta 1933. La primera veterinaria de Europa fue la finlandesa Agnes Sjöberg, a quien le otorgaron un permiso especial en 1912 para empezar sus estudios universitarios en Berlín. Terminó en 1915 y se doctoró en 1918 con una tesis sobre las enfermedades oculares en los caballos. La evolución de Maria, una de las protagonistas de mi novela, se inspira en la de ella, si bien Agnes Sjöberg no era autista.

En la época en que transcurre la novela, el autismo —una forma especial de percibir, que no pocas veces dificulta la relación con otras personas— todavía era desconocido desde el punto de vista científico. Fue en 1938 cuando Hans Asperger describió bajo el concepto de «psicopatía autista» los rasgos fundamentales del síndrome que después recibiría su nombre. Según cómo se manifestara el autismo, los afectados eran considerados desde enfermos mentales hasta gente rara. Más tarde se los dividió en distintas categorías, mientras que hoy en día se habla de trastornos de espectro autista, pues se dan muchas formas diversas de autismo. En ello desempeña un papel muy importante el nivel de funcionamiento, es decir, las posibilidades que tienen los afectados de desenvolverse en sociedad con su hándicap y de llevar una vida autodeterminada.

Para caracterizar al personaje de Maria me he orientado según las peculiaridades de las personas con síndrome de Asperger, y no solo leyendo libros científicos especializados, sino también consultando autobiografías de personas que lo han padecido. En este aspecto, espero que mi descripción de su personalidad resulte veraz. Cuando Maria siente la necesidad de retirarse y de huir de una situación que la supera, utiliza la estrategia de acurrucarse en un armario. Esto no es signo de una regresión, es decir, de un retroceso a un comportamiento infantil, sino algo que le sirve de mucha ayuda. A quien quiera obtener una visión impresionante del mundo experiencial de una persona con trastornos de espectro autista le recomiendo los libros de

Temple Grandin. Para poder participar en congresos sobre el autismo, pero no tener que estar presente físicamente, hay refugios casi carentes de estímulos en los que se pueden seguir las ponencias correspondientes por videoconferencia.

En cuanto a la historia de Nellie, la St. Elisabeth School para señoritas es un instituto ficticio, pero basado en establecimientos educativos similares de esa época. El que no es inventado es el Stichs Asyl voor Dieren de Utrecht. Allí trabajaban, en efecto, mujeres comprometidas con la salud de gatos y perros, que se enfrentaban a las mismas dificultades que se describen en la novela. Si un animal no era adoptado en el periodo más breve posible, tenían que permitir que lo sacrificaran.

En el Cortrique belga se habla neerlandés con dialecto flamenco occidental.

Si bien la Primera Guerra Mundial se considera la primera contienda industrializada, se emplearon a pesar de ello millones de monturas, animales de carga y de tiro. Aunque apenas se realizaron las clásicas batallas de caballería, en las que los ataques se llevaban a cabo espada en mano —las últimas se batieron de hecho en la Segunda Guerra Mundial—, los caballos eran necesarios para enviar a los frentes armas y suministros. En la Segunda Guerra Mundial demostraron incluso tener más capacidad para desplazarse sobre cualquier terreno que los vehículos de motor y podían resistir más tiempo sin comer que los coches sin gasolina. He intentado describir lo más correctamente posible el sufrimiento de los caballos al servicio de los combatientes, sin evocar escenas absolutamente horrorosas. También he evitado poner demasiada emoción o incluso sublimar la camaradería entre el ser humano y el animal.

Cualquier guerra es espantosa tanto para hombres como para animales. También estos últimos se ven perjudicados en las guerras modernas, basta con pensar en los animales domésticos de las víctimas de bombardeos y en aquellos que los desplazados han tenido que abandonar a la fuerza en sus países de origen. Como bien dice Nellie: los animales no conocen patria y no se consideran parte de una nación. Los animales no eligen a sus amigos por su raza o color ni se apuntan voluntariamente a un combate. Mientras escribo esto, mi perro y mi gato están jugando juntos, más tarde dormirán estrechamente enlazados el uno al otro. ¿Acaso son los animales más inteligentes que los seres humanos? «No —argumenta el gato—. Nada de complejos de inferioridad. ¡Al fin y al cabo, vosotros siempre encontráis el abrelatas!». ☺ Él al menos nos considera el culmen de la creación.

Es cierto que el ejército alemán padeció de falta de veterinarios sobre todo al comienzo de la Primera Guerra Mundial. A diferencia de los aliados, simplemente no pensaron en la asistencia médica de caballos, perros y palomas mensajeras. Los aliados lo habían organizado mejor, sobre todo cuando intervino la RSPCA (Royal Society for the Prevention of Cruelty to Animals), envió inspectores y creó un fondo de donaciones para la cura de animales. Pese a ello, murieron millones de caballos y otros animales. Entre los alemanes más que en ningún otro caso, salvo, tal vez, países muy alejados, como Nueva Zelanda y Australia. Nueva Zelanda envió diez mil caballos a la guerra. Según el Auckland War Memorial Museum, solo uno regresó (cuatro, según otras fuentes).

En los teatros de variedades de los *Roaring Twenties* de Berlín había proporcionalmente muchos animales exóticos. Hasta las últimas décadas no se cuestionó, y en parte prohibió, el empleo de animales salvajes en los circos. El monito de mi bailarina de *striptease*, Marika Berger, tiene incluso un modelo histórico, así como su excéntrica propietaria. Su vida se inspira en la de Anita

Berber, fallecida en 1928, que en estado de ebriedad sofocó a su exótica mascota.

Las circunstancias del zoo de Berlín durante la guerra y la posguerra que se plasman en el libro son auténticas, es cierto que se sacrificaron muchos animales de escaso valor para servir de alimento a las grandes estrellas, como leones y tigres.

La profesión de acompañante de baile de alquiler era muy popular en los años veinte del pasado siglo. Solían ser realmente oficiales que habían prestado servicio en la guerra y que no encontraban ningún empleo que no fuera menos desprestigiado. No obstante, la condesa Von Albrechts es un personaje ficticio, al igual que el amigo de Walter, Ludwig von Lindau y todos los caballos mencionados. De hecho, en el año 1925 ganó el Gran Premio de Berlín un semental llamado Weissdorn.

El resentimiento contra los judíos durante la República de Weimar, así como en el periodo anterior a la guerra, afectó a los jóvenes veterinarios tanto en sus estudios como luego en el ejercicio de la profesión. La fascinación por el nacionalsocialismo, así como el odio a los judíos, no salieron de la nada, se anunciaron mucho antes. Los políticos podrían haber reaccionado y, como se menciona en el libro, se hicieron intentos poco decididos. Por qué después del primer intento de golpe de Estado de Hitler en Berlín no se tomaron medidas más duras forma parte de esas cuestiones sin respuesta de la historia.

¡Muchas gracias!

Se supone que escribir un libro es una tarea solitaria, pero en realidad no lo es: claro que un/a autor/a se sienta solo/a al escritorio —aunque los gatos piensan que tienen que meter baza y se instalen sobre el teclado una y otra vez para borrar pasajes del texto que en su opinión son inadecuados—, pero necesita urgentemente personas que le quiten trabajo de encima.

En mi caso, estas son sobre todo Joan y Anna Puscas, que dan de comer solícitamente a los caballos y cuidan de los perros y quienes en estos enervantes tiempos del coronavirus van al supermercado para que yo tenga más tiempo para escribir. ¡Muchas muchas gracias! Especialmente a Anna por los incontables vídeos que hemos tenido que grabar, además de trabajar en los libros, porque en ese periodo no pude participar en ninguna feria ni en ninguna presentación. Una excepción fue el Día del Libro, en el que Rodolfo Criado, de la librería Nobel de Vera, hizo posible un encuentro con lectores. Muchas gracias a él también, representante de los libreros y libreras de todo el mundo que aman y recomiendan mis libros.

Debo mencionar también a mis lectoras de pruebas, en primer lugar, a Klara Decker, pero también a Bea Andres, que lucha por obtener lentamente el primer puesto. ¡Sin vuestras correcciones y sugerencias mis libros no serían ni la mitad de buenos!

Por último, vaya mi agradecimiento, por supuesto, al departamento de edición de la editorial Lübber. Mi editora Melanie Blank-Schröder siempre me estimula para escribir nuevos libros, y de hecho todo el proyecto de las veterinarias surge de una sugerencia suya. Y sin Margit von Cossart, mi correctora de textos, me habría extraviado en la jungla de los tiempos. Siempre opina que debe disculparse por su exceso de celo. ¡No has de hacerlo, Margit! ¡Siempre actúas muy correctamente!

Muchas gracias también al departamento de marketing, que en el verano no ha dejado de pensar en múltiples actividades para que no se rompiera el contacto entre mis lectores y yo. Gracias a vosotros, ahora me las arreglo con Skype y Zoom, y un día de estos averiguaré dónde exactamente está la cámara frontal de mi tablet para no aparecer siempre en la pantalla a punto de ponerme bizca. 😊

Por supuesto, doy las gracias a todos los demás que han confeccionado con mis manuscritos libros tan hermosos, con los títulos y mapas y cubiertas adecuados.

Y, *last but not least*, doy las gracias a todos los lectores que se sumergen en mis historias y que se dejan raptar por otros tiempos y mundos. Espero que nos encontremos personalmente otra vez. Hasta entonces: ¡disfrutad de la lectura!

SARAH LARK